今天会下雨吗？

四 沂 著

上 册

 青岛出版集团 | 青岛出版社

图书在版编目（CIP）数据

今天会下雨吗？/四沂著. —青岛:青岛出版社,2023.12
ISBN 978-7-5736-1474-2

Ⅰ.①今… Ⅱ.①四… Ⅲ.①长篇小说—中国—当代 Ⅳ.①I247.5

中国国家版本馆CIP数据核字（2023）第169516号

JINTIAN HUI XIAYU MA?

书　　名	今天会下雨吗？
作　　者	四　沂
出版发行	青岛出版社（青岛市崂山区海尔路182号）
本社网址	http://www.qdpub.com
邮购电话	18613853563
责任编辑	郭红霞
特约编辑	徐晓辰
校　　对	郭金乔
装帧设计	梁　霞
照　　排	梁　霞
印　　刷	三河市良远印务有限公司
出版日期	2023年12月第1版　2023年12月第1次印刷
开　　本	16开（640mm×920mm）
印　　张	40.5
字　　数	767千
书　　号	ISBN 978-7-5736-1474-2
定　　价	69.80元（全2册）

编校印装质量、盗版监督服务电话 4006532017　0532-68068050

今天会下雨吗？

目录 上册

Conte

目录 下册

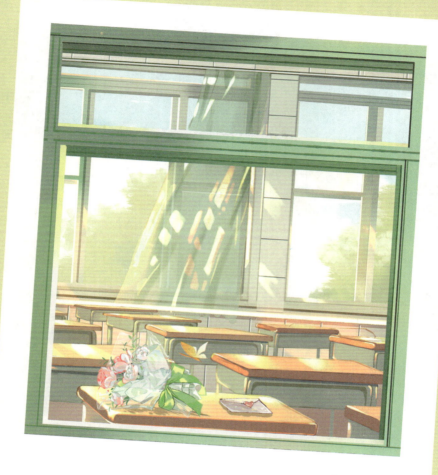

今天会下雨吗？

第一章
重逢雨

又是一个雨天。

尤语宁趁着去接水的工夫到窗边看了一眼。雨水沾满玻璃窗，似珠子不断滚落，模糊的玻璃窗映出乌发红唇的姣好容颜。

天空是雨雾蒙蒙的深灰色，周围商圈千万扇窗户在大早上干净明亮，如同钻石切割的镜面。写字楼下的树被风吹得东倒西歪，几辆搬运公司的车停在下面，一群人正穿着黄色的雨衣往外搬东西。

冷风从细细的窗缝里钻进来，"呜呜"低响，吹得脸又凉又疼。

尤语宁伸出细白的手指，抵住窗子往旁边一推，将其彻底关紧，隔绝沉闷的声响。她低头喝了口端着的红糖水，捧着水杯转身回到自己的工位上。

手机亮了一下，她拿起来看，是好友柴菲发来的微信："占出来了宁宝！"

这会儿没什么事，大家都在摸鱼，尤语宁干脆跟柴菲聊起来："怎么说？"

柴菲："确实显示你红鸾星动啊我的宁宝！"

这件事还要从昨天讲起——

尤语宁最近诸事不顺，昨天下班回家恰好遇见有个婆婆声称会算卦，就去给自己算了一卦："您看看，明年就是我的本命年了，我有没有什么需要提前避讳的？"

算卦婆婆有模有样地看了一番，嘴里念念有词，煞有其事地皱眉、舒展、微笑，最后长长舒了一口气："不错。"

尤语宁有些蒙："啊？"

"看你这命盘，即将有好事发生。"

尤语宁双眸晶亮："什么好事？是我要发财了吗？"

"你的真命天子要来了。"

尤语宁抿了抿唇，小声提醒："那个……大师，我不是来问桃花的。"

婆婆很大方地摆摆手："这是顺眼看的。"

"那……"尤语宁想了一下，"我的真命天子是个什么样的人呢？"

"一个——蓝色头发的——帅哥。"

大概是为了强调"蓝色头发"和"帅哥"这两个关键词，她一句话顿了两下，倒真有点儿那味儿了。

但这事情未免有些离谱儿。尤语宁还是头一回见到有人能够精准说出别人的真命天子的头发是什么颜色。

回家的路上，尤语宁一直在想自己对于另一半的审美。一直到进了电梯，她都想象不出来自己会喜欢一个蓝色头发的男生。那样的男生应该是光芒耀眼、离经叛道、桀骜不驯的，跟她这样的人分明处在两个世界。

但听算卦婆婆说得那么认真，晚上洗完澡后，尤语宁还是找好友柴菲占了一卦："就看看我最近有没有桃花。"

柴菲是个玩塔罗牌的，经常在短视频平台发占卜的视频，有不少粉丝。

柴菲收到这条消息比尤语宁还激动："你居然要看桃花？！怎么，无欲无求的仙女也开始渴望凡人的爱情了？"

她又有些遗憾："但我今晚已经排满了，都是来问感情的，老客户了，不能推，明天早上帮你看啊宁宝。"

尤语宁也不着急，反正也就是随便一问。这会儿看着柴菲发来的微信消息，她闲得忍不住问："大概是个什么样的人呀？"

柴菲："良缘，像太阳，像孔雀。"

尤语宁喝了口红糖水，有些不解："孔雀？"

她等了会儿，看到柴菲发了张孔雀开屏的图片过来——一只蓝色的、骄傲的孔雀，漂亮的尾羽像扇子一样张开，这是求偶的信号。

柴菲："这个人可能有点儿傲，不是很好搞，但是你的良缘没错了。"

结束跟柴菲的微信对话后，尤语宁打开了自己的短视频账号。

现在流行的短视频平台有好几个，她都有账号，ID（用户名）都叫

"游鱼睡着了"。近几年短视频平台迅速崛起，她的粉丝数量也一度飞涨。各平台发展速度不一样，她的粉丝数量也不一样，最多的一个平台账号有百万粉丝，是她从大学就开始经营的一个账号，那个短视频平台很早就发展起来了，经久不衰，人气很高。

她昨天刚发了一条用方言唱歌的视频，这会儿一上线就收到很多评论。尤语宁一边翻看着，一边挑几条感兴趣的回复。

"宁宝！"同事橘子从外面进来，扯了扯她的胳膊，表情兴奋又神秘，"对面搬来家新公司哎！"

"上一家不是才搬走吗？这么快就——"尤语宁忽然间想起刚刚在窗边看见的搬家公司，"原来是搬到我们对面的啊。"

"你也看见啦？听他们说好像是个游戏工作室，我跟草莓刚刚从外面进来，看见了帅哥！"

尤语宁一边回复评论一边很配合地捧场："哇！真的吗？"

"真的！"橘子捧着脸，露出向往爱情的表情，"估计身高一米八八，真的绝了！"

"这么精确？"尤语宁抬头看了她一眼，惊讶又佩服，"你拿软尺量了啊？"

"我之前追的那个男生就一米八八！"

"那你这个抓抓紧。"尤语宁笑得一双杏眼弯弯，"不是说要在年底前'脱单'吗？"

"哎，但是有点儿糟糕。"

"嗯？"

"当时我跟草莓开玩笑说应该端着一杯咖啡撞人怀里，这样就能趁道歉的时候搭讪并要联系方式。"

"然后呢？"

"好像被他听见了。"

橘子不知道想到什么，仰着脸一副陶醉的模样："不管了！我今晚就去染个蓝色头发吧！"

又是蓝色。

等橘子花痴完转过脸去，尤语宁打开网页搜索了一下："今年最流行的发色是蓝色吗？"

网页上跳出来很多答案，但所有答案都告诉她，蓝色是去年的流行发色。

复古风潮现在难道是按月轮回？

手机忽地振动起来。

柴菲：“亲爱的宁宝，姐姐今天接了个大单子，请你喝咖啡，咖啡马上到，你记得出去拿一下，我只写了写字楼。”

尤语宁刚看完消息，外卖电话如期而至。她拿着手机出去，看见宽阔的楼道里很多人搬着大大小小的纸箱与她相向而行。她简单地瞥了一眼，没看到有什么帅哥。

外卖员等在一楼大厅，尤语宁顺利取到咖啡，进电梯上楼。

她从电梯出来，瞥见一旁的垃圾桶，想了想，干脆将咖啡杯的盖子丢了进去。咖啡有点儿满，尤语宁怕会溢出来，低头抿了一口，打字给柴菲回消息：“拿到啦！已经开始喝……”

她还没打完字，端着咖啡杯的手和低着的头同时撞到了一堵“墙”。她能感觉到手里大杯的咖啡晃荡着，重量一下变轻了，手上传来有些过高的温度、湿润的触觉，液体顺着指缝和手背在下落。咖啡的醇香顿时四散开来。

与此同时——

她的头顶响起一声近乎气音的低骂：“还真来了。”

没顾得上细想那句“还真来了”什么意思，尤语宁急忙道了歉：“对不起。”她低头往后退小半步，顺势看见对方脚上那双白色的休闲鞋沾上了咖啡渍，就像是在下雨天被溅上了混浊的泥浆。

作为一个很讨厌下雨天的人，看见这幅画面，尤语宁对那份烦心极其感同身受。

救命啊！尤语宁头皮发麻地抬头，不知会对上一张怎样愤怒的脸，握着咖啡杯的手指不由得收紧。

她的视线从低到高，逐渐上移——

对面的人穿了件面料挺括的白色外套，里面穿了一件杏色衬衫，衣襟敞开，露出里面宽松的白色打底衣，一点点锁骨的轮廓在领口处若隐若现。

他的身量很高，她一米六六，刚好平视他修长挺直的脖颈。

看见他性感的喉结恰到好处地滚动了一下，她也不自觉地咽了咽口水。

她仰望他的脸。

恰在此刻，楼道里铅灰色的墙面上挂着的壁钟的时针走了一格，复古的铜色顶框上，白鸽摇头晃脑，哼唱了一句带混响伴奏的“say you love me（说你爱我）”。

整点报时——

"2021 年 11 月 11 日，星期四，上午 10 点整，大雨。"

下一瞬，尤语宁手里的咖啡杯差点儿"啪嗒"一下掉下去——

算卦婆婆的话忽然回荡在她的耳边——

"你的真命天子要来了。

"一个——蓝色头发的——帅哥。"

…………

冲击力太猛，尤语宁一时忘了自己本来要道歉，周围人脚步匆忙错落，到最后视线里只剩下眼前的人。

在白鸽那句机械的"大雨"的尾声中，她睁着一双清澈的杏眸静默地打量他——男人一头晃眼的蓝发在灯光之下，就像是被点亮的海水，头发是锡纸烫的造型，往下，额前几缕碎发稍稍遮住些眉眼。皮肤冷白，脸颊轮廓锋利，薄唇、挺鼻、深眼窝、浓眉、窄双眼皮，睫毛细长，根根分明。黑色的眼瞳像深山泉眼，只一眼就惹人心跳紊乱，沉迷其中。精致瘦削的下巴微微上扬，眼皮却半敛着，眉眼间带几分不羁的傲气。高而挺拔的身姿，有睥睨天下的气势，也生出些让人无法忽视的压迫感。

他只戴了一边的黑色耳钉，这给他增添了几分桀骜不驯、离经叛道的野性，配上那张帅到让人无法高攀的脸，看上去像是那种流连欢场的浪子——万花丛中过，片叶不沾身……

不等尤语宁想象完，帅哥忽然出声打破静默："看够了？"

啊！居然是这么狂又磁性的声音！

"呵。"帅哥冷笑，"现在搭讪的方式这么夸张了吗？"

尤语宁呆滞地眨眨眼。

帅哥意味深长地看了她一眼："不能矜持点儿？"看那表情，他就差没直说"虽然我真的很帅，但你花痴得有点儿过分"。

搭讪？矜持？这都什么跟什——

电光石火之间，尤语宁猛地想起，就在出来之前，橘子曾在她耳边念叨过什么："当时我跟草莓开玩笑说应该端着一杯咖啡撞人怀里，这样就能趁道歉的时候搭讪并要联系方式。

"好像被他听见了。

"我今晚就去染个蓝色头发吧！"

尤语宁看了眼那一头蓝发，又想起他刚刚说什么"还真来了"……所以，他就是橘子说的那个人？

看着帅哥白色外套上那一片咖啡渍，尤语宁为难地咬了咬唇，也不知道这句"对不起"到底还要不要说出口。

她又想了想，既然道歉会被误会别有用心，那么不如干脆先发制人，抢占道德高地。

尤语宁忍受着美颜暴击，抬眼，一副很大度但是又略微不悦的模样，语气温柔又不失气势："你撞到人不会道歉吗？"

大概对方也没想到居然会得到这样的反应。毕竟，尤语宁觉得自己看上去应该还挺纯良的，是那种看着不这么厚脸皮的人。以至于帅哥微微蹙起眉头，不解又困惑。

半晌，他好像是终于反应过来她说了什么，偏过头去笑了——尤语宁没看错的话，他是被气笑了。

尤语宁抿了下唇，决定再说些什么来结束这尴尬的局面："如果你不愿意道歉，那……"

"我道歉？"帅哥好像听见了什么惊天大新闻，用难以置信又带着点儿嘲讽的语气词，"这又是什么新的搭讪方式？"

尤语宁：我都没道歉，怎么还被误会成搭讪？

"我低着头没看见，你也没看见吗？"尤语宁试图讲讲道理，张开胳膊比画了一下宽阔的公共区域，"这里这么宽，你就一定要跟我撞上？"

"哦，是吗？"帅哥漫不经心地反问，"我低头看手机呢，谁知道你说的是真的还是假的。"

"不是珩哥，刚刚……"另一道男声响起，尤语宁才注意到帅哥旁边还有个挺眉清目秀的男生，比他矮一点儿，也不如他好看，所以像是隐形的。

清秀男生原本想说：刚刚不是你故意撞人家姑娘的吗，这怎么还倒打一耙？但对上暗藏威胁，杀伤力十足的眼神，他只好呆愣着噤了声。

尤语宁没注意到俩人的眼神交流，还在想这事要怎么解决。

"你是这工作室的？"帅哥指了指初一声工坊。

尤语宁点点头："怎么了？"

"懂了。"帅哥好像洞察了一切，了然于心，"刚刚被我听见了不好意思露面，所以要换个人来试试？"

尤语宁："嗯？"

"挺和谐啊。"帅哥又是一声冷笑，"姐妹齐心？"

他越说越夸张。

她实在不擅长跟人争论，更何况，眼下这情形有一种跳进黄河都洗不清的架势。她又想着自己只是洒了一杯咖啡，对方却被弄脏了衣服，瞧着还挺贵，自己道下歉似乎也没什么。

"抱歉，确实是我的问题。"尤语宁说话时语气里带了几分诚恳，只盼着他大人有大量地放自己走。

"嗯。"帅哥的神情依旧傲慢，声音像是从鼻孔里哼出来的。

尤语宁又想了想，补充道："你的衣服……洗不干净的话，我可以赔你的。"

"怎么赔？"

"你多少钱买的？我折价赔给你。"说完，尤语宁又觉得好像不够诚恳，补充道，"原价赔你也行。"

"我忘了。"

"嗯？"

"我忘记多少钱了。"帅哥低头瞥了眼她，"得回去看看发票。"

"那……"尤语宁解锁手机，点开微信，"你不介意的话加个微信，等你——"

"果然，"帅哥嗤笑，"还是要我的联系方式。"

尤语宁没见过这么自大的人："不行的话，我拍个照扫一扫找同款，看有没有价格。"说完后，尤语宁就打开了手机的相机。

她抬头看他，又被他的外貌惊到了，语气不由得更加温柔："可以吗？"

帅哥盯着她看了好几秒，哂笑："你比你朋友贪心。"

尤语宁不解："啊？"

"人家只想要我个联系方式。"帅哥看了眼她已经打开的手机相机，"你却连我的照片都想要。"

尤语宁想替自己辩解："我这不是……"

"不用吧。"帅哥打断她，"不用这么夸张吧。"

实在没办法了，尤语宁叹气："那你到底想怎么样？"

"不用赔了。"帅哥直接把外套脱下，塞进她的怀里，"你送去洗，洗干净还我。"顿了一下，他像是生怕她又要问自己要联系方式，补充道，"就送到对面游戏工作室的前台就行。"

尤语宁蒙了，低头看着自己怀里突然多出来的白色外套，鼻端还能闻到若有似无的淡淡香气和烟草味。

很少见，男生的外套上会有佛手柑的香味。

她一抬头，看见对方只穿着一件白色打底衫和杏色衬衫，脑子也不知道怎么突然就抽搐了："你这样会感冒。"刚说完，尤语宁就悔从心生。

果然，帅哥本来都要走了，忽然停下低头看着她，一副"我们第一次见，你不用这样急切地表现你温柔贤惠"的表情。

"我是说……"对上对方的眼神，尤语宁顿了一下。为了避免越来越深的误会产生，她将解释的话咽了下去，点点头："好的，我洗干净就还你。"

"嗯。"这回帅哥没再多说什么，转身离开。

目睹了全过程的清秀男生一脸三观都被颠覆的表情——他刚刚看了场什么戏？这人故意为之，先发制人，精准打击，重复洗脑，完美收场？

走过转角，清秀男生终于忍不住问："珩哥，你故意撞人美女干吗？还倒打一耙，不像你啊！"

"你没看见。"

"我明明两只眼都看见了！"

"挖了吧。"

刚回到工位坐下，尤语宁还来不及找个地方放外套，橘子接完水回来一眼就看见了。

"哎呀呀！"橘子的声音抑扬顿挫，一脸新奇的表情，"你不是说下去拿咖啡吗宁宝，怎么拿了件男生的外套上来？"

"这不是……"

"难道——"橘子暧昧地用手肘碰碰尤语宁的胳膊，挤眉弄眼的，"有情况了？追求者送的？"

"不……"

"怕你冷？"橘子自我肯定地点点头，"这天儿确实挺冷的，但咱们有空调哎，他脱了这外套给你，就不怕冷？"

尤语宁懒得解释了，直接把外套展开，提着衣服肩部给橘子看："你看看眼熟吗？"

"我怎么会眼……咦？好像还真有点儿。"橘子扯着衣服看了看，"这儿怎么这么大一块咖啡渍？"

"刚刚我去拿咖啡，回来的时候，撞到了一个蓝发帅哥，他叫我把衣服洗干净还他。"终于有机会说话，尤语宁顺畅地解释了一遍这件事。

"蓝发帅哥？"橘子一下变得兴奋起来，"该不会是我刚刚看见的那个吧？好像没看见有其他的蓝发帅哥了！"

想着刚刚那帅哥说他听见了，尤语宁点点头："应该是。"

"不是吧！"橘子乐不可支，"我就是那么一说，宁宝你居然真的做了！"

说到这个，尤语宁还有点儿郁闷："我真不是故意的。"

"你醒醒宁宝！那是绝世帅哥！就算是故意的也不丢脸！这是福气哎！"

"这福气给你你要不要？"

"嗯？"

"你送去洗，洗完还给他。"尤语宁把外套往橘子手里递了递，"洗衣服的费用我出。"

橘子有些不好意思："这机会真给我了啊？"

"嗯，对啊。"尤语宁弯唇笑，"加油啊小宝贝！"

"还是算了吧。"橘子摆摆手，"到时候你去还衣服的时候叫上我一起就好了，嘿嘿。"

怕衣服放久了，咖啡渍不好清洗，趁着这会儿闲，尤语宁在网上下单了线下洗衣，等跑腿的人过来取。为了不让那个蓝发帅哥误会自己想留着他的衣服，她还特意选择了加急——越快洗干净还他越好，免得他发散思维，想象出更多可怕的东西。

手上沾了咖啡渍，有些黏，尤语宁把剩下的小半杯咖啡一饮而尽，空杯丢到垃圾桶里，起身去洗手。

她回到座位后，看见了柴菲发来的微信："嗯？宁宝你是不是没打完字就发出来了？

"人呢？

"没被绑架就发个爱心？

"宁宝？

"…………

尤语宁擦了擦手，拿起手机给柴菲回消息："没，刚刚拿了咖啡出电梯，撞到人了，才处理完。"

柴菲马上回："啊？撞到人了？严重吗？你再不回消息我都要打电话啦！"

尤语宁："没什么大事，就是弄脏别人衣服了，纠缠了会儿。"

柴菲："啊？还纠缠了会儿？对方很难搞？"

看见这条消息，尤语宁回想起刚刚那人傲慢的神情，以及极度自大的态度，犹豫了一下，回道："菲菲，我好像……撞到你说的那只蓝孔雀了。"

柴菲："展开说说！"她又发来一个表情包，上面是一只耳朵和百分之一百电量的提示，以及一句话——"不缺电，仔细说说。"

打字太麻烦，尤语宁拿着手机躲到一旁的角落里，发语音消息仔细说了一遍。

过了会儿，柴菲发来条消息："宁宝，你很有可能碰到真命天子了。"

尤语宁有点儿蒙："这个怎么看出来的？"

柴菲："我算的基本上不会出错。"

跑腿的人来得很快，取衣服的时候照常检查口袋里有没有东西——还真有，是一只银色的打火机。

"您收好。"小哥把打火机递给尤语宁，拿着衣服离开。尤语宁随手把打火机塞进抽屉里，打算到时候跟衣服一起还回去。

她上午没怎么忙，午休后倒是接到个剧本，是一部暗恋题材的广播剧，原著叫《他在盛夏的风里》。

初一声工坊日常业务有电视剧、电影、广播剧、动漫的配音工作，有时候是打包接下一个项目，整个工作室的人各自完成适合的角色。除此之外，也有配音演员单独接一个角色进行录制，跟其他工作室的配音演员合作完成一个项目。

作为一个在声音上面有天赋又很有兴趣的人，尤语宁擅长好几种声线，也能尽量贴合演员的音色进行配音。但她接到的最多的广播剧角色还是甜妹，用得最多的是少女音。

这一部广播剧也不例外。这是由一部最近还挺火的小说改编的剧本，是一个暗恋故事，女主角是个可爱甜妹，男主角是个狂傲校草。

尤语宁不怎么看小说，通常是接到由小说改编的剧时才会去看看是个什么样的故事，以达到更好的情绪调动效果。

这部小说她还没看。可能是过了爱做梦的年纪，她不太能看得进去校园爱情的小说，特别是暗恋题材。

尤语宁掏出手机，正要打开小说软件看一眼，导演忽然发来消息："游鱼，你的干音有两条需要重新录一下，我发你了啊。"

尤语宁查看了一下导演发过来的文件，是两张标记过的剧本截图，批注是"情绪还差点儿"。这两条是她昨天录的，当时她状态不好，试了很多遍，都没达到最满意的效果。

导演昨天没有现场导戏，又到了截止日期，她只好录了好几种不同状态的干音发过去让导演选。

尤语宁重新找了下状态，拉着橘子去了录音棚。她录了好几遍，自己和橘子都觉得很满意之后，把新录好的干音交给了导演。

因为只有两条返音，导演审得很快，确认没问题后给了她反馈。尤语宁松了口气，看了眼电脑右下角，快要到下班时间了。

今天不用加班，她把东西收了收，等待下班，不知为什么，又忽然间想起算卦婆婆和柴菲说的话。

她这么一想，那个蓝色头发帅哥的模样就浮现在脑海里——也不是脸，准确来说，是个挺模糊的轮廓。这么多年，她一直有个很大的缺点：很难记住别人的脸，再好看都不会一眼记住。想到那个帅哥，她脑海里首先浮出来的是那一头漂亮的蓝发，其次是好看却模糊的脸部轮廓。

尤语宁摇了摇头，把那头蓝发甩出去——她不会喜欢这么离经叛道的男生的。况且，就算柴菲她们说的都是对的，应该也不止他一个人是蓝色头发……吧？她的真命天子说不定还在排队染头发呢！

外面的雨一直没停。

下雨时天总是黑得特别早，尤语宁走出写字楼，天空已经暗如泼墨。路灯全数亮起，霓虹灯牌和车灯在被雨淋湿的夜里交相辉映，行人脚步匆忙。雨滴落在伞面上，发出"啪嗒"的声响。

尤语宁不喜欢下雨天，更不喜欢在下雨天挤公交和地铁。

为了避免被路边疾驰的车辆溅起的雨水弄脏衣服，她躲在停在临时停车位的一辆车旁边，在手机软件上打车。

这里是她每次等车的地方，在这里等车已经是一种习惯。

她打开打车软件，熟练地输入目的地，加载页面一直转圈。大概因为是下班高峰期，又是雨天，加之她不接受拼车，附近一时半会儿没有空车接单。

尤语宁耐心地等了会儿，雨下得越来越大，她的心情和耐心也越来越差，正要低头重新输入地点刷新一遍，旁边传来"哗啦"一声响。

她循着声音看去，面前停着的这辆车居然降下了车窗，并且从车里露出了一张十分好看的脸，以及那头昏暗光线也掩盖不了的蓝色头发和只戴了一边的黑色耳钉。

尤语宁辨认了几秒——是他，不好搞的"蓝孔雀"。

她没想到车里有人，而且还是这个人，眼皮一跳，直觉大事不好。

果然，下一秒，蓝发帅哥抬眼将她上下打量一遍，道："可以，你很执着。要不到我的联系方式不罢休，都来堵我的车了，嗯？"

"我躲在车里半天你都不离开。"帅哥一脸佩服，"你要是当狗仔，一定第一敬业。"

活了二十几年，尤语宁见过的自以为是的人其实不少。但这次有点儿例外——他太耀眼了，对上他这张脸，她甚至都有点儿想昧着良心承认自己就是特意来蹲守他的。

尤语宁自认不是特别看重颜值的人，但实在难以对这张脸生气。

她把手机锁了屏塞进外套兜里，就这么撑着伞站在原地低头看着他。路灯光线穿过树的枝叶缝隙落下，夹着雨水的冷风一吹，光影交错，在他的脸上明明灭灭。

他还穿着上午的那件白色打底和杏色衬衫，一只手搭在方向盘上，露出清晰的腕骨。即便是他坐着，她站着，他也没有抬头，只是抬眼看她，傲气依旧不减半分。那双如同山泉一般的眸子在这样昏暗的一隅里，像是被遗落的星星。

他真的太好看了。

尤语宁本想严肃认真地解释自己只是在这里等车，不是要蹲守他，这会儿一开口，语气却严肃不起来。她温柔地解释："我只是在这里……"

"那是你的朋友？"不等她说完，帅哥朝一旁抬了抬下巴。

尤语宁顺着他示意的方向转头看去，就见一个"黄毛"和一个"绿毛"立在不远处的路灯灯柱旁边，一边抽烟一边朝她笑。

见她看去，他们还招手："美女，一个人？要不要一起去喝杯酒啊？"

尤语宁的心口猛地一跳，她收回视线看向车里的男人——蓝毛。

他们都不像什么好人，但好歹车里这个蓝毛长得帅。

"不是。"她说，"我不认识他们。"

"是吗？"男人明显不信，又抬了抬下巴，"但是他们好像认识你。"

尤语宁又转头去看，黄毛和绿毛居然笑嘻嘻地朝她走了过来。那两个人穿得很"精神"，像十年前流行的街头小混混儿穿搭，指间还夹着烟，猩红的一点在风雨中忽闪，配上俩人的流氓气质，瞧着就像是鬼火在黑夜里闪烁。

"我……"尤语宁捏紧了伞柄，一时间不知该怎么办。

"美女，走啊，一起唱歌喝酒蹦迪啊！"

"别害羞啊，哥哥们陪你。"

黄毛和绿毛一边笑嘻嘻地靠近一边朝她喊。眼看着他们越来越近，尤语宁心中莫名其妙地生出一股恐惧感。

她思考了一下掉头就跑能够安全离开的可能性。

几乎是刹那间，她做了一个大胆的决定："你能送我一段吗？"

"嗯？"

"我打不到车。"尤语宁顾不得矜持，"让我搭下你的车，我可以付你钱，可以吗？"

一边问着这话，她还一边用余光注意着黄毛和绿毛的动静，眼见那俩人越靠越近，她的心跳也开始加速。

即便是这样，车里的男人也没有立即答应她的请求。

不能再等了，尤语宁呼出一口气，打算还是靠自己。

她握紧了伞柄，强装淡定地转身准备离开，自己甩掉那两个人，抑或找别人求助。

"上来。"男人话音落下的同时，尤语宁听见车引擎启动的声音，车头灯也随即亮起，将前面黑暗的路照得亮堂。

她没有犹豫，在黄毛和绿毛即将抓到自己之际，快速从车前面绕过去，拉开车门，坐进去，关上车门，扣上安全带，一气呵成。

她胸腔发紧，心脏"怦怦"跳，雨伞被丢在脚边，还滴着水。尤语宁后怕地喘着气，懒得去管。

男人并没有立即将车开走，甚至连先前降下的车窗也没升上去，而且还很淡定地伸手从中控台拿了盒烟，抽了一支叼在嘴里，又抽了支很长的火柴出来。

他低头，拢着手点火。

"嗤"的一声，火柴被点燃，昏黄的火苗跳跃闪动，照亮他低垂的英俊眉眼。

一点猩红的火光在烟头亮起，他甩甩手熄灭火柴，淡淡的火药味散在空气里。

尤语宁忽然想起来抽屉里那只银色的打火机，但此时顾不上这个，看着他这不急不忙的样子不免有些担心——万一黄毛和绿毛纠缠不休怎么办。

刚这么想着，黄毛和绿毛的声音就从驾驶座那边开着的窗户钻了进来："喂，帅哥，这是你女朋友？"

尤语宁顺着声音转头，黄毛和绿毛正搭着车窗户朝她看，带着猥琐的笑。

她吓得心脏"怦怦"直跳，生怕男人怕惹麻烦把她给赶下去。

尤语宁悄悄观察着他。

就在这时，驾驶座上叼着烟的男人回头看了她一眼，没什么多余的表情。

尤语宁对上昏暗中的他的眼睛，祈求他做个好人。

很快，模糊的烟雾中，男人转过头去，说："不是。"

尤语宁的心瞬间沉了，总感觉下一秒他就会让他们带走她。

"既然不是，让她下来陪哥哥们玩呗！"黄毛猥琐地笑着，"好兄弟，要不一起？"

"一起？"男人似乎笑了一下。

黄毛以为他同意了，笑得更猥琐："对啊，开下车门？"

男人点点头，抬手取下嘴里叼着的烟，面无表情地按在了黄毛搭在车窗的手背上。

那烟被取下来之前，刚刚被吸了一大口，燃得正旺。

皮肉被灼烧，发出很轻微的声响，这声响随即被黄毛的一声痛苦的尖叫掩盖："啊——"

黄毛挣扎着要缩回手，被男人一把拽住了手腕。直到那烟头熄灭，男人才像甩什么脏东西似的甩开那只手。

整个过程总共不过几秒，他太过淡定又出其不意，以至于一旁的绿毛都看呆了。又过了两秒，绿毛终于反应过来，一边大骂一边要把手伸进车窗为黄毛报仇。

驾驶座上的男人按了个按钮，车窗"咻"地升上去。黄毛和绿毛气得在外面踹车门，又疯狂地拉着车门把手想把门拉开。

驾驶座上的男人不屑一顾地瞥了外面暴跳如雷的两人一眼，面无表情地收回视线，情绪似乎没有受到任何影响，一边看着后视镜一边淡定地倒车。

绿毛和黄毛也没放弃，绕到了车前面拦住去路。

男人却像是没看见似的，又往后倒了一下，一踩油门，车子猛地冲出去，黄毛和绿毛被吓得瞬间闪到旁边。

他很轻地冷笑了一声，转动着方向盘驶进了车流里。

尤语宁有点儿被震惊到，但是又好像在意料之中。像他这样的，大概从前就是那种很浑的人，打架斗殴应该也是家常便饭，这样用烟头烫别人手，以及吓唬人一样地开车撞上去的行为，应该只能算小儿科。

但无论如何，她还是挺感激他没有把自己赶下车。

尤语宁抓着安全带回头看，黄毛和绿毛骂骂咧咧地追着车跑了一段，最终放弃，弯腰撑着膝盖喘气。

车子绕过一个弯后，黄毛和绿毛的身影彻底消失。她这才转过头，僵直的后背靠在副驾驶座的靠背上，闭着眼缓缓呼出一口气。

等到那阵后怕缓得差不多了，她才想起自己还没道谢："谢谢你帮我。"

男人从后视镜瞥了她一眼，很轻地"嗯"了一声。

车内空气中有淡淡的佛手柑香味，跟他外套上的香味是同一种。好巧，她用了十几年的那款唇膏的香味也是这种。

尤语宁闻着熟悉的香味，刚刚紧绷的神经彻底放松下来。想起刚刚的事，她不免好奇："你刚刚为什么不直接开车走呀？万一他们打你怎么办？"

驾驶座的男人转头看了她一眼，修长的手指在方向盘上轻敲："哦，我就是确认一下是不是你的同伴。我怎么知道这是不是你搭讪的手段？"

"万一你找人扮演流氓威胁你，就只是为了借机上我的车，跟我独处——"顿了顿，他拖着调子，带着点儿吊儿郎当的语气，"那我不就着了你的道了？"

尤语宁彻底无语。她张了张嘴，试图说些什么，尝试了几次都以失败告终，到最后干脆放弃。

车里重新陷入安静。

又转过一道弯之后，男人忽然出声："地址。"

尤语宁正在想算卦婆婆说的话，一时没听清："啊？"

"地址。"男人重复了一遍，"难不成想跟我回家？"

尤语宁指了指前面，那里能停车："就在那里放我下来吧，我去打车。"

"欲擒故纵？"

尤语宁原本都弯腰拿起脚边放的雨伞准备下车了，听见这话不由得一愣："什么？"

"提前下车，是想表现出你很温柔体贴，不愿给人添麻烦，想让我对你有个好印象？"

不是，这奇特的脑回路真的是正常人能拥有的吗？还是说，冥冥中有人在给他打开了美貌这扇大门的同时，顺手关上了给他正常脑回路的窗户？

为了避免加深误会，加之实在讨厌下雨天走在湿漉漉的地面，尤语宁重新坐好，放下手中的雨伞："橙阳嘉苑。"

男人这次倒是没再说什么，一手握着方向盘，一手输入地名导航。大概他也觉得车里太过安静，顺手打开了车载音乐。

尤语宁瞥到他打开车载音乐的动作，有点儿好奇——像他这样的人，平常开车都喜欢听些什么？

但她万万没想到，下一秒原本安静的车厢里，忽然间就……响起了她放飞自我的、十分豪放的歌声，能听得出，确实很有激情。

一阵热气从脖颈直冲脑门儿，尤语宁恨不得立即扑上去将音乐关掉！

为什么？为什么她昨天才发的视频就被人转化成了音频上传到音乐软件上了？！而且它为什么还恰好被他加进了歌单？！

她平常其实不是这个风格的……

这还得从前段时间她收到的评价讲起。

因为她一直配的都是软妹，就有人刻意说她作为一个配音演员职业素养不够，只能配这一种声音，还说别的大牌演员都没那么多偶像包袱，她一个小小的配音演员倒还背着包袱装起来了。

昨晚因为一直念着那两条干音的状态不对，她有些失眠，又看见那些负面评论，更觉得生气，干脆爬起来放飞自我地唱了这首方言版的《自由飞翔》。

而且，为了更有戏剧性，她还特意用了比较粗一些、低一些的，偏男声的声音唱的，并且十分豪放。这声音跟她平时配的那些甜甜的少女音相差甚远，风格完全不一样，有一种巨大的反差感。

因此今天视频底下的评论和点赞、转发比之前翻了几倍，甚至还涨了一波粉丝。

她下班之前登上账号看的时候都有点儿震惊。但那时候，她还没想到那条视频竟然已经火到了这种程度。

尤以宁只觉得如坐针毡，偷偷地转头观察驾驶座男人的反应，心里疯狂祈求他不会发现这是自己唱的。

男人的侧脸隐在明暗交错的光线里，看不太清表情，但他似乎还挺享受和喜欢，搁在方向盘上的食指修长，骨节分明，很有节奏地一下一下敲打着。右耳垂上的黑钻石耳钉在车灯的照耀下不时地闪着光，像是蛊惑人心的妖孽在施法。

尤语宁偷偷呼出一口气。

应该是她多虑了。她平常说话的声音跟这粗哑豪放的歌声完全搭不上边，他们今天又是第一天见，他肯定听不出来是一个人。

这么一想，尤语宁主动开口搭话："你喜欢这样的歌吗？"

对面开过来一辆车，车灯的光将男人隐在昏暗里的侧脸照亮。不知是不是错觉，尤语宁好像看见他唇角带着点儿很浅的弧度——他难道在笑？

她正想要看仔细，那车灯的灯光早已闪过，车里又恢复了昏暗，男人的表情也一瞬难辨。

遇到红灯，他停下车，像是懒得搭理她，语气敷衍："一般。"

"那你还听……"

"哦。"闻珩扯扯唇角，"我怕开车犯困。"

"啊？"

"被这么一吵，提神醒脑，完全不困了。"

恶劣。

放飞自我的歌声结束后，车载音乐换成了一首很安静的英文歌。熟悉的前奏一响起来，尤语宁立即听出是 oceanside（《海岸》）。

这首歌是她读初三的时候发行的。那时候家里父母总是吵架，这首歌陪着她度过一个又一个难熬的夜晚。

后来她顺利考入南华一中，进入了学校文艺部。

高二那年，学校办元旦迎新晚会，她作为文艺部副部长必须要出个表演节目，就选择了演唱这首歌。好像她还因此收到了很多封信。

那些五颜六色的、带着各种香味的信里，有一封是匿名的。

她不是什么特别高傲的女生，收到的信都会拆开认真看过。那时大家尚年少，能介绍自己的开场白无非是"我是高 × 年级 ×× 班的 ×××"，有的甚至会附上联系方式，大同小异，千篇一律得像是流水线生产的。

所以，那些信她都记不清了。

唯独那一封匿名信，至今她还逐字逐句地记得，记忆深刻又清晰。

原因无他，那封信实在过于简洁——

你的歌声很好听，但我的钢琴弹得比他好。

以后，我想每天都给你弹钢琴，你唱歌给我听，可以吗？

当时给她弹钢琴伴奏的是她们文艺部的部长，在整个年级都很有名气。所以，这话难免显得张狂傲慢。

但很奇怪，她从他的字里行间看出一种少年的意气风发和自信。在所有长篇大论的信里，唯有那一封言简意赅，却最真诚动人，哪怕通篇未曾出现与"喜欢"和"爱"相关的字眼。

其他的信中，他们夸她漂亮、温柔、有气质，说她像月亮、像星星，说她像初恋对象。

只有他认真地夸她唱歌好听，并且想要给她伴奏，想要每天都听她唱歌。

她其实也想给他回一封信，但不知回信应该寄往何处。

后来，她不止收到这一封匿名的信，那些信的特点和共同点十分明显，总是突然出现，来时的踪迹难寻，字迹是一样的笔走龙蛇，通常只有三言两语，却字字都扣人心弦。

而且每一次的信纸都是一样的，带着淡淡花香的浮雕蔷薇花笺。

所以，所有匿名的信，都出自同一个人。

一首歌，把尤语宁拉进了回忆里。也因此，这一路上她跟蓝发帅哥都没再交流。

车不知什么时候已经开到了橙阳嘉苑附近，尤语宁看见前面那家超市，想起自己明天的早饭还没有着落。

"等等，师傅！"她刚从回忆里抽身，还有点儿蒙，以为自己和往常一样是打车回家的，"就在这里停吧，我去超市买东西。"

然而等她把话说完，车却一下加速，开得更快了。

尤语宁不解地转头去看驾驶座上的人——

蓝色头发……帅哥……等等！

她刚刚叫他什么？师傅！

尤语宁的呼吸都暂停了，她恨不得钻到车底。她主动求着别人上了别人的车，却把别人当成司机，还对着这么年轻的一个帅哥叫"师傅"。

周遭的气氛好像一瞬间冷了——虽然刚刚也不见得有多热。

尤语宁偷偷地从车内后视镜观察驾驶座上的蓝发帅哥的反应和表情。他还是先前那副面无表情的样子，看不出有多生气。他眼眸半敛，双唇微抿，侧脸轮廓在半明半暗的光线里十分立体。这么一看，好像又有种山雨欲来风满楼的架势。

尤语宁咽了咽口水，小声又心虚地重新开口："那个……抱歉，我不是……"

话音未落，她猛地身体前倾，被甩得晕头转向。她眨了下眼往外看，小区大门口上面"橙阳嘉苑"几个大字在黑夜里发着光——原来已经到了。

帅哥冷冷地开口:"下车。"

看来他是真生气了,瞧这态度和语气。尤语宁懊恼地叹了口气,想起自己上车前说要付车费的事,这会儿也不好装作没说过。她抿了抿唇,小心翼翼地开口:"多少钱?"

这话一出,尤语宁内心立即生出一股不好的预感。果然,帅哥转过头,黑色的耳钉在光下忽闪了一下,就像是要杀她先亮了刀,"刀"光闪闪。

尤语宁咽了咽口水,觉得自己可以解释:"上车前我说过要给车费的。"

帅哥并没出声,只是静静地看着她,修长的食指在方向盘上一下一下地敲打着,眼角微微上扬,表情就像是"让我想想怎么杀你比较省力,还能不溅我一身血"。

尤语宁补救了一句:"我不是故意要叫你'师傅'的,我只是……"

"可以。"帅哥冷笑,漫不经心地掀了下眼皮,"你很厉害。"

尤语宁蒙了:"啊?"

"能想得出这种独特的方式来吸引我的注意力。"

事情怎么又开始朝奇怪的方向发展了?她还以为他会因为自己叫他"师傅"而生气,万万没想到,他发散思维,只当她想吸引他的注意。

也好吧,总比他生气强。

尤语宁想了想,没跟他纠结这个,又问了一遍:"多少钱呢?"

"你想 PUA(精神控制)我?"

"啊?"

"想给我钱,让我潜移默化中认为自己就是你的司机?"

尤语宁沉默一会儿,解开安全带:"那就不给了吧,今晚谢谢你了。"

帅哥懒懒地从鼻腔里发出个音:"嗯。"

尤语宁听他没再说别的,弯腰拿上自己的雨伞,推开车门下去。

"真的很感谢你。"她抓着车门把手,弯腰再次致谢,"回去路上注意安全,晚安。"

这次没再给他说话的机会,尤语宁说完就直接关上了车门,转身去超市买东西。

橙阳嘉苑是一个比较新的小区,尤语宁今年初才从一个"老破小"的小区搬过来。这里附近有商圈,生活设施很完善,安全也很有保障,对于单身独居的女性来说,是个很不错的选择——当然,价格也相对比较高,是她从前房租的两倍。

雨下得大了些，尤语宁撑开伞，提着买来的三明治和鲜奶出了超市。进小区的时候，她和往常一样跟门卫打招呼："辛苦了，王叔。"

王叔是个五十岁左右的男人，穿着深蓝色保安制服，戴着保安帽，坐在门卫室门口的小板凳上。见她回来，他露出和善的笑容："今天回来得挺早啊！"

"是。"尤语宁笑笑，"没加班。"

"对了。"王叔像是想起什么，起身从长木桌上拿了个本子翻了翻，"今天有人来问过你对面那套房子，可能要租。"

"人看着怎么样？"

"还行，挺帅一小伙儿。"王叔笑了笑，把本子放下，"不像是坏人。"

尤语宁笑着点点头："谢谢王叔，我先回去了。"

电梯在十五楼停下，尤语宁提着雨伞和早饭出了电梯左转，一直走到1506。

她正要开门，忽然想起王叔说的话，又回头看了眼对面紧锁的门。对面原先住的是一对情侣，上周才搬走的。尤语宁很怕对面搬来些不好的人。小区出租、出售的信息都会同时交给门卫和中介，所以她特意和王叔说了一下，让他帮忙留意下对门新来的租户。不管好的坏的，她好早点儿有心理准备。

王叔毕竟年长，又天天看着形形色色的人进出，比较有看人的经验，既然他说看着不像是坏人，那应该没什么问题。

尤语宁收回视线，打开自家的门进去。

她租的是一套一居室，一室一厅一厨一卫一阳台，日常生活够用了。房东是个比她大五岁的姐姐，文艺又小资，室内的颜色基本是牛油果绿色和明黄色搭配。

将买来的三明治和鲜奶放到冰箱里，尤语宁拿了西红柿和鸡蛋做了碗快手面。她坐在茶几边的地毯上，打开电视机播放一部情景喜剧下饭，又打开了手机。

想起在那个蓝发帅哥车上听到自己唱的那首方言版的《自由飞翔》，她又打开了那条短视频的评论区。这条视频的评论数是以前的几倍，尤语宁用右手缓慢地滑动着页面，眼睛紧盯着手机屏幕。

"啊啊啊！游鱼宝贝太可爱了！"

"宝贝太棒啦！谁说我们家鱼鱼只会配甜妹？！"

"鱼鱼宝贝下次录个'御姐音'迷死他们！"

…………

在评论中，有一条特别与众不同。尤语宁晃眼一瞥，还以为自己看错了，滑动手指重新退回来，才确认自己没看错——

"还行，提神醒脑。"

看着这条评论呆滞了两秒，尤语宁才记起去看评论的发出人——佩上玉。

佩上玉是什么？尤语宁打开网页搜了下，找到解释："珩，佩上玉也。"她又想起车里，蓝发帅哥说——

"哦，我怕开车犯困。

"被这么一吵，提神醒脑，完全不困了。"

…………

这俩是同一个人？他居然关注了她——但很有可能是个黑粉。

犹豫了好几秒，尤语宁回复道："嗯？我让你听了？"

雨是在半夜停的。

尤语宁日常失眠，直到雨停才睡着，第二天一早起来，两个黑眼圈挂在眼睛周围。她迷迷瞪瞪地洗漱完，吃了早饭，化了个妆遮住黑眼圈去上班，在地铁上都打瞌睡。

刚出地铁站，手机铃声响起，尤语宁混在人群里往外走，摸出手机一看，屏幕上的来电显示是"妈妈"。她犹豫了下，还是接听了："妈妈。"

"宁宁，"那端的女声有些强势，"这个月的生活费你爸还没给，帮我要一下。"

尤语宁短暂地沉默了一下。

正值上班高峰期，别人匆匆忙忙赶路，经过她身边时不小心地一撞，她的手机被撞落在地，她慌忙蹲下去捡，有人没注意，一脚踩在她的手背上。尤语宁轻哼一声，在混乱的脚步里捡起手机。

撞到她的人连连道歉："对不起啊，撞到你了，没事吧？"

尤语宁摇摇头说"没事"，将手机放在耳边。那端，她的母亲任莲女士不知是不是根本没有听到刚刚的混乱声音，依旧执着地说自己的事情："听见没？这个月已经过一半了，你弟弟还要吃饭呢！"

尤语宁的嘴角慢慢扯起个嘲讽般的弧度："自己去要。先挂了，我还要上班。"说完，她直接挂断了电话。将手机揣进外套口袋里，她在心里安慰自己——也许妈妈失聪了呢？所以妈妈没听见刚刚她因为被踩到手而发出的闷哼声、手机掉落在地的动静、别人撞到她的道歉声，也因此没有关心她哪怕只言片语，情有可原。

回到工作室时，尤语宁已经调整好了自己的心情。这些年来，她早已在一次又一次的失望中习惯——习惯这个世上并没有人爱自己这件事。

昨天的那部广播剧还没试音，尤语宁拉上橘子进录音棚，让橘子在外面帮她听一听试音效果。

"这里我觉得还需要再弱一点儿。"橘子说，"就是情绪应该再往下一些。"

尤语宁低头看着剧本上写的内容，是女主角看见男主角对别的女生笑，表面上装作不在意，继续和同学讲话，但实际上情绪已经很低落。

她在中学只知道学习，成年后为了梦想和金钱奔波，并没有喜欢过任何人，也因此有点儿不太把握得住暗恋中酸涩地吃醋这个点。

尤语宁闭上眼开始代入女主角，想象那种画面。感情史一片空白的她试图在脑海里幻想出一个男主角——

他肯定得长得帅，又很狂，也许还会戴耳钉、染头发，喜欢打架……

她就这么一想，一头蓝发的帅哥忽地钻出来，吓得她立即睁开了眼。

"算……算了。"尤语宁呼出一口气，低头翻过一页剧本，"我还是先试试别的台词吧。"

橘子有点儿蒙："怎么了？"

"这里的情绪我还没找好，等我之后再找找看。"

"好。"

周一下午快下班的时候，跑腿的人把那件洗干净的白色外套送了回来。尤语宁检查了一遍，确认没什么问题后，拉上橘子去对面游戏工作室还衣服，匆忙间忘记了那个还躺在抽屉里的银色打火机。

这间游戏工作室虽然在他们对面，但是大门并不是面对面的，而是彼此错开的。她沿着铅灰色墙面的宽阔楼道一直往前走一段路，就能看见一道敞开的玻璃大门。

靠近大门的墙面被做成了海蓝色灯墙，有亮白色的字"归鱼"，字底部的图标是一条卡通鱼，很可爱的一条小鱼，像是睡着了，眼睛被画成一条向上弯的线，倒是意外的可爱。

她进去后，看到里面还有些混乱，装修工人和员工都在忙着布置，机械声嘈杂。

大概因为工作室还没正式开始营业，前台处连个人影都没有。

想着也不能随便把衣服丢在那里不管，万一后面丢了会很麻烦，尤语宁找到一个年轻女生，问她认不认识一个染着蓝色头发的男人。

"你是说我们老板？"年轻女生笑了笑，"他出去了，过会儿应该会回来。"

原来他是这家游戏工作室的老板。既然如此，那就不用担心了，尤语宁把装着衣服的袋子递给女生："这是他的衣服，麻烦你交给他一下，可以吗？"

女生很诧异地看了尤语宁一眼，大概在好奇他们之间是什么关系，居然会过来送衣服。但对方没问出口，尤语宁也就没找到合适的机会解释，就想着以后应该也不会有什么交集，误会什么的很快也就会忘了，应该没什么关系。

女生好奇完，接过袋子打开看了一眼，点点头："可以。"

尤语宁弯唇，很温柔地道谢："谢谢了。"

总算把这个像炸弹一样的东西交了出去，尤语宁心里一阵轻松，拉着橘子往回走。刚走出游戏工作室的门，橘子失落地叹气："唉，没见到帅哥。"

尤语宁这会儿心情还不错，笑着安慰她："没关系，我们这反正也是低头不见抬头见的，只要想见他，总会有很多机会偶遇。"

橘子撇撇嘴："可是除了第一天，我都没偶遇到他啊！"

"实在不行，"尤语宁想了想，偏过头去看她，"要不就故意制造偶遇的机会？反正他的蓝色头发还挺显眼的，一下就能在茫茫人海里看见。"

"是吗？"话音刚落，尤语宁的头顶上方就传来一道懒懒的声音。

作为一个对声音极其敏感的人，哪怕已经几天没听见这道并不熟悉的声音，尤语宁还是立即认出了它的主人——蓝色头发的帅哥！

也不知道刚刚她说的那句"故意制造偶遇的机会"有没有被他听见。

不等她做出什么反应，旁边被她挽着胳膊的橘子已经激动起来："帅……帅哥，你……你好啊……"

尤语宁顺势抬头看。他还顶着那头晃眼的蓝发，戴着黑色耳钉，很耀眼。他今天穿了件黑色的外套，看着有些短，不太合身，却衬得他更冷酷些，就连眉目间的厉色似乎也格外明显。

出人意料的是，他居然微笑着对橘子点点头："你好。"

尤语宁："……"

不对，按照她们之间先前的那几次互动，他应该先自作多情，然后冷漠地走掉。

橘子的搭讪得到了回应，她激动得快要扑上去。尤语宁毫不怀疑，如果不是自己还挽着她的胳膊，她大概已经扑到了人家的怀里。

"我……我叫谢橘，大家都叫我橘子。我就在这家配音工作室工作！"橘子努力控制着自己的表情，"你呢？"

"闻珩。"帅哥的视线不着痕迹地落在尤语宁身上一瞬，"听闻的闻，白珩无颜色的珩。"

尤语宁没注意到他的目光，心里下意识地去想他说的名字是哪两个字——是元稹那首《杂曲歌辞·出门行》里的那句"白珩无颜色"的"珩"？

闻珩。尤语宁在心里默念了一遍，要是用方言念，听着就像是"吻痕"。

不过，她不知为什么会觉得这个名字有一丝丝熟悉的感觉。

她这人有个缺点是不太记得住人脸，但记人名字还挺厉害。有好些同学，分开久了站在她的面前，她可能会记不起人，但别人报一下名字，她又能把人的名字和脸对上号。

只是此刻她在脑海里搜寻了一下，没找到与这个名字相对应的脸。

大概是见闻珩表现得太过温柔和善、平易近人——毕竟介绍自己的名字都这么详细——橘子信心大增，追问道："可以加个联系方式吗？"她努力压着唇角上翘的弧度，尽量让自己看上去矜持些——虽然她做的这事跟矜持没有半点儿关系。

尤语宁默默看着，好奇这人会是什么反应，却不想这回他的目光直接落在她的脸上。他微抬着瘦削的下巴，半敛着眼眸，漫不经心地瞥了她一眼。

而后，他扯了扯嘴角，说："不可以。"话音刚落，他直接走掉。

看来，人的本性确实还是难改。

橘子大概也没想到会反转，愣了一下，反应过来后直接埋在尤语宁的肩头上哼哼："他……他怎么这样啊？"

"没事没事。"尤语宁拍着她的背安慰道。

尤语宁本想说，他就是这么个高傲的样子，但又不敢。

她有点儿怕这句话一说出来，他忽然就一下蹿到自己的背后阴森森地问："是吗？"

回到工位坐下，尤语宁打开电脑，忽然间想起来闻珩的名字——珩，佩上玉也。

这么一想，尤语宁打开了那条短视频的评论区。

昨晚被她回复的那条佩上玉的评论，如今被网友顶成了第一条：

"我们家鱼鱼宝贝不欢迎你，出去出去！"

"鱼鱼宝贝别理他！什么提神醒脑？明明超级可爱呀！"

…………

昨晚回复时，尤语宁并没想到局面会变成现在这样。这会儿看着评论这么多，她还有点儿心虚，正要装作没看见退出去，一刷新，看见新增了一条回复——

"这么多回复里找到我，真是辛苦你了，鱼鱼……宝贝？"

闻珩回到工作室里，一眼就看见前台柜子上放的白色纸袋。

刚刚收衣服的那个年轻女生——也就是居居——见他回来，立即扬声喊他："老板，刚刚有个美女过来，让我转交给你一件衣服。就在柜子上，你自己看啊。"

闻珩挑眉，拿起袋子看了眼，把衣服取出来抖开。

衣服上已经看不见咖啡渍了，干干净净的，像是从未被倒上咖啡。

周至诚刚安好一台电脑，过来拿水喝，见到他在看衣服，眼睛一亮。

"珩哥。"周至诚笑嘻嘻地凑近闻珩，"该不会对人一见钟情了吧？"

闻珩瞥了他一眼，没搭话，把身上那件黑色的外套脱下来丢到他的怀里："还你了。"

"珩哥，你干吗天天不穿衣服？"对上闻珩投过来的冰冷眼神，周至诚笑了下，改了口，"外套……外套！你说你又不是缺衣服的人，天天就穿那么点儿，还问我要外套穿，这多不合适，我那衣服哪儿配得上你的气质。"

"哦，这不是……"闻珩一边把白色外套往身上拢，一边懒散地拖着调子敷衍，"等人送嘛！"

说着，他拍拍周至诚的肩，掀了掀眼皮，嘴角微翘："还有，我长得好看，百搭。"

闻珩摸了摸外套的口袋，又去翻装衣服的袋子，都是空的。

周至诚不免好奇地凑过去看："找什么呢，珩哥？"

"打火机。"

"我这儿有。"

闻珩瞥了眼周至诚手心里的黑色打火机，不知想到什么，微挑眉头，轻轻"啊"了一声，又笑："不用了。"

他等人送。

南华的11月很冷，冷空气里像夹杂着在冰箱里冻过的冰针——看不见，摸不着，冷冷地扎人疼。

尤语宁收好东西下班，边走边盘算：要不晚上弄个小火锅？

橘子从她身边跑过去，回头冲她招手："宁宝，走快点儿，一会儿又要下雨了！"

尤语宁抬头，一阵风刮来，把细软的发丝吹得从脸上擦过，冰凉的雨滴随即落下。衣摆被风刮得翻动了几下，她低头扯了扯衣襟，把手里黑色的雨伞撑开。

树叶被风吹得"沙沙"作响，地面映着霓虹灯光，雨伞的伞柄也有些凉。

尤语宁的心情在一瞬间变得很糟糕。

南华这座城市还是数十年如一日喜欢下雨，如果不是初一声工坊要搬迁回南华，这个地方她大概根本不想回来。

尤语宁呼出一口憋闷已久的气，将手机掏出来解锁，打开打车软件，输入目的地。这次软件很快加载出了页面，但她不接受拼单，导致本就因下雨和高峰期难打的车变得更难打。

雨势渐大，尤语宁用左手捏紧了伞柄，往路边的树下躲了躲，以此来减小雨水落到伞面上发出的声响。忽然间，她想起几天前的那个晚上，下意识看了眼前面——这么凑巧，又停着一辆黑色的车。

千万别是那个叫闻珩的人的车。

尤语宁默不作声地往旁边挪了挪，又觉得还不够，干脆也顾不上打车了，撑着伞走了一百米才停下，刚要在打车软件上改目的地——

"嘀嘀——"车喇叭声响，尤语宁顺着声音抬头看去，一辆黑色的车绕了半圈停在了她的面前。车窗降下，露出一张俊朗的侧脸。来人黑发乌瞳，笑意温和，冲她喊："尤语宁，好巧。"

尤语宁愣了两秒，疯狂在脑海里搜寻关于这张脸的记忆，却依旧找不出相关的碎片。她记人脸的本事实在差劲，即使是同班几年的同学，毕业不到一年她也很难记得人长什么模样。

车里的男人似乎也并不介意，仍旧是温和地笑着看她，适时提醒："秦易安。"

尤语宁瞬间记起这个名字——他好像是之前南华一中学生会文艺部部长，之前他们也算是"同事"，但因为不同班，交集不多。

"好久不见。"尤语宁尴尬地扯了扯嘴角，露出个笑。

"等人吗？"秦易安看了一眼越下越大的雨，"我这会儿正好有空，送送你？"

尤语宁的大脑转得飞快：她确实不想去挤公交、地铁，也不好打车，有他送会很方便，但这样一来，可能一路上都会很尴尬。

"不用麻烦的，一会儿会有车来接我。"尤语宁撒了个谎，"谢谢你。"

"这样啊。"秦易安挑挑眉，并没立即离开，"你以前的联系方式是不是都不用了？"

"嗯。"尤语宁点点头，"后来都换了新的。"

"那方便留个联系方式吗？"

尤语宁找不到拒绝的理由，只好打开微信让他扫了码加好友。

"那我先走了？"秦易安温和地笑了笑，"下雨天注意安全。"

"好，你也开车小心。"

等车尾灯消失在雨幕里，尤语宁才如释重负般松了口气。她其实还挺害怕这种被别人记得并且被清晰地叫出全名，而自己却对对方毫无印象的情况，怎么想都感觉自己过于没心没肺。

她又想：还好自己混得一般，不然的话还挺害怕被人说是飞黄腾达忘了旧友。

一阵夹着雨水的冷风刮过，伞面被风刮得往后翻，她的脸上也像是蒙了一层黏糊又冰凉的水雾。握着伞柄的手指被冻得有些僵，尤语宁使了些力才将伞拉回来。

一辆又一辆车从她面前飞快地驶过，先前和她一样在路边等车的人都陆续被人接走了，只留下她还在原地。

这情形并不陌生，甚至是她从前在中学时常经历的，她永远都是那个被留下的、没有人接的可怜的人。

尤语宁忽然有点儿后悔：刚刚怎么就没上车呢？现在想想，她即使尴尬一路，也比在她最讨厌的雨夜里吹风淋雨还打不到车强。

她甚至有了个接近疯狂的想法——如果秦易安又绕回来，她一定上他的车。

但也只是想想，尤语宁重新打开打车软件，熟练地输入地名。

"嘀嘀——"车喇叭声响，好像是什么悦耳的音乐突然闯进人的心里。

尤语宁不受控制地抬头，车头黄色的灯光闪亮晃眼，刺得她偏头，抬起拿着手机的手挡了一下。

感觉到车好像停在了她的面前，尤语宁放下手转头去看——黑色的车。

几乎是下意识地，她以为刚刚内心疯狂的想法被看穿——秦易安去而复返了。

被雨夜里的冷风和打不到车的痛苦折磨到崩溃，尤语宁也顾不上矜持，主动上前一步，敲了敲副驾驶座的车窗。过了两秒，副驾驶座车窗降下，尤语宁同时看见驾驶座上，蓝色头发的帅哥转过头来。

四目相对，尤语宁扬起的微笑僵在唇角：怎么会是……闻珩呢？

闻珩有一双黑色又深沉的眼，就这么在昏暗的光中直直地朝她看过来。

雨滴急切地落在伞面上，发出躁动的声响，顺着伞面滴滴坠落。

静默几秒，他问："怎么是你啊？"听起来他的语气似乎还挺遗憾。

尤语宁也从那种期待落空的失落中回过神来，现下心情实在有点儿糟糕，语气恹恹的："不是你停在我面前，还按喇叭的吗？"

"啊——"闻珩吊儿郎当地拖着语调，"我以为是哪位美女，过来献下殷勤。"

果然，第一次见面时她的直觉是对的。情场浪子连这种雨天邂逅美女，来一场艳遇的机会都不放过。

"是我打扰了。"说完，尤语宁准备起身绕开他的车。

"喂。"车里的人出声，还是那种不着调的语气，"倒也不用那么不自信吧？"

尤语宁没懂："嗯？"

"咔嗒"一声轻响，好像是车门锁开了的声音。尤语宁好奇地朝他看去，他也恰好转过头来，懒散地靠在椅背上，手指闲闲地在方向盘上敲打着。他似乎漫不经心地扫了她一眼："刚刚不是主动敲我的车窗吗？现在给你开车门了，还矜持什么？"

那表情和语气，就好像他在说："刚刚主动想要勾搭我，现在看你可怜，给你这个机会，怎么不中用了？"

或者是："女人，你又想玩什么欲擒故纵的小把戏？"

尤语宁本想解释些什么，也想一身傲骨地直接离开，但手指已经被冻得麻木，裤腿也都湿透。她真的极其讨厌下雨天。

似乎也只犹豫了一两秒，尤语宁直接拉开副驾驶座的车门上了车。

这次她没上次那么着急，收了雨伞后还拿着伞柄前后甩了甩雨水，这才收进来搁在脚边，关上车门。

这是她第二次坐他的车，没有第一次那么尴尬。但他们一路上也没什么交流，只有轻柔的音乐声轻轻响着。

尤语宁一直侧头看着窗外的雨幕，车窗玻璃上的雨珠都连成了线，不断坠落。城市的霓虹灯疯狂倒退，不时还能看见外面车轮飞速转动带起的水花，一定很潮湿，还很冷。

这么一想，她坐在开了暖气的车里，似乎还真的挺幸福的。

快到橙阳嘉苑时，尤语宁远远又看见那家超市，想下去买明天的早饭，但想起上次的乌龙事件，就没敢叫闻珩现在停车。然而车速渐渐降了下来，而后，车靠边停在了超市外面的路口。

尤语宁好奇地回头去看，闻珩正在解安全带。他大概是感觉到了她的视线，抬眼看她，乌黑清澈的眼眸带着点儿笑意："怎么，忍不住了？"

"嗯？"

"一路上忍着不看我，很辛苦吧？"

尤语宁沉默了一下，就见他已经解开安全带，打开了车门下去。

这么一想，她也干脆拿上伞下车。

关车门时，她瞥到他在中控台里放着一盒火柴，这时候才恍惚记起：他的打火机还放在她的抽屉里，她忘了还。

完了，不知道她又要被他想成什么样子——爱而不得，为爱痴狂，偷藏"周边"？

这么一想，尤语宁有点儿头皮发麻的感觉。

雨还在下，并且下得不小。

她撑开伞往超市走，才发现闻珩也要去超市，但没撑伞。犹豫了一下，想着毕竟自己搭了他的车，尤语宁快步追上去，把伞高高举过头顶，分他一半。

淋在脸上的雨水停了，闻珩先是抬头看了伞一眼，又侧头朝她看了一眼。他的蓝色头发被打湿了一些，但在昏暗的夜色里，漆黑的眸子依旧很清澈，只是眉眼间总有那么几分傲气。

他抬手把她的伞往她那边推："又开始了？"

尤语宁没接话。

"这么急着在我面前表现自己？"闻珩的视线不着痕迹地落在她渐渐被淋湿的左边肩头上，手里的动作没停，他把雨伞完全推到她的头顶上方，自己整个人暴露在雨幕中。

顿了顿，他又拖着调子补充了一句："不用这么卖力吧？"

尤语宁百口莫辩："我只是……"

"该不会，"闻珩冷笑了一声，"是想借机淋雨感冒，然后赖上我？"

尤语宁甚至都能想出他未说出口的潜台词——女人，你真是好有心机。

这家超市不算小，分了好几个区域。

尤语宁进门后拿了个购物篮，打算还是保持自己的原计划——吃小火锅。她朝着生鲜区走过去，买了些火锅的食材后又去拿了三明治和鲜奶。

她提着满满一篮子东西去收银台，看到有几个人在排队，只好提着篮子排在后面。

闻珩也选好了自己要买的东西——他就只拿了一瓶水，也不知道怎么就逛了这么久。

她还以为他已经离开了，想着搭了人家两次车，又不是多么熟的关系，还没请别人喝过水。她伸手："给我吧，我一起结账。"

闻珩瞥了她一眼："又是什么新招数？"

她忽然有点儿可怜他了，不管别人说什么、做什么，他都这么警惕，以为别人对他有所企图，也不知道从小到大都经历了些什么。

"我请你喝。"尤语宁说。

又回想了一下他刚刚那眼神，大概是又觉得她想借机问他要钱，加他的微信。

这么一想，她不免就多解释了一句："你放心，不问你要钱，也不加你微信。"

闻珩没应声，朝她前面扬了扬下巴。

尤语宁转过头去，才发现前面的人已经结完账。

她顾不上再去纠结请闻珩喝水的事情，提着购物篮过去结账。

"一百二十三块六。"收银员报了个总价，"要购物袋吗？"

"要。"

尤语宁又看了眼闻珩手里拿的那瓶水，见他丝毫没有要给她的意思，干脆也就放弃了请他喝水这个想法。

东西有点儿多，她正慢慢地往袋子里装，听见闻珩说："拿包烟。"顿了顿，他又补充道，"要个打火机。"

尤语宁装东西的手一顿，她犹豫了半秒，还是没忍住出声提醒："你的打火机——"想了想应该怎么措辞，尤语宁顿了下，"之前在你这件外套的口袋里，洗衣服的时候我拿出来收到了公司的抽屉里，忘了还给你。"

闻珩意味深长地看了她一眼，把打火机还回去："这个不要了。"

尤语宁装完东西，闻珩也恰好结完账。和他一起出了超市后，她想了想，还是决定再解释一下："你的打火机我明天还你吧，当时真的忘了。今晚谢谢你的车。"

"所以故意不还打火机，"闻珩拧开瓶盖喝了口水，朝她看了一眼，"就是为了有正当理由来找我？"

尤语宁就知道他要多想，但没打算理这句话，而是指了指他身上的外套："今天不是看你穿着件黑色的外套吗？"

闻珩睨她，一副"你果然对我有意思，竟然连我穿什么颜色衣服都记住了"的表情，随后极其敷衍地答道："哦，别人的。"

"啊？"

"你半天不舍得还衣服。"闻珩又向她投来意味深长的目光，顿了顿，"该不会是，想让我冻感冒，借机展示你贤良淑德？"

"可惜了，我借了别人的衣服。"他的眼神充满怜悯，"你没这个机会。"

尤语宁回想起那件黑色外套，穿在他身上确实不合身，有些短小。

原来他是找别人借的。

但她还是觉得没办法理解，他看着这么有钱，不像是会缺这一件外套的人。

不过听他说得那么可怜，她还是解释了一下："我已经加急了，跑腿的人今天一送来我就还给你了。"

闻珩显然不信，拿着水瓶的那只手抬起来，手背在沾了水的唇角上点了点。在超市里灯的灯光投射下，腕骨分明的冷白色手腕看着清晰又性感。

他转头，轻飘飘地瞥了她一眼，那眼神分明就是"我都懂，你别狡辩了"。

尤语宁不知道再说什么，干脆借口还有事，和他告了别。

回到家里，要开门的时候，尤语宁下意识又朝对门看了一眼——应该还没人搬进来。

她打开门进去，将食材清洗、整理好装盘，找了个小电锅搬到茶几上，一边看剧一边吃。

这是部都市偶像剧，她没怎么看过，此刻恰好演到男女主角分手，下起了大雨，男主角声嘶力竭，痛苦至极地挽回女主角，女主角头也不回地离开。

这种戏码一般都伴随着瓢泼大雨，男主角浑身淋湿，在头顶蓝色的霓虹灯光照耀下，像是染了一头蓝发。

蓝发……

尤语宁咬着筷子头愣了一下：怎么突然间就想起来闻珩了？

她赶紧换了个台，看到在播放小品，这才放下遥控器。

吃完饭后收拾好厨房、洗了澡，她躺到床上，一点儿睡意也没有，翻来覆去好半天，又把那部小说翻出来看——她不信自己抓不到那种小女生的情绪。

这么一折腾，她放下手机时倒还真有了点儿困意。

尤语宁关了卧室的灯，室内陷入一片黑暗，那种心悸的感觉立即涌了上来。

果然，不管过去多久，她还是没办法在黑暗里入眠。尤语宁认命地打开床头灯，心悸的感觉随着光亮的出现而慢慢消散。她叹了口气，拉上被子睡觉。

南华一到秋冬，太阳就跟稀有物似的，即使不下雨，也多是阴天，难窥太阳的容颜。

但这天早上，天气意外地好。尤语宁刚出地铁站，多日不见的太阳就在天边冒了个头。

她一高兴，好像忘了件什么事情，那感觉让人抓耳挠腮的，但怎么想都想不起来到底是忘了什么。

她进了工作室，坐到工位上，打开电脑，草莓拿着个蓝色文件夹过来，打断了她的思路，说策划人叫她去趟会议室。

"放心。"草莓凑近了，栗色的鬈发滑落，压低声音，"朱老师看着心情还不错，笑眯眯的。"

朱老师叫朱承刚，是初一声工坊的策划人，为人很随和，只是最近脾气有点儿躁。

尤语宁笑笑，也压低声音应道："好，马上就去。"她放下鼠标，起身后理了理衣服，这才往会议室去。

尤语宁抬手在关着的玻璃门上轻轻敲了三下，听见一声中低音："进来。"

她推开门进去，看见朱承刚跷着腿仰靠在办公椅上，手里拿着一份A4纸大小的文件。

"朱老师，您找我？"

"坐。"

朱承刚朝旁边的椅子抬抬下巴，等尤语宁坐下后，把文件从会议桌上推过来。

"有个小短剧插下队，你做这个女主角的角色配音，就两期，做完再做《他夏》的广播剧。"

《他夏》就是那部由暗恋小说改编的广播剧，原名叫《他在盛夏的风里》。

尤语宁拿起文件看了眼，封面上写着《他在我心上开了一枪》，内容是由短篇的悲剧小说改的。

她之前完全没听说过它，也不知道怎么突然冒出来这个，但也没多长，不麻烦。尤语宁点头接下："好的，还是我和明哥合作吗？"

"乾明这两天请假了，你跟枫林合作吧，他昨天晚上加班，今天会晚些来，我已经把剧本给他了。"

"好，那我先出去了。"

从会议室出来，尤语宁回到座位上开始看剧本，顺便给枫林发消息商量录制的时间。

她一开始进初一声工坊是配龙套角色的，后来一部剧小火之后慢慢成为主角的配音演员，大多数时候都是跟乾明合作。乾明是很有人气的配音演员，也是她的前辈，许多大火的广播剧男主角都是他配的。除此之外，他也参与了一些影视剧角色的配音，很受欢迎。

枫林跟乾明比起来，人气和资历都要差上许多，但实力还不错，就差一部火爆的广播剧。尤语宁跟他差不多时间进工作室，但合作的次数很少，这会儿免不了要多沟通几句。

跟枫林商量好时间后，尤语宁快速过了两遍剧本，等下午枫林来了就开始进录音棚试音。一直忙碌到晚上10点，俩人才下班。

想着早上听朱承刚说枫林昨晚也加了班，尤语宁一边关设备一边顺口关心了一下："听说枫林老师昨晚也加班，辛苦了。"

"打工人打工魂。"枫林边伸懒腰边打哈欠，"只要干不死，就往死里干。"

俩人一起往外走，橘子和草莓也收了尾，看着还挺精神。

"要不要一起去吃个夜宵？"橘子提议道，"有点儿饿了。"

"哇！"枫林夸张地笑了笑，"多不好意思啊，我一个男生，你们三个美女陪我。"

"咦……"草莓做了个嫌弃的表情，"枫林老师这也太'脸大'了吧！"

几人说说笑笑地出了写字楼，去找附近的烧烤店。

晒了一天的太阳，城市的路面已经干得差不多，只有一些凹陷处还有些许水迹。尤语宁小心地避开小水洼，跟大家步行了五分钟，进了条很热闹的巷子。

人声嘈杂，空气里飘浮着麻辣鲜香和酒的味道。巷子两边都摆着桌椅板凳，上面撑着深蓝色的雨棚，白色节能灯被挂得很低，朦朦胧胧地把这一片照亮。

"要不我们去前面那家吧。"橘子指了指几米开外一个亮红色灯牌的烧烤店，上面写着"好绝"。

尤语宁心想：是真挺绝的。

她怀疑橘子就是一眼看见了那家店，起了猎奇心思，想要过去看看。不过枫林和草莓都没意见，她也没说什么。

几人走过去，橘子正要占一张桌子，忽然顿住："帅……帅哥……"

尤语宁顺着她的视线看去，不由得也是一愣。

两个看着还是少年模样的人，面对面地坐在门口的一张桌边，一个蓝发，一个黑发，都穿着黑色外套，衬得浑身的气质很是冷峻。

那个蓝发的……尤语宁仔细辨认着对方的特征，应该是闻珩。

偏偏他好像还听见了橘子的叫声，不知跟对面的人聊了什么，嘴角翘了个微小的弧度，朝他们这个方向看了过来。

倒也不必这么巧吧！

也在这时，尤语宁终于想起早上想不起来的那件事——她说好今天还他打火机的。

"好绝"应该是一家新开的店。尤语宁记得，几个月前这里还是家水果店。大概因为这里是新店，灯都比别人家亮很多。

尤语宁立在深蓝色的雨棚下，隔着一张低矮的木桌和三两人群，在憧憧灯影下与闻珩对上视线——就一秒，而后，他像是没看见她似的收回视线，转过头去。

他对面的黑发帅哥问他："认识？"

"啊……"闻珩抬了抬眼，捏着右手边透明的玻璃杯和那人碰了一下，"瞧着还挺眼熟。"

既然闻珩装作不认识，她反倒松了一口气，下一秒又听黑发帅哥说："我怎么也觉得有点儿眼熟？"

听见这话，尤语宁不由把视线落到他的身上——她不认识他，好像都没见过，当然也有可能是她忘记了。

也许是因为家庭幸福，橘子是个很想得开的女生。哪怕现下这情况看着好像还有点儿尴尬，她也很快地装作什么都没发生，立即占住了面前一张低矮的木桌。

"我们就坐这里，通风，吃完了身上的味道也不会太大！"

餐桌是那种四四方方的小矮木桌，四个人各占一边坐下。

很快有服务生过来招呼她们，问他们要吃什么。

虽然做声音这方面的工作，但他们跟歌手还是不一样的，对吃辣这方面禁忌不算很多，除非有特殊情况。

几个人点了不少东西，边聊边吃，说说笑笑，跟周围的人一样热闹。

闻珩再次倒酒的时候，视线不经意地往那边扫了一下。

尤语宁坐的位子跟他算是相对的，这么看过去，他恰好能看见她大半个侧脸。

她不怎么说话，但也不冷场，很能配合，该笑就笑，该给反应就给。她没喝酒，手边摆着一瓶玻璃瓶装的豆奶，插着吸管。

雨棚的骨架上吊着灯，悬在她额前三十厘米的上空。莹白的灯光照亮她含着笑意的双眼，像在宁静的湖面上映出的一弯月亮。

只是快到像是不存在的一瞥后，闻珩立即收回视线，捏着酒杯又跟对面的人碰了下。他喝下一口酒，听对面的人问："找我出来就是陪你喝酒的？"

闻珩懒懒地掀了掀眼皮，嗤笑一声："陈绥，把你的态度摆端正。"

陈绥恨不得弄死他，却又只能忍着。

他们来得早，走得也早。一个差不多年纪的男人系着围裙出来，知道他们要走，问要不要拿点儿喝的。闻珩往里扫了一眼，一个女人背着个婴儿正在忙碌地弄菜。

"忙你的去。"闻珩往里扬扬下巴，"多看着点儿你媳妇。"

男人"嘿嘿"地笑着，摸摸头，叫他们回家路上注意安全。

"行了，"闻珩插着兜转身，"进去吧。"

他路过尤语宁她们坐的那张木桌时，看到几人不知聊了什么，笑得前仰后合。

闻珩从旁边过，在混乱的笑声里莫名其妙地说了一句："早点儿回家。"他的声音不大不小，恰好让一旁的尤语宁听见。

她有些疑惑地抬头朝他看去，他却目不斜视，从头到尾都没看她一眼。

陈绥一头雾水："啥玩意儿？"

在闻珩的余光里，尤语宁收回了视线。

走出去几米远，闻珩才装作没听见："你刚刚说什么？"

陈绥气笑了："刚刚不是你在说话？"

"哦。"闻珩舔了下唇角，"你醉了，幻听。"

陈绥：你看我这一拳能打死你吗？但他又不敢真的动手，气得叫了个代驾走了。

闻珩回到停在巷子口的车里，降下车窗，点了支烟坐着。

来电铃声响起，他把烟换到左手上，摸出手机，看了一眼备注后接听："干吗？"

那头传来道温柔的女声："下周六爸过生日，你几点回？"

听见这话，闻珩抖了抖左手指间的烟，歪头对着后视镜照了照，蓝色的头发在这昏暗的光线里倒是显得低调了些。

"我跟你说个事。"他想了想，打开微信发了张照片过去。

静默几秒。

"小十，"女声顿了顿，"你是真不怕死啊！"

"这不是——"闻珩轻笑了一声，拖着调子，似乎还真不是很怕，"叛逆期来得晚了些吗？"

虽然确定闻珩那句"早点儿回家"不是对自己说的，尤语宁也还是被提醒了。先前橘子提议来吃夜宵，她也确实有点儿饿，就没多想答应了，这会儿一看时间，已经是深夜 11 点多……好像是有点儿晚了，她回到家就到凌晨了，但看大家说说笑笑的，她也不好意思提出要走，破坏大家的兴致。

见她在看时间，枫林主动提议："要不今天就先到这儿吧，没吃完的大家打包一下？"他又笑道，"我倒是无所谓，三位美女深夜回去不安全。"

听他这么一说，橘子和草莓又笑着开了几句玩笑，倒也就这么散了。

这条巷子是两头通的，橘子、草莓还有枫林都走那一头，只有尤语宁跟他们不顺路，要走这一头。

"要不我们把你送过去吧？"橘子说。

尤语宁笑了笑："干吗啊？这么多人，这一小段路，我还能丢了？"

巷子里这会儿确实还有很多人。周围的上班族很多，加班的也多，还有附近的居民，这会儿一眼望去，人影憧憧。如果不看时间，她其实还真不觉得有这么晚。

橘子也没坚持，只叮嘱尤语宁自己注意安全。

告别了三个人后，尤语宁提着包慢悠悠地往巷子口走。她走到巷子口时，迎面有辆车要开进来，她只好往旁边躲了躲，让车先过。

空气里飘着若有似无的烟草味。

尤语宁抬头，意料之外地对上一双澄澈的黑眸。

她居然又一次毫无知觉地停在了闻珩的车边，而且还是在他降下车窗，能看见人的情况下。

这下不用闻珩说，尤语宁站在他的角度去看，都会觉得自己对他有所图。

"好巧啊！"尤语宁无端生出几分心虚，主动打了个招呼，"你还没走吗？"

"巧？"闻珩冷笑一声，把烟灭了，"难道不是你看我一走，就迫不及待地追了出来制造偶遇？"

尤语宁闻到些酒气："你喝了酒还能开车吗？"

"哦，在这儿等着我呢？"闻珩掀了掀眼皮，手一拍方向盘，看了她一眼，"行吧，给你这个机会。"

"啊？"

"不就是想帮我开车，送我回家，制造相处机会，增加好感？"

尤语宁婉拒了："你误会了，我的意思是可以帮你叫个代驾。"

"哦，叫不到。"闻珩的嗓音里透出几分倦怠，"我等半天了，没人接单。"

这也太惨了吧！尤语宁没多想这话的真实性，忍不住问道："有人来接你吗？"

闻珩瞥了她一眼："有人接，我还能给你这个机会？"

尤语宁想了一下他这眼神所表达的意思，大概是"给你这个机会算你走运，算我仁慈，别再装什么矜持"。

但她确实还挺难对这张帅到让人窒息的脸硬起心肠的，除非不看着他。

尤语宁默默地叹了口气，也懒得再纠结被他误会这个问题——反正她怎么说、怎么做他都能误会。她现在已经有点儿破罐破摔的感觉了。

"你下来吧。"她说，"去副驾驶座上，或者去后面，地址给我。"

闻珩只看着她，没动。尤语宁疑惑："不是叫我给你当代驾吗？你不下来我怎么开车？"

"你不让开我怎么下来？"闻珩的眼神往下扫，"一推车门把你拍地上？然后你再赖上我？"

她倒忘记自己挡人路了……

尤语宁好脾气地让开，看闻珩推开车门下来晃晃悠悠的样子，还有点儿担心："能站稳吗？"

"废话，别想趁机占我便宜。"闻珩没去后面，坐上了副驾驶座。

尤语宁打开了驾驶室的车门钻进去，系上安全带，扭头看他一眼："你没系上安全带。"

闻珩懒懒地靠在椅背上，闭着眼睛去拽安全带，像是醉了又困极了，连眼都睁不开，意识也不太清醒的样子，抓着安全带扣的手在那个锁扣上来来回回，就是扣不进去。

半晌，他像是耐心耗尽了，一甩手："不系了。"

他还真是大少爷脾气。

耐心地等了会儿，见闻珩没有任何动作，尤语宁感觉他都要睡着了。

先前她跟橘子他们一直在聊天儿，也没去关注他和他的朋友喝了多少酒，看他这样，像是醉得不轻。尤语宁轻叹了口气，觉得自己也不能跟一个喝醉了的大少爷计较。

她无奈地解开自己的安全带，倾身过去，鼻端的酒气逐渐浓烈，耳边他的呼吸声似乎也逐渐清晰。

尤语宁尽量心无旁骛，将胳膊小心翼翼地从他的胸前伸过去，没敢碰着他一丁点儿。她用纤细的手指拽着安全带，刚要往自己这边拉，头顶忽然响起一道声音："干吗呢？"

尤语宁的手里还拽着安全带，她茫然地抬头看他："你没睡着？"

"你的意思是，"昏暗中，闻珩黑眸半敛，不着痕迹地扫过她温柔的眉眼，"我睡着了，你就能对我做这种事？"

尤语宁默默地松开手："你没睡着的话，那自己来吧。"她重新坐回驾驶座，低头系上自己这边的安全带。

在她的余光里，这一次闻珩倒是十分精准且迅速地将安全带系好了，也不知道为什么刚刚就一副醉得不省人事的样子。

车里异常安静，甚至连车载音乐都没开。

开出去一段路后，尤语宁问闻珩要地址："你住哪里？"

"去橙阳嘉苑。"

"啊？"尤语宁从后视镜里看了眼从上车就开始闭目养神的人，"不是送你回家吗？"

"想得美，别想套我的地址。"

车内静默几秒。

尤语宁试图提醒："但橙阳嘉苑是我住的地方。"

"嗯。"他似乎并不想搭理她。

尤语宁又偷看了他一眼，想从他的表情里推测出他到底在想什么，但可惜只能看见车窗外不停闪烁的路灯的灯光落在他的侧脸上。

男人闭着双眸，长长的睫毛投下小扇形状的阴影，面部轮廓线条清晰，鼻梁高挺，下颌瘦削，隐在明暗交错的光里，也难掩那份贵气。

"好好开车，一直偷看我，我脸上有导航？"

她懒得管他了。

尤语宁的开车技术很一般，她虽然有驾照，但是没有车，上路的经历这几年一双手都数得过来。这一路车像蜗牛爬，终于抵达橙阳嘉苑外面时已经过去了很久，但好歹也算是安全抵达，她还挺有成就感。

尤语宁转头去叫闻珩："到了。"

他没反应。

"闻珩？"

他还是没反应。

没办法，尤语宁只能伸手戳他的胳膊："闻珩，到……"

话音未落，她的手指猛地一下被人拽进了掌心。细腻的肌肤触感，带了些不容人挣扎的力道，灼热的温度从指尖蔓延开，像是一瞬间传遍了四肢百骸。

尤语宁愣怔着抬头，恰好对上一双清澈的黑眸。

二人对视数秒。

"哦，是你。"闻珩一下松开她的手，闭上眼又调整了个舒服的坐姿，"我还以为……"

"嗯？"

"以为有人暗杀我。"

尤语宁早知面前的人脑回路奇特，但没想到还能这么奇特。

她准备下车，解了安全带，手搭上车门把手。临了，她还是太心软，回头问副驾驶座上闭目养神的人："你怎么回去？"

闻珩眼都没睁开，嗓音透着些喝过酒后的低沉："找代驾。"

尤语宁掏出手机："我帮你叫吧。"

这会儿已经是凌晨，她等了会儿才有人接单。想着这人有点儿醉，她怕留他一个人不安全，干脆留在车里陪他，打算至少也等到代驾来了再离开。

车里很安静，谁也没说话，尤语宁也不好意思看视频，无聊地刷微博。

她的身旁响起道声音："你怎么知道的？"

尤语宁滑动微博的手指一顿，她转头看他："什么？"

闻珩仍旧是那副闭目养神的样子，嗓音里透着些倦意："竟然知道我还开了家烧烤店。"

尤语宁想起那家烧烤店的名字，倒的确很符合他的风格："我不知道是你开的。"

闻珩没再说话。

尤语宁觉得他大概是没信，说不定心里还在默默嘲讽："女人，装什么？不就是想跟我偶遇？"

尤语宁扯着嘴角，尴尬地笑了笑，夸道："这店的名字很有个性。"

驾驶座上闭目养神的人终于舍得睁开眼看她，懒懒地掀了掀眼皮："这店不是我一个人开的，我只投资，我朋友经营，他那个脑子……"

说着，他自己气笑了。

尤语宁问："他怎么了？"

"当初他在朋友圈说自己要开家烧烤店，征集店名，有个人评论：你要开店了？好绝！"

"然后呢？"

"然后？"闻珩哼笑，"然后他就给这店取名'好绝'。"

"你也同意了吗？"

"哦。"闻珩从中控台拿了瓶水，仰头喝了一口，"后来我觉得这名儿还挺有个性的。"

尤语宁没再说话了。

片刻后，代驾过来，尤语宁下了车给人让位子。她绕过车头，到副驾驶座的车窗外跟闻珩告别："你别再睡了，注意安全。"顿了顿，她又说，"我不知道你住哪儿，你待会儿记得跟人说。"

闻珩不上心地应了一声："嗯。"

尤语宁转身要走，忽听他出声："等会儿。"

她停下，转身看他："怎么了？"

"把你的订单取消了，我等会儿付。"

没有多少钱，而且还蹭过他几次车，尤语宁没打算要："不用，就当……"

话没说完，她就听他冷声问："想让我欠着你？"

尤语宁默默地掏出手机取消了订单："好了。"

"嗯。"

尤语宁低头看了眼车里的人，他已经又闭上了眼睛，一副困倦到极致的样子。

她转身离开，听见身后车子发动远去的声音。

走了几步后，她忽然停下，掏出手机打开备忘录，输入"还打火机"——她别又忘了。虽然现在他好像已经认定自己对他有所图，但她还是尽量减少误会比较好。

睡得太晚，尤语宁第二天早上起床，都没顾得上吃早饭就急急忙忙地跑去上班。到配音工作室门口，她下意识抬头朝对面归鱼工作室的方向看了眼。

都不用备忘录提醒，她乍然想起那只银色打火机，赶紧跑进工作室，在抽屉里翻找出来，又急急忙忙地跑出去。

橘子刚好进门，瞥见她匆匆忙忙出去，叫了她一声："干吗去啊，宁宝？"

"还个东西。"声音像风一样消散。

快到归鱼工作室门口，尤语宁忽然停了下来。

鉴于闻珩的态度，她设想了一下：自己这么一大早就跑过去还打火机，要是没遇上他还好，直接让前台的工作人员转交一下。

但她万一要遇上他了呢？

· 41 ·

尤语宁几乎能在脑海里想象出他的表情，微抬着下巴，却微垂着眼睫，意味不明地看着她——

"这么早就跑过来。怎么？一点儿都等不得，那么想看见我？"

…………

要不，她还是再等等？

尤语宁转身，又停下。她已经晚了一天，万一等会儿又给忙忘了，下次碰见，他是不是又得说——

"啧，不至于吧，就那么想留着我的东西？"

…………

她太难了。

尤语宁就这么在原地徘徊了好一会儿，最后决定回去找同事帮忙。她正要往回走，一道高大的影子罩上来，伴随着一道低沉的声音："没想到——"

尤语宁一激灵，抬头看。

闻珩双手插裤兜，身高腿长地立在她面前，把光线都遮住大半，依旧是那副下颌稍抬，眼皮半敛的表情。

"你竟然这么……"他顿了顿，"迫不及待。"

"啊？"

"迫不及待地想见我，没见到我不甘心，所以在门外徘徊，就为了等到我。"

好像她解释也没什么用。尤语宁放弃解释的想法，把手心里那只银色打火机递过去："还你。"

闻珩垂眼一瞥，拖着懒懒的调子："哦，不用了。"

他挑眉，将插在裤兜里的手抽出来，一个银色的打火机在他修长的手指间漂亮地挽了个花。冷白的肤色在灯光的照耀下白得晃眼，手指骨节分明，指甲修剪整齐，转动打火机的动作干净利落，漂亮至极。

尤语宁被这么一晃，好像明白过来他说的"不用了"是什么意思，应该是他有了更好的，所以不需要这个了。

但她又不抽烟，也不需要打火机。

尤语宁保持着递给他打火机的姿势，没有收回手："还是拿着吧。"

闻珩没接。见尤语宁还要说些什么，他把手里的打火机往空中一抛，稳稳接住，偏头瞥她一眼，径直从她身旁穿过："送你了。"

还是那道一贯拖着调子的、带着些吊儿郎当的气质的嗓音，好像这是什么了不得的恩赐。

尤语宁低头看着手心里安静躺着的银色打火机，冰冷的质感，机身触感细腻，很滑。

她打开盖子，用大拇指指腹按着滑轮滑了一下，昏黄的火苗"噌"地蹿了起来，空气里似乎还有淡淡的油味。

尤语宁静静地看了会儿，直到手有点儿烫，才回过神盖上打火机的盖子。她一边往工作室里走，一边掏出手机把那条"还打火机"的备忘录删除了。

回到办公室，尤语宁就开始犯困。

他们这种工作室并不像其他公司那样对员工管得严，员工只要能做完自己的事，其他时候不管做什么都行。

尤语宁实在没撑住，去休息室的沙发上睡了一觉，醒来时已经上午 10 点半，精神比先前好得多。

她一出来，碰上个女生。

这个女生应该是刚来，手里拿着一沓宣传单，笑得大方又甜，正挨个儿给大家发："这是我们工作室做的游戏，大家有兴趣的话可以扫码下载一下，有红包领的！

"过段时间我们工作室正式开业，欢迎大家来玩，就在对面！有好多礼物给大家的！

"谢谢啦！谢谢支持！"

尤语宁刚走过去，女生瞧见她，立即笑着喊："哎！美女，看看吧！"说着，女生往她手里塞了一张红色的宣传单，上面印着一些与游戏相关的图以及一些文字介绍，左下角是一个黑色二维码，最上面是大写加粗的两个字——遂心。

尤语宁拿着宣传单在工位上坐下，又往下看——是一款攻略升级类型的手游，武侠背景。

尤语宁睡了一觉，这会儿心情还不错，本着助人为乐的精神，打开手机扫码下载游戏。

很快，手机桌面上出现了一个帅气的二次元武侠男主角图标，她点进去，有微信和 QQ 两种免注册登录的方式。

尤语宁想了想，微信都是工作用的，她想分开工作和生活，就选择了用 QQ 登录，进去后照旧选择用"游鱼睡着了"这个名字，又随手选了个看着挺可爱的头像换上。

弄完这些简单的资料后，尤语宁做了会儿新手任务，橘子就凑过来叫她一起去吃午饭。一直忙到下班，晚上洗完澡躺上床后，她才忽然想起来游戏还没玩完。

她平常其实不太玩游戏，但也许是新鲜感作祟，觉得这个游戏还挺有意思，画面感很强，画风也很有江湖气息。

这会儿没忍住打开，她发现右上角好几个地方有红点提示，是一些邮件和领取任务，强迫症诱使她一一点了过去。

她正要去做任务，忽然间又多出来一个红点，是在右上角的两个小人儿部分重叠的图标那里。她好奇地点开，是别人发来的好友申请。

这个人的游戏名是"AI YOU"，头像是游戏图标，看着像个机器人——尤其是"AI"这两个字母。这难道是 YOU 代号的 AI（人工智能）机器人？这游戏这么智能，还给人配个机器人客服吗？

尤语宁点击"通过"键，发现自己空空如也的列表里多出了这唯一的一个好友。

对话框里，对方发了条消息过来："一起？"

这居然是个真人！

对话页面里，对方顶着游戏图标的头像发出的邀请简单明了，也让人明白他不是什么 AI 机器人。

但"机器人"忽然说话，还是让人有一种"诈尸"的感觉。

一时半会儿，尤语宁也不太明白这人是怎么加上自己的。想了想，她打字问："你在哪儿加的我呀？"

对方回复得很快："系统推荐。"

尤语宁回想起自己刚刚点开他好友申请时，下方页面确实有系统推荐的其他玩家资料。她对这个说法信以为真，坦诚告知："我今天刚开始玩，还不太会。"

AI YOU："没关系，我带你。"

他好像很厉害的样子。人很难不慕强，况且这位强者还对自己发出邀请。尤语宁同意了他的邀请："好。"

进入 AI YOU 发来的游戏邀请后，尤语宁也不知道要做些什么，就跟在他后面打打怪、捡捡装备。

过了会儿，AI YOU 问她："你什么时候睡觉？"

对话框弹在游戏角色的脑袋旁边，尤语宁找了下才在旁边找到回复他的地方，回道："一般都睡得比较晚，我容易失眠。"

AI YOU："工作压力大？"

游鱼睡着了："也不是。"她并没有仔细认真地回答。

对方很懂得适可而止的道理，并没继续追问。

玩了差不多半小时，尤语宁看了眼时间，已经快 10 点了。

她还想琢磨下要配音的角色，就提出要先下线："要不今天就先玩到这里吧？"

对方很好说话："好的，晚安。"

尤语宁也和他道了晚安，退出组队页面后，顺手点进去看了眼他的个人主页，有一堆数据，她看不太懂，但大概能明白他应该是个很厉害的玩家。

接连几天，尤语宁都在玩那个游戏，但每次上线时间不固定，很少遇见 AI YOU。

这天是周六，尤语宁躺在床上准备休息时照例点开自己的短视频软件查看。

她已经一周多没更新了，评论区有一堆粉丝在催更。

尤语宁爬起来研究了一下这次更新应该做什么内容，不经意想起前两天晚上看的那部电影《绿皮书》。里面的男主角托尼在博士的帮助下给妻子写了一封像情书的信，字字句句她都很喜欢。

她还记得自己当时好像还在私人微博号上分享了情书的原文和翻译版。

她找出这封信的英文原文，先对着念了几遍练习，然后做出一张配有中英文版内容的图片，最后配上自己读这封信的配音做成视频，采用信的末尾做标题："And I will love you the rest of my life.（往后余生，一往情深。）"

同一时间，归鱼工作室灯火通明，一群人忙忙碌碌地进行工作室的装修和布置，外卖员提着几大箱吃的、喝的进来，勾得大家立即丢下手中的东西跑去接。

刚跟留守西州的合作伙伴韶光开完视频会议，闻珩坐在前台柜后面的小沙发上摆弄电脑里的一堆数据。

周至诚拿着一杯热奶茶和一盒炸鸡过来，吃得满嘴油腻腻的，含混不清地嘟囔："珩哥，你点的炸鸡和奶茶就是比自己买的香。"

闻珩头也没抬："吃都堵不上你的嘴。"

"这不是夸你吗？"周至诚"嘿嘿"地笑着，挤在他旁边坐下，手里拿着奶茶往他嘴边递，"喝吗？"

"你……"闻珩皱着眉往后躲了一下，"能不能滚远点儿？"

"唉，不识好人心。"周至诚毫不客气地插上吸管，自己喝了一大口，"你跟韶光哥他们开会呢？"

闻珩"嗯"了一声，一旁的手机弹出一个推送通知——

"您关注的'游鱼睡着了'刚刚更新啦！快快上线查看吧！"

周至诚眼尖看见了，立即叫起来："哇！珩哥，你也关注这个博主啊！"

"叫个屁啊！"闻珩一边骂一边去翻自己的耳机，半天都没找着。

周至诚好奇道："找什么呢？"

"耳机。"闻珩把面前这一片的犄角旮旯儿都翻遍了，抬头看他，"你有吗？"

周至诚嚼着炸鸡摇头："没有。"

闻珩看了眼手机，又看了看面前吃得一嘴油的周至诚，下巴朝人群那边点了点："过去吃。"

"咋了？"

"去不去？"

"去……"

周至诚抱着奶茶和炸鸡过去找大家，还嘀嘀咕咕的："什么呀？神神秘秘的。"

闻珩等人走远了，才打开手机登上那个短视频软件，将声音调到最小，点开视频播放，平举手机，将喇叭对着耳朵——像最优质的特工在做最神秘的任务。

舒缓的背景音中，拥有纯正美式发音的温柔女声在他的耳边娓娓道来，似柔软的羽毛在耳道里轻挠：

Dear Dolores（亲爱的德洛丽丝）：

When I think of you, I'm reminded of the beautiful plains of Iowa.（每当我想起你，都会记起艾奥瓦州的美丽平原。）

The distance between us is breaking my spirit.（我们之间的距离，使我意志消沉。）

My time and experiences without you are meaningless to me.（没有你

的时光和旅程对我来说毫无意义。）

Falling in love with you was the easiest thing I have ever done. （爱上你是我做过最容易的事。）

Nothing matters to me but you. （没有什么比你更重要。）

And everyday I am alive, I'm aware of this. （在我活着的每一天，我都会深深地意识到。）

I loved you the day I met you, I love you today. （我对你一见钟情，至今也深爱着你。）

And I will love you the rest of my life. （往后余生，一往情深。）

半夜，尤语宁从噩梦中惊醒，从床头柜上拿过手机一看，才凌晨 2 点。

喘着气坐起，尤语宁缓了缓，伸手拿起睡前准备的保温杯喝了几口热水，温热的水顺着喉咙往下流，渐渐消除惊恐。她胸口起伏的幅度小了些，呼吸也趋于平缓。

床头柜的灯光昏黄温柔，笼罩这一方小小天地。靠坐床头柜的女生美眸微敛，因从噩梦里醒来，白皙的肌肤透出些许破碎感，看上去让人心疼。

尤语宁睡不着，低头捧着水杯回想刚刚做的那个梦。

梦里是夏季的海边，游客如织，欢声笑语，热闹至极。

顷刻间骤雨突降，海水涨潮，浪潮和雨水从四面八方朝她涌来，四周游人尽散，一道中年女声在喊："嘉嘉！快走！"

她回头，穿着白裙的她妈妈——任莲女士，不要命地朝她飞奔。

"妈妈——"她刚刚张嘴喊出声，嘴角露出欣喜的弧度。

下一刻，任莲却穿过她，弯腰抱起一个小男孩儿："嘉嘉别怕，妈妈带你走！"

雨水和潮水打湿了中年女人的一身衣衫，女人却浑然不觉，抱着叫嘉嘉的小男孩儿掉头就跑。

尤语宁眼睁睁看着她飞速离开，没等到她顺手拉上自己，甚至连她回头对自己喊一声"一起跑"也没等到，就好像自己是透明的、不存在的。

她不在母亲的眼里，更不在母亲的心里。

她嘴角欣喜的弧度僵住，刚刚朝女人伸出去的手慢慢地垂落，眼里亮起的光消失，无力、绝望，也心灰意冷。

模糊的水幕里，女人抱着小男孩儿离开的背影逐渐远去，直至消失。

漫无边际的、被雨水和潮水侵袭的世界里，只有尤语宁一个人被包围。

一道浪打来，她被卷起，又下坠。冰凉咸湿又酸涩的水钻进她的鼻腔和耳朵里，窒息的感觉越来越明显。

在她陷入失去意识的状态之际，似乎有一道男声破空而来——

"喂！要死了你？！"

那时候她觉得死了也好，又想：死神原来是个挺年轻的男的。她甚至还有心情做出评价：这声音似乎还挺好听。

她又见了鬼似的觉得：这声音怎么听起来有点儿耳熟？

她被一股很强大的力量从浪潮里拽回来，一双很有力量的手按在她的心口，为她做急救。

那速度和力量，让她觉得不愧是死神，自己原本还没死，这么被他一按大概是要加速死亡了。

吐了几口水之后，她觉得有冰凉柔软的唇贴上来，应该是有人要给她做人工呼吸。

迷糊中，她睁开眼，密而长的睫毛被水沾湿，不真切的视线里，她看见一头被打湿的蓝发，但来不及看清脸就从噩梦里醒了过来。

回忆完自己做的这个梦，尤语宁最深切的感受就是——还真见了鬼，怎么她做个梦都梦到蓝色头发，魔怔了吧？

尤语宁又喝了一口热水，把保温杯放回床头柜上。横竖也没了睡意，她拿起手机打开了短视频平台，看自己睡前发的那条视频的评论。

和往常一样，视频被发出去几小时就已经有上万条评论。

只是她万万没想到，最上面的一条评论不是来自她眼熟的真爱粉，而是——

佩上玉："还行。"

他一如既往地言简意赅，也极其欠揍。

很多人在下面回复他：

"哪里的人出来蹦跶？！"

"明明这么好听！什么叫还行？！我今晚就听着这条视频入睡！"

"气死了！气死了！鱼鱼宝贝明明是给我们读的情书！谁要你点评？"

…………

大概是因为回复他的人太多，这条评论被顶成了第一。

尤语宁往下滑，第二条评论居然也是他的——

佩上玉："还真读了情书，挺乖。"

下面依旧是一堆人反驳他的评论，但他都像没看见，谁也不搭理。

尤语宁还记得这个名字——珩，佩上玉也。这个人是闻珩，但什么叫"还真读了情书，挺乖"？

尤语宁吓了一大跳，翻上条视频的评论区，果然看见他前两天在她没注意的时候发了一条评论："读个情书？"

尤语宁闭了闭眼，头皮发麻。这人……怎么还在她的评论区杠上了？

只是怎么就这么凑巧？偏偏在他发了这条评论的两天后，她就将情书作为自己这期视频的主题。难道他最近也看了这部电影，有感而发？还是他单纯想捉弄她？

不然的话，尤语宁也不明白为什么闻珩会忽然提到情书。

毕竟，在现在科技日新月异的年代，情书是已经过时的东西。爱情有了快餐，世界充满速食主义者，很多人会说"我爱你"，打电话或者发信息，秒发秒到。告白是大火烹饪的快手菜，不再是小火慢熬的粥。情书在电影里才会被频繁提起，久远到像留在数十年前的东西。

而像闻珩这样的人，多的是人对他直白热烈地表达感情，又怎会轻易提及"情书"这样的字眼呢？

从噩梦中惊醒，尤语宁没了睡意，百无聊赖地研究起这条巧合得莫名其妙的评论。评论发表于两天前的晚上 11 点 50 分，像是睡觉前兴致突起随手留的，她瞧不出什么特别。

等等……尤语宁眉头微皱，忽然间想起什么，退出软件打开了微博，切换到自己的私人微博号。

两天前的晚上 11 点 46 分，她分享了微博。

　　　不是有雨淋：太棒了，有机会也想读一下这封情书试试。

配图是几张电影《绿皮书》的截图以及那封情书。

不会这么凑巧，闻珩关注了她的私人微博号吧？还是说，他作为一个计算机高手，用各种方法挖出了她的这个私人微博号？

这个私人微博号是初三那年被尤语宁注册后用来当作树洞分享日常的，鲜少有人知道。

而此刻，微博下面的唯一评论来自她这个微博号这些年来唯一的互动嘉宾——

撑伞："确实。"

看着这条留言，尤语宁的记忆被拉回久远的从前——

撑伞这个人并不是她现实里认识的朋友。他第一次在她的微博下出现，是在高二上学期那年的寒假。

那一年的寒假，她父亲尤启年跟她母亲任莲正式离婚，两个人为了她的弟弟尤语嘉的抚养权争到面红耳赤。

她就站在他们面前的客厅中央，看着儿时恩爱的父母争到面红耳赤，甚至到了拳脚相加的地步。两个人像是参加什么比赛，争论的音量逐渐提高，一声盖过一声。

而他们的口中只有"嘉嘉"这个字眼频繁出现，关于她，关于"宁宁"，他们只字不提，好像她是透明的、不存在的、可有可无的。

那是一个很黑暗的夜晚，屋内有父母的激烈争吵声、弟弟的哭声，窗外有突降的骤雨、吓人的闪电、轰鸣的雷声。

伴随着突然的断电，客厅陷入一片黑暗。窗外的闪电照亮客厅一隅，也照亮沙发角落里的小男孩儿泪痕遍布的稚嫩小脸。

在断电的一瞬间，争吵的父母一瞬间拥过去去将他围住，安慰道：

"爸爸在呢！不哭不哭，我们嘉嘉最勇敢了。"

"嘉嘉是小男子汉，不怕不怕，妈妈抱抱。"

前一秒差点儿大动干戈的人，默契地化干戈为玉帛。

一家三口和谐美满，而立在客厅中央的少女浑身发抖，面色苍白，抱着胳膊慢慢蹲下，缩成小小的一团。

她最怕打雷、停电以及潮湿的下雨天。那一天，这些让她害怕讨厌的事同时发生。那时候，她真的好想也有人能注意到她，但是没有。她就像一个孤魂野鬼，默默旁观别人的幸福。恐惧在那一刻将她包围，让她无处可逃。

即便过去这么多年，她依旧会在每个潮湿的雷雨天回想起当初的那一瞬间。

那一晚的电在半小时后才来。客厅的灯重新亮起的时候，尤启年和任莲已经约定好，尤语嘉的抚养权归任莲，他负责出抚养费，条件是任莲不能阻止他去看尤语嘉。

为了不让尤语嘉再哭，任莲也做出了让步，答应了这一条件。

窗外的雨还在下，雷声轰鸣，不绝于耳。尤启年冒着大雨净身出户，连夜离开，任莲抱着尤语嘉回房睡觉。

从头到尾，尤语宁都像是隐形的，没有被提及一句。当时，她甚至不太明白，他们没有讨论她的归属权，所以她到底应该跟尤启年走，还是留下跟着任莲？

直到浑身被冻僵的她从客厅的地上爬起来，才想通了——既然在他们眼中自己是隐形的，那她留下或者离开都无所谓。

而害怕打雷和雨天的她，除了选择留下别无他法。好歹，她在这里有个睡觉的地方，不是吗？

后来呢？害怕到瑟瑟发抖的尤语宁躲在被窝里发了一条微博。

不是有雨淋：电来了，雷雨会什么时候停呢？

半小时后，害怕到睡不着的她重新点开微博，试图看下热搜转移注意力，于是看见了这个微博号的第一条评论。

撑伞："天亮以后，明日晴。"

其实那天她应该对这条评论置之不理，或者问他是谁，为什么会评论自己的微博。

但那天她太难过，只想找到个情绪的出口。所以她什么也没问，也没置之不理，就像是把对方当成一个树洞，将自己脆弱的一面毫无保留地展现给一个陌生人——

不是有雨淋："我害怕打雷，你怕吗？"

撑伞："不怕。"

不是有雨淋："我讨厌下雨天，你讨厌吗？"

撑伞："不讨厌。"

不是有雨淋："我很怕黑，刚刚停电了。"

撑伞："现在呢？"

不是有雨淋："来电了。"

撑伞："那你开着一盏灯睡觉。"

开着一盏灯睡觉？好像是个还不错的主意。

那晚，她的房间里一直亮着一盏台灯。也是第一次，她一个人也一夜好眠。后来，寒假结束，她在开学初收到一盏带有安眠香薰的花灯；同年六一儿童节，她收到一盏小兔子台灯；次年的六一儿童节，她收到一盏月球台灯。这三盏台灯陪伴她夜夜安眠，直至高三结束。

她不知道为什么会那样凑巧，在"撑伞"说让她开着一盏灯睡觉后不久，那些匿名情书的主人就送了台灯给她，巧合到就像他们是同一个人。

曾经她也问过"撑伞"是否认识她，但"撑伞"极少上线，跟她的互动也是少之又少，那个问题石沉大海，没有回音。

只是从那以后，她的床头总会留一盏小台灯，慢慢变成一种习惯。

尤语宁回忆起曾经陌生人带来的美好回忆，内心奇异地安定下来，不再去想闻珩为什么会留下那样一条评论。

困意来袭，她放下手机，一夜好眠。

从上次还打火机失败后，尤语宁就没再见过闻珩。

其间，她跟枫林合作的那部小短剧已经录制完成。这部小短剧内容不多，制作很快，本来是诙谐幽默的风格，最后却是悲剧，很符合它的名字——《他在我心上开了一枪》。

周五这天，后期人员做完了第一期的内容，尤语宁赶在上线之前听了下。这部小短剧主要讲述的是，一个害怕社交的漫画家女主角跟她家对门新搬来的神秘邻居的故事。

神秘邻居总是早出晚归，只闻其声，不见其人，有时候甚至连声音也听不见。

女主角因为害怕社交变得很宅，非必要绝不出门，生活全靠网购和外卖。每天她都会根据对面开门、关门的声音来判断男主角什么时候出门、什么时候回家。

有一天，她想起自己有个监控摄像头能用，借此看见了男主角那张英俊帅气的脸。

她一见钟情，甚至因此迈出了对于"社恐"来说极其艰难的一步——

她主动和邻居打了招呼，问他要不要吃自己做的烤饼干。

后来两个人慢慢熟悉、逐渐了解，她才发现邻居是个很有趣的人，生活因此而变得丰富多彩起来。

故事一直到结局之前都很欢乐，但最后男主角灭了女主角全族，并且对她的胸口开了一枪。

原来，一切美好顺遂不过是蓄谋已久、故意接近。女主角的父亲是他的灭族仇人，他接近她只为了让她卸下防备，从而获得自己想要的东西，以达到报仇的目的。后来男主角也殉了情，与她一同倒在夕阳下——一部彻底的悲剧。

情节看着好像还挺狗血，但听者细细一想，又觉得一切似乎早有暗示。

生活中突然出现能够让人一见钟情的帅哥，他还恰到好处地与她性格互补，能够让她感觉到愉悦，敞开心扉，放松警惕……

世间少有这样美好的巧合，更大的可能是蓄谋已久。

虽然第一集的结尾也很欢乐，但作为早知剧情的配音演员，尤语宁想起结局，难免觉得害怕。

她忽然间想起那天晚上，王叔说她对门那套房好像有人要租——

"人看着怎么样？"

"还行，挺帅一小伙儿，看着不像是坏人。"

…………

她忽然感到了一丝凉意，默默地掏出手机，下单了一个监控摄像头。

她今年初搬到橙阳嘉苑，见安保设施还不错，楼道里也有摄像头，就没自己安。这会儿想想，还是得自己安一个，这样好歹能够看看对面住了个什么样的人。

然后她又开始庆幸，见过了闻珩那样惊艳的一张脸，哪怕真如王叔所言对面搬来一个帅小伙儿，自己应该也不会像那个女主角一样对人一见钟情。

毕竟她都没对闻珩一见钟情。

尤语宁将手机锁屏，还有点儿想笑——谁能想到闻珩还有这个作用？

但转瞬，她唇角微笑的弧度僵住。

怎么回事？为什么她莫名其妙地突然就想起他了呢？

不加班的时候，尤语宁其实还挺喜欢自己做晚饭的，虽然她的厨艺确实一般。下班后，尤语宁在小区附近的地铁站下了地铁，出门就是一家大型超市。她去买了些食材，准备好好度过这个好不容易可以完整享受的周末。

提着一大袋东西进小区时，她恰好看见今天值班的门卫又是王叔，正想问问关于对面那套房子的事，王叔就主动叫了她："宁宁，有人租了你对面那套房子。"

尤语宁的眼皮跳了一下，她问道："还是之前来看房子的帅哥？"

"对，就是他，今天已经租下来了。"王叔笑呵呵的，"你还记得啊？"

尤语宁点点头，从袋子里拿了瓶水给他："王叔喝水，劳烦您费心了。"

王叔立即摆摆手说"不要"，尤语宁直接放到了门卫室的长条桌上。

出电梯后，尤语宁又朝对面关着的房门看了一眼，心里生出一些对于未知的恐惧。

把恐惧压下去，进了房门后，尤语宁将东西放进冰箱里，打开手机找柴菲。

柴菲最近挺忙，有好几天都没联系她了，上一次聊天儿的内容还是问她跟那个蓝发帅哥怎么样了。

最后一条消息是尤语宁发的："不怎么样，已经好几天没见过了。"

她本想给柴菲发微信消息，但又觉得这事三言两语说不清，干脆直接打了语音电话过去。

"宁宝！"柴菲接得很快，"仙女怎么今天有空给我打电话啦？"不等尤语宁说话，她又开始倒豆子似的念叨，"唉，我最近真的是要忙死了，早晚有一天我要从这破公司辞职！你说我为什么就不能是个大小姐呢？这样我哪还用打两份工？真是气死我了！"

情绪输出完毕，她才开始问："怎么了？"

尤语宁已经习惯了，也没打断她，等她问了才把自己烦恼的事和她说了说，又说道："菲菲，你要不帮我占一下，看看我最近……"

尤语宁顿了顿，觉得也不是很好开口。

柴菲追问："看看你最近怎么了？"

尤语宁："有没有血光之灾？"

静默片刻，柴菲道："你等着，我马上帮你看。"

尤语宁挂了电话，静静地等，没敢走动，也顾不上做晚饭，就开着电视发呆，等柴菲的电话。

过了会儿，柴菲打来电话，铃声如同天籁一般响起。尤语宁迫不及待地接起电话："怎么样？"

"没有啊。"柴菲说，"你的人身安全没问题，桃花运倒是很旺。"

尤语宁松了口气："那就好。"

柴菲又说："不过……"

尤语宁一口气又提上来："怎么了？"

柴菲犹豫了一会儿，声音比刚刚低："最近你事业上可能会出点儿问题……不过没事啦！宁宝，你会逢凶化吉、遇难呈祥、有贵人相助的，不要多想。"

柴菲又安慰了她好几句，被人叫去吃饭了。

与此同时，南华最大的服饰城。

闻珩正一家店一家店地找一顶合适的帽子。听到铃声响起来，他顺手接了：“说。”

“干吗呢？”

“看看帽子。”

“看帽子干吗？”

“不是……”闻珩拿着一顶黑色的帽子往头上试戴，“你还真想看我被闻老头儿打死？”

那边传来银铃一般动听的嗓音：“我给你看个东西，看不看？”

“什么东西？”

“等会儿，我给你打视频电话。”

闻珩没在意，把头上的帽子又取下来，重新放好。

视频电话随即打了过来，他接通一看，直接乐了：“不是吧闻喜之，你疯了？”

“怎么说话呢？叫姐！”

“也就比我大十分钟……”瞥见屏幕那边严肃起来的表情，闻珩适时打住，“姐，我说你也染个蓝色头发搞什么？”

“这不是……”屏幕那端，一头蓝发的美人同样有着完美无瑕的冷白皮，眉梢轻挑，“怕你被打死了。”

“哦。”闻珩一时间还挺感动，“要陪我一起死？”

“想什么呢你？！”闻喜之笑骂，“他真要打的话，咱俩不就平分了吗？谁也死不了。”

“啧……我感动死了。”闻珩笑了笑，随手拿了顶帽子结账。

“是吧，感动吧？值得你以后叫姐吗？”

“值得个屁，就你这么傻的，当个妹妹还凑合。”

“说什么呢你？”美人佯怒。

“难道不傻？我戴个帽子就完事，你非得把好好的头发折腾成这颜色。”闻珩摇摇头，“就这智商，基本是没救了。”

闻喜之气得恨不得冲出屏幕给他来一拳：“你就嘴欠吧，以后娶不到媳妇！”

“说话就说话，来一句这么恶毒的诅咒干什么？”闻珩把帽子一戴，“你自己挨打去吧。”

第二天周六回家时，闻珩没戴帽子，跟闻喜之两人在小区外面碰面时，一人顶着一头招摇的蓝发。

二人虽然是只相差十分钟的龙凤胎姐弟，但长得不是很像，各有各的味道。两人男帅女美，冷白皮在阳光底下很晃眼，气质非凡脱俗，惹得一路的人都频频回头。

"我说，"闻喜之走在他右边，瞥见他的黑色耳钉，"以前读书那会儿你也不染发、打耳洞，这是受什么刺激了？"

"不是说了吗？"闻珩侧头瞥她一眼，用不着调的语气说，"我在叛逆期啊！"

"那你这耳洞……"闻喜之抬手捏住他的耳朵，"干吗只打一边？显得你标新立异、特立独行？"

"不然呢？"

两个人边聊边走，还没进门，闻润星远远就看见他们招眼的蓝发。

"佩之。"闻润星沉住气，"眼镜递我一下。"

孟佩之将眼镜递给他："怎么了？"

闻润星抿唇，戴上眼镜，这下看清楚了，是他家的一儿一女，不是什么街溜子。

温润星愤怒地压着粗气，没压住，起身四下找："我戒尺呢！"

孟佩之吓一跳："干吗？"

闻润星不答，气势汹汹地跑到书房找到自己的戒尺下来。闻珩跟闻喜之刚进门，他把戒尺狠狠往楼梯扶手上一拍，大喊："给我跪下！"

这一吼吓得孟佩之浑身一抖，她正要骂，闻珩跟闻喜之就"扑通"一下跪在了门口。

"这是干吗？"孟佩之急忙过去要把人拉起来，"冯姨！快过来帮忙！"

一旁候着的约莫五十岁的女人立即应道："好嘞夫人！"

但闻润星没发话，闻珩跟闻喜之也不敢起来，孟佩之跟冯姨拉了半天都没拉动。

闻润星提着戒尺大步流星地冲过来，抬手就要打："天天不务正业，在外面学了些什么乱七八糟的东西？！怎么不染成彩虹色的？！"

孟佩之急忙抱住他拿着戒尺的胳膊："干吗？放下！俩孩子好不容易回来一趟，好好的不行吗？见不着又想，见着了又要打，你是不是有毛病？染头发就染头发，人家也二十几岁的人了，染个头发怎么了？他们又没出去胡闹！"

…………

场面一度十分混乱，最终闻润星敌不过慈母心肠的孟佩之，收了手，罚闻喜之和闻珩去书房里面壁思过。

闻珩刚刚结实地挨了一戒尺，胳膊疼。闻喜之看他眉头也没皱一下，竖了个大拇指："厉害，挨打都要染发。"

"哪有你厉害。"闻珩瞥她一眼，"挨打都要凑热闹，傻。"

"这不是叛逆期也来得晚吗？"

"见着陈绥了？"

"嗯，昨天我刚……"闻喜之顿住，转头瞪闻珩，"你早知道他回来了？"

"啧。"闻珩丝毫没有愧疚之意，甚至还挺佩服陈绥，"他居然能忍到昨天才见你，可以啊！"

听见这话，闻喜之冷笑："果然——"

"男人都是狗。"

两道声音重叠在一起，龙凤胎默契十足，分秒不差。

闻珩跟她一起接上了最后一句，斜眼看她："解气了？"

闻喜之哼了一声："勉强吧。"只要闻珩这么骂上自己一句，闻喜之就总能原谅他。尽管她也从没真的生过他的气。

"对了，有个事。"闻珩忽然想起什么，"房子已经租好了，就在我隔壁小区。"

"哦，知道了。"

"房租呢，我已经付好了，你不用给。"

"本来也没打算给。"

"啧……"闻珩瞪她一眼，"也不是没条件，得答应我件事。"

"什么？"

"时刻保证你的手机畅通，最好二十四小时都能联系上你。"

闻喜之一头雾水："干吗？那里面是龙潭虎穴，怕我去了出意外？倒也不必担心，我打架什么样你有数。"

闻珩垂眼笑了笑："倒也不是。"

"那是什么？"

闻珩不着调地开着玩笑："方便及时拯救你弟妹。"

闻喜之消化了一下："弟妹？"

闻珩按着她的脑袋转回去，不让她看着自己："开个玩笑不行？"

…………

尤语宁的监控摄像头周一下午才送到。她加了班，回到家时有些晚，去驿站拿了快递回家拆开，也不好大晚上叫人上门安装。

吃过晚饭后，尤语宁拿着摄像头琢磨半天，觉得倒是不难，甚至想自己尝试安装，但想了想，还是作罢。

根据她周末两天的观察，对面的邻居虽然已经租了房子，但还没有入住，甚至都没见有人过来打扫卫生。看样子，那人一时半会儿应该也没那么快搬进去。

尤语宁把监控摄像头收好，打算等自己什么时候不加班再找人安装。

看了眼时间，已经10点，她不敢再耽搁，去洗了澡。

躺上床时已经是11点，尤语宁趁着这会儿时间学意大利语。《他夏》的后半部分，女主角去了意大利留学，有些台词是用意大利语说的，尤其是一些情话。

不知为什么，这部广播剧明明前期工作都做得差不多了，就是迟迟不开始录制。但不管怎样，她为了更好地展现这个角色，该做的准备工作还是要做的。

她倒不用学得很深入，只是作为一个合格的配音演员，肯定至少要把这些台词说得尽量标准且有感情。

她学到12点，定了闹钟准备睡觉，刚要睡着，忽然听到什么响动。

尤语宁屏息听着，声音好像是从外面传来的——是脚步声还有搬东西的声音。

她从床头柜上摸过手机一看，已经是凌晨1点10分。

这深更半夜的……从前她也没听到这么晚还有动静，难道是别的邻居加班了？

尤语宁劝自己别多想，闭上眼睛睡觉。然而那声音一阵又一阵，似乎还有纸箱在地上被拖拽的声音。

她突然又想起那部小短剧——一开始，男主角搬家时就是这种动静。

尤语宁心都揪紧了，犹豫着要不要下床去看看，又想：万一对方不是什么好人怎么办？

她似乎还是好好待着安全一点儿。

她甚至将卧室的灯全都打开了，也还是觉得害怕。

她这么忍了好一阵，外面的动静还没停，而时间已经到了凌晨2点。她想和谁说说话，但是夜深人静，又不敢吵别人睡觉。

忽然间，她想到那个已经有好几天都没登录的游戏，于是从床头柜上摸过手机，打开并登录那个游戏。

她只有"AI YOU"这一个好友，但他不在线，离线时间是三个小时前。她点开他的个人主页看了一眼，发现数据跟之前没有太大变化，看起来也像是没怎么玩。

尤语宁自己胡乱玩了会儿，逐渐忽略了外面传来的声音，到后半夜，迷迷糊糊抱着手机睡着了。

第二天早上醒来，她还觉得昨晚像是做了一场噩梦。心不在焉地吃过一顿不记得味道的早饭后，尤语宁拿上东西迅速出了门。

锁门后，她又下意识看了眼对面紧锁的门扉。原本她还打算问问王叔，看能不能更了解一些对门租户的情况，但出小区大门时才发现今天不是他值班，只好作罢。

一整天，尤语宁都有些心不在焉，下班后就匆匆联系了工作人员上门安装监控摄像头，但被工作人员告知这两天时间都排满了，得往后排，只好作罢。

回小区后，她在楼下徘徊了好久才敢上楼。乘坐电梯的短短几十秒也显得格外煎熬，她生怕一出电梯就跟新邻居打个照面。

"叮咚"一声，电梯门开了，尤语宁揪着一颗心出了电梯，揣在外套口袋里的手不自觉握成了拳头。

忽然，她听见一道温柔的女声："嗯，我刚到。"

顺着声音抬头，尤语宁看见了个蓝色头发的美女，就立在她家对面的门前，腿边放着个银灰色的行李箱，一手握着拉杆，一手拿着手机低头在跟人打电话。

大概是她的注视太过明显，对方抬头大方地朝她笑了笑，又低声对电话里的人说："我忘带钥匙了，你把密码发给我一下。"

尤语宁有些呆滞——对方居然是个温柔的美女，甚至还莫名其妙地有些熟悉。

但尤语宁说不上来哪里熟悉，只觉得好像见着她，内心那些对于未知的恐惧突然之间全都散去。

"好，我知道了。"美女柔声说着，转过身去输入密码，开门，"知道你辛苦啦，大半夜还在搬家。"

美女温柔的声音随着关门声被隔绝，尤语宁看着那扇关上的门，才渐渐回过神来——原来对门住的不是一个男生，而是一对……情侣？

她记得对面好像跟自己住的这套一样，都是一居室。如果邻居不是情侣，应该不会只租有一个卧室的房子。

尤语宁打开自己家的门进去，关上门的一瞬间，终于想起来自己为什么会觉得那位美女熟悉——和闻珩一样的蓝色头发，甚至他们还有点儿……夫妻相？

因为对门的蓝发美女看起来实在温柔，加之像是一对情侣入住，先前尤语宁的那些担心都随之消失。

放松下来之后，她的心情也跟着好了些，甚至觉得监控摄像头一时半会儿也不用着急安装。

回到家里歇了一会儿，尤语宁去冰箱找了食材给自己做了顿还算丰盛的晚饭。

吃完饭洗完澡后，她又打开了《遂心》这个游戏。

意料之外，AI YOU 居然也在线，不是在组队中或者游戏中的状态，而是单纯的在线状态。

尤语宁犹豫了一下自己要不要打招呼，但想了想，还是先去邮件和活动页面领东西。

她刚领完东西，他就发来了消息："昨晚那么晚还在线，睡不着吗？"像是普通朋友的友好关心。

尤语宁没忍住开了个玩笑："昨晚半夜，我以为楼道里有杀人狂魔在清理现场。"

AI YOU："……"

尤语宁笑了笑，回道："没有啦，开个玩笑。你玩吗？"

AI YOU："嗯。"

他还是一如既往地话少，游戏技术也依旧高超，带她顺畅通关。

结束游戏后，尤语宁和他说再见："先下了啊，晚安。"

AI YOU："如果是独居的话，尽量小心些，注意安全。"

AI YOU："最好了解下附近住户是什么样的人，做什么工作。"

尤语宁没想过平常高冷话少的他会突然发来这样的消息，这种来自陌生网友的关心，让人很难不感动。她和他道谢："谢谢，你早点儿休息，我先下线了，明天还要早起上班。"

AI YOU："嗯，晚安。"

隔了两天，《他在我心上开了一枪》第一期上线，在网上反响还不错，有不少人表示期待下一期。

尤语宁还因此稍稍涨了一波粉丝。她看完评论，正准备退出软件，收到策划人发来的通知，说让她去会议室开会。

她一路过去，敲开会议室的门，看见会议桌上摆着好几份文件。朱承刚朝一旁的座位抬抬下巴："坐。"

等她坐下，朱承刚才拿着签字笔在会议桌上敲了敲，神色看起来似乎有一些为难。尤语宁不明所以，正要开口，朱承刚从白枫木的会议桌上推过来一份文件："你先录这个吧。"

她低头翻开看，发现也是一个小短剧的剧本。

"其实今天叫你过来就是想说，"朱承刚顿了顿，"我们又商量了一下，决定《他夏》的女主角换人录制。"

好像清水里被投进了一颗维生素 C 泡腾片，一下子炸开，尤语宁有些蒙，顿了几秒才反应过来："您是说……"

"嗯，明天早上工作室会来个新同事，接手《他夏》女主角的后续录制。"

"是我哪里做得不够好吗？"尤语宁认真寻求意见，"如果是情绪不够到位，我还可以改进的。"

"你做得挺好，但我们现在有了更合适的人选。"

"但是这两天我和明哥已经录制了一部分干音了，会不会……？"

"这个你不用担心，新同事会重新录制你配音的那部分的。"朱承刚将手肘搭在会议桌上，拿着手里的签字笔又敲了两下，"而且，她是乾明的师妹。"

朱承刚言尽于此，尤语宁懂他是什么意思了。

乾明是国内名校的播音专业影视配音方向出来的，他的师妹自然也是。

而尤语宁毕业的大学虽然也是名校，但她只是汉语言文学专业出身，不对口。虽然专业不对口对于配音演员而言根本不算什么问题，多得是专业不对口的人，只要配音能力过关就能做。

但是，现在朱承刚这样对她说，分明就是要用这个理由换掉她。那即便专业不对口不是问题，现在也成了问题。

尤语宁忽然觉得挺可笑的。

大学时，她就经常在各大短视频平台发布作品，经营自己的账号，积累了不少粉丝。因为很有声音上的天赋，声线多变，唱歌也好听，除了发一些配音作品之外，她也会发一些不露面的唱歌的视频。网络上没人知道她长什么样子，但根据她美妙的嗓音，大家都会自动给她匹配一张漂亮的脸。

也因此，她还没毕业就有了很不错的人气。20岁那年，她大学毕业，以出色的个人能力和名气做敲门砖，顺利签约现在的配音工作室——初一声工坊。

初一声工坊的老板沈一然是一名拥有很多优秀作品的金牌配音师，今年三十多岁，为人随和，并且手上资源很丰富。所以，尤语宁很喜欢留在这个工作室，甚至两年前工作室决定从西州搬到南华，她也跟了过来，回到这个让她想逃离的地方。

只是万万没想到，有一天，她竟然也会面对这样的职场潜规则。

尤语宁甚至不知道自己现在应该是什么反应，到底是该怪这世道不公，还是该怪自己实力不够。如果她是超人气配音演员，是所有人都争着抢着要预约的配音演员，是不是就不会出现这样的问题？

她一向脾气很好，不善与人争执。并且，这三年初一声工坊就像是个和谐的大家庭，她也一直工作得很愉快，也从没想过会被人这样在背后刺一刀。

愣了几秒后，尤语宁也就明白过来——乾明作为初一声工坊的一哥，是个有丰富经验和多部出色作品的金牌配音师，人气也远远高于她。

现在他要捧他的师妹，自然要放弃她。就像演员要带新人，配音演员也是如此。

或许，从之前说乾明请假，推迟《他夏》录制，让《他在我心上开了一枪》插队的时候，朱承刚就已经决定要换掉她了，只是等到现在，才终于宣布这个决定而已。

尤语宁无法不生气。他们既然觉得她不合适，决定要换掉她，为什么不早点儿通知她？

他们让她焦虑失眠，努力去找女主角敏感脆弱的暗恋情绪；让她陷入那些痛苦挣扎的旋涡，就为了能够更好地呈现、表达这个角色；甚至就在这两天，还让她录制了一部分音频，并且告知她录音是合格的。

而现在，他们告诉她之前她所付出的一切，统统作废。

尤语宁感觉心上被砸了个口子，有些东西正从那里慢慢泄出来。

大概也是知道这样的决定有点儿过分，朱承刚抿了抿唇，决心安慰两句："其实没关系的，你看，这不是还有别的剧本给你吗？而且只是《他夏》换了人，我们后面还有好几个剧都在筹备中，预定你当主役。"

尤语宁深呼吸一口气，不动声色地调整好了自己的情绪。在没有足够的实力和把握去对抗这样的不公时，她让自己接受、消化这件事。毕竟，她很需要钱。很快，她露出个很温柔的微笑来："好，我知道了，那我这部短剧还是跟枫林老师合作吗？"

见她接受心态良好，朱承刚笑了，点头："是，不过枫林今天请假了，我等会儿在微信上跟他说一声，发一份电子版的剧本给他。"朱承刚又安慰了一句，"这次你俩合作的小短剧反响不也挺好的吗？以后继续加油。"

"好的，我知道。那没什么事，我先出去了。"

从会议室出来，尤语宁强迫自己收敛了情绪，没让人看出来自己有什么不同。即使遭遇了不公的待遇，她也依旧认真工作到很晚，将那部新的小短剧的剧本从头到尾都好好过了一遍。

下班时已经天黑，她刚走出工作室大门，手机响了起来——是任莲。

尽管这些年来，感受到的母爱近乎没有，但在今天遭遇了这样的事情之后，尤语宁也还是避免不了有不争气的想法。看见屏幕上的来电备注显示的"妈妈"两个字，这两个字好像天生就自带温柔和爱，尤语宁眼眶一酸，迅速接听，试图从这通电话里获取一丝力量和爱。

她克制着声音里的悲切和难过，温柔地喊："妈妈。"

但是，对方显然并不想与她有母女间的片刻温存："让你问你爸给你弟要生活费你是不是又没要？"尖锐的中年女声里夹杂着指责和不满，"你不去要就自己打钱过来，你弟想要一双跑鞋，好几百块钱呢，哪里有钱？"

听见这句话时，尤语宁正往电梯间那边走。楼道尽头的窗户没关，"轰隆"响了一声雷，她吓得浑身一抖，差点儿没握住手机。

她转头，呆滞地看向窗外。黑色的夜空中闪过一道闪电，迅速又刺眼。

尤语宁转过头，手指紧握，死死抓住手机，又说了一声："妈妈，打雷了。"她的声音近乎低喃，好像带着一丝渴求和讨好。

她从小就怕打雷闪电，在她弟出生前，任莲也曾温柔地把她抱在怀里安慰："不怕不怕，妈妈在呢，宁宁乖。"

所以在此时，在她脆弱无比的此时，她还带着一丝丝奢望，奢望任莲想起自己是害怕打雷的，可不可以温柔一点儿和自己说话，奢望任莲即便不会再像从前那样对她好，但也不要在她身心俱疲、难过崩溃的这天打来电话，批评指责她，开口要钱，半分关心都没有。

但总是事与愿违。任莲也许早忘了，也许记得却不想当回事，只当尤语宁矫情："打雷又怎么了？你都多大人了还害怕打雷？这么多年饭白吃了？你弟才十几岁，人家都不怕打雷，就你娇气！"

任莲不仅没有对她有丝毫关心和安慰，语气甚至比刚刚还要凶狠："还要给你弟做饭，没时间跟你讲那么多，赶紧打钱过来！"

任莲是这样底气十足而愤怒，她的声音在这寂静无声的空间里甚至都能泛起回声，就算尤语宁不开免提都能听见。

她说完以后，不等尤语宁有更多的反应，直接将电话挂断。

听着电话里传来短促的电话挂断声，尤语宁还有些没反应过来。她眨了眨眼，一滴晶莹的泪飞快地落下，滴到外套上，迅速渗进面料里，消失不见。接着，眼泪涌现。

不可以……她不可以在这里哭。尤语宁吸了吸鼻子，微仰着头，把眼泪都憋了回去。然后她深吸一口气，又慢慢地呼出来，胸腔缓慢起伏，似乎把那一股憋闷的气都吐了出来。

这么些年，她自我调节的能力和方式还是一如既往，没有半点儿进步。

红色的电梯层数字在显示屏里不断变化，尤语宁抬手按了下楼的指示键。她加班到现在，要用这部电梯的人都走得差不多了。

周遭安静，雷声骤歇，只余冷风钻过缝隙，吹拂她的脸。空气里飘着淡淡的烟草味，不知是不是刚刚等电梯的人抽烟留下的。

尤语宁微低着头，将双手插进外套口袋里，回想起自己刚刚那些可笑的妄想，自嘲地扯了扯唇角。早该知道的，她真的是昏了头才会有那样奢求母亲温暖自己的想法。这些年，任莲从来都不是雪中送炭的那一个，甚至连锦上添花都做不到，只会雪上加霜。

而自己错就错在仍旧不死心，仍旧抱有幻想。但又能怎么办呢？她只是也想被人爱，也想在绝望的时候可以有人伸手，想要被拉一把。

电梯到了，门向两边打开，里面已经有从楼上下来的人，尤语宁收起乱七八糟的想法，走进去。

等电梯门重新关上，显示屏里的红色数字继续变小时，安全通道的门后走出来个人——蓝色头发，是偷听到电话内容的闻珩。

闻珩把只抽了两口就掐掉的烟丢进旁边的垃圾桶，按了另一边的电梯下楼。

第二章

奇妙夜

外面在下雨。

走出写字楼，尤语宁撑开伞，大风刮来，伞面被带着往后跑。她用了些力气，勉强把伞压到前方，将伞柄收短些，举得低低的，遮住自己。

许多人在等人来接，也有人急匆匆地举着把雨伞往大雨里冲。写字楼前的地面上很快像是形成一条浅浅的河，尤语宁一脚踩下去，鞋子瞬间进了水。

冬日的凄风冷雨，又冷又无情。

尤语宁踩着雨水往前走，鞋子和裤脚湿了一大片，她却好像浑然不觉，一步一步，头也不回地走在自己最讨厌的雨天里。

那些坚强的伪装暂时被丢弃，她允许自己难过一小会儿。

虽然知道不能每一次都逃得开讨厌的、害怕的事情或者东西，但她已经很努力了——

她讨厌下雨天去挤公交、地铁，就努力赚钱去打车；她讨厌爹不疼娘不爱的家，就自己在外面租房住；她害怕自己表达不好角色，就一遍又一遍地努力练习。

只是，她真的很难过。好像，一直都是自己一个人努力地从坑底往上爬，从没有谁会在前面拉着她往上走。

周围的行人步伐匆忙，躲雨或者赶路，目标明确，只有她在漫无目的地淋这场雨。

闻珩将车从地下停车场开出来，将眼前的一幕尽收眼底。他放慢了行车速度，沿着街边一点点往前挪，被后面急促的喇叭声催了一遍又一遍。

旁边一辆车插队出去，副驾驶座上的人降下车窗，冲着他比了个不友好的手势："不走干什么呢？！"

话音刚落，那车要插队到他前面。闻珩见状，猛地一踩油门，抢在对方前面，车身几乎要挨上，差点儿就要发生一场事故。那副驾驶座上的人吓得再次降下车窗，探头冲他大骂："你要死啊？不要命了？！"

尤语宁就这么走过一整条长街，再往右转，那里藏匿着一条酒吧街。这条酒吧街一到晚上就热闹至极，收留所有的虚情假意的人，也粉饰所有的图谋不轨。

尤语宁随便进了一家酒吧，里面灯光昏暗暧昧，星星和月亮造型的灯高低错落地悬于顶部，在地面投下飘摇灯影。

她一走进去，像是一脚踩进幻梦里。人很多，声音嘈杂，夹着些重金属音乐，也夹杂着浓烈的酒香和刺鼻烟味。

她没想来买醉，就想坐在热闹的地方里，让自己听听震耳欲聋的响声，才会没心思难过。找到个卡座坐下后，她点了一杯低度数的酒。

舞台上有乐队在表演，也有人趁此机会贴身热舞。

尤语宁安安静静地坐着，不时有人过来搭讪："美女，一个人？要不要一起玩？"

"不好意思。"她说，"我在等我男朋友。"这是柴菲教她的，说一个人去酒吧就可以用这招。好的男人会适可而止，不好的男人用别的招也不管用。

运气还算好，她没遇到太难缠的人，大多数都是听她说在等男朋友就撤了。来这里的男人大多不会浪费时间在一个有男朋友的女生身上，迅速退避，寻找下一个目标。

尤语宁将面前的鸡尾酒喝了五分之一时，侍应生送了一瓶未开封的果汁过来："是那边的帅哥送的，他说希望您有个很开心的夜晚，就像那个抱枕。"

尤语宁顺着他指的方向看去，只看见那边昏暗的蓝色灯光下，小圆木桌上摆着一个大大的海绵宝宝笑脸抱枕，却没看见有人。

她收了果汁，放到手边，抬头笑着对侍应生说了"谢谢"。

等侍应生走后，她拿着果汁瓶看了眼。玻璃瓶，里面是绿色的果汁，外面是一圈白色包装纸，画着切开的猕猴桃，露出青绿色的内里。

好巧，果汁居然是她喜欢的猕猴桃口味。

舞台上的音乐忽然停了，刚刚被音乐充斥的酒吧转瞬只剩下嘈杂的人声，惹得大家都好奇地看向舞台。那里灯光灭了，光线极暗，看不太清有什么动静。

旁边有人在说："该不会出什么故障了吧？"

"别吧？"有人拖着嗓音应道，"好不容易出来玩，怎么这么扫兴啊？"

话音刚落，舞台上的灯光瞬间亮起，人群中有口哨声和尖叫声此起彼伏。

尤语宁好奇地抬头去看，意外地一愣。

闪烁的红蓝色灯光纷纷照向舞台，那人一头蓝发，坐在高脚凳上，单腿支地，抱着一把吉他在拨弄弦音。

有的人生来就是人群的焦点，只是往那儿随便一坐，就显露出几分潇洒恣意、风流不羁，惹得人群起哄尖叫。

女声最明显、兴致最高昂。

他却好像早已习惯，只扫向台下随意一笑，低沉有磁性的嗓音随之响起，唱了一首《思念是一种病》。

是闻珩。整个乐队沦为他的配角，女客人们化身他的狂热粉丝，开着手机手电筒随节奏摇晃。

这就像是他的个人演唱会，众人都特意为了他而来。

尤语宁没有想过会在这里遇见闻珩，但转念一想，似乎又并不该觉得意外。毕竟像他那样放荡不羁的人，跟这种场合似乎绝配。

只是她没想到他还会弹吉他和唱歌，他弹的、唱的都还挺好听。

不知是不是因为在这里遇见个勉强可以算作熟人的人，尽管他大概并没看见自己，尤语宁也还是觉得先前的紧张散了些。

她低头看了玻璃瓶几秒，瓶子未开封，瓶盖连接瓶身的塑封都没被撕开，应该没什么问题。

这么想着，她撕开塑封拧开瓶盖仰头喝了一口。果汁微凉，清甜的猕猴桃味，带着一点点沙质感，像是籽未完全被打碎。

她用舌尖往口腔上面抵，那一点点残留的猕猴桃汁在口腔里慢慢散开。

整个人好像清醒了不少。尤语宁微微笑了笑，把手边的鸡尾酒远远地推开，就只抱着手里的这瓶猕猴桃汁，乖巧又安静地抬头看向舞台中央弹唱的人。

舞台上的男人明明只是站在那里弹唱一首歌，并没有太多互动，却在无形中热烈地散发魅力，眉眼间都是意气风发的少年气。

一个人俘获全场。

周围有女生激动地讨论着，说等下要去问他要联系方式。

"哇！这是新来的驻唱歌手吗？太帅了，等会儿去要他的联系方式？"

"呜呜呜！不知道多少钱才能让他给我一个人唱一晚，真的是理想型！"

…………

尤语宁不小心听见，没忍住翘了嘴角。她想起他们第一次碰面，他误以为她是故意撞了他搭讪，并想要联系方式。

也不知道等下那些女孩子去问他要联系方式的时候，他会是什么反应。刚这么想着，她一抬头，猝不及防地对上舞台上闻珩忽然看过来的含笑的双眼。二人的视线仿佛在空中相撞，又莫名其妙地纠缠在一起。

他弹唱的动作姿势随意又洒脱，整个人看上去有一种他不爱任何人，却要世人皆为他着迷的魅力——太有诱惑力了。

尤语宁心猛地一跳，避开了他的眼神，却听到周围有女生激动地喊："他在看我是不是？快看，他朝着我这个方向在笑啊！我不管，我要跟他热恋！"

"明明是在看我！他想蛊惑我的心！"

尤语宁回望四周，光线昏暗，却隐约可窥自己周围是一个美人堆。她们性感又热烈，挥着手机灯光朝他尖叫，惹耳又惹眼。

所以，他看的……可能不是自己。

突如其来的失落感浮上心头，尤语宁不明白这种感觉从何而来，又为何而来。她低头捧着玻璃杯，掩饰什么似的喝下一口猕猴桃汁，觉得好像不如之前甜，不知是哪里出了问题。

周围女生的呐喊声那么吵闹，她却偏要在那些吵闹声里分辨闻珩的声音，就像戴着信号不好的耳机做英语六级考试的听力题。

震耳欲聋的吵闹声里，他正好唱到那句："我不会奢求世界停止转动，我知道逃避一点儿都没有用。"

那一瞬，她的脑海里撞了一声回声绵长的钟。这一天的沮丧失落全都在此刻戛然而止，逃避没有用，前面的迷雾忽然被人拨开，她看见了路。

她仰头去看，蓝发少年还是那副肆意的笑模样，依旧看着她的方向。就在这个瞬间，她从他身上偷得几分自信和勇敢。

片刻后，吉他弦音和动听歌声戛然而止，舞台上的蓝发少年起身，笑着做了个谢幕的动作。舞台下的美女们瞬间疯狂地涌了上去，将他包围，有人送他酒，有人送他花，有人送他飞吻，有人扯着自己的衣服要他在自己的锁骨上签名，还有人顺势朝他丢了卡片……大家比尤语宁想象中更疯狂热烈。

她没有立即起身离开，很好奇他会有什么表现——会像对自己那样自信又有所防备吗？她却看到他还是先前那副恣意洒脱的模样，自信骄傲，耀眼到发光，面对一众美女接近疯狂的热情也丝毫没有任何改变。

"抱歉。"他说，明明是朝台下看，下巴却永远微微上抬，"但你们确实想多了。"

说完，他取下吉他，径直离场。那些花、那些酒……那些别人抛过去的东西，他统统没看一眼，比尤语宁设想中更嚣张，更恣意。

酒吧里的人群愣了一瞬，转瞬又发出更嘈杂的声音。

尤语宁起身离开，走出去一步又回身，弯腰拿起那瓶还剩下三分之一的猕猴桃汁。跟来时难过沮丧、憋闷却又无法宣泄不一样，此时她内心平静宁和，可以对抗这世界的风雨。

出酒吧门的时候，雨还在下，尤语宁站在酒吧门口的雨棚下抬头望了一眼，雨很大，她将装有猕猴桃汁的瓶子放到外套口袋里，撑开伞走进雨中。

她一抬眼，看见前面一道穿黑色外套的身影。男人一头蓝发，高而挺拔，没撑伞，独自走在雨中。

尤语宁脚步微顿，抬头看了一眼自己头顶的黑色雨伞，在想到底是假装没看见，默默地跟在他身后，还是快步上前把雨伞分给他一半。

她之所以纠结，是因为他走的恰好跟自己是同一个方向，自己不能往相反的方向走，却又怕自己上去给他撑伞，会和以前一样被他误会成对他别有所图，甚至是为了他而来到这里。

尤语宁心里不停地纠结，脚步却没停下，不过须臾，伞面好像撞到什么东西，被挡住又弹回来。

她回过神，抬头看，前面的男人不知什么时候已经停下，正回头看着她。

两个人四目相对，尤语宁才反应过来，自己的伞大概刚刚是撞到他身上了。

没想过他会突然停下并回头，尤语宁被吓到了，停在原地，犹豫着要不要说声"对不起"。

片刻后，她装作什么都没发生过，扬起一抹笑："好巧啊，你也在这里？"不等他做何反应，她很贴心温柔地询问，"你没带伞吗？要不要一起走？"

她心虚的表现之一，就是会笑得格外温柔。

她觉得自己此刻的演技一定拙劣至极。

被漫天雨幕包围的夜里，闻珩的一头蓝发被淋湿了些，却又显出几分性感和破碎感。他低头看着她，冷笑："好巧？"

"对啊，没想到在这里也会遇见你。"

"难道不是你知道我今晚来了这里，所以才一直跟了过来？"

尤语宁就知道他会这样问。

"刚刚你在台下——"闻珩垂眼看她，睫毛上挂了晶莹的细小雨珠，"丢了什么上来？"

尤语宁有些蒙："啊？"

"鲜花？卡片？还是——"顿了顿，他哼笑一声，语气耐人寻味，"飞吻？"

尤语宁默默地把刚举过他头顶的雨伞收了回来："我想给你唱首歌。"

闻珩哂笑道："要开始表演才艺了？"

"我想给你唱《给我一首歌的时间》。"尤语宁抬头，认真地看着他，"你知道为什么吗？"

"得不到我，也不至于戳瞎我的眼睛。"闻珩抬手抵住伞骨，把她的雨伞往她这边推了推。

雨下得不算小，尤语宁看见他的额头上和侧脸都有雨水在往下滑，滑到下巴上，坠不住的时候，"啪嗒"一下掉落。

她到底心软，又把雨伞举高，跟他站得近了些，遮住他的头顶，又觉得手酸，偷偷踮起脚。

她还没放弃那个问题："你知道为什么吗？"

闻珩一边抬眼看头顶的伞，一边漫不经心地拖着调子"嗯"了一声："为什么？"

尤语宁惊讶，他居然懂她想说什么。

闻珩斜她一眼："这不是等你说。"

尤语宁还以为他那声"嗯"是懂的意思，没想到居然是示意她解答。

"因为……雨淋湿了天空，毁得很讲究。"

闻珩用看傻子一样的眼神看她。

尤语宁抿了抿唇，接上后面的："我晒干了沉默，悔得很冲动。"

"后悔？"

"后悔。"

"后悔什么？"

"后悔刚刚我居然在想要不要给你撑伞。"

脱口而出这句话之后，尤语宁是真的后悔了，后悔自己又忘了在他面前要收敛。

果然，闻珩似乎自动忽略了她这句话里的"后悔""居然在""要不要"这几个词。他这么一剔除，这句话就变成了："刚刚我想给你撑伞"。

他完成了对这句话的理解之后，忽地笑了："心疼我？舍不得我淋雨？"

"怪不得。"闻珩垂眼看她，乌黑的眼自带几分深情，"即使自己淋着雨，也要踮着脚替我撑伞。"

尤语宁默默放下自己踮起的脚后跟，跟着往下收酸涩的胳膊，伞面随着她往下，压着闻珩的头往她的方向低。他像是对她俯首称臣，并毫不反抗。

尤语宁一抬眼，四目相对，呼吸可闻。

她没想到会是这么个局面，一瞬间呼吸都暂停了，呆滞地盯着他近在咫尺的脸，都忘了重新举高手里的伞，就这么压着他的脑袋。

闻珩细长的睫毛湿漉漉的，连带着额前的碎发也湿着，破碎的美感显得那双眼更清澈。

尤语宁忽然记起他的名字——珩，佩上玉也——真是完美地贴合他的容颜。

明朗的脸部轮廓，冷白的肤色，脸上挂着几滴雨珠，像是白玉微瑕，比无瑕的玉更令人心动。

他就这么低着头看着她，周围雨水坠落，车辆穿梭，鸣笛声响，乱了伞面雨水的节奏——"吧嗒吧嗒"，急促又混乱。

车灯闪烁，照亮雨夜里他冷峻的眉眼，尤语宁在他漆黑的眼珠里看见自己。

时间好像在这一瞬间静止。

也不知过了多久，这局面由闻珩打破："啧。"他勾着唇角，眼尾稍扬，看上去像个勾人的妖孽，"刚刚，是想吻我？"

雨夜空气潮湿，他说话间的呼吸带着温热，落在她被冷空气侵袭的冰凉面颊上，一瞬间冷热交替，毛孔都跟着舒张。

尤语宁压住心底的战栗，投以疑惑的眼神。

"这小心机，"闻珩唇角微勾，"还挺独特。"

尽管被误会的次数也不少，尤语宁还是觉得这件事自己有必要解释："我只是不小心，没有那个意思。"

"哦。"闻珩抬手，抵着她的伞面往上推，"我知道你不会承认。"

闻珩重新站直了，又变成了那副高傲的样子："反正你不承认也不是一天两天了。"

她真的是晒干了沉默。

手里一轻，雨伞被人夺了过去，尤语宁抬头去看，闻珩朝她后面抬了抬下巴："我的车在那儿。"

随即，尤语宁见他抬手对着那个方向按了一下车钥匙，解锁的声音传来。她转头看去，就见那辆黑色的车车灯闪烁起来。

尤语宁有点儿蒙："你车停那儿刚刚还往前走？"

"哦。"闻珩扯了扯嘴角，"一直跟着我偷看呢，这都看见了？"

"哪有？我也是刚好看见而已。"

"刚刚没找着，这会儿找着了，不行？"闻珩一副吊儿郎当的样子，把车钥匙上的铁圈套在手指上转了转，"人长得太完美，偶尔也会有小缺点。"

尤语宁跟他一起往停车的方向走，默默补刀："所以你的缺点是眼瞎吗？"

闻珩微顿，轻嗤一声，一把将伞塞到她的手里："自己撑！"

这难道不是他自己说的吗？他怎么就又生气了？

两人终于上了车。

闻珩直接脱了黑色外套往后座上随意一丢，露出里面穿的浅灰色卫衣，朝她前面抬抬下巴，叫她打开副驾驶座的储物箱："拿毛巾。"

尤语宁打开储物箱，看见里面有两条新的毛巾，拿了一条出来给他。

闻珩接过去，一边擦头发一边瞥了她一眼："还有一条新的，你用，别回头感冒了赖上我，说是为了分我雨伞感冒的。"

他眼角微扬，不着调地说："我呢，可负不起这个责。"

为了避免这位大少爷继续误会自己，尤语宁只好拿了剩下的那条新毛巾擦头发。她歪着头，把毛巾折成两折，将淋湿的长发包在里面温柔地揉捏。

相比之下，闻珩简单粗暴得多，在头顶胡乱擦了擦就将毛巾丢到了后面。

尤语宁下意识地转头看了后面一眼，有点儿好奇：照他这么乱丢，那后面是不是早都该堆满了？但后座黑黢黢的，看不太清，她就只好收回视线，认真地擦头发。

外面凄风冷雨，刚刚把她的手指都冻僵了，这会儿车里开了空调，她很快就暖和起来。

闻珩没立即开车走，坐在驾驶座低头拿着手机打字，不知道是不是有事要处理。

尤语宁擦完头发后，把毛巾叠好放在挡风玻璃后面，原本想和他说会买一条新的毛巾还他，但转头才发现他似乎还挺忙，话到嘴边又咽了下去。她倒是因此看见他的头发微湿，这会儿凌乱地在头上散开，有一种狂乱的野性美。

似乎因为他这张脸，再乱的造型也都像是艺术品。

片刻后，闻珩收了手机，发动引擎，握着方向盘看后视镜倒车，稳稳地驶进雨夜的车流里。

车里没有放音乐，也没人说话，安静得有点儿过分。因为开了空调，空气干燥闷热，尤语宁觉得口渴，想起衣服口袋里剩下的猕猴桃汁，赶紧拿出来拧开瓶盖，仰头喝了一大口。

闻珩从车内后视镜里看到，扯着嘴角嘲讽："去酒吧就喝这个？"

"没，别人送的。"

"哦？"闻珩一副吃惊的语气，"看不出来你还会被人搭讪？"

尤语宁默默地举起手机看了一眼自己的脸："我应该……也没有特别难看吧？"

闻珩单手握着方向盘，语气极其敷衍："也就还行。"

尤语宁不想搭理他了。

闻珩又问："陌生男人送的东西你也敢喝？"

"是密封的，瓶盖的塑封都没拆。"尤语宁想了想拿到的样子，"而且还是酒吧的工作人送过来的，应该没问题。"

"是吗？"

"当然了！"尤语宁迫不及待想要证明人家很好，"他还祝我有个很开心的夜晚。"

"然后呢？"

"所以他一定是个温柔、优雅的绅士。"想了想，尤语宁觉得冲击力还不够，又转头看了闻珩一眼，补充道，"而且他长得很帅，我看见了，比你帅。"

闻珩勾了勾唇角："哦。"

尤语宁不知道该再说些什么，车里恢复安静。

过了会儿，车里响起一道嗓音："其实也还可以。"

这没头没脑的一句话让尤语宁有些没反应过来："啊？"

那道声音顿了顿，又继续："乍一看，也还挺漂亮。"

他是在说她？尤语宁将大拇指在手机屏幕上不断来回滑动，嘴角不受控地微微翘起，正要说些什么，那道声音又开始了。

"仔细一看——"他顿了下，在后视镜里和她四目相对，"还不如乍一看。"

尤语宁就从没见过这么恶劣的人！

接下来的路程，两个人都没再说过话，像是高冷司机与他的自闭乘客。行至途中，闻珩打开了车载音乐，放了纯音乐，曲子轻柔，声音调得小，尤语宁听着听着，歪头靠着车窗，在他的车上睡着了。

路上不时有红绿灯，车也时不时地启动、停下，副驾驶座车窗上那颗被乌黑长发遮住的小脑袋就不停地在车窗上来回晃动，拨浪鼓似的。

闻珩偏头瞥了她一眼。

后来，恰好卡住通过红绿灯的时间，他没怎么再停过车。

这几天睡眠时间一直不够，但尤语宁没想到自己居然会困到在别人车上睡着。她迷迷糊糊地揉着眼睛醒来，转头看了眼车窗外，发现已经到了橙阳嘉苑小区外面，也不知道到了多久。

尤语宁心里浮上点儿尴尬的情绪，转头去看闻珩。他正低着头玩手机，屏幕的光照亮昏暗车厢中他英俊的侧脸，高挺的鼻梁像暗夜里起伏的山脊，鼻尖上的亮点像悬着的明月，只愿意偏爱他。他半敛着眼皮，长长的睫毛敛下小半光影。

大概是她的打量太明显，他感觉到了，转头看她，收了手机。

"总算醒了。"他拖着不耐烦的调子，"叫你半天没答应，我还以为你今晚得赖上我。"

尤语宁一愣："你叫我了？"

闻珩斜她一眼："我就差拿个喇叭冲你吼了。"

尤语宁脸上一热："对不起，可能最近没睡好，所以才睡得有点儿沉。"

闻珩显然没信，意味深长地看了她一眼，一副"女人，承认吧，你就是装不下去了在找借口"的表情。

尤语宁心里很慌，但是解释不清楚。她一向睡眠很浅，怎么反而在他车上睡得这么死，叫都叫不醒？

难道……尤语宁低头看向剩的猕猴桃汁，抿了抿唇——这里面还真下药了？

想了想，尤语宁决定解释一下："其实我真没装睡，就是……可能这个——"她把猕猴桃汁的瓶子拿在手里晃了晃，"确实有点儿问题。"

"是吗？"闻珩侧头看她，冷笑，"刚刚不是还信誓旦旦地说没问题，说人长得帅还绅士。"

"那这不是……"尤语宁心虚地咬唇，"看走眼了吗？"

闻珩定定地看着她，昏暗的车厢里，他的表情意味不明，看得她心里发毛："你……"

"我倒也没想到，"闻珩拖着散漫的调子，"你连这个都要跟我一样。"

尤语宁："嗯？"

"刚刚说我眼瞎，现在变相说自己眼瞎。怎么，就这么爱我，瞎眼都要同款？"

不是……他怎么就这么能扯，还这么记仇？

实在不知道怎么跟闻珩交流，尤语宁决定放弃，就让他误会好了，反正她又不少块肉。

况且，她今晚确实还挺感谢他的。他让自己难过的心情得到了缓解，还开车送她回来，也避免了她在路上遇到危险。

这么一想，她还有点儿庆幸后来遇到的是闻珩——这个对自己不感兴趣、害怕自己赖上他的人。

想到这里，她又十分真诚地表达了下自己的歉意和谢意："对不起，耽误你时间了。谢谢你送我回来。"

"嗯。"闻珩没再揪着之前的话题不放，按了个键打开车门锁，朝她右边抬抬下巴，"下车。"

尤语宁连忙解了安全带，拿上自己的东西下了车，关上车门前弯腰再次道谢："真的很谢谢你。开车小心，注意安全，晚安。"

闻珩抬眼，表情很淡，薄唇轻启："哦。"顿了顿，他又说，"那就勉强说一下，晚安。"

尤语宁顾不上计较他的态度，关上车门转身就跑，头也没敢回。

到了垃圾桶旁边，她拧开瓶盖把剩下的猕猴桃汁倒在花圃里，再把瓶子轻轻放进垃圾桶。

做这两步时，尤语宁打了个寒战——看来，以后千万不能一个人去酒吧，更不能接受陌生人送的饮料，密封的也不行。

往前走了几步，尤语宁回头看，闻珩的车亮着车灯，还没离开。

她正想着要不要挥挥手，就看见那车启动了，掉头离开。

行吧，是她自作多情。

自从开始工作，尤语宁每个月都会按时打一笔钱给任莲，虽然不多，但也足够。

这个月的钱，尤语宁已经打了，所以任莲叫她去要生活费的事，她不会管，让她打钱，这个月也不可能。

第二天一早去公司，大家都在聊即将来报到的新同事。

尤语宁一走进去坐下，橘子和草莓就转头眼神复杂地看着她。

"宁宝，告诉你个事，你别太难过。"

"来了个新同事。"橘子小声说完，朝老板办公室的方向看了一眼，"已经在老板办公室了。"

尤语宁笑了笑："我知道。"

"你知道？"草莓都忍不住惊讶，"听说她抢了你《他夏》的女主角！"

"别这么说，能者居之嘛！"尤语宁宽慰地笑了笑，又朝乾明的工位看了一眼，那里是空的。

橘子显然看见了她的动作，有些愤愤不平："听说是明哥的师妹，他亲自引荐进来的，这会儿两个人都在老板办公室呢。"

橘子正说着，老板办公室的门被打开，几个人都走了出来。

也就在此时，尤语宁终于看见了那个抢走自己角色的女生——女生长得很高挑，皮肤很白，栗色长鬈发，长相明艳，是个美女。

老板拍拍手："好了，今天给大家介绍个新同事，大家先放一放手里的工作，认识一下新同事。"

大家配合地鼓了鼓掌，还有男生尖叫起哄了几声，被老板笑着压了下去："好了，别吓着人家女孩子。甜烛，你来做自我介绍。"

那女生大大方方地朝着大家笑了笑，一开口立即引来几声口哨声。

"大家好，我叫甜烛，很高兴能加入这个大家庭，希望大家多多指教。"

立即有人窃窃私语：

"居然是甜烛？"

"哇！之前听过她的配音作品，确实还不错。"

"听说她的粉丝还挺多的，没想到声音好听，人也这么漂亮。"

…………

尤语宁也有些惊讶，没想到居然是甜烛。这个声音博主是今年火起来的，她的视频配音内容是很有诱惑力的"御姐音"，涨粉速度很快。

"好了。"老板叫大家安静，做了些以后大家要互帮互助的陈词滥调的总结，然后指向尤语宁旁边的工位："你就坐在游鱼旁边吧。"

尤语宁心想：居然坐我旁边。

老板介绍完人就回了办公室，有人去跟甜烛搭讪。

尤语宁想起自己也还要去试音，跟橘子、草莓去了录音棚。过了一会儿，甜烛居然找了进来。

虽然有些不解，但尤语宁还是礼貌地笑了笑，算是打过招呼。

甜烛似乎是专门来找她的，主动跟她搭话："你好，你就是'游鱼睡着了'？"

橘子和草莓都在一旁偷偷看着，尤语宁点点头："是。"

"原来你长得这么漂亮。"甜烛立即笑了，"声音也很好听。"

尤语宁听得出来她很虚伪，其实很想告诉她大可不必如此，但碍于是第一次见，以后又是低头不见抬头见的，加之别人是在夸自己，也不好不给面子。

"谢谢。"尤语宁回以微笑，"你也是。"

"不好意思啊。"甜烛做出内疚的样子，眼中却无愧疚之色，"我也是刚刚才知道来到这里居然抢了你的角色，要不我……"

"啊？抢什么了呀？那个角色太可爱了，你也知道，我配过很多类似的角色，想要有一些突破，所以——"尤语宁笑了笑，"不好意思啊，要不我请你喝奶茶吧。你喜欢什么口味？"

原本，她对甜烛没什么抵触情绪，毕竟从某种程度上讲，走后门也是一种能力。但都被人家踩到脸上了，她不回个招似乎都不够意思。

甜烛脸上的笑绷不住了。虽然尤语宁这话没直说，但潜台词不就是她推了这角色，所以才轮到自己的吗？

甜烛眼里的恨意都快藏不住了，她扯了扯嘴角："不用了，谢谢。"

"是第一次见不好意思吗？"尤语宁咬了咬唇，"那我给你点和我一样的吧，我喜欢的，你应该也会喜欢。"

这后半句话终于让一旁憋笑憋得难受的橘子和草莓没忍住笑出了声。等甜烛看过去，橘子就拿着手机继续笑："这图片太有意思了。"

草莓附和："就是，笑死我了。"

甜烛的笑脸直接冷了，转瞬，她又扬起一抹笑："那我应该谢谢你才对，因为我之前也没配过这种的，刚好挑战一下，应该能够让我的粉丝们眼前一亮。"说完，她就打开录音棚的门走了出去。

橘子和草莓等人走远了，凑一起笑个不停，笑完了又有点儿担心："看起来不单纯，也不好惹，以后针对你怎么办？看着她关系还挺硬的。"

尤语宁还是头一次做这种正面跟人针锋相对的事，其实现在想想也还好，只要不吵架，她就觉得好像也不是做不了。

也有可能是因为那天在酒吧里，她从闻珩身上"偷"来了勇气。

那首歌里唱过——逃避没有用。那既然没用，她还不如正面面对，难道她们还能打起来吗？

尤语宁笑笑，打开外卖软件："要什么口味的奶茶？"

甜烛大概迫不及待地想要证明自己比尤语宁强，入职的这天就开始忙碌，一天大半时间都泡在录音棚里。

尤语宁准备下班的时候，橘子碰碰她的胳膊肘，抬了抬下巴，示意她看向录音区那边，压低声音道："还没出来呢！"

"敬业是好事。"尤语宁笑了笑，并没太在意。

《他夏》这个剧本被甜烛抢走的那天，策划人给了她一个小短剧的剧本。这个小短剧有六期，女主角是比较冷静又理智的角色，是她从未接过的角色。

如果不是因为这是被抢了剧本补的，她还挺喜欢的，也确实是个新的尝试。

"你完全不在意吗，宁宝？"橘子好奇地问道。

"不介意呀！她能做到什么程度是她的本事，不是吗？"尤语宁笑着说完，拿上东西下班，"周末快乐。"

橘子也笑起来："周末快乐，我的宁宝！"

尤语宁下班后直接去了家附近的大超市。最近天气越来越冷，南华已经入冬，她又想在家煮小火锅了。

尤语宁万万没想到会在生鲜区遇见闻珩。她刚把两盒肥牛放进购物车，一抬头就看见一对蓝发璧人推着一辆购物车穿过货架离去。

那个蓝发美女，她今早出门时还偶遇了一下。那头蓝色头发实在太过扎眼，加之她早上才见过，所以记忆犹新——是那个对门新搬来的邻居。

至于蓝发帅哥，是她昨晚才见过的闻珩。

原来他有女朋友了啊！尤语宁有点儿震惊，也感觉有点儿怪怪的，不是很舒服。

不过还好，他们看起来像是已经买完东西要走了，也没有看见她，否则她也不知道自己应该怎么打招呼。毕竟，万一他像以往那样，说她又是特意来偶遇他、跟踪他……

她倒是不怕他说得难听，主要是怕被他女朋友误会，自己会被当街打死。

不过她还挺好奇的：他什么时候有女朋友的？

这家大超市离橙阳嘉苑不远，尤语宁提着东西回去也不过走了不到十分钟。

东西有点儿多，她两手的手心都被勒出了一条红印，她只得走走停停，边走边歇。刚走到小区大门口，她就累得不行了，把袋子放在小区外面花坛的边沿上，弯腰喘气。

一抬眼，她瞥见小区大门的拦车杆抬起来，开出来一辆黑色的车，车灯光有点儿刺眼，她偏过头去躲了一下。

她正要弯腰提起东西继续往里走，那辆车慢慢在她身边停了下来。她转头去看，驾驶座的车窗半降，那人一头蓝发，英俊的侧脸被左手拿着的手机挡住大半。他似乎并没看见她，低着头在跟谁打电话，语气听上去有些不耐烦——

"放你那儿不就行了？下次给我。

"还要我上去拿？我真是谢谢你了，刚下楼。

"别念叨了祖宗，马上来。"

尤语宁眨了眨眼，默默收回视线，提着东西起身往小区里走，既然没被他看见，那就赶紧溜。

她身后有开关车门的声音响起，接着，脚步声逐渐逼近。

尤语宁竖着两只耳朵听着，心里隐约有种直觉——他这会儿也要进小区。

男生的步子又大又快，好像就快要追上她了。

尤语宁一慌，步伐也跟着加快。她两手都提着重得快要提不动的大袋东西，腿也跟着发软。

终于，那人从她身后擦肩而过。

尤语宁一趔趄，手里提着的袋子晃荡着，"啪"的一下碰到那人的腿。她吓了一跳，下意识松了手，又是"啪"的一声，比刚刚还要响。袋子掉落，刚刚好砸在那人的脚上，东西散落，将他的两只脚都埋了起来。

静默两秒。

"呵。"从她的头顶传来一声冷笑，"现在碰瓷都碰到这份儿上了。"

尤语宁从没想过会在一个人面前这样反复社会性死亡。她想了想，觉得自己要是从闻珩的视角来看，都很难不怀疑自己是故意的。

但她真不是故意的。

"对不起。"尤语宁无比真诚地道了歉，惹得一个刚刚路过的老大爷都回头朝她看了过来。

她也不管人原不原谅自己，自顾自地蹲下身捡东西，却没想到闻珩也跟着她一起蹲了下来。他把脚抽出去，半蹲着，用修长的手指帮忙捡了一袋火锅底料。

尤语宁伸手要去接，他却拿着那袋火锅底料往旁边一躲，没给她。

尤语宁尴尬地咬了咬唇："实在抱歉，因为有点儿重了，我提得累，所以不小心撞到你了。"

"哦。"闻珩抬着眼皮看她一眼，"你的理由还挺充分。"

尤语宁不想解释了。

"那你就当是我想碰瓷吧。"她说着，低头将其他东西全都捡到袋子里，最后看了一眼他手里的火锅底料，"你想要就给你了。"

闻珩也顺着她的视线往自己的手里看了一眼，把火锅底料随手扔进她的袋子里："谁要你这个！"

明明就是他刚刚不肯还的好不好！

尤语宁没说什么，提着袋子起身要走，忽然感觉一只手拽着她手里的袋子，低头一看，是闻珩的手搭了过来。

她疑惑地抬头朝他看去。

"既然你承认你碰瓷，"闻珩还是那副高高在上的样子，好像什么时候都不会变得温和，"我就让你碰一下。"

尤语宁还没反应过来，手里的袋子已经被他提了过去。

"要让我帮忙提，直说也不是不行，毕竟我这人还挺喜欢助人的。"闻珩说着，微微弯腰将另一只手从她身前绕过，趁她发呆，把她另一只手上提的袋子也提到了自己手上，嘴里的话还没停，"倒也不必非得碰瓷。"

尤语宁还处在微愣的状态里。

刚刚他倾身从她的另一只手中接过袋子，身上淡淡的佛手柑香味和烟草味从高到低慢慢压下来，一点点向前。

那一刻，两个人近到像是在拥抱。

闻珩两手都提上袋子，回头斜眼瞧她："看傻了？"

"啊？"

"住几栋？"

"哦。"尤语宁回过神，"三……二栋。"

闻珩皱眉："到底几栋？"

"二栋。"

闻珩意味不明地看了她一眼，没再说什么，提着东西往前走。

他即便提着普通超市的塑料袋走在路上，也丝毫不影响气质。他长得高大，即使提着重重的两袋东西，也好像一点儿都不费力，脊背依旧很直。

夜里扑面的冷风似乎都被他挡住，地面上有一道属于他的长长影子。

尤语宁默默地跟在后面，踩着他的影子一步步往前走，不知怎的心跳有些快，是因为撒谎了吗？

一路上，两个人都没任何交流。

走到二栋那边，闻珩头也没回，扬声问她："几单元？"

尤语宁侧头看了一眼，恰好到一单元门口。

"就在这里，一单元。给我吧，有电梯，我自己拿上去就好，谢谢你。"

闻珩果然停下，却没立即把袋子给她，往单元门口看了一眼。

尤语宁有点儿心虚，伸手要从他手里接过袋子："到这里就好了。"

闻珩站着没动。

尤语宁将手搭上袋子的提手，没见他有要松开的意思，好奇地抬头看他："你……"

"哦，忘了。"闻珩手一松，袋子全都落到她的手上，坠得她的双肩都跟着往下沉了沉。

尤语宁说了声"谢谢"，他却没有回应，直接转身离开。她看着他转过花园小径，被一棵棕榈树遮住身影，整个人才松了口气，在原地放下东西。

听刚刚的电话内容，他大概是要去女友那里拿什么东西，也不知道多久才能结束。

尤语宁掏出手机看了眼时间——晚上7点半，不算很晚。

她无事可做，坐在单元楼前面的台阶上玩了会儿游戏，之后看了一眼时间，快8点了。

他应该走了吧？

她起身拍拍屁股上的灰，弯腰提上两大袋东西往三栋的方向走。歇了这么一会儿，她提起来还是手疼，也不知道为什么那人提起来感觉很轻。

尤语宁心里胡乱想着，进了电梯，把东西放到地上。

电梯显示屏上的红色数字跳到"15"，"叮"的一声响，门开了。尤语宁弯腰提起两大袋东西出去，小心翼翼地注意会不会碰见闻珩。还好，楼道里空空的，别说闻珩，连条狗都没有。

尤语宁松了口气，快步走到家门口，正要开门，身后传来些动静。

她转过头去。对面的门恰在此时开了，而那个她躲了这么久的人一手扶着门，一手提着个袋子，正看着她。

二人四目相对，空气仿佛都静止了。

尤语宁吞了吞口水，决定装作没看见他。她转过头开了门锁，弯腰去提东西。

她身后有脚步声响起，在空旷寂静的楼道里特别清晰。尤语宁心里慌慌的，恨不得直接闪进门。

"等会儿。"身后那人出声叫她。

尤语宁假装没听见，手上和脚下的动作都没停，把东西提进去放到门口，转身就要关门，被人伸进来的一条胳膊直接挡住。

"你……你干吗？"明明是质问的话，偏偏因为她心虚，说出来不仅没有半点儿震慑力，反而软绵绵的。

闻珩垂眸扫了一眼门口地上堆的两个袋子，又瞥了瞥房子里的摆设，随后收回视线，落到她脸上，冷笑："二栋？一单元？我没记错的话，这是三栋二单元。"

尤语宁一时说不出话来。过了好几秒，她才发出声音："那也……不关你的事啊……"

话说出来，她就有点儿后悔——不管怎么说，也不管出于什么原因，半小时前人家才帮自己提了东西，她这样讲好像有点儿没良心。

果然，闻珩又是一声冷笑："怎么跟我没关系？"

尤语宁心口一跳："跟你有什么关系？"

"你碰我瓷，让我帮你提两大袋东西，三栋这么近，二栋那么远，能一样吗？"

"怎么？就想跟我多走一段路？"

这话不能乱说！尤语宁吓得往他身后看了一眼，还好那房门是关着的。也不知道他的女朋友有没有听见，这要是人家听见了、误会了，以后低头不见抬头见，她还真怕人家给自己使绊子。

尤语宁怕纠缠太久，待会儿真把人家的女友招出来了，也顾不上这人在说什么胡话，慌忙把他的手扒拉下去，不等人反应过来，"砰"的一声甩上门。

尤语宁转过身，背抵着门慢慢滑下去。太吓人了，怎么她每次遇见他都这么奇怪？

她侧耳贴着门，好像听到有脚步声渐渐远去，才终于放心。还好他走了，万一真撞上他的女友，她岂不是被迫成小三？

闻珩只在那扇门关上的瞬间愣了一下。随后，他没停留，转身离开，出了电梯，将袋子里的帽子拿出来往头上一压，把空袋子丢进垃圾桶里，掏出手机打电话。寂寂月色里，身高腿长的男人走在树影交错的路上，回头望了望身后的居民楼，然后转过头，笑了："姐，知道对门住的是什么人吗？"

那头，温柔的女声应道："见过两次，挺漂亮的女孩子。怎么，你刚刚碰上了？"

"啧……"闻珩嘴角往上翘，"碰上了。"

"然后呢？"

"我就是瞧着人还挺弱不禁风的，要有什么事，你帮一下呗。"他顿了顿，语气变得有些不正经，"毕竟你这些年的跆拳道不能白练，是吧？"

闻喜之沉默了一下，说："滚吧你！"

闻珩闷闷地笑起来。

尤语宁把买回来的所有东西都整理好后，已经累得不想动，扒拉了一盒酸奶和一盒蛋挞，打开电视机，坐在沙发上有一搭没一搭地吃着。

过了一会儿，她又想起来自己刚刚那游戏任务也没做完，顿时开始纠结到底先洗澡还是先玩游戏。想了想，为了玩得更舒服些，她还是先爬去洗了澡，顺带把衣服也洗了，最后舒舒服服地窝在沙发上准备玩游戏，刚上线就肚子饿了，只好丢了手机去泡面了。

她今天逛超市的时候想着自己好久没吃过泡面，就买了一桶酸汤肥牛味的，没想到这会儿就用上了。

尤语宁把面泡上，拿过手机准备继续玩游戏，看见 AI YOU 给她发了消息："玩吗？"

是两分钟前发的，这会儿他也不在游戏中，看上去像是在等她。

这感觉还挺奇妙的。

尤语宁立即回了消息给他："玩。刚刚去泡面了没看见，不好意思啊。"

AI YOU："这是晚饭还是夜宵？"

尤语宁想了想，回道："算夜宵吧，刚刚我吃了蛋挞，喝了酸奶。"

AI YOU 没再发别的，发了邀请过来。尤语宁点了"同意"，跟他打一个没打过的副本。

刚捡了两个装备，她就见他停了下来，角色的脑袋旁边冒了个蓝色的气泡："你的泡面应该快好了，你点个跟随，我带你过任务。"

他不提，尤语宁都快忘了自己还泡了面。她找了找，在左上角看见一个跟随图标，立即点了。想了想，她又给他发了条消息："辛苦你啦，我很快就吃完！"

AI YOU 已经开始做任务了，但还是给她回了消息："没事。"

尤语宁把手机放到茶几上，滑到地毯上坐着，打开泡面桶的盖子，立即闻到酸酸的香味。她一边吃着泡面一边看手机，AI YOU 正带着她这个小跟屁虫做任务。她点了跟随以后就不用自己操控了，人物会跟着那个被她跟随的人走。

这个游戏也有换装系统，他的人物形象是大师兄，之前穿的是白色的衣袍，今天穿的是一身紫色衣服。不得不说，大师兄的形象还挺帅的，穿什么颜色的衣服都很好看。

她没给小师妹换过衣服，还穿的是之前的那一身系统自带的紫色衣服。这么一看，他们穿得还挺像情侣装。

尤语宁被自己这个想法逗笑，吃了半桶泡面后就重新上线，给他发了个消息："我来啦！"

AI YOU："这么快？"

游鱼睡着了："我就吃了半桶，不太饿了。"

她取消了跟随，自己上手。

做完这个副本后，AI YOU 没有立即开始下个环节，而是问她什么时候睡觉。

尤语宁看了眼时间，现在是 10 点半，回他："玩到 12 点吧。"

想了想，她又发了一条："我是说我玩到 12 点，你想早点儿下线也可以。"

AI YOU 没回消息，直接带她进了另一个副本。到结束时，尤语宁看了眼时间，是晚上 11 点 40 分，正好领领东西下线。

尤语宁点开活动页面和邮件，把所有东西领取完，正要像往常一样看看 AI YOU 的主页，才发现他居然还在线。他在线的时候，她就不太好意思看他的资料了，总觉得像偷窥。

尤语宁想起自己好像自从开始玩这个游戏，就没怎么观察过自己的主页，这会儿就点进去看了一眼，也就是此时，她才发现左下角居然还有个访客记录。

访客记录？尤语宁一瞬间有点儿慌。她点进访客记录看了一下，都是些不认识的人，没有 AI YOU，也就是说他没有看过她的主页。

但是基本上只要他不在，她每一次上线都会去偷看他的主页。

尤语宁头皮发麻，立即从自己的主页退了出来，脸好像被火烤着，慢慢升了温——不知道 AI YOU 有没有发现自己一直有偷窥他的主页的习惯，如果他看见了自己的访客记录，会误会自己对他有想法吗？

尤语宁胡思乱想着，看见左下角弹了条新消息，点开看——

AI YOU："少吃点儿泡面。"

不知为什么，明明是很寻常的一句话，尤语宁却从里面看出点儿霸道的意思，就是那种要管着她的感觉。也许是因为她刚刚才发现主页有访客记录，而自己经常偷窥他，他看见了却从未提过。

她觉得，他可能误会了什么。

也许他那样沉默寡言的人已经默认自己对他有意思，所以才会久久不下线，思索半天，发出了这样的一句话，带着点儿关心，又带着点儿霸道。不然的话，以他们之间这样不算熟悉的关系，他要么不说话，要么……也会委婉一些，而不是像这样言简意赅，又过分熟稔。

尤语宁不知道应该怎么回复，但还好，AI YOU 似乎也没想要她回复，发来这句消息后转瞬就离线了。

尤语宁松了口气，又还是觉得心慌，跑去冰箱拿了一盒酸奶"吨吨吨"地喝了一大半，好像冷静点儿了。

她突然间又想到柴菲的占卜结果——柴菲说她在事业上可能会出点儿问题，果然她的角色就被空降的人抢了。

而且柴菲的占卜结果一向很准。

所以柴菲之前说她最近会红鸾星动……现在可以排除闻珩这个有女朋友的人，难不成是这个 AI YOU？

尤语宁自作多情地想了大半夜，最后得出的结论是——人家兴许就是随口那么一说。但她还是无可避免地失眠了，一觉睡到大中午醒来，决定今天不再登录这个游戏。

吃过午饭后尤语宁找了部电影，边吃薯片边看，听到手机在沙发上响了一下，顺手拿过来，是秦易安发来的微信："晚上出来玩吗？都是以前那届学生会的。"

乍一看到这条消息，尤语宁还有点儿蒙，想了一会儿才想起来，这是有一天晚上在路边打车时，遇到秦易安加的微信。

当时加了微信后她随手存了个备注，免得下次又想不起来是谁。

当时她也就是客气一下，没想过秦易安真的会给自己发消息。

想了想，尤语宁准备拒绝。她本来就记不住脸，那些人她都忘记了，到时候去还得一个个认识。

她刚打完"不了吧"，秦易安就打了电话过来，吓得她差点儿把手机丢出去。

尤语宁其实是个不太喜欢接电话的人，就这么看着，直到这通语音电话的铃声响到结束，也没敢点接听键。

但也许秦易安刚刚看见她正在输入，所以又打了一次过来。

尤语宁也想到了这个问题，只好接了起来："不好意思，刚刚我想接来着，卡住了。"

"没事，我想着你也不是那种不接人电话的人，肯定是有事。"

尤语宁：那我还真是那种人。

"出来玩吗？大家也好久没聚过了，就当回忆青春。"

"我……"

"晚上6点在金阳饭店吃饭，然后去唱歌，结束得不会太晚。"

尤语宁想起自己这一天从醒来就一直在想乱七八糟的事情，也许该出去走走，加之她实在不是个很擅长拒绝别人的人，到最后把拒绝的话咽了下去，答应了。

挂了电话，尤语宁看了眼时间，是下午3点半，又找出地图搜了搜金阳饭店，估算了过去需要的时间——嗯，她还能看完这部电影。

但到底是看不下去了，尤语宁干脆爬起来，去洗了个澡，又开始挑选衣服。这些年来，她连班里的同学聚会都只参加了一次，还是回到南华后陪着柴菲才去的，也不知道参加这样的聚会怎么打扮才合适。

尤语宁决定求助柴菲。

"不是吧？！"柴菲在电话里面尖叫，"你是说秦易安？"

"怎么了吗？"

"秦易安的局还有不去的道理？"柴菲特别激动，"谁不知道秦易安的局是女生最安全的局？"

"我。"

"啊？"

"我不知道。"

"说正事呢，我今天应该怎么穿？"尤语宁笑着把镜头转向自己的衣柜，"帮我参谋参谋吧。"

柴菲正儿八经地帮她挑："就那件驼色的针织连衣裙，随便套件白色外套就行，我们宁宝穿什么都好看！"

尤语宁也没什么别的想法，就干脆照着柴菲说的穿了。

裙子是V领的，尤语宁找了条细金项链配上，看着没那么光了。

这会儿入了冬，还挺冷，她套了条"光腿神器"。

出门时恰好5点整，尤语宁打了车直接去金阳饭店，到了地方就开始下起雨来。

她甚至有点儿想直接掉头回去，但到底还是认命地给秦易安发消息："我到了。"

她想了想，又怕他一时半会儿看不见，决定还是打个语音电话，正要打，听见有人喊："尤语宁，这儿！"

尤语宁顺着声音抬头看去，就见到秦易安立在大厅的扶手那儿冲自己招手。

他穿一身黑色大衣，长得也挺好看，是那种没有攻击性的俊朗长相，明明只比她年长两岁，今年也不过25岁，看上去却多了几分沉稳从容的气质。

但即便这样，尤语宁也还是没有认出他的脸，只是因为他叫自己的名字，大概确定了他就是秦易安。

尤语宁走过去。

秦易安带她上楼："今天好像还挺适合同学聚会，隔壁包间也是。"

"这么巧吗？"尤语宁笑着搭话。

"我也是刚刚路过看见。"秦易安也笑，"也是我们南华一中的，比我们小一届，里面有两个以前学生会的，所以认得。"

说着，他们已经到了那个包间门口。

好像有人刚出去，门开着，秦易安从那儿一过，里面有人看见他，还跟他打招呼："安哥！"

秦易安停下，很大方地冲对方笑："好巧，我们也在隔壁聚会，有机会一起玩。"

他这个人一向社交能力很强，从前中学那会儿，在学生会里左右逢源，谁见了都能打声招呼，此时被人叫住，难免留下说几句话。

尤语宁在他身侧，被他的身体挡着，里面人没看清她的脸，也就没认出来。

她站在一旁等他，旁边是楼梯，隐约听见有人上楼的脚步声响。

尤语宁下意识地望过去，从楼梯拐角走上来两个人。

一头蓝发跃入她的眼中——其实说蓝发也不太准确，现在是渐变色，成了那种带点儿绿色的颜色。

没有想过在这里也会遇见闻珩，尤语宁一时间还有些愣，四目相对的时候，她满脑子都是那句"我想把这玩意儿染成绿的"。

巧合的是，他今天穿的牛仔外套也是白色的，而且里面还搭了件薄款的驼色卫衣。

尤语宁低头看见自己同色系的穿搭，眨了眨眼：怎么忽然间又有一种大事不好的感觉？

第三章

近距离

时间好像被迫降速，变得缓慢。

亮着灯的走廊里，一旁的透明落地窗映出外面的车水马龙和长夜灯火。

尤语宁靠着冰凉雪白的墙面站着，视线里，闻珩从另一端朝她的方向走来。

认识以后，他们就总是在不同的地方偶遇，但是此刻，她内心有些莫名其妙的不自在，这种不自在的感觉让她本能地移开了视线。

归鱼工作室在周五就已经全面完工，预定下周一正式营业。

驻守西州的韶光是闻珩的高中同学兼大学室友，今天下午带着西州的团队回到了南华。闻珩替他准备了晚上的接风宴，叫上了一群中学时玩得不错的同学在金阳饭店聚聚。

两人刚刚正在讨论明天要为周一开业做的准备，此时韶光见闻珩说到一半不说了，还有点儿好奇，顺着他的视线看见个美女，问道："认识？"

闻珩没应声，嘴角那抹弧度淡淡的，视线从尤语宁身上落到了她身旁的秦易安身上。

很随意、很短暂的一眼后，他收回视线，敛了眼睑，表情未变，继续接上刚刚的话："那明天我先去，你睡好了再来。"

楼梯拐角到尤语宁站着的包间门口，距离很短，几乎是刚说完这句话，闻珩已经跟韶光走到了她面前。

"麻烦让让。"他的语气懒懒的，听不出什么情绪，甚至尤语宁都不清楚他是在跟自己说，还是在跟秦易安说。

他似乎也没有真的要等人给他让位置，说完这句话后，径自侧身从缝隙里挤了进去。

秦易安刚反应过来，闻珩已经带着韶光进了门。里面顿时比刚刚更热闹，不断有人在笑着喊：

"终于到了，等你俩半天了！"

"两位大老板来迟了啊！罚酒罚酒！"

"快快快！坐下坐下！今天不醉不归！"

…………

好一番热闹的叙旧场面，尤语宁还有点儿没回过神。

刚刚闻珩好像都没看见她。

本来她已经在心里设想，如果他又像往常一样说她故意过来偶遇他，还处心积虑地打听了他的穿搭，故意有了这样类似情侣搭配的巧合，她该怎么回应。

但她怎么也没想到，他就这么直接从她面前走了过去，连个眼神都没给她。

更让她惊讶的是，他居然跟她是一个中学毕业的，而且还比她小一届。

尤语宁又在心里默念了几遍闻珩的名字，回想起之前第一次听见他说他的名字时，那一瞬间莫名其妙出现的几分熟悉感。

是不是他们以前曾有过交集？她努力回想，却没回想起来半分中学时与他相关的记忆。

秦易安见对方人好像到齐了，就跟先前那个男生打了声招呼，笑着喊尤语宁："走吧，我们应该回去了。"

尤语宁点点头："好。"

她迈步跟上秦易安的步伐，在身影消失在门口之前回头朝包间里看了一眼，也在那一瞬间，恰好对上闻珩抬起的脸。

隔着一众热闹的人群，他们再次对上视线，短暂得连两秒都不到，这场景却又好像被降速播放，缓慢地拉长了时间。

先前跟秦易安打招呼的那个男生叫朱奇，跟闻珩同班，那会儿都同在学生会里，混得挺熟。这会儿朱奇恰好就坐在闻珩旁边，笑着碰碰他的胳膊肘："哎，看见没？刚刚那个，以前比我们高一届，学生会文艺部部长。"

闻珩懒怠地掀了掀眼皮，把玩着手机，不怎么上心地回了句："没注意。"

"啧啧啧……"朱奇笑得更暧昧了，"我刚刚好像看见他旁边跟着个美女，但晃眼一看没看清，是他女朋友吧？你刚刚进来看清脸没，漂亮不？"

"这么八卦，怎么不去当狗仔啊？"闻珩瞥他一眼，面色有些冷，"见到别人走在一起就情侣，咱俩走一起呢？"

"韶光！"朱奇委屈地冲他旁边坐着的韶光喊了一声，"你看他！你看他这么些年过去嘴巴还是一样毒！"

韶光笑："你还没习惯呢？我都习惯了。"

"啊啊啊！气死我了！"朱奇抓狂地吼，"你这样的人，真该找个女人治治你！"

"也不是不行。"闻珩懒散地歪在椅子上，用拖着调子的嗓音说，"得看是谁。"

说到这个，朱奇就想起来一件事："那《女神攻略》好用吗，用上没？"

韶光好奇："什么攻略？"

闻珩瞥了朱奇一眼："没，他瞎放屁。"

"谁瞎说了？也就今天吕洋要在烧烤店忙活没来，不然他能帮我做证，我……"

"能不能闭嘴？"

"行吧……"

秦易安订的包间就在闻珩的包间隔壁，他们走几步路就到了门口。

门关着，秦易安推开门进去，笑着喊："我们回来了！"

里面的人本来聊着天儿、开着玩笑，一听这话立即抬头朝门口看来。

一瞬间，十几道视线落到尤语宁身上，尤语宁"社恐"症都要犯了，嘴角的微笑弧度差点儿保持不住。

空气寂静片刻。尤语宁觉得自己不能呆愣着，主动挥挥手打招呼，又觉得自己还不如呆愣着呢——这个动作真的好傻。

不知是谁突然喊："这不是大美女尤语宁吗？这么多年不见了，比以前更漂亮了啊！"

好像是一瞬间，其余人的记忆都被唤醒了，纷纷打起招呼来。场面重新热闹起来，尤语宁却脸上一阵燥热，恨不得立即逃走。其余人都能叫出她的名字，而她除了秦易安，谁的名字都叫不出来。

后悔，无比后悔，她不该来的。

秦易安抬手碰碰她的肩，很快收回，给她一个一个地介绍："这是学生会主席冯益智，这是……"

他一通介绍下来，尤语宁总算给每张脸都对上了一个名字，或者说是给每个名字都对上一张脸。

她记脸不行，记名字还挺厉害，这会儿一经介绍，也就把人对上号了，也能记得起来一些跟他们有过的交集。

不得不说，秦易安揣测人心这方面挺厉害，在一瞬间看透了她的窘迫，又无比自然地替她解了围。尤语宁这会儿内心对他无比感激。

大概是因为这一桌的人从前都是学生会里的干部，大大小小也算是"官"，大家还都挺有分寸，饭桌气氛和谐又融洽。

聚餐结束后，大家又去附近的 KTV 唱歌，尤语宁走在后面，跟宣传部部长蒋小燕一起。

从前在学生会里，因为蒋小燕外向开朗，善于交际，跟谁都相处得好，所以即使她被动，跟蒋小燕关系也还行。只不过她后来退出了学生会，她们交集比较少，加上她不是一个擅长主动维系感情的人，所以自然而然关系也就淡了下去。

其实她是不想去的，因为下了雨，只想赶紧回家待着，但不好意思开口提出要先走，总觉得会扫兴。

经过闻珩他们包间的时候，尤语宁下意识朝里面看了一眼，人已经走了。

她没想到一群男生散得会这么快，还以为他们要一直喝酒呢。

学生会这行人一共十三个，不算少，订了个大包间。

大家都是有点儿才艺的，但最先被叫起来的是文艺部的秦易安跟尤语宁。

"嘿！两位文艺部的部长，快给大家露一手！"

"就是就是！我们可记得啊，当年高二那场迎新晚会，你俩一个弹钢琴伴奏，一个演唱歌曲，场面那叫一个美！"

"这不是才子佳人吗？快快快，经典重现！"

…………

一时间大家都开始起哄，尤语宁被闹得有些脸红。

秦易安却很泰然，在点歌器那边回头问她："要不来一首？当年你唱的是 oceanside 吧？"

尤语宁没想到已经过去快九年了他还记得，有些惊讶，但还是点点头："嗯。"

立即又有人拖着调子起哄，秦易安笑着摆摆手："别闹了，另一个麦克风在谁那里？"

"我这儿！"

"给尤语宁吧。"

尤语宁从那人手里接过来，坐在沙发上等着进歌词。

她喜欢唱歌，也唱得好听，自然也就不会拒绝给大家唱。对于大家起哄打趣这种事，她虽然也觉得不好意思，但并不会一直陷在这种情绪里。因为，她内心很清楚：自己对秦易安没有这种心思，所以不会因为被开几句玩笑就耿耿于怀。

先前在迎新晚会她是一个人唱，这会儿跟秦易安合唱，是另一种不同的感觉。

一曲结束，有人拿着鼓掌器"啪啪啪"地晃着，起哄："再来一首！再来一首！"

尤语宁也没拒绝，又唱了一首。

两首歌结束，有点儿口渴，她低头在茶几上找水喝，却莫名其妙地忽然想起先前在酒吧里那瓶未开封的猕猴桃汁。

尤语宁犹豫了一下，放弃茶几上已经倒好的果汁，决定还是忍一忍。

包间里开了空调，有些闷，尤语宁打算去洗个脸，走到包间里的洗手间门口，才发现里面有人。

她和蒋小燕说了一声，出了包间，去外面找公共洗手间。

走几步，她又回头看了一眼门牌号，以免自己回来找不到地方。瞥到门牌上写的好像是"209"，尤语宁在心里默念了几遍这个数字，以免自己忘记。

这家 KTV 的装修是那种低调又奢华的，墙纸都是一模一样的淡金色，走廊像迷宫一样蜿蜒曲折。尤语宁是第一次来，在里面七拐八拐，终于找到洗手间。

出来后，她看着曲折的走廊陷入沉思：我刚刚是从哪个方向过来的？好像是……右边？

尤语宁试探着往右边走了几步，感觉布局跟之前出来的时候见到的差不多，稍微放了心，应该是没走错。

顺着先前过来的路，尤语宁一直往前走，最后停留在一间包间门口，门牌上写着"209"。

她还记得，好像自己包间的门牌号就是 209，应该就是这间了。

尤语宁推开门，包间里摇滚乐吵闹，烟酒的气味扑面而来，一瞬间占满她的耳朵跟鼻子。

有些呛人，尤语宁还没看清里面是什么情况，先被呛得捂嘴咳嗽了两声。

她这一咳嗽，吸引了包间里所有人的注意力，唱歌的人停了下来，只剩下伴奏还在响。

"嘿！有美女！"朱奇捅了捅一旁懒散地窝在沙发上玩手机的闻珩，"看着还有点儿眼熟。"

闻珩连眼皮都没动一下，皱眉："别烦。"

包间里没开主灯，只有昏暗暧昧的彩灯亮着，照不清人脸。

尤语宁一只手还握着门把，视线往里面扫了一圈。她不太记得大家的脸，但还记得刚刚那个包间里有好几个女生，而这个包间里好像全是男生。

她走错了。

"对不起。"反应过来，尤语宁立即道歉，"我走错门了。"

说完这句话，她又抱歉地朝里面点点头，小心地替他们关上门，转身离开。

几乎是声音落下的同时，窝在沙发里的闻珩立即坐起了身，抬眼看过去，就见尤语宁逆着光站在包间门口，正低头关门。

走廊上的灯光落在她温柔清丽的眉眼间，让她像是逆着光的神明少女。

渐渐地，他的视线被关上的门隔断。

朱奇见闻珩刚刚喊都喊不动，这会儿一听见美女声音一下就坐了起来，不免打趣："啧，不是叫不动吗，一听声音好听就坐不住了？"他又说，"不过话说回来，怎么总觉得在哪里见过？有点儿眼……"

"我出去一下。"闻珩丢下这句话时，人已经从沙发上起身，迈开长腿，几步走出了包间门。

"哎！干吗去？"朱奇在后面扯着嗓子吼，声音被淹没在歌声里，"我话还没说完呢！"

韶光刚从洗手间出来，看闻珩不见了，随口问："他人呢？"

"看美女去了。"朱奇笑个不停，"太能装了，明明就喜欢美女，非要装作不在意。"

他又想起什么，问韶光："哎，闻珩喜欢的到底是哪个学姐？你在西州大学见过没？"

韶光摇头："没，他从来不说。"

"这护得跟什么似的，这么保密……"

尤语宁关上包间门后，看着眼前一模一样的几条走廊，又开始陷入为难的境地——到底该怎么走？

如果他问秦易安门牌号的话，会不会有点儿丢脸，出来上个洗手间都能走丢……

尤语宁压下这个想法，决定自己找找看。

闻珩一出门，就看见尤语宁低着头往左边走。他没追上去，朝右边的走廊看了眼，直接快步走进了曲折的走廊里。

尤语宁拐过一道弯，忽然想到个好主意：刚刚自己从公共洗手间出来选错了方向，那现在重新回到洗手间，选择另一个方向不就对了吗？

她真是绝顶聪明。

尤语宁弯了弯唇角，抬头看了眼卫生间的指示牌，朝着那边走。

她又拐了一道弯，猝不及防之间，显眼的蓝色头发闯进视线。

闻珩应该是刚从那边的洗手间出来，正甩着手上的水，朝着她的这个方向走。

尤语宁顿住脚步，没想过世界这么小，难道闻珩他们刚刚聚完餐，也来了这个 KTV 唱歌？

似乎也不是不可能，毕竟这里离金阳饭店很近，而且也是附近比较好的一家 KTV。

她要打个招呼，还是装作没看见？

不等她纠结更多，闻珩开了口："啧……"闻珩挑眉，"又是你？"

尤语宁扯了扯嘴角："是我，好巧啊……"

"不巧。"闻珩慢慢走近，视线从她身上扫过，"你连我今天怎么穿都知道，知道我在这里，制造偶遇有什么难的。"

果然，该来的还是来了。尤语宁不知道怎么回答，却注意到他的胸口微微起伏，像是运动过后要喘气，又故意压着的样子。

她干脆转移话题："你是刚从外面跑回来吗？"

闻珩："啊？"

尤语宁："你看着好像有点儿喘。"

"还是说……"尤语宁顿了顿，"你身体有点儿虚？"

闻珩深吸一口气，又缓缓呼出来："你……"

"没事，没人会笑话你的，你不用克制，想喘就喘吧。"

闻珩低头看了她好几秒，忽地一声冷笑："你行。"

尤语宁："……"

"现在开始对我进行人身攻击，对我进行洗脑，让我觉得自己身体差，然后屈服于你？

"还是——"闻珩垂眼看她，带了几分意味不明的眼神，"你有什么癖好？"

尤语宁不解地眨眨眼："什么癖好？"

"你叫我想喘就喘，怎么——"闻珩冷笑，"你想听？"

在做出那个转移话题的决定时，尤语宁怎么也没想到话题会往更奇怪的方向发展，以至于在心里默默给闻珩竖了个大拇指：不愧是你。

"那个……"尤语宁艰难地张口，没打算正面回答他的问题，"我还有事，先走了。"

"也是，你是该走了。"闻珩点头，"终于见到我，心满意足，可以离开了。"

尤语宁觉得自己还是有必要解释一下："其实，我是迷路了才会出现在这儿，不是你想的那样。"

闻珩没应声，一副"你继续编"的表情。

"真的。"尤语宁怕他真不信，"刚刚在金阳饭店，你没看见我旁边的那个男生吗？我跟他一起来的。"

闻珩嗤笑："我跟你什么关系？"

尤语宁有些蒙："啊？"

"凭什么我得看你旁边的男人？"

尤语宁不知道这有什么必然的联系："不是，我只是想说，我真不是来找你的，我是跟朋友过来玩的。"

"哪个包间？"

她还真不知道。

"答不上来？"

"你等等，我问问。"尤语宁直接给秦易安打了个语音电话。

闻珩双手插兜，懒懒地往走廊墙上一靠，悠闲地看着她打电话。

尤语宁用余光注意到他在看着自己，心里不停祈求秦易安赶紧接电话，然而秦易安听不见她的祈求，也听不见她的电话。包间里吵闹，这会儿他正被人拉着在唱歌，手机反着陷在沙发里，亮起的屏幕和发出的振动都无人注意。

尤语宁艰难地听铃声响过一遍，抿了下唇，自己找了个理由解释："也许太吵了，他没听见，我再打一次。"

闻珩歪着脑袋盯着她，声音里的情绪很淡："嗯。"

尤语宁又打了一遍。

这一次，她的来电终于被人注意到——光线从沙发的缝隙里透出，蒋小燕看见了亮起的屏幕，拿起手机递过去："安哥，你的电话。"

秦易安放下麦克风，看见来电显示，下意识地扫了眼沙发上尤语宁原本坐着的位子。他打开包间门，走到隔绝吵闹声的走廊接听："尤语宁？"

尤语宁就好像找到了救星一般，握着手机的手指都用了点儿力，看上去指尖泛白："秦易安，我忘记我们包间的门牌号了，你能告诉我一下吗？"

"A209，你在哪儿？要不我去找你，迷路了吗？"

"不用不用，我自己回去就好。"

"那行，我就在门口等你，过来就能看见我。"

"好。"

尤语宁挂断电话，如释重负地松了口气，抬头看闻珩："我在A209，先回去了。"

闻珩离开墙壁，抬抬下巴："走吧。"

尤语宁不明白："什么意思？"

"我看看你说的是真的还是假的，过去看看。"

想着也没什么大不了，他愿意跑一趟，就让他跑好了，尤语宁默许了，让他跟着走。

两人一路并肩，却又一路沉默。闻珩双手插在裤兜里，身高腿长，步子很大，走个路看上去像是要去给谁撑腰。

尤语宁走在他旁边，看见前面地上的两道影子，一长一短，不断移动。

她心里乱七八糟地想着，一下走进了另一条道。闻珩停下，语气懒懒地叫她："喂，走错了。"

"啊？"尤语宁转身，抬头看了眼面前的门牌，上面写着 201。

闻珩扬扬下巴："看头顶。"

她抬头看到一个大大的牌子，上面写着"C区"。

反应过来自己又走错了方向，尤语宁脸上有点儿烫，好像这样一来，更加证实了她就是随便说了个门牌号来糊弄他。

她小跑回到他面前，跟他往另一个方向走。她迫不及待想要赶紧回到包间，证明自己真的是跟朋友来的这里，而不是因为别的。

终于，她这次走对了方向，远远就看见了秦易安立在门口等她。

"秦易安！"尤语宁扬声喊。

闻珩不着痕迹地瞥了她一眼，看见秦易安抬头朝这边看了过来。

"尤语宁。"秦易安笑了笑，朝着这边走过来。

尤语宁终于可以证明自己不是来找闻珩的了，一时间有点儿激动，脚下步伐加快，朝着秦易安小跑过去。

闻珩顿了顿，一抬眼就看见尤语宁的背影——她从他身边跑开，奔向另一个人。

尤语宁跟朝自己走过来的秦易安在半路会合，迫不及待地转过身看向闻珩："我到了。"她微抬下巴，带着些笑意，剩下的话没当着秦易安的面说出来：看，我没骗你吧？我真是跟朋友来的。

闻珩将视线落在一旁的秦易安脸上，表情和眼神都没什么变化，看不出具体的情绪。

秦易安也在看他，因为觉得他有些眼熟，又想起刚刚晚饭时他进了那个包间，笑着问："你是南华一中的吧？你好，我叫秦易安。"说着，秦易安伸出手去。

闻珩垂眸瞥了一眼，等了两秒才抽出插在裤兜里的手，虚虚地跟他握了一下："闻珩。"

"你们怎么一起过来的？要不要一起进去玩会儿？"秦易安问。

"不了。"闻珩转身离开，"还有事。"

秦易安也没太在意，转头对尤语宁道："我们进去吧。"

尤语宁把视线从闻珩离去的背影上收回来，点点头："好。"

闻珩回到包间里，韶光刚唱完一首歌，见他回来，打趣道："朱奇说你追美女去了，真的假的？"

"听他放屁。"闻珩在他旁边坐下，整个人往后仰，陷进沙发里，还是那副懒散的样子，"我去洗手间了。"

朱奇才不信："去洗手间这么久才回来？"

"嗯？遇到个迷路的小妹妹，送了一段。"闻珩牵了牵嘴角，"不然这么多扇门，她钻进坏人的房间里多可怜。"

"哦……"朱奇暧昧地笑，跟韶光对上眼神，"所以还是去找美女了。"

"找个屁！"闻珩闭上眼，"偶遇，懂吗？"只是……绕了二楼一大圈的偶遇。

"啧啧啧。"朱奇眯眼瞧他，"加上联系方式没？"

"滚蛋！"闻珩踹了他一脚，"我的联系方式是想加就能加的？"

"哟！该不会人家不想给你吧？"朱奇说完提前躲开，避免了闻珩第二次踹上来。

韶光端了杯酒给闻珩："喝一个？"

闻珩掀起眼皮看了一眼，玻璃杯装着金黄色的啤酒，又重新闭上眼："不喝，一会儿开车。"

"叫个代驾不就行了？刚刚吃饭你也不喝。"朱奇接过韶光端的那杯酒仰头喝了一大口："不给面子，他不喝我喝。"

尤语宁回到包间后没再唱歌，跟蒋小燕互换了新的联系方式以后，躲在角落里聊了会儿天儿。

蒋小燕是个开朗爱笑的短发女生，脸圆圆的，热衷于各种八卦，很符合宣传部部长的身份。两人聊了会儿有的没的，基本是蒋小燕在说，尤语宁默默地听着，不时笑着附和两声。

"哎，刚刚在金阳饭店隔壁包间的是我们的学弟们，里面有两个是学生会的，你看见没？"不知为什么，蒋小燕突然说到这个。

为了不扫兴，尤语宁点点头："看见了。"虽然她一个都没认出来——除了后来进去的闻珩。

"话说回来，你平常不关注这些，可能还没怎么听说。"蒋小燕一脸兴致勃勃的样子，"那一届有个学弟特别出名。"

原本尤语宁是不感兴趣的，但不知为什么，想到刚刚闻珩也进了那个房间，忽然就感兴趣起来。她觉得以那样的长相和气质，他应该也有点儿名气——虽然她确实没什么印象。

"谁啊？"她问。

讲故事的人都喜欢别人捧场，虽然之前尤语宁也很捧场，但蒋小燕感觉她似乎对这个话题还挺感兴趣，一瞬间兴致也上来了，眉飞色舞。

"你知道吧，每一届总有那么几个男生是风云人物，比如我们那一届的陈绥。但陈绥比较浑，成绩不好，后来降级了。

"比我们低的那一届里面，有个学弟特别优秀。先不说他们家挺有钱的，那个学弟长得也是帅到人见人爱，而且能歌善舞！你还记得吗？我们高二那一年的迎新晚会，有一场群舞，里面那个帅得让人尖叫的男生就是他。

"还有，他人聪明，学习成绩特别好，是南华市 2015 年的高考理科状元！

"我还记得有个跟他同班的学妹，有一天还跟我说，他特别傲，但又不让人讨厌。之前不是有很多竞赛吗？有一次数学竞赛他们班就是他去的，临出发前放的话是'等小爷拿个一等奖回来贴墙上'。关键是最后他真的拿了一等奖回来，奖状就贴在教室黑板上方的墙上！"

这人确实还挺傲的。

包间里开了空调，有些闷热，尤语宁拿了个纯净水瓶子握在手心里降温，这会儿十根手指都在水瓶上扣紧了，头一次听人讲事情听得有些着急。

她其实就想知道这人是不是闻珩。但蒋小燕说了半天，就是不提人名，她又不好意思问，刚要压不住好奇心开口——

"小燕，过来唱歌！"

"哎！来了！"

聊天儿中断，尤语宁一口气吊上来，话没来得及问出口，不上不下，憋得难受。

最后散场，蒋小燕似乎忘了这个没讲完的事情，跟别的人笑笑闹闹，不知道在说什么。那阵好奇心散去，尤语宁也没好意思再问，就当个无关痛痒的小插曲吧。

跟柴菲说的差不多，有秦易安的局果然是女生最安全的局。时间刚过9点半，这场聚会就散了，一行人出了包间往楼下走，绕过曲折的走廊去大厅。

在几条走廊的交会处，尤语宁无意间抬头看，头顶有三个牌子，标示A、B、C三个区，三个方向的三条走廊是相通的。

外面的雨没停，大家在街边陆续告别，各自拼车离开。

秦易安喝了酒，不能开车。他叫了代驾，刚要邀请尤语宁同坐，几个其他的朋友就先预定了。车里一时间坐不下，他有些抱歉地看向尤语宁："要不我帮你叫辆车？"

尤语宁撑着伞立在一旁，微笑着摇头："不用，正好我还要去买点儿东西，你们快点儿回吧，一会儿雨下大了。"

秦易安只好先离开。

尤语宁立在街边，掏出手机打开打车软件，手指被冻得有点儿僵，打字不太利索，正要转换成语音输入，旁边巷子里一辆车猛地冲过来，在她面前堪堪刹住车。

尤语宁往后退了一步，以免雨水溅到身上。她撑着伞抬头，看见驾驶座的车窗降下，露出闻珩的那张俊脸。

"你这人怎么回事？"闻珩皱眉，"站这儿碰瓷？"

尤语宁四下看了看，周围除了自己没别人。

"你说我？"她拿着手机点点自己，有点儿蒙。

"还有别人？"

尤语宁甚至都能想到他接下来的话，无非就是：你站在这里，不就是想让人弄脏你的衣服，然后趁机蹭车？

甚至更夸张一点儿，就是——你该不会一直在这儿等我吧？

后面有车过来，疯狂按喇叭。闻珩看了一眼后视镜，朝她勾勾手："上车。"

"啊？"

"叫你上车没听见？"

恰在此时，后面的车喇叭又急促地响了一声。

尤语宁最怕被人催，这时也顾不得那么多，绕过车头去副驾驶座那边上了车。

外面的冷空气被彻底隔绝，车里开了空调，暖气一下围上来，尤语宁冻僵的手指也恢复了温度。她从包里翻了个袋子出来，把雨伞装进去搁在脚边。

这时候，她还有种不真实感：奇怪，闻珩转性了？他居然不自夸了？

她刚这么想完，闻珩将车开到了大路上，混进了雨夜的车流里，从后视镜里瞥她一眼："你怎么知道我的车要从那儿出来？"

果然，该来的还是来了。

"等很久了吧？"闻珩冷笑，"我还挺佩服你的。"

尤语宁："哦。"

"居然能想出这么多碰瓷的办法。故意等在那里，是算好了我的车会在那时候开出来，借机让我弄脏你的衣服，再蹭我的车，跟我单独相处？"

尤语宁抿了抿唇："你知道吗？我特别想送你件礼物。"

"果然，礼物都准备好了。"

尤语宁转头看他："你知道是什么吗？"

闻珩挑眉："什么？"

"我想送你整个宇宙，"尤语宁顿了顿，"又觉得还不够。"

"这倒也……"

"你知道为什么我觉得不够吗？"

"为什么？"

"因为它还装不下你的脸。"

闻珩大概一时也没想到她会如此语出惊人，还愣了一下，随即回过味来，握着方向盘笑了："可以，你能想得出这种办法，确实挺厉害。"

这回轮到尤语宁蒙了。

"一个办法行不通，就开始换另一个办法。让我猜猜这次换的办法是什么？"闻珩当真做出一副思考的样子，"是想走欢喜冤家那一套，所以诓我，先吸引我的注意力，让我对你上心，从而再展现你的魅力，让我对你产生好感？"

尤语宁：是我从未设想过的全新情节。

她现在怀疑，就算自己拿把刀捅他一下，他都能说出自己是爱他爱到发疯这样疯狂的话。她甚至能想象到他的表情和语气——一定是那种带着点儿了然和嘲讽的冷笑，即便奄奄一息，嘴角流血，也要高傲地看着她，然后用最后一丝力气呐喊："女人，你真是爱我爱得太深！"

这么一想，尤语宁甚至觉得这是一个死局。

"闻珩。"尤语宁有点儿好奇，"你是不是觉得我已经爱你爱得无可救药了？"

闻珩瞥她一眼，嗤笑："难道不是？"

果然。

车里又沉默了一会儿，尤语宁忍不住问："我真好奇，你的女朋友是怎么受得了你的？"

闻珩："嗯？"

"像你这样，高傲又喜欢勾三搭四，还……"

"女朋友？"闻珩打断她，"我的？"

"难道不是？你俩都染情侣发色了。"

闻珩反应过来她在说什么，直接气乐了："你什么时候看见我有女朋友？"

尤语宁这才想起，他并不知道自己那天在超市看见了他们一起出现。想了下，她决定给自己找补找补："就是……你那天不是从我对门出来吗？后来我看见了，对门住了个蓝发美女。"她又说，"那应该是你女朋友吧？我看着觉得还挺配。"

闻珩冷笑："还挺配？"

尤语宁觉得自己还在人家车上，得说几句好听的话，免得被人赶下去，点点头："确实很配啊，无论是身高还是长相。"

"长相？"

"嗯。"尤语宁再次点头肯定，"你俩挺有夫妻相的，一定能走到最后。"

"呵呵。"闻珩一连冷笑好几声，尤语宁看着都害怕他抽过去。

她又想了想，劝道："你以后还是少在外面勾三搭四吧，你女朋友那么漂亮，打着灯笼都难找，别把人家气跑了。"

"那你还挺牛。"闻珩说，"都觉得我有女朋友了，还能这么死缠烂打。"

尤语宁还以为自己刚刚那么说，能让他对自己的误会消除一点儿，这怎么还加深了？

再后来，他们一路上就没怎么说过话。尤语宁也不知道自己是怎么把闻珩惹到了，总之，他看上去好像还挺生气的，一脸"生人勿近，否则我弄死你"的表情。

她也不敢招惹他，又怕自己像上次那样睡过去，干脆打开手机玩游戏，但其实也没怎么认真玩，一直在想是自己刚刚劝他不要勾三搭四让他生气了吗？好像坏男人都挺讨厌别人劝他们的，应该是这样吧？

尤语宁玩了会儿，又觉得自己一个人玩没意思，就退了，领完东西准备下线的时候，点开好友列表看了眼 AI YOU。

他没在线，但是这一次，尤语宁不敢再点开他的主页了，以免留下访客痕迹，让他误会自己对他有意思。

这么一想，尤语宁觉得自己怎么能在同一时间，让两个男人误会自己对他们有意思呢？她甚至都怀疑自己的卦象是不是出了什么问题，不应该是真命天子要来了，而是……烂桃花？

好像也不准确，因为真要说起来，是自己给他们造成了困扰，而不是他们要追自己。

尤语宁正胡思乱想着，闻珩的车在橙阳嘉苑小区外面停下。她回过神，和闻珩道了声谢，解开安全带下车，正要关上车门，就见闻珩也下了车。

她本想问问，但又觉得人家来都来了，应该也是要去找女朋友，也就没开口。

两人一路无话，一起上了楼。出了电梯后，尤语宁就直接朝自己家里的方向走，被闻珩叫住："等会儿。"

尤语宁停下，转身看他："怎么了？"

闻珩朝她对门走，示意她跟上："过来。"

尤语宁不解，但还是跟了上去。

闻珩直接按了密码开锁，走了进去。

尤语宁立在门口没动。

闻珩回头看她："进来。"

尤语宁有些犹豫："不太好吧？"

他怎么还要叫她进去？难不成他觉得她太嚣张，要把她带到他女朋友面前，让女朋友好好敲打敲打她，让她以后别再缠着他？

这么一想，尤语宁有些头皮发麻，也就没敢进去。

闻珩冷声重复："进来。"

尤语宁还是没敢动，试图再跟他讲得清楚明白一些，自己对他绝无非分之想。她正要开口，就听见一道温柔的女声传来："小十？干吗呢？"

女声逐渐清晰，尤语宁一抬眼，就见到蓝发美女穿着睡衣走了出来。

蓝发美女见到他们俩僵持在门口，还有点儿好奇："这是……什么表演？"

大概是他俩都没说话，美女又自我脑补："见家长？"

尤语宁诧异地瞪大眼：见家长？

闻珩冷笑，直接把胳膊搭到闻喜之的肩上，揽着她的脖子往自己的面前带了带："人家说咱俩有夫妻相。"顿了顿，他又说，"我这不是带人家过来确认一下？"

这么一看，他们确实挺有夫妻相的啊！都说恋人会越长越像，他们这不确实挺像的吗？

闻喜之愣了两秒，随后直接笑出声："夫妻相？"笑完了，她用胳膊肘捅捅闻珩，"给我滚开，你哪配得上我？"

"是，我配不上，毕竟面前这位说，你是打着灯笼都找不到的美女，我哪儿配得上。"

"真的啊？"闻喜之眼睛一亮，"你真有眼光！"

不是，这是什么情况啊？

"行了，姐。"闻珩哂笑，"别臭美了。"

姐——尤语宁就听见了这个字。她头一次离这个美女这么近，一抬眼甚至都能看见对方吹弹可破的肌肤。她又看看闻珩，再一对比——

他们原来是……姐弟，这不就……误会大了吗？

"那个……"尤语宁觉得自己得说点儿什么来结束这尴尬的对话，"我就住对面，以后有什么需要帮忙的，可以找我。"

闻喜之点头笑道："好啊！"

"嗯。"尤语宁侧身，指了指身后自家的房门，"那我就先回去啦！"

"好呀。"闻喜之笑，"晚安。"

"晚安。"

尤语宁撑着淡定的表情转过身，在姐弟二人的目送下保持镇定地往自己家走。等她进了门，把门一关，整个人就一下放松了，呼出好长一口气。

她怎么能够这么反复"社死"？而且每次都在闻珩的面前。

对门。

闻珩看了眼时间，转身要走："走了，锁好门。"

"喷，等一下。"闻喜之抄着双手叫住人，一副审视的态度，"什么情况？"

闻珩挑眉："什么？"

"这怎么就勾搭上了？"

"什么勾搭？你用词能不能别那么难听？"

"哦，怎么认识的？"

闻珩扫了眼对面关上的门，压低声音："想听？"

闻喜之点点头："想。"

闻珩弯了弯唇角："那你想吧。"

这一晚尤语宁睡得不好，一是因为下雨，二是因为晚上遇到的事。

她没想过闻珩跟自己是一个学校的，还比自己小一届，也没想过对面新搬来的邻居是他姐姐，感觉什么事都好巧，而且都凑到了一起。

再加上他总是出现在各种她意料不到的场合，好像已经出现在她生活里的每一个角落。

她想起《他在我心上开了一枪》，男主角也是这样出现在女主角的世界里，最后给女主角来了一枪。

尤语宁又开始想她爸——那个人到中年就喜欢夜不归宿，出轨还觉得是真爱的男人。他有什么仇家吗，至于有人来找自己寻仇吗？她想不到。

她又想她妈——那个可怜又可恨、重男轻女的女人得罪过什么除了自己以外的其他人吗，会让别人迁怒自己，来报复自己吗？她也想不到。

她应该只是想多了。

尤语宁胡思乱想了一整夜，做的梦都混乱不堪。

周日下了一整天雨，她在家里待到快要发霉，倒是记起自己买的那一大堆菜，煮了个火锅。

平常总盼着放假，这次却在周一早上去上班的时候觉得才是解脱，她果然不配享受假期。

而且这天还恰到好处地雨过天晴，出了属于冬天的太阳。

压在心头的沉闷减轻了些，她出地铁站的时候，阳光落在头顶，她就感觉到像是得到了救赎。尤语宁扯了扯嘴角，觉得自己真是有毛病，没事瞎矫情。

她在旁边咖啡厅买了杯咖啡，等电梯的时候原本还想打开喝，忽然间想起初遇闻珩那天泼了人家一身咖啡，想了想，还是决定等到了工作室再打开盖子。

出了电梯后，她看见门口摆了鲜花架子，还铺了红地毯，吓了一跳：这是什么阵仗？

尤语宁愣在电梯门口，端着咖啡抬头一看，一路都是鲜花气球，甚至连天花板都被装饰得很漂亮，有彩线飘荡着——就像是求婚现场。

这也太猛了，谁大早上在公司求婚？

尤语宁在心里竖了个大拇指，端着咖啡准备往工作室里走。她刚迈脚，就看见楼道那边涌来黑压压一群人，还拿着礼炮和"鼓掌神器"，迈出去的脚又放了下来。

她往后退了两步，不明所以地看着那群人越走越近，每个人脸上都还带着激动的笑。

刚刚她出电梯的时候，这一层楼只有她一个人下，难不成这些人是奔她来的？

尤语宁本能地想躲避，一转身撞进一个带有佛手柑香味的怀里，额头和鼻尖触及冰凉丝滑的衣服面料。

佛手柑香味——尤语宁立即想到那个人，瞬间倒吸一口凉气。

"哇！"一瞬间，那黑压压的人群已经涌至他们跟前尖叫、欢呼。

伴随着"砰砰砰"的声音，彩带、亮片弄了电梯门口靠在一起的两人满身。

尤语宁晕晕乎乎地站好，一抬头，对上闻珩笑得意味不明的眼。她甚至还看见闻珩今天穿了身剪裁得体的黑色西装，打了领带，很正式的样子。

"你……"尤语宁咽了咽口水，眨眨眼，"要跟我求……"

话没说完，她实在有点儿说不出口。

闻珩将视线从她身上挪开，偏过头对一旁的韶光笑笑："谁还安排了这么个节目？"

节目？尤语宁更蒙了。紧接着，她就见他看向自己身后的人群，笑问：

"不至于吧，就开个业还要安排人上来送个拥抱？"

开个业？尤语宁简直不敢相信自己的耳朵。她偷偷掐了一下自己的手心，疼得"嘶"了一下，确定自己不是在做梦。

救命！她刚刚说了什么——你要跟我求……婚吗？

还好，还好，后面两个字她没说出来，不然她换个星球都活不下去。

后面的人群里有人起哄："没有啊！是你的迷妹吧珩哥？"

"哦……"闻珩恍然大悟的样子，憋着笑，低头看尤语宁，"迷妹。"

"你刚刚说我要跟你求……"闻珩顿了顿，"求什么？"

求个屁啊！尤语宁反复"社死"，内心崩溃。偏偏这么多人看着她，她还要努力装出一副淡定的样子。

头顶明亮透白的灯光下，闻珩凌厉的眉眼多了几分促狭的意味，少了些锋芒。尤语宁对上他的眼，把手里的咖啡递过去："你要跟我求佛吗？保佑你开业大吉。"

周至诚在后面起哄："美女你还会求佛啊？"

尤语宁听出这声音就是刚刚说她是迷妹的声音，心里恨不得给他来一棒槌，但面上还是保持着得体的微笑："我会求神，自然也会拜佛啊！"

闻珩垂眼瞥她递过来的咖啡，接了，笑笑："你这业务还挺广。"

"人在江湖，身不由己。"尤语宁一本正经地点头，"多学点儿手艺傍身。"

说完，怕出现更多的"社死"情况，她假装着急地看了眼时间："看起来你不需要，我还要上班，先走了，祝你开业大吉。"也不等人回应，尤语宁转身就是一路小跑，飞快地跑进了工作室。

看着风一样的背影，一旁的韶光笑得不行："哎，闻珩，上哪儿认识的这么个宝贝？"

"嗯？"闻珩看了眼手里的咖啡，唇角弯弯，"就……太有魅力了，招来的。"

"啧。"韶光拍拍他的肩，"看来我们闻大校草魅力还是不减当年。"

闻珩大拇指摩挲着咖啡杯温热的杯壁，朝周至诚招手："过来，给你安排个事。"

周至诚凑过来，好奇道："怎么了珩哥？"

"去这家咖啡厅。"闻珩把咖啡杯转了转，露出杯壁上的店名，"给大家订咖啡和甜品。"

"哦，好的。"周至诚点点头，这就要走。

"等会儿。"闻珩用一只手扣住他的肩，握着咖啡杯的那只手食指张开，朝人群勾了勾，"居居，你也去，给隔壁工作室订一份。"

"哈？"居居惊讶地张嘴，下意识回头看了眼初一声工坊的大门，"每个人都要有？"

"不然呢？"闻珩揭开咖啡杯盖抿了一口，唇角弯弯，"那么小气干什么？"

他又补了一句："记在我个人的账上。"

尤语宁回到工位上坐下，脸上还一阵发热。怎么就那么巧？她前脚出电梯，后脚闻珩就从另外一间电梯出来。

那些人是冲他去的，她还以为……还以为哪个追求者这么大胆，要在公司里跟她告白。

而且刚买的咖啡，她都还没来得及喝一口，就这么便宜他了！

尤语宁气闷，一边开电脑一边心里埋怨，橘子一来就看见她这副委屈的样子，好奇道："咋了，谁惹你了？"

"没，就是不太开心。"尤语宁从抽屉里摸出两颗糖，给了橘子一颗橘子味的，自己吃了颗猕猴桃味的。

"怎么不开心啦？"橘子把糖纸撕开，把橙黄色的水果夹心糖放进嘴里，满足地眯眼，"还是宁宝贴心，知道我喜欢橘子味。"

吃了糖，心里好受点儿，尤语宁也没那么闷了，笑了笑："也没什么，这会儿又开心了。"

橘子就当她没什么事，想起刚刚出电梯看见的盛况，还有点儿激动："对面那家游戏工作室终于正式开业了，会不会有什么活动啊？我刚刚来的时候看见这一整个楼道都摆满了鲜花。"

尤语宁想起这个就觉得尴尬，嘟囔着："不知道，不感兴趣。"

"好吧。"橘子打了个哈欠，"你来得好早啊宁宝，我已经来得够早了，没想到你比我来得还早。"

"下次我来晚点儿。"免得她再遇上这种事。

居居带着外送员进来的时候，尤语宁刚打算进录音棚。

几个箱子装着咖啡还有甜品，架势还挺大的，立即有人围过去问是不是在搞活动。

居居笑着说："我们归鱼工作室今天开业，老板说大家都是邻居，以后请大家多多关照，多多来玩，请大家喝东西，一起开心！"

橘子"哇"了一声："那个老板是不是就是蓝头发的帅哥啊？"

居居正在给大家派发东西，听见这话笑着点头："是啊，就是我们老板！"

橘子立即夸道："你们老板太帅了！"

"是，而且人特别好，经常请我们吃饭、喝东西，不然我们也不能从西州跟着他来南华。"

"你们是从西州过来的啊？那还挺远的。"

"对啊，但是大部分人都过来了，只有小部分离不开西州的辞职了。"居居笑着喊橘子，"美女，要不帮个忙？一起发一下？"

橘子立即放下手里的东西过去帮忙："好啊！"

她比较外向，又爱笑，跟谁都能聊得开，这会儿过去，一边帮忙发东西一边跟居居闲聊。

尤语宁没过去，但是默默听着。

"你们老板多少岁啊？看着还挺年轻的。"

"23岁，他大学就开始跟朋友合伙创业了，21岁大学毕业后就留在了西州，我们是上个月才搬过来的。"

"年轻有为啊！这比我还小两岁。"

"是啊，我们老板聪明有能力，家里条件也好，长得又帅……哎，他真的很完美，当时在我们学校里好多女生追的。"

"你们是哪个学校的？"

"西州大学。"

尤语宁敲键盘的手一顿。

西州大学？他大学居然也跟她在一个学校吗？

橘子还在跟居居继续说："那你们老板有没有谈过恋爱？"

"据我所知是没有，他好像有喜欢的人。"居居把最后一杯咖啡递到橘子手上，"不过我也不太清楚，反正没看他跟哪个女生走得近。"

说到这里，居居凑近些，压低了声音："我怀疑他受过情伤，因为他只打了右耳的耳洞，我看有个说法是代表对女生不感兴趣。"

橘子倒吸一口凉气："不是吧？"

"哎，你别跟别人乱说啊，前面那些没关系，后面这个是我自己瞎猜的，到时候让我老板听到，我就死定了。"

"好。"橘子答应了，把她送出去，"谢谢你们老板啊！"

等人走远了，橘子回头把咖啡和甜品放到尤语宁的桌上，立即就把居居卖了："宁宝，我心好痛，帅哥居然也会受情伤，好像被什么美女深深伤害过。"

刚刚居居最后说的那两句话声音都压得很低，尤语宁没听见。橘子凑得很近，也压低声音："我跟你说，只跟你说，刚刚……"

草莓刚从录音棚出来，见她俩在说悄悄话，立即凑过来问："你俩说什么呢？"

"没没没。"橘子笑着指了指桌上的咖啡和甜品，"对面工作室的帅哥老板请的。"

草莓一看，立即过去坐下："哇，这也太棒了！"

尤语宁盯着电脑显示屏，满脑子都回荡着刚刚橘子和自己说的："他好像被什么美女深深伤害过。"

他那么耀眼的人也会爱而不得吗？

中午跟橘子出去吃饭，尤语宁才看见写字楼下面不远处摆了个摊子。远远看着摊子还挺大，蓝色的宣传海报板，年轻的男女凑在一起，正在和路过的行人介绍些什么。一旁放着几个大纸箱，里面好像装着些礼物。

橘子也看见了，好奇地拉着尤语宁过去看："好像是对面游戏工作室的，我们去看看有什么！"

尤语宁跟着她一起过去，才看见纸箱里摆着归鱼工作室的周边——跟归鱼工作室的小鱼图标一样的小玩偶、钥匙扣、小台灯、小摆件，看着都还挺可爱的，至少让尤语宁很心动。

居居早上去初一声工坊送咖啡才见过她们，见她们过来，立即笑着介绍："美女，要不要来玩游戏？有小礼物。"

橘子跃跃欲试："什么游戏？怎么玩？"

"有答题游戏，跟游戏相关的，也有一些脑筋急转弯。"居居拿着一本小册跟她们介绍起来，"如果不想玩游戏，也可以关注一下我们工作室的公众号，可以领一个钥匙扣。"

居居拿着一个小鱼仔钥匙扣晃了晃："看，这样的，是不是很可爱？"

"当然了，如果既不想玩答题游戏又想要其他的奖品，可以参加抽奖。关注我们工作室的公众号之后，会有一个大转盘抽奖，抽到什么就是什么，中奖概率还挺大的。"

橘子兴致盎然地掏出手机要扫码，居居拿着二维码给她扫，又问尤语宁："美女要参加一下吗？"

尤语宁点头："好。"她对每一个都好喜欢，这些小鱼样式的东西让她完全没有办法拒绝。

尤语宁掏出手机扫完码后，手机上弹出归鱼工作室的公众号界面。等她点了关注，居居给她拿了个钥匙扣，给她指了指手机左上角的抽奖链接："从这里点进去就可以抽奖了，看看运气怎么样。"

尤语宁点进去，是个抽奖转盘，奖品就是纸箱里的那些东西，还有谢谢参与。

她点了一下，运气不太好，只抽到个"谢谢参与"。橘子倒是运气还不错，抽到个小鱼玩偶。

居居看尤语宁多看了几眼纸箱里的小礼物，善解人意地笑着问："要不要来玩答题游戏？很简单的。"

尤语宁看了眼纸箱里的小礼物，点头："来吧。"

"好，我来问。第一个问题：《遂心》游戏里，小苍溪上的第三座桥叫什么？"

"哇，不是吧？"橘子立即为尤语宁鸣不平，"这游戏我也玩，但这个问题也太细了吧！谁会注意小苍溪上的第三座桥叫什么名字？说不定连那个副本都不一定玩过。"

居居笑了笑："这题是我们老板出的，我也没办法，要不我换脑筋急转弯的题？"

"不用。"尤语宁收了手机，唇角带笑，"就叫第三桥。"

"答对了！"居居拍了下手，"好厉害，是蒙的还是真知道呀？"

橘子也难以置信："真的假的？"

"这个副本我玩过，过桥的时候看了眼桥头的名字，所以记住了。"尤语宁弯唇，"小苍溪一共有七座桥，分别叫第一桥、第二桥……一直到第七桥。"

居居眼睛一亮："厉害，确实是这样的！"

橘子惊叹："哇！宁宝，你居然连这些都知道。"

尤语宁笑笑："下一题吧。"

她其实原本不知道那么多，AI YOU带她跑了很多地图，第三桥就是他带着她走的。上桥之前，他叫她看那桥的名字，跟她说这条小溪叫小苍溪，一共有七座桥，每座桥怎么命名的。

只是她没想到会这么凑巧，这居然在答题游戏用上了。

居居开始下一题，问云泽森林的守护精灵叫什么名字。

"小红狸。"

"古灵湿地囚禁了什么怪兽？"

"痴魔。"

…………

一套题答下来，尤语宁全对，一旁的橘子眼都直了："哇！宁宝你才玩多久啊就记得这么多，我最多答对两题！"

尤语宁谦虚地笑："只是刚好都玩过这几个地图。"

居居也跟着竖了竖大拇指，又指了指面前已经摆出来的小鱼玩偶、小鱼台灯、小鱼摆件，问她要选哪个奖品。

尤语宁认真地挑选，每个都想要，但只能三选一。纠结了好一会儿，她指指小鱼玩偶："这个吧。"

"好嘞！"居居拿了个印有"归鱼工作室"字样的手提袋装好玩偶给她，"美女拿好，多谢捧场。"

橘子见状也要玩，选了脑筋急转弯的那套题，但错了好几道题，无缘奖品。

居居见她失落，偷偷塞了个小鱼摆件给她："喏，给你作个弊。"

橘子开心了，道了谢拉着尤语宁回工作室。

回到工位，尤语宁把钥匙都换到了新的小鱼钥匙扣上，玩偶打算拿回家摆在床头。橘子把刚刚居居给她的那个小鱼摆件递过去："宁宝，给你！"

"啊？"尤语宁不明所以，"给我？"

"对呀，谁叫你是游鱼宝贝呢？小鱼摆件放你电脑旁边多合适呀！"橘子笑着，直接将小鱼摆件放到她的桌上，"收下。"

看着突然多出来的小鱼摆件，尤语宁想了想，就只剩下那个小鱼台灯没拥有。其实她刚刚原本想问居居，能不能再答一套题顺便把那个小鱼台灯赢回来，但到底脸皮薄，没好意思开口。

现在又回想起刚刚那套题的那些问题，尤语宁依旧觉得神奇。

大转盘抽奖她什么都没中，分明是运气不好的，但偏偏那套题问的所有问题，都恰好是 AI YOU 带她跑的那些地图上的，而且 AI YOU 还跟她科普过。

这样巧，好像她的运气又很好。

听居居说，那些题都是闻珩出的，难道说闻珩也喜欢玩这些地图吗？

尤语宁下班时已经是晚上 7 点半，外面夜幕四合，华灯璀璨，有些冷。她把外套前襟拢了拢，一抬头，看见了几天不见的闻珩。

他们几天没见，他的头发变成了亚麻青色。他穿着一身黑衣黑裤，懒散地靠在公共休息区的沙发靠背上，一条长腿微微弯曲，另一条长腿支着，正低着头玩手机。他的头顶垂着一盏暖黄色的吊灯，光影浮动，照得他的头发泛着浅淡的金棕色。

他整个人看上去慵懒中又带着点儿洒脱不羁，就好像那一方小小的沙发根本困不住他这样有野性的人，只配让他短暂地休憩停留。

甚至就连他随意搭在沙发靠背上的那只手的手背上的经络都格外性感，就像是猛兽蛰伏，下一瞬就能青筋暴起，取人小命。

尤语宁打了个冷战，正要收回视线，忽然见他抬起了脸。那只有着性感经络的手从沙发靠背上抬起，朝她招了招，他说："过来。"

尤语宁微讶："我？"

闻珩挑眉："还有别人？"

她不知道他要搞什么鬼，但这次总没理由说自己是故意要来偶遇他的。

尤语宁朝他走过去，在距他两步远时停下，保持一定的安全距离。想起橘子说的话，她还特意看了眼他的耳钉。确实，他的右耳戴着那枚黑色的耳钉，左耳没戴，但看不清有没有耳洞。

尤语宁也不敢仔细看，怕被误会，很快就把视线挪开。

"看我干什么？我脸上有花？"闻珩抬眼上下瞧她，"心里又在打什么主意？"

尤语宁见被抓包，干脆看向他的耳朵："你只打了一个耳洞啊？"

闻珩轻轻"嗯"了一声，漫不经心地开口："怎么？"

"没什么，随便问问。"尤语宁摇摇头。这会儿离得近，她已经看清了，他的左耳确实是没有耳洞的。

"连我的耳洞都观察上了？"闻珩像是笑了一下，声音很轻，"不愧是你。"

尤语宁早就猜到是这走向，也没跟他计较，善解人意地祝福他："没事，过去的已经过去了，可以从头再来，加油啊。"尤语宁甚至还握拳做了个加油的动作，转身要走。

"等会儿。"闻珩伸手拽住她的胳膊，把她拽得停下，"你说什么，再说一遍？"

这语气冰冷如霜，暗含威胁之意，似乎又带着一丝困惑。

尤语宁默默地吸了口凉气，误以为他是在生气自己揭露了他过去丢脸的事情，装着淡定的样子回过头看他："怎么啦？"

已经不是下班的高峰期，这会儿楼道里没什么人，四周寂静无声，头顶的灯光明亮晃眼，将闻珩轮廓分明的脸照得十分清晰。

明明他坐着，她站着，她却总觉得他才是那个在高处的人——他浑身都散发出一股不好惹的傲慢气场。

他微侧着头，一小半脸隐在稍暗的背光面，眼中暗藏难辨的情绪。因此整个人看上去，在露出的锋芒里又夹杂了一丝晦暗不明的阴狠。

尤语宁有点儿后悔自己刚刚逞了口舌之快。

"就……祝福你啊！"尤语宁咽了咽口水，"哪里不对吗？"

闻珩冷笑："祝福我？"

"那……要不就……不祝福？"尤语宁不确定地试探，感觉到他抓着自己胳膊的手越收越紧，有些害怕，"你松开我。"

"所以——"闻珩顿了顿，"你到底在祝福什么？"

尤语宁抿唇："我听说你……"她纠结好久，斟酌用词，还是直白道，"受过情伤。"

闻珩："嗯？"

"耳洞呀。"尤语宁指了指他右耳的黑色耳钉，"你不是以前被哪个女生伤害过吗？"

一时间，闻珩整张脸都冷了下来。好半晌，他笑了，也不知道是被气笑了还是自嘲地冷笑。

尤语宁看着他的笑，有点儿害怕，感觉他虽然没说话，但是那副可怕的表情以及瘆人的冷笑，都在传达一个意思——"我真想给你脑门儿上开个洞，看看你这脑子里都装了些什么。"

这么一想，尤语宁无比后悔自己刚刚多此一举的善意"祝福"。

闻珩嘴角冷笑的弧度撤了下来，平淡的语气里听不出具体的情绪："尤语宁，你这脑子……"

"啊？"尤语宁抿抿唇，"你怎么知道我的名字？"

"我这耳朵是摆设？"

"什么意思？"

"呵。"闻珩看着她的眼神似乎充满了嘲讽，"那天在 KTV，那男的叫你的声音大得我都要聋了，想记不住都难。"

"哦。"尤语宁尴尬地扯了扯嘴角，实在不知道还能说什么，"你知道是哪三个字吗？"

闻珩静默地看着她。尤语宁微微脸热，觉得自己好像脑子有病——这不是纯纯没话找话吗？

但话已经说出去了，她总得给自己找个台阶下。她自我介绍道："你好，我叫尤语宁，尤其的尤，无语的语，宁静的宁。"

多有意思，头一次听人介绍自己名字说自己是无语的语，闻珩都听乐了："哦，无语凝噎。"

恶劣。

"是宁静的宁，不是凝结的凝。"尤语宁倔强地纠正。

"知道了，无语凝噎。"

尤语宁也不知道闻珩这人怎么这么恶劣，都说了是宁静的宁，什么"无语凝噎"啊？

遇上他，她倒是真挺无语的。

闻珩好像终于逗够了人，松开抓着她的胳膊的手，转过头去，上身微倾，从沙发那边的小圆几上捞了个纸袋出来。

纸袋里不知道装着什么，他钩在食指上往她跟前递了递："拿着。"

尤语宁薄唇微张，受宠若惊："给我的？"她又好奇那是什么。

"自作多情也要有个限度。"闻珩拖着调子，"给我姐。作为答谢礼，里面有一杯是你的。"

原来他是叫她帮忙带东西给他姐，怪不得等在这里。

也不是什么麻烦事，尤语宁接了过来，低眼一看，里面装着两杯果汁。

"你为什么不自己送过去，不是有车吗？"

"想什么呢？她自己懒又想喝，给她买都不错了，还叫我给她跑一趟？"

所以他就叫她跑这一趟？

不知是不是看出了她心里的想法，闻珩勾唇："这不是看你顺路吗，帮个忙？"

"既然你是找我帮忙，"尤语宁勇敢地问出自己内心疑惑的事，"为什么你一点儿求人帮忙的态度都没有，这么傲？"

"你想要什么态度？"

"至少也要温柔点儿，客客气气的吧？"

"嗯？"闻珩意味深长地看了她一眼，"这不是怕你误会？"

尤语宁："误会？"

"怕你误会我对你放松警惕，让你觉得，自己有机可乘，趁机对我展开追求。"

不可理喻。尤语宁提着袋子转身就走："那我先走了。"

"等会儿。"闻珩又一把拽住她的手，塞了个纸袋过来，"工作室搞活动剩的赠品，辛苦费。"

"不用了。"尤语宁不想多占他的便宜，"不是分了我杯果汁吗？"

"哦，这又不要钱。"闻珩把她的手指压下去，钩住纸袋提手，"反正都是剩的，没什么用。"

尤语宁垂眸，没敢仔细看，但一瞥，这纸袋确实挺像今天工作人员给她装奖品的纸袋。

"行吧。"她说，"谢谢。"

尤语宁把两个纸袋都腾到一只手上，转身离开。

"喂。"闻珩嗓音从后面传来，"那杯西柚味的是我姐的最爱，你别偷喝。"

谁会偷喝啊？！尤语宁听着，恨不得直接掉头，把整个袋子扣到他的脑门儿上。但她知道自己做不到。她这人的缺点虽然是不记脸，近几年却有点儿"颜控"。对上闻珩那张帅到无可挑剔的脸，她怕自己会当场扣到自己的脑门儿上。

尤语宁一路提着纸袋回去，直接敲了对面的房门，把整个纸袋都递过去："你好，闻珩托我带给你的。"

闻喜之微愣，笑着接过纸袋打开看："谢谢你啊，美女。"

"不用谢，也是顺路。"尤语宁指了指身后的房门，"我先回去了。"

"等一下，"闻喜之叫住她，从袋子里拿了杯猕猴桃汁给她，"他知道我不喝猕猴桃的，这杯应该是给你的吧？"

"啊……"尤语宁眼里闪过一丝尴尬，刚刚闻珩确实说过有一杯是给她的，作为答谢礼。但她不想占便宜，所以没要，全都给了他姐。

"他没和你说要给你吗？"闻喜之温柔地笑笑，"我打电话问问，哪能白让人帮忙带东西。"

看着闻喜之拿着手机要拨号，尤语宁立即开了口："不是，他说过，但我忘了。"说着，她从闻喜之的手里接过那杯猕猴桃汁，"谢谢啊，我先回去了。"

闻喜之的电话已经拨了过去。看着尤语宁逃一样离开的背影，她笑着转身关上门，正好听见闻珩不正经的嗓音："干吗，闻喜之？"

"可以啊你。"闻喜之把吸管插好，喝了一口，"都开始利用上我了。"

"好好说话，阴阳怪气。"那边传来键盘"噼里啪啦"的声响，"加班呢，忙得要死。"

"啧，不得了。"闻喜之笑着摇头，"这么忙，还能忙里偷闲地撩妹，连我都顺带沾光，喝上你买的西柚汁。"

"闻喜之，好赖不分？"闻珩冷笑，敲键盘的声音顿了顿，"给你买个东西，还整上了阴谋论？"

"哦，就当是给我买的吧。"

"不喝拉倒。"

尤语宁拿着那杯猕猴桃汁回到家里，随手放在了茶几上，点了个外卖就去洗澡。出来时已经过去大半个小时，她拿起手机看了一眼，外卖小哥发了消息，说东西放在外卖架上。她拿了外卖回来，看见茶几上放着的猕猴桃汁，正好有些口渴。想了想，应该也没什么不安全的，她坐下，拿过杯子，插上吸管喝了一口。

猕猴桃果肉的清香瞬间溢满口腔，极好地抚慰了她疲乏的身体和心灵。她不得不感叹，闻珩也太会买了，随手一买就恰好挑到了她最喜欢的猕猴桃汁。

想起自己之前去买饮料的经历，尤语宁举着杯子看了眼店名——蓝色的花体字，写着"不醒梦"。

她得记下来，下次想喝就去这家买。最近天冷，猕猴桃又不适宜做成热饮，写字楼附近的几家店都下架了相关产品，她找了几家店，却没有一家卖的。

尤语宁又喝了一口猕猴桃汁，舒服得眯眼。

她有些好奇，闻珩到底是怎么这么凑巧买到她爱喝却又买不到的猕猴桃汁的？她跟他之间好像总有莫名其妙的巧合，会不断地偶遇，一切总是刚刚好。总不能真像算卦婆婆说的那样——闻珩是她的真命天子吧？

我在乱想什么？尤语宁打了一个激灵，放下猕猴桃汁，好奇地打开闻珩给她的那个赠品袋子。

尤语宁惊讶地发现，里面居然刚好是她缺的那个小鱼台灯。

总是这样巧，怪不得她胡思乱想。

一连好几天，尤语宁都很忙，她跟枫林合作的那个新的小短剧《故园》已经开始录制。这是她很少尝试的角色，她完全当作一个挑战在做，所以格外上心。

好不容易周六，尤语宁睡到上午 10 点才起床。

原本昨天下班之前她是打算回家时顺便去超市买些菜的，但临近下班又被通知开会，下班时有些晚了就没去。

十二月中旬，天气冷得让人害怕出门。

洗漱完后，尤语宁进厨房看了眼冰箱里剩的东西——还够撑过这个周末——便放弃了去采购的想法。

但她向来不是一个特别颓废的人，虽然不想出门吹冷风，却也不至于在家里一直躺着。

尤语宁换了一套新的床单、被套，把旧的跟洗澡换下来的脏衣服一起洗了，又用冰箱里剩的菜凑合做了顿寿喜锅。午休后，她看了一部电影，做了大扫除，晚上窝在沙发上刷短视频，忽然收到一个微信群的消息提醒——是橙阳嘉苑小区的业主群里的消息。

虽然这房子不是她买的，她不能算是真正的业主，但因为租了这房子，所以当初租房后不久就被拉进了这个群。群里通常没什么消息，也就社区通知一些事情的时候会把公告发在群里——比如停电停水、物业缴费、周边出了安全事故，提醒大家小心之类的。

这会儿收到群消息，尤语宁随手点进去看，原来是小区想搞个年终福利活动，物业问大家有没有什么建议。

橙阳嘉苑物业："还有二十天就要跨年了，又到了一年一度的福利时间，大家今年有什么好的想法？"

平时安静的群里瞬间热闹了，做什么梦的都有，还有人问："别人小区年底发鱼，咱们小区那池子里有吗？"

橙阳嘉苑物业："就那么几条小鱼，平时都让小区里钓鱼的大爷祸祸完了。"

静待花开："那能举办个广场舞大赛吗，给得奖的发钱、发东西？"

好景常在："我同意！"

杠上花："那都是你们女人的活动，要不整个麻将大赛？"

心如止水："聚众赌博是犯法的！"

顺子："娱乐而已，又不赌钱。"

…………

尤语宁今年年初才搬过来，也不知道往年群里是不是也这么热闹，觉得还挺有意思。反正也无聊，她就一直看着他们刷了好多消息。过了一会儿，群里的消息渐渐少了，她也打算退出微信，匆匆一瞥，却看见有人加入了群聊。

"'白珩无颜色'通过扫描'橙阳嘉苑物业'分享的二维码加入群聊。"

这一眼，尤语宁差点儿把手机丢出去。她缓了缓情绪，又仔细去看，想起之前闻珩做自我介绍时，用到了这句"白珩无颜色"，第一感觉就是他。

犹豫了一下，尤语宁点开了群聊的右上角。

在一众阿姨、大叔的自拍跟荷花头像中，一个头像极其显眼，让人一眼就注意到了——是个二维码，头像下面写着"白珩无颜色"几个字。

尤语宁盯了他的头像一会儿，偷偷地点开。

头像旁边的昵称就是白珩无颜色，性别显示为男，微信号是 WY1523，地区显示的是南华市，朋友圈未对陌生人开放。

除此之外，她偷窥不了更多的内容。

尤语宁做贼心虚地缓缓呼出一口气，退出了他的个人资料和微信。她无法判断这个人是不是闻珩，因为信息不足。更何况，他微信号开头的字母是"WY"，而不是"WH"，后面那串数字也分辨不出来具体意思。

1523？如果前面的两个数字是"12"或者"12"以前的数字，看着还挺像是生日的。尤语宁之所以这样觉得，是因为她的微信号是 YYN0523，而"0523"就是她的生日。她感觉微信号里加上自己或者恋人的生日，好像还挺常见的。

尤语宁又记起闻珩的姐姐现在租住在这个小区，而且看起来还是他帮忙租的。

所以，如果是他，到群里来似乎也不奇怪。

好奇心总是容易促使人做出一些大胆的事。尤语宁半躺在沙发上，屈着食指轻咬在嘴里，就这么盯着那张头像上的二维码看。

未知的二维码是很危险的。她曾看见不少新闻，说有人扫了来路不明的二维码而被骗了钱，但她又真的很想知道这个二维码到底能扫出来个什么。半晌后，尤语宁做了一个极其大胆的决定——截图、扫码。然后，她得到了一张白底黑字的图片——

"嗯？"

没错，就是一张白色背景的图，上面只有一个黑色大字"嗯"，外加一个问号。整张图片就透露了一个信息——他很傲，好像在说："嗯？谁让你扫的？"

几乎是瞬间，尤语宁就确定了——肯定是闻珩。

盯了那张图片好几秒，尤语宁返回到消息框。

此时大叔和阿姨们还在争论到底是跳广场舞还是打麻将。她看得兴致缺缺，同为女性，决定投广场舞一票。

游鱼睡着了："我觉得广场舞挺好的，赏心悦目，强身健体。"

游鱼睡着了："男士如果觉得没有参与感，也可以办一个双人的广场舞比赛。"

发完这两条消息，尤语宁就有点儿后悔了。她其实不是很喜欢在群里说话，不管在什么群都是默默围观比较多，也不知道这两条发出去会不会跟人争起来。

一想到可能会跟人争起来，尤语宁立即就想点撤回，手指都按上去了，一条新消息忽地冒上来。

白珩无颜色："你搞联谊呢？"

她没想到闻珩会回复，更没想到他还是秒回的，而且还一如既往地……恶劣。

尤语宁觉得，他应该是没认出来自己。他这样回复，大概是因为对所有人都这样。既然他不知道她是谁，那她也就没有什么心理负担了。

所以，尤语宁做了一个更大胆的举动——跟他吵起来。

游鱼睡着了："嗯？怎么了？不行？"

游鱼睡着了："我让你参加了？你不喜欢可以不参加。"

游鱼睡着了："不是在问建议吗？我不能发言？"

尤语宁生来就不会跟人吵架，发完这几条消息，心跳疯狂加速。明明是隔着屏幕，也还没人回复，她就已经面红耳赤，一阵羞赧。

吵架真的好让人上头，唉，她又后悔了。尤语宁在沙发上翻了个身，趴着把脸埋进枕头里。大冬天的，她的脸上一阵发烫。

过了好几秒，尤语宁等那股劲儿缓过去了，趴在抱枕上抬头，解锁手机屏幕。

脸还是烫的，尤语宁看消息都觉得胆战心惊，将下巴垫在左手手背上，看见闻珩回复的消息还觉得有点儿蒙。

他问："凶什么？"他又接着发了第二条，"我投广场舞一票。"

尤语宁眨眨眼，怀疑自己眼花了：他在说什么？

等她再想看仔细点儿，这两条消息已经被后面人发的消息刷了上去。

有大叔说他："不是吧兄弟，跳什么广场舞啊？"

又有人说："咋了，你七老八十缺个老伴儿？"

白珩无颜色："嗯，怎么了？我缺啊！"

杠上花："这样，兄弟，我有个远房表妹，寡居多年，今年也才五十六岁，介绍给你，别跳广场舞行吗？"

看见这句话，尤语宁差点儿在沙发上笑得背过气去。脸上那股燥热逐渐消散，就这么趴在沙发上看他以一己之力对抗全小区的大叔、大爷。

白珩无颜色："您几位把我妹妹吓跑了。"

杠上花："什么妹妹？"

白珩无颜色："刚还在这儿凶我呢。"

看着这几条消息，尤语宁满脑子问号——他是在说她？

顺子也问："该不会是刚刚那个叫什么鱼的女娃吧？看头像是个年轻女娃。"

白珩无颜色："可不是吗！我跟人聊得好好的，您几位起什么哄？"

白珩无颜色："怎么办吧，不得把我的人叫回来？"

他……他的人？和她"素未谋面"，他就能这么厚颜无耻地发言？

但大叔、大爷们显然不觉得闻珩厚颜无耻。这话一出，不知谁带了个头，业主群里忽然疯狂@游鱼睡着了，一溜儿@她的消息，手机振得尤语宁手指都在发麻。

尤语宁本想装作没看见，又怕他们不罢休。

想了想，尤语宁觉得闻珩也不会知道这是自己，干脆一不做二不休地满嘴跑火车："大概是误会了吧，我今年三十八，离异带俩娃。"

一时间，大叔、大爷们都开始安慰闻珩，说年轻人看走眼是难免的，叫他另外再找别人。

白珩无颜色："哦，少妇？也不是不行。"

"嗯？"尤语宁真想把手机扣在他的脑门儿上。什么啊？三十八岁的人还能算少妇？不是，应该说她没想到他私底下是这种人，居然连三十八岁的离异女人都不放过。她转念又想到他对自己那么防备的状态，一副生怕自己对他有所企图的样子。

尤语宁忽然间有点儿怀疑，自己现在是不是因为长期失眠，又老又丑，以至于一个素未谋面的女人都比她有魅力？这么一想，尤语宁从沙发上爬起来，去了洗手间照镜子。

牛油果绿的洗漱台，镜子呈半圆形，一盏小小的白灯在半圆形的镜子顶端自然而然地给人打光。

尤语宁上身微微前倾，镜子里照出一张漂亮的脸。她不是那种"浓颜系"的长相，不会一下子就产生强烈的视觉冲击，应该算是那种，不食人间烟火的、清纯系的美女。这种长相在读书时期特别受欢迎，谁看了都得说一句初恋女神。

但再稍往后，这种长相放到成年人的世界里，好像就稍显寡淡，不如艳丽型的有冲击力，有点儿像是青春电影里大家终将遗憾错过的女主角，只能存在于青春的回忆中。

成年人的世界里，情和欲、爱和恨都来得快也浓烈，大家更喜欢激烈碰撞下产生的火花，连争吵也觉得带感。所以也很难再有人费尽心思、小心翼翼，只为了讨一个看上去清冷又难追的女生的欢心。那来得太慢了，也太温暾，不够刺激。大家似乎恨不得在地铁上，或某个车站、某个拐角遇见一个女生，有了些心动，就迅速展开攻势，最好对方一天就能答应，几天就能"全垒打"。如果第一次人家没答应，追求者再多追几天，被拒绝几次就失去了耐心，立即换下一个目标。

少年会在课间扯女生的马尾辫，只为了看见她除了平静之外的另一种表情……那样的耐心和单纯，早就随着年龄的增长而消失了。

少年会为了喜欢的女孩子做尽幼稚事，只为了看她唇角弯弯的笑颜。成年人却似乎早已习惯了"快餐爱情"，情和欲之中，似乎欲才是他们首先考虑的东西。所以，尤语宁最后得出了一个结论——闻珩也是如此。

都说少妇勾人魂，看他那样，怕也是对少妇爱得不浅。

所以……不是她长得丑，而是因为她不是闻珩喜欢的类型，所以他才防备、抗拒她至此。

从洗手间出来，尤语宁又拿着手机，点开群聊页面看了一眼。整个消息框都被大叔大妈的发言占据，她往上滑了很久都没再看见闻珩的消息。想来他应该是没得到她这个"风韵犹存的离异少妇"的回应，有点儿失落。

到最后尤语宁也不清楚到底是麻将胜出了还是广场舞赢了，不过也不是特别关心这个问题。

过完周末，她又开始了打工人的生活，时不时加下班，一晃就到了年末。这期间，她跟枫林主役的《故园》这部小短剧已经录制完成，听说后期也已经做好送去审核，只等上线。

至于甜烛和乾明的《他夏》，她没有特别在意。再怎么说，已经不属于她的工作，她没必要把注意力放在上面，更不至于等着看别人笑话，抑或是嫉妒别人。说到底，做得好或者不好都是别人的事，她只需要做好自己的事就好。哪怕她曾经为那部剧付出过很多努力，也曾困扰、难过，也觉得心有不甘。但是，她这一辈子做得最多也最擅长的事，就是跟已经过去的事情说再见。不然的话，她早已经被困在某个雨夜里，深陷泥潭，难见天光。

不过她也偶尔听橘子和草莓提起过，甜烛对这部广播剧很上心，似乎也很有信心。当然，这些她也看得出来，毕竟两人工位相邻，而甜烛基本上不怎么待在工位上。有时候碰面，她们还能表面和谐地打个招呼。

做完所有的工作后，尤语宁拿上东西下班，刚出写字楼，大雨"哗啦"，迎面寒风刺骨，冻得人只想掉头返回写字楼里。又是一个下雨天，她还是无法避免地讨厌。

尤语宁认命地叹了口气，撑伞往外面走。边走边想，或许自己这名字取得就有问题。有些人普通话不好，会把她的名字念得像是"有雨淋"。

所以，这辈子才让她有这么多雨要淋。这么想着，她甚至都有点儿想去改个名字，就叫……尤晴天？

"嘀嘀——"一阵车喇叭声打断她的思维。

尤语宁顺势抬头看过去。一辆略微眼熟的黑色私家车停在她旁边，副驾驶座的车窗降下，露出驾驶座上那人的脸——是闻珩。

二人近半个月未曾碰面，他的头发变成了亚麻金色。他微微侧过头看她，没有多余的表情，语气很淡："上车。"

"啊？"

"啊个屁！上车。我给我姐送个东西，带你一段。"

"谢谢。"顾不得计较他这傲得二五八万似的样子，尤语宁撑着雨伞迅速上了副驾驶座。

她实在太讨厌雨天，有人开车送她，她求之不得，虽然这人的态度和语气都不怎么温柔。

等她坐好，闻珩从后视镜里瞥了一眼，打着方向盘将车开回路上。

"自己拿毛巾。"

"不用。"尤语宁把安全带扣好，理了理头发，从包里掏出纸擦了擦收雨伞时弄到手上的水，"我没怎么淋到雨。"

闻珩没再说话，像是懒得管她，一路上出奇地沉默，尤语宁都觉得今天不是雨天，而是太阳打西边出来了。按照惯例，他应该会说她要么是特意制造偶遇机会，要么就是费尽心思等他。但他居然没有，甚至主动提出要送她——虽然是因为要去给他姐送东西顺路带她一段。

难道他心情不好？

尤语宁偷偷抬头从后视镜里看他。光线昏暗，她只看见他单手握着方向盘，另一只胳膊屈着手肘，抵在车窗边沿，还是一贯的那副懒散样子，似乎对什么都不上心。他半敛眼睑，亚麻金的碎发垂落在额前，又添了几分随性和野性。挺鼻的曲线依旧很优越地撑起整张脸，使他看上去气质凛然，锋芒尽显。

"看够了吗？"闻珩勾唇，脸上的寒气散了几分，"受宠若惊了？"

偷看被抓包，尤语宁有点儿心虚："啊？"

"我主动要载你一段，心里乐开花了？觉得你有机可乘了？"

不知为什么，被他这么一误解，尤语宁反而心里有种踏实的感觉，就觉得——哦，他还是正常的，没有心情不好。难道她被 PUA 了吗？她似乎有了点儿受虐倾向，好像他不这么损她两句，她都不舒服、不习惯，非得被他这么说上两句，整个人才跟灵魂归位了似的。

闻珩随手打开了车载音乐，不知是不是突然想到了什么，问她："你是做配音的？"

"嗯。"尤语宁点点头，"电视剧、电影、动漫、游戏、广播剧和有声书。"

"倒也不用这么迫不及待地展示你的能力。"

"我就是业务介绍，习惯这么介绍了。"

闻珩不置可否，修长的手指在方向盘上有韵律地轻敲。过了好几秒，他问："认识游鱼睡着了吗？"

"嗯？"尤语宁下意识地将手里的卫生纸握紧了，含混地应道，"算吧，但不熟。"

"是吗？"

"嗯，怎么了？"

"前段时间，我进了橙阳嘉苑小区业主群，在里面遇见个冒牌货。"

尤语宁心虚："为什么说人家是冒牌货，万一是真的呢？"

闻珩转头意味不明地瞥了她一眼："她说她今年三十八，离异带俩娃。"

尤语宁轻咳了一声，"你歧视人家年纪大还是离异？"

"嗯？我有吗？"闻珩嗤笑一声，"给我扣什么帽子？"

尤语宁："那你什么意思？"

"我这不是觉得，我们家游鱼声音还挺好听的，应该是个漂亮妹妹。"顿了顿，闻珩拖着调子继续说，"怎么听也不像是三十八岁的离异少妇。所以——"闻珩勾了勾唇角，"那肯定是个冒牌货。"

尤语宁心想：什么叫"我们家游鱼"？谁是他家的啊！

先前在闻珩车上听到那首方言版的《自由飞翔》时，尤语宁就在想他有没有关注自己的账号。后来她在视频下的评论区发现了"佩上玉"这个ID的留言，也确定那就是他。但是，她此刻还是有种"马甲"要掉的感觉。

尤语宁开始回想，自己发的作品里，有没有用了自己平时说话的声线的视频。

似乎没有，她的旁白都是用的伪声，或者加工过的声音。就连之前的那封英文情书，也是故意压低了嗓音读的。

那还好……尤语宁稍微放心了点儿，又开始试探："那你觉得，我的声音跟她的声音像吗？"

"你？"闻珩扫了她一眼，"不要越级碰瓷。"

碰瓷就碰瓷，还越级碰瓷？尤语宁都不知道自己该开心还是该生气。不过倒是没想到，他好像被她的声音给迷住了。这么一想，尤语宁心里立即生出一股奇妙的感觉。

想了想，她又问："你很喜欢她的声音吗？"

"怎么，你嫉妒？"过了好一阵子，闻珩懒懒地开了口，"就是觉得，她会那么多种声音，叫哥哥一定很好听。"

也不知是脑子抽搐了，还是单纯想气气闻珩，尤语宁没多想，莫名其妙地冒出一句："声音越好听的人可能长得越丑，说不定她长得像老妖怪。"

话音刚落，车子忽然震了一下，随后又恢复平稳行驶。

闻珩转过头，表情复杂地瞥了她一眼。尤语宁被他看得一愣，才反应过来自己说了什么——怎么有点儿像忌妒人家，背后诋毁呢？

到了小区，尤语宁先下了车，撑着伞等闻珩。看他淋着雨下来，直接去了后备厢那里，她还有点儿纠结要不要过去帮忙打伞。但她又觉得他应该是去后备厢拿伞了，自己还是别过去了，免得又被他说成献殷勤。等他关上后备厢，她才发现他只拿了个纸袋，根本没拿伞。

尤语宁盯着他手里拿的纸袋，好心提醒他："你车里没伞吗？纸袋淋湿了会不会不太好？"她又抬头看着他被雨水逐渐淋湿的头发，犹豫了一下，向他靠近，高举着雨伞，撑过他的头顶，"一起吧。"

她其实还用了些勇气，冒着可能又会被他说成献殷勤的风险替他撑伞。

闻珩低头看她。她比他矮一头，这么高举着胳膊撑伞，看着还挺费力。

"就这么想离我近点儿？"闻珩从她手里抽走雨伞，"勉为其难满足你的小心愿。"

尤语宁跟他一起往小区里走，又想起这把雨伞不是很大，他左手拿的纸袋已经被打湿了，就伸出手去："给我吧。"

闻珩倒也没多说什么，左手钩着纸袋递过来。

尤语宁自己去拿，手指碰到他的手心——热的，又带着一点点雨水的湿。

她抬头看，大半个雨伞都往自己这边倾斜，而他的左半边身体全都淋在雨中。

"其实可以过去点儿的。"

"我怕你淋雨感冒赖上我。"

"那淋死你好了。"

"迫不及待想照顾我了？"

她懒得跟他讲。尤语宁默不作声地靠近他一点儿，抬手推了推他的胳膊，连带着将他手里的伞也往他那边推了一些。

闻珩偏头看她一眼，收回视线，唇角微勾，语气依旧很不正经："想挨着我也不用这么委婉。"

进了单元楼，闻珩收了雨伞递过去，冷白的手指上沾着透明的雨珠。

看见他的衣服基本湿了，尤语宁本打算关心两句，但又想着他那张嘴，默默憋了回去。她接了雨伞，把纸袋递还给他，不知道里面装的是什么，好像还挺重。

俩人没什么交流，上楼后从电梯出来，尤语宁直接往自己家里走。闻珩一伸手，钩住她的外套帽子："等会儿。"尤语宁被他钩得微微后仰，被迫停下。

闻珩从纸袋里掏了个包装精美的盒子出来，塞到她的外套帽子里："赏你了。"帽子里一重，尤语宁转头扯着帽子，把那个东西取出来，是个红色的盒子，上面画着苹果图案。

"这是……"她抬头，只看见闻珩进对面门的背影。

尤语宁反应了两秒，才想起今天是什么日子。回到家里关上门，尤语宁拆开了那个盒子，里面不只有一个大大的红苹果，还有一颗长得十分完美的猕猴桃。

看着这颗猕猴桃，尤语宁有点儿蒙。

她记得以前读书那会儿，大家也会互赠这种盒子装的苹果，但里面只有一个苹果。从高三开始，每一年的这个时候，她都会收到一个包装精美的盒子，里面装着一个苹果跟一颗猕猴桃。

但她从来没见过送苹果的那个人，都是别人帮忙送来，说受人之托。所以尤语宁也不清楚到底是水果店开始买一赠一，还是别的原因。

不过她转念一想，既然闻珩随手送她的苹果盒子里面也装了一颗猕猴桃，那应该是买一赠一吧。

尤语宁当晚就吃掉了那个苹果，早上起来后用剩下的猕猴桃做了个酸奶奶昔。

看了眼基本上快空掉的冰箱，她决定出门去采购。

她刚下楼，出电梯就差点儿跟一个男生撞上。男生一头黑色短发，身穿黑色冲锋衣，长得跟闻珩差不多高，很帅，眉眼锐利，却又无端地带着几分痞气。

而且她总感觉应该见过他，但仔细一想，又半点儿印象也没有。

尤语宁也不清楚自己为什么会第一时间想到闻珩，好像现在只要看见个长得好看的男生，就总是下意识地和闻珩对比，而且还没一个帅过他的。

男生反应快，往后退了小半步。

尤语宁不好意思地道歉："对不起，差点儿撞到你。"

男生似乎打量了她一眼，随后示意："没事。"

他说完便与她错身而过，进了电梯。

电梯门关上，显示屏上的红色数字一直在往上升。

在原地发了一小会儿呆，尤语宁正要离开，忽然见电梯停在了她住的十五楼。

这人……来找朋友？她在这里住了快一年，跟同楼层的邻居虽然不熟，但多多少少也碰过几次面，就算不记得脸，但总是眼熟的。

这个人不在她的印象里，不过看起来也不像是什么坏人，尤语宁没放在心上，转身离开。

陈绥从十五楼电梯出来后，才乍然记起来——那女生有点儿像是他没降级时隔壁班的第一名。

陈绥敲了闻喜之的门。房门很快被打开，闻喜之穿着毛绒睡衣立在门口，语气不善："你来干吗？"

陈绥懒懒地往她的门边一靠："闻大秘书，出差一周还得上司亲自来接你，是不是有点儿摆谱儿了？"

"忘了。"

半小时后，俩人一同离开，陈绶帮忙推着行李箱。

等电梯时，闻喜之打了个电话："小十，我得出门一周，你记得过来帮忙喂喂我的小巴西龟。还有冰箱里的东西，你要有空帮我解决一下，别放坏了浪费。"

挂断电话，电梯已经到了，闻喜之却又突然想起什么，转身一阵小跑。

"又忘什么了？"陈绶扯着嗓子喊。

闻喜之没应声，很快回来，手里拿着个西柚。

"就拿这个？"陈绶皱眉，"到地方买不就行了？"

"小十昨晚特意给我送来的。"顿了顿，闻喜之又补充，"还有一个苹果。"

这会儿没什么人用电梯，陈绶重新按了键，拉着她和行李箱进去，嗤笑："特意跑一趟，就给你送俩水果？真够闲的。"

闻喜之静了静，不知想到什么："也有可能不是特意给我送的。"

陈绶："嗯？"

闻喜之叹气："应该是送给对门的妹妹的吧，上回送果汁也是，我都是沾光的。"

陈绶一下子乐了："送果汁，送水果？闻珩还以为是读书那会儿呢，现在追女生不都送鲜花、包包、首饰，拿钱砸吗？"

闻喜之白了他一眼："俗气。"

"注意你的态度，闻秘书，小心我炒了你。"

"现在就炒了我。"

"你了不起，但我偏不如你意，就得折磨你。"

尤语宁这次依旧买了两大袋东西，但长了教训，没再提着回来，而是打了个车。

出租车在小区门外停下，她提着两大袋东西回到家里，已经热得出了一身汗。

歇了会儿，尤语宁把买回来的东西该放冰箱的放进冰箱，吃过午饭后睡了一觉，醒来准备烤饼干。她想着自己先前喝了闻珩买的猕猴桃汁，昨晚又收了他送的水果，总得礼尚往来一下，做些饼干送给他姐姐。

太久不烤饼干，尤语宁还有点儿手生，照着菜谱一步步做。

折腾到晚上6点，天都黑了，她总算做出来几盘饼干。她做了好几种，罗马盾牌、玛格丽特、蔓越莓曲奇、奶棍，又从茶几下翻出来今天买的食品塑料盒，每样都装了一些，一起放进之前买面包时收起来的牛皮纸袋里。

其实她不太擅长社交，尤其又是这种主动要给人送东西的事，事先还做了好一番思想建设。

她磨蹭到快7点，肚子都饿了，觉得还是得赶紧送过去，然后回来做晚饭。

这么想着，尤语宁拿上钥匙和纸袋出了门，走到对门，抬手敲了三下，没人应声。

难道闻珩的姐姐出门约会去了？尤语宁想了想，又敲了三下，贴在门上听，还好，这次好像有脚步声渐渐靠近。她站直身体，抱着纸袋，脑子里还在想见到人应该怎么开口。

有轻微的门锁转动声响起，尤语宁扬起笑脸，把纸袋往前一递："美女……"

声音戛然而止。

尤语宁嘴角的笑僵住，她看着眼前高大的男人有些没回过神："怎么是你？"

闻珩抱臂懒懒地往门框上一靠，低头扫了一眼她手里的纸袋，略带笑意："怎么，你盯着我姐家房门的？我一来你就上门了？"

尤语宁往房间里看了眼："你姐呢？"

"出差。"

原来他姐姐不在家。尤语宁想了想，还是把纸袋递了过去："那你帮忙把这个替她收了吧。"

闻珩没接纸袋，耷拉着眼皮瞥了一眼，不太感兴趣的模样："是什么？"

"我自己烤的饼干，想着今天过节，又是邻居，所以给你姐姐送一些。"

"行了。"闻珩嗤笑一声，从尤语宁的手里拿走纸袋，"送我就送我，还找那么多借口。我姐天天在这儿你不送，她一出差，我过来了你就跑来送？"闻珩冷笑，"这不是司马昭之心？"

尤语宁缓缓地吸了一口气，又慢慢呼出，心想：他要不是有这样一张脸，就这么说话，能不能长这么大还真不好说。算了，反正送都送出去了，她也懒得纠结送了谁。

尤语宁点点头："那你就当是送你的吧，我先回去了。"

"等会儿。"闻珩叫住她。

尤语宁转身："嗯？"

"这小区不是要搞个什么跳舞大赛？"闻珩微歪着头看她，"我姐原本报了名，但现在人在外地，赶不回来。"

尤语宁没应声，只是静静地看着他，带着疑惑的表情。

"我姐这人呢，最不喜欢爽约，所以……"闻珩说到这里，顿了顿，"你有空吗？"

"啊？"

"有吗？"

尤语宁眨了眨眼，好像记起来昨晚啃苹果无聊的时候看了眼业主群。群里有新公告，是上周发的，上面写着橙阳嘉苑今年的年终福利比赛项目最后还是跳舞胜出。不过物业为了让大家更有广泛的参与性，把广场舞改成了双人华尔兹，这样年轻人也能有参与感。

所以，他姐是报名参加了这个比赛？

尤语宁还真挺难想象的，那么一个年轻时髦、漂亮温柔的美女会报名参加这种基本上是大叔大妈参加的比赛吗？

"那舞伴是谁？"

"哦。"闻珩懒懒地掀了掀眼皮，"你运气好，这舞伴呢，是你渴望已久的我。"

那表情瞧着像是这是对她的一种恩赐，而且他还不情不愿的，就像是在说："别装了，终于有机会跟本大少爷亲密接触，心花怒放了吧？"

她震惊和疑惑的，不是他说这话时厚颜无耻，而是——这姐弟俩，看不出来还挺接地气。

尤语宁想了想，昨晚看见的那些奖品里有个空气炸锅还挺让她心动的。

但是她说："我不会跳舞。"她的潜台词是——所以你找别人吧。

"啧。"闻珩意味不明地眯眼瞧她，"怎么，还想让我教你？"

"嗯？"她这难道不是委婉拒绝的意思？

"果然，"闻珩皱眉，"天下没有白吃的饼干。"

见尤语宁还没反应过来，他继续说："算了，勉为其难教教你。"说完，像是怕她还要提什么过分要求似的，他关上门，隔绝她的视线，懒懒的声音从门里飘出来，"明早你来敲我的门，一天速成，过时不候。"

尤语宁反复确认了一下他的那句话，确实是"你来敲我的门"，而不是"我去敲你的门"。

求人帮忙还这么傲，不愧是他。

第二天上午 10 点，尤语宁的房门被敲响。

她独居这些年，敲她房门的人不多，以至于她还有些蒙。她缓了缓，从床上爬起来，穿着睡衣和拖鞋去开门。

她的头发有些凌乱，昨晚又失眠，没睡够，尤语宁开门时还打了个哈欠。只打了一半，她看见外面站着的人时，剩下的一半硬生生地被收了回去。

闻珩穿戴整齐，双手插着裤兜懒懒地靠着墙，见到她时上下扫了一眼，唇角一弯："这是什么造型？"

尤语宁顺着他的话低头看了眼自己身上的睡衣和脚下的毛拖鞋，愣了两秒，想起昨天他说要教自己跳舞的事。

"你吵醒我了。"她说，"你要道歉。"

闻珩看了她一眼，气定神闲地开口："我很抱歉——"

尤语宁没想到他这么好说话，一时间也有点儿蒙，抓抓乱糟糟的头发，开口时语气很软："好吧，我原谅……"

"没有早点儿吵醒你。"闻珩欠揍地接上后半句。

尤语宁没有起床气，但这会儿还是被他这欠揍的样子气得瞪了他一眼。但她长得没什么攻击性，加上又刚睡醒，这么一瞪不仅叫人瞧不出半分怒气，反而软绵绵的，像对着情人撒娇。

闻珩勾唇："等你半天了，能不能有点儿时间观念啊妹妹？"

尤语宁撇嘴："我不参加……"

"做人呢，要言而有信。"

尤语宁转身去洗漱、换衣服，心里默默埋怨自己——怎么每次看见闻珩那张脸，她就半点儿脾气也没有？虽然她本来也没什么脾气，但对他好像格外没有。

因为要去学跳舞，尤语宁特意把长发扎成丸子头，露出修长的脖颈和光滑饱满的额头。为了运动方便些，尤语宁里面还穿了瑜伽服，外面就套了件白色羽绒服。其实她会跳一点儿，但是太久没跳，有些忘记了。

闻珩没进她家，也没回去，就靠在门口墙上玩手机，此刻正在跟陈绥互发微信。

臭不要脸陈绥："海岛真好玩，谢了小舅子。"

闻珩："傻。"

臭不要脸陈绥："你姐可是我带走的，不得感恩戴德？"

闻珩："哦。"

闻珩发过去一张图片。

臭不要脸陈绥："给我看这个干吗？饼干有什么稀奇的？"

闻珩："妹妹亲手做的。"

臭不要脸陈绥："……"

臭不要脸陈绥："秀个屁，鬼知道是不是你骗来的。"

闻珩："啧，人家特意做了送我的。"

闻珩："一会儿呢，我就带人跳舞去，你羡慕吗？"

臭不要脸陈绥："哦，我好羡慕，滚吧。"

闻珩："瞧瞧，傻子恼羞成怒了。"

把陈绥气够了，闻珩退出对话框，点开了跟朱奇的对话框："练舞房腾好了？"

消息刚发出去，旁边的门打开，尤语宁诧异他还在门口："你没回去等吗？"

闻珩抬眼瞧过去，面前的女生扎了个高高的丸子头，露出一张巴掌大的小脸。

肤色白皙，眼神灵动，微仰着头看他，一如多年前。

"想什么呢？"闻珩收了手机，揣进兜里，上下打量她，"跟过来。"

"哦。"尤语宁也没多想，点点头，"走吧。"

闻珩开了车。到了地方尤语宁才知道，闻珩居然带她来了专门学跳舞的地方。

今天是周末，里面人很多，大人、小孩儿都有，正热火朝天地跟着舞蹈老师学习各种舞蹈。

尤语宁跟着闻珩上了二楼。这家舞蹈培训机构很大，尤语宁跟在后面七拐八拐，不知道闻珩要带她往哪儿去。终于，他们最后停在了一间空置的练舞房门外。

闻珩先进去开了灯，双手插在裤子口袋里，懒懒地回头瞥了一眼站门口不动的尤语宁："不进来是要等我请？"

尤语宁跟着进去，环顾一圈。练舞房是木地板，还有整面墙的镜子，映出她跟闻珩一高一低的身影。

闻珩今天穿了黑色卫衣和白色外套，肩宽腰窄，身姿挺拔，自带几分洒脱不羁。说话的时候总是高傲地抬着下巴，敛着眼皮看人，就像是永远都没受过挫，一直是这样意气风发的耀眼模样。

尤语宁转头看向镜子里的自己和他。她也穿的是白色外套，这样看上去，两个人还挺像穿了情侣装的学生。

房间里提前开了空调，闻珩找到遥控器又调了调温度，脱了外套，只穿着一件黑色的卫衣。

尤语宁不知道要做什么，就一直盯着他，这会儿见他穿着黑色卫衣和灰色卫裤，不知道怎么回事，突然就想起最近短视频平台上很火的男生穿灰色裤子的视频来。然后她也没多想，或者说没控制住，视线自然而然地下移……等反应过来自己在干什么的时候，尤语宁倒吸一口凉气，立即别开眼，一阵脸热，像是打了腮红。怎么回事？人不可以，至少不应该做出这种事情。

闻珩没注意到她刚刚在偷窥自己，把遥控器放回去，挽着袖子朝她走来。他越靠近，尤语宁就越心虚，手心都在冒汗。

"很热？"闻珩微微歪头，打量她的脸，"你的脸怎么回事？"

"没……"尤语宁双手捧着脸，企图掩饰些什么，"现在我们做什么。"

"把你的衣服脱了。"

"啊？"

"你不热？脸都红了，是傻吗，不知道脱衣服？"

这样的误会好像还行。尤语宁把衣服脱了，拿过去跟他的放在一起，身上就只穿着瑜伽服，勾勒出纤瘦的身形。她虽然长得瘦，但该发育的地方都发育得挺好，身体曲线很漂亮，凹凸有致。

返回的时候，见闻珩盯着她，她难免有些不自在，双手交叉着搓了搓胳膊。怎么气氛突然间就有点儿奇怪了？明明先前她决定在外套里面穿瑜伽服的时候都没什么感觉，这会儿在他面前却突然有些害羞，难道是心虚？

闻珩就看了那么一眼，低头去摆弄音响。没有他的视线落在身上，尤语宁松了口气，过去跟他一起选歌。

今日天晴，近午时分的阳光从练舞室的窗户投射进来，笼罩两人的身影。安静的空间里响起甜甜的嗓音，闻珩偏头去看尤语宁："就这首？"

尤语宁没意见："好。"

这首歌是好些年前的老歌了，是一部当时很火的电视剧里的插曲。尤语宁本来没多想闻珩为什么会选择这首歌，但当跟他面对面站着，微仰着头看他的时候，忽然想起一些事。

那些回忆好像是突然之间涌现的——应该是高二下学期，学校的五四文艺会演。当时她的父母离婚，她也疲于应付学生会里的各种事务，递交了辞呈。她退出学生会之前最后一次组织活动，被人拉去参加学生会出的一个群舞节目。她没记错的话，当时也是跳华尔兹，也是这首曲子。

那时，高一、高二的学生会成员一起出的节目，自己在队伍里找舞伴。还记得，她受一个学弟邀请组了队，还一起练过一次，但也只有那一次。后来出了点儿意外，她退出了那个节目。

如今尤语宁已记不起那个学弟的脸，只隐约记得当时还觉得挺好看的。只是那个时候她不像现在这样"颜控"，而且只顾着学习，也没心思，所以看见帅学弟也没什么特别的感觉。现在这么一想，她还觉得挺遗憾。

尤语宁就这么看着闻珩发起了呆，被他拿手在眼前晃了晃："看傻了？"

"嗯？"尤语宁回过神来，不好意思地笑了笑，"没有。"

尤语宁又看见他这张无懈可击的脸，忽然想起之前在金阳饭店看见他的事，没忍住说："我们高中是一个学校的。"

"嗯？"

"我好像还比你高一届。"

"所以？"

"你应该叫我学姐。"

"呵。"闻珩随意地往后一靠，将手肘搭在桌子边缘，似笑非笑地睨着她，"现在开始打感情牌了？"

"嗯？"

"决定走捷径？"

"什么？"

"学姐学弟，拉近距离，这样你就更容易得到我了？"

尤语宁放弃跟他争论这件事，只是免不了还有一丝倔强："既然我是你的学姐，你能不能对我客气一点儿？"

闻珩眼神微凝，似乎在认真思考。半晌，他点头："可以。"

尤语宁没想到他这么好说话，还在诧异中，忽听他喊："学姐。"

"啊？"

"请你——"闻珩顿了顿，"喜欢我就坦诚些。"

"嗯？"

"别总是一副死不承认的样子。"

尤语宁惊呆了——他加了个"请"字，就是客气了吗？

闻珩是有些舞蹈功底的。他从小就是全面发展，唱歌、跳舞、运动、竞赛，什么都学，什么都做。简单讲解了下规则和舞步之后，他站在尤语宁面前，眉头紧锁，大义凛然地开了口："为艺术献身。"言外之意就是——你别对我抱有什么不切实际的想法。

还没等她说两句安抚他一下，她的后腰就搭上来一只手。他的手掌心滚烫似火，隔着薄薄的瑜伽服，就像贴了张暖宝宝。但又是完全不同的触感。

尤语宁身体微僵，抬头看他，撞进他那双漆黑的眼眸里。

"那个……"尤语宁缓了缓，"我应该做什么？"

闻珩淡定自若地掀了掀眼皮，语气散漫又不正经："还用问？手搭在我的肩上，会不会？"

尤语宁照做，右手与他的左手相握。手掌心相贴的那一秒，她的内心忽地闪过一阵悸动。她说不清楚为什么会有这样奇妙的感觉，似乎是突然多出的一种本能的感觉。

尤语宁低头，别开眼。跟她一到冬天就冰凉的手不同，闻珩的手很温暖，也不像大多数男人的那样粗糙。被他这样握着手，源源不断的热量从手心传来，尤语宁忽然有点儿晕乎。

他刚刚说的舞步应该怎么跳来着？尤语宁完全没办法清醒地思考，所有的注意力好像都集中在了腰跟右手上。

近午时分的阳光洒金似的落在练舞房里，尤语宁心神俱乱地在他的带领下踩着舞步。甜甜的歌声响起，环绕整个房间，一进一退中，尤语宁清晰地在歌声中分辨出了自己的心跳声。

尤语宁偷偷抬头看闻珩，却被他深情的眼神惊了一下，又慌得别开脸。

他的眼神看起来好像有点儿不对劲，他是因为要投入感情地跳舞，所以装出这种眼神的吗？像他这样流连情场的浪子，应该很容易就能装出这样深情宠溺又温柔的眼神吧。

尤语宁觉得自己好像有点儿脑子不好使了。她明明一直都觉得闻珩是"渣男"的，也一直不喜欢他这种傲慢又玩世不恭的个性，但为什么还会一直对他妥协，对他没脾气，竟然还会答应过来跟他学习跳舞？这样亲密接触，超出了他们之间连朋友都不是的关系。

难道这两年，她竟然已经"颜控"至此，因为他那张脸什么都能接受了吗？尤语宁觉得自己真的有点儿堕落了。

她正发呆，闻珩忽然松了手，改为牵着她的一只手，淡淡的嗓音自她的头顶落下："转。"

"啊？"尤语宁还没反应过来，却自然而然地以他的手为中心，在他的小臂下转了一圈。没想到他们如此默契，转完一圈后，她竟稳稳当当地回到他的手中，就好像这不是他们第一次练习。

怎会如此？

又跳了几步，他重复之前的动作，牵着她的手喊："转。"

尤语宁一转，脚下打了滑。重心不稳的瞬间，她身体倾斜，被一只胳膊绕过腰间，捞了回去。

隔着柔软又薄的瑜伽服和卫衣，纤腰贴上劲腰。

尤语宁的心跳在这一瞬间疯狂加速，就像是撒了一地的豆子，蹦蹦跳跳，四处乱滚。她还能清晰地感觉到，那只横在她腰上的胳膊贴得有点儿紧，滚热的手掌心落在腰侧。

"我……"内心有些慌乱，尤语宁想要解释些什么。

"想让我抱你？"闻珩挑眉，"这方法是不是有点儿过时了，妹妹？不过——"闻珩顿了顿，看向她的眼睛，"确实还挺好用，你如愿以偿了。能松开我吗？"

尤语宁低头一看，自己的两只手都紧紧地拽着他的衣服！

她立即松开手，脸上"腾"的一下红了，结结巴巴地道歉："抱……抱……"

"还要抱？"

"不……不是，抱……抱歉！"

闻珩松开揽在她腰间的胳膊，理了理被她揪得有点儿乱的衣服，然后低头看她。审视的眼神，就好像在看一个很有心机的女流氓。

尤语宁在心底疯狂呐喊——这样一来，在他这个自大的人的心里，"她喜欢他"这件事岂不是又多了一个铁证？！

练舞房的门在这时被推开，朱奇站在门口笑嘻嘻地问："两位结束了没，一起吃饭？"

尤语宁像是抓住了救命稻草，也顾不得认不认识人家，立即点头："结束了！"

"那好！"朱奇笑着拍了拍手，"走吧，我请客。"

此时尤语宁才反应过来自己不认识对方，转头去看闻珩，用眼神示意他说句话。

闻珩慢条斯理地走过去拿外套，随口应道："走呗。"说着，他朝这边走来，将手里的白色羽绒服往高处随便一抛。尤语宁立即伸手接住它，往自己身上套。

吃饭的地方是朱奇选的，是舞蹈培训机构附近的一家私房菜，不远，走路过去只需几分钟，他们没开车。

尤语宁走在中间，闻珩和朱奇走在她两边。就这么一段路，朱奇不知道扭头看了她多少眼。尤语宁觉得有些不自在，但又不知道该说什么。

闻珩注意到，语气冰冷地骂朱奇："你有病？"

"不是。"朱奇挠挠额头，"我就是觉得这个美女好像有点儿眼熟。"

刚说完，朱奇眼一瞪，好像瞬间想起了什么——闻珩念念不忘的那个学姐！虽然闻珩一直不肯说是谁，但是他平常清心寡欲，对任何女人都不感兴趣，却能跟这个美女走得这么近……这么一想，朱奇就好像被打通了任督二脉，也瞬间明白为什么会觉得尤语宁眼熟——这不就是学生会里那个文艺部副部长吗？她当时还挺有名的，加上他之前跟闻珩都在学生会里，见面的次数也不算少，所以这么一想就全都记起来了。

所以，这个美女就是闻珩念念不忘多年的学姐！

"我记起来了！你不就是……"

"朱奇。"闻珩冷冷地开口打断了他，"见着学姐也不知道问声好？"

"啊？"朱奇蒙了一下，对上闻珩布满寒意的脸，好像又明白了什么，"哦，对。"

朱奇冲闻珩暧昧地眨了眨眼，表示"兄弟我懂得"，随后对尤语宁笑着喊："学姐好。"

尤语宁没注意到俩人之间的眼神交流，只是听到朱奇这么喊，好奇道："你也是南华一中的吗？"

"是啊！"朱奇笑得更开心了，这种被美女记住的感觉真不错，"之前在金阳饭店，我们就在你们隔壁。"

尤语宁微愣，不太记得什么时候见过这个人，但听他这么说，应该确实见过吧。她弯唇："好巧，那天确实见过。"

"没想到学姐匆匆一瞥，居然还记得我！"朱奇有些兴奋，"那天没看清学姐的脸，早知道那时候就应该打个招呼。"

尤语宁笑了笑，实在不敢说自己真不记得。

闻珩斜眼瞥着俩人的互动，表情和语气都有些冷："能不能看着点儿路？到地方再聊行不行？"

尤语宁看了他一眼，没再说话。

朱奇还大大咧咧地继续："嘻，学姐，你别介意，这人就这狗脾气，恶劣得要死。"

这倒是见识过了，尤语宁翘了翘唇角。

朱奇事先订好了包间还有菜式，三个人一到地方，服务生就开始上菜。席间，朱奇一直在讲话，不知聊到了什么，他说："学姐，你是西州大学的吧？"

尤语宁点点头："是。"

朱奇朝闻珩扬扬下巴："他也是。"

尤语宁转头去看，闻珩正捏着个玻璃酒杯在喝酒。他微低着头，金色的碎发遮住些许眉眼，整个人看上去有些隔绝在世界之外的颓废感，也很冷漠。

注意到她在看自己，闻珩掀起眼皮看回去："我脸上有花？"

尤语宁收回视线："我没见过他。"

"啧……"朱奇觉得不可思议，"他很有名的，从我认识他起，他在学校里就是个风云人物，听说大学时也是。"

尤语宁实话实说："从未听过。"

一旁的闻珩捏着酒杯的手指收紧，指节因用力而泛白。看别人一眼，她就说记得，对他却只有简单的一句"从未听过"。

这顿饭结束，下午两人又继续练了一会儿。

闻珩看上去兴致不太高，一直板着一张脸，像是人家欠了他十万八万的。

尤语宁也不想跳了，主动叫停："就到这里吧。"她其实不是太会受别人情绪影响的人，毕竟这么些年也算是练出来了。但不知道为什么，看见闻珩生气不高兴，她自己心里也莫名其妙地有些烦躁，说不清道不明。

"嗯。"闻珩没拒绝，走过去拿起外套穿上，正准备走，顿了顿，还是顺手把她的衣服也拿上。

中午他喝了酒，回去是尤语宁开的车，两人一路上都没什么交流。

尤语宁总觉得，好像自从朱奇出现，他就开始不开心了，但是她不知道为什么。基于俩人甚至连朋友都算不上的关系，她也没好意思问，只默默当好一个司机。

他们回到橙阳嘉苑，各回各家。一连几天，尤语宁都没跟闻珩联系。

转眼到了周五，2021 年的最后一天。

尤语宁往窗外看，又在下雨。华尔兹比赛在周六，也不知道明天如果下雨的话，比赛还能不能如期举行。而且，闻珩都没有动静，尤语宁也不确定自己需不需要问问他还参不参加，又想起自己没有闻珩的联系方式，他们见面全靠偶遇。

再往窗外灰蒙蒙的雨天看一眼，尤语宁瞬间有了个很惊奇的发现——他们在一个雨天认识，而从那之后，每一个她讨厌的雨天，他都会出现。

这也……是巧合吗？

元旦有三天假期。

尤语宁从写字楼出来，撑开伞往雨里走的时候，下意识地想到了闻珩。

又是一个雨天，他会出现吗？说不上为什么这么好奇，但她确实控制不住地这么想，甚至特意走到了第一次搭他车的那个地方。只是这一次，这里是空的，并没有车停着，也自然不会有人降下车窗，露出一张帅到让人无法抗拒的脸，扯着嗓子对她说："可以，你很执着。"

尤语宁看了眼湿漉漉的地面，空着的停车位上落了枯叶，沾了泥土，又被雨水冲刷着。路灯昏黄的光线落下，污浊的泥水反射着斑驳的灯光，萧索凄凉又惹人心烦的画面。

她不知道自己为什么会莫名其妙地想起闻珩，这样一点儿都不好。

尤语宁摇摇头，掏出手机准备打车。恰在此时，一阵车喇叭声响起。

"嘀嘀——"她抬头，见黑色私家车从雨幕里冲过来，车轮转动，扬起雨水又洒落，车灯昏黄。她侧身一躲，那辆车停在了她的面前，车窗降落，隔着副驾驶座，她看见车上握着方向盘的男人表情有些冷，有着熟悉的俊脸，头发却是纯黑色的。尤语宁仔细辨别了好几秒才敢确认——是闻珩。

一阵轻微的开锁声响起，他转过头，漆黑的发，漆黑的眸，语气微沉："上车。"

这一刻，尤语宁也说不上自己心里是什么感觉，好像有很多乱七八糟的情绪疯狂地涌上心头。

原来真的这么凑巧，在她讨厌的雨天，他真的会出现。

尤语宁打开副驾驶座的车门坐进去，收了雨伞搁在脚边。这个动作异常熟练——不知不觉中，她竟已经坐过他的车这么多次。

车里安静至极，她预想中的"你又在这里等着偶遇我"的话也并没有被说出。

车开出去好一段路，尤语宁内心隐隐不安，不动声色地抬眼，从车内后视镜里偷看。原先一头闪耀发色的人，如今染回了黑发，看着好像多了点儿正气。他的下颌线紧绷着，唇线被抿直，漆黑的双眸凝视前方，面色微沉，浑身散发的气息也有点儿冷，有些掩藏不住的暴戾情绪，看起来像是在生气。

尤语宁想说些什么，几次开口却又咽了回去，实在不知道该说什么。更何况现在这人看着很不好惹，她不敢再火上浇油。

就这么沉默了好一阵，尤语宁感觉自己快被冻成冰棍儿了。想了想，她还是决定主动活跃下气氛："好巧。"

她甚至已经知道他要接什么话——

"不巧。难道不是你故意来偶遇我？"

但她也觉得他开心就好，反正她已经习惯了。

果然，闻珩冷冷地开口："不巧。"下一句却出乎她的意料，"我专程找你，巧什么？"

尤语宁诧异："找我？"

"我心情太好了，找你添添堵。"

滚吧，臭男人。

后半程，车里的冰冷气氛消失，驾驶座的男人浑身的愉悦感肉眼可见，尤语宁甚至还听见了他在哼歌。

闻珩直接把车开进了地下停车场。这倒是很符合尤语宁的心意——几乎不用淋雨。她是个不太有方向感的人，也没怎么来过地下停车场，下车的时候还有些蒙，不知道该往哪边走。

闻珩把车熄了火，关上车门下来，把车钥匙抛到半空中又接住，看了她一眼，懒懒地说："左边。"

尤语宁回头看他，不明其意："嗯？"

"往左走。"闻珩格外有耐心地重复了一遍，真让人意外。她这才明白过来，他是在给她指方向。

"哦，我知道。"不愿承认这种不算很光彩的事，尤语宁有些嘴硬，"我就是在想，这雨什么时候会停。"

"天亮以后。"

"什么？"

"明日晴。"

"你怎么知道明日……"话说到一半，尤语宁嘴角的弧度瞬间凝滞。

他说什么？

她的记忆瞬间回到那个雨夜——

不是有雨淋："电来了，雷雨什么时候会停呢？"

撑伞："天亮以后，明日晴。"

一模一样的一句话，一字不差，世上竟有这么巧的事。寻常人很少会说明日，更可能说明天。尤语宁压下心头的疑虑，跟闻珩肩并肩往电梯的方向走。

大概因为今晚是跨年夜，即使下雨，大家也开车出去玩了，停车场里没多少车，空旷又寂静。灯光有些暗，原本尤语宁是应该害怕的，但也许因为不是一个人，竟丝毫不觉得害怕，一路都在想"撑伞"会不会是闻珩。

进入封闭的电梯空间时，尤语宁终于忍不住问出那句想了一路的话："你玩微博吗？"

修长白皙的手指按上数字"15"键，闻珩回头看她，冷峻帅气的脸在电梯晃眼的白色灯光下几乎毫无瑕疵，山泉一样清澈的黑眸盯了她好几秒，不知在想些什么。尤语宁尽量保持淡定地跟他对视，期待一个也许并不可能却又意外巧合的答案。

他的身高是这样优越，即便他只是这样随意地微微颔首看着她，也像是在俯视她。

基于他这样强大的气场，尤语宁率先败下阵来，别过脸："我就是随便问……"

"玩。"

"啊？"尤语宁抬头看他，难掩好奇，"你的微博名字叫什么？"

"怎么，要不到我的电话和微信，退而求其次要微博号了？"

习惯了他吊儿郎当的样子，尤语宁也不觉得很恼火，只是心里实在好奇，像有猫爪在心尖挠，难受至极。想了想，也不是很难认下的事，她便干脆道："对，可以吗？"

"终于承认你对我有所图了？"

尤语宁不跟他纠结这个问题，期待地看着他，小心翼翼地又问了一遍："可以吗？"

141

闻珩眉头一挑："你想要什么答案？"

没想到他居然这么好说话，尤语宁唇角一弯："当然是可以。"

"哦。"闻珩转过头去，"不可以。"

尤语宁盯着他的后脑勺儿，恨不得给他来一拳，想想又忍了，能屈能伸地问："那如果我说不可以，你会说可以吗？"

"当然。"

果然，他就是要跟自己反着来。尤语宁默默叹气，反悔道："那我收回刚刚说的可以，我现在说，我想要的答案是不可以。"

"那我如你所愿。"

"什么？"

"不可以。"

尤语宁气闷地深吸一口气："闻珩，有没有人告诉你，你真的很……"

话音未落，电梯门打开，十五楼到了。

闻珩率先走出电梯，低沉的声音响起来："也不是不可以。"

尤语宁立即跟上去："那你的微博名字叫什么？"

"想知道？"

"想。"

"下个月 23 号我过生日。"

"嗯，怎么了？是要礼物吗？可以，你要什么？"

"我要——"闻珩忽然停下，漆黑的眸在额前碎发的掩映下藏着几分说不清道不明的神色，"'游鱼睡着了'打电话哄我睡觉。"

"哈？"尤语宁惊得差点儿咬到舌头，要她打电话哄他睡觉？

"还得——"闻珩弯了弯唇角，"叫我哥哥。我的电话是 153……"他报出自己的电话号码，"能请动她再来问我要微博号。"

说完，闻珩直接迈开腿往前，打开对面的门进去，只留下尤语宁还傻愣着没回过神。他竟然就这么直接大方地把他的电话号给了她？

不是，他这是什么破要求啊？！她哪里会哄人睡觉，还要叫哥哥！

回到家里，在沙发上坐下，尤语宁还有些蒙。过了好半晌，她突然反应过来应该快点儿把闻珩刚刚念的电话号记下来，否则会儿就忘了。

他的电话号码很好记。西州大学每年都会和电信运营商合作，随着录取通知书给新生寄一张新的电话卡。每一届的新生领到的电话号码除了后几位数不同，前面都是一样的。而他们同为西州大学的学生，且只差一届，她只要跟下一届的学弟学妹有联系，也就很容易记下前面几位相同的数字。闻珩应该也是想到了这一点，所以只报了一遍。

将闻珩的电话号码存进了手机通讯录里后，尤语宁放下手机去做晚饭。

忙完吃饭、洗澡等一系列事情，尤语宁回到床上一看手机，满世界的人都在发动态告别 2021 年。

尤语宁看了眼手机通知栏上的时间——才晚上 9 点，还早。她也不困，干脆刷完了朋友圈的辞旧迎新动态。返回时，她看见有一条来自手机通讯录的好友推荐，显示的名字是她刚刚存下的闻珩，头像就是那张二维码，跟之前小区业主群里"白珩无颜色"的一样，足以证明她之前的猜测没错——就是他。在加他和不加他之间犹豫半晌，尤语宁忽视了这条好友推荐。

尤语宁点开小区业主群，里面的人正聊得热闹，消息不停刷新。

尤语宁正想问明天的小区华尔兹比赛还要不要举办，物业就发了群消息："明天的比赛还是晚上 6 点在汇安酒店宴会厅举办，请大家准时到。"

看来物业真是花了大价钱，还特意订了汇安酒店的宴会厅。

尤语宁退出群聊。

今晚虽然不是除夕夜，但毕竟也是个跨年夜，所有的社交平台热闹至极。在每一个认证过的平台，她都收到了粉丝们的新年祝福。不知不觉间，尤语宁也被调动了几分积极性，在每一个社交平台都更新了对大家的新年祝福。

忽然，她记起自己的私人微博，那个被她当作树洞的小号——不是有雨淋。

每一年，这个私人微博号都会在这一天晚上收到一条"新年快乐"的祝福，对方从不缺席，也不多一字少一字，像群发。

原本尤语宁都是不太在意的，只当作群发消息接收，礼貌回复。但是今晚，因为先前在地下停车场闻珩说的那句跟"撑伞"说过的话一模一样，她忽然感兴趣极了。

尤语宁切换了微博号，点开了跟"撑伞"的私聊对话框。

这些年，他们的私信记录都还在。从 2013 年 12 月 31 日到 2020 年 12 月 31 日，他们的消息界面里除了他发的"新年快乐"和她回复的"新年快乐"外，鲜少有其他文字。

每一年，她回复的"新年快乐"后面都不再有他的回复，而且毫无例外地，他每一年发来那句新年祝福的时间都是晚上 8 点 30 分。也因此，她一直认为他给自己发的"新年快乐"都是群发。

咦？尤语宁看着看着，发现了不对劲——现在已经晚上9点多了，她却还没有收到他群发的新年祝福。他是有什么事情耽搁了，还是忘记了，抑或是懒得再群发了？

尤语宁下意识地转头看向门口的方向。"撑伞"到底是不是闻珩？如果是闻珩，他这会儿应该在对面他姐租的那套房子里待着，不会出什么事吧？

尤语宁想不出个所以然，也懒得再想。原本她还纠结要不要问问，但又觉得，既然人家是群发的，自己这么上心地主动去问，倒显得有什么问题。更何况，如果"撑伞"是闻珩的话，自己主动去关心这个问题，被他知道了，还不定得被他说成什么样呢。

尤语宁退出微博，给柴菲打了个微信电话。

柴菲接得很快，那边声音嘈杂，像是在什么饭局。

"新年快乐，我的宁宝，还打算等会儿这里结束了再给你打电话呢。"柴菲的声音听起来带笑，很高兴的样子。

尤语宁不喜欢凑热闹，但很喜欢看别人热闹，被柴菲那边的气氛感染得笑了笑："夜生活丰富啊，菲菲！"

"嘻，什么呀？就是有个好消息还没来得及告诉你！"

"什么？"

"姐姐明天就回南华了，以后都留在南华陪你，开不开心？"

"啊？你是说……"

"哎，菲菲公主！快快快，喝啊！别在那里躲酒啊！"

"我这里有点儿忙，先不和你说了啊，明天见面再聊。"柴菲匆忙交代几句后就挂断了电话，剩下尤语宁抱着手机又惊又喜。

这些年来，尤语宁认识最久关系也最好的朋友就柴菲一个。

两人从初中同班，再到大学同一个城市，早就是跟亲姐妹一样亲密的关系了。

大学毕业后，她们都留在了西州发展，后来她随着初一声工坊回到南华，柴菲选择了继续留在西州。

柴菲擅长交际，总喜欢带着尤语宁出去"见见世面"，参加各种活动和聚会。而有她在，尤语宁也从来不会觉得尴尬，都会被她照顾得很好。

这两年，因为不在同一个城市，聚少离多，尤语宁也懒得应酬交际，社交活动少之又少。

唉，尤语宁默默叹气——这两年柴菲不在身边，她是真的越来越有社交障碍了。

雨下了一整夜。

清晨 7 点，尤语宁迷迷糊糊地醒来，外面天色未明，但已听不见夜里扰人好眠的雨声。她不可避免地想起昨晚在停车场里跟闻珩的对话——

"我就是在想，这雨什么时候会停。"

"天亮以后。"

"什么？"

"明日晴。"

天真晴了吗？

尤语宁半信半疑地从床上爬起来，走到窗边拉开窗帘，打开窗户。

冬日的冷空气瞬间钻进来，夹杂着一丝夜里还未散去的潮湿雨气，冰凉刺骨。尤语宁被冷得打了一个激灵，伸出手去感受了下。

雨真停了，就跟当年"撑伞"说"天亮以后，明日晴"的第二天一样。

那时也是冬日，漫长的黑色雨夜过去，天晴了。

尤语宁抿唇，关上窗户，重新回到床上暖和的被窝里，抵御从窗口进来的寒气。

她的手机在床头柜上，还剩百分之六十的电量。

这是 2022 年的第一天，早上的 7 点 10 分，天未明。

尤语宁解锁手机，点开微博，点进那个私人微博号。她想看一看，昨晚"撑伞"后来有没有也和往年一样，群发一条"新年快乐"给她。

但私信栏里空空如也，不见他的消息，该不会他真出什么事了吧？尤语宁心里涌上一股莫名其妙的情绪，自己也解释不清。

这促使她点开了"撑伞"的微博主页，下一秒眸色微顿——一分钟前，撑伞发了一条新的微博。

撑伞："是夜不够长。"

看着这条微博，尤语宁一瞬间联想起，昨天在她的短视频评论区看见的一条评论："我等了九九八十一夜，还是没有等到鱼鱼宝贝回我的评论。我想不是鱼鱼宝贝不想回，是夜不够长。"

她的评论区里经常都有粉丝换着法儿地发表一些吸引人注意的评论，以此让她注意到并进行回复。

当时看见这条评论，她立即就回复了："不要爱长夜。"

而现在，在"撑伞"的微博看见这样熟悉的一句话，她只觉得无比巧合。

盯着这条微博看了数秒，尤语宁点开了评论区，留言道："新年快乐。"

他们网络相识的第十年，这一次的新年快乐，就由她先来开口吧。

原本不想把这件事放在心上，但尤语宁自己也没想到，她在把手机放下后去洗漱的短暂时间里，满脑子都在想着"撑伞"会怎么回复。

以至于，洗漱完后她连早饭都没顾上吃，急匆匆返回卧室拿起手机查看。消息那一栏里，出现了一个鲜红的"1"。

尤语宁忽然间就懂得了，那些粉丝期待她回复评论，而她真的回复以后他们的心情是期待被满足的惊喜感。

尤语宁舔舔唇，点开查看消息。

撑伞回复不是有雨淋："迟到了十个小时四十五分钟，新年快乐。"

迟到？看着这两个字，尤语宁一时间有些蒙。他是在说她，还是说他自己？她想不到他这样说他自己的必要。但如果是她的话，应该也没这个必要？

人们只有约定好或者有所期待，才会觉得别人迟到，而他们之间并没有这样的约定。

但尤语宁也没在这件事上花费太多时间细想。柴菲打来电话，说下午6点到，让她准备好接机。想到晚上还有之前跟闻珩约定好要陪他参加的小区华尔兹比赛，尤语宁忽然觉得头疼。

在这时间冲突之下，她一时间竟做不出选择。

事先不知道柴菲要回来，她已经答应了闻珩，这会儿爽约总觉得不好。但是不去接柴菲，她又好像有点儿重色轻友的意思。

她甚至不知道如果硬要拒绝柴菲的话，应该用什么样的理由。

如果她实话实说，按照柴菲的天性，加上对她的关心，柴菲一定会打破砂锅问到底：问清楚闻珩是个什么样的人，他们这段时间发生了什么……

但尤语宁想了想，自己跟闻珩的相识和熟悉过程都很离奇，说出来别人大概都不相信，是无数个巧合凑成的。

两相权衡之下，尤语宁选择跟柴菲坦白，看晚上让别人去接她一下行不行。

"什么？！"柴菲听到这个消息的时候果然很震惊，"你居然要为了一个男人放我鸽子！"

"不是……就是，早约定好了，也不好放人家鸽子。"

"所以你就放我鸽子？"柴菲做出痛苦的样子，"女人啊，你的名字叫残忍。"

尤语宁赔笑："这不是还没跟你约定好，在和你商量吗？怎么能叫放鸽子呢？"

"哦，所以根本就没打算来接我，我生气了！"

"别啊菲菲，这不是事先也不知道你今天要回来吗？"

"哼，人家还不是想要给你个惊喜？"柴菲佯怒，"算了算了，让我那浑蛋弟弟接我吧！"

尤语宁松了口气，虽然知道柴菲并不会因为这件事生气，但自己毕竟在两个选择中放弃了柴菲，还是觉得挺愧疚的。

柴菲自然也没那么好打发，揪着她问那个抢走她的狗男人是谁。

尤语宁没办法，只好从头到尾如实相告。

而柴菲口中的那个"狗男人"此刻在干吗呢？

闻珩一整晚看着手机等着消息——没有微信好友验证，没有短信，没有未接电话，甚至连微博都没个动静。好不容易放下骄傲、矜持发了条心意昭昭的微博，却只等来一句简单至极的新年祝福。但好歹她也算是有了点儿回应，那一颗从昨晚给出电话号码就忐忑又期待的心，在那一刻好像才有了落点。

遇见喜欢的人之前，闻珩一直觉得自己怎么这么会投胎——他有顺风顺水的人生，家庭、相貌、才情样样优秀，上天不仅给他开了门，还开了很多扇窗户。仿佛他这一生是上一世积了大功德，就连登顶都是飞升，不需要受什么磨难。

而后，他喜欢上一个人。从那以后，闻珩好像才知道，人生六味——酸甜苦辣咸淡终于聚齐是什么样的感觉。明明不全是好的，明明让人不那么开心，但他就是喜欢，欲罢不能。

闻珩单手枕在脑后，姿势随意地仰坐在沙发上，眯眼又瞄了一下手机屏幕。他的回复已经过去许久，对方却没再有半点儿动静，看来应该是不会再回复了。

闻珩丢了手机，困意袭来，他直接歪在沙发上睡了过去。

近午时分果然出了太阳，是个还不错的大晴天。

想到晚上的比赛，尤语宁本想去对面敲门，问问需不需要特意准备一下服装之类的，还没想好，门外就响起了敲门声。

她打开门后，外面站着睡眼蒙眬的闻珩，一头黑发微微凌乱，像是刚起床。

闻珩上下打量她一眼，塞过来一张卡片："下午去这个地方，有人会给你弄造型。"

尤语宁的手心里被塞了张硬卡片，她低头一看，是黑色的，上面印着一家造型店的名字。

"这么隆重吗？"她有点儿惊讶。

"做就要做好，懂不懂？"闻珩掀着眼皮瞥她一眼，打了个哈欠，"到时候做完了有人送你去酒店。"

他这么周到，尤语宁也不免多了几分认真，点点头："好，我知道了。"

"上心点儿。"闻珩又打量了一眼她的毛绒睡衣，"年轻人还挺多，别给我丢脸。"

尤语宁把床单、被套全都拆了换好，把脏的跟昨晚换下的衣服一起丢进洗衣机里洗，简单吃了顿午饭，去生活阳台晾衣服。她随意往下一看，小区里的地面已经干得差不多了，有许多老人带着小孩儿在楼下晒太阳。

冬日假期第一天加上暖暖的太阳，光是这两样，就已经让人觉得美好了。尤语宁弯唇笑了笑，收回目光继续晾衣服。没过两秒，她唇角的弧度僵住了——刚刚那道人影……

尤语宁屏住呼吸重新探头往楼下一看，下一秒差点儿叫出声来——她的妈妈任莲正往她家的方向走。

尤语宁匆忙地将最后一件衣服晾好，也来不及换衣服，下意识地跑过去将门反锁，下一瞬又觉得不行——任莲一定会疯狂敲打她的门，到时候动静太大，说不定会引对面的闻珩出来。

一想到这个可能，尤语宁心口一跳——不知道为什么，她并不想让闻珩看见狼狈的自己，尤其是这样狼狈的自己。

尤语宁强迫自己冷静下来，迅速换好衣服，拿上自己的包出门。

任莲现在应该已经进了电梯，也许马上就要抵达。她一定要赶在任莲到门口之前将其拦住，不管任莲要干什么，先将其带走，总之不能让任莲在这里闹出什么动静。

尤语宁到达电梯口时，电梯门刚好打开，里面只有任莲一个人。尤语宁不由分说地冲进去，直接按了一楼的数字键。刚打开的电梯门缓缓合上，尤语宁内心的不安才逐渐消散。

这一串动作一气呵成，没有半分犹豫，以至于任莲也蒙了一小会儿。等她反应过来时，电梯已经到了十楼。

"你什么意思？"任莲的语气和脸色都很不好，"现在是连门都不让我进，也不会喊人了？"

尤语宁盯着电梯的数字显示屏，连个眼神都没给她，语气很淡："我只是有事要出门。"

"有事，有事，有事，一年三百六十五天，你哪一天没事？"任莲皱眉，音量逐渐拔高，"哪次给你打电话，不是说不了两句你就说有事要挂电话？"

尤语宁面无表情，内心却冷笑了两声——她也知道每次说不了两句就要挂电话，怎么不想想每次打电话都说了些什么。

电梯转眼到了一楼，尤语宁直接走出去，任莲跟在她身后抱怨："这么多年，逢年过节你主动打电话问候过我一声没？"

今天天气好，小区里很多人在外面晒太阳、聊天儿，任莲却丝毫不顾忌形象，就这么在众人面前大声嚷嚷。尤语宁早已习惯，一开始还觉得不好意思，现在却只觉得麻木，只是免不了在想起什么时下意识地抬头往楼上看了一眼。

没看见什么异常情况，她收回目光，带着任莲出了小区。

任莲"叽里呱啦"地说了一路，却不见她搭理自己半句，怒火中烧，一把将她拽停："不会说话了？"

尤语宁心里在想事，猝不及防被任莲这么用力一拽，手腕疼不说，还趔趄了一下。她堪堪稳住，被迫停下。

尤语宁长得比任莲稍微高一些，这么站着看任莲的时候得微微低着头。

任莲其实长得很漂亮，今年也还不到45岁。只是她不怎么保养，看上去有些不符合年龄的沧桑，像五十几岁的女人。也有可能是因为这些年心境的变化，她身上的市井气越来越重，连带着长相也多了几分尖酸刻薄，加上她很瘦，胶原蛋白流失后就显得颧骨很高，双眼大却无神，眼周皱纹密布。

明明她年轻那会儿真的很有气质，也很漂亮，所以时间真的是把残忍的刀。

"你看着我做什么？不会说话？"任莲微仰着头，气势丝毫不减，有些盛气凌人的意味。

尤语宁看了看四周。离小区有段距离了，她也懒得再把任莲往前带，原本还想着带任莲去咖啡厅坐坐，不想直接在大街上解决事情。但看来任莲没那个耐心跟她走。

"你要多少钱？"尤语宁直截了当地问，心情和语气都毫无波澜。于她而言，任莲每次找她也就这一件事。

大概是这句话太直白，任莲的脸色一下子变得更难看，她猛地伸手戳了一下尤语宁的脑门儿："你这是怎么说话的？什么多少钱？你当我就是个要钱的？"

"哦，不是要钱吗？那是要给我送钱来了？"

"你想得美！钱钱钱！你就知道钱！"

听见这话，尤语宁嘲讽地笑了笑——多新鲜，这话能从任莲嘴里说出来。

她这笑太刺眼，激得任莲更加愤怒，在她身上掐了一把："你这么想要钱，怎么不干脆去傍个有钱男朋友？"

尤语宁笑意顿收，表情微冷，没应声。

"你二姨的女儿还没你长得好看，天天打扮得花枝招展，勾搭了个有钱男朋友带回来，还给你二姨买了几千块的礼物！

"你再看看你！真是白瞎了我把你生得这么好看，屁用没有！

"你怎么就不知道把你自己打扮得性感点儿，去勾搭个有钱男朋友？将来嫁进有钱人家，也能带带你弟弟！真是没用！"

等她说完了，尤语宁依旧没什么表情地问："要多少？"

"我都说了……"

"几千块钱的礼物是吗？"尤语宁掏出手机，解锁，低头准备转账，"确实，这个月我还没给钱，加上过年的，给你转一万块钱吧，多了没有。"

她语气冷淡，表情更是看不出半分情愿和热络，任莲一瞬间受到了比刚刚还要大的刺激——她这简直就是在打发叫花子，哪里像是孝敬母亲？

任莲气得胸口不断起伏，愣是等到尤语宁转完账才动手，一巴掌把尤语宁的手机拍落在地。

一声"啪"的脆响，尤语宁没防备，手机一瞬间掉在地上，屏幕被摔得四分五裂。

尤语宁眼看着手机掉落在地上，愣了足足半分钟。她平常对电子产品的需求不算很高，觉得能用就行，这手机还是刚工作时买的，用了三年了，不是最新的款式，但一直被她保护得很好，也还能用，所以她目前没有要换手机的打算。

当然，这些都不是重点。重点是她真的没有想到，任莲能够做出这样的事情——就在她刚刚转过去一万块钱以后摔了她的手机。

任莲并不觉得自己做错了，不仅没有半分歉意，反而还骂骂咧咧的。

尤语宁听不清任莲在骂什么，默默地蹲下去捡起手机。手机除了屏幕被摔碎，也开不了机了。尤语宁本还有一丝热的心渐渐冷了，好像某些感情终于在这一刻断裂干净。她那些自欺欺人、自作多情、心有不甘的期待，也在此刻终于消失。

一个人骂人的时候最忌讳对方没反应，任莲见尤语宁仿佛没听见自己在骂她，气得一把将她从地上拽起来，一边将她往路边拖拽一边念叨："真不知道怎么就养了你这么个没良心的东西。今天来找你是因为你表姐带她的男朋友回来了，要给你介绍个有钱的对象！你倒好，还真以为我要钱来了？一万块钱很了不起？"

"放开。"尤语宁反抗挣扎，却抵不过任莲，"我报警了。"

"你倒是报警啊，大喊大叫啊！我是你妈，带你走天经地义，谁能管我？"

"放开。"

"闭上你的嘴！"

任莲虽然瘦瘦小小的，但毕竟常年做活，力气比尤语宁大。况且她下手没轻没重，根本不会顾及什么，几乎是以压倒性的优势将尤语宁拽到了出租车里。

出租车司机见俩人似乎并不和谐，多看了两眼，有些疑惑。

任莲报了目的地，嘴里还在骂骂咧咧，不断蹦出些"男朋友""相亲""孝顺""听话"的字眼。司机理所当然地将她们当成不想相亲的女儿和用心良苦的母亲，没再多看，锁了车门。

过了几分钟，尤语宁终于放弃反抗，却也不搭理任莲半分，而是低着头翻来覆去试着将手机开机——

她不知道自己今天还能不能去酒店赴约参加比赛，如果去不了，至少应该提前和闻珩说一声的。开不了机的话，她应该怎么告知他呢？见不到她，他会一直等吗？

第四章

搁浅船

出租车在一片老城区停下。

这里的房屋最高不过六层，外墙面斑驳，电线低矮，街道狭窄，路面有不同程度的破损。沿街的下水道都是明沟，泛着雨后涌上来的难闻气味。街边搭着许多架子，晾着五颜六色的衣服和床单、被套，被冬日的阳光一晒，散发出淡淡的洗衣粉味道。

老人凑在一起晒太阳、聊天儿，小孩儿在楼下你追我赶地玩闹，生活气息很浓。

这是尤语宁从出生后就一直住的地方。她也不太记得自己究竟有多久没回来过了，只是看着眼前的一切，内心感觉熟悉又陌生。那是一种很复杂的情绪。这里有她最快乐的时光，也拥有她最想忘记、最不想经历的过去。

被任莲拽下车后，尤语宁抬头看了眼六层高的破旧民房，心里的抗拒情绪越来越强烈。几乎是一瞬间，她掉头就走，但是不过两三步就被任莲一把拽住。

"嘉嘉，看谁回来了。"任莲一边拽着尤语宁不让她走，一边冲一旁正玩耍的小孩儿堆里喊了一声。

小孩儿堆里，一个胖胖的小男孩儿抬起了头，看着应该十二三岁，长得倒是浓眉大眼，却有些胖，加上从小被娇惯着，不是很听话，看起来就不可爱。

此刻他正把另一个瘦瘦小小的小男孩儿骑在地上欺负。见到尤语宁的时候，愣了好一会儿，皱着眉，大概是在想这人是谁。

太久没见，他也不怎么记人脸，姐弟俩的关系也不怎样，因此他盯了尤语宁好一阵子都没叫出一声"姐姐"。

因为他这一发愣，被他骑着欺负的小男孩儿奋力将他一推，翻身跑了。

他没防备，一下被推倒在地，因为长得胖，穿得多，一时半会儿没爬起来。倒是没哭，但任莲见此情形受不了了，顾不上尤语宁，立马跑过去将他拉起来。

心肝宝贝摔了，任莲心疼得又是关心地拍尤语嘉身上的灰，又是扬声骂那个跑掉的小孩儿，什么"有妈生没妈养"的话都骂了出来。

尤语宁不知道任莲为什么会变成这样，很久远的记忆里，任莲跟现在判若两人。有多远呢？有时候绷不住了回想起来，尤语宁都分不清那是梦还是真的。

只是眼前的这一幕熟悉、刺眼，一如从前那些她被忽略的每个瞬间。

一开始察觉到任莲的偏心时，她做过很多挣扎和自救的事，哭过、吵过、闹过。只是到后来，她发现不管是哪一种方式都没有用。

尤语宁低头看着自己刚刚被任莲用力拽过的手腕，红了一圈。隐约间，尤语宁还能记起刚刚肌肤相贴时，带着一点儿粗糙的温热触感，以及那无法忽略的禁锢带来的疼痛。

大概也只犹豫了几秒，尤语宁转头就跑。她不想留在这里。这里的一切都让她感觉到恐惧和厌倦，让她觉得自己像离开水的鱼，无法呼吸。

然而有时总是戏剧性地事与愿违。尤语宁刚跑出去不过几米，迎面走来一男一女。擦肩而过的瞬间，女子似乎一眼就认出了她，将她的胳膊拽住，声音里透着些惊喜："宁宁，你回来啦？"

与此同时，终于将尤语嘉安抚好的任莲也赶过来，扯着嗓子喊："梦梦，快帮小姨拉住你表妹！"

一听这话，尤语宁本能地战栗了一下，随即疯狂挣扎，甩开那个叫梦梦的女生。她们虽然也算是从小一起长大，但是关系并不好。程佳梦从小就爱慕虚荣，想法和做派都是尤语宁不喜的，三观不同的两个人相处起来毫无和谐可言。

程佳梦从小就知道这个表妹比自己漂亮，也知道自己的男朋友是什么德行。如果她想跟她现在的男朋友结婚，就必须趁她的男朋友见到尤语宁之前给尤语宁介绍个对象。因此，她早早地就把尤语宁的照片给她男朋友的一个兄弟看了。在她意料之中，只是看了几张照片，对方就对尤语宁一见钟情，催促着她安排见面。这样一来，即便她的男朋友对尤语宁有什么想法，也只能埋在心底。

今天回来，她就是要带尤语宁过去见面。

"放开！"尤语宁皱眉喊，同时用力甩了甩手。

程佳梦有一丝不悦，但很快又笑容满面，拽着她的手没有松开一丝一毫，转头对身旁男人笑着道："行舟，你看，这就是我跟你说到的表妹，漂亮吧？"

叫行舟的男人远远地就注意到了尤语宁。像他们这样的小公子哥儿，圈子里什么样的女人没有？但像尤语宁这样说不出地特别的，还真没有。只是他装得像是此时才看见尤语宁似的，并且假装绅士矜持，微微笑着点点头："你好。"

尤语宁却完全没搭理他，只顾着想要甩开程佳梦的手。

还不等她完全挣脱，任莲就已经冲至她跟前，拉住了她的另一只胳膊，笑吟吟地问程佳梦："梦梦，不是说要给你表妹介绍男朋友吗，人呢？"

"小姨，我们就是过来接宁宁的，车停在上面，这就要走了。"

"好好好，那小姨送你们过去。"说完，任莲不由分说地拉着尤语宁往坡上走。

此时跟过来的尤语嘉好像终于认出了这个聚少离多的亲姐姐，扭着肥胖的身体冲过来，一把抱住尤语宁。

"姐姐！你怎么没给我买东西就回来了！"他说着，还把肥胖的小手伸进尤语宁的外套口袋里去摸。

许久没这样被人直接伸进口袋里掏东西，尤语宁下意识地尖叫了一声，随即整个人什么都顾不上，疯狂往后退。然而她的两只胳膊都被人拽着，她也只退了小半步，又马上被俩人拽着往上走。

任莲跟程佳梦一左一右，疯狂念叨她们是为了她好，给她介绍个优秀的对象。尤语嘉却只顾着念叨自己没有收到礼物，不甘心地拽着她，跟着一起走，边走边嚷着让她买礼物，不然就要发红包。

离开的这些年，尤语宁从没有一刻像现在这样绝望过，就好像她不再是属于自己的单独个体，而是生来就是没有思想、没有自由的附属品。

她挣扎无果，声嘶力竭好像也没有用。

下午 4 点，金阳饭店。

闻珩从包间里出来，交代韶光："今天这里就交给你了，晚上带大家好好玩，从西州跟过来也挺不容易。"

"放心。"韶光拍拍他的肩，随即又挺好奇地笑着问他，"今天到底有什么事比团建还重要？往常你可是从不缺席的。"

"怎么那么多事？"闻珩把他往里推，"走了。"

韶光被他推着往里走，还转头笑着瞥他："该不是要去追女孩子吧？"

"行了啊，可闭嘴吧你！"闻珩也笑笑，转身下楼，刚走至金阳饭店一楼大厅的楼梯转角，手机响起来。

闻珩掏出手机看了眼来电显示，脚步微顿。他滑到接听键，一道男声询问："闻先生，不是说有个姑娘会过来吗，这怎么都 4 点了也没见人？"

"你确定没去？姓尤，长得很漂亮，问问看别人有没有接到。"

"真没有，先生，我们这里来了人都是要登记的，就是没有姓尤的姑娘，所以才问问您，是不是需要改下时间？"

闻珩嘴角的笑意尽数散去，脸色也在瞬间如同冰封般冷峻。

有侍应生端着餐盘从他身旁路过，注意到他的脸色，默默拉开了些距离，以免被怒火殃及。

"知道了。"闻珩没再多说什么，直接挂断电话。而后，他开车回到橙阳嘉苑。电梯停在十五楼。从电梯出来，闻珩直奔尤语宁的房门外，伸手敲门的力道显示着此刻他的心情不佳。

然而无论他敲门的声音有多响，都没得到半分回应。那扇紧闭的房门就像是永远都不会为他打开。难道她有事耽搁了，现在正在去做造型的路上？

闻珩这样安慰自己。

手机电话簿里，排在第一位却鲜少拨出去的那个号码的备注为"augenstern"（德语，最心爱的人），他低头看了又看，克制自己，没有打出去问问——问问那个人又要失约吗？

下午 5 点，汇安酒店宴会厅。

物业负责人正忙着交代手下人检查宴会厅最后的布置情况，一抬头，看见楼道那边过来的人，立即笑着迎上去。

"闻先生，您来了？快进来看看，您赞助的这个宴会厅我们布置得怎么样？"

话说完，人走近，负责人才察觉出这位闻先生整个人身上散发出的冰冷气息，顿时声音都小了下去："是哪里不满意？"

他小心翼翼地观察着面前人的表情，试图看出些什么——不怪他这样小心，包括这个宴会厅在内，今晚所有的消费都是由这位闻先生支付的。但负责人看了半晌，也只看出这位闻先生心情不佳。

闻珩由负责人带着走进宴会厅，熟悉的感觉迎面扑来——这里布置的一切都跟南华一中的大礼堂宴会厅一模一样。这也是他要求的，负责人虽然不太理解，但也全数照做。

闻珩在里面走了小半圈，停下，示意负责人继续去忙。他伸手打开窗帘，从这里看出去，正好能看见汇安酒店的大门。

也许，他想从这个打开的窗口看见那个人出现。

时间一分一秒地过去，宴会厅里的人越来越多，男女老少，正装华服，言谈间皆是笑意。

室内温暖如春，美酒的香味撞上甜点的果香，在闻珩要求单曲循环的 *oceanside* 的曲调里渐渐散开。

倚在窗户边的高大英俊的男人低头看时间——已经是晚上 6 点整。

汇安酒店的大门口并没有他想要看见的人出现。

"很开心今晚能跟大家在这里相聚，首先……"主持人的声音在舞台中央响起，要开场了。宴会厅里的人大多集中了注意力去听，只有窗户边的男人依旧是那副半倚窗框的懒散站姿，表情漫不经心，内心却藏着期待。

比赛开始了，那首指定的曲目在整个宴会厅里环绕着响起，男男女女相携着走进灯光照耀的舞池里，开始甜蜜地跳舞。

负责人端了白葡萄酒过来，亲自给闻珩送了一杯。欲言又止的表情，是因为他好像忽然间明白这位闻先生为什么心情不好。他知道今晚的华尔兹比赛原本是有这位闻先生参加的，只是目前看来，闻先生大概是被原本的女伴放了鸽子。

他真是不太搞得懂，像闻先生这样英俊多金的年轻男性，真的会有姑娘舍得放鸽子吗？

闻珩接了这杯白葡萄酒，修长的手指捏着细长的透明高脚杯轻轻一晃，淡金色的液体在杯子里晃荡着。英俊的男人将左手肘随意地搭在窗沿上，微微低着头，看着那杯酒无声笑了，而后仰头一饮而尽。

负责人看呆了。从他这个角度看过去，只能看见这位闻先生冷峻的侧脸，刀削斧凿般锋利明朗的轮廓，哪怕是个男人也不得不承认闻先生好看。

他原本以为这样不羁中又透着些高贵的男人会慢慢品尝这杯上好的白葡萄酒，却没想到人家像喝水一样一饮而尽。

这场比赛并不是跳完华尔兹就结束，还有其他的娱乐项目，一直闹到晚上9点才算完。

闻珩就这么守着那扇窗户直到9点。

而后，工作人员开始收拾宴会厅，将所有原本布置好的东西都拆掉。转瞬，宴会厅恢复成了原本的样子，与南华一中的大礼堂没有一点儿关系。

闻珩也默默地看着热闹来，看着热闹去，看着熟悉的场景在他眼前出现，又一点点地看着它消失。

2022年1月1日的晚上10点。汇安酒店的宴会厅收拾完毕，所有工作人员逐渐离去，负责人走在最后，见靠在窗边的男人还没有要离开的意思，终于忍不住上前："闻先生，不走吗？"

"再等等。"

"等什么？"

闻珩转头看向楼下汇安酒店的大门口，眼眸半敛，声音很轻，却似乎很坚定："再等一等。"

他说等一等，却不说等什么。

负责人想到今晚的情况也不好多说什么，关心了几句，让他早点儿离开，便仁至义尽地走了。

偌大的宴会厅恢复了寂静。灯光还是一样璀璨，音乐停了，人散了，巨大的空间里充满了寂寞的味道。窗外的天空下是城市的霓虹灯，天空上没有星星和月亮。

他吹了一晚的风，还是一样冷。

时间一分一秒地过去。闻珩还是保持着先前靠在窗沿的懒散姿势，微低着头，额前碎发垂落，被遮住的眉眼里却跳出几分藏不住的落寞。

有些回忆就在这时浮了上来——

那是2013年的4月底。

南华一中的五四文艺会演提前到4月29号晚上举办，南华一中学生会的成员每一年都必须出节目。

那一年，学生会集体出了个华尔兹群舞，耀眼明媚的少年费尽周折，终于邀请到了心仪的学姐做舞伴。十五六岁的少男少女青春懵懂，手指相贴时的悸动好像能记一辈子。第一次练习时，他们合作得默契又愉快。

少年主动邀约："学姐，明天晚上这个时候也来这里练习吧？"

被叫学姐的少女似乎有片刻犹疑，最后却依旧点点头："好的。"

那是春光明媚，接近夏日的一天。少年带了在校外买的第二杯半价的水果茶，在大礼堂门口等到午夜12点。

那是他这样从不为金钱所困的人第一次买第二杯半价的东西。全因为走在路上听见前面情侣中的女生说："有我真好，对吧？不然就没人分享你的半价的第二杯啦！"

那天，半价的第二杯水果茶当然没有人跟他一起分享，连同第一杯被丢进了大礼堂外面的垃圾桶里。

时至今日，那一夜绝望的等待似乎还历历在目，如今好像历史重演。似乎也不是很意外，就像是这才是正常的，他又陷入了那样的一个循环——她会永远、永远放他鸽子，也会一遍又一遍地忘记他的脸。

但是就在今夜，他依旧愿意等她到12点。他们约定的是这一天，差一分钟这一天都不算过完。

时间过得很快，转眼间已经是晚上11点半。有人打来电话问他："先生，您好，请问汇安酒店外面这辆车牌号为……的是您的车吗？"

那人说他的车挡了路，叫他下去挪车。闻珩看了眼时间，起身下楼。

尤语宁逃出来的时候已经10点半了。坐上出租车的时候，她庆幸自己带了现金。

司机问："去哪儿？"

"汇安酒店。"尤语宁下意识地报出这个地名时，自己也愣了一下。明明在逃跑的这一路上，她想了好几个去处，比如去找柴菲，比如随便找个酒店先住下，明天赶紧搬家……最后一个才是去汇安酒店找闻珩。

但她怎么也没想到，话说出口的一瞬间，意识先替她做出了选择。

接下来的几分钟，尤语宁一直在犹豫着要不要跟司机说换个地方。到最后，她对自己说，既然已经这样了，也许是天意。

她其实很少爽约，因此也有些负罪感。不管闻珩有没有在那里等她，她都应该过去看看，至少别那样干脆地放弃赎罪。后来的一个小时里，尤语宁的内心平静至极，不知道自己应该想些什么事情，因此放任自己神游外太空，直到被司机提醒："到了。"

尤语宁方才如梦初醒，付钱下车。

看清汇安酒店的大门后，尤语宁毫不犹豫地小跑过去，一路直奔宴会厅，看见未关的大门时，冒出来的第一个想法是：他竟真的在等我吗？

然而她走进门口，停下朝里一看，偌大的宴会厅里空无一人。灯光璀璨依旧，似乎都能让人想象到几个小时前这里是怎样的灯火通明又热闹。

原来，他没等她啊……尤语宁轻咬下唇，对自己这样自作多情的行为觉得有些可笑。胸腔里还未完全平静，是因为这一路小跑。她试着深吸几口气，让自己的呼吸变得平稳些，然而不知为什么，好像有什么东西压着心口，让人觉得沉闷又难受。

既然她已经来了，也无处可去，不如就在这里开个房间休息一晚吧。尤语宁这样想着，下楼去找前台的工作人员订房间。

"最便宜的也要 1999 元吗？"

"对的女士，还剩最后一间了，您要吗？"

尤语宁抿唇，依稀记得自己刚刚付车费的时候看见钱包里只剩几张现金："不用了，谢谢。"

"好的，不客气。"

提着包从酒店里出来，尤语宁茫然四顾，不知道自己还可以去哪里。是她忘了，这里是繁华的市中心，寸土寸金的地方，哪怕只一晚也不是寻常人住得起的。

街边树下，黑色私家车里。黑发黑眸的英俊男人点燃一支烟。呼出一团青色烟雾时，他抬起头，眼眸微眯又缓缓睁开。

男人低头看时间——23:51。

闻珩夹着烟的手搁在车窗外，忽地觉出几分湿意。他抬头望了望天，又将手心翻转去感受。

下雨了……

闻珩将视线放远，穿着白色羽绒服的女生正从汇安酒店的门口往外走，走进这刚刚落下的雨中。

闻珩往后一仰，靠在驾驶座椅背上，闭眼呼出一口长长的气。原本，这最后的九分钟过去，他就决定放过她，放过自己，也放下这追逐她的九年。

但是，她来了。闻珩闭着眼，胸腔震动，忽地笑出了声。

下一瞬，他按响喇叭，两声，跟他以往的每一次一样。

不远处身穿白色羽绒服，披肩长发，落寞地行走在雨夜里的女生应声看来。

他也转过头。两个人隔着路灯穿过树叶缝隙的摇曳光影四目相对。这一瞬间，闻珩忽然间就懂了真正的满盘皆输是什么样子，是她如甜蜜魔咒，年深月久地困住他，而他也心甘情愿地被困。

那是 2022 年第一天的尾声。

最后几分钟的倒计时里，雨滴渐渐加速落下。

隔着被摇曳的树枝打碎的光影对望几秒后，尤语宁认出了不远处车里驾驶座上黑发黑眸的英俊男人。那样好看的一张脸，即便在这样昏暗的夜色里，让人心动的程度也没有减少丝毫。

那一瞬间，就好像茫茫海里凭空出现了一个着陆点。

冰凉的雨滴落在脸上。尤语宁抬头，在城市夜晚的霓虹灯光里遇见她命中注定的雨天。而后，她在内心更加确定了一件事——不管是有意还是无意，在每一个雨天，闻珩都会出现。

尤语宁不知道他是一直在等她，还是因为别的此时还在这里逗留。总之，在确认是他的这个瞬间，双腿先她大脑反应过来，朝着他的方向迈开了脚步。

闻珩并没收回视线，左手搁在窗沿上，指间夹着一支燃了小半截的烟。原本保持不变的姿势，在她越靠越近时做出了一些改变。他将搁在车窗沿外的修长左手抬起，把指间快要被夜风熄灭的香烟咬在嘴里。顷刻间，青烟白雾在夜风里逐渐飘散，模糊了那张无时无刻不让人心动的俊脸，也模糊了那藏着千言万语的表情和视线。

尤语宁在并不寂静的市中心，在繁华喧闹的雨夜里听见了自己擂鼓般的心跳，在靠近他的每一秒。那是一种突如其来、不受控的表现，没有章法，无处可逃。

但她又很懂得矜持，在距离车门的两步之处站定，微微弯腰，低头。夜风拂乱她顺滑的长发，她抬手捋至耳后，薄唇轻启："对不起。"

车内坐着的男人抬眸看她，搁在窗沿的左手在车门上轻磕，一截灰白色的烟灰掉落，又被夜风吹散。

"你来迟了。"他这样说，而不是——你失约了。

这句话尤语宁没法儿反驳。她也不想这样，甚至还推掉了至交的邀请，只为了来赴他的约。她该怎么告诉他自己来迟的原因……她不想让他知道自己有这么糟糕的家庭，有那么多不堪的过去。

所以再开口时，她也只能再说一句："对不起，是我的问题。"

雨势渐大，狂风大作。她额间的碎发随风而动，扰乱她温柔的眉眼。她的道歉显得格外真诚，让人觉得于心不忍。

"呵。"闻珩掐灭了烟，扔进车里的垃圾桶，漫不经心地说，"我早知道。"

尤语宁微愣："什么？"

"太过顺遂总叫人忘记，坎坎坷坷才叫人记忆深刻。"

"嗯？"尤语宁没懂，"什么意思？"

"你不就是怕今晚准时赴约会让我觉得你也不过如此，所以——"闻珩冷笑，"故意不来，好叫我记你记得深刻一些？"

乍然听见这番话，尤语宁确实愣了一下。

就这么保持着微微弯腰的姿势看着闻珩好几秒后，尤语宁唇角一弯，内心有一股奇妙的愉悦感逐渐浮上来。她从来没想过，他自作多情的想法，有一天会这样让人觉得像救赎。

"被我说中心事，不好意思地笑了？"

尤语宁摇摇头，唇角笑意未减："闻珩。"

"嗯？"

"现在——"尤语宁低头看时间，"还有两分钟到 12 点。"

"所以？"

"我能请你跳支舞吗？"

这一次，轮到闻珩流露出讶异的神情，只是转瞬即逝。他别过眼去，又转过来，哂笑："你疯了？"

"只有一分半了。"尤语宁说。

"下雨，没看见？"

"就在车头前的这盏路灯下。"

"脑子坏……"

话音未落，尤语宁不知哪里来的勇气，抓住驾驶座的车门把手，一把拉开了车门，将他直接从车上拉了下来。

"我不想失约。"她说，"因为那样，我好像也很难忘。"

几乎是她在主导，她牵住他的手，轻搭在自己的肩头上。闻珩被动地垂眸，看着近在咫尺的人，还能闻到她发间传来的淡淡香味。他抬起右手，稍稍迟疑便搭在她腰后。

2022 年第一天的最后一分钟。登对的俊男靓女在路灯下，在树影斑驳的雨夜里跳一支没有伴奏的华尔兹。

"难忘？"亲密接触间，闻珩这样问。

"难忘。"尤语宁不作他想，像是讲故事，"我其实没失过约，所以失约会很难忘。"

"比如？"

比如吗？确实少之又少，她却都记得深刻，但大概是因为此时正在跳华尔兹，所以她最先回想起的，也是最想讲的，就是高二那一年的事情。

"比如高二下学期的五四文艺会演，那时候我还在学生会里，有一个跳华尔兹的节目。我跟一个学弟组了队，练习过一次，约定好第二天再去，但我因为一些事失约了。

"其实我也想告诉他，但不知道应该怎么联系他。

"我不知道他那天有没有等我，希望他没有。

"后来我也想和他道歉，但我退出了学生会，不记得他的名字，也不记得他的脸，甚至……"尤语宁眉心微蹙，"我好像都没再跟他碰过面。"

闻珩微低着头，观察着她的表情，那么真诚。她记得这件事，却唯独不记得他这个人，或者更确切地说，是不记得他这张脸。

"南华一中也就那么大，你怎么确定……"

"砰砰砰——"2022 年 1 月 1 日结束的那一秒，附近的明珠江边放起了烟花。

下着雨的夜空被突然绽放的烟花照亮，绚烂又耀眼，烟花绽放的声音也这样震耳欲聋，盖过了闻珩的后半句话——

"怎么确定就没再见过他呢？"

在这样热烈绽放的烟火里，尤语宁配合默契地转了一个圈。重新回到之前的姿势时，她抬头看向闻珩，凑近些，问道："什么？"

那时雨夜浪漫，绚烂的烟花绽放在她清澈温柔的眼眸里。周遭的声音还是一样嘈杂，闻珩分辨得清她说话时的唇形，也清楚明白她要问的问题。

但他没回答。

尤语宁想，也许他还是有点儿不高兴的，因为自己今天突然失约，所以也默契地没再问。只是刚刚突然凑近的那一瞬间，鼻尖触及的佛手柑的香味还是让她忍不住好奇——为什么会有男生用这种香？

路灯的光下，雨滴成线下坠。

以烟花绽放的声音为伴奏，两人配合默契，雨夜浪漫似电影。

一树之隔，几个女生路过，互相推着叫喊："哇！看那边路灯下，下着雨还有人跳舞！"

"男帅女美，太般配了吧！是有人在拍剧吗？"

"哎呀，不管了，我先拍一段记录下！"

…………

南华总是多雨，到最后雨势大得淋湿了俩人的头发和外套。

尤语宁长长的眼睫毛被雨水浸湿，连视线也都带着一点儿模糊不清的感觉。在烟花绽放的声音里，她隔着雨幕抬眸，即便这样模糊不清，也一瞬间看见了闻珩如深潭般的漆黑双眸。

他似乎也在看她，额前的碎发湿而凌乱，与他这张夜色里轮廓清晰的脸搭配起来，叫人猛地心跳错乱。

尤语宁呼吸一滞，睫毛轻颤，故作淡定地别开眼，也开始后悔——她怎么就那么冲动，拽着闻珩下车在大街上跳舞呢？换作平常，她绝对不可能做出这种事。

她就那么对他感到愧疚，那么想弥补他，以至于什么都不介意吗？还是因为有他陪着，所以她不会感到害怕，反而还因此有了无限的勇气？

尤语宁没想明白，但好像隐约间发现一件事——她是有点儿在意闻珩的。她不知道这种在意为什么会存在，也不知道是从什么时候开始的，但这已经成了她情绪的一部分。

"雨这么大还跳舞，真是疯了。"闻珩收回放在她腰后的手，却没松开相牵的手，自然而然地拉着尤语宁转身往车里走。雨水冰冷，包裹着她的手的掌心却温热而潮湿。

尤语宁跟在他身后，低头看向他们牵着的手，有些恍惚——怎么就牵手了？

闻珩拉开驾驶座的门将她塞进去："我喝了酒，你来开车。"说完，他就要甩上车门绕去副驾驶座那边。

反应过来，尤语宁叫住他："闻珩！"

闻珩低头看她："嗯？"

"那个，我今晚不回去，要不我给你找个代驾？"

闻珩皱眉："大半夜的，上哪儿去鬼混？"

"总之我今晚不回去了。"尤语宁一时半会儿想不出理由，干脆不想了，"我给你找个代驾吧。"

"所以，"闻珩看着她，顿了顿，"你想让我把你记得多深刻？"

尤语宁缓慢地表示困惑："啊？"

"这是知道我心地善良又有责任心，试图让我因为你夜不归宿挂念你一整晚，好叫我受到良心的谴责寝食难安？"

等等……尤语宁有些没反应过来："这是怎么想到的？"

"喜欢我就明说，不用搞这些有的没的。"

掰扯不清这件事，尤语宁只好随便找了个借口："我今天出门钥匙丢了，回不去，所以要在外面住酒店。"

闻珩一挑浓浓的剑眉，不知信了还是没信，"哦"了一声，随意道："成，出来。"

以为他是同意自己一个人回去，尤语宁松了口气，立即从车上下来："那我帮你叫个代驾吧。"

闻珩却冲前面的汇安酒店扬了扬下巴："不是要住酒店？一起。"

尤语宁："嗯？"

"下这么大雨，你非得拉着我跳舞，现在我全身淋湿了，不得赶紧洗个澡？感冒了你负责？"闻珩一副理所当然的语气，听得尤语宁愣在原地。

见她没反应，他又问："怎么，你巴不得对我负责？"

他说这话时，嘴角似乎还带着点儿若有若无的笑意，好像在问："怎么，你期待很久了？想乘人之危？"

尤语宁知道自己说不过他，只好如实相告："我手机坏了，现金不够住这个酒店。"就算够，她也舍不得，四位数一晚的酒店，她疯了才会去住。

"巧了。"闻珩哂笑，"我们家是这酒店的股东，给你打个折？"

"啊？"

"九八折怎么样？良心价。要么来住我的套房，免费。"闻珩说着，径直往前走，头也不回地补充道，"就是看你可怜，千万别对我有什么非分之想，我会反锁好门。"

这难道不应该是她的词？

重新进入汇安酒店大门时，尤语宁下意识地看了眼前台的方向。刚刚她嫌贵没住，这会儿跟着闻珩进来蹭套房，也不知道别人看了心里怎么想。她只祈祷那个工作人员跟自己一样不记人脸。

其实刚刚，她也犹豫了一下要不要跟闻珩走，但这犹豫很短暂，好像对于闻珩，她总是不可思议地信任。这信任不知从何而来，明明她一直都觉得他是一个玩得很花的"渣男"，却又觉得他不会伤害自己。

到了套房门口，闻珩刷了房卡先进去，开了灯，将套房的客厅照得一片明亮，这才回头叫她："进来。"他说这话时半侧身，微低头，被雨淋湿的碎发有些凌乱，眼里清澈没有雾气，整个人依旧落拓不羁。

尤语宁一瞬间明白，为什么自己会觉得他不会伤害自己——因为在他心里，她一直对他有所图，而他对她毫无兴趣，避之不及。

他们之间，应该是他比较怕才对。想明白这个问题，尤语宁觉得，跟闻珩这样的人相处，也不是一点儿好处都没有。

思及此，她点点头，进了套房，出于礼貌还是说了句"谢谢"。

闻珩满不在意地"嗯"了一声，带着她过去找房间。打开一扇房门后，他先开灯进去转了一圈，将窗户、镜子、柜子，各个角落都检查了一遍。确认没什么问题后，闻珩回头对立在房间门口的尤语宁道："你住这间。"

尤语宁微微讶异："我吗？"

这房间看起来又大又豪华，还带了独立洗手间，甚至还有独立的阳台，窗帘开着，透明的落地窗外隐约可以窥见霓虹灯灯光照亮落了雨的夜空。她以为这样好的房间应该是闻珩自己住的，现在他却说让她住。

闻珩挑眉："这房间带了浴室，等会儿我让人送干净的换洗衣服过来，你就在里面洗。"

他这么体贴周到吗？尤语宁瞬间觉得，他整个人都在散发着伟大的光辉。他怎么能够这么好？他把这么好的房间让给她住，是怕她用外面的公共洗手间不方便吗？

她还没感动完，闻珩又补充了一句："免得你趁到外面洗澡，来勾搭在客厅休息的我。"

尤语宁无语。

如闻珩所言，很快就有工作人员送来了一套干净的换洗衣物，瞧着像是新的，袋子外面写着"无菌"。

这也许是酒店专门准备给这里的尊贵客人用的，她沾了闻珩的光，享受了这样的服务。

洗完澡已经是夜里 1 点 30 分，尤语宁把换下来的衣服放进了套房里的洗衣机，刚好塞满一桶。

明明这一天累极了，不管是身体上还是精神上都饱受摧残，但尤语宁还是没有丝毫睡意。在床上翻来覆去半晌，肚子发出了"咕咕咕"的叫声，她这才想起自己晚上在那顿相亲宴上并没吃什么东西。

这间房是用来睡觉休息的，尤语宁爬起来找了一圈，连水都没有。迫不得已，她只好走到房间门口，打算出去找找有没有东西可以填填肚子。

纤细白皙的手指搭上门把手的时候，她忽然间想起闻珩之前说的话——

"千万别对我有什么非分之想，我会反锁好门。

"免得你趁到外面洗澡，来勾搭在客厅休息的我。"

尤语宁低头，她不仅没有反锁好门，甚至还想去客厅……她看了眼时间，已经是凌晨2点了，闻珩他应该睡了吧？

这么想着，尤语宁试探着转动门把手，将门打开了一条缝，探着脑袋看。客厅里开着灯，但是并没有见到闻珩，空荡荡的，很安静——他应该是去睡了。只是她没想到这人也习惯不关灯，比她还浪费。

尤语宁缓缓呼出一口气，放慢了脚步出去，刚走到沙发旁边，听见很轻的声响从门口的方向传来，她吓得一激灵，抬头看过去。

银白色的门逐渐开了一条缝，越来越大。尤语宁屏着呼吸看，下意识地抓紧了沙发靠背上的那一点儿布料。

该不会……这么好的酒店也有小偷？还是别的人也有这间套房的房卡？

终于，那扇门完全打开，而后露出一个高大的人——是闻珩。

他应该也洗完了澡，穿着一套银灰色的丝绸睡衣，黑发微湿。

大概没想到她会在这个时候出现在客厅，四目相对时，闻珩看着她也有些愣："你——装鬼呢？"

听见闻珩的声音，尤语宁才真的确认是他，整个人紧绷的神经顿时松懈下来，顺着沙发滑坐下去。

闻珩顺手关上门走过来，她这才注意到他手里提了两个纸袋，隐约能看见印着汇安酒店的标志。闻珩距离她几步时，饭菜的香味不断地往她的鼻子里钻，闻起来好像有海鲜粥、猪脚姜、小尖椒炒嫩牛肉……尤语宁抿唇咽了咽口水，肚子瞬间更饿了。

闻珩似乎也没有要去餐厅那里吃的打算，直接将两个纸袋放在了沙发边的黑色圆茶几上，然后打开了电视。

香味比刚刚更浓，甚至让人完全忽略了电视里播放的吵闹广告声。尤语宁无法忽视食物的诱惑，一双杏眼不受控地盯着闻珩从纸袋里往外拿食物的动作，像是望梅止渴。不知道闻珩的胃口究竟有多大，这么大的圆茶几竟然都摆满了，他吃得完吗？而且他从进门到现在一句话也没说，显然没有邀请她一起吃的打算。

这样想着，尤语宁也不愿意在这里受食物香味的"摧残"，打算回房间忍一晚，明天早点儿起床去吃早饭。

她刚要起身，一旁传来闻珩略带低沉的嗓音："取多了。"

尤语宁抿唇，起身的动作顿时有些迟疑，甚至还有小小的期待。为了不让自己表现得太明显，她甚至都没有再往闻珩的方向看一眼，盯着电视屏幕，竖着耳朵听他后面的话。

闻珩慢条斯理地拆开一套餐具，顺手摆到她的旁边，慢悠悠说出后半句："来点儿？"

明明很饿，她却还是莫名其妙地想要矜持一点点。

"我不饿。"尤语宁说出这三个字后，肚子立即不合时宜地"咕"地叫了一声。

尤语宁咬着唇别过脸，内心有点懊悔。

闻珩在拆另一套餐具，唇角微勾，默默地接上一句："不饿……也别浪费。"他像是没听见她肚子响。

尤语宁也许是真的太饿了，也许是已经那么尴尬了所以觉得无所谓，总之有一种破罐破摔的感觉。她点点头，一本正经的样子："来点儿……也行。"

她起身，盘腿坐到了茶几前的地毯上，这才真真切切地看见摆了满满一茶几的菜都是些什么：海鲜粥、小炒嫩牛肉、猪脚姜、炭烤排骨、鲫鱼豆腐汤……每一道菜都是她喜欢的，甚至还有一盒饭后水果，竟然也是她喜欢的猕猴桃。

真是巧啊，比困了有人送枕头还要巧。

尤语宁没想到闻珩的口味会和自己如此相同，却也没敢多话，默默地拿起了筷子开吃。每一道菜的口味都棒极了，就连海鲜粥也和她从前吃到的那些不一样，鲜美得多，是让胃极其舒服又满足的一餐。

其间，俩人没有任何交谈，只剩下电视机的声音，正在播放一部狗血虐恋剧，女主角在大雨里声嘶力竭地喊："你为什么要这样对我？！"

尤语宁也想问：闻珩，为什么你要这样对我？所有的巧合都是如此，让人觉得贴心，就像一切都是精心策划后认真实施，才有了这么多完美巧合的结果……但应该只是巧合吧。

尤语宁边吃边想，到最后肚子渐饱，逐渐吃得慢了一些，就偷偷看了闻珩一眼。

他吃饭的姿态看起来很随意，却又很优雅，没发出任何让人不悦的声音。

"把那猕猴桃解决了。"闻珩瞥了她一眼，又低头喝粥。

正好吃得有些饱了，听见这话像是如蒙大赦，尤语宁立即放下了筷子，去拿叉子吃猕猴桃。换种食物，她好像还能吃得下。

又想起只有这一份餐后水果，她提议道："一人一半吧。"

"不用。"闻珩放下筷子，"我不爱吃那玩意儿。"

尤语宁也没多想，下意识地反问："你不爱吃还拿这个啊？"

闻珩有饭后抽烟的习惯，下意识地去拍衣服两边的口袋，随后似乎又想到了什么，捻了捻手指放弃，"嗯"了一声："只剩这个了。"

尤语宁没想到是这样："那你也可以不拿，留着给喜欢的人啊！"

她说这话时，刚放进嘴里一大块甜甜的、凉凉的猕猴桃，腮帮子一鼓一鼓的。闻珩看着，感觉像只松鼠在他面前吃东西。

"这不是吃得挺开心的？"

尤语宁顿时有些不好意思："我也可以不吃的。"

"一天到晚瞎操什么心？这么晚还有谁要吃？"闻珩说着往后一仰，就这么坐在地毯上靠着沙发，随后捞过遥控器不停换台，看起来好像有些不开心的样子。

尤语宁也不知道触到了他哪根神经，默默地将猕猴桃解决掉，又开始收拾茶几上的剩饭。

"放那儿。"闻珩伸手去揪她的衣服，"别挡我看电视。"

尤语宁有些迟疑："那这些……"

"有人来收，人家要领工资的，你抢什么活儿？"

谁要抢活儿？还不是因为吃人嘴软拿人手短，她想着吃了他的东西，总不能让他来收拾吧？但他一副高傲的样子，尤语宁也懒得跟他纠缠，干脆直接放弃。

　

大概是吃饱喝足容易犯困，刚刚还没有困意的尤语宁这会儿只觉得又累又困，好像沾着枕头就能睡着。

闻珩似乎还没有要睡觉的打算，依旧拿着遥控器不停地换台，也不知道他到底想要看什么。

尤语宁也不想待在这里跟他相对无言，丢下一句"我先去睡"就要起身。没想到一起身才觉得腿麻，尤语宁没来得及扶住茶几，腿一软直接歪倒，整个人连扑带压地摔在闻珩怀里，将他直接压倒在地时，尤语宁听见了一声有些压抑的闷哼……或许说是惨叫更合适。

惊吓中，尤语宁立即就要挣扎着爬起来，慌乱中一双手又不知道按在了什么地方，闷哼声随即再次响起。

尤语宁整张脸都红了，一颗心"扑通扑通"跳得飞快，恨不得立即消失。

"我……我……对不起！"

手忙脚乱之下，她终于从地上……不，闻珩的身上爬起来，又慌忙去扶他："你没事吧，还好吗？"

"我……"闻珩低骂了一声，"就这么想扑倒我？"

她怎么忽然就更解释不清了？尤语宁搓了搓发烫的脸，顿时不困了，大脑飞速运转，想解决的办法。

度秒如年。

"也许……"尤语宁咽了咽口水，小心翼翼地看着他，"有没有一种可能，是……"

"嗯？"

"你太虚了。"

"嗯？"

尤语宁直接豁出去了："不然怎么一扑就倒了？"

"呵，呵……"闻珩被气笑了，"你故意扑我，还问我怎么一扑就倒了？怎么，我还得挣扎两下，宁死不屈，以此来满足您某些变态的需求？"

尤语宁没明白："怎么就变态了？"

"不就是想看我挣扎，我越挣扎你越兴奋吗？这还不变态，装什么？"

她倒真没有这么变态，顶多也就是倒打一耙。

实在是个僵局，尤语宁有点儿无奈，叹了口气，再一次道歉："对不起了，那你就当我——"顿了顿，尤语宁补充，"变态未遂吧。"

酒店后厨。

得知闻珩今晚入住酒店并且还亲自来了餐厅取餐的经理特意跑来了解情况："怎么回事，还让人亲自来取吃的？"

后厨："是闻小少爷提前打了电话让准备吃的，说要自己来取。"

"就没坚持送上去？"

"说是怕吵到人。"主厨想了想，说，"看分量不像是一个人的。"

经理想到前台工作人员说的闻珩带了个漂亮的女生，自然也明白过来。

"他都要了些什么？下次提前准备好，别让人等。"

"基本上是酒店有的东西，水果只要了一份猕猴桃。"

"猕猴桃？"经理有点儿讶异，据他所知，闻家人都对猕猴桃过敏，"你确定？"

主厨点点头："确实只要了一份猕猴桃。"

经理又问："说没说什么时候叫人上去收拾？"

"刚刚问过了，说不用人去收拾，免得动静大吵到人，他自己收拾就行。"

"哦——"经理揉揉额头，"行，知道了。"

将茶几上的餐余垃圾收完拿去丢掉，闻珩重新返回客厅在沙发上坐下。电视的声音早已被他关掉，只剩画面在变，就像是演默剧。

这是2022年年初，他在2012年年末喜欢上的人，现在仅与他有着一墙之隔。这个下着雨的冬日夜晚好像因此显得弥足珍贵，让人舍不得入眠，唯恐醒来发现是大梦一场。

凌晨3点，亮如白昼的客厅忽然陷入一片黑暗。刚因抵挡不住困意而浅浅入眠的闻珩瞬间清醒，下意识地从沙发上弹起来，立即就要往套房的主卧里冲，刚迈出去两步又突然停下，抓抓头发，转身去检查配电箱的开关。

同一时间的卧室里，因为忽然断电，房间陷入黑暗，睡着的尤语宁也立即惊醒了，多年来养成的习惯，只要没有光源，她睡着了也必定会醒。

她还有些蒙，反应了几秒才想起是在汇安酒店。她不知道是断电了，爬起来找到灯的开关才发现没电。心悸的感觉突然冒出来，让人头晕目眩。

整个房间被孤寂恐怖的夜色包围，像是抽光了所有的氧气，让人觉得窒息。

尤语宁忍着恐惧，摸索着打开房间门出去。

不知道这个套房有没有准备应急的光源设备，可惜手机坏了，不然她还能用一下手电筒。尤语宁心里胡乱地想着，心跳不断加快，凭借着落地窗外投进来的淡淡光影勉强辨认出一些室内摆设的轮廓。

尤语宁刚走至厨房的吧台旁边，不知什么电器"嘀"地响了一声，黑暗的空间瞬间重现光明，亮如白昼。

就像是濒临渴死的鱼忽然重新遇见了水，尤语宁微喘着气，掌心里渗出了细密的汗，变得潮湿。她一抬头，正好跟转过身的闻珩四目相对。她有一秒的愣怔，短暂到可以忽略不计。内心所有的恐惧和不安好像一瞬间如海水退潮，渐渐地消散了。

就在这一瞬间，尤语宁自己也不太分得清这样的心情，到底是因为重见光明，还是因为在这重见光明的一瞬间，闻珩就在她眼前出现——这样强大到消除恐惧的心安。

最先有反应的是闻珩。他将配电箱的蓝色塑料盖重新盖下来，像是解释给她听："没什么，应该是电路出了问题，有点儿漏电，所以跳闸了。"

听见他的声音，尤语宁这才反应过来，自己这样莫名其妙地跑出来，还脸色苍白，手心冒汗，也许在他眼里会像一个怪物。

她不想让他觉得自己奇怪，所以说："原来是跳闸了，我有点儿口渴，想起来喝点儿水，开灯才发现没电。"

并没拆穿她的谎言，闻珩点点头，示意她吧台有水："就在那下面，自己拿。"

还好他并没觉得自己有什么异常，尤语宁这样想着，内心更加安定，弯腰去拿水，顺口问他："你要吗？"

"要也行。"

尤语宁拿了两瓶纯净水，闻珩已经重新回到沙发上坐下，打开了电视机。

她走过去把水递给他，才发现电视机是没有声音的，不由得好奇："怎么不开声音，你看哑剧吗？"

"哦。"闻珩不以为意，"练练唇语。"

没想到是这么个回答，尤语宁信以为真，对他多了几分钦佩——这人还真挺有上进心的，连唇语也学。

也许是因为刚刚突然断电，加之手机也坏掉无法开机，尤语宁不敢再回到那间房里睡觉。她隔着不远不近的距离跟闻珩并排坐在沙发上，看着没有声音的电视剧，原本想强撑着不睡觉，却渐渐又有了困意。

闻珩没真的看进去电视剧里在演什么。空气这样安静，又飘着一点儿身旁人身上若有若无的淡淡香味，他觉得燥热。

他正打算随便找个话题打破这种寂静，肩头忽地一重，洗发水的香味瞬间充满他的鼻腔。他握着遥控器的手一僵，微敛眼眸，视线尽可能地往肩侧倾斜。

然后，他看见所爱之人枕着他的肩安然入眠。自然而然地，他连呼吸都变得轻浅，掌心逐渐收紧，又慢慢松开。

身侧之人的呼吸声这样清晰可闻，甚至连心口的起伏都这样明显。

"喂……"他开口，嗓音带着些嘶哑，低沉又干涩。

他没换来半分回应。

闻珩微微仰头，闭眼，唇角的弧度压不住。而后，他侧头寻找空调遥控器，用脚勾过来，"嘀嘀嘀"的几声响，室内的空气逐渐升了温。所以他可以告诉自己，燥热是因为空调的温度太高，绝没有除此之外的任何因素。

睡梦中的尤语宁只觉得像是回到了高中毕业的那个夏天。成绩出来后，她毫不犹豫地收拾了行李远赴西州。那时她还没什么钱，只能买长达十几小时的火车硬座票。暑假的火车，人多而杂乱，开了空调也驱不散车厢里的闷热。

她还记得，一开始身边坐着一个农民工大叔，大概是晚上 10 点左右，她去了趟洗手间回来，旁边座位上的大叔变成了一个帅哥。她不记得那个帅哥长什么样，只记得人挺高冷，也很沉默。

他们在车上唯一交流的是，第二天一早车快到站，她醒来时发现自己睡着后歪倒在他的肩上，一瞬间尴尬得脸颊升温，她开口道歉："对不起，我睡着了。"

帅哥看也没看她一眼，只是默默地揉了揉发麻的肩头，淡淡地丢下一句："没事。"

那天早上，他们都是在西州北火车站下的车。帅哥人很好，帮她将行李箱从高高的行李架上取下来，而后一句话也没多说，先她一步下了车。

那是再简单不过的一个插曲，也寻常到她不怎么会想起。甚至她因为不记脸，在帅哥转身离开的一瞬间就忘记了他长什么样子。却在这个夜晚的梦里，她莫名其妙地、毫无征兆地回想起那一年跟他相遇的时候。

这一晚的梦错乱无头绪，像是梦里的梦里，所有平行的时空都在交错。

一早，天还未亮，尤语宁从梦境里挣扎着醒来，惊奇地发现自己枕着闻珩的肩，而他的头后仰，像是就着这个姿势睡了一晚。

客厅里的灯也开了一整晚，照得他的下颌线明朗，喉结性感地凸起，修长的脖颈呈现好看的弧度。很像是她在梦境里回想起的，那年暑假一早醒来时看见的画面。

思及此，尤语宁一瞬间坐直。闻珩因为她的动作醒来，睡眼蒙眬。

看着他好像还没反应过来的样子，尤语宁道歉："对不起，我睡着了。"

闻珩揉着自己发麻的肩，嗓音带着没睡醒的哑："没事。"

如此平和的语气，完全不像平日的他，更像是——

尤语宁惊觉地发现，一切就像是那年她逃跑的夏天。

大约过了半分钟，睡眼蒙眬的闻珩好似终于清醒，一边揉着自己发麻的肩，一边皱着眉看向尤语宁。

尤语宁被他看得有点儿心虚："怎么了？"

"你什么时候睡在我身上的？"

"嗯？"

不是，他这样说是不是有点儿容易引起误会？

什么叫睡在他身上？她明明就只靠了一下他的肩……吧？还是说，睡梦中的她做了什么见不得人的事？

"呵。"闻珩冷笑了一声，"喜欢我的话你是一句都不说，喜欢我的事你是一件也不落。"闻珩转了转胳膊，起身伸了个懒腰，一边打哈欠一边弯腰拿起茶几上的一瓶矿泉水，拧开瓶盖，仰头灌了一大口。

尤语宁看着他的动作，后知后觉地反应过来，那好像是她半夜喝过的那一瓶，而他的那一瓶还在沙发的角落里搁着，都没被打开过。

她还是别和他说了。

早饭是在酒店餐厅吃的，他们在酒店门口分开。

附近就有手机专卖店，尤语宁步行过去，买了一款便宜的手机，把电话卡换上开机。

尤语宁登录各种账号，将备份资料全部同步，看着手机里陌生又熟悉的页面，还是忍不住想起昨天手机被摔坏时的画面。但这情绪很快被压下去，微信页面柴菲的未接来电和未读消息是显眼的，透出她很担心和着急。

"我回来了！为什么手机是关机的？

"你该不会是去跳舞被灌醉了吧，我的宁宝？

"家里也没人！你到底怎么了？

"啊啊啊！急死我了！"

…………

尤语宁看着这些透露出着急和关心的消息以及未接来电，内心浮上来一股暖意和感动。

这么些年，能够为了她这么着急上火的人，大概也就只有柴菲了。

将情绪收了收，尤语宁正要给柴菲回个电话，手机却在手心里振动起来，屏幕上显示出"菲菲"字样的备注。

是柴菲又打来了电话，在她开机后的几分钟内。

没有半分犹豫，尤语宁接听了这通电话："菲菲……"

"宁宝！你总算开机了！再不开机我要报警了！你干吗去了？出什么事了？现在在哪儿？安不安全？"

不等尤语宁解释些什么，柴菲就像发射炮火一样猛烈迅速地抛出了一连串问题。

尤语宁忍不住低头弯唇，就坐在手机专卖店休息区的沙发凳上一一回答柴菲的问题。柴菲对她知根知底，也知道她的家庭情况，所以在这件事上她没有任何隐瞒。

柴菲气冲冲的："她怎么能这样？卖女儿呢这是？你等会儿宁宝，我缓缓，我真是被气得头疼。"

尤语宁应了，没有挂电话，默默地听柴菲低骂。

数秒后，柴菲整理了情绪，比刚刚淡定些："要不你来和我一起住吧，我爸妈不会说什么的，实在不行我出去住，咱俩合租。"

"不用，我重新搬个地方住就好，她应该找不到我的。"

柴菲是好意，但是尤语宁不想让自己的这摊子烂事影响她的心情，破坏她的生活。任莲这个人，这些年来在生活的历练下，脸皮已经像城墙一样厚，根本不会考虑任何人的心情，也不会在意任何人的想法。尤语宁跟柴菲合租，只会让她受到任莲无尽的骚扰。

"哎，为什么她现在变本加厉了啊？是不是你对她太好了宁宝？要我说你就是太心软，如果你强势点儿，我看她能拿你怎么办。"

尤语宁沉默。

她该怎么做呢？她一直抱着一点儿希冀，希望有一天任莲发现她的好，会来爱她。从前这种幼稚可笑的想法没有断过，在昨天她的手机被摔碎的那一刻，终于彻底断了。

也许人在成长过程中就是要被迫接受一些自己不想接受的事情，比如没有人会爱她。

尤语宁常常想，自己上辈子一定作恶多端，否则为什么这辈子连生养自己的妈妈都不爱自己？课本上描述的母爱在这世间崇高伟大，不会被任何东西影响，母亲会永远深爱她们的孩子。

只是那些都不属于她。

"宁宝？"随着手机里再度传来柴菲试探性的声音，尤语宁从难过的情绪里脱身。

"我没事。"她勉强地笑了笑，"我还要去找房子，先不跟你聊了啊！"

不想再谈论这件让人一想起就会心情不好的事，尤语宁匆忙挂断电话，拿上东西走出手机专卖店。像是被人发现了自己的窘境，她落荒而逃，在门口与人错身而过时，不小心踩到了对方的脚。

"抱歉。"尤语宁往后退了小半步，没注意对方长什么模样，只从衣着看得出是个中年男人。

直到对方有些讶异的声音响起："宁宁？"

尤语宁身体一僵，循着对方的声音抬头，看见一张陌生又熟悉的脸——尤启年。

这是从高二他跟任莲离婚后，迄今为止，他们第一次见。

装潢极佳的咖啡厅。

悠扬舒缓的音乐声里，身穿棕色工作服的侍者前来询问客人需要的饮品。

尤启年自作主张地点了两杯咖啡，并没询问尤语宁的意见。

"请稍等。"侍者微笑着示意，转身离开。

临街的落地窗隔绝外面街道的喧哗，尤语宁侧头看，只觉得身心俱疲。

"近来好吗？"尤启年面带微笑，自以为语气亲切。

"你有事吗？"尤语宁表情淡漠地看向他，又低头看了眼时间，"我还有些事要忙，希望你能长话短说。"

对面座位上的中年男人听见这话眉头一皱，面色不悦。跟任莲离婚的这些年，他可谓是春风得意，人生和事业都重新攀上了另一个高峰。在公司坐到了管理层的高位，听惯了底下人的阿谀奉承，被这样不客气地对待——尤其对方还是自己的亲生女儿——他难免会有一些被顶撞的愤怒感。

"爸爸知道以前忽略了你，你心里有怨气，但……"

"如果是要说这些话，那我想应该没有这个必要。"尤语宁打断他的话，低头在手机上按了些什么，"这是你前妻的卡号。"

尤语宁抬眼打量了一番他的穿着："看如今的穿着打扮，你应该过得挺好，那么希望你别忘了自己的义务。记得按时打钱，而且你儿子现在慢慢长大，花钱的地方更多了，希望你多施舍他一点儿，别总让你的前妻来烦我。"尤语宁做出要起身离开的姿势，"我活下去就已经很难了，并没有义务替你养儿子。就到这里吧，失陪。"

说完，也不等被这些无情冷漠的话语惊呆的尤启年有更多的反应，她直接拿着包起身离开。直到她走出咖啡厅的大门，转过弯去，彻底消失在尤启年的视线里，整个人提着的那口气才算是松了。

她跟尤启年的感情本就不深厚，他们这些年从未见过一面，若不是以前的记忆深刻入骨，她刚刚根本不会认得他。

除却那些陌生和尴尬，他们之间更像是中介与卖家、买家的关系。所以，她也无所谓尤启年会怎么想她、看她。

反正无论在什么时候，尤启年的眼里都没有她，而她也从来不是他的选择。

最危险的地方就是最安全的地方。

在看了一圈出租房后，尤语宁选择了橙阳嘉苑隔壁的小区。周围的商圈她都熟悉，安全性有保障，搬家也方便，任莲应该也猜不到她会搬到这么近的地方。

房子装修得也不错，看着挺新的，也很干净，就是比她之前租的房子稍微贵点儿。

她有点儿心疼，但是不得不搬。没有更多的时间挑选，她咬咬牙定下了这套房，偷偷摸摸回橙阳嘉苑去收拾东西。

一切还算顺利，除了最后一趟碰见刚出差回来的闻喜之，她没有遇见其他认识的人。

闻喜之的头发也变回了黑色，有些日子没见，尤语宁一开始还没认出来这张漂亮的脸。闻喜之主动和她打招呼："要搬走了吗？"

当时是最后一趟，东西不多，尤语宁拖着行李箱，被她叫住还有些蒙——这人有点儿眼熟，很漂亮，但不太记得是谁。直到看见对方边对她微笑边走向对面的门，她才反应过来这应该是闻珩的姐姐。

"啊，是的，你出差回来了吗？"尤语宁对她笑了笑，"我之前烤了饼干送给你，是闻珩收的。"

说完这句话，尤语宁就有点儿后悔，也不知道闻珩吃完了没。万一他吃完了，自己这么说岂不是会很尴尬？

"谢谢。"闻喜之大方地笑了笑，把行李箱原地放平打开，"小十之前跟我说你给我烤了饼干，我也有礼物要给你。"

说着，闻喜之拿了一个礼盒出来，起身走到尤语宁面前亲手递给她。尤语宁有些受宠若惊，双手接过礼盒，真诚地说了声"谢谢"。

"不客气，你要搬去哪儿？远不远？要不我叫小十来送你吧？"

"不用不用。"尤语宁慌忙拒绝，"不远的。"

她怕到时候任莲一直找不到自己会去敲左邻右舍的门。所以，她不敢让闻喜之知道自己搬去了哪里，以免到时候闻喜之在不知情的情况下告诉了任莲。那样的话，自己这次搬家将没有任何意义。

闻喜之没有坚持问她要地址，转而掏出手机询问："那加个微信？以后有时间一起出去玩。"

这次尤语宁没再拒绝，跟她互加了好友，这才指指电梯的方向："那我先走了，有空再聊。"

这是一个没有好好休息并且全是糟心事的元旦假期，她将新家整理好后，三天的假期只剩下最后一个夜晚。

柴菲打来电话："姐姐带你玩去，换换心情。"

原本身心俱疲不想动，但因为柴菲这次回来还没有给她接风，尤语宁强撑着答应："好，地址发给我，换个衣服就出门。"

柴菲在电话里报了一遍地址，又用微信发了一遍："SW 酒吧，等你，我的宝。"

收到地址的时候尤语宁就明白应该不止柴菲一个人，大概是个小聚会。如果换作别人，约会地点在酒吧，她不会去，但这个人是柴菲，她对柴菲有一百分的信任，所以欣然同意前往。

也不用太过特别地打扮，尤语宁从衣柜里随手翻找了一套衣服出来换上，正好是之前去金阳饭店聚会穿的那一套驼色针织连衣裙和白色外套。

这两天在家都是素颜，但毕竟好久没见柴菲，尤语宁还是化了个淡妆，在门口踩了双黑色小短靴便拿上包出门。

冬日天黑得早，尤语宁到达酒吧时不过 6 点半，夜幕就已降临。

华灯点亮南华这座城市的每一条街道、每一栋建筑，灯红酒绿，是绝对繁华的夜景。

尤语宁是坐地铁过来的，又步行了好一段路，没舍得打车。现如今刚给任莲转了一万块钱，又新搬了家，得省着点儿花。

柴菲等在酒吧外面，远远看见她，跳着冲她招手喊："宁宝！这里！"

尤语宁抬眼一看，柴菲穿了短裙、黑丝袜和黑色毛衣，一头长鬈发在酒吧灯牌光下泛着蓝色的光。跟尤语宁的气质和长相是完全不同的风格，柴菲属于艳丽的美，人很热情，眼尾上挑，带着妩媚的美感，远远看去氛围感十足。

尤语宁抬手回应了一下，加快了步伐，柴菲踩着高跟鞋"噔噔噔"地朝她小跑过来，一把将她抱住："想死我了！"

"欢迎回来，菲菲。"

"走走走，里面有人等呢！"

尤语宁和柴菲从酒吧大门进去，穿过一条窄而明亮的过道，便抵达了酒吧吧台。

一瞬间，重金属音乐进入人的耳朵，尤语宁下意识地"啦"了一声。彩色射灯频闪，舞台中央有人贴身热舞，各种酒香味混着香水、香烟的味道在空气里四散。

柴菲拉着她的手钻过拥挤的人群往里走，凑近她解释："这酒吧刚开第三天，听说老板长得特帅，就是还没见着人。"

酒吧里声音实在太过嘈杂，尤语宁听见柴菲和她说话，但听不清具体都说了什么，只大概捕捉到了"老板""帅哥"等字眼。

很快，柴菲拉着她挤到一个卡座上坐下，周围是几个长相不错的年轻男女。

尤语宁不太确定自己认不认识，看脸也分辨不出来。但她从来不会担心这些问题，因为柴菲在，绝对不会让她因为这种事情尴尬。

"嘿！看看，咱们宁宝来了！"柴菲热情熟络地说，先打开了话题，吸引大家的注意力，然后再依照座位的顺序依次叫过去——

"朝朝，上回你说要和宁宝买一样的耳钉买了吗？"

"嘉城，可说好今晚你请客啊！"

"敏敏，刚刚咱们说什么来着？"

…………

随着柴菲自然而然地叫了几人的名字，尤语宁也就想起来，这些人都是自己见过也认识的。

大家都是同龄人，又有柴菲活跃气氛，加上酒吧的热闹氛围，原本应该会产生的尴尬一丝也没有。坐了会儿，柴菲拍拍尤语宁的肩，凑近她的耳边说："我去一下洗手间。"

尤语宁侧身让她过去。不过几秒钟，柴菲忽地掉头冲回来，整张脸直接埋到尤语宁的腿上。

这套动作顺畅至极，尤语宁一时没反应过来，试探着拍拍她的背："菲菲？"

柴菲难为情地哼哼："别叫我，别叫我，等会儿。"

实在搞不清楚状况，尤语宁转头去看，男男女女三五成群，暧昧热烈地说笑，看不出有什么异常。

她正要收回视线，一个气质温润、穿着打扮与酒吧格格不入的男人朝着这边走了过来。男人敞怀穿着一件驼色的大衣，还有浅色的打底衫和黑色休闲长裤，看着很年轻，却有比同龄人更沉稳的气质。他应该也是约了朋友，目标很明确，一路上都没东张西望。有女生凑近他，他也只是礼貌客气地颔首笑笑表示歉意，并不怎么受干扰。

尤语宁确定自己不认识他，但他在这酒吧里看起来实在有些特别，因此免不了多看了一眼。没承想，就是这一眼，似乎让他注意到了她，他的视线随之投过来。

男人愣怔片刻，随即他微翘唇角，像是在和她打招呼示意。尤语宁没想到这个结果，有些尴尬地扯了扯嘴角，收回视线。

距离不是很远，男人转眼间已经走到她们身边。

他停下脚步，低着头看向脚下被蹲着的柴菲挡住的路，转而微微弯腰询问尤语宁："请问方便……"

男人的声音响起的瞬间，尤语宁明显感觉到趴在自己腿上的柴菲整个人立刻紧绷起来。

没等男人说完话，尤语宁立即反应过来应该是柴菲挡住了他的路，又联想起柴菲的反应，弯腰低头，凑近柴菲耳边小声道："菲菲，挡人路了。"

听见这话，柴菲像鹌鹑似的往尤语宁身上缩，依然不肯起身也不肯抬头，就这么硬生生地让出了一点儿空位。

男人低头看着她们，有片刻迟疑，但转瞬还是笑着点头："多谢。"说完，他侧着身小心地挤过去。他穿着黑色的休闲长裤，这样小心翼翼地挤过去，细滑的布料不可避免地擦过柴菲因为蹲下而露出的小半截细腰。

尤语宁也因此感受到柴菲整个人又往自己身上缩了一下。这反应实在不对劲，尤语宁便多留意了一下已经走过去，只留下一个背影的男人。只可惜酒吧里的人实在多而拥挤，她又坐着，看不清他后来到底去了哪里。

尤语宁腿上有些痒，是柴菲用食指在挠。接收到她的信号，尤语宁弯唇道："已经走远了。"

"呼——"柴菲明显松了口气，抬起头时整张脸都红了，怀春的模样。

尤语宁正要仔细盘问，还没来得及开口，便被柴菲拽住手腕直接拖走："帮我个忙！"

"啊？"

另一边的 VIP 卡座。

几个长相英俊，气质不同的男人围坐在一起，推杯换盏之间夹杂着开玩笑的话语。

穿驼色大衣的男人刚刚走近，就有人喊："韶光，你又迟到！怎么，被这一路的美女绊住了腿？"

叫韶光的男人听见这话不知想起什么，唇角弯了弯，走过去坐下："算是。"

几个人一听这话立即起哄，有人嚷嚷："闻珩，你瞅瞅人家韶光，再看看你，一天天傲得跟二五八万似的，桃花什么时候才能开？"

被点名的闻珩此刻正脸色很不好地靠在沙发上，姿态随意懒散，双腿叉开，占了好宽的位置。

一旁的朱奇看见他这欠揍样儿就来气，明明他比大家年纪都要小，偏偏一天天傲得要上天，谁也不怵。那会儿高一开学，因为太傲被人揍，然而一个人愣是把人家几个人都打趴下了。

"看看他这张臭脸，出来喝酒也不知道开心点儿，跟谁欠了他似的。"朱奇向众人告状，顺势在闻珩的腿上拍了一下。

闻珩掀了掀眸子，懒懒地瞥了他一眼，没跟他计较，又垂了眸子，盯着手里的那杯酒发呆。

韶光刚刚被人让了座位，就坐在闻珩旁边，见状就有些明白过来。

这么些年，闻珩这样的状态并不少见，而每一次似乎都跟他喜欢的女孩子有关系。一圈玩得好的人都知道闻珩有一个喜欢了很久的女生，也不知道是谁传的，总之都听说过这么个事，但没有人知道那个女生是谁，除了闻珩自己。

韶光其实很能理解，像闻珩这样的天之骄子心高气傲，没受过什么挫折，却在感情上频繁碰壁。也许生活给予闻珩的所有幸运和自信都在感情上被全然击溃，在感情世界里，他可能会因为频繁失败而变成一个不自信的胆小鬼，而在生活里只打胜仗的他，不敢也不愿意接受和面对这种失败。

所以对于他喜欢的人，他才会只字不提。但他又这么执着，这么些年竟也不肯放弃，甚至都没给自己留下一些转圜的余地。

韶光看出他不开心，三言两语地笑着将话题岔开："陈绥呢？今天不是来给他新开的酒吧捧场吗，怎么连个人影都没见着？"

"陈绥啊？接之之去了。"

"啧……"

"不管他，先喝酒！"

…………

其他几人开心地笑闹着，闻珩兴致不高，手里一直举着一杯酒，也没怎么喝，平日里清澈的黑眸不知在看什么，整个人看上去就像是在神游天外。没人再硬要他给出什么反应，所有的热闹和喧嚣都打扰不了他。他像是身处在无人之地，只不过顷刻间，视线里出现一抹有些熟悉的身影，眼神忽然间有了个焦点——熟悉的驼色针织连衣裙和白色外套。

闻珩举着酒杯的修长手指忽地一紧，他却在下一瞬发现不是自己想要看见的那张脸。他本应该觉得失望，但这张脸属于他所念之人最好的朋友柴菲。利落的下颌线往下收，闻珩微微颔首，盯着手里的酒杯几秒，忽地有了点儿笑意。下一瞬，他放下酒杯，起身理了理黑色的冲锋衣，径直离开。

有人问他："干吗去？"

像是乌云散去后的晴天，闻珩的嗓音带着些雨过天晴般的干净："洗手间。"

他还是那副高傲的模样，下颌稍扬，双手揣兜，与相向而行的柴菲错身而过的瞬间，视线下移，落在她的白色外套上，略微停顿后不着痕迹地收回。优越的身高让他可以不费力地在人群里行走，同时看清楚视线所及之处有没有那张熟悉至极的脸。

只可惜他遍寻四周，一无所获。

SW 酒吧的洗手间内，空气里飘着一股淡淡的空气清新剂的味道，大大的镜子十分干净，清晰地映出一道靓丽的人影。

尤语宁就这么呆呆地盯着镜子里风格大变的自己，好半天的时间，实在没敢走出去。

就在刚刚，柴菲说她的穿着打扮看起来更像正经女孩儿，并且她的衣服跟那个男人的驼色大衣像情侣装，所以拜托她和自己换衣服穿。

"求求你了宁宝，我真的超喜欢他的！帮帮忙，反正你这会儿也遇不到喜欢的人，就委屈你一下好不好？"

尤语宁从不介意柴菲穿自己的衣服，也不介意穿柴菲的衣服，两人的身材也差不多，所以她也就没有拒绝。

只是这风格实在……尤语宁轻咬下唇，有些难为情地低头，再次往下扯了扯短到堪堪包住大腿的短裙，叹了口气，硬着头皮转身出去。

算了，反正就像柴菲说的，这会儿她也遇不到喜欢的人，怕什么？

她正这么想着，在洗手间的门口就撞上个人。

"抱歉……"尤语宁迅速道了歉，一抬头撞上一双黑眸，剩下的话便再也说不出口。盯了面前忽然出现的这张俊脸好几秒后，她才确认一件事——没认错的话，这人是闻珩吧？

闻珩是来抽烟的。找遍整个酒吧都没找到她，他就顺便来了洗手间附近的吸烟区，却不承想在这里遇到了她。

闻珩如深山古井般的黑眸一瞬间闪过各种情绪，转瞬间又恢复如常，还是那副傲慢、懒散、不上心的样子。

闻珩挑挑浓眉，视线下移，从她的脸依次往下扫过她穿的黑色毛衣、皮短裙、黑丝袜……

尤语宁也不自觉地跟着他往下看——被黑丝袜包裹的双腿又细又长，还很直，在酒吧暧昧闪烁的彩色灯光里，看着有些说不清道不明的勾人意味。

尤语宁不可避免地想起柴菲跟自己说的那句话："反正你这会儿也遇不到喜欢的人……"

她不知道自己为什么会联想到这句话，只是下意识地将裙子和毛衣又往下扯了扯，试图遮住什么，也不由自主地并拢双腿，脸颊开始升温，甚至不敢直视闻珩的脸。从没想过会在这样的情况下遇见闻珩，尤语宁的第一反应就是逃。

不如她装作没认出他好了。几乎是瞬间，尤语宁就做了决定，咽了咽口水，心虚却又故作镇定地开口："抱歉，借过一下。"

话音刚落，她就听见对面的人冷笑了一声。

尤语宁的心虚瞬间加倍。正当她大脑飞速运转，试图挽回当前的尴尬局面时，对面的人开了口："挺会玩。"

SW 酒吧的装修风格在视觉上有很强烈的冲击感。冬日夜晚的七八点钟，灯光和音乐仿佛铁了心地要让人沉醉，晃眼又闹耳。

尤语宁清楚地看见闻珩此刻脸上一如既往的表情，也清晰地听见他说的那句"挺会玩"。她分辨不出他说这话时的语气，也猜测不出来他对于自己这样打扮的看法，但就是莫名其妙地有点儿心虚。

尤语宁不知道自己在怕什么。难道怕闻珩觉得自己私下是个很爱玩并且玩得很花的女生？可是，她为什么要在意他的看法呢？

"不说话？"闻珩将视线往上移，落在她不自在的眼眸上，"该不会——"令人多想的停顿。

闻珩眉目舒展，微勾薄唇，笑意很淡："你来这里的目标是我？"

尤语宁所有心虚的想法瞬间消去，有些茫然地抬眼看他："啊？"

"知道我在这里，特意打扮成这样，再制造看似不经心实则故意的偶遇场景？"

没想到闻珩依旧不按常理出牌。

尤语宁盯着他这张好看的脸，一秒，两秒，三秒……紧绷的神经忽地一松，她不受控地弯了弯唇角：原来没有被他误会成别的，真好。

"好巧。"尤语宁顺着他的话说下去，"我跟朋友一起来的。"

"哦——"闻珩拖长了嗓音，"进步了。"

"嗯？"

"知道找个伴儿，看着更像偶遇。"

尤语宁想解释些什么，又怕闻珩问她朋友在哪儿，要她证明自己真的是跟朋友一起来的。

柴菲跟她换了衣服后就先出去了，而剩下的那几个人她实在不熟，真把闻珩带过去证明什么，想想都尴尬。

想起闻珩刚刚是朝着洗手间的方向过来却还没进去，尤语宁转移了话题："我朋友还在等我，你是来上洗手间的吧？那我不打扰了。"

尤语宁说完就要走，却被闻珩叫住："等会儿。"

尤语宁转头看着他："怎么了？"

"喝酒了吗？"

"没。"

"行。"闻珩点点头，"走吧。"

"什么？"尤语宁有些蒙，"去哪儿？"

"啧。"闻珩把车钥匙往她的怀里一抛，瞥她的眼神里带着点儿显而易见的嫌弃，"这么好的机会，装什么矜持？"

尤语宁下意识伸手接住了车钥匙，还是不太懂："什么机会？"

"送我回家。"

过了好几秒，尤语宁才反应过来闻珩的意思。

看他那表情和眼神，他一定是觉得自己看穿了她的"诡计"，然后"大发慈悲"地给她这个送他回家的机会，以此来满足她的心愿。而她能够捡这么个大便宜，却还故作矜持，真是个口是心非的女人。

这事虽然离谱儿，但因为对方是闻珩，又显得很正常。

尤语宁想起柴菲这会儿已经去追男神了，而自己跟剩下的几个人也不熟，留在这里也很尴尬。尤语宁觉得，给闻珩当代驾送他回家，反而是更好的选择。

两相权衡之后，她决定和柴菲打个招呼就溜："行，那你等等，我和我朋友说一声。"

"嗯。"闻珩懒懒地应了一声，用两根手指捏着她的肩膀处的衣服将她拽到一边，"别挡人路。"

确实有人过来上洗手间，对于他这样的亲密动作，尤语宁也没多想，掏出手机拨通了柴菲的电话。

接通很快，那边柴菲的声音跟平时比起来温柔又矜持："喂，怎么了呀宁宝？"

尤语宁简单说了下自己要先离开的事，本以为柴菲会爽快地答应，却没想到柴菲反而邀请她过去："过来陪我嘛！只有我一个女生。"

刚刚没考虑，这会儿听柴菲说只有她一个女生，尤语宁才后知后觉——尽管柴菲经常出入这样的地方，但毕竟是个女生，一个人实在不安全。

尤语宁没怎么犹豫，答应后挂了电话，有些抱歉地看向闻珩："可能送不了你了，我朋友也喝了酒，需要我陪。"

"欲迎还拒？"

"不是，我……"

闻珩挑眉，一副无所谓的样子："行，一起过去，我等你会儿。"

怕柴菲上头喝多了酒，尤语宁也不敢在这里跟闻珩耽搁太长时间，干脆带着他一起朝柴菲发的位置走过去。

去找柴菲的路上，尤语宁将一头长发用手腕上的皮筋扎了个高高的丸子头。

虽然不确定别人的记脸能力怎么样，但她想起刚刚那穿驼色大衣的男人看了自己一眼，以防万一还是换个发型，再加上这酒吧的梦幻灯光以及自己跟之前大相径庭的穿着打扮，想必那个男生不会将她跟刚刚的她联系起来。

闻珩不动声色地看着她这一系列动作，在看见她露出光洁饱满的额头、修长美丽的脖颈以及被黑丝袜包裹的修长双腿时，眸色沉了又沉。

两人到达柴菲所说的VIP卡座后，尤语宁才发现男多女少，总共七人，除去柴菲，只有闻喜之一个女生。

尤语宁之所以能认出闻喜之，还得靠闻喜之耳垂上那对闪耀的耳钉。那天搬家时，闻喜之送她的礼盒里就是跟这对一模一样的耳钉。她晚上在微信上表达谢意时，闻喜之提及这是闺密耳钉，自己也买了一对一样的，还拍了戴上耳钉后的照片发给她。那晚她们聊了好一阵子，变得比之前熟悉些，并改了对彼此的备注，互相交换亲密称呼。

再加上脸熟的程度，尤语宁认出她还不是太难。

"宁宁！"闻喜之一抬眼就看见了尤语宁，扬起右手招呼她过去坐下，"好巧，我也刚到，过来坐。"

柴菲是背对尤语宁坐的，并没看见她已经过来了，听见闻喜之喊，转过头才看见她旁边还跟着个挺帅的男生。

"宁宝？"柴菲差点儿没压住本性，音乐正好嘈杂，压低了一些她的声音。

甚至朱奇也在喊："学姐，好巧啊！"

尤语宁有一米六六，不算矮，身材比例也极好，包臀短裙下被一双黑丝袜包裹的腿又细又长，一路走过去，勾得在座其他男生的眼睛都直了。闻珩走在她身后，一双寒冰般的眸子警告似的扫过去，看明白他眼神的男人们才各自收敛了赤裸裸的眼神。

有人自觉地让了座位出来，闻珩很自然地走过去，大大咧咧地坐下。

别人给他递酒，他没要："到顶了。"

几个人顿时起哄："喊——"

"装个屁！这就到顶了，才喝多少？"

"听他瞎说，给他满上！"

…………

尤语宁也是这时候才听出来，原来闻珩一开始就是从这个卡座出去的。

只剩闻珩旁边有个座位，她挨着他在空位上坐下，腿上被丢了件黑色外套。她顺着丢外套的方向转头看去，闻珩懒懒地仰靠在沙发上，不咸不淡地丢下一句："热，拿一下，谢了。"

除此之外，闻珩再没有说别的话，像是累极了，闭目养神。

虽然他这样子有点儿像大爷，就连道谢也像是敷衍，但尤语宁也没多想，正好觉得裙子太短，虽然穿了丝袜，还是怕走光，闻珩丢的这件外套正好用来盖腿。

几个人不死心地劝闻珩喝酒，他却动都懒得动，装得很像，语气也有气无力："不行了，喝不下。"跟刚刚精神抖擞的他完全不一样。

闻喜之笑着替他挡酒："好了好了，小十这两天都没睡好，就别灌他酒了，让陈绥喝吧。"

一旁的短发帅哥应该就是她口中的陈绥，听见这话低骂了一声。几个人转瞬就起哄将注意力转到了陈绥身上，说他作为老板必须得喝之类的话。

一圈闹下来，那个叫陈绥的帅哥喝了不少，但他酒量貌似很不错，也不像闻珩会装，看着很清醒。

酒过三巡后，有人提议玩游戏。

"真心话大冒险怎么样？"

"喊……能不能有点儿新意？"

"这不是照顾两位学姐吗？在学姐面前得乖点儿，玩太复杂的不好吧？"

"学姐又不是玩不起的人。那你们说想玩什么？"

柴菲将耳边的头发别至耳后，矜持又淑女地看了一眼一旁的韶光，微笑着插话："没关系的，我们都可以。"说着，她悄悄伸腿碰了碰尤语宁，递了个眼色过来："是吧，宁宝？"

尤语宁明白柴菲的意思，为了配合好友追夫，只好点头："对，没事，我们也……"顿了一下，她撒谎，"经常玩的。"

话音一落，提议玩游戏的几个人瞬间放开了，热闹地提出自己的想法。

闻珩掀起眼皮瞥了她一眼，用只有她能听到的声音很轻地笑了一声。尤语宁听见了，但那笑太短暂，像是错觉。她转头去看，闻珩依然闭着眼，还是先前的姿势，睡着了似的。

柴菲正在跟一旁的韶光小声地聊天儿，闻喜之在照顾喝了酒的陈绥，剩下一圈男生，尤语宁也不熟。她忽然觉得过来陪柴菲却只能独自呆坐的自己像个"冤种"。

片刻后，大家商定了玩什么游戏以及输了游戏的惩罚，闻珩便被一旁的朱奇摇醒了："快，别装睡了，不灌你酒，来玩游戏。"

大概还是照顾尤语宁和柴菲这两个第一次一起玩的女孩子，游戏的规则简单：转酒瓶，瓶口对着谁，谁就表演个节目，不限形式和内容，模仿动物叫两声、喝一杯酒、唱首歌，随便什么都行，想展示才艺也可以。

尤语宁听着都觉得他们是真的照顾她和柴菲，一点儿过分的想法都没有，甚至觉得初中生玩得都比这刺激。

最开始是陈绶转的，他作为 SW 酒吧的老板，大家让他开这个头，他随手转了一下，瓶口对着朱奇。

朱奇夸张地"啊"了一声："不是吧，我难道今天应该去买彩票？"

"别瞎叨叨了，快，选个惩罚。"

"啧，行吧，那我就……"朱奇哼哼坏笑两声，看了眼闻珩，"我就只有……"

闻珩正端着一杯啤酒在喝，突然觉得不对劲。

"讲个小秘密。"朱奇接上后半句话，"你们别看闻珩一天天傲了吧唧的，实际上他也有怕的。"

有人好奇："怕什么啊？"

闻珩皱眉瞥了朱奇一眼："别一天天的狗嘴里吐不出象牙。"

仗着人多，又有尤语宁在，朱奇才不怕闻珩真的生气，"嘿嘿"笑着说出他的秘密："不知道吧？他怕打雷、闪电和下雨！"

这话一说出口，周围几个人顿时意料之外地道，"啊""不是吧"。谁能想到，这么一个天不怕地不怕的人，会怕打雷、闪电和下雨？

尤语宁也有些惊讶。从前他们每一次相逢都是在雨天，但是她从没感觉到闻珩是害怕雨天的。趁别人不注意，她偷偷转头去看闻珩的反应，恰好对上闻珩冷淡的双眸。

"我好怕啊——"他夸张地拍了拍胸口，"你信？"

大概是因为闻珩不仅没生气还夸张地开玩笑，朱奇准备再道出更多信息："嘿，你们还真别不信！"

他仰头喝下一口酒，把酒杯拍到桌上，很有古时候酒楼茶馆里说书先生的架势。

"以前他掩藏得太好了，直到高二才暴露出来。

"一开始我也不信，但后来就发现，每到下雨天，尤其是雷雨天气，他整个人就跟屁股上突然长了针似的，怎么都坐不住。我问他是不是哪里不舒服，他就看着教室窗外的雨天骂，说这破雨一天天下个没完。"

闻珩捏着酒杯冷笑了一声，瞥了朱奇一眼，淡淡地反驳道："我就不能是讨厌？"

"嘿！"朱奇笑了，"讨厌的另一面不就是害怕吗，有什么区别？"

"你以前不是很喜欢下雨天的吗？"闻喜之疑惑地看向闻珩，"怎么突然又开始讨厌了？"

闻珩的表情有片刻愣怔，但被很好地掩饰了，他低头喝了口酒，用没什么波澜的语气应道："就是忽然不喜欢了而已。"

韶光好像恍然大悟的样子："原来你讨厌雷雨天？我还以为你喜欢呢。"

朱奇八卦道："怎么说？"

韶光看了一眼闻珩，见他没有要阻拦的意思，便开了口："之前在西州大学，我俩一个宿舍，有时候雷雨天，半夜惊醒，我见闻珩一个人躲在阳台看雨，一看就是一夜，我还以为他是喜欢，所以宁愿不睡觉也要一个人坐在被冷风侵袭的阳台看一整夜雷雨，有一次还感冒了。"

"咦？这不应该啊。"朱奇挠挠额头，"这么听起来又不像是讨厌的样子，奇了怪了。"

"闻珩，你自己说，到底怎么回事？"朱奇去扒拉闻珩，吵着叫他自己解释清楚。

尤语宁却因为韶光的话想起一些大学时的往事。西州大学的宿舍楼在一个区，男女生分开，但她当时住的那栋宿舍楼是女生宿舍最外围的一栋，跟另一栋男生宿舍楼只隔着一条小道和两条绿化带。

她还记得，应该是从大二下学期开始，每一个因为雷雨醒来的夜晚都能看见对面男生宿舍二楼的阳台上有个男生坐着。

那时在宿舍里，她不能像在家里或者现在独居时一样开着一盏台灯睡觉，但因为有室友在，每晚倒也能安然入眠，只是还是免不了会在雷雨夜惊醒，然后彻夜失眠。

那些失眠的夜因为不能开灯而让人觉得分外难熬，室友们睡觉不喜光亮，连窗帘都拉得严严实实的。满室的黑暗让人觉得窒息又心悸，与窗外不断响起的惊雷相呼应，就像是催命夺魂的利器。

后来她决定拿上手机和台灯到阳台躲一躲这黑暗，哪怕距离惊雷和闪电更近，哪怕凄风冷雨会侵袭整个阳台。这个习惯开始于大一，一直到大四毕业。

尤语宁第一次发现对面宿舍楼阳台的那个男生是在大二下学期，而从那以后，每一次的雷雨夜，她躲到阳台时都会发现他也在。

她也曾好奇：为什么他也会在雷雨天的夜晚坐在阳台上，一坐就是一整夜。

那些夜晚，雨幕模糊视线，楼下路灯昏黄的灯光微弱，小红杏长到二楼阳台，挡住她一半的视线。同在二楼，隔着两层小红杏的枝叶和漫天飘泼似的雨幕，她从未看清过对方的脸，只是隐约能感觉到，对方坐着的姿势很随意，有时抬头看天，有时低头看手机，也有时他的视线好像落在她的身上。

但转瞬，那种被人看着的感觉就会消失，那人好像只是不经意地发现了她存在而已。

在那些因为雷雨惊醒，只能躲到阳台的夜晚，因为他的存在，她悸难控的情况也有所好转。

西州不像南华一样多雨，雷雨夜也很少见，更多的夜晚是星光漫天的。但那些夜晚，对面二楼的阳台总是空空如也。

而如今，听见韶光说的话，尤语宁不可避免地将那道身影和闻珩联想起来，甚至想当面问韶光："那你们当时住的是哪一栋宿舍，住在几楼？"

但不知为什么，她越想知道越不敢开口。在这样的瞬间，她好像忽然间发现感情里也有"近乡情怯"。她这样接近当时好奇的答案，却觉得慌张，甚至害怕知道那些好奇过的真相。她明明应该大大方方的，像是朋友之间随意地聊天儿，微笑着若无其事地问出口。

但她不敢。她怕知道那个人就是闻珩，更怕知道他那样做的原因——他表现得这样不在乎感情，会不会是因为曾经受过情伤。

或许他曾在某一个下着雨的夜晚终止了一段刻骨铭心的恋情，所以才会在每一个雷雨夜都难以入眠。也是在这样的时刻，她的潜意识告诉她——她害怕闻珩曾经拥有一段刻骨铭心的恋情，怕他曾经对一个人爱到无法自拔。

想到这里，尤语宁心虚地低下头，用双手揪住盖在腿上的黑色外套，就像揪紧了自己的心。就在刚刚，她发现自己竟然对闻珩有了不该有的占有欲。她好像接受不了闻珩喜欢别人，甚至喜欢过都不行。这种可怕的想法让她不敢再去偷看闻珩一眼。

好在话题被闻珩的一个冷眼终止，朱奇"哈哈"地笑着，主动去转酒瓶："好了，该我转了，看谁是下一个幸运儿。"

最后一个字落下的同时，酒瓶口对准了尤语宁。

忽然间，大家都默契地安静下来，除了闻珩，大家都齐刷刷地盯着她看。

尤语宁低着头神游天外，并未注意，直到听到柴菲叫她才回过神来。一抬头，她发现大家都盯着自己看，还吓了一跳，以为自己的想法被看穿，开口时的声音都有些颤："怎么了？"

闻珩探身去端酒杯，"不小心"碰到那酒瓶，让瓶口对着他自己。

"好像轮到你——"柴菲边说边指给她看桌上的酒瓶，话没说完，却惊奇地发现瓶口转了方向，"咦？"

闻喜之把一切尽收眼底，默默地低头喝了口果酒。

众人也在这时发现瓶口的方向稍微偏了那么一点点——刚刚是对着尤语宁的方向，稍微偏向闻珩，此刻却是完全对着他的方向了。

而闻珩此时却一脸淡定地喝着一杯威士忌，在几人朝他看去的时候眉梢一扬，装不懂："我脸上有花？"

"不是吧……"朱奇皱着眉弯腰去看那酒瓶，"谁转的？"

"行了，轮到我就轮到我，难道我会输不起？"闻珩放下手里的酒杯，将两边的袖口挽上去，"节目是吗？等着。"

说着，闻珩已经站了起来，好像要大显身手。

尤语宁抬头，在明暗交错中看见他英俊的侧脸，酒吧的射灯的光拂过他头顶的发，蓝色、绿色、亚麻金色、黑色来回转换，如同她当初在工作室外面的楼道里第一次撞见他后到现在他的发色变化。

她很难记住一个人的脸，无论是好看还是难看，总要一遍遍地记忆才能记住。所以，即便当初她看见闻珩的第一眼就被他的容颜震惊，往后的那几次见面也都要靠他的蓝色头发和右耳的黑色耳钉认出他。

而时至今日，她无须任何辅助物就能在昏暗暧昧的灯光里精准地认出他的脸。

他好像……不知不觉地在她的心里占据了一席之地。

似乎感到她的视线，闻珩微微颔首，敛眉低眼，黑色碎发在昏暗光线里遮住他眉眼间的几分不羁，锋芒被短暂掩藏。

他的眼神在无人的角落里缱绻深情，像是幻觉，又像是她突然滋生了情愫后的幻想。

闻珩怎么会对她露出这样的眼神？他从没有过，似乎也绝对不会。

但就在这一瞬间，尤语宁的心口不受控地猛烈跳动了一下，而后像是第一声鼓响后的轰鸣，鼓槌不断落下，她的心跳不停加速。

尤语宁不敢再看他，匆忙收回视线。她低下头，鼻间隐约钻进淡淡的佛手柑香味，在一众气味各异的香水和酒香味里如此独特。

她一直不懂为什么是佛手柑的香味，如此……如此地接近她用了十几年的佛手柑香的唇膏味。

自从在他身上闻到这样熟悉的味道后，她每次用唇膏时总会不可避免地想起他。就像在此时，她甚至分不清这佛手柑的香味到底是他身上的，还是自己唇上的。

虽然好像有些无厘头，更不知情从何起，但就在此刻，在擂鼓般的心跳和熟悉的佛手柑香味里，尤语宁心乱如麻。

她好像……喜欢闻珩。这真是一件令人心烦的事情，以至于让她如坐针毡，在慌乱中忽地站了起来。手里揪着的黑色外套被抓得起了褶皱，她却抓得更紧。

朱奇正想说，刚刚这酒瓶的瓶口明明是对着她的，又迫于闻珩这疯子的淫威犹豫不决，此刻见她忽然间站了起来，忙笑着问："学姐，你是不是要和闻珩一起表演节目？"他又补充，"上次你俩在我那儿排练的双人舞就不错，要不来一个？"

尤语宁这才发现自己在手足无措中站了起来，而其余的人似乎都在看着她，甚至旁边两个不认识的还在起哄："啊，什么时候还跳舞了？"

"都多少年没见到闻珩跳舞了，必须得来一个，是不是？"

闻珩："差不多得了，喝多了就去醒醒酒。"

柴菲发现尤语宁的状态不太对，有些担忧地拽了一下她的毛衣下摆，关切道："宁宝，是不是不舒服，要不先回？"

闻喜之也投去关切的眼神："没事吧宁宁？是不是有点儿闷？"

闻珩侧过脸，往后看了眼尤语宁原本坐的地方，似乎没什么异样，这才又上下打量她一眼，问道："要走了？"

局面似乎因为自己变得有些尴尬，意识到这个问题后，尤语宁立即露出个笑，摇摇头："没什么，就是有些……"

她呼出一口气，迫切地想找一个情绪的抒发口，而中途离场不是个好的选择——她不想让闻珩觉得自己是跟朋友聚会都坐不了几分钟的无趣的人。

她的余光里，舞台上乐队的架子鼓鼓手肆意又投入，正重重地敲打着鼓面，那真是一个很不错的发泄情绪的方式。尤语宁抬手，指向舞台："我就是有些手痒，好久没打架子鼓了。"

第五章

爱未眠

　　说出想打架子鼓的那句话后，尤语宁并没有因为冲动而后悔半分。她不太害怕登台表演，读书的那些年，她上台表演的次数不少——唱歌、跳舞，抑或演奏一些自己比较拿手的乐器。她并不怎么怯场，大概是因为那些事都是自己喜欢的，所以有无限勇气。而如今，她想要在乐器的演奏中思考，或者说让自己冷静些。

　　刚刚脑海里一闪而过的"她喜欢闻珩"的想法，就像是夏季轰然而至的惊雷，在脑海里瞬间炸开，让人疑心自己产生了幻觉。

　　尤语宁觉得她再不做点儿什么发泄一下，怕是会被自己这个突然冒出来的想法吓坏。而说完那句话后，她也没怎么犹豫，将手上原本用来遮腿的黑色外套还给闻珩，头也不回地往舞台那边走去。

　　尤语宁会许多乐器，在尤语嘉出生前，她拥有尤家父母全部的爱。那时候任莲还是温柔的母亲，会在课余时间亲自接送她去各种兴趣班。

　　她从小就长得漂亮可爱，人也聪明机灵，学什么都快，无论是在学校还是在培训机构，抑或在大街上、小区里都很受喜欢，真正活得像个小公主。虽然那样的时光并不长，但也足够她积攒许多的才艺技能，让她在余生任何需要才艺表演的场合都不用担心自己没有一技之长。

　　但是所有人，包括闻珩和柴菲在内，都没有料到尤语宁会做出这样的决定。

看着尤语宁坚定的背影，朱奇有些呆滞，碰了碰闻珩的胳膊："学姐还会打架子鼓呢？"

闻珩没应声，长睫掩映下的目光默默追随着那道一走出去便吸引众多目光的身影。

他是看过尤语宁打架子鼓的。

那应该是 2015 年的 12 月底，西州大学的元旦迎新晚会。

时隔三年，中学时的迎新晚会、大学时的迎新晚会，她一直都在舞台上。很凑巧，那也是一个寒冷的雨夜。

只是那一次，他带了伞。刚过晚上 6 点半，韶光便提醒闻珩出门："迎新晚会 7 点开始，你这会儿过去应该差不多。"

电脑里的数据还在跑，闻珩瞥了眼时间，应道："再等会儿。"

"行了，早点儿去，这儿交给我。"韶光走来拍拍他的肩，"不是说跟个学姐约好了吗？"

"行。"

闻珩起身，快速换了身衣服，对着镜子理理头发，临出门时被韶光叫住。

"等等。"韶光塞了把伞给他，"下雨，带伞。"

闻珩抬眼看了看窗户外面的天空，接了伞开门出去。

西州大学虽然是普通的"双一流"院校，却也有百年历史，欧式礼堂复古又豪华，他从宿舍过去，刚好卡上点。

因为这是学校的迎新晚会，而每个院系人数众多，座位有限，因此学生进门需要出示学院派发的邀请门票。

闻珩被拦在入口处，学生会干事伸出手来："同学，请出示下门票。"

闻珩抬手拍拍衣服口袋，猛然想起门票忘带了，正想打电话叫人送，大门口闪过一个熟悉的人影。

不等他开口，女生去而复返，眼神在俩人之间扫视，询问道："怎么了？"

小干事答道："宁宁学姐，这位同学没门票。"

女生的目光随即落到一旁的闻珩身上。一如三年前，闻珩在雨声里对上她的目光。

也许他本不屑这样的晚会，也并不是这样老实本分的学生，但在这一刻，他收敛起所有锋芒，像一个不谙世事的大一学弟，语气带着三分懊恼、两分委屈、五分诚意和暗示："真有，忘带了。"

"啊，没事。晚会已经开始了，进来吧。"女生笑笑，领了他进去，"你自己找地方坐，我还有事，先走了。"

那是 2015 年年末的尤语宁，和 2012 年年末的尤语宁比起来似乎没有太多变化，依旧美丽温柔到让人一眼心动。

闻珩找了个空位坐下——视力极佳的他在座位上有更多选择的余地。那晚有些什么表演节目他实在没太上心，他也就不太记得清，唯一记得清清楚楚的、连细枝末节都没放过的节目，就是那晚尤语宁的架子鼓表演。

那真是颠覆他对她的印象的一场表演。

换上表演服的尤语宁看上去自信从容，连笑容也从温柔变成了明媚。鼓槌不断落下，发出动感的声响，在她修长白皙的手指间转着圈，而她整个人都随着音乐节奏律动，头发丝都好像闪着光。在那之前，闻珩一直觉得尤语宁是个温柔安静，仿佛不食人间烟火的仙女。而在那以后，他才发现，她是那样有活力，不能被轻易定义。

他带着不可控的心跳看完她的整场表演，也拿出并不多的耐心等到整场晚会结束。

晚会散场，看客散去，尤语宁作为工作人员留下来收拾。

闻珩拿着韶光塞给他的伞倚墙斜靠，等到整座礼堂的灯都熄灭，也等到了换上白羽绒外套出来的尤语宁。

也许是没想到门口会有一个这么高大的男性身影，尤语宁吓得往后退了小半步，抬眸朝他看来，有些疑惑："同学，你在等人吗？"

闻珩心想：几小时前才见过，她又不记得了。

见他没说话，尤语宁好心提醒他："这里只有我了，你要等的人应该走……"

不待她说完，闻珩把手里的伞递过去："不等人，我卖伞。"

"啊？"

尤语宁低头看了眼递到自己面前的黑色雨伞，没敢接。它看上去虽然很新，但一看就是用过的。他这是……要强买强卖啊？

"最后一把，卖不出去，送你了。"闻珩直接将雨伞塞到她的手里，转身走进雨幕里。

西州并不多雨，但那晚的雨从晚会开始前一直下到晚会结束后，而且越下越大。尤语宁原本是带了伞的，但晚会结束后太过混乱，好像被人拿走了，总之她离开的时候没找到。

看着闻珩走进雨幕里的身影，尤语宁没有太多时间犹豫，撑开伞追上他："同学，一起吧。"

闻珩侧过脸垂眸看了她一眼，默默收回视线，嘴角扬起微微的弧度。

两个人一路上并没怎么说话，只是从那条路回去，女生宿舍近一些，尤语宁先到，把伞还给他。

"谢谢。"她说，欲言又止，"那个……"

闻珩挑眉，耐心等待她未出口的话。

尤语宁呼出一口气，把这一路上想到的话说了出来："你也别太难过，感情这种事，也要讲究缘分的。"

闻珩："嗯？"

"你怎么可能卖一把旧伞呢？是在等人却没等到对吗？没关系的，就……"

大概实在是不太会安慰人，却又因为感激而觉得自己必须说些什么，尤语宁绞尽脑汁，最后却只能再挤出一句："就当我租了你的伞。"

她说着从包里掏出一颗晚饭时没来得及吃的猕猴桃，递给闻珩："谢谢你的伞，这是酬劳。"

闻珩看着她小巧的手心里托着的品相完美的猕猴桃，愣了两秒，接过来，看向她："不是。"

"什么？"

"没什么。"闻珩将猕猴桃握进手心，转身离开，"走了。"

不是等人没等到，他等到了。

将思绪拉回到现在，闻珩静默地坐回卡座里，看向舞台的方向。这是 2022 年的年初，距离他上一次看尤语宁打架子鼓已经过去六年。而这一次似乎与上次有了更多不同——她好像在发泄什么情绪。

尤语宁这次演奏的是橘子海乐队的《夏日漱石》，2019 年这首歌发行后她曾一听就心动，架子鼓部分的练习是去当时一个学长毕业后组的乐队蹭的。

最近这首歌重新流行起来，她刚刚过来跟乐队交涉的时候得知他们下一首要演奏的就是这首歌，便征求了他们的同意让自己来演奏架子鼓。

有句很流行的话，叫"听橘子海，遇心上人"，加上这首歌的旋律实在动听，因此前奏一响起便吸引了所有人的注意力。新开的酒吧、打折的菜单、迷离的灯光、暖昧的空气……旋律响起，鼓点好像落在人心上，有节奏地敲击。

这时候的人是冲动而感性的。

很快便有人注意到架子鼓鼓手换了人，留半长发、长胡子的艺术氛围感男鼓手换成了顺直长发披肩、气质清纯、长相绝佳的美女鼓手。也有人注意到，她黑色的毛衣下穿了皮质小短裙和黑丝袜，加上她打架子鼓时投入的律动动作，看上去又清纯又魅惑。

舞台下的人群里响起尖叫声，他们站起来，拿着手机拍摄她，随着旋律摇摆。

"这位美女鼓手是哪里请来的？还是第一次见！"

"应该不是南华本地的吧？本地酒吧我都去遍了，这美女鼓手我还是第一次见。"

"赌一赌她有没有男朋友！"

…………

人群里满是对尤语宁的讨论声，闻珩自然也听见了周围的声音。

朱奇凑近了他，小声问："真不承认你喜欢她？"

闻珩看着舞台上尤语宁的眼神没有移开过半分，握着酒杯的手指却收紧了一些。

所有人都在看舞台上的演奏，柴菲偷偷看了眼闻珩，默默念了几遍他的名字，越念越觉得熟悉，又想起他也是南华一中的，干脆打开手机搜索起来。

不过几分钟，她便知道为什么对这个名字熟悉了——

她跟尤语宁不同，家庭幸福，从小也没什么压力，因此对于学习并不很上心，更喜欢吃喝玩乐。也因此，除了高三最后那一个学期，她时不时地混在学校论坛里看一些帖子，也就看见过关于闻珩的话题。

而令她最没想到的是，闻珩居然是当年的高考状元，还拒绝了国内顶尖大学的邀请，跑去读了西州大学这样一所普通的"双一流"院校。

虽然她当时好像也看见过这条新闻，但并没放在心上，只是随口道："这人脑子没问题吧？"

后来她连对方的名字也直接忘了，转头就将这件事当成茶余饭后的谈资，提起来也不过是"我们学校有个脑子有病的人"。

如今再次看见关于这件事的讨论，而且事件的主人公就坐在自己面前，柴菲觉得就跟做梦一样。

想到这里，她又偷看了一眼闻珩，见他一双眼看着舞台，似乎根本没注意到自己在偷窥，便不由得也把视线投向舞台——她的宝贝闺密正在舞台上发光发热，吸引了台下一群人。

柴菲又低头看向手机里刚刚打开的帖子。

"闻珩放弃保送也就算了，就当是他喜欢挑战，但他高考完还拒绝京大、青大的邀请，跑去读西大是不是有点儿说不通了？怎么选也选不到西大吧？

"西大：从没受过这委屈，我好歹也是'双一流'院校吧，怎么就这么被人瞧不起？哈哈哈，笑死我了，西大大概真的从来没有被这么嫌弃过。

"反正我是想不通，又没见他谈过恋爱，所以应该也不可能是为了喜欢的人去的吧？"

喜欢的人？柴菲猛然想起尤语宁也是西州大学的，又想起这几个月来，尤语宁跟她讲的遇见闻珩以后的种种事情。

她瞬间有了个大胆的猜测：该不会这位放荡不羁的大少爷很久以前就喜欢她们家宁宝了吧？

这个猜测让柴菲倒吸一口凉气，心跳都加快了许多，她忍不住拍了拍胸口。韶光坐在她旁边，注意到她的动作，关心道："身体不舒服？"

柴菲立即将别的心思都抛开，笑笑："没有，就是有点儿口渴。"

韶光从桌上拿了瓶闻珩刚叫人送过来的纯净水，拧开瓶盖递过去："喝点儿。"

柴菲矜持地接过，说了声"谢谢"，小口地喝着。

尤语宁并没注意其他人的目光，整个人完全投入到了音乐里，随着鼓槌不断落下，旋律环绕着响起，那些郁闷的情绪也一点点地被发泄出来。

短短的几分钟内，她满脑子都是关于闻珩的点点滴滴。那些画面像电影，一幕幕地播放，而总是记不住人脸的她却清晰地记得他的很多细节。

她记得他的蓝色头发，记得他不羁的眉眼，记得他英俊的脸，记得他动听的声音；也清晰地记得每一次巧妙偶遇时，他都误会自己贪图他的容颜，对他心怀不轨；更记得认识他以后的每一个雨天，他都会出现。

她坐在他的车里，吹着暖暖的空调，鼻间是熟悉的佛手柑香气。窗外的凄风冷雨与她隔着厚厚的透明车窗玻璃，她听不见扰人的声音。

但她找不到自己喜欢他的理由。是他好看到无人能比，还是因为这样多的巧合，让她对于"真命天子"的预言信以为真？

明明他们是这样全然不同的两个世界的人，明明她觉得他这样浪荡不羁，不会有真感情。

她为什么会喜欢他？她什么时候喜欢他的？她的那些想法和情绪真的是喜欢吗？她该怎么办？

尤语宁想不明白。

蓝色的灯光投向舞台，在她眉目如画的脸上转过一圈，就好像晨光照进天堑。

刹那间，尤语宁想起与闻珩在工作室外面楼道里初见时——他染着一头蓝发，是像海水一样通透又自由的蓝。

那时候她就觉得，像他这样的人大概不会被任何人、任何事困住。她向往他拥有的自由不羁，在漫无边际的海面上也能乘风破浪。

或者她再肤浅一点儿，他真的长得过分好看，即便除此之外他没有任何优点，也很难叫人不心动。他拥有在感情里轻松通关的百分容颜。

一首《夏日漱石》结束，台下的人纷纷叫着"再来一首"。

尤语宁落下最后一击，鼓槌亲吻着鼓面，她的胸口也不停地起伏着。她低下头，听着全世界对她的赞美，脑海却被一个人占据得满满当当。

原来喜欢是这样的感觉——心跳不受控，思想不受控，灵魂不受控。她不是她，是感情里不战而败的兵。根本没缘由地，她遇到了她的不可控的情况。

拒绝一路热情的邀请回到原本的卡座上，尤语宁也没敢看闻珩。

她正要探身去拿水压压心跳过快引起的口干舌燥的感觉，身旁有人递来一瓶刚拧开的纯净水。尤语宁垂眼，分明灯光很昏暗，那人修长的手指的指节却清晰可见，贴着透明瓶身，撩人心弦。

"谢谢。"犹豫一秒，她接过水，仰头喝下几大口，仿佛这样才能找到片刻宁静。

"哇！学姐！真没看出来，你居然还会打架子鼓！太帅了啊，我的天！你是没看见，刚刚全场男生的眼睛都恨不得长你身上！"朱奇夸张地比画着，眉飞色舞，激动得好像刚刚是他自己上去表演的。

朱奇又拍拍闻珩的肩："还有他，看得眼都不眨！真是……"

朱奇没说完就被闻珩踩了一脚，疼得叫出声来："啊！我！闻珩，你！"

"话怎么那么多？"闻珩的语气淡淡的，却威胁意味十足，"少说话，多喝酒。"

闻喜之一直默默地注意着闻珩，从前那么多的不解此刻好像都逐渐明晰了。

"好了朱奇，你别总是欺负小十。"她笑着将话题岔开："不是玩游戏吗？继续。"

几个人又说笑着玩游戏，尤语宁把手里的水放回桌上，腿上再次被丢了件黑色外套——还是刚刚闻珩的那件。只是这一次，他没再说太热叫她帮拿之类的话。

尤语宁默默将外套抖开盖好腿，也没敢好奇他这样做的理由。

玩过一轮游戏，闻珩起身去洗手间，工作人员端了两盘果切过来。

陈绥看了一眼，叫住要离开的工作人员："等会儿，重新切一盘没有猕猴桃的过来。"

柴菲好奇："有人不吃猕猴桃吗？我们家宁宝最爱猕猴桃了。"

朱奇嘴快，答道："闻珩跟之之都不吃，他俩对猕猴桃过敏。"

"这样啊，那有点儿可惜。"柴菲有些遗憾地说，"过敏太惨了，我有个室友对杧果过敏，但又忍不住想吃，每次吃完就发痒，还不敢多吃。"

韶光忽然间想起什么，笑起来："说起来，闻珩也做过这种事。"

朱奇没听过，好奇道："什么时候，我怎么不知道？"

闻喜之也不知道。据她所知，家里就从来没有出现过猕猴桃这种水果，他们对猕猴桃过敏，也不喜欢吃，闻珩更不是一个喜欢吃水果的人，会因为想吃而忍着过敏反应去吃？

"大一的迎新晚会。"韶光想了想，"那天他说跟学姐约好了去看晚会，回来的时候拿了颗猕猴桃，说是学姐送的。

"我原本以为他对猕猴桃过敏不会吃，没承想过了几天我回宿舍就见他嘴唇周围发红，口腔溃疡，还腹痛咳嗽，一问才知道他把那颗猕猴桃给吃了。

"他当初怎么说的来着——不吃坏了浪费。说起来还挺不可思议，我认识的闻珩不像是能做得出这种事的人。"

朱奇听了也觉得不可思议："真的假的？那个学姐是谁啊？他这么——"说到这里，朱奇一瞬间反应过来，看向尤语宁，剩下的话没再说出口。

尤语宁听着韶光说的话，有些回不过神。

她没记错的话，闻珩比她低一届，那他大一时，自己大二，那年的元旦迎新晚会，她负责组织，并且有节目。最重要的是，她还记得那天晚会散场，自己蹭了一个男生的伞回宿舍，并且送了他一颗猕猴桃。

有这么凑巧的事吗？尤语宁拼了命地回想，却一点儿也记不起那个男生的脸，只记得那是一个长得很帅的男生。

好不容易平静下来的心差点儿再次冲出胸腔，但是她转念又想起，韶光说那天闻珩跟学姐约好了去看晚会。

然而自己那天并没有跟任何人有约定，至于那个男生，她也根本不认识，想来应该只是巧合。

这么一想，她才平静了些，但又有些无法抑制的酸楚涌上来——他居然宁愿过敏，也不舍得让那个学姐送他的猕猴桃坏掉。他就……那么喜欢她吗？

沙发是环形的，闻喜之坐在尤语宁的正对面，忽然间想起之前闻珩送的那一杯西柚果茶和猕猴桃汁。她把刚刚工作人员送来的两盘果切往尤语宁的方向推了推，笑着说："原来你最喜欢吃猕猴桃？那多吃点儿。"

尤语宁看着面前被推过来的猕猴桃，忽然间觉得它好像也不再美味。

没有人会平白无故带一颗猕猴桃在身上，他一定是喜欢吃才会随身携带。所以，闻珩喜欢的那个学姐，一定跟她一样很喜欢吃猕猴桃。

如此一来，尤语宁忽然明白，为什么闻珩当初拜托她帮忙给闻喜之带奶茶时，里面的另一杯是猕猴桃汁——应该是因为他喜欢的学姐喜欢喝，所以他下意识就买了。

她也明白了为什么那天晚上从酒吧回家的路上，坐在车里，他会注意到她手里剩下的小半瓶猕猴桃汁——一定是因为睹物思人，他在那时候想起了他喜欢的那个学姐，所以忍不住说一些叫她注意安全之类的话。

原来，他是一个这么深情、温柔的人，深情到就算在那段感情里受了伤，也依旧记得她最喜欢吃的水果，记得她喜欢的口味，甚至会在买东西的时候也下意识地买她喜欢的，即便他的念念不忘不会再有回响。

闻珩从洗手间回来时，关于他"为爱过敏"的话题已经结束。

因为第二天就是工作日，几个人原本也没有打算玩到很晚，差不多就准备散场。

陈绥送闻喜之回去，朱奇跟另外两个人是代驾一并送走的，剩下韶光、柴菲、尤语宁和闻珩四个人。

按照一开始跟闻珩的约定，尤语宁要帮忙开车送他回家。而柴菲一双眼恨不得长在韶光身上，尤语宁也就不确定要不要带上柴菲一起走了。

当初大学毕业，尤语宁不愿意回到南华，决定留在西州发展。作为她最好的，也是唯一的闺密，柴菲毅然决然地跟她一起留下。

而后不过一年，因为初一声工坊搬到南华，尤语宁随着工作室一起回来，柴菲因为当时正处于升职加薪的关键时期，就继续留在了西州。

这两年俩人没有在一个地方，尤语宁也不清楚柴菲是什么时候认识韶光的，在这之前也没听她提起过。看她那一副像是陷进去了的样子，尤语宁决定找个机会问问，或者看能不能从闻珩这里了解到什么。

想到闻珩，尤语宁心里很不是滋味。

明明两人较之前的关系没有任何改变，属于陌生人以上、朋友以下的关系，但现在她对他的感情产生了一些变化，因而她变得心虚起来。

她从前没有对别的男生有过这样的感觉，就好像看他一眼都怕他看出自己喜欢他。尽管在这之前他一直误会自己对他有意思，但总归还是不一样——

她心里有鬼，不再坦荡。

闻珩刚刚喝了不少酒，这会儿安安静静地坐在沙发上，微低着头，看上去像是睡着了。尤语宁将他给的车钥匙握了又握，问柴菲："菲菲，闻珩喝了酒不能开车，我要送他回家，你要一起吗？"

柴菲刚刚特意没喝酒，为的就是——

"好巧，韶光学弟也喝了酒不能开车，我送他好了。"

尤语宁看了眼韶光，韶光笑得温和："可能要麻烦一下学姐了。"

话已至此，尤语宁只能点点头，"那你们路上小心点儿。"

她又特意叮嘱柴菲："到家和我说一声。"

"我知道啦！你到家也和我说一声。"柴菲笑着挥挥手，"别被这人拐跑了啊，不然我可是要找人算账的！"

闻珩的车跟韶光的车没有停在一个地方，几个人分两路各自离开。

到达停车的地方后，闻珩十分自觉地拉开副驾驶座的门坐了进去。

尤语宁坐进驾驶座，发动引擎，抬眸看向车内的后视镜。

闻珩靠着椅背闭目养神，似乎很累。这时候她好像不应该吵他，但是他还没给她地址。现在闻喜之回来了，她总不能再把闻珩送回那里吧？

尤语宁迫不得已地叫醒闻珩："闻珩，你住哪儿？"

闻珩似乎真的睡着了，像是根本没听见，半点儿反应也没有。尤语宁只好又叫了他两声，但依旧没有得到任何回应。

总不能一直坐在车里不走，尤语宁伸手去戳他，刚要碰到他的肩，手腕忽地被人抓住。尤语宁一瞬间动也不敢动，腕间的肌肤传来滚烫的触感，像是在冬日里靠近炭火，那温度很高，像是能把人灼伤。她却舍不得拒绝，心跳不可抑制地加快。车内这样安静，她甚至能听见心脏跳动的声音。

她缓了缓，才敢去看闻珩的脸。他还是那副闭目养神的样子，依旧像是睡着了。

只是他的手……尤语宁垂下眼睑，视线落在他握着自己手腕的手上。这样修长的手指指节分明，带着令人无法抗拒的力量感，跟她柔弱细瘦的手腕形成了鲜明对比。

"闻……闻珩？"尤语宁试探着再次叫出他的名字。

这次闻珩有了点儿反应——他的手往下移动，塞进了外套口袋里，依旧握着她的手腕。

"学姐。"他闭着眼，喃喃低语。

学姐？尤语宁一愣，转念反应过来，内心酸涩：她就自欺欺人地当一回他念念不忘的学姐吧。她没再继续叫他，就这样安静地坐在车里陪着他。

车窗紧闭，开了空调，鼻息里是他车上的淡淡的佛手柑香气，以及他身上传来的酒香。

尤语宁不知道自己在做什么，像是很清醒地沉沦。

车窗外的车流来来往往，川流不息，霓虹灯一直闪耀，深夜路过的行人也匆匆，周遭的一切都在不停变换。

尤语宁私心想着：再慢一点儿吧，让他迟些醒来。

这份宁静是被柴菲打破的。

手机铃声响起来时，尤语宁正在犯困，此刻被吵得瞬时清醒，一激灵，抽出了被闻珩握住的手腕。

她像是做了一场梦。

电话接通后，柴菲一边刷着牙一边问她："到家了吗，宁宝？我已经到家了。"

尤语宁转过头看了眼旁边睡着的闻珩，下意识地撒了个谎："马上就到。"

"好，我知道了，你到家快点儿洗洗睡觉，也不早了，明天还得上班呢，先挂了啊，我洗脸。"

挂断柴菲的电话后，尤语宁好像一瞬间完全清醒了，不再固执地问闻珩要地址，直接载着他去了汇安酒店。

汇安酒店的工作人员是认识闻珩的，尤语宁很顺利地将他送到了他在这里住的套房。

时间真的太晚了，她没敢继续耽搁，下楼打了辆车回家。

尤语宁再接到任莲的电话时已经是一月中旬。

看着手机上的来电显示，尤语宁有些恍惚。等铃声响完一遍，她解锁手机屏幕，直接将任莲拉进了黑名单。这是她第一次将任莲拉进黑名单。从前，不管有多难过、多失望，她总狠不下心，而这一次她没有半分犹豫。做完这件事后，尤语宁如释重负地舒了口气。

她现在只觉得庆幸，庆幸任莲从来没有问过她在哪家公司工作、上班地点在哪里，除了她的工资都没关心过其他的事。否则的话，自己怕是早就被任莲找到公司里骚扰了。

农历新年快到了，各行各业的人都变得忙碌起来，尤语宁也不可避免地忙着加班。

她和枫林合配的小短剧《故园》已经全部制作完成，正式上线。第一集的播出时间是 2022 年 1 月 21 日晚上 8 点整，因为不是知名剧本，为了多些热度，她在自己各个平台的社交账号上都宣传了一番。

这么一来，《故园》一开播的热度还算不错，话题讨论度都有，比她预想的结果要好。

这算是她第一次在做主役的时候换风格，跟之前的角色都不一样，特点鲜明，有种让人耳目一新的感觉。

喜欢的配音演员有了如此好的转变，尤语宁的粉丝们都很激动开心，在各个平台自发宣传，一时间这部剧以及她跟枫林的讨论热度都飙升。

甜烛跟乾明的那部《他夏》也已经进入制作尾声，预计作为初一声工坊的新年档广播剧，在 2 月初上线。

《故园》上线播出的第二天正好是周六，难得休息，尤语宁窝在沙发上看微博里大家对于这部剧的讨论。发酵了一天，现在网络上对于这部剧的评价越来越高，基本上没有骂的。

"真的太棒了！朋友推荐来听的，听说是由一本冷门小说改编的，之前也没看过原著，但两位配音演员的配音实在太棒了，氛围感和情绪都特别到位，唯一的缺点是更新太慢，我已经重复听了好几遍，等会儿就去看原著！"

"啊啊啊！游鱼真的太棒了！第一次尝试这种角色就能配得这么好！又酷又帅真的太爱了！"

"两位配音老师的配合真的太完美了！那种拉扯、克制、即将迸发而出的隐忍，全都在声音里表现出来了！"

"太般配了，呜呜呜，快更新吧！"

…………

没有人会不喜欢真心实意地被夸赞，尤语宁多日来加班的郁闷情绪一扫而空，心情大好。为了防止自己骄傲，她放下手机，打算去冰箱拿杯酸奶冷静一下。

这套出租屋比之前的稍微大些，布局倒是差不多，装修也很新。她打开冰箱，里面还有她昨晚团购菜品时顺带捎上的小蛋糕。想了想，尤语宁放弃喝酸奶，改为吃蛋糕。将小蛋糕从冰箱里拿出来的那一刻，她才忽然间想起，明天好像是闻珩的生日。

尤语宁一边关上冰箱门一边打开手机日历查看，发现明天的日历那里确实做了标记——2022 年 1 月 23 日，闻珩生日。

回到客厅茶几边的地毯上坐下，尤语宁一边往嘴里塞着蛋糕一边思考着要不要给他打电话。

她没记错的话，之前问闻珩的微博名时，他曾说，如果她能让"游鱼睡着了"给他打电话，他就告诉她他的微博名字。

听起来不太难，但是这电话的内容是要哄他睡觉，她还要叫他哥哥。

尤语宁咬了一大口奶油，甜腻的味道在口腔里散开，在齿间蔓延。她不可避免地想起，从上次送他去汇安酒店套房后，她就没再跟他见过面。即便是同在一层办公楼，两个人也不曾巧遇过一次。

她算了算，两个人已经大半个月没见过了。

唉，为什么他们忽然间好像一点儿缘分也没有了？他们明明以前经常偶遇的。

嘴里的蛋糕忽然之间就不甜了，尤语宁把剩下的大半个蛋糕丢进垃圾桶，打开了很久没玩过的游戏。

她许久没上线，需要更新游戏才能登录。

等着游戏更新的时候，尤语宁又想起那个唯一的游戏好友。他们太久没有交集，如今站在局外人的角度来看，她之前误以为别人对自己有意思是真的有点儿自恋。

这么一想，她忽然间就理解了之前每次偶遇时自作多情的闻珩。

在这一点上，他们还真是挺像的——都一样自恋。

游戏更新完毕，尤语宁终于登录进去。整个游戏页面都有了很大的改变，也新出了很多活动，邮件里多了许多未读信息。

尤语宁一一点开那些红点，这才发现这游戏原来是可以隐身访问的。

尤语宁真觉得自己之前有些傻。毫不犹豫地开启了隐身访问后，她点开了 AI YOU 的游戏主页。他应该是一直在玩的，主页数据跟之前不同，好像更加花哨了，多了很多东西。

退出他的游戏主页后，尤语宁看了眼他的上一次上线时间，发现他半个小时前才离线，而他们的对话框里没有他发来的任何消息。

自己之前这么久都没上过线，他都没问问……

这么一看，他确实对自己没意思。尤语宁是真的有些羞赧了。自己怎么之前那么爱自夸，跟闻珩有什么区别？！

玩了会儿游戏，有些无聊，尤语宁退回游戏大厅，研究了一下新出的活动，发现给好友赠送免费道具可以领一套皮肤。看着还挺漂亮的，她找了找背包里的道具，随便赠送了一朵花给 AI YOU。

领了皮肤后，尤语宁就直接下线了，继续琢磨要不要给闻珩打电话。

她要哄他睡觉，还要叫"哥哥"，光是想想都觉得羞赧。但她又确实好奇他是不是撑伞，再加上许久没见，似乎……她也有一点儿想听听他的声音。

尤语宁从通讯录里找到闻珩的电话号码，看了很久。时间一分一秒地过去，转眼距离他的生日就只剩下半个小时了。如果……如果她卡点给他打电话的话，会怎样呢？他什么时候睡？

尤语宁纠结得坐立难安，甚至去冰箱找了杯酸奶喝下去保持冷静。

不知不觉中，手机右上角的时间变成了 00:00。

尤语宁深吸一口气，拨出了那个电话号码。电话打通的瞬间，她甚至屏住了呼吸。万一被他认出来是自己怎么办？

她来不及多想。"嘟"了两声后，电话被接听，闻珩带着睡意的声音在电话另一端响起来："说。"

"你——"尤语宁正想问"你是睡了吗"，但是刚说出口一个字，猛然间想起自己在这通电话里扮演的角色是她的另一个身份——游鱼睡着了。

思考过后，尤语宁清了清嗓子，换了另一种声线："你好，我是游鱼睡着了。"

对面的人沉默着，让尤语宁有些心虚：难道他听出来是我了？为了不显得太尴尬，她硬着头皮继续："有个朋友说今天是你生日，托我给你打个电话。"

闻珩还是沉默。

尤语宁甚至都怀疑他那边是不是信号不好，所以没听见她说话。

"你听得见吗？"

落针可闻的安静，尤语宁不知道，他到底是听见了还是没听见，也不知道如果他是真的喜欢"游鱼睡着了"，为什么一点儿反应都没有。

难道他当初只是随口说着玩玩，或者只是想为难自己？她想不明白，却也不知道怎么才能弄明白。事已至此，尤语宁只能硬着头皮继续："她说你是我的粉丝。"

另一端的人依旧沉默。尤语宁说了这么多都没换来什么回应，耐心告罄："她还说你很喜欢我。"

"嗯。"

"嗯？"

这回换成尤语宁沉默了，或者说两人一起沉默更合适——他们好像在比谁能更沉默。

尤语宁觉得这样下去不是个办法，毕竟自己现在扮演的角色跟他并不熟，得做些符合自己现在人设的事情。

想了想，她大方地笑了笑："谢谢你的喜欢，我很荣幸。"

"那倒是。"

"嗯？"

"这确实是你的荣幸。"

这人原来对谁都是这副欠揍的样子吗？这叫人还怎么叫得出"哥哥"？

可能是基于职业素养，尤语宁很擅长角色扮演，尤其是这种不露面的角色扮演。

尽管闻珩说出口的话让人觉得无语，但她还是很快就调整好了心态，用很温柔客气的语气说道："是这样的，她说今天是你的生日，你的生日愿望是我能打电话哄你睡觉，叫你哥哥。"

"那倒没有。"

"啊？"

尤语宁有些蒙：他当时明明这么说的啊！

"你收了她什么好处？"

"没有，我们是朋友，她这么和我说了一下，希望我能圆了你的愿望。"

"哦，朋友。"闻珩顿了顿，似乎笑了笑，"你俩关系很好？"

"我俩关系挺好的。"尤语宁说，"各方面都很相似，所以比较合拍。"

"是吗？"闻珩声音低沉，反问时尾音轻扬，像是能勾到人的心尖，"那你应该也挺喜欢我的。"

尤语宁没反应过来这句话的逻辑："为什么？"

"她没和你说？"

"说什么？"

"她爱我爱到不行呢。"

从前听闻珩这么说，尤语宁只觉得他自大，如今听他这么说，却有种心事被人揭穿的感觉，脸颊一阵发烫。

"那——"尤语宁觉得自己应该岔开这个话题，"你要睡觉了吗？"

"怎么，这么急着哄我睡觉？"

尤语宁扯过沙发上的枕头抱在怀里，有一搭没一搭地扯着边角的流苏："是有点儿急，因为我也挺困了。"

"行，开始吧。"闻珩说，"温柔点儿。"

没有台本，尤语宁一时间还真不知道怎么开始。想了想，她艰难地开口："哥……哥……"

"嗯。"他还真敢应。

尤语宁瘪了瘪嘴："很晚了，睡觉吧。"

闻珩嗤笑："就这？"

"你还想怎样？"

"服务态度是不是差了点儿？"

"又没收你钱。"尤语宁皱了皱眉头，"已经够好了吧！"她连"哥哥"都叫了！

"行。"闻珩冷冷地应道，"挂了。"

"等等——"尤语宁立即叫住他，"我再试试。"半途而废实在有点儿亏。

闻珩没应声，但也没有挂断电话，似乎在等她继续。

"哥……哥……"

"配音演员也结巴？"

尤语宁深呼吸，调整了一下情绪："哥哥。"

"嗯。"

"已经很晚了，该睡觉啦！"尤语宁绞尽脑汁地想着词，"熬夜会秃头，还会变丑。"算了，毁灭吧，她哪里会哄人睡觉。

沉默良久后，闻珩开了口："别勉强了，晚安。"说完，他就挂断了电话。

尤语宁叹了口气，抱着抱枕趴到了沙发上，有些郁闷。

这人怎么这样，不是说喜欢游鱼睡着了吗？为什么她给他打电话，他还是那副了不起的样子，哪里有一点儿粉丝的样子？

一整夜，尤语宁的梦境里都是闻珩。

说来有些难以启齿，她在梦里跟闻珩谈了场恋爱，而且还十分"厚颜无耻"地在梦里叫了他一整夜的"哥哥"。醒来的前一秒，她还差点儿跟他接上吻。

尤语宁睁开眼，还有点儿没从梦境里回过神来，迷糊地摸了摸自己的嘴唇。

"天哪……"反应过来自己做了一个什么样的梦，尤语宁整个人瞬间清醒，一下子从床上坐起来，心跳飞快。

这悸动会不会有点儿太真实了？

尤语宁拍了拍胸口，伸手去床头柜拿水喝。保温杯里的水温度刚好，她"咕咚咕咚"几口喝下大半杯，这才觉得心跳正常了一点儿。

把水杯放回去，尤语宁又拿起手机解锁，点开昨晚跟闻珩的通话记录，依然有种在做梦的感觉——也不知道那通电话算不算过关。

吃过早饭，尤语宁登录了微博。

经过两夜一天的发酵，现在《故园》的热度和好评一路飙升，已经登上了微博热搜前几名。就连尤语宁的微博账号也涨了不少粉丝，新增了许多夸赞她的评论。

当然，跟昨天比起来，也多了些负面评论。

尤语宁其实早就习惯了，事物都有两面性，有好的就有坏的，有人夸自然也就有人骂。最开始收到负面评论的时候，她也经常难受，现在已经能够坦然面对和接受这些不好的言论。即便有些人无中生有，骂得很过分，她也是一笑了之。

晚饭后，尤语宁出了趟门丢垃圾。

虽然才晚上 7 点，但冬天天黑得早，这会儿小区里的灯全亮了，有些老人带着小孩儿在楼下的花园里玩，倒也挺热闹。

还有一周就是除夕了，小区里已经洋溢着新年的气氛，就连树上也挂着一串串的小红灯笼，张灯结彩，很有人间烟火气。

尤语宁丢了垃圾往回走，一群小孩儿追着跑来跑去，甚至拉着她的外套，抱着她的腿玩起了躲猫猫。

"来呀，来追我呀！"

"你别躲啊！"

"就不就不！"

…………

尤语宁就像是瞬间被一群小猴子包围住了，这不得不让她想起之前去山上看猴子时的窘境。那是她第一次去看猴，没什么经验，提了一袋香蕉，一露面就被一群猴子包围了，它们抓她的衣服和头发，扯她手里的袋子抢香蕉。总之，场面十分吓人。

那次她是跟柴菲一起去的，只是当时柴菲去买东西不在，她一个人不知如何是好，就听人群里传来一道男声："你傻啊？"

"你傻啊？"

忽然间，两道声音奇异地重叠在一起。

久远的从前，清晰的现在……

尤语宁错愕地抬头。

夜色迷离，灯影憧憧。两米开外，许久不见的闻珩正单手插兜站在那里，盯着她看。他穿着件很宽松的黑色外套，看上去落拓不羁，微微歪着头，眼眸半敛，夜风吹过，额前的黑色碎发微摆，垂在身侧的右手指间有一点猩红色的光，有很淡的烟味飘过来。

尤语宁想起很久远的从前。那仿佛也是一个很寒冷的冬天，山上的风吹得对面那个人的黑色外套微微鼓起来。

"你傻啊？"那人说完，走至她身前，替她赶走那些猴子，拽着她走到安全的地方，"下次来看猴，别把东西放在外面，藏包里，记住了？"那人长得很高，跟她说这话时低着头，语气认真，像是认识她多年，没有半点儿陌生感。

她刚说了声"谢谢"，柴菲就买完东西回来了，他便转身离开，消失在人群里。

这么些年，她记得那个画面，记得那个人，却不记得他的脸。

手腕忽然传来被禁锢的力道，尤语宁从回忆里抽身，低头看见闻珩抓着她的手腕，拉着她往一边走。

"再不松开，给你们送作业了啊！"

送作业……太可怕了！

"啊，不要不要！"小孩儿们像听见了什么可怕的事，鸟兽一样立即四散开。

被闻珩拽着往前走，尤语宁抬头看见他的背影，看见他明暗交错的侧脸，有些问题不由自主地冒了出来："闻珩，你以前去过岭山吗？"

闻珩脚步微顿。

"去过。"

"什么时候？"

"去过两次，你问的是哪次？"

尤语宁想起当时那个男生说的话，像是很有经验的样子，便选择了第二次："最近的一次吧。"

"2015年。"

2015年？尤语宁心跳加速："几月份？"

闻珩转过身，眉头微皱，不悦的样子："那么久了，我怎么记得？"

好像也是，都七年了。但尤语宁还是不死心，继续追问："那你去岭山发生了什么特别的事吗？或者有没有遇到过……一个很傻的女生？"

闻珩不自觉地收紧了抓着她的手："很傻的女生？"

尤语宁点点头："嗯！"

"那可多了去了。"闻珩嗤笑，"女生有不傻的？"

尤语宁："那有没有……"

"行了，别再问了，记不清。"

尤语宁有些失落，低头才发现闻珩居然一直抓着她的手腕，还拉着她走了这么远的一段路。

"你——"她抬头，"抓得有点儿紧。"

闻珩垂眸，淡定地松开抓着她的手，眼神落到别的地方："所以，这就是你不说谢谢的理由？"

尤语宁不明白："谢谢？"

"难道不应该？"闻珩的语气理所当然，"没我，你能甩开那群小猴子？"

小猴子……尤语宁几乎把他当成多年前的那个男生了，但又想起他刚刚叫自己别再问时的冷漠语气，他大概也觉得这些问题很无聊。

想了想，尤语宁问了他另一个问题："你怎么在这儿？"

闻珩挑眉："我回家不行？"

"回家？"尤语宁诧异，"你也住这里？"

"听你这意思，你也住这里？"闻珩上下扫了她一眼，"这么夸张，追我追到这里了？"

这都是什么跟什么？有这么巧吗？难不成他们一直住在相邻的两个小区？她怎么从来没听他提过？而且为什么他姐姐没有跟他住在一个小区，反而住到了隔壁小区？

尤语宁有一脑袋问题，想问问，但又觉得闻珩大概会说："哦，这不是怕你知道了会缠着我。"她还是算了吧。

只是让她更没想到的是，他们进了同一趟电梯，在同一层楼出了电梯。

然后，更离奇的是——他们居然住对门！

怎么会有这么巧的事？明明从元旦假期的最后一天到今天，她都没有遇见过他啊……真是邪门儿。

"可以。"闻珩握着门把手冷笑了一声，"居然住到了我对面。"

尤语宁想解释，但又觉得解释不清，根本不知道应该怎么说自己在橙阳嘉苑住得好好的忽然搬到这里来这件事。况且闻珩是先住在这里的，而她才搬来不久，的确是很符合他误会的内容——她对他别有所图，步步紧逼，故意搬到了他对面，以此制造更多的偶遇。

尤语宁张了张嘴，最后还是没说出半句解释的话。

进门前想了想，她好像还没和他说生日快乐。

"闻珩。"尤语宁鼓起勇气，"生日快乐。"

闻珩顿了一秒，妥协似的："算了。"

"嗯？"

"过来。"闻珩勾勾手。

"怎么了？"尤语宁一边问着，一边不自觉地将门关上，朝他走去。

"虽然你很执着——"闻珩将门打开，开了灯，这才侧身让她进去，"但看在我生日的分儿上，就请你喝一杯。"

虽然这话听着很别扭，但尤语宁也习惯了，没计较，只顾着观赏他的家。

这套房子是两室一厅，跟她现在租的那套房子布局不一样，装修也精美许多。

走到客厅，尤语宁才发现茶几上摆了一个蛋糕盒，还系着彩色的丝带，像是没拆封过。

"今天过生日，没跟朋友在外面聚聚吗？"

"下午聚过了。"

闻珩将车钥匙甩到玄关的篓子里，脱了外套挂到门口的衣架上，又从开放式厨房的吧台上拿了酒和杯子，放到茶几上，打开了空调。

门铃响起，他过去打开门，从外卖小哥手里接过两袋东西。

尤语宁闻到很香的烧烤味道，闻珩打开袋子，拿出了用锡纸包装的烤串。

她吃过晚饭了——虽然只是一份蔬菜沙拉——不算饿。但只是闻着烧烤的香味，她就觉得自己的晚饭白吃了。

闻珩将东西一一摆好，给两个酒杯里都倒了酒，推了一杯到尤语宁面前："少喝点儿，别借酒行凶。"

她酒量不好，基本上一杯倒，所以她一般是不轻易喝酒的，但今天毕竟是闻珩的生日，而且又是他亲自倒的酒……想了想，她举起了杯子："生日快乐。"尤语宁说完，跟他碰了一下，喝了一口。

反正好像是他比较怕自己占便宜，而他一副对自己不感兴趣的样子。

闻珩打开电视机，拿过遥控器按了按，播放了一部情景喜剧，正好是尤语宁经常看的那一部。熟悉的背景音乐响起，尤语宁感觉就像在自己家里吃饭喝酒，神经不知不觉地放松下来。

两人默默地吃烧烤，并不怎么聊天儿。

因为烧烤的口味有些重，吃多了会觉得口渴，尤语宁没注意，就拿着酒杯喝。

等到一杯酒喝完，闻珩拿了纯净水给她："还真想对我做点儿什么？倒多少喝多少？"

这会儿酒劲还没上来，尤语宁摇头："又没醉，你放心好了，不会对你做什么。"

这句话说完没过多久，她的酒劲就一点点地上来了。尤语宁有些晕乎地捧着脸，嘟囔着："好困，不吃了。"

闻珩抬起手腕看了眼时间："8点，困了？"

"嗯……"尤语宁迷蒙地眨眨眼，声音很小，像没睡醒似的哼哼，"你为什么在我家？"

闻珩正在帮她拧开纯净水的瓶盖，听见这话，动作一顿，看着她笑了："你家？"

"嗯……"尤语宁趴在茶几上看他，"你怎么进来的？"

"这就开始了？"闻珩把拧开的纯净水递给她，"喝点儿水醒醒酒。"

尤语宁也觉得口渴，伸手去接水，迷迷糊糊地抓了个空，挥了挥手，抓住了闻珩的手，拽过来，双手抱着水瓶才拿稳。

她想喝水，仰着头喝得到处都是。

闻珩看不下去了，绕过茶几从她手里拿过水瓶喂到她嘴边："张嘴。"

尤语宁张开嘴，感觉有甘甜的水流进口中，舒服极了。但是他喂得好慢，一点儿都不过瘾，尤语宁心随意动，双手抱着他手腕往上抬，让水瓶的倾斜角度大一些。

她喝了小半瓶，闻珩不让她喝了，从茶几上扯了纸替她擦了擦嘴角、脖子还有衣服上的水，正要起身收拾茶几上的东西，喝醉了的尤语宁就开始嚷嚷："你出去。"

闻珩："嗯？"

"我想上厕所。"尤语宁边说边扶着茶几想要站起来，但使不上什么力气，一直滑坐到地上。

闻珩叉着腰看了她好半响，无奈地弯腰，拽着她的胳膊："别耍酒疯。"

"嗯……"尤语宁哼着，摇摇晃晃地就要倒下去。

闻珩刚要松手，尤语宁直接栽进他的怀里，整张脸都贴上了他的胸口。

像是找到了床，还会发热的那种，尤语宁蹭了蹭，找了个舒服的角度，像是打算就这么睡了。

闻珩一只手还抓着她的胳膊，另一只手动也不敢动地抬在空中，胸口有些痒痒的，却又好像被什么东西填满了，整个人僵硬地站在原地。

"不上厕所了？"

尤语宁却连"嗯"都没"嗯"一声。

"喂……蛋糕还没拆呢。"他特意买的蛋糕，她居然连拆都没拆就醉得睡着了。

闻珩低头，看见她的头顶、柔顺的发和因为喝酒而泛红的侧脸，呼吸都变重了。

夜里 10 点半，尤语宁被憋醒了，总感觉睡得昏昏沉沉，一直在梦里找厕所。

钝钝的头痛让人觉得像是得了重感冒，尤语宁挣扎了好半天才翻身坐起来，眨眼之间发现自己在一个陌生的房间里。

她不知道现在是什么时间，但是床头亮着一盏灯。

好在没断片儿，尤语宁渐渐回想起来，自己好像在和闻珩一起喝酒、吃东西——今天是他的生日来着。

尤语宁猛地低头查看自己身上穿的衣服。还好，除了鞋子被脱掉，其他的都还在，除了头也没哪儿疼，她应该是没发生什么不好的事情。

尤语宁松了口气，慌忙起身下床去找厕所。真是憋得不行了，不然她应该不会这么快醒。一打开卧室房门，外面居然灯火通明，尤语宁回想着刚进门时看见的布局，准确找到了洗手间的位置。几分钟后出来，醉意散了大半，她正想直接溜回家，当作什么都没发生过，就见闻珩躺在沙发上，只盖着一床薄毯。

犹豫了一下，尤语宁轻手轻脚地回到房间里，将自己刚刚盖的那床被子抱出来，打算给闻珩盖上。被子柔软，还有淡淡的佛手柑香味，和他身上的香味一样。

尤语宁低头凑近吸了一口，抱着被子过去抖散，刚盖到闻珩身上，他忽然睁开了眼，居然醒了。

"那个……"两个人对视片刻，还是尤语宁心虚地别开了眼，"谢谢。"

闻珩揉着眼坐起来，推开她手里的被子，声音里带着些刚睡醒的沙哑："酒醒了？"

"嗯。"

"行。"闻珩打了个哈欠，一条腿屈着，搭在膝盖上的修长手指懒懒地冲着茶几上的蛋糕一指，"把那个拆了。"

尤语宁顺着他手指的方向看过去，那个蛋糕端端正正地摆在茶几中央，还是她来时的样子。

"好的。"尤语宁把被子放到沙发一角，蹲到茶几边上小心翼翼地拆封。

揭开蛋糕包装盒的盖子，尤语宁才看见这个蛋糕的全部样子。奶油上面的装饰品居然是一条鱼，除此之外，上面的水果只有猕猴桃。

他不是对猕猴桃过敏吗？

"闻珩。"尤语宁转过头看他，"这蛋糕谁买的？"

"我哪儿知道？"闻珩假模假式地探头看了一眼，"哦，猕猴桃？那赏你了，我不吃这东西。"

尤语宁拆开蜡烛包装，"还是先许个愿吧。"

将蜡烛插上，她伸手："打火机。"

闻珩摸出打火机放在她的手心里："悠着点儿，别烫手，免得趁机讹我。"

尤语宁心里叹气：要是没有后面那句就好了。

一切准备就绪，尤语宁笑着喊他："许个愿吧，我给你唱歌。"

闻珩觉得这事挺傻的，但还是照做了。

他闭上眼以后，听觉就变得尤其灵敏。尤语宁温柔甜美的声音如此近地响在耳边，像在很多很多时候的梦里。

于是他许愿——

与她，岁岁年年。

知道他对猕猴桃过敏，尤语宁替他吃了所有的猕猴桃，甚至连挨着猕猴桃的奶油都一起刮走，只留给他蛋糕胚。

实在有些撑了，尤语宁坐在地毯上，靠着沙发，恰好挨着闻珩的腿。

"今天……"酒足饭饱，尤语宁想起正事，"游鱼给你打电话了吗？"

"嗯。"

"那……能告诉我你的微博名了吗？"

"哦，她没跟你说，我不满意？"

"你也没说一定要你满意吧，她打了电话，叫了你'哥哥'，哄了你睡觉，不就可以了吗？"

闻珩笑了下："还挺会争辩。"

"本来就是。"

"行。"闻珩摸出手机打开，点开微博页面，递到她眼前，"看清楚了吗？"

微博主页的用户名，显示着他的名字：闻珩，右下角还有个黄色的"V"，微博认证是"归鱼工作室创始人"——这一看就是工作用的大号，谁还没有？

尤语宁不死心："有没有私人用的小号呢？"

闻珩收回手："有。"

"那……"

"你只做了一件事，当然只能知道一个号的名字。"好像有点儿道理，但又很让人无语。

真是竹篮打水一场空。尤语宁郁闷地起身要走："好吧，我回去了，早点儿休息，晚安。"

"等等。"闻珩往前伸了伸小腿，"女生一般都喜欢什么花？"

他忽然问这样的问题，又消失了那么久，尤语宁一联想，不知怎么就联想到他又起了追他爱而不得的那个学姐的心思，心里酸酸的，随口敷衍："玫瑰吧。"

"哪种玫瑰？"

她哪儿知道？

尤语宁想起昨天看的那部周星驰的电影，《国产凌凌漆》里面，周星驰问袁咏仪："你喜欢什么，我送给你。"

袁咏仪说："白玫瑰。"

尤语宁也不知道他那个学姐喜欢哪种玫瑰，干脆应道："白玫瑰喽！"

一直加班到除夕的前一天，尤语宁才放假。好在《故园》的第二集上线后也受到一片好评，因此她还领了不少奖金，这真算得上是最近最好的一件事了。

尤语宁早就发现钱才是个好东西，别的都靠不住。况且最近她是真的没什么钱，给任莲转了一万元，又买了新手机，还重新换个房租比从前贵的房子，这笔钱真算得上雪中送炭，可以让她过个好年了。

下班后尤语宁就去超市采购年货，还十分奢侈地打了车回去，将冰箱和零食柜、厨柜都塞得满满当当。

第二天一早起床，她简单吃了点儿东西，开始大扫除。

好在天气还不错，让人的心情也跟着变得很好。

尤语宁吃午饭的时候，柴菲打来电话祝她新年快乐，并邀请她去吃年夜饭："来吧来吧，我妈做了可多好吃的！"

柴菲的弟弟柴戈也在一旁邀请她："来啊来啊！宁宁姐，今天有我做的菜！"就连柴家父母也热情地邀请她过去。

尤语宁百般拒绝，终是推托不了，答应前去。

出门时是下午5点，尤语宁把家里收拾好了，关上门准备走，碰上了刚出电梯的闻珩。

"你去哪儿？"

"你怎么回来了？"

俩人异口同声。

"菲菲邀请我去她家吃年夜饭。"尤语宁顺着看了眼他手里提的两大袋东西，"你这是？"

"别人送的年礼家里堆不下，拿点儿过来。"闻珩说着把手里的袋子递过来，"正好，你拿去送人，我看着也挺烦的。"

尤语宁："嗯？"

"愣着干什么？"闻珩直接塞到她的手里，"要不是浪费可耻，我直接丢垃圾桶。"

尤语宁想了想，闻珩好像真是能干得出这种事的人。她就没继续推托，原本打算到地方再买的，正好省钱了。

"那谢谢了。"尤语宁提着东西要走，想起什么，又停下，"新年快乐。"

"嗯。"闻珩懒懒的调子没变，"你也是。"

"那我先走了？"

"等会儿。"

"怎么了？"

闻珩抽了支烟出来，没点，低着头玩打火机，抬眼看她，漫不经心地说："还回来吗？"

尤语宁有些错愕："还不知道，怎么了？"

"这不是怕小偷？想请你帮忙看看家。"

尤语宁时常被他的话惊到无语："看情况吧，先走了。"

柴菲家的房子是早些年买的，不是电梯房，但入住率很高，尤语宁走到楼下就听见左邻右舍的热闹声响。

楼道里飘满了各种饭菜的香味，有电视机的声音、炒菜的声音、说笑的声音、小孩儿玩闹的声音，还有打牌的声音……总之，太热闹了。

尤语宁熟门熟路地上了三楼，直接敲开了左边的房门。

"来啦来啦！"柴戈的少年音响起，他跑得"噔噔"响。

大门打开，少年的笑脸映在眼前，尤语宁抬头看他，笑了："好久不见，小戈都长高了。"

"宁宁姐！"柴戈接过她手里的东西，自然熟稔地搭着她的肩往里带，小腿后抬，将房门踹上，"来就来嘛，还带东西，这么客气。"

柴家妈妈从厨房里探出头骂："你这臭小子，都说了不要踹门，不要踹门！你还踹！那门能经得起你踹几次？"

她又笑盈盈地招呼尤语宁："宁宁来啦？快坐快坐，饭菜马上就好啊！"

柴戈无所谓："坏了就坏了呗，到时候我姐嫁人都不用挡门了。"

"臭小戈！"柴菲从卧室里冲出来，"你找打是吧？"

柴戈立即闪开："谁让你一天到晚就知道跟臭男人聊天儿？宁宁姐来了

还是我接的。"

"哼，算你躲得快。"柴菲拉着尤语宁直接进了自己房间，"走，宁宝，咱不理他。十九岁的人了，以为他还小。"

柴菲的卧室跟尤语宁上一次来时看到的没什么不同，小而温馨，里面有很多柴菲被爱的证明。家人、朋友……所有人送她的可以保存的礼物都被她保管得很好，一点一滴组成了她这个温馨有爱的小天地。

想起刚刚柴戈说的柴菲一天到晚跟臭男人聊天儿，尤语宁才想起元旦过后自己一直忙得很，都没问问柴菲和韶光的事情。

"对了，菲菲。"尤语宁怕自己转眼又忙忘了，赶紧问她，"你跟那个叫韶光的学弟是怎么认识的？"

柴菲跟她基本上无话不谈，也没什么好隐瞒的，便将自己跟韶光的认识过程一五一十地说了。

"所以……"尤语宁得出一个结论，"你对他是一见钟情？"

"嗯。"柴菲笑得眼睛闪亮，"你不觉得他真的很好吗？跟别的臭男人都不一样啊！"

尤语宁如实回答："我跟他不熟，不了解啊。"

"别的男人自大又狂妄，眼高于顶，别人看他一眼他就觉得别人喜欢他，多看两眼，他就觉得别人爱他爱得死去活来，多讨厌啊！"

尤语宁怎么觉得，柴菲说的这人这么像闻珩呢？

"而且你不觉得我跟他的相识过程真的很浪漫吗？"柴菲一副少女的模样，"我那么狼狈地摔在地上，他撑着伞蹲下，替我挡住风雨，扶我起来。

"他长得那么好看，又那么善良绅士，不仅没有嘲笑我，还送了我一把伞，尽管第二次见面他已经不记得我了，但我真的好喜欢、好喜欢他！"

"所以你回南华，是因为他也回了南华？"

"嗯，算是吧。"柴菲抱住尤语宁的胳膊，蹭了蹭，"还有想你嘛！"

真的吗？尤语宁不信。

"宁宁姐，出来吃饭了，别理我姐，她思春呢！"

"臭小子！"

"臭小戈！"

柴父、柴母以及柴菲的警告声同时响起。柴戈也大声喊："宁宁姐！救命啊！"

尤语宁弯唇，真是爱死了他们家的家庭氛围。

吃过年夜饭，柴菲因为没做饭，负责洗碗。尤语宁进厨房帮忙被劝阻，笑着说："没事，我吃得有点儿多，正好站着消化消化。"

俩人边洗碗边聊天儿，柴菲忽然提起闻珩："你跟他怎么样？"

尤语宁手一滑，差点儿把碗掉地上："我们就是……连朋友都算不上。"

"不是吧？！"柴菲大惊，"这进度是不是有点儿慢了？"

尤语宁没懂："什么进度？"

"这……"柴菲眨了眨眼，"我是说你俩认识这么久了，又老是偶遇，怎么样也该是朋友关系了吧。"

"也不一定啊。"尤语宁说，"那天他生日，下午和朋友去聚会，也没邀请我，我们俩都没加联系方式。"

"这样吗？"柴菲也有点儿不懂，"韶光说，那天闻珩特意把生日聚会提前到下午，还没怎么玩呢就早早跑了，说晚上有重要的事要忙，也不知道去干吗了。"

尤语宁一愣，想起那天晚上才7点多一点儿就在小区楼下遇见了闻珩，而后一直到很晚，他们都待在一起。

啊……他该不会是被他喜欢的学姐爽约了吧？

原本柴菲是要留尤语宁住的，但尤语宁想起出来前遇见闻珩时他说的话，权衡之下还是拒绝了柴菲的热情邀请。

家里刚买了那么多东西呢，她的确应该要防着小偷，绝对不是因为想回去看看闻珩在不在。尤语宁劝着自己，下楼打了车回家。

从电梯出来，她下意识地先往对面闻珩家的房门看去。但房门紧闭，她什么也看不出来。

尤语宁回到家里，一室冷清，跟柴菲家的热闹和睦反差极其明显。看着茶几上摆的水果，尤语宁走过去拿了两个苹果去厨房洗干净削皮，切成小块，装在好看的盘子里。

犹豫了一会儿，她端着果盘出了门，去敲对面闻珩的房门。

"咚咚咚——"尤语宁贴在门上侧耳倾听，房门突然一下被拉开，她差点儿跟着倒进去。

"你走路怎么没声音啊？"尤语宁有些恼。

闻珩将手肘撑在门框上，低头看她："有事？"

"水果切多了，分你一点儿，要吗？"尤语宁把装着苹果的盘子往前递了递，"吃了岁岁平安。"

闻珩扫了一眼苹果，视线重新落到她的脸上，笑了："花样还挺多，现在开始走温婉贤惠的路子了？"

"要吗？"

闻珩直接端走她手里的盘子，打开门放她进去："进来。"

尤语宁摆摆手："不用，这么晚了，一会儿该睡觉了。"

闻珩挑眉，低头看了眼时间："你不守岁？"

"嗯，一直没有那个习惯。"

"行，那早点儿睡。"

"好，晚安。"

尤语宁点点头，准备回去，又想起什么，转过身："对了，你不是说怕小偷，叫我帮忙看家吗？现在我回来了，你要回家吗？毕竟是团圆夜，跟家人在一起会好一点儿。"

"哦，家里没人。"

"怎么会呢？"尤语宁不解，难道他的家庭也不幸福？

"谁会在乎一个'单身狗'的死活？"闻珩冷笑，"早跑去旅游了。"

"那你确实挺'狗'的。"

"嗯？"

"不是，那还确实挺可怜的。"尤语宁表达了对他的同情后，又十分善解人意地安慰他，"那家里没人的话，你回去看家吧，这里我帮你看着。"

闻珩："嗯？"

看着他好像有点儿愤怒不解的表情，尤语宁也不理解："怎么了？"

闻珩咬牙："家里有门卫和阿姨，还有看门狗，用不着我。"

原来如此，有钱真好。

没有别的话要说，尤语宁摆摆手："那我先回去了，你吃完记得把盘子帮我洗一下，我明天来拿。"

她说完就走，没走两步又被闻珩叫住："尤语宁。"

尤语宁转身，微微歪头："嗯？"

"今晚明江边上放烟花。"

"我知道啊，每年都放。"

"有没有一种可能……"

"嗯？"

"今年的烟花，是我给游鱼放的？"

"啊？"

第六章
上上签

回到家里，尤语宁看了眼时间，才 11 点。

明江边上每年除夕夜的烟花是 0 点开始放的，意味着辞旧迎新，希望大家新的一年都能绚烂绽放，如花盛开。

这烟花一开始是由市政府组织购买燃放的，到后来就逐渐变成了由社会名流赞助，还可以定制烟花的图案。

她没想到，闻珩会给她放烟花。

尤语宁不是很明白，明明上次给他打电话的时候，他的反应很冷淡，听不出来有多喜欢她。

他怎么就突然要给她放烟花了？

但不明白归不明白，尤语宁还是很好奇他定制的烟花是什么样子的。

他们现在住的这里离明江边有些距离，她如果要去看烟花的话，还需要乘车过去，而这大年夜一定很难打到出租车。这么想着，尤语宁做了一个大胆的决定——拨通了闻珩的电话。

闻珩接电话倒是挺快，只响了三声就接听："有事？"

这冷漠的语气，吓得尤语宁差点儿心虚得直接挂断电话。

"是我，游鱼。"

"哦，是你。"

"听说你今晚要在明江边上给我放烟花？"

"听谁说？"

"尤语宁。"

"是吗，她的艺名叫什么？"

"嗯？"不是，他怎么还问人艺名呢？迅速思考后，尤语宁委婉地表示："不好意思，她叫我替她保密。"

"哦。"

"是这样的，我今晚不在南华，为了不辜负你的一片心意，我特意邀请她替我看这场烟花。"

"嗯。"

"现在这么晚了，她一个女孩子不安全，你可以陪她一起去吗？"

说完这句话后，尤语宁听见闻珩似乎很轻地笑了笑，难免觉得心慌，便再次追问："可以吗？"

闻珩低沉悦耳的声音传来："好啊！"

尤语宁松了口气："那谢谢你了，新年快乐。"挂断电话，尤语宁抱着水杯喝了大半杯温水。做这种事，她真的很难不心虚。

从这里去明江需要半个小时，时间不算特别宽裕，尤语宁没敢耽搁，简单收拾了一下就拿上包准备出门去找闻珩。刚出门，就见到对面的闻珩也拿着车钥匙出了门。

四目相对，尤语宁心虚地抓紧了包，强撑着淡定的表情开口："游鱼说……"

闻珩抛起车钥匙又接住，歪头："走吧。"

还好，他没多说什么。尤语宁偷偷呼出一口气，跟他一起下楼。

两个人一路无话，只剩下车载音乐在车内响着。他们到达明江边上时已经是 2022 年 1 月 31 日 23 点 55 分，江边最热闹的地方都挤满了人。

这里仿佛没有黑夜，华灯璀璨，男女老幼相携而至，夜风里有独属于除夕夜的香气。

停车位满了，还好闻珩有尊贵的 VIP 车位，不然还不知道要转悠多久。

下了车，尤语宁看了眼时间，23:59，距离烟花绽放只剩下一分钟。

"闻珩。"她转头，刚叫出名字，手腕一紧，便被他拽着挤进了人潮。

"想叫我牵手就直说。"

"嗯？"她原本叫他是要说什么来着？

尤语宁抬头，看见他挺拔俊的背影，闻见他身上熟悉的淡香，感受着他如此真实的力道。

周遭人山人海，声潮如浪，她紧随他身后，不断地与人擦肩。

人们异口同声地大喊着倒数："10，9，8，…，3，2，1！"

农历年的最后一秒，尤语宁被闻珩拉着，穿过拥挤的人群，感受到江上吹来的晚风。

下一秒，巨大灿烂的烟花盛宴开始，震耳欲聋的绽放声和人群的尖叫声一同响起，绚烂的烟花在她头顶上的夜空中接连绽开。

"哇！今年的烟花是鱼啊！"

"好多鱼啊！你看，那是小金鱼、鲨鱼、鲸鱼……太可爱了吧！"

"今年是给谁放的呀？该不会是环保主题，要叫我们爱护鱼类生物吧？"

…………

周围的人激动地讨论着今晚的烟花，江上的晚风吹得人头发不断飞扬，尤语宁借着把头发往后拂的动作，偷偷地抬眼看闻珩。

他长得这样高大挺拔，侧脸轮廓明朗，鼻梁高挺，在颊边投下一小片阴影。额前黑色碎发随着夜风微微摆动，长睫下的好看黑眸像是藏了一整个让人心动的夜空。

他微抿薄唇，让她忍不住想起曾经做的那个荒诞的梦，梦里他们即将亲吻。

尤语宁收回视线，在微凉的夜风里脸颊滚烫。浑身的感觉在此刻集中到左手的手腕。即便隔着冬季的衣服，她也能感觉到握着她的手是这样宽厚有力。

"闻珩。"尤语宁低头看着他抓着自己的手，声音像是被吹散在风里，"你的手冷不冷？"

周围这么喧嚣，尤语宁觉得他也许听不见。然而下一瞬，他却也低下头，视线落在她没有口袋的外套上。尤语宁清楚地听见他问："你手冷？想让我牵？"

"嗯？"是太吵，还是他的听力不好？

"少做梦，我只牵女朋友。"闻珩将她的手放进了外套口袋里，抬头看天上的烟花，懒懒的，"口袋借你用，别奢望太多。"

算了，她就当这是个美丽的误会。

这场烟火盛宴结束后还有无人机表演，但那不是闻珩准备的节目，是市里准备的新年祝福："国泰民安，风调雨顺，合家欢乐，新年大吉。"

旁边有记者在采访一对情侣，问他们今年除夕夜的感受。

尤语宁想起曾经在西州，应该是大一那年的除夕。

那是她第一次在他乡过新年，只有她一个人。

那天晚上西州的安信广场也有烟火秀和无人机表演。她住的地方离那里不是很远，她一个人也挺孤单，加上当时她打算做自己的视频号，想去拍摄一期素材，就也去了。

不用像往常的除夕一样听任莲骂骂咧咧，也不用忍受尤语嘉的吵闹，尽管那样本应合家团圆的日子只有她自己，她却觉得快乐又自由。

那晚的烟火秀还有媒体采访，不知怎么的，有记者在如海人潮里一眼看见她，话筒伸到她嘴边，问她对这场烟火秀的感受。

当时事出突然，她毫无准备，一时间愣在那里。

记者很有职业素养，居然也没觉得尴尬，依旧笑盈盈地又问了一遍："请问你觉得今年的烟火秀跟往年的比起来怎么样呢？"

她正要说这是自己来西州的第一年，身后不知怎的忽然出现个男生。他从她身侧探出头，抢过话筒替她回答："年年的烟火秀都很漂亮，但因为今年就在此刻，近在眼前，所以格外美好。"

那个男生的出现就像是救赎，拯救了陷入尴尬境地的她。

尤语宁还记得，当时自己侧过头去看，男生长了张很好看的脸，黑色短发，眸若点漆。

那晚的记者是个女生，他为了配合记者的身高微微颔首，下颌几乎挨着尤语宁的肩头。他们明明近在咫尺，她却依旧没记住他的脸。

那晚，他们的交集并不多，男生应该也不是当地人，因为尤语宁看见他举着手机在拍视频，介绍着："跟我们那里一样。"

当时她为了避免入镜，打算拿着手机走远些，男生忽然轻轻"啊"了一声。

她好奇地抬头，才发现男生高举着手机，依旧看着镜头，笑得很好看，声音清澈："忘了说，新年快乐。"

他应该是要和他想分享视频的那人说的。

后来她拿着手机走到别处拍摄，在拥挤的人潮里没再遇见他，也有可能遇见了，她却没再认出来。

这件事已经过去七年，但或许因为时间特殊，又是她第一次在他乡过年，如今想来竟还像是昨日般清晰至极。

也因此，尤语宁一同想起，那晚自己回到短租的房子里整理拍到的视频，意外发现男生在回答记者问题时入了她的镜。

想到这里，尤语宁迅速抽回放在闻珩外套口袋里的手，迫不及待地打开手机，想找找那时的视频。如果没记错的话，她当时应该是把视频分享到了一个视频号里。

不知为何，她总觉得那时和今日有些相似。

"在找什么？"她正投入，耳边忽地响起低沉悦耳的男声。

尤语宁觉得耳朵一痒，缩了一下脖子，转过头去："吓我——"

原本她想说——吓我一跳。然而此刻，她无论如何也说不出剩下的两个字。

闻珩低头凑近她，下颌像是挨着她的肩头。好看的脸，乌黑的发，眸如点漆……明明七年前那个男生的脸在她的脑海里是一片空白，此刻却全都自动替换上了闻珩的脸。

"怦、怦、怦——"心跳又重又清晰，她误以为是幻觉。

四目相对，他们的视线在空中交织，却谁也没有躲开。尤语宁感觉呼吸都快要停止了。

"两位是情侣吗？"一道女声横空响起，"我是南华娱乐的记者，可以采访一下两位吗？"

闻珩直起身，唇角微翘，嗓音低沉："好啊！"

"请问你觉得今年的烟火秀好看吗？"

"我放的，你觉得呢？"

记者显然没想到是这么个答案，被噎了一下，但良好的职业素养让她立即反应过来："那请问一下，今晚烟火秀的主题图案是各种各样的鱼，是为了号召大家保护鱼类生物吗？"

"哦，那倒不是。"

"那是……"

"觉得可爱而已。"闻珩挑眉，顿了顿，又补一句，"不过鱼类确实需要被保护。"

他这最后一句让记者有了种被拯救的感觉。记者如释重负般笑了："先生真是心怀天地，眼光深远，格局大。"说完，记者又转向镜头，发表官方发言："那么这里呢，也趁这个机会希望大家以后可以注重环保，让鱼类生物以及其他各种生物拥有一个好的生活环境，地球是大家的……"

稀里糊涂地结束采访，尤语宁跟着闻珩坐上回家的车。

她不断回想着闻珩刚刚回答问题时的语气和内容，和七年前那个男生回答问题时的语气和内容比起来似乎……显得他更嚣张叛逆。

那个男生淡定从容又自信，却没有半分嚣张，回答问题时也丝毫不会让记者尴尬为难，每一句话都说得很得体，哪里像闻珩？

所以，她将那个男生的脸想象成闻珩，应该也只是时间点、环境、事件都太过相似而已……吧？

尤语宁一直东想西想，直到安静的车里传出来熟悉的、她自己的声音——

"我……我不怕……"还有窸窸窣窣的脱衣服的声音。

"呜……"接吻的声音。

一开始，尤语宁还没反应过来，反应过来时，广播剧的剧情已经进行到"不可描述"的部分。而音频里的她，正在使尽浑身解数配好这场戏。

各种暧昧引人遐想的声音不断响起，此起彼伏。尤语宁倒吸一口凉气，下意识地就要关掉播放器。

闻珩从后视镜里看她："嗯？"

"我……"尤语宁恨不得找个地洞钻进去，"我想听歌。"她的言外之意：赶紧把你现在放的这个广播剧给我关掉！

大家都是成年人了，听到这种桥段本应该淡定，即便觉得尴尬，也要努力装出无所谓的样子。但是，谁让这女主角是她自己……

"连着手机蓝牙。"闻珩把手机丢给她，"自己选。"

尤语宁拿着他的手机看，屏幕上显示，前面的剧集他已经听过，应该是自动播放到了这里，而不是他故意要这样。这倒是让她心里稍微舒服了点儿。

迅速关掉广播剧软件后，尤语宁打开了闻珩的音乐播放器，意外发现他的歌单和自己的高度重合，简直就像打开了她自己的音乐播放器……

她选了那首 oceanside。温和宁静的前奏代替广播剧的声音缓缓在车里响起，她脸上的温度才逐渐降下来，心跳也慢慢趋于平缓。

自从认识闻珩，她已经不断体会过各种尴尬，但是这种让人头皮发麻、脸红心跳的，还是头一回。

她真不敢想象有一天闻珩知道自己就是游鱼睡着了，而他还听过各种她配音的广播剧，会是什么样的场景。光是想想，她都觉得窒息。

闻珩不动声色地从后视镜里观察着她的反应，貌似漫不经心地开了口："认识这么久，也没听你提过你都有什么作品。"

"啊？"尤语宁刚平缓的心跳又忽然加速，"我的作品……都比较一般。"

"哦，说来听听？"

唉，为什么她之前不承认自己是游鱼睡着了？这种时时刻刻都要担心暴露的感觉太折磨人了。

"等等吧。"尤语宁挣扎了一会儿，"等我哪天感觉可以了再告诉你。"

"还挺神秘。

"问你个事。"闻珩有节奏地用手指敲着方向盘，表情若有所思。

"什么？"尤语宁立即反问，只想着赶紧岔开这话题。

"你们配那种亲密戏份……"闻珩抬眼从后视镜里瞥她，"都是怎么配的？"

尤语宁心想：我就不该搭话。

"真亲？"

"不是……"尤语宁硬着头皮回答，"亲的是手背。"

"哦。"闻珩点点头，"那更亲密的戏份呢？"

"也……也都差不多。"

"两个人一起？"

"没……基本都是单独录的，后期合成。"

"行。"闻珩扬眉，"有机会也听听你的作品。"

尤语宁心想：您已经听过了呢。

大年初一，尤语宁早早起床，打算出去随便走走，别新年头一天就窝在家里。

她刚吃过汤圆出门，闻珩也转着车钥匙出来了。他见到她，扬起眉梢："啧，你连我几点出门都算好了？"

尤语宁打了个哈欠："这么早出门吗？"

"没睡醒呢？"

俩人各讲各的，尤语宁点点头，往电梯的方向走："昨晚睡得太晚了。"

她原本还想着回家找找视频，看能不能找到七年前除夕夜在西州拍的那一条，结果回到家倒在沙发上就睡着了。要不是她进门就开了空调，这一夜得冻感冒。

说话间俩人已经到了电梯门口，这会儿没多少人用电梯，门打开，里面是空的。尤语宁眯缝着眼走进去，找了个角落靠着，脑袋靠在梯壁上，闭目养神。

脑子的昏昏沉沉，让她此刻有些后悔出门。

闻珩后一步进了电梯，瞥了她一眼，按了数字"1"。电梯里十分安静，尤语宁快要睡着了，被人喊醒："等着我背你？"

227

什么背不背的？尤语宁迷迷糊糊地想着，睁开眼，闻珩的脸出现在眼前，电梯门开了又关。

"到了吗？"她打着哈欠站直，看见闻珩按了开门键，"谢谢。"

"是应该谢我。"闻珩说，"如果没有我，你被别人背去卖了都不知道。"

尤语宁清醒了几分："大年初一头一天，别咒我呀！"

也许是对闻珩越来越信任，在这样的地方她竟然也能安然入睡。

不过闻珩说得也很有道理，孤男寡女共处在一个狭窄的密闭空间里，本来就应该小心，她却没心没肺地就地入睡，这要是换了别人在旁边，还真挺危险。尤语宁心不在焉地想着事情，等反应过来时已经跟着闻珩到了他停车的地方，低头一看，自己的手已经搭上了副驾驶座的门把手。

尤语宁抬头，看到一双正饶有兴味看着她的眼。

闻珩手里拿着车钥匙按了下，"嘟嘟"两声，车灯一闪，解了锁。

"那个……"尤语宁默默收回手，"你要去哪儿？"

"普宁寺。"

"好巧啊，我也是。"尤语宁厚着脸皮撒谎，"能搭下车吗？"

闻珩静默地看着她，半晌没出声。

"如果不方便的话……"

"也不是不行。"

尤语宁有些错愕："有什么条件吗？"

"你来当司机。"闻珩把车钥匙丢给她，"总不能白坐人家的车。"

尤语宁稳稳当当地接住车钥匙，将耳畔被风吹乱的头发理了理，笑着点头："好，小尤司机为您服务。"

她原本是没有目的地的，但是遇上他也就有了。

普宁寺在南华东南方向的杏花山上，这时节杏花还未盛开，但游客依然不少。

虽然尤语宁来的次数屈指可数，可她也知道普宁寺是国内几大名寺之一，即便不是，本就香火鼎盛的日子，香客也会络绎不绝。

他们到得不算早，在山脚下找了好一会儿才找到停车的地方。

杏花山本就有盘山公路一直修建到山顶，原本尤语宁是想直接将车开到山上去的，怕闻珩这大少爷走不了这崎岖山路，登不了这层层台阶。但没想到，她刚开到山脚，闻珩就让她找地方停车："还想开上山去？既然都来祈福了，不知道心诚点儿？"

她只好听他的，将车停在山下，跟他一步一步往山上爬。

从出生到现在，尤语宁很少去寺庙之类的地方。她很迷信，相信命中注定，却不太会把对未来的期望寄托在这些事情上。在她的世界里，尽人事，听天命，难过无法避免，只求不留遗憾。仔细想来，她很少去这些地方，大概还是因为她第一次在寺庙里祈求任莲可以重新爱她，却发现并没有用吧。

那天她跪在佛殿中，梵音鸣起，烟雾缭绕，签筒在她手里转了几转，掉落一支下下签。解签的师父说："放下才是解脱。"

她才知道，原来有些事情是命中注定，不能改变。

后来呢？后来的十几年，任莲果然没再爱过她。人人来求解脱，放下才是最彻底的解脱。

如今再次来普宁寺，尤语宁发现自己似乎没有所求。现在的生活或许算不上好，但已经比从前好了太多——当然，如果任莲能够完全忘了她的存在，那便最好不过。

一路都没什么话，香客们边走边玩，拍照留念。沿路的小商小贩，卖各种零食玩具，小孩子们一路走过去，难免吵着闹着要买。

普宁寺的台阶有很多层，每一层都不高，但是很陡，尤语宁平常运动得不多，爬到一半就有些累了，又着腰停下休息。反观闻珩却轻轻松松的，大气不喘，见她停下，还回头轻嘲："这就不行了？"

尤语宁为自己在山下担心他这个大少爷爬不上山而后悔不已。

"你走吧，不用管我。"尤语宁摆摆手，怕自己耽误他。他一早就决定来普宁寺，而且还要从山脚爬到山顶来表达诚意，想来应该是有很重要的事。

但她没想到，闻珩当真什么话也没说，头也不回地就转身离开。

失落自然不可避免，但尤语宁很快调整好心态，继续往山上爬。

不知过去多久，她的眼前出现一瓶纯净水。她抬头，闻珩去而复返。

"别累坏了讹我。"他说，将水瓶往她跟前又递了递。

那天天气很好，杏花山上的阳光落在他明媚的脸上，尤语宁一眼难忘。

她很难形容出那种感觉。

从小到大，她总是被人忽略，被人抛弃。他们离开，不会因为想起她去而复返。那夜尤启年一去不回，任莲全心全意地哄着哭闹的尤语嘉回房间睡觉，只有她是孤单的外人，是可有可无的，甚至多余的。

时至今日，她还记得当时面对雷雨和停电的夜晚的心情，也早就接受和习惯被人丢下这件事。

所以，刚刚见闻珩头也不回地离开后，她也只是短暂地感觉到失落，转眼便调整好了自己的心态。

只是，她没想到闻珩会去而复返，甚至带回一瓶水——在她口干舌燥的这个时候。

见她久久没有反应，闻珩疑惑地挑眉："不接是等着我拧瓶盖？"

"谢谢。"尤语宁立即回过神来，掩下复杂的情绪，伸手接过水瓶。

尤语宁摸上瓶盖正准备拧，才发现很松。她低头看，瓶盖原来早就被人拧开了。

"早知道你会假装拧不开瓶盖叫我帮忙，"闻珩一副早有预料的样子，"给你拧了，别妄想有机会装柔弱。"

尤语宁也不知道，闻珩为什么能把他做的每一件让人感动的事，都用这样欠揍的话说出来。

他们到达山顶的普宁寺时已经快到中午，她体力不好，走得慢，跟闻珩的步伐不一致。但还好，这一路他走走停停，似乎从没想过要丢下她独自离开。

尤语宁陪着闻珩进了佛殿。

他似乎很熟悉一切流程，跟殿里的师父们也都认识，简单聊了几句就去跪拜、祈福、上香等。

她只做了个旁观者。

她好奇，像闻珩这样桀骜不驯、嚣张叛逆，仿佛不可一世的人，这样心甘情愿地一跪一拜，到底所求为何？

而这时的她也不知道，他一跪一拜，双手合十的所求里，只有她。

午饭是在斋堂里吃的素斋，尤语宁习惯带些现金在身上，所以捐了两百元。

他们下山时，冬日正午时分的阳光温暖宜人，吃饱喝足之后尤语宁又开始犯困，每下一级台阶都感觉要踩空。

"喂——"

困意蒙眬中，尤语宁当真踩空了，在整个人都往前扑，即将摔倒坠落的瞬间，一只手紧紧地抓住了她。

尤语宁一瞬间睡意全无。

闻珩好看的眉皱出褶："想什么呢？"

"没……"尤语宁揉了揉眼睛，"有点儿犯困。"

"行了，手给你牵，别真掉下去，到时候赖我一辈子。"他像是迫不得已做出妥协，语气那么无奈，手指往下滑时牵住她手的动作却那么自然，像是早已在无人知晓的角落里演练了千百次。

也幸好，他因为紧张发抖而不得不紧握的右手垂在另一侧，她看不见。

否则他真怕她发现时隔九年，自己再次心动难挨的瞬间。

这是尤语宁第一次真正意义上被男生牵手。

温暖的掌心相贴，修长的手指包裹住她的手，像是隆冬季节的火炉，明知它的温度总会消失，明知依赖它会上瘾，她却仍旧抵不住想要贪欢片刻。

她低下头，看见他们掌心交握，如此亲密，明明是连朋友都算不上的关系，却有着这样越界的暖昧。

她或许应该拒绝，但她做不出那样的决定。

尤语宁跟着闻珩的步伐一步一步地往山下走，她清晰地感知到自己的心跳为他加速。借着他的误会，她光明正大地回握紧他的手。

感受到她的小动作，闻珩微怔，俊秀的眉梢挑了一下，嘴角不可控地微微上翘。

路过半山腰的解签台，忙了一上午的师父刚得空休憩，见到闻珩便打招呼："闻施主。"

闻珩脚步微顿，拉着尤语宁过去。

师父脸上带笑，用充满智慧的眼神掠过尤语宁的脸，又看向闻珩："看来如今你已得偿所愿了。"

尤语宁觉得好奇：这师父怎么看了一眼就知道闻珩得偿所愿了？还有，闻珩所愿的是什么？

闻珩笑而不答，指了指解签台上的签筒："我再来一支？"

师父伸手示意："请。"

闻珩没放开牵着尤语宁的那只手，只用一只手摇晃签筒。

竹签碰撞的清脆声音在半山腰的风里响起，片刻后，一支竹签被晃出来，掉落在已经掉了漆的古旧长条木桌上。身穿黄色袈裟的师父伸手捡起竹签细看，慈祥的笑容浮现："上上签。"

尤语宁看得一愣一愣的，低声感叹："运气好好！"

师父听见，问她："女施主也来一支？"

尤语宁立即摇头："不用不用。"她这辈子唯一一次抽签就是下下签，她再也不敢抽了。

师父对这支上上签做了注解，又写了祈福带给他，话里话外全是美好的祝福。

闻珩将祈福带系到一旁的树上，满树的红色祈福带在阳光下随风飘扬，向世人心中的神佛祈愿。

告别师父后，俩人继续往山下走。回到车里，尤语宁终于没忍住问："你经常来吗？师父怎么都认得你？"

闻珩坐在副驾驶座上，有一下没一下地摩挲着刚牵过尤语宁的那只手的手指，像是在回味什么，语气敷衍："也不是经常。"不过就是每年的大年初一，他都会来这里替她祈福罢了。他长得那么好看，还给普宁寺捐了厢房，他们认得他很正常——又不是谁都像她一样对他这张脸总是记不住。

尤语宁没想那么多，当真以为他不是经常来，一边倒车一边感叹："那师父的记忆力真好，换作是我，肯定不记得你长什么样。"

闻珩摩挲手指的动作一顿，他敛了眼睑，声音微不可闻："嗯。"

尤语宁见他忽然间好像兴致不高，以为他是听见自己说的话不高兴，便解释道："我这人有个毛病，总是记不住脸，长得再好看都记不住，除非经常看，看很多眼。"

闻珩掀了掀眼皮："所以你记住我，偷看了多少眼？"

回程刚过半，尤语宁的电话响起来。因为还要开车又找不到耳机，加上来电显示是橘子，应该是新年的祝福电话，没什么秘密，她便直接打开了免提。

"宁宝！"不待尤语宁发出声音，橘子激动的声音便直接在车里响起，"好消息！"

尤语宁下意识地从后视镜里偷偷观察闻珩的反应，见他姿势随意地靠坐在副驾驶座上低头玩手机，似乎对她的电话内容毫不在意。

"怎么了？"尤语宁将声音稍微调小了些，十分满足橘子的倾诉欲。

橘子的声音难掩激动的笑意："你有没有听《他夏》？！"

"还没来得及，好像是昨天上线的？"

"对啊！昨晚8点，跟你同一个时间！但是……但是！"橘子几乎是压着尖叫的嗓音，"昨晚没时间，我也是刚刚才去关注了一下。你知道吗，这部剧简直是毁了！"

尤语宁稍稍噎了一下："橘子，收益不好会影响我们的奖金的，你怎么那么高兴？"

"哎呀！不管啦！我就是高兴嘛！这种打脸的事情虽然不是发生在我身上，但我还是觉得好爽。你不觉得吗？！"

尤语宁还真没太大感觉。如果这部剧反响很好，好评如潮，她做不到替甜烛高兴，也不会与有荣焉——她没那么高尚。但它如果真的像橘子说的被毁了那么严重，她也不会幸灾乐祸。

毕竟工作室也需要正面的影响，最主要的还是……钱。

橘子不管尤语宁爽不爽，反正她是真的爽了，继续唠叨："你都不知道，网上现在都在骂，说她实力不够，明明'御姐音'出道，却偏要配'甜妹音'，说她这部剧的配音像嗓子里卡拖鞋，还叫她多练练再出来接活。

"你知道吗？网友们还说……等等啊，我给你念念他们的原话：我真无语，本来看了原著很期待的，结果就这？到底有没有了解过角色啊，是甜妹不是做作好吗？真的气死我了，原本听说是游鱼来配，我还狠狠期待了一把，结果半路杀出来个这，还以为多厉害呢，就这吗？

"另一个网友在楼中楼评论：'就是就是！论配音还得是我们家游鱼，最近的《故园》大家都听了吗？我们家游鱼的转型之作，'御姐音'直接让你神魂颠倒！'

"我就是听了《故园》后'路转粉'的，之前也听过很多游鱼宝贝的作品，但因为都是甜妹，我本人对甜妹没什么太大感觉，所以没喜欢上，但《故园》我是真的'入坑'了啊！

"两边都不喜欢的路人来说一句，刚好《他夏》跟《故园》都听了，确实游鱼的能力更强一些，不愧是有多部作品的老人了。至于甜烛，可能因为是新人吧，技巧和情感都有些欠缺，之前听她的御姐音还是不错的，不知道为什么会来配甜妹，如果实力不够，暂时还是留在自己的舒适区比较好，毕竟《他夏》真的有很多人期待，现在听了一集真的有点儿失望。

"没怎么听过广播剧，纯粹是看到热搜进来的，看大家说的那些，想问问是不是御姐音更容易配一些啊？

"楼上的姐妹，不完全是，不信可以听听我们家游鱼以前的甜妹作品，同样精彩，绝对不会失望！"

橘子念得绘声绘色，情感、语气都相当到位，让人仿佛置身其中。

但是尤语宁知道，橘子应该只是挑了不好的评论念，而那些评论里面肯定还有甜烛的粉丝控场，以及不喜欢自己的人发表一些不是那么好的看法。

尤语宁听得专注，直到电话里橘子说："听见没宁宝，大家都在夸……"

她才立即反应过来，闻珩在旁边，有些话是不能在他面前说的。

不等橘子说完，尤语宁立即岔开话题："橘子，我在开车，等下回家打给你，我们再慢慢聊，一会儿就到。"

说完后，她不等橘子回应便直接将电话挂断，心都快跳到了嗓子眼儿——好险，差点儿就让橘子说出大家都在夸她这句话。

这要是让闻珩听见了，他岂不是就知道自己就是游鱼睡着了？

那她之前用游鱼的身份给他打电话叫哥哥、哄他睡觉，昨晚还用游鱼的身份叫他陪自己去看烟花，这些事就通通会被他知道。

她光是想想都头皮发麻。

偏偏闻珩在此时开了口："你同事？"

尤语宁的心猛地一跳，她强装镇定地应道："嗯。"

"听你们在聊游鱼，之前没怎么关注过，你们是同一个工作室的？"

尤语宁感觉好像快要装不下去了："对。"

"哦？原来这么近，游鱼竟然一直在我身边？"

你别再问了呀！尤语宁现在又要开车，又要担心他会问一些危险的问题，实在有点儿力不从心，没脑子现场编答案。

闻珩放松地往后一靠，手指在腿上有一搭没一搭地敲着，一副若有所思的样子。

他越这样，尤语宁越心慌，怕他说出什么惊人之语。往常他虽然说喜欢游鱼，但从来没有这么强烈的好奇心，现在知道离游鱼这么近，保不齐想做些什么。

好半晌，闻珩挑眉，嘴角笑意明显："收假后，我就约她出来吃个饭。"

尤语宁差点儿一脚踩到刹车："嗯？"大可不必，真的！

闻珩似乎觉得这个想法很不错，转头问她："你觉得呢？"

尤语宁心想：我觉得不怎么样，你不要有这种奇奇怪怪的想法……不要仗着自己长得帅又有钱就有这些奇怪的想法好不好？

尤语宁如坐针毡，甚至开错了一条路，导航提醒："您已偏离路线，已为您重新规划路线。"

闻珩轻笑："难不成听见我说要约游鱼出来吃饭，你吃醋，连导航都不会用了？"

尤语宁感觉现在自己只有两条路，要么承认吃醋，要么承认自己就是游鱼。

"啊……"闻珩一副愧疚的表情，"不会让你们姐妹反目成仇吧？"

你闭嘴吧，求求你了。

在过去二十三年的人生中，尤语宁一直与一切男性保持一定的距离，从来没有过暧昧的想法和行为，即便跟她告白的男性不少，但她都拒绝了，并没有拖泥带水。

而且这些年来她忙于生计，加上她的性格内向，并没有多少朋友，除了同事，男性朋友几乎没有。所以她更没有遇见过像闻珩这样的男性——明明总是摆出一副受害者的姿态，却又给人步步紧逼的压迫感。

她挂了橘子的电话后，车里就一直弥漫着让人焦灼的气氛。

当然，尤语宁觉得应该只有自己焦灼而已。

终于到了小区楼下，她迫不及待地停车，把车钥匙丢给闻珩："我还有事，先走了。"

她像是逃命，语气和动作都是急的。

她一路小跑到电梯口，却发现电梯停在二十一楼，按了上行键，电梯下降的每一分每一秒都极其难挨。

好不容易等到电梯下来，门一开，尤语宁就走了进去。

电梯门刚要合上，一道高大的身影险险地挤了进来。尤语宁抬头一看，下意识地往后退了小半步，靠在电梯壁上。

闻珩按了楼层，立在一旁，显得密闭的电梯间狭窄逼仄，无端增加许多压迫感。

尤语宁本着"敌不动我不动"的想法，呼吸都放缓了，尽量降低自己的存在感。偏偏这电梯不知道为什么感觉格外慢，安静的氛围让人神经紧绷，一刻都不敢松懈。

"跑那么快有什么用？"

安静的空间里蹦出一句话，尤语宁内心一个激灵，表面上倒是装得淡定："这不是电梯太慢了吗？"

闻珩转过头，随意地瞥了她一眼："你脸色不对，瞧着像心虚。"

"哪有？"尤语宁立即反驳，"我这不是着急吗？"

说话间，电梯到了，尤语宁急忙冲出去，装模作样地打电话："喂，橘子啊？我到了。"

闻珩慢悠悠地从电梯里出来，看着她逃跑的背影，嘴角溢出一抹浅笑。

回到家后，尤语宁记起昨晚看烟花的事，翻了一下之前的视频，但一无所获——当时为了不暴露陌生人的脸，她直接把那一段视频剪掉了，并未发到网上。

如果他是打电话约她，她固然可以直接拒绝，但万一他直接到工作室找她呢？一次两次，她可以找理由说不在躲过去，还能每次都躲过去吗？

接连想了几天，尤语宁都没想到好对策，柴菲打来电话约她出去玩。正好头昏脑涨的，想出去换换脑子，她便答应了。

柴菲定的地方是一个酒吧，尤语宁还特意确认了一下不是陈绥的酒吧才同意去——她不想在这时候看见闻珩。

到场的还是之前那几个朋友，大家聊时尚，聊八卦，偶尔也怀念一下学生时代。

坐了半个小时，尤语宁起身去洗手间透气，往回走的时候被一个眼熟的人拦住了。

"尤语宁。"对方面带笑意，"好巧，你也在这里？"

尤语宁有些尴尬地看着他，努力回忆这人是谁。

"秦易安。"对方很自然地报出自己的名字。

"啊……"尤语宁立即想起来了，唇角弯了弯，"好巧，新年快乐。"

"新年快乐。"秦易安跟她一同走，语气熟稔自然，"跟朋友一起来的吗？"

"嗯，就在那里。"尤语宁指了指。

秦易安向她指的方向看过去，笑了："好巧，有两个认识的，我去和朋友打个招呼，等下过来喝两杯。"

尤语宁就佩服他这样的性格，点头说"好"。

她先回到座位上，凑近柴菲耳边小声说："刚刚我碰见秦易安了，他说这里有两个认识的，一会儿要过来喝两杯。"

"啊？"柴菲放下酒杯，"在这儿也能偶遇他？"

话音刚落，秦易安就提着外套走了过来。

"新年快乐啊。"秦易安人未到声先到。

尤语宁旁边坐着的男生应该是认识他，听见声音便下意识地转过头去，见到他立即笑了，起身招呼他过来坐："哟！秦大部长？来来来，坐坐坐，喝点儿什么？"

"那都学生时代的事了，还揶揄我呢？"秦易安笑着拍拍那人的肩，挨着他坐下，恰好隔开他跟尤语宁。

那男生叫郑毅恒，给在座的其他人介绍起秦易安："秦易安，以前我们同一届的，学生会文艺部部长，都认识吧？"他又看向尤语宁，乐了：

"喏，巧了吗这不是？副部长也在这儿呢，齐了！"

几个人听了，一同笑起来。

秦易安很擅长交际，等郑毅恒说完了又主动自我介绍了一遍，敬了大家一杯酒，气氛便一下热闹起来。

大家聊起以前学生时代的事，不知怎么话题转到了尤语宁和秦易安身上："那会儿私底下大家都把你俩凑成一对呢，说你俩郎才女貌，十分般配，两位当事人听说过没？"

尤语宁嘴角的笑僵了僵，她不知道怎么接话。她肯定是听过的，尤其是高二那年的元旦迎新晚会俩人一起表演节目后，这件事就更夸张了。

秦易安好像丝毫不觉得这件事情尴尬，笑着接话："还说呢，那时候大家光给我配的绯闻女友就有七八个，这不是存心让我背上'渣男'的骂名吗？要是真的也就算了，高中三年我是一个都没谈，大学四年还单身呢，也不知道大家说的七八个绯闻女友什么时候赔给我，连个人影都没见着，亏大了。"

这番话逗得大家笑得歪来倒去，说他是真的惨。

郑毅恒指着尤语宁说："谁说连个人影都没见着？这儿！绯闻女友之一不就在你旁边坐着吗？"

尤语宁原本听到秦易安说的话还在笑，猝不及防被点名，一抬眼发现大家全盯着她看，不由自主地握紧了手里的酒杯。柴菲适时出来解围："哎哎哎，郑毅恒，你怎么老扯着我们家宁宝讲？你是不是也喜欢她呀？我可告诉你，别做梦啊！"

"哎！柴菲你怎么……我……"郑毅恒挠了挠头，"我就开个玩笑，怎么还引火烧身了呢？"

大家将注意力从尤语宁身上移开，一同去嘲笑他："就是，郑胖子，人家尤语宁可是'校花''女神'，你别癞蛤蟆想吃天鹅肉啊，人家答应，我们都不答应。"

"哎呀！我真是……我哪儿敢呀？"

…………

几个人说说笑笑地玩了半小时，尤语宁觉得口渴，探身去拿桌上的纯净水瓶。

秦易安在一旁先她一步拿了瓶子递过去。她正要接，柴菲猛地扯她的胳膊："宁宝！"尤语宁被扯得手一歪，差点儿把秦易安手里的瓶子打翻。

"抱歉抱歉。"尤语宁抱歉地笑了笑，堪堪将瓶子拿稳，"谢谢。"

"小事。"

"宁宝！"柴菲压低激动的声音，"韶光！还有闻珩，你看，在那儿！"

尤语宁听见闻珩的名字，拧瓶盖的手一顿，朝着柴菲指的方向看过去。

光影交错里，闻珩跟韶光并肩而行，正朝着这边走过来。闷热的酒吧里，俩人未脱外套，看着像是刚进来。

尤语宁屏住呼吸——看这架势，他们像是在找人，应该不会是找她们……的吧？

根本没想过会在这种地方遇见闻珩，尤语宁第一反应就是藏起来。她低下头，试图遮住自己的脸，心里不停默念：别看见我，别看见我，别看见我……

一切都抵不住柴菲扬起右手喊："韶光学弟！"

菲菲，我真的谢谢你……

因为柴菲喊的这一声，除了尤语宁，在座的其他人也随着她的声音一起转头去看。

与此同时，闻珩跟韶光也应声看来。

尤语宁低着头，也就没看见闻珩的视线一直落在她的身上。

"好巧啊，你们也来这里玩吗？"柴菲的声音再次响起。

尤语宁拧开瓶盖，喝着常温的纯净水。她虽然没正眼看那边，但直觉告诉她，闻珩跟韶光应该在往这边走。

好像过了很漫长的一段时间，但实际也不过就几秒，尤语宁听见一道温润的男声响起："学姐。"

接着，是另一道她熟悉的男声——

"学姐。"他的语气懒懒的，整个人散漫又敷衍。

自始至终，尤语宁都像一个事不关己的路人，没有抬头做出任何反应。

秦易安是见过闻珩的，也记得他，毕竟这样出众的外貌实在让人难忘。

秦易安向来是主动热情，善于交际的人，他主动搭话："两位学弟既然也是南华一中的，要不一起？"

"我就不了，还有事。"这次是闻珩的声音，他顿了顿："韶光，你陪柴菲学姐，我自己过去就行。"

尤语宁感觉到闻珩的视线好像落在了自己身上，然而他没有叫她，只是淡淡道："失陪。"

尤语宁形容不出来自己这一刻的心情。她明明是害怕他留下的，可当他真的拒绝留下，直接离开，她的心里又觉得有些失落。

韶光当真留下了，在柴菲旁边坐着。因为他在，柴菲的注意力分了很多过去，尤语宁偷偷地在场内寻找闻珩的身影。

他来酒吧有什么事呢？

不过片刻，尤语宁就在酒吧热闹的一角找到了他——他正拽着一个漂亮女生的胳膊，要拉对方起来。女生显然是不愿意跟他走的，他却不管，强硬地要带她走。

昏暗暧昧的光里，他微弯着腰，高大的身影让周围的人都只能默默地仰视他。看得出来他有些生气，眉拧着，嘴唇一张一合，不知在说什么。

女孩子看着有些醉，对他又打又骂，他也只是抓住她的手，态度有些纵容。最后他显然懒得纠缠，直接弯腰将人扛了起来。

女生被他扛在肩头，双腿不停乱蹬，拳头在他的后背上疯狂捶打，他却没有任何反应。他像是来酒吧抓闹脾气的女朋友的，看上去很凶，实则宠溺又纵容。

这样优越的身形和样貌，这样十足的男友力和安全感，尤语宁内心酸涩难忍——为什么不是她呢？

闻珩扛着那女孩子往这个方向走，越来越近，尤语宁默默收回视线，低下头。手里纯净水的瓶盖，她拧开了又拧上，拧松了又拧紧，指腹传来跟瓶盖摩擦导致的微微灼热感。

嘈杂的音乐和周遭热闹的笑谈里，闻珩应该扛着那女生走近了。

尤语宁听见韶光在问："醉了？"

闻珩答："可不是。"

女生醉醺醺地嚷嚷："我没醉！你放……放开我！"

闻珩警告她："安静点儿，不然揍你。"

"哼……你……你敢……呜呜呜……欺负我……"

"哭个屁。"闻珩说："走了，你们玩。"

他说完这话，当真离开了。

女孩子哭闹撒娇的声音隐约可闻："难受……想吐，呜呜呜……"

"忍着，敢吐我身上你试试。"分明是凶狠的语气，偏叫人听出无边宠溺。

等他们渐行渐远，尤语宁才敢装作看舞台表演抬头看他的背影。

灯红酒绿、纸醉金迷……在靡靡之音里，他头也不回地离去。

尤语宁确定他看见了自己。而这么多次的偶遇里，这是唯一一次，他们没有任何交流，就像是她本来就不该出现在他的世界里。所以他看见了，也只当作没看见。

"蚊一只，你真是胆儿肥了。"闻珩将人甩进副驾驶座里，骂骂咧咧地扯安全带，"都敢一个人来酒吧买醉了？"

女生像没有脊椎的软体动物，在座位上扭来扭去地调整坐姿，嘟囔着纠正："是闻宜知。"

闻珩把安全带给她扣上，在她的脑门儿上拍了一下："明天就让小叔把你踢出家门，从族谱上除名。"

"小……小叔是……是谁？凭……凭什么把我除名？"

闻珩气乐了："你爸！"

"我……我爸？"闻宜知嘟嘴，"他……他才舍……舍不得呢……"

闻珩懒得跟醉鬼争，把副驾驶室的车门一摔，绕过车头坐上了驾驶座。

他刚开始倒车，副驾驶座上的醉鬼就挥着手喊："音……音乐呢？我……我要听歌！"

闻珩懒得搭理她，她就一直闹："我要听歌！"

"闭嘴。"闻珩忍不了，随便放了首歌给她听。

"我不要听这……这首……我要听……听快歌！"

闻珩闭眼，深呼吸，打开播放列表，一眼看见那首《夏日漱石》。他愣怔片刻，却又下意识地点了播放。

富有节奏感的前奏响起，他的脑海里便跳出来那夜在陈绥新开的 SW 酒吧里尤语宁打架子鼓的场景。

一旁的闻宜知听见动感的前奏，终于不吵了，开始跟着哼哼。

闻珩："闭嘴。"

闻宜知继续哼哼。

闻珩冷了声："闭嘴。"

闻宜知："凶什么凶啊？我……"

闻珩："闻宜知。"

闻宜知："哦。"副驾驶座上的人终于不吵不闹了，转瞬间安静地睡着，车内只剩音乐的声音。

闻珩想起那夜打架子鼓自由畅快的尤语宁，也想起刚刚在酒吧里她避而不见自己的眼神。

这么些年，他不断出现在她身边、她眼前，她看他的眼神大大方方，如同她看每一个陌生人。那些时候，她从未记得他的脸。

她对他说"谢谢"，也对他说"抱歉，借过一下"，还有的时候，他们擦肩而过，她什么话也没说。

而如今，她记得他的脸，却装作没看见他。

"水……"一旁的闻宜知嘟囔着，闻珩皱眉从车门格里拿了瓶水丢过去。

水瓶掉落在闻宜知的腿上，她用双手抱着水瓶，连瓶盖一起放在嘴里，又要闹："没水了……"

闻珩只得把车停在路边，从她手里拿过水瓶打开，扶着她的下巴给她喂水。闻宜知乖乖地喝水，安静极了。

闻珩想起上一次他过生日，尤语宁醉倒在他家，他也是这么给她喂水。

但她比闻宜知乖多了，哪有这么吵，只会捧着脸问他："你怎么在我家？"

她上一秒还说"你出去，我要上厕所"，下一秒就直接倒在他的怀里，安静地睡着了。

车窗外的天空忽然下起雨。

闻珩一抬眼，看见外面变了天，忽然想起刚刚坐在尤语宁身侧的秦易安。他拧上瓶盖，拍拍闻宜知的脸："你哥我呢，得去接你嫂嫂了。"

说完，他拿起手机拨了个电话："姐……"

尤语宁喝了一点点酒。

刚刚玩游戏，她输了，惩罚是喝一杯酒。原本她是要硬着头皮喝一杯的，柴菲为她力争："你们是不知道，我们家宁宝什么都好，偏偏一杯倒，倒了就算了，还会发疯，谁都拦不住，就让她喝一点儿，意思意思就行了。"

尤语宁是柴菲带出来的，大家也都习惯了她不喝酒，倒也没为难她。

游戏继续，尤语宁看了眼时间，才 8 点 30 分。这么早，她找借口走不太合适。

郑毅恒见这圈游戏已经玩过了一轮，提议："要不我们换个游戏？"

有人问："什么游戏啊？无聊的话我可不玩。"

"哎呀，绝对不无聊，刺激得很！"郑毅恒说着，把手机拿出来讲解游戏规则，"据我所知，在场的可都是单身啊！别说你们二十几岁的人了，没有过喜欢的人。"

有人起哄："那又怎样？又想干什么啊？"

"哎，别急啊！"郑毅恒"嘿嘿"笑着，"这样，咱们玩击鼓传花，就用这个空酒瓶吧。击鼓的人闭着眼喊停，喊停的时候酒瓶在谁手里谁就算输了。输了的人就要给喜欢的或者喜欢过的人打个电话，假如没有联系方式，那就由击鼓的人在他的通讯录里随便找一个异性朋友的电话打过去。

"怎么样，刺激吧？敢不敢玩？"

话音刚落，一道低沉的男声响起："玩啊。"

所有人应声看去。

闻珩将外套搭在肩上，逆着光，风流不羁，去而复返。

在众人的注视下，闻珩一步步走近，把肩上的黑色外套往沙发上一搭，刚好隔开尤语宁跟秦易安。

他将左手自然而然地搁在尤语宁脖颈后面的沙发靠背上，微微弯腰，盯着郑毅恒笑："学长，也带我一个？"

郑毅恒愣了愣，还记得闻珩刚刚来过，笑着拍了拍手："行啊，人多热闹！"

"那谢了。"

闻珩松了右手，外套滑落下去，尤语宁下意识替他抓住。

"啊……"闻珩笑着拍拍外套滑下去的位置，偏过头状似无意地凑近尤语宁耳边，"我就坐这儿。学姐，方便吗？"

尤语宁忍着耳朵边的热气和痒意，面不改色："嗯。"

问话就问话，他凑那么近干吗？

闻珩绕过沙发，拍拍韶光的肩头："好兄弟，挪点儿。"

柴菲很懂事地跟韶光一起往边上挪了些，还扯了扯尤语宁的袖子："宁宝，过来点儿。"

闻珩顺利地在尤语宁跟秦易安中间坐下，见大家都盯着自己，挑了挑眉："这意思，是要我来当击鼓的人？"

"哈哈哈，那倒不是。"郑毅恒一下笑起来，从桌上拿了个空酒瓶，"就是觉得你挺眼熟，感觉像在哪儿见过。"

其余的几个人也附和："对对对，我也觉得眼熟！"

闻珩不以为意："大家都是一个学校的，见过很正常。"

"不是不是，一个学校那么多人呢，哪能个个儿都眼熟？学弟叫什么名字？我感觉你应该挺出名的。"

"闻珩。"

"闻珩……闻珩？！"郑毅恒声音猛地拔高，"不是吧？就是 2015 年南华市的高考状元？拒绝青大和京大的邀请，去了西大的那个？！"

这话音一落下，就像一颗泡腾片被丢在水里，猛然炸开。

"原来是你啊！"

"当时听说就觉得离谱儿，虽然每年市状元都在我们一中，但像你这么特立独行的是第一次见！"

"服！我服！"

…………

秦易安跟其余几个人比起来稍显淡定，从闻珩坐下就在想他跟尤语宁的关系，没记错的话，之前在 KTV 里也见过他送尤语宁回到他们的包间。此时他们又遇见，他故意要坐在尤语宁旁边隔开自己的举动也很明显。

男人的直觉告诉秦易安，闻珩喜欢尤语宁，并且看不惯自己。

听见郑毅恒的话，秦易安才知道自己为什么一直会觉得闻珩眼熟——

高二下学期的篮球比赛，原本每年都是同年级对打，那一年却直接高一、高二混合比赛。

半决赛时，他们班对上高一的一个班。

那天篮球场观众爆满，朋友还打趣他："易安，今年怎么来看你比赛的女生更多了？"

"这还用说？当然是学妹们进来了，迷恋我们的秦大部长啊，哈哈哈。"

"说得对说得对，往年都是学姐来得多，今年学姐们备考没时间，学妹们可不就来了嘛！"

后来呢？确实有学妹是来看他的，但不多，更多的是来看一个高一的新生。

那场比赛，现场的女生声嘶力竭地喊一个男生的名字："闻珩！闻珩！闻珩！"

除了学妹，还有和他们同年级的女生。

中场休息时，朋友们都觉得惊讶："今年的新生够猛啊！就那男生，叫闻珩的，打球真的野，我差点儿被撞，都要伸手推他了，才发现他是虚晃一招！我……"

"就是，跟不要命一样，就是个半决赛，至于吗？之前也没听其他班说有个这么疯的啊！"

秦易安就顺着大家的视线去看，那个被簇拥的男生拒绝了所有女生送的水，弯腰从班级准备的纸箱里拿了一瓶，单手叉腰，站着仰头大口喝。

他长得很高，短发干净利落，眉眼之间透出少年的桀骜不驯和轻狂。

他穿着蓝白相间的球服，球服下摆往上撩起一点儿，被捏在叉腰的左手中，露出有型的腹肌，冷白的肤色在阳光下似乎都反着光，整个人看上去就像是动漫里出来的完美热血男主角。

意气风发的少年，是连男生都不得不承认的耀眼轻狂的少年。

而秦易安此时想起来，记得最清楚的应该还是那天他们隔着球场对视的那一眼。

当时闻珩喝完水，把空水瓶往纸箱里一丢，从一个男生手里接过毛巾擦汗。在抬头的一个瞬间，看见秦易安，他缓缓笑起来。

秦易安自认为自己的人际关系在学校里是极好的，谁见他都能真心实意笑着打声招呼，即便不认识的人对他也绝不会有敌意。

闻珩虽然笑着，但那笑里分明透露出些别的东西——轻狂、傲慢、挑衅。

后来下半场，秦易安频繁地感受到闻珩在针对他：宁愿犯规，也绝对不会让他进一个球。

当时他不明白，只当闻珩年少轻狂，没往心里去。如今再遇到，秦易安想起这件事来，免不了多注意闻珩一些。

在座的除了尤语宁和柴菲还有两个女生，都是同一届的，趁此机会纷纷问闻珩要联系方式："学弟，加个微信？"

"冻结了。"闻珩神色自然地撒谎，"最近加好友太多，被限制添加好友。"

"啊……"

郑毅恒哈哈笑："是不是每天都有美女问你要联系方式？"

"可不是！"闻珩挑眉，"总不能拒绝。"

"唉，这就是帅哥的烦恼吧，我都没人加。对了，你当初为什么要放弃青大、京大去西大啊？"郑毅恒问出了这个所有人都好奇的问题。

尤语宁竖着耳朵偷听。刚刚听见这个惊天新闻时她也很震惊，倒不是因为第一次听，当时柴菲好像还和她讲了一声，但她没放在心上。她也是刚刚才知道，那个被大家说有点儿缺心眼儿的状元居然是闻珩。

尤语宁也很好奇：为什么呢？是因为那个也喜欢吃猕猴桃的学姐吗？难道他那个学姐也是南华一中的？

郑毅恒问出那个问题后，其余几人也纷纷附和："就是啊，为什么？"

闻珩从桌上拿了罐啤酒，右手食指扣进拉环，抵住罐身往上一钩，一声轻响，开了封。

"当然是因为……"闻珩捏着易拉罐喝了一大口酒，"千金难买我乐意。"

"这不是说了相当于没说吗？"

"就是就是，学弟你这可不爽快啊！"

"该不会是为了喜欢的女生吧？不过当初也没听说你有喜欢的女生，校内论坛都说你天天清心寡欲，不喜欢女生呢！"

尤语宁下意识地去看闻珩的耳朵。好像从那次她提到他只戴右边耳钉后，不知从什么时候起，他就开始两边都戴耳钉。

那次他还有点儿生气，这次听郑毅恒这么说，他却只是笑笑："游戏还玩不玩？"

"玩玩玩！"郑毅恒拿着空酒瓶开始准备："我来当第一个击鼓的人，你们准备好啊！1，2，3，开始！"

酒瓶从郑毅恒手里传出来，经秦易安和闻珩的手，到了尤语宁的手里。

她没敢耽搁，立即传给了柴菲，柴菲又传给韶光。

因为他们坐的是个环形沙发，两头离得远，所以韶光又传给柴菲，这样往回传。

郑毅恒嘴里不停地模拟打鼓的声音："咚咚咚……停！"为了避嫌，他将酒瓶递出去以后就离开了沙发，所以后来酒瓶往回传就不用再过他的手。

"停"字一落，酒瓶落在一个女生手里。

"怎么是我呀？！"女生哭笑不得，"郑胖子，你该不会是故意的吧？"

"嘿！说话要讲良心啊！我可是一直闭着眼的！"郑毅恒睁开眼，点着她，"好了，就是你。说吧，是你自己打呢还是我帮你打？"

"行吧行吧，我自己打。"女生说着拿出手机，含羞带怯的，"那……电话内容不限制吧？"

"你这就没意思了啊！既然打了，怎么就不能直接告白？还缺这点儿胆子？"

女生也是刚喝了些酒，脸色潮红，有些上头，被这么一激，也不知道哪里生出来的胆子，豁出去了："好！那我就告白！"有时候，勇敢是一瞬间的事。

尤语宁看见，那女生明显开始坐立不安，搭在腿上的那只手握得紧紧的。

这通电话很快被接听，女生吓得整个人直接起立，又慢慢坐下去，支支吾吾地开了口："好……好久不见，我……你……"

她旁边的女生疯狂地晃她的胳膊，比她还激动："告白！告白！告白！"

"我喜欢你！"女生一口气说完整句话，整张脸都红透了。

电话那边的人大概也是没想到会听见这样的一句话，一时之间没有回应。

她紧张得浑身都在发抖，被旁边的女生揽进怀里。短短的几秒，像是一个漫长的世纪。

开着免提的手机里传来一道同样不稳的男声："那……试试？"

女生直接捂住嘴，眼眶慢慢湿润。

围观的几人也跟着松了口气，毕竟这是今晚游戏打出去的第一个电话，气氛到这儿了，她万一被拒绝，不好玩下去是小事，别到时候把人家女生弄哭了，不好收场。

尤语宁偷偷握紧的手悄无声息地慢慢松开，她喉咙干涩，拧开瓶盖喝了口水。没人知道，刚刚的那几秒，对于她来说也同样紧张。

迄今为止的二十三年的人生中，她从没有像现在这样偷偷喜欢一个人，这种感觉陌生，又让人欲罢不能。

她喜欢又害怕，会在这种喜欢和害怕里感受到酸涩和甜蜜。

看见那个女生告白成功，她心里也有些高兴——觉得原来暗恋一个人，好像也没有那么可怕，它总是会见天光的。

尤语宁低头微笑。

也不知道闻珩这人有什么魔力，明明郑毅恒只是提议，大家还没有同意，他一来，大家稀里糊涂地就因为他一个"玩"字被带进去，默认要玩这个游戏。

他好像总是有这样的本事，让所有人都注意到他，被他吸引，被他影响。

因为那个女生告白成功，游戏氛围比刚刚更好，像是开门红，几个人兴致高涨。

游戏继续，郑毅恒回到沙发上作为玩家，那个女生替换他成为击鼓的人。

一圈玩下来，柴菲也中奖了。她近日跟韶光日渐熟络，并没像之前一样装淑女，但韶光对谁都客气有礼，她没有把握自己告白会成功。所以，刚刚游戏开始前，她已经趁机和韶光沟通好，如果游戏输了就拿彼此做挡箭牌，打电话给对方。

她大方地当面打电话给他，笑着说："韶光学弟，我喜欢你。"

韶光也笑："我的荣幸。"

俩人郎才女貌，又是学姐学弟的关系，这样直白地互道喜欢惹得一群人疯狂起哄。

"好啦好啦，该我来击鼓了，你们可都准备好了啊！"

柴菲起身，闭上眼开始喊："咚咚咚，点兵点将，点到谁谁就是我的天兵天将，停！"

因为柴菲从沙发上离开，尤语宁跟韶光中间隔了些距离，那酒瓶传回来慢了些，等她再递出去，那个"停"字就卡在了她这个动作上。

"宁宝……"柴菲也没想到酒瓶在尤语宁手里，笑容僵了一下。

感受到所有人的目光都落到自己身上，尤语宁尴尬地准备收回手认输："我……"

话音未落，手上一轻，闻珩将空酒瓶拿了过去。没有预料到他会有这样的动作，尤语宁呆愣地保持原本的姿势，看着他眨眨眼。

"学姐可不地道，动作这么慢，害得酒瓶落到我手里。"闻珩还是那种散漫的调子，带着笑，表情淡淡的。

明明是怪罪的语气，他却又这么明目张胆地作弊——

大家都看见了，他是在柴菲喊了"停"以后，直接从尤语宁手里"抢"的酒瓶。

"哎，你这可不行啊——"郑毅恒笑着喊，"这不是作弊吗？！"

"就是就是，作弊不算啊！"

得到应和，郑毅恒更加起劲："该不会闻珩学弟也对我们尤语宁大美女有意思吧？"

闻珩唇角挂着若有似无的笑："也？"

"当然是'也'，我们秦大部长跟尤大部长可是公认的郎才女貌，十分般配呢。"郑毅恒口无遮拦地开着玩笑，"你这不是抢在我们秦大部长的前面献殷勤吗？横刀夺爱可不好啊！"

"哦……"闻珩一副恍然大悟的样子，转头去看秦易安："是吗，学长？"

秦易安对上他表面含笑却内藏心机的眼，一如九年前操场上他挑衅的瞬间。

"都是传言。"秦易安笑了笑，"当不得真。"

"这样吗？"闻珩也笑，转过头看向郑毅恒："学长怎么乱说话？人家学姐是女孩子，这样不太好吧？"

尤语宁心想：这人也太会装了，在她面前怎么不这样？

本就是开玩笑，郑毅恒也没觉得尴尬，听闻珩这么说，摆摆手："哎，开个玩笑。但即便这样，你也是不能作弊的。"

"啊，有吗？"闻珩挑眉，"是不是灯光太暗，各位看错了？"

"我明明……"郑毅恒还不放弃。

"郑胖子！"柴菲反应极快，立即叫住他，"就是你看错了，我都看见酒瓶明明在闻珩学弟手里嘛！韶光学弟，你说是不是？"

韶光点头："是。"

"你看吧，我就说是你看错了！"柴菲拍拍手："好了，我是击鼓的，我说了算，闻珩学弟，愿赌服输，打电话吧。"

她都这么说了，郑毅恒也不好再多说什么。都是出来玩的，一直揪着不放很扫兴，他干脆转而催闻珩："行行行，愿赌服输啊状元郎，打电话吧！"

挨着他的那几个人也跟着起哄："就是就是！快打电话！"

秦易安是挨着闻珩坐的，刚刚闻珩的动作他看得清楚明白，因为闻珩没有避讳任何，完全是毫不遮掩。

而闻珩这样的行为，也在一瞬间打消了他的疑虑——有没有一种可能，闻珩中学时代就喜欢尤语宁，听信了他们俩的绯闻，所以才会那样在赛场上针对他？

这么一想，他倒是也格外期待闻珩这一通即将拨出去的电话。

而同样好奇期待的人，还包括尤语宁。

闻珩他……会趁着这个机会给他那个学姐打电话吗？

尤语宁甚至怀疑，闻珩是不是为了打这个电话，才从她手里抢过了酒瓶。

毕竟，就算被拒绝，也可以笑着说是玩游戏输了的惩罚。

"没有跟喜欢的人互换过电话号码。"闻珩掏出手机解了锁丢给柴菲，"按照规定，学姐随意选个联系人，打通了我来接。"

他这样一说，大家的激情瞬间消退了不少：

"不是吧，大学霸也暗恋吗？"

"真的假的？"

"唉，还以为有新鲜事可以听。"

…………

但他不是第一个这样说的人，他们也没什么办法，只能催促着柴菲赶紧好好找个是女生的备注打过去，想看看闻珩这样嚣张叛逆、特立独行的人会怎样跟别的女生交流。

虽然现在大家早已经进入社会，不再是学生，却依旧难免对高考状元这样的身份有滤镜。在他们眼里，即便闻珩此刻跟他们待在一起玩游戏，有说有笑，近在咫尺，却依旧觉得他像是远在天边，不可触摸。

对于这样的人，他们总是好奇他没有表现出来的另一面。

柴菲握着闻珩的手机有些不敢置信："我选啊？"

闻珩："学姐可得好好看备注，打到男人那里去我可不负责。"

他意有所指地加重了"备注"两个字。

尤语宁有些不明白，既然闻珩不是要给那个学姐打电话，为什么还要从她手里抢过酒瓶接受惩罚？但她同时也一瞬间想起，她用游鱼的身份给他打过两次电话，万一他存了不明显的备注，柴菲看见了却没认出来，又好巧不巧地打了那个号……

尤语宁这么一想，后背的冷汗都要冒出来了，甚至有点儿恨自己不能跟柴菲用脑电波交流，没办法让她知道自己在想什么。

情急之下，尤语宁只能悄悄地将手机关机，等下一轮游戏开始再开机。

柴菲虽然不懂闻珩为何要那样提醒她，但她选择联系人的时候的确认真看了备注。

她一打开通讯录，第一个就是 augenstern。柴菲的直觉告诉她，这是一个很重要的人。

"哈哈。"柴菲笑着拨出去那个号码，"我倒要看看这个叫眼中星辰的人是谁。"

她打开免提，众人屏息以待，却只听那电话里传来冰冷机械的女声："对不起，您拨打的电话已关机，请稍后再拨……"

"怎么打了个关机的啊？"

"这年头还有人的手机会关机吗？"

虽然感觉他们说的不是自己，尤语宁依旧心虚地默默藏好了关机的手机。

闻珩不着痕迹地瞥了她一眼，低头弯了弯唇角。

"好了好了，我重新打一个。"柴菲的手指往下滑。

这个"喜之郎果冻"应该是小超市店员的备注吧？小超市店员多数都是女生，应该也算在里面，放他一马好了。

柴菲拨通了这个号码，等到响了一声后打开免提，将手机还给闻珩。

闻珩一看备注，乐了。

电话响了两声后，那端传来一道温柔的女声："喂？"

众人都安静地屏息听着，尤语宁却听出这声音似乎有点儿耳熟。

闻珩面不改色地对着电话开口："我喜欢你。"

电话那端的人一阵沉默。

就在其余几个不太熟的人以为闻珩这样优秀出色的人也会遭遇感情挫折时，电话那端重新响起了声音——

一道浑厚低沉的男声怒骂："闻珩你是不是有病？老子帮你送人，你想干吗？你姐在呢！"

电话在陈绥的一通怒骂之后被挂断了。

众人先是默契地安静了一会儿，随即爆发出如雷的笑声。

郑毅恒笑得直拍大腿："柴菲，你是不是故意找了个男生的号打出去的？这可不算啊，得重来！"

柴菲也笑："没有啊，我以为是女生呢。喜之郎果冻，瞅着不像个小超市店员的备注吗？一般都是女生啊！我想着既然连人家店员都存了备注，应该对人家还挺有意思的。"

有人问："喜之郎果冻？这是什么意思啊？"

闻珩跷着腿往沙发背上一靠，闲闲地补了一句："我姐叫闻喜之。"

"闻喜之？听说过！"郑毅恒一拍大腿，一脸"这不是巧了吗"的表情，"南华'校花'之一！'大魔王'陈绥降级到他们班，俩人顶有名！"

"所以刚刚那个男的是陈绥？喜之郎果冻就是闻喜之的男朋友！"

闻珩捏着啤酒罐哼笑了一声，没接话。

大家闹了会儿，原本还想叫闻珩上去当击鼓的人，继续游戏。

闻珩把手里的啤酒罐放下，看了眼手表："有点儿晚了。"

郑毅恒看时间："才10点，还早得很呢！"

"那学长学姐们慢慢玩，我就先——"闻珩顿了顿，提着外套站起来，"去看看陈绥替我送的人送没送到。"

"哎呀！还早，再玩会儿！"郑毅恒觉得跟闻珩玩了几圈游戏下来已经算得上熟人，没什么分寸地要去拽他。

闻珩低头瞥了一眼郑毅恒拽着自己胳膊的手，慢慢抬眼看他，嘴角分明还有刚刚未完全散去的笑意，眼里迸发出的情绪却让人觉得害怕。

郑毅恒被这一眼吓得打了个寒战，立即松了手，表面上却还要维持和谐，努力扯着嘴角笑了笑："好像是挺晚了，那就……有缘再聚，有缘再聚。"

他说完，迅速坐回到了座位上，端着酒杯灌了一口酒。

秦易安原本在每个聚会都能成为焦点，自然而然地掌控全场，今晚却异常安静。

看到如此情景，他不免扯了扯嘴角，微不可察地笑了笑。

本以为刚刚有说有笑的、好脾气的闻珩是多年沉淀后已经改变的闻珩，没想到多年过去，他依旧是当初轻狂桀骜的少年。

闻珩伸手理了理刚刚被郑毅恒抓过的地方，明明不带感情却又笑盈盈地告别："那就不打扰各位学长学姐了。"

说完，他转身示意韶光："好兄弟，走吗？"

韶光本来也不是很喜欢这样的场合，更何况跟其他人也不熟，自然是要走的。

柴菲见韶光要走，立马拽着尤语宁一起："我家的门禁时间也快到了，一起吧！宁宝，走啦！"

一时间，场子都被拆了一半。

郑毅恒等他们几个人走远了，才有些重新吸到氧气的后怕感。

秦易安拍拍他的肩："那我也先走了，还有些朋友在那边，我过去打个招呼。"

"哎——"郑毅恒一抬手，秦易安已经离开，大家瞬间也没了玩的心思，散了场各自离开。

闻珩走在最前面，步伐又大又快，像是有急事赶路。

尤语宁走在他后面，看着他挺拔的背影挡住了灯光和视线，一时间出了神，脚下一趔趄，直直地往他的背上摔去，下意识地呼出一个短音："啊！"

闻珩停了下来。

尤语宁双手抓着他腰间的衣服，慌乱中似乎还摸到了他的腹肌，有些硌手。

柴菲跟韶光落在后面说悄悄话，走得慢，并没注意到她摔倒。

尤语宁的脸扑在闻珩有些硬的后背上，鼻尖撞得有些疼，她闭着眼，忍着因为疼泛起的泪花，在闻珩身上找借力点，想要起身站好。

"现在这么大胆直接？"闻珩低头看着尤语宁在他腰间胡乱抓的手，冷笑，"抱抱已经满足不了你了？得摸一摸才甘心？"

尤语宁听见了他的话，但疼得鼻子泛酸，没空回答他。

她好不容易站稳，揉了揉鼻子，感觉好一些了，才眨着泪汪汪的眼睛说了声"对不起"。

此时柴菲跟韶光也追了上来，笑着问："怎么停下来了，在等我们吗？"

尤语宁胡乱点点头："走吧。"说完，她绕过闻珩走到了前面。

闻珩迈开步子慢悠悠跟了上去，柴菲转头跟韶光对视："这是什么意思？"

四个人都喝了酒，只有闻珩开了车来。他找了个代驾，先把韶光和柴菲送回家，最后才回到他和尤语宁住的小区。

尤语宁一直坐在后面，刚开始还有柴菲和韶光陪着，现在后面就只剩下她。闻珩坐在副驾驶座上，默不作声地从后视镜里看她。

等到了楼下，尤语宁已经歪在后座上睡着了。代驾离开，闻珩打开后车门，尤语宁也没醒。

他挺好奇，她怎么总能在他车里睡着。安全意识如此差劲，也不知道她一个人是怎么安全地长到这么大的。明明男人本是食色动物，她还有这样出众的容貌，是最危险的那一类女生。

"到了。"闻珩开口，声音很低。像是要把她叫醒，却又不舍得把她吵醒。

尤语宁没什么反应，闻珩只得又说一句："醒醒。"

尤语宁醒了，迷迷糊糊地看见闻珩站在车门边，挡住了刺眼的光线。

"嗯……"尤语宁嘟囔着，闭上眼又睡了过去，还在座椅上调整了一下睡姿。

闻珩叉着腰，又气又笑。

闭着眼的尤语宁没看见他无奈又宠溺纵容的眼眸。但她醒了，刚睁开眼看见闻珩的一瞬间，还恍惚以为在梦里，所以下意识地想要继续睡。换了个姿势以后，却慢慢地醒了。

但她不愿醒来。尤语宁默默地装睡，想看看闻珩会把她丢在车里，还是继续把她叫醒。

"真是欠了你的。"

闻珩低声念着，弯腰拿上她的包，将她从车里抱出来，脚尖抵着车门关上，按了手里的车钥匙锁门，转身上楼。

尤语宁没想到闻珩会直接将她抱出来，毕竟她只是睡着了，不是喝醉了。

还记得上一次他生日那天晚上，她喝醉了醒来，躺在他房间的床上，应该也是他抱过去的。但那次不一样，她醉着，毫无意识，这次却是清醒着的。

她清醒地感受着他有力的臂膀，温暖的怀抱，稳健的步伐，以及熟悉的淡淡的佛手柑香味。

在酒吧里待了那么久，他竟也没有染上难闻的气味。

已经夜深了，小区里没什么人，连风声都没有。

尤语宁心虚地感受到自己明显的心跳，自私地希望这条路没有尽头，他也不要停。

恍惚间，他们应该是到了一楼电梯门外，他抱着她抬手去按电梯键。

电梯门外的楼道光线明亮又晃眼，照得装睡的尤语宁更加心虚。

她怕在这样的强光下，闻珩发现她在装睡。

"叮"的一声响，电梯到了。

闻珩抱着她进去站好，右手上抬去按楼层。

尤语宁胡乱地回忆着最近自己有没有吃太多，有没有长胖。闻珩会觉得自己太胖太重抱着太累吗？他胳膊酸不酸？他会不会半路抱不动，把她扔地上？上次她称体重九十几斤来着，过年这些天不会三位数了吧？

也不知电梯到了几层，一阵电话铃声打断了尤语宁的胡思乱想。

寂静密闭的电梯间里，那手机铃声持续响着，格外清晰。

闻珩两手抱着尤语宁，自然无法接听。

尤语宁觉得煎熬。

这么吵闹的手机铃声，自己到底是该醒还是不该醒？

她继续装睡的话，会不会太假、太明显？

尤语宁内心做过百般挣扎，终于决定装作刚被手机铃声吵醒的样子睁眼，那手机铃声却忽然停了。

电梯也恰好到了楼层，门打开，闻珩抱着她出去。

他没走几步，尤语宁感觉他好像停了下来。

什么意思？这几步路应该还没到家门口才对，难道他发现自己在装睡？尤语宁的一颗心立即提了起来，她不停地思考如果他揭穿自己装睡的事实应该怎么办。

闻珩抱着尤语宁站在楼道里，看了看尤语宁的房门，又看看对面自己的房门，喉结一滚，还是抱着尤语宁往她家的房门走去。

尤语宁感觉他又停了下来，但是根据他行走的速度来算，应该是到她家门口了。

"醒醒。"闻珩说，"到了。"

真要命……尤语宁觉得他此刻的声音听上去真是性感又撩人，比初一声工坊里面所有男配音演员的声音都动听。

但她不敢醒来。刚刚那么吵的电话铃声都没有把她"吵醒"，这会儿她被他轻易叫醒的话，那也有点儿太假了。

要不你再凶一点儿吧，闻珩，不然我不敢醒。

尤语宁感觉他低下了头，光影好像在变换，抱着她的双臂似乎也在慢慢往上抬。

尤语宁有些慌。该不会他突然对她起了色心，要趁着她"睡着"对她做什么不轨之事，比如偷亲她？

那她到底该醒还是不该醒？

不等她想明白，一道热气钻进她的耳朵："醒醒。"

他居然用气声说话。那声音很低很轻，带着热气钻进耳朵里，好痒。

尤语宁缩了缩脖子躲开，无法继续装睡，被迫"醒来"。

"嗯……"她先是迷糊地转着眼睛看一圈周围，再闭上眼，又慢慢睁开，"我在哪儿？"

"醒了？"

"嗯……"尤语宁很轻地应声，装作才反应过来的样子，"啊，到家了？"

好假……尤语宁说完就有些脸热。

还好，这么些年的配音经验让她觉得自己刚刚的语气应该还挺真的，听起来应该很像是真的才睡醒，惊讶地发现自己居然到家了。

见闻珩垂眸看着她，一言不发，尤语宁更觉得心虚，抓着他的胳膊要下去："是……是你抱我回来的吗？"

"不然呢？"

"怎么不叫醒我呀？我挺重的。"尤语宁不敢看他，从他的怀里下去，把他手里的包拿过来，在地上跺了跺脚，活动几下。

"这不是叫不醒？"

"有……吗？"尤语宁抿了下唇，"可能我睡觉有些沉，如果有下次的话，你叫大点儿声。"

"嗯。"闻珩低头揉捏着自己的肩，按着肩转动胳膊，看起来确实受了不少累。

尤语宁有些过意不去，大人抱小孩儿太久都受不了，更何况自己这么大的人，闻珩这胳膊和肩估计都要累废了。如果她是无意的也就罢了，偏偏她装睡，简直可以称得上故意。

这么一想，闻珩真是善良大方又可怜，而她就显得有些可恶。

"今晚……谢谢你。"尤语宁看着他捏胳膊的动作，有些犹豫，"要不我给你捏捏？"

闻珩停下动作，抬眼看她。

尤语宁后知后觉地反应过来，自己这话好像有点儿过于亲近了。毕竟男女有别，而他们之间的关系顶多算得上是朋友，捏肩捶背这样的事情好像不是很合适。

"那个……"尤语宁尴尬地咬了咬唇，"我就是觉得很抱歉。"

"行。"闻珩放下揉肩的手，"想展示你的贤惠？给你这个机会。"

还好他的脑回路异于常人。

"你受累了。"尤语宁打开房门邀请他进去，"进来坐吧，我给你捏捏。"

闻珩进门，边走边不动声色地将尤语宁家里的陈设打量了一番。

"你坐在那边的长沙发上吧，喝水吗？"尤语宁将包放下，去接了杯热水放在茶几上，顺手打开了空调，又从茶几上抽了两张湿巾，递了一张给闻珩，"擦擦手。"

闻珩接过湿巾擦了手，丢到垃圾桶里，不知是真口渴还是给面子，拿起水杯喝了两口。

"是胳膊和肩膀酸疼吗？"尤语宁擦完手以后挽了挽袖子，跃跃欲试，"我小时候经常给我爸捏肩捶背，应该有点儿用。"

闻珩放下水杯："你的技能还挺多。"

"还好，什么都会一点儿，但都不精通。"

"怪不得泡我的招数又多又烂。"

尤语宁坐到他旁边，示意他把外套脱了："那样舒服点儿。"

闻珩很配合地脱外套，嘴却很欠："难道不是你想跟我亲密接触？"

尤语宁接过闻珩的外套，放到一边的单人沙发上，看着只穿了单薄底衫的闻珩，忽然有些无从下手。

这为什么还是件低领的底衫？偏偏他还是冷白皮…男人的锁骨这么性感吗？

尤语宁别开眼,低下头去抓他的右臂:"你想轻点儿还是重点儿?"

闻珩跷着腿闭上眼,懒懒地靠在沙发上,懒洋洋地说:"重点儿。"

"好的。"

尤语宁双手隔着他薄薄的底衫抓着他的小臂一点点地捏:"这样合适吗?"

闻珩的声音听起来像是要睡着了:"嗯。"

尤语宁抬头看了他一眼,抓过空调遥控器把温度调高了些,免得他真睡着了被冻感冒。虽然隔着底衫,她依旧能感觉到他炙热的身体像一团火,但睡着了的人似乎抵抗力会变弱。

捏完小臂,尤语宁重点捏了捏他的肘关节,转而才隔着衣服捏他的上臂,捏完右边的,再换到左边。把两只手臂都捏完,她最后起身绕到沙发后面,去给他捏双肩。

他双肩很宽,有着那种肩宽腰窄的完美身形,能给人很强的安全感。

她的手法并不专业,但胜在温柔又不失力道,让人感觉很舒服——尤其是在这样昏昏欲睡的时刻。闻珩在半梦半醒间,感受到她柔软的双手在他的胳膊和双肩移动、揉捏,感受到她捏他的双肩时,长发落下,拂过他的侧脸和耳边,落在他的脖颈处,温柔、微痒,这仿佛是他从前做过的梦。

梦里他们相恋、结婚,他加了班的夜晚,她温柔体贴地替他接了热水放在手边,脱去他的外套,轻声说:"今天辛苦了,我给你捏捏肩。"

再后来,闻珩真的睡了过去。

尤语宁替他捏完胳膊和肩,自己也有些手酸,停下动作起身活动了一下筋骨,见闻珩没有别的动作,轻声叫他:"闻珩?"

闻珩没应。

尤语宁转身去卧室抱了一床厚厚的毛毯过来,叠成两层替他盖上,没有关灯,轻手轻脚地离开。

次日一早,尤语宁醒来,第一反应是去客厅看看闻珩还在不在。

他不在,毛毯叠得很整齐,放在沙发上,茶几上放着没打开的外卖。

尤语宁走过去打开看,是青菜瘦肉粥和两盒下饭的小菜,旁边还有张便利贴,应该是店家写的,女孩子的字迹:"早安,今天也是活力满满的一天!"

尤语宁捧着脸笑。

她越跟闻珩接触,就越觉得他高傲、桀骜不驯的外表下,有着温柔至极的内心。而她，永远都会为温柔心动。

转眼年假结束，大家陆续回归工作岗位。

开工第一天，尤语宁睡懒觉起得晚，没来得及吃早饭，到工作室才刚好卡上打卡的时间。

她刚到座位上坐下，就感觉气氛不对劲，气压似乎有点儿低。

尤语宁往旁边看了一眼，甜烛的座位是空的，但电脑开着，显然甜烛是来了却不在工位上。

橘子坐在她旁边给她发微信："被老板叫去办公室了，哈哈哈！"

原来如此。

橘子又发来一条："这次《他夏》不仅播放量不怎么样，大家还边听边批评，你听没听？真的有点儿差劲。"

尤语宁自然听过。

大年初一那天晚上，橘子打电话跟她说了一个小时，挂了电话后她就去听了。

说实话，《他夏》的效果有点儿出乎尤语宁的预料。怎么说甜烛也是专业院校毕业的，虽然是靠御姐音吸粉，但尤语宁觉得她其他的声音也应该很不错。

只是没想到，那么重要的一部广播剧，就她那样发挥，工作室居然也认同了。

可能她是为了证明自己，却又经验不足，有些用力过猛，最后就适得其反。

开工第一天都是些杂事，尤语宁一边熟悉业务一边"摸鱼"，过了会儿听见脚步声响起，抬头一看，甜烛回来了。

甜烛脸色很不好，看见尤语宁后就更不好了。

尤语宁默默收回视线不看她，反正被抢资源的是自己，逆风翻盘也是靠自己努力，又没做什么亏心事。甜烛一手好牌打得稀烂，那是她的事，跟自己无关。

很快策划人叫《他夏》项目组的成员去会议室开会，应该要商量解决方案。

人走了不少，低气压一瞬间消失了，橘子笑嘻嘻地凑近尤语宁："宁宝，我就说嘛，旁门左道要不得，还是踏踏实实努力比较好，刚学会走就想飞，她以为她是紫微星呢？"

尤语宁看了周围一眼，轻声提醒："小声点儿。"

"怕什么？我又没说错，更何况别人也听不见。"橘子不以为意，"虽然她在网络上有不少粉丝，但是当初宁宝你不也是有很多粉丝？可是你还是从配角开始录，慢慢靠自己的实力走到现在，一步一步，努力又踏实。姐姐欣赏你，当然替你看不惯她。"

橘子一直都是这样的性格，爱憎分明，热烈阳光，讨厌不公。尤语宁了解她，也羡慕和喜欢她这样的个性，但还是怕她得罪人不好过，所以笑着岔开话题："过年这些天都去哪儿玩了呀？"

橘子被她带着走："别提了，我……"

《他夏》项目组的会议内容尤语宁不得而知，只知道会议结束后甜烛就进了录音棚，看起来应该是打算重新录制她的部分。

这么大的工程……尤语宁想想都觉得头痛。

因为《故园》太成功，下午工作室召开的全体会议上老板特意点名表扬了项目组所有成员，尤其是作为主役的尤语宁和枫林。

这只是个短剧，当初项目组投入的各种资源都不是很多，人手自然也少，但在会议上大家的开心相比《他夏》项目组的低气压十分明显。

橘子是《故园》项目组的，就差没把"高兴"两个字写在脸上，惹得《他夏》项目组的人只能生闷气。

会议结束，老板特意留下尤语宁谈话，无非就是知道她先前受了些委屈，觉得对不住她，安慰了几句，又夸她这次表现出色，希望她继续努力，以后必定大有可为，前程似锦。

2月末的一天，尤语宁在网上刷到一条视频——

下着雨的夜晚，繁华热闹的市中心，昏暗的路灯下，两人郎才女貌，在雨夜中跳舞。路人拍摄的视频，隔着婆娑的树影，有车身和路灯杆遮挡，却挡不住两人的身形和脸。

视频标题是"浪漫的雨夜"，发布时间是2022年1月2日。

尤语宁记得那天，失约的她紧赶慢赶，赶在那一天结束前的最后一分钟，邀请闻珩跳了一支华尔兹，只是没想到他们竟然被路人拍了下来，还发到了网上。

发布人是个没多少粉丝的用户，之前的几条视频点赞量寥寥无几，这一条的点赞量却达到了五十万！这条视频明明已经发布了一个多月，却在这时候在网上火起来，让尤语宁刷到。

就连发布人自己也在置顶评论里说道："喂，怎么突然火了？我只是随手拍的，觉得很浪漫就发上来了啊！如果视频主角看见了，觉得被冒犯可以联系我删除！"

尤语宁起初没想太多，也没打算管，甚至觉得路人拍出来还挺有氛围感，但转念间想起：她表姐是喜欢刷短视频的，如果让表姐刷到……

虽然表姐不至于因为这一条视频就找到她在哪里，但是如果让表姐的男朋友认出了闻珩，尤语宁不敢想后果。

尤语宁心中警铃大作，立即给发布人发私信，请她立即删除本条视频。

发布人似乎是舍不得这条视频带来的热度，私信已读不回。尤语宁连连发了好几条私信给她，她才不情不愿地问尤语宁怎么证明自己就是视频里的人。

无论怎么解释那人都咬定不信，尤语宁只好被迫发了照片过去，以此证明自己的身份。发布人看见了她的照片，却装作没看见，依旧已读不回。

尤语宁被逼无奈，只好威胁她再不删除这条视频就要走法律程序。

对方大概看她长得温柔，没什么攻击性，没当真，还是已读不回。

尤语宁没遇到过这种事，也不太会对付这种软硬不吃的人。好不容易下了班，在楼道里碰上了闻珩，她像抓住了救命稻草般跑过去拉住他："闻珩！"

闻珩原本低着头，边走边跟周至诚交代一些事情，周至诚也听得认真，不时地点点头："好的，我知道了，珩哥。"

猝不及防地被人拉住，闻珩转过头，看见尤语宁失了淡定的脸，沉默了一下，示意周至诚："行，你先走吧，其他的晚上再说。"

周至诚看了看尤语宁，应道："好的，珩哥。"

闻珩也没急着问尤语宁什么事，而是带着她到那边休息区的沙发上坐下，等人走得差不多了，才开口问："说吧，怎么了？"

尤语宁将事情大概说了一遍，略去了害怕表姐看到这件事，只说不想让自己的视频在网络上疯狂流传。

"火了又怎么样？"闻珩看上去不太在乎这件事，"跟我跳个舞，被人发到网上，很丢脸？"

尤语宁根本不是这个意思，但没办法说出自己真正害怕的事情。

"你能不能帮我？"尤语宁不打算再继续解释，"不帮的话我自己想办法。"

闻珩不答反问："你想什么办法？"

尤语宁呼出一口气，一脸严肃："告她。"

"也不是不能帮。"闻珩眼尾上挑，"你想让我怎么帮？"

见他松口，尤语宁立即应道："很简单的，你就给她发私信，说你是视频里的男主角，叫她把视频删了就行。"

闻珩嗤笑："你就这么说的？"

尤语宁点点头："嗯。"

"那她听了？"

"没有……"

"那不就得了？"

"不一样的。"尤语宁说，"我是女生，她可能觉得我好欺负，你是男生，她会害怕你的。"

"哦……"闻珩一副恍然大悟的表情，"所以你是叫我去吓吓她？"

"差不多吧。"

"那你随便找个男生账号骗骗她不就行了？"

"不行，要发照片证明自己的身份。"

闻珩皱眉："你发照片给她了？"

"嗯，不然她不信我。"

"照片发了她就信？"

"嗯，信了。"

"然后呢？给你删了？"

"没有……"

闻珩被她气到闭眼揉太阳穴："脑子都长哪儿去了？手机给我。"

想到手机里有很多会暴露自己就是游鱼睡着了的东西，尤语宁警惕又犹豫，没有立即给闻珩自己的手机："干吗？"

闻珩被她这警惕样气得不轻。对别人她倒是毫不设防，跟个"傻白甜"似的，照片说发就发，到他这儿，看个手机都小心得不行。

"我看看是谁发的视频。"闻珩斜眼瞧她，"3——2——1——"

"给你！"反应过来的尤语宁立即把手机解了锁调到视频页面给他，"就是这个。"

尤语宁凑近他些，打算他如果要看别的东西就立马把手机抢回来。

闻珩跷腿坐着，拿着她的手机将视频看了一遍，点评道："拍得挺好。"

尤语宁扯了扯他的外套衣袖："你快叫她删了啊！"

"等会儿。"闻珩先下载保存了视频，"我存个证。"

尤语宁不懂他说的存个证是什么意思，但看见他下一秒退出了那条视频，返回了手机主页面，立即紧张地伸手去盖住手机屏幕："你要干吗？"

闻珩侧头，对上她警惕的眼神，冷笑："怎么，手机里有秘密？"

"当……当然啊！你手机里没有吗？"

"行。"闻珩把手机还给她就要起身离开，"你自己弄。"

"别……"尤语宁一把抓住他的胳膊，不让他走，"你先说说你要干吗啊！"

闻珩垂眼，视线落在她抓着自己胳膊的双手上，静默几秒，话语中有妥协的态度："点开微信，加我好友，发给我。"

"啊？！"但是她的微信名字就是游鱼睡着了啊！

"你不是说你的微信好友达到上限了吗？"电光石火间，尤语宁想起他之前在酒吧里拒绝别人加好友时的托词，"那我怎么加你好友啊？"

"哦。"闻珩不以为意，"骗人的。"

居然有人能用这么坦然的语气说自己是骗人的！

"那我的微信好友到上限了。"

闻珩斜眼看她："嗯？"

尤语宁装得很像："真的，要不你用自己的手机下载吧？"

闻珩轻笑："这就是你求人办事的态度？"

好像这态度是有点儿不够端正。但眼下本来就很乱，尤语宁也不想现在"掉马"，乱上加乱，好脾气地跟他商量："我用小号加你，可以吗？"

闻珩沉默好一阵，得出个结论："没看出来，你还挺会'养鱼'。"

"啊？"

"怕我跟你大号里的'鱼'撞上？"

尤语宁好像懂了：他是说自己同时勾搭好几个男生？

"我没有，我就是……就是……"

"行了。"闻珩打断她的话，掏出自己的手机，"守好你的'鱼塘'。"

尤语宁不知该怎么解释，松了一口气的同时又有些失落——她并不想被他误会成那样的人。

闻珩用自己的手机打开了那条视频，没再多说一句话，手指不停地在各个软件上滑来滑去，又用了公共区域的电脑登录了什么东西。

一通尤语宁看不懂的操作下来，终于来到了她看得懂的操作。闻珩点开那人的私信页面，竟然直接发送了那人的真实姓名以及公司名称和地址，然后问她："删视频还是收律师函，你选一个，我的律师二十四小时待命。"

尤语宁没想到跟自己装死的那人秒回："你怎么知道我的信息？你是谁？"

闻珩："选哪个？"

那人不敢装死，应该是被吓到了，立即回道："我删我删！"

不过几秒时间，尤语宁点开那条微博看，页面显示视频已被删除，简直让人惊叹。

"怎么做到的？"尤语宁惊讶地凑近闻珩的手机屏幕，"你怎么知道她的信息的啊？"

"很难？"闻珩不以为意，"也是，对你来说确实挺难，笨蛋一个。"

笨蛋吗？尤语宁没敢再问他什么，又搜了搜还有没有其他盗用视频传播的人，万幸搜出来的都是热度比较低的，不搜不会看见的那种。

闻珩瞥着她的动作，懒懒地开口："饿了。"

尤语宁收了手机："我请你吃饭。"

尤语宁开车，带着闻珩去了自己觉得还不错的一家中餐馆。

恰好是用餐高峰期，店里座无虚席。但他们运气好，刚好有一桌人吃完了离开，座位空了出来，还是尤语宁比较喜欢的靠窗的座位。

尤语宁示意闻珩跟她走："这家店是菲菲介绍给我的，后来工作室团建也来过，我觉得还不错，不知道你喜欢不喜欢。"

这是一家装潢比较复古的中餐馆，多用木质结构和原木配色，各种古典的装饰灯营造出一种复古典雅的氛围，虽然座无虚席，却又不会显得杂乱，反而给人一种人间烟火的热闹和谐感。

闻珩不是第一次来，却装作第一次来的样子，四下打量了一番："哦，看起来不错。"

尤语宁见他没有嫌弃的意思，弯了弯唇角。这已经是她去过的中餐馆里最好的了，如果闻珩不喜欢，她不知道自己该找哪一家才行，万幸他觉得还不错。

因为是感谢闻珩才请他吃饭，尤语宁把菜单交给他让他点菜。

闻珩随便点了几样，把菜单还给她："够了。"

尤语宁看了看他点的东西，觉得分量不算多，怕他不够吃，又加了两样。

这会儿是用餐高峰，菜上得慢，等菜的间隙尤语宁把自己的微信名字和微信号改了，朋友圈改成三天可见，头像也从一条鱼换成了水兵月。然后她从桌面上把手机递过去："我刚刚删了些'躺'在列表里的好友，现在可以加你的微信吗？"

闻珩垂眸瞥了一眼她手机界面上显示的加好友的二维码，抬起眼皮看她，语气淡淡的："我不是很想。"

尤语宁知道他在因为什么不高兴。像他这样优秀的人，平常都是别人求着加他的微信，刚刚她却各种找借口拒绝了他，他生气很正常。

她刚刚拒绝也是怕被他认出来，内心是想加他好友的，想看看他的朋友圈，想了解他的日常，想离他更近一点儿。

她刚刚得罪了他，眼下只能温声细语地哄他："加了我给你发个好东西。"

闻珩哂笑，把手机往旁边一丢，往后靠在椅子上，冷冷拒绝："不加。"

"你绝对会感兴趣的。"尤语宁保证道，"游鱼的独家录音。"

"哦，照片还可以考虑考虑。"

尤语宁做出妥协："先发音频，以后有机会，游鱼同意的话再发照片，可以吗？"

闻珩抬起眼皮看她，几秒后笑了："就这么想加我，连朋友都能出卖了？"

尤语宁怕自己露出喜欢他的意思，只能补充道："我就是好奇，你刚刚到底是怎么知道那个人的所有信息的，想跟你请教请教。"

"不承认啊？"闻珩挑眉，转而看向窗外，"那算了。"

算了就算了，她再找别的机会吧。

那条视频早在尤语宁看见之前就已经在网络上走红，因为浪漫的氛围和郎才女貌的搭配实在完美养眼，加上发布人配的音乐很有感觉，所以很多人都保存后分享给了好友。

此时坐在中餐馆一角的两个年轻女生就下载了视频，从尤语宁跟闻珩坐下就开始注意到了他们。俩人的身形、样貌都过于出众，本就很吸引人的目光。

两个女生多看了两眼，觉得他们有些眼熟。

其中一个短发女生问朋友："你觉不觉得在哪里见过？"

长发女生认真想了想，打开手机微信，点开那条视频："是不是我给你发的视频里的两位主角？"

短发女生凑近看了看，又偷偷看已经开始用餐的尤语宁和闻珩，小声惊讶："还真是！"

"快快快！拍下来拍下来！"长发女生有些激动地打开了手机相机，"热度都送到脸上了还不蹭也太傻了。"

她这相机打开得及时，恰好一只虫子落到了尤语宁的头上，闻珩见了，指指自己头上对应的位置："有只虫。"

"啊？"尤语宁如临大敌，一动都不敢动，"什么虫？"

闻珩抽了张纸，勾勾手："头过来点儿。"

尤语宁乖乖地往他面前凑："会不会咬人？有毒吗？你小心点儿。"

闻珩隔着纸将那只虫抓住，团了团，丢进垃圾桶里："普通的臭虫。"

"臭虫？"那岂不是她的头发也会变成臭臭的？

尤语宁顿时胃口全无，正想问闻珩能不能改天再吃，闻珩已经拿着手机起身："走了。"

"不吃了吗？"

闻珩瞥她："还能吃得下？"

好像也是，闻珩这样的大少爷，大概是受不了吃饭的时候冒出来一只臭虫的，更何况他还用手抓了。

尤语宁拿着包跟他一起离开，小声商量："吃饱了吗？要不回去我再给你做点儿？"

角落里的长发女生将这些全部拍了下来，有些羡慕地感叹："哇！这个帅哥看上去一副不好惹的样子，没想到对女朋友这么温柔。"

短发女生："那也不一定吧，装深情谁还不会啊？"

"好像也是。"长发女生点点头，连饭也顾不上吃，低着头编辑视频，"我得配个超级有感觉的音乐才行，就靠这个蹭点儿热度涨粉。唉，早知道不选修这个新媒体运营课了，烦死了，我上哪里去凑十万粉丝啊？！"

"但是之前那个视频不就已经删了吗，这个视频还能不能发？"

"这你就不懂了吧？正是因为那条删了，所以这一条后续才显得珍贵。让我想想，标题应该取个什么样的才吸引眼球……"

"你不怕别人找上门来？"

"找上来再说呗，叫我删我再删，反正不至于告我吧？实在不行大不了赔点儿钱，多大点儿事。"

第七章

疯一场

时间不算很晚。

尤语宁洗完头出来不到 9 点，湿发滴水，她拿着毛巾偏头吸水，视线里闻珩坐在沙发上玩游戏，盘着双腿，蓝色的棉拖鞋摆放得很整齐。

进门时就开了空调，大概是有些热，他脱了外套随意地丢在沙发上，只穿了一件宽松的白色底衫，平时总是微仰着的头此刻低着，后背贴靠在沙发背上，用修长的十指横拿着手机，不知在玩什么游戏，手指的动作很快。

他看上去自在又随意，全然没有在别人家的拘束感。所以这一刻，尤语宁内心也冒上来一些奇妙的感觉——他在她家竟如此自在，从某种意义上来说，他对她不设防。

尤语宁收回视线，低头，嘴角不自觉地带了笑意。

那双蓝色棉拖鞋，是她年前准备年货时买的，柔软的鞋面上绣着林间小鹿。当时在超市的一堆棉拖里，她一眼看中那双，鞋底显示鞋码为 45 码。

导购笑着问："给男朋友买吗？"

那样的误会让人脸都发热。她藏下几分羞涩，问导购："一米八八的男生穿什么码的棉拖鞋比较合适呢？"

"一米八八？那你男朋友长得很高啊。"导购露出羡慕的神情，伸手翻过棉拖鞋的鞋底，"45 码左右就合适，我看看你这个……刚好啊！"

于是她把那双命定的蓝色棉拖鞋带回家，拆了标签，放进鞋柜，同她的浅蓝色小鹿角棉拖摆在一起。再后来，也就是刚刚，它被穿到了闻珩的脚上。

进门时，她装作不经意的样子拿出那双45码的蓝色男式棉拖鞋，心虚又故作淡定地解释："之前买一送一的，你要试试吗？"

闻珩倒也没挑，当真试了试。棉拖鞋像是她特意量了脚的尺码去买的，合适至极。

"还挺合适。"闻珩瞥了一眼她脚上同色系的可爱小鹿角蓝色棉拖鞋，"就是买你脚上这双送的？"

"嗯。"

"怎么瞅着像情侣款？你别是早就准备好了，就等着我来穿呢？"

"我去洗头，你先坐会儿，想想要吃什么，我洗完头出来做。"连多看他一眼都不敢，尤语宁转身就进了浴室。

"闻珩。"尤语宁擦到头发不再滴水，立在洗手间门口叫他，"想好要吃什么了吗？"

闻珩应声抬头朝她看来，也不知看到了什么，神色有一瞬的愣怔。

"没。"他说，"做什么都行。"

他像是忙得很，看她这一眼也是抽空，话音刚落便低头看手机。

尤语宁怕打扰他玩游戏的雅兴，没再追问，放了毛巾进厨房去翻冰箱。

脚步声响起，闻珩又抬头看她的背影。

刚刚一室灯火昏黄迷离，她湿发散乱，水雾朦胧的眼只看向他，这场景很像很多时候，他清晨不愿醒来的梦境。

尤语宁在冰箱里找到半只三黄鸡、两个西红柿、几个青椒、几个鸡蛋以及半根黄瓜。

青椒鸡、番茄炒蛋、黄瓜片汤，两人份的白米饭……他们先前在中餐馆里用餐过半，想来两菜一汤应该也足够让人吃饱了。

尤语宁把菜拿出来清洗备用，用余光一瞥，上周才买的酱油、醋之类的瓶瓶罐罐安静地躺在料理台的一角。

下一瞬，酱油跟料酒都被藏到了厨柜里。

"闻珩。"尤语宁从厨房探出头叫人，"酱油跟料酒都用完了，忘记买，可以麻烦你下楼去帮我买回来吗？"

闻珩刚打完游戏，也许是真饿了，很好说话地离开。

尤语宁看着他离开的背影，收回视线，靠在墙上，心跳加速——这种心思她从前没有过。

闻珩很快下楼买了东西上来，把酱油和料酒往料理台上放，顺势看了一眼其他的调味品。

"这醋跟盐不都是新买的，怎么就忘了酱油跟料酒？"

尤语宁擦擦手，掏出手机点开微信："加个好友吧。多少钱？我转给你。"

闻珩垂眼看看她的手机界面，又抬起眼皮看她。

尤语宁自然心虚，连看他也不敢，装傻似的只盯着自己的手机。

过了几秒，闻珩调出收款码给她："二十三块钱。"

尤语宁挪开手机，不扫他的码："我怕你的码有问题。"

闻珩："嗯？"

尤语宁一本正经："可能会有病毒。"她坚持道，"你扫我的。"

闻珩挑眉："这是加好友的码。"

"嗯。"尤语宁声音很轻，"就扫这个，我转你。"

"你的付……"

"付款码坏了。"

"这点儿小钱……"

"不想欠别人。"

闻珩盯着她，一秒、两秒……他挑着眼，慢慢笑了："你故意的？"

"什么？"

"明明可以在网上下单，非得叫我下楼去买，然后借机加我好友？"

"网上下单太慢，现在着急用。"尤语宁鼓起勇气抬头看他，"你不要自作多情，我才不喜欢你，只是想加了好友把钱转给你。"

"嗯？我只是说你想加我好友，什么时候说你喜欢我了？"闻珩双手后撑在料理台上，上身前倾，微微低下头凑近看她，"你心里想什么呢？"

闻珩的脸逐渐在眼前放大，连长长的眼睫毛和黑色的瞳孔都如此清晰，尤语宁的心跳漏了一拍，脑袋微微往后躲了一下。

"你不就这意思？"尤语宁将握着手机的那只手往后收，"不加也行，我等会儿找找零钱给你。"

一股力量忽然控住了手机的另一端，尤语宁低头去看，闻珩用两根手指捏着她的手机一角，吊儿郎当地说："我这人呢，最大的优点就是善良。"他看上去十分愉悦，嘴角上翘，笑意蔓延到眼角，"加了我的好友，别夜里做梦都笑醒，上班迟到我可不负责。"

话音刚落，他已经扫了她的码发送验证消息，头像还是跟之前一样，是一张二维码图片。

尤语宁顺口问道："这是个什么码呀？"

"扫扫不就知道了？"

想起上次扫他头像的二维码，出来一个白底黑字的图片，尤语宁收起手机，装作丝毫不感兴趣的样子："算了，怕有病毒。"

"成。"闻珩也收起手机出去，"可别偷偷扫，中毒了我不负责。"

尤语宁做菜并不专业，但好在动作不算慢，很快厨房就传出热油的声响，香味飘散在空气里。

炒菜的同时，煮汤的水已经在另一边灶台上的小汤锅里烧上了，尤语宁转身去拿放在小碟子里已经切好的蒜蓉，一只骨节分明的手从她身后出现，捏着碟子递了过来："要这个？"

那声音就在她的头顶上，跟锅里热油和食材碰撞的声音混在一起，像是能够抽离空气。

尤语宁接过小碟子，飞快地说了声"谢谢"，没敢回头看他，却清晰地感知他就在自己身后，像是将她环住，她一回头就会撞进他的怀里。

尤语宁不再能够专心，一颗心跑了很远。她突兀地想起大年初五那天晚上在酒吧偶遇他，他不由分说地扛起那个漂亮的女生，头也不回地离开。

他们是什么关系呢？他跟那个女生那样亲密，宠溺又纵容她。那是他的暧昧对象，还是女友之一？

"要煳了。"蓦然间，一道低低的声音落在她的耳边。

尤语宁一回神，锅里的青椒鸡早该出锅，却还在锅里，白烟"刺啦刺啦"地冒。

"过火一点儿更入味。"她撒着谎，端着锅往盘子里盛，"你怎么进厨房了？"

"怕你下药，过来监督。"

汤锅里的水已经煮沸，"咕嘟咕嘟"地冒着泡，尤语宁炒着鸡蛋，闻珩安静地立在一旁，让人如芒在背。

"要不你帮我把黄瓜片放进汤锅里吧。"

"成。"闻珩端着那碟早已切好备用的黄瓜片倒进了汤锅里，从碗架上拿了勺子随意搅拌两下让它们散开。

他身高腿长、肩宽腰窄的，往旁边一站，像模特在拍美食宣传片，就连随意搅拌黄瓜片的动作也极具美感。

尤语宁用余光注意着他的一举一动，很好奇：他的人生这样完美，有什么不顺遂的事情吗？

老城区内。

程佳梦举着手机凑到任莲面前："小姨你看，这是不是宁宁？我跟她见得少怕认错，你是她妈妈，应该不会认错的，看看是她吗？"

任莲刚把尤语嘉送去睡觉，听程佳梦这么说，立即抢过手机凑近屏幕仔细看了看，好半晌才斩钉截铁地点头："是她，我的女儿我不会认错。"

自从上次元旦尤语宁从相亲现场逃走，她们就再也没有找到她。

任莲去之前尤语宁租的房子找了好几次，一开始怎么敲门都没人应声。后来她再去，开门的是个中年男人，对着她一顿乱骂："敲敲敲！什么东西敲老子的门？"

她一开始还以为尤语宁找了个中年男人，对着他一顿臭骂，差点儿跟人打起来，后来才发现对方是新搬过去的租客。

她赔礼道歉又赔钱，才没被打一顿。

"这男的是谁？难道就是她在外面找的男人？大晚上下着雨还跟他在外面跳舞？"任莲尖吼着，"这白眼儿狼，外面的男人谁知道是好是坏，给她介绍的富二代不要，非要自己在外面找男人！"

听着任莲愤怒的声音，程佳梦笑着安抚她："小姨你先别急，别把嘉嘉吵醒了。这个男人看着还挺帅的，而且也不像是那种没钱的人，看见旁边那辆车没？少说也得七位数。"

"啊？"任莲震惊，"七位数？"

"嗯，一般能开这种车的人家里都不止这一辆，所以我估摸着他的家境应该挺不错。找时间我问问行舟，他认识的人多，说不定见过这个人。"

行舟就是程佳梦傍上的那个男友。但真要算起来，那个行舟家里根本沾不到富的边，也就是小康家庭再往上一点点。

程佳梦见识不多，且这已经是她目前交往过的历任男友中条件最好的一个，所以她很是依赖他。

那个行舟跟她回过几次家，任莲见过，还得了他送的一些小礼物，算是比较满意。听佳梦这么说，任莲很放心："好，那你就让行舟帮小姨看看，这男的家里是做什么的，有没有钱，住哪里……反正都问问。我把你

269

表妹养到这么大，不可能白送。"

任莲说完这话，大概又觉得程佳梦也是女儿家，不好这样在她面前说，毕竟还要找她帮忙，又立即装可怜："当初你那丧良心的小姨父跟我离婚，明明该他养你表妹，他倒好，为了那个女人连你表妹也不要。这么多年，你小姨我一个人，又要养你表弟又要养你表妹，如果我不是吊着这口气，怕是早就要下去了。"

任莲说着，还抹了抹眼睛："哪有母亲不爱自己孩子的？我只是想让她嫁得好一点儿，有什么错？她不理解我，还怪罪我，现在更是连家都搬了，住的地方不告诉我，还把我拉黑了。我借了别人的电话给她打，她一听到我的声音就把我的电话挂了。

"这些年来，我到底哪里对不起她了？她爸不要她，是我把她养大、送去读书的，我要是不给她交学费，说不定她现在早就进了黑心工厂，说不定变成什么样子了呢！

"唉……我的命苦啊……做了什么孽……"

任莲一边说一边装哭，还真把自己的眼泪说了出来。

程佳梦看着任莲的眼神充满了嫌弃。小时候，程佳梦一直觉得小姨是家里最漂亮的女人，温柔贤惠，对谁都好。那时候，她很羡慕尤语宁有这样一个妈妈。

任莲是从什么时候开始变了呢？大概是周围的人都在说，她们任家出来的女人都生不了儿子，而尤家那边的人也在明里暗里地逼迫她生二胎吧。好像她听得多了，心态也就慢慢产生了问题。后来她好不容易十月怀胎生下尤语嘉，狠狠地打了所有笑她的人的脸，似乎就爱上了那种感觉。

尤语嘉就像是她的奖杯，她小心捧在手上，有事没事就去别人眼前晃悠，生怕别人看不见她生了个儿子。而从那时起，她对尤语宁的爱就一点点地做了减法，全都给了尤语嘉。

程佳梦一点点看着尤语宁慢慢从小公主变成灰姑娘，看着她的笑脸慢慢消失，看着她一个人上下学。

程佳梦更加明白，即便是母亲也不可能会永远爱自己的孩子，所以执着于找一个有钱的男朋友，不图他爱她，只图他的钱能给她花。因为在这个世界上没有永恒的爱，只有钱才是永恒的。

所以，程佳梦收起刚刚忽然对尤语宁产生的一点儿愧疚，竭力告诉自己——她不只是为了自己，也是为了尤语宁好。

尤语宁是在第二天晚上10点才看见那条中餐馆的视频的。除此之外，之前她在陈绥新开的SW酒吧打架子鼓的视频也不知怎么一起火了。

标题五花八门，各个角度的视频都有。之前无论是跳舞还是在中餐馆吃饭，她都跟闻珩在一起，穿着打扮中规中矩，而酒吧视频里只有她单独出镜，穿着却变成了性感热辣的风格。

因此评论里便有人胡乱猜测："这该不会是背着男朋友出来玩的吧？看看这腿！"

"她男朋友看着挺帅的，不至于吧？"

"说不定俩人见面好，私底下各玩各的呢，那男的看着也挺会玩的。"

"唉，之前我还觉得这俩人长得像明星似的，又很相爱，感叹完美爱情呢！"

…………

也有好的评论，说女生就是要活出自己，这样才够帅气，却被人在评论下面颠倒黑白。总之，坏的成为主流，好的被骂成"洗白"，他们敲起键盘，自以为是正义的神。

尤语宁自认为自己一直都是个很低调的人。不知道有多少人跟她说过，如果她愿意露脸直播，或者在社交平台分享自己的照片，她的名气一定会翻倍，而且肯定有星探挖掘她进娱乐圈，到时候她大红大紫，指日可待。

那些话听起来诱人至极，她却从未心动过哪怕一秒。以色侍人终将色衰而爱驰，朱颜辞镜如花辞树，难留人间。再者，她也从未想过要扬名立万，也未曾想过大富大贵，更不喜欢一举一动都受限制。

只是她没想到，即便没有那些想法和那些行动，她如今也走到了这样的地步。

手机铃声突兀地响起，屏幕来电显示是菲菲。

"宁宝！"柴菲的声音听起来很着急，"这怎么突然间网上出现那么多你的视频啊？说什么的都有！你先别着急，我在去你家的路上了，那些王八蛋一天天就会在网上瞎说，什么都不知道，出口就诋毁，给他一把键盘，他都能撬起整个地球！"

柴菲急她所急，在电话里尽情地将网友骂了一顿，又温声安慰她："你先别慌，我先打电话问问韶光学弟，看他能不能把那些人的账号都处理了！"

柴菲的电话刚挂断，橘子的电话也打了过来。

尤语宁刚接通电话，门铃也在响。一时间，她的整个世界好像开始乱起来。

"嗯，我没事，橘子别担心。"尤语宁一边安慰着电话那端替她担心着急的橘子，一边过去开门，"应该不会影响我的工作，只要他们不知道我是游……"

"鱼"字还未说出口，尤语宁打开门，一抬眼，闻珩就站在她的门外。

没有想过闻珩这时候会来敲门，尤语宁挂断橘子的电话，握着门把手，侧身让开一些空间："有事吗？"

"看见一些东西。"闻珩不动声色地观察了尤语宁的表情，从她的身侧进门，"过来看看。"

"是看见了那些视频吗？"

"嗯。"闻珩随意地往沙发上一坐，跷着二郎腿抬眼看她，"这次又打算怎么处理？你是不是得罪什么人了？"

尤语宁把门关上，顺着他的话想了想："你觉得我能得罪谁？"

"那多了去了。"闻珩不以为意，"好欺负的人最容易得罪人。"

"为什么？"尤语宁不懂其中的意思，"脾气好不是才不容易得罪人吗？"

"好欺负跟脾气好是两回事。"闻珩用眼神示意她倒杯水，"好欺负的人谁都能欺负，可不就容易得罪人吗？"

尤语宁接了杯温水给他，顺势在他旁边坐下。

"你这都是歪理，我跟人相处得挺好的。这些视频只是凑巧被发到网上又凑巧火了，网上的人发泄情绪，发言比较随意，我并不在意。"

"哦。"闻珩端着水杯耸肩，"我无话可说。"

室内短暂寂静，闻珩似乎打算继续沉默。尤语宁想了想，向他求助："有没有什么办法让那些视频都消失呢？"她总不可能一个个地发私信叫他们删除吧？

"不是不在意吗？"

"我说的是不在意别人怎么看我，但不想让自己的视频出现在网上，还被疯转。"

"热度过去自然就没人转了。"

这道理尤语宁又怎么会不懂？哪怕是大火的艺人出了绯闻，也顶多是被讨论一些日子，不可能会一直被人随口提起。但她所求不只如此，还想要那些视频立即彻底消失，以免被任莲看见找过来。

好半晌，闻珩主动开了口："办法呢……也不是没有。"

尤语宁看他："什么办法？"

"我替你澄清一下。"

"不行。"尤语宁立即反驳，"我不要。"

闻珩把水杯放到茶几上，哂笑："怎么，真想当我的绯闻女友？"

"反正你不要出面。"尤语宁脑子乱糟糟的，只知道不能让他被发现，"我再想想别的办法。"

"你能想到什么好办法？"

"反正总能想到的。"

"行了。"闻珩看了眼手表，眉梢一扬，"应该也快好了。"

尤语宁不解："什么？"

她刚问完，闻珩的手机铃声响了起来。他接听电话，打开免提，电话那端传来一道恭敬的男声："闻先生，您要的律师函已经拟好了，随时可以发出。"

"行，发我。"

电话挂断，闻珩的手机里多了一份加盖公章和签名的律师函。

尤语宁还有些没回过神："什么律师函？"

"当然是……"闻珩不以为意地挑眉，"用最有效的方式维护自己的权益。"他一边说着，一边把手机里那份刚收到的律师函给各大视频博主发了过去。

不过几分钟，尤语宁再刷新微博，他们共同出镜的视频已经所剩无几。但是，她在 SW 酒吧打架子鼓的视频因为没有闻珩出镜，闻珩的律师函对他们没用，所以那些视频一条都没少。

闻珩发完律师函，一抬头，见尤语宁盯着他，不着调地问："对我更心动了？"

尤语宁犹豫着，问他："这律师怎么收费？"

"你想找他帮忙？"

"看着好像还挺管用的。"

"哦。"闻珩挑眉，"是我的私人律师。"

尤语宁也不知道他这话是炫耀自己有个私人律师还是什么意思："能借我用一下吗？"

闻珩斜眼看她："这次怎么不发你的照片给人家证明身份，让人删除视频了？"

"过去的事就不要再提了吧？"

闻珩冷笑了一声，打了个电话："过来一趟，带上你的东西。"

挂断电话后，他的脸色看上去依然很不好。尤语宁不懂为什么他的脸色那么不好，但很感激他愿意帮自己。

"你就打算这么算了？"闻珩冷不丁地开了口。

尤语宁一时没反应过来他什么意思："啊？不是你已经叫了律师过来帮忙吗？"

"然后呢？写封律师函吓吓别人，这就算完事了？"

"不然呢？"她确实是这么打算的。

"呵。"闻珩看着她，冷笑了一声，"就你这样的，别人不欺负你欺负谁？"

尤语宁不懂："什么意思？"

"不打算将那些人一起告了？杀鸡儆猴，懂吗？"

"不必吧？"她的本意就是只要那些视频消失就好了，别的都无所谓，被骂她也没什么很介意的，反正早已习惯。

"难道你就不想知道为什么这些视频会突然出现吗？之前那一条可是一月初的，现在已经二月底了，爆火不觉得蹊跷？"

是很蹊跷，但是她在意的点一直都不是这些。她怕的是视频被任莲看见找过来，怕自己掩饰的事情被人揭穿，怕闻珩知道自己背后有这样糟糕的家庭、不堪的过去。

所以，她不想告那些人，也是怕事情闹大了会让任莲知道。

总之，这个僵局是她自己要走进来的。

"我不想知道那么多。"她说，"我只想要那些视频消失。"

"行。"闻珩好像是真生气了，"等会儿律师来了你有什么想法自己跟他说，还有事，先走了。"

话音刚落，他直接起身离开。

尤语宁不知道为什么他突然之间这么生气，见他气得要走，也跟着起身。

她张了张嘴，想要叫他，却发不出声音，脚像是被定在原地，动弹不得，只能眼睁睁地看着他离开。

门铃在响，闻珩打开门，柴菲出现在门口。

"宁宝，你没事吧？我……"柴菲一抬眼，看见闻珩出现在门口，下意识地看了一眼门牌号，确认没走错，没说完的话忽然就卡在了喉咙里。

"你……"

"学姐。"闻珩冷冷的，"看见我很惊讶？"

"不是……"

尤语宁见状，快步走过去："菲菲。"

柴菲抿了抿唇，眼神询问："什么情况？"

尤语宁小心翼翼地看了闻珩一眼，闻珩却直接头也不回地离开。

"他过来有点儿事。"

柴菲感觉不对劲，这里面应该是有什么她不知道的秘密："之前一直忙着追韶光学弟，忽略了你，都没仔细问过，你跟闻珩现在是什么情况，他怎么在你家里？"

尤语宁想了想，把柴菲拉进门："菲菲，我跟你说件事。"

不远处，韶光的住宅里灯火通明，落地窗外，明江边上夜色正好，室内一角空气加湿器和香薰机的雾气升起，发出很细微的声响。

客厅的休息区域里，闻珩跟韶光面对面坐着，正一人对着一台电脑忙碌。俩人都没有说话，安静的空间里时间一分一秒地流逝着。

不知过去多久，韶光双手离开键盘，伸了伸懒腰："直接让她告吧，这些视频比雨后的春笋冒得还快，采取法律手段才是最有效的。"

闻珩一双锐利的眼眸紧紧盯着电脑屏幕，像是害怕错过任何一丝细节，听见这话，他头也没抬："她不想。"

韶光眉头一紧："也是，宁宁学姐瞧着性子太软了。"不知想到什么，他忽然笑了笑。

闻珩抬眼："笑什么？"

"没什么。"韶光用食指摸了摸鼻尖，"就是觉得，如果是菲菲学姐遇到这种事，大概会直接在评论区里跟人吵起来。"

闻珩被搞得有些烦躁，胡乱地抓了抓头发，捞起一旁的手机打了个电话："别睡了，有事。"

电话那端传来陈绥愤怒的骂声："是不是有病？有病看医生吃药，别找我。大半夜你寂寞就去找个女人，烦我干什么？"

闻珩开了免提，把手机丢远，等他骂完了才问："醒了没？"

陈绥低骂了一声："醒了，有屁快放。"

"SW酒吧开业第三天，晚上捧场的客人都是你朋友？"

"谁都能是我朋友？那都是别人给我拉的。"

"朋友的朋友？"

"再远点儿。"

闻珩懂了:"叫你朋友的朋友,让他们的朋友把那天晚上录的视频删了。"

陈绥听得脑袋直发蒙,不耐烦地问:"什么乱七八糟的?什么视频?"

如果不是为了尤语宁,闻珩是拒绝跟陈绥沟通的。这人读书那会儿就一身痞气,现在倒是收敛了些,但是跟他说话还是让人觉得头大。

偏偏尤语宁也不提用法律手段解决这件事,他倒是想用资本给她都压下去,又怕适得其反,引起更多人讨论。

从尤语宁家出来后,他就直接来了韶光这里。俩人对比了那些视频发布者的 IP 地址,发现并不是同一个地址的不同小号发出来的,因此排除了别人找营销公司故意搞事的可能。

眼下摆在面前的解决方法无非就那几种,她不许他直接出面替她澄清,又不肯闹大将那些人告了,旁门左道风险太大,最后还是要影响到她。

闻珩思来想去,这通电话才打到了陈绥这个浑蛋这里。他言简意赅地将事情说了,省去一些尤语宁大概不想让别人知道的细节,叫陈绥现在就去处理。

"哦……"陈绥一边听一边迅速查看了视频了解情况,"尤语宁怎么可能是那种人,这些人不是瞎放屁吗?行了,这就给你办妥,小舅子。"

闻珩轻启薄唇:"滚。"

陈绥不仅没生气,还"哈哈"笑了:"迟早得叫我声'姐夫'。放心,姐夫一定把这事给你办妥,但姐夫我可不保证网上其他人有没有保存,那些我可管不着,你再想想办法。"

"行了,跪安吧。"闻珩直接挂断了电话。

陈绥从读书那会儿就挺浑,认识的人不少,三教九流都有他的朋友。"人多好办事"这句话在此时得到完美体现,他几通电话打出去,人家都恭恭敬敬地问什么风把他吹出来了。

他将事情简单说了个大概,那些人就打包票应了,马上安排下去。

闻珩掐着时间搜了搜,见之前那些视频不仅没有出现在首页,甚至他主动搜索出来的也不再全是尤语宁在 SW 酒吧打架子鼓的视频,而是一些其他的与架子鼓相关的视频,这才捏着眉心给陈绥打了个电话:"谢了。"

"小问题啊,小舅子。"

另一边,对这一切浑然不知的尤语宁刚和柴菲聊完天儿。

像是一下子接收了太多惊人的消息，有些缓不过神，柴菲端着水杯喝了一口又一口，摆摆手："你等我理一理。"

　　尤语宁安静地等着，没催她发表意见。

　　好一阵，柴菲才回过神似的，声音一下拔高："你居然现在才告诉我！"

　　尤语宁抿唇："只是因为觉得没结果，所以想埋藏在心底。"

　　"你呀！"柴菲恨铁不成钢，狠狠地戳了一下她的脑门儿，"一天到晚想那么多乱七八糟的干什么？"

　　"我没办法不想。"尤语宁垂了垂眸子，掩住几分失落，"你也知道我的家庭是什么情况，怎么能够不多想呢？"

　　"唉……"柴菲跟着愁闷地叹了口气，"这种心情虽然我不能切身体会，但是我很能理解你。"

　　"没关系的，菲菲，说出来心里好受多了。"尤语宁笑了笑，"我从来就没奢望过跟他有什么，只想在他心里的印象稍微好一些，不想让他觉得我是那么差劲的人。"

　　"你在乱说什么？"柴菲不赞成地瞪了她一眼，还生气地拍了拍她的胳膊，"你明明很好，不好的是你的家庭，是你妈，跟你有什么关系？为什么非要把别人的错误怪罪在自己的身上？你很棒的好不好！你看看，你有那么多粉丝，他们那么喜欢你，你不好的话，他们会喜欢你吗？"

　　"可是，他们也不知道我的家庭啊。"

　　"啊……我真是……"柴菲气得抚额，"要被你气死了，你的家庭是你的家庭，我们现在说的是你这个人！是你这个独立完整的人！给我自信起来！"

　　"可是……"

　　"没有可是！"柴菲抢了她的话，不让她妄自菲薄，"我早就说你在那些社交平台上有那么多粉丝，可以多打些广告，现在做自媒体多赚钱啊！我还没你粉丝多呢，偶尔接个广告都美得很！现在有钱才是硬道理，还不明白？只要你有钱，你就会很自信，做什么事都有底气。所以给我加油搞钱，好吗？"

　　尤语宁不是完全不懂道理。一开始她的粉丝还没这么多的时候，就有不少广告商找到她，希望她能帮忙打广告，会付一笔可观的报酬给她。

　　那时候她很缺钱，确认了产品没什么问题后也就帮忙打了广告，报酬确实到账了，评论却很难看，所有原本会夸她的评论都变成了指责，说她忘了初心，逐渐开始利益化。

当时她年轻，二十来岁，刚毕业，还有些清高。

被那么一骂，她后来也就没再敢打广告，一直认真地做视频，只拿一些基础的流量费。

也许柴菲说得对，有钱才是硬道理。

大约 11 点半，门铃声响起。

柴菲穿上拖鞋跑过去开门，见是个陌生男人，警惕起来："你是？"

尤语宁想起闻珩走之前打的那通电话，立即跑过来："请问是闻珩的律师吗？"

男人看上去二十来岁，戴着一副银色细边框眼镜，一身正气，对尤语宁微微笑了笑，伸手递了张名片过来："你好，蒋钦，这是我的名片。"

"蒋律师，你好。"尤语宁微微笑，双手接过名片，"里面请。"

柴菲走在尤语宁身后，悄声问："闻珩给你介绍的律师？"

"嗯。"

等蒋钦坐好，柴菲也拉着尤语宁在一旁坐下，替尤语宁开口问："蒋律师，有没有什么办法私下解决这件事？我们家宁宝比较低调，不想把事情闹大。"

"可以的。"蒋钦推了推眼镜，"通常来说，先私下通知调解，调解不成功后可以拟送律师函警告，通常到这步大多数人就会妥协。"

"那如果对方还是不妥协呢？"柴菲问。

蒋钦："那就只有上法庭了。"

"那就烦请蒋律师帮我拟一份律师函吧。"尤语宁起身邀请他，"请这边移步书房，我跟您详细讲一下我的信息以及诉求。"

柴菲也跟着起身："我也去。"

蒋钦很快拟出了一份律师函，尤语宁看过后签了字，正打算给那些视频博主发过去，却意外发现关于自己的视频不知什么时候少了很多。

除了她特意搜时还能搜到的一些热度不高的残留视频，之前大火的那几条早已没了踪影。

"这是怎么回事？"尤语宁不敢置信地拽了拽柴菲的胳膊，"菲菲你快帮我看看，是不是那些视频都没了？"

柴菲有些蒙地接过手机一看，确实如此，不禁一把抱住尤语宁："真的！是真的！视频都被删了！太好了太好了！”

尤语宁强迫自己冷静下来，给那些残留的视频的发布者私信发送了律师函过去。

这是她头一次给别人发律师函，比之前苦口婆心地劝说还发照片自证效果好得多，那些残留的视频在她发了律师函后很快就被删掉了。

此后，即便她特意在网上搜索，也再搜不到关于她的任何露脸视频。

蒋钦一直等到她解决完才离开，尤语宁向他表示感谢，又询问费用。

“不用。”蒋钦推了推眼镜，“我跟闻珩先生是合作关系，不单独收费。”

尤语宁也不好再拉着他纠结费用的事，心底暗自打算到时候把钱转给闻珩。

将人送走后，柴菲抱着抱枕坐在沙发上若有所思：“看不出来，闻珩这大少爷人还不错嘛，知道帮你忙，说不定对你也有点儿意思呢？”

尤语宁想起闻珩临走时生气的样子，分明就是恨她软弱，哪里看得出对她有什么意思？

“对了宁宝，你说……”柴菲好奇地挠挠下巴，“为什么那些视频忽然之间就没了那么多呢？”

尤语宁也觉得蹊跷，刚刚只顾着激动，并没深思，这会儿仔细一想，是很不对劲。

“不知道。”她说，“难道是评论区太脏被屏蔽了？”

“啧……”柴菲皱眉斜她一眼，“真不知道怎么说你好。怎么可能呢？我感觉这背后一定有人做了什么。”

这一夜柴菲没有回家，一直陪着尤语宁，跟她睡在一张床上。俩人天南海北地聊，说起大学时尤语宁的室友，还笑了好一阵。

那是个挺乌龙的笑话。

大一时的元旦迎新晚会，尤语宁独奏钢琴曲，边弹边唱，一袭白裙，追光灯落在她的身上，美得像是不食人间烟火的仙女。

那场晚会结束，周边几所高校的表白墙都被她晚会的照片和视频占据，整个大学城都知道，西州大学的尤语宁美得像仙女一样，还多才多艺。一时间，追求她的人多如牛毛，更有疯狂的人为了见她，去她上课的教室蹭课、偷拍，堵在她上课的路上、吃饭的食堂，甚至连她去图书馆也不放过。

那时尤语宁宿舍里有个女生发质太差，高考结束就剃了光头养发，到了大一上学期结束，头发不长，就剪了个男生的发型。那女生长得很英气，留着短发看起来很帅，却是个甜妹。

尤语宁跟她关系好，每天同进同出，渐渐地就被误会了，追求尤语宁的人也都纷纷放弃。

因为这个室友，大学时尤语宁后来一封告白信都没收到，也算是一件有点儿幸运的事。

临近毕业，那个女生终于忍不住跟一直暗恋的男生表白。

男生吓了一跳："等……等下，你说话不用故意装可爱。"

"但是我说话一直都是这样呀……"

虽然过程有些离奇，但好在最后两人有情人终成眷属，去年情人节结婚，还给尤语宁发了请柬。

大概是因为在绝对信任的人旁边容易入眠，尤语宁听着柴菲的声音，回忆着往事，很快睡着了。

柴菲自顾自地说了好一阵子，没得到回应，转头去看，尤语宁不知什么时候已经闭着眼睡着了。大概是因为这些年得到的爱太少，所以她睡觉的姿势也如此防备——她蜷缩着，像母亲肚子里的胎儿。

柴菲看得心里难受，替她掖了掖被子，正打算睡觉，枕头边放着的手机亮了起来。

韶光发来消息，说刚和闻珩谈完事情，才看见消息。

没来由地，柴菲瞬间想起那些离奇消失的视频，试探着问："你们在谈什么事啊？我能知道吗？"

韶光回消息很快："应该也不是不可以。"

柴菲追问："那你们谈论了什么？"

韶光："你不是打电话问我，能不能把发布宁宁学姐那些视频的账号给黑了吗？"

柴菲惊讶："你真给人家黑了？"

韶光："没有。"

韶光："叫闻珩帮我一起查了一下那些账号的 IP 地址，给陈绥打了个电话。"

柴菲不解："给陈绥打电话干吗？"

韶光："那天晚上，在 SW 酒吧的人是陈绥的朋友的朋友的朋友，当晚他们拍了那些视频，所以网上那些视频大部分是他们发的。"

柴菲："所以叫陈绥去联系人家删的？"

韶光："嗯。"

柴菲："怪不得那些视频一下子少了好多，原来真是有人背后去解决了。"

想了想，柴菲又问："闻珩去找你就是为了解决这件事？"

韶光过了一会儿才回复："不是，我叫他来的，陈绥那边是我让他打的电话。"

这样说都是闻珩的意思。整件事，明明一直都是闻珩在中间斡旋，劳心劳力地找解决办法，但是到最后，他说不要提起他的名字。

韶光问他："为什么不让宁宁学姐知道呢？你为她做了这么多。"

闻珩烦躁地抓抓头发："她又没找我帮忙，我这样忙前忙后，巴巴地凑上去，我贱吗？"

虽然很难以理解，但这话是闻珩说的，反倒又显得很合理。他那样骄傲的一个人，在不确定对方心意的情况下，是不愿意承认自己先动了心还陷得这么深的。

柴菲对韶光说的话半信半疑，不是很相信闻珩对尤语宁半点儿意思都没有。

之前两次在酒吧遇见闻珩，她都感觉他对尤语宁跟对别人不一样。

柴菲也不是能憋得住话的人，很直白地问韶光："那我再问你一个问题，闻珩喜欢我们家宁宝吗？"

韶光："学姐不该来问我。"

柴菲很执着："那我就是要问你呢？你跟闻珩关系那么好，应该知道他喜欢什么样的女生吧？"

韶光："抱歉学姐，我不知道。"

柴菲撇撇嘴。她早就知道韶光虽然看着一副很好说话的样子，实际上很有原则，有些问题他不想回答，谁都撬不开他的口。

但是，她才不是会这样轻易善罢甘休的人，只稍微动了动脑子便替尤语宁做了个决定："正好明天是周五，晚上一起吃个饭吧，就当谢谢你和闻珩帮忙，宁宝请客。"

她倒要仔细看看，这闻珩眼里、心里到底有没有她家宁宝！

次日一早，尤语宁一醒来，柴菲就把昨晚跟韶光聊天儿的事情和她说了："我说今晚请他和闻珩吃饭，就当感谢他们帮忙，宁宝，你没意见吧？"

尤语宁自然没意见："都听你的。"只是她没想到，最后是韶光找了陈绥帮忙。

柴菲一向喜欢参加各种娱乐活动。她性格好，也喜欢做组织者，所以晚上约的这顿饭也一直都是她在忙前忙后，约时间、订饭店、发地址、打电话，尤语宁只负责买单。

上午尤语宁在工作室上班，大家看她的眼神大都有些同情，显然也是看见了那些视频。

橘子跟草莓围上来关心她，又安慰了好一阵，得知事情解决了，不免替她开心："那真是太好了，虽然大家不知道你就是游鱼，但真怕后面继续下去被人挖出来，到时候你的黑粉就又有事情做了。"

尤语宁笑了笑。她其实不太害怕黑粉，反正这几年也习惯了他们无中生有。

忙了一天，到了下班时间，尤语宁处理完手里的工作，收拾好东西准备去赴约。

因为她跟闻珩和韶光就在同一层楼，此时下班，她就想蹭个顺风车。

尤语宁怀着并不太单纯的目的走到归鱼工作室门外，此时里面还灯火通明，看着没有下班的迹象。她站在门外张望了一会儿，也不好意思进去，正要走，一道清脆的女声叫住她："美女，找人吗？"

虽然承认这声"美女"叫的是自己会有些"脸大"，但此时这附近就只有她一个人。尤语宁转过身，笑了笑："你们还没下班吗？"

"我们今天要加班呢，可能还要些时间，要不你进来等吧，外面怪冷的。"

"不用了，我——"

话音未落，楼道一旁开着的窗户处传来一道清晰的闷雷声响。尤语宁整个人不受控地跟着抖了一下，改了口："那就打扰了。"

年轻女生叫居居，笑着邀请她："没事，快进来，你是对面配音工作室的吧？我见过你好几次，之前我们老板还让我去给你们送咖啡。"

尤语宁笑着看了居居一眼，点头："嗯，我记得的。"她记得有个女生来送咖啡，就是不记得长什么样。

居居是公司里的行政，很多乱七八糟的事情都管一点儿，带着尤语宁到接待区的沙发上坐下后，还给她接了一杯温水。

"美女你先坐，正好我也偷会儿懒。"居居笑着在她旁边坐下，"真羡慕你们，下班好早啊，不像我们游戏工作室，加班都是家常便饭。"

尤语宁微笑着附和："你们是辛苦一些。"

"可不是吗？这过完年回来，工资才发没多久，就有人受不了加班要离职。"

居居刚说完，那边走过来另一个女生，手里抱着一个纸箱。

"糖糖！"居居叫住她，"办完了？"

糖糖点头，抱着纸箱走过来，像是心跳才平缓下来的感觉："差一点儿就说不出话了。"

居居笑得不行："又被老板帅到了？"

"嗯，不只是。"糖糖点头又摇头，"老板看上去心情不太好的样子，我有点儿害怕。"

"老板人很好的，怕什么？他还能吃了你呀？"居居说着从她纸箱里抽了张 A4 纸出来，"这就是老板给你签的离职申请吗？"

"对啊，老板的字太好看了，字如其人。"糖糖叹气，"就是我男朋友受不了我没什么时间陪他，都要跟我分手了，不然我真舍不得辞职，每天上班看一眼老板都觉得动力满满。"

"那你还要走……啧啧，这字真的绝了。"居居说完，似乎很有分享欲，拿着糖糖的离职申请给尤语宁看："美女你说，这字是不是真的绝了？"

尤语宁原本就很好奇闻珩这样的人写字是什么样的，但没好意思说自己想看，这会儿居居让她看，正好遂了她的意。

她微微低头凑近，在右下角"同意离职"的下面看见了龙飞凤舞的四个大字："前程似锦。"

一种莫名其妙的熟悉感扑面而来，尤语宁看着这四个字出了神。

居居与有荣焉地问："真的很好看，对吧？"

"对。"尤语宁回过神，思绪却有些乱，"很好看。"

居居把离职申请还给糖糖："前程似锦啊糖糖，这也得亏是遇到我们老板，不然你这临时提出离职，别人还真不一定这么干脆地同意，指定得磨你一个月。"

糖糖是归鱼工作室搬到南华以后才招进公司的，当时人事请假，是居居去兼任人事招了她，如今不到半年她就要辞职，居居其实是不开心的。但平时两人相处得挺好，居居也不好意思说些什么，又客套了几句，糖糖便抱着纸箱离开了。

居居休息了一会儿，也要去工作，接待区便只剩下尤语宁一个人。

尤语宁微微颔首，手指无意识地在手机屏幕上摩挲，满脑子都是那熟悉的字迹——她到底在哪儿见过？

闻珩提着外套走出办公室打算下班，远远地一抬眼，瞧见这样一幕——

　　女生长发柔顺，一侧别在耳后，垂落胸前，侧脸精致，白皙的肌肤在头顶散落的灯光下泛着光。宽松的米白色毛衣让她更显娇小，卡其色背带裙下，一截小腿又细又白。她安安静静地坐在沙发中央，微微低头发着呆，整个人都散发出与世无争的淡然气质，又叫人瞧出一丝令人心软的破碎感。

　　心动的感觉铺天盖地将人席卷。多容易让人误会她是特意来等他下班，专心到连手机都没看。

　　"喂。"尤语宁正出神，一道身影挡住她的视线，声音在头顶上方响起，拖腔带调的，一听就是闻珩。

　　尤语宁抬头看，闻珩单手将外套搭在肩上，歪了歪头："走吧。"

　　他表现得很自然，似乎丝毫都不惊讶她会出现在这里，仿佛他们早就约好了，她要来等他下班。

　　"韶光呢？"尤语宁左右看了看，"他还没下班吗？"

　　闻珩转身往外走，也没叫她跟上："他被柴菲学姐叫走了。"

　　原来是这样。

　　尤语宁提着包起身追上去，一直走到电梯门外，左思右想，偷看他好几眼，终于在电梯门打开时问他："你的字一直就写成那样吗？"

　　闻珩顿了一下，抬脚迈进电梯间。

　　电梯门重新合上，他抬手按了负一楼，不答反问："你什么时候看见我写的字了？"

　　"就刚刚，你们公司那个叫糖糖的离职申请上，你写了同意离职，还祝她前程似锦。"

　　"你怎么随便看别人的东西？"

　　"那个美女叫我看的，说你的字写得很漂亮。"

　　"哦，漂亮吗？"

　　"漂亮。"

　　闻珩的眉眼愉悦地舒展开："更为我着迷了？"

　　地下停车场的灯前两天坏了，还没来得及换，电梯门一打开，黑暗笼罩，尤语宁下意识地往后退了半步。她一直都是在写字楼一楼就出电梯的，今天还是头一回来地下停车场。

　　陌生的环境和黑暗让她本能地感到恐惧，加上这会儿已经不是下班高峰期，来地下停车场开车的人不多，这里安静得仿佛是有回音的山谷，空气中似乎弥漫着灰尘。

尤语宁一瞬间联想起从前看的电影里地下停车场发生的恐怖案件，喉咙发紧。

闻珩回头看她："害怕？"

"没有。"尤语宁撒了个谎，咽了口唾沫，鼓起勇气抬脚往前，"就是不认识路，你能稍微走慢点儿吗？有点儿黑，我怕看不清会摔跤。"

"嗯。"

见他答应，尤语宁心里轻松了点儿，一边在心里告诉自己没什么好怕的，一边安慰自己旁边还有闻珩，磨磨蹭蹭却又勇敢地跟在闻珩身侧。

闻珩也没拆穿她，放慢了脚步，跟她同频。

也就那一片的灯坏了，他们走出来以后其他区域都亮着灯，虽然也不是灯火通明，但尤语宁内心的恐惧感还是减少了很多。

尤语宁把一颗提起来的心慢慢放下去，连呼吸都跟着变得顺畅。她偷偷呼出一口气，小声叫闻珩："你的车停在哪儿？"他们怎么走了这么久还没到？

闻珩忽然停下："走过了。"

尤语宁转头看他："嗯？"

"应该停在那边了。"闻珩转过身抬了抬下巴示意正确的方向，"你在这里等，我去开车。"

他说完就要走，尤语宁都没来得及反应，看见他动了，遵循本能追上去，一把扯住他的外套袖子："在哪儿？"

闻珩垂眼，看见紧紧拽着自己袖子的白皙手指，脚步没停，却放慢了，嘴角微翘："那儿。"

尤语宁跟着他一起走，手指没松开，神经一直紧绷着："哪儿？"

"你是不是害怕？"

"没有……"

"衣服要扯坏了。承认自己害怕又不丢脸。"闻珩挑眉，"是人都会有害怕的东西。"

尤语宁好奇："那你有吗？"

"我？"闻珩一副傲慢的语气，"怎么可能有？"

"那你不是人。"

"尤语宁，你是不是抬杠？"

大概因为他要离开，尤语宁觉得有些话也不是那么不好开口。她只犹豫了一下，便承认自己害怕："我的确是有点儿怕黑的。"

"有点儿？"

"也不是……可能比有点儿要多。"

"嗯，知道了。"闻珩的语气似乎没有半分惊讶，他也没有觉得她这么大人还怕黑是多么可笑的事情。

尤语宁诧异："你不会觉得我这样很矫情吗？"

闻珩答非所问："我这衣服九万八千块钱。"

不懂他为什么突然说这个，尤语宁有些蒙："啊？"

"再扯就坏了。"

尤语宁垂眼："九万八千元的衣服质量这么差？"

"贵的东西都得轻拿轻放。"

"好吧。"尤语宁默默地松开揪着他袖子的手指，"抱歉，我只是——"

"这个不用轻拿轻放。"

不待她说完，闻珩举起手，在她眼前晃了晃。

尤语宁看着他的手，眨眨眼，不太敢去细想他的意思。

"我这人呢，最大的缺点就是心软，如果你害怕，倒是也可以借你用一下。"

他说完，短暂沉默了会儿。过了两秒，闻珩又补充道："绅士，都这样。"

尤语宁终于确定自己没猜错——他是要把手借给自己牵。

"那……"尤语宁抿了抿唇，还是不敢牵他的手，犹犹豫豫地抬手抓住他的小拇指，"谢谢你了。"

她的手手指纤长，掌心却很小，跟闻珩的手相比有种明显的反差，牵在一起却又很和谐。

手指传来柔软微凉的触感，闻珩的眼里闪过一瞬微妙的变化。

抓着闻珩的小指走了一段路，尤语宁怕耽搁太久，柴菲会等得着急，不免又问："你的车到底停在哪儿啊？"

闻珩"啊"了一声，好像才反应过来："走反了。"

尤语宁："嗯？"

"是不是快迟到了？"闻珩自顾自地说完，抽出被尤语宁抓住的小手指，一把反握住她的手，掉转方向，"怎么也不提醒我？"

他的步伐变得又快又大，尤语宁几乎是被他拽着小跑起来，停车场的风不知道从哪个方向传来，吹得她的长发和裙摆一同翻飞。

尤语宁感觉自己就像是在和他私奔。

柴菲订的是一家很有名的私房菜，一般都需要至少提前一周预订才有座位，她花了些关系才临时订到今天的 VIP 包间。

鉴于这几天发生的事，她已经不敢让尤语宁在有很多人的大厅跟男性一起吃饭了，怕又被无聊的人捕风捉影。

尤语宁跟闻珩到的时候已经是晚上 8 点 10 分，他们迟到了十五分钟。

柴菲中途打了两个电话催他们，怕又发生什么事，得知只是堵车才放心。

这家私房菜的包间各有特色，柴菲定下的这间包间不算大，是中式风格的，雕花木窗开了一半，隐约可窥皎月。

四四方方的木桌，特意做旧的质地，空气中若有似无地浮散着墙角木架上的插花传来的淡淡梅花香气，很有雅意。

几个人一人占据一个方向坐下，尤语宁右边坐着闻珩，左边坐着柴菲，对面是韶光。

冬秋末初的夜晚寒凉，冷风从半支着的木窗吹进来，尤语宁穿的衣服不够御寒，她搓了搓胳膊，正想问问能不能关窗，闻珩已经转头将木窗放了下来。

冷空气被隔绝在外，室内逐渐回暖，尤语宁看了眼闻珩的穿着打扮。他只穿了一件卡其色衬衫，外面一件白色外套，跟她今天的衣服颜色意外地很搭，但也同样单薄。所以，他关窗应该是因为他自己也感觉到冷吧，毕竟他坐在窗边，比她吹到的冷风更多。

菜品是柴菲跟韶光一起确定的，此时人已到齐，各色菜品被一道一道地端上来，摆了满满一桌。

"来来来，大家一起喝一杯，就当庆祝即将到来的周末。"柴菲举着一杯橙汁热场，"随你们喝酒还是饮料，都行。"

尤语宁是不可能喝酒的，闻珩倒是开了酒，跟韶光各自倒了小半杯，四个人一起举杯碰了碰。

"今天虽然是宁宝请客，但我们家宁宝因为工作时需要说很多话，所以其余时间话就比较少，我就替她招呼你俩了啊！"柴菲笑着又举了杯，"谢谢两位的帮助，大家以后就是朋友了！"

尤语宁跟着一起举杯，表达了自己的谢意。

韶光微笑着碰了杯："朋友之间用不着这么客气。"

闻珩懒懒地举了杯，虚虚地碰了一下，仰头一口饮尽杯中酒。

酒瓶放在尤语宁的右边，闻珩伸手过去拿，尤语宁先他一步握住了瓶身。

闻珩看她："嗯？"

"我帮你倒吧。"尤语宁拿起酒瓶帮他倒酒，闻珩就静静地垂眼看着她。

柴菲坐在闻珩对面，默不作声地观察着他的表情和眼神，生怕错过一点点蛛丝马迹。韶光瞧着柴菲，被她一脸认真的模样逗得翘了翘嘴角。

尤语宁只给闻珩倒了小半杯，怕他喝太多不好，收回酒瓶时抬眼，闻珩就收回了视线，自然而然地去端已经倒了酒的酒杯。

他盯着尤语宁，又在尤语宁抬眼的瞬间躲闪视线的动作全都落进了柴菲的眼里。柴菲若有所思地夹了一颗凉拌菜里的花生米放进嘴里，也收回视线，一边咀嚼一边思考。韶光收起看她的动作，低头学着她也夹了一颗花生米放进嘴里。

过了一会儿，柴菲擦擦手起身："韶光学弟，我们再去加两个菜吧。"

韶光看了闻珩和尤语宁一眼，放下筷子："好。"

两人一起出了包间，柴菲将木门轻轻掩上，留着一条细细的缝，弯腰趴在门口朝里看。

韶光觉得好笑："学……"

"嘘。"柴菲竖着食指比在唇前，示意他噤声。

韶光摇摇头，眼里满是无奈的笑。

房间里只剩下尤语宁跟闻珩。先前觉得冷，闻珩关了窗户，这会儿吃着饭，身体温度上来了，就觉得有些闷热。

"能开一点点窗吗？"尤语宁指指闻珩身后的窗户，"有点儿热。"

闻珩瞥了她一眼，视线往下，落到她露在外面的小腿和脚踝上："热？"

"吃得有些热。"尤语宁将头发往后拂，"不开也没事。"

"哦。"闻珩喝了口酒，"那就不开。"

这人怎么一点儿也不懂？人家只是客气客气，言外之意还是想开的啊！

因为桌上有个锅子，这会儿吃得额头都冒出了汗，尤语宁抽了张纸，叠了一下，按在额头上擦汗。

见状，闻珩淡淡地道："出了汗不能吹冷风，容易感冒。"

他这是在关心她？尤语宁愣了一下，心里一暖："谢……"

"别到时候感冒了又赖我开了窗，叫我照顾你。"

这个谢谢，她不说也罢。

尤语宁放下筷子，打算等柴菲和韶光回来再一起吃。

房间里太过安静，闻珩也靠在木质圈椅上，单手撑着额头，歪着头看手机，看上去倒有那么几分世家公子的贵气。

都说字如其人，他那一手字看着比他这人还要狂放几分。来的路上没有问出答案，这会儿左右无聊，尤语宁又问："你的字，是一直都写成那样吗？"

闻珩仍旧是低头看手机的姿势，却也忙里偷闲地抬眸瞥过来一眼，声音像是从鼻孔里哼出来的："嗯。"

尤语宁得到肯定的回答，内心的激动更甚："那你以前……读书那会儿，有没有给人写过情书？"

"呵。"闻珩一声冷笑，"情书？"

"对。"

"怎么可能？"他说，"我从来不写那种东西。"

尤语宁有些失落："哦。"

闻珩抬眼瞧她："怎么，觉得我的字太漂亮，想叫我帮你写情书？"

"那倒没有。"尤语宁又想起另一种可能，"那你有没有帮别人代笔？"该不会她收到的那些没有署名的信是闻珩代写的吧？

"代笔？"闻珩眼皮一抬，"没人有这个荣幸。"

听他如此否认，尤语宁觉得是自己想多了。也许是年岁太久，她的记忆变得模糊了。只是字迹相似罢了，毕竟高中毕业到现在也有七年，她再也没有见过那字迹，认错也是难免。况且，闻珩确实也不像是那种给人写情书还连落款都不敢的人。

在门外目睹全程的柴菲真是恨不得上去揪着闻珩的耳朵问他能不能换换嘴！

怎么有的男生嘴这么欠？他能不能跟韶光学一下？他很了不起吗？能不能收起他的姿态？！

真是气坏了，柴菲起身气呼呼地去找店员加菜，韶光默默地跟在她的身后。

柴菲加完菜又去拿了酒，顺便把账也给结了，回到包间，看着闻珩时，眼睛里像能喷出火来，端着杯果汁要敬他酒："一口闷了！"

尤语宁感受到这突如其来的变化，悄悄在桌下扯了扯柴菲的衣服，用眼神询问柴菲发生了什么。

柴菲不理她，就一直叫闻珩喝。

闻珩倒也很干脆，让喝就喝。他喝完一杯，柴菲又要敬他，仍旧是叫他一口闷了。

闻珩就觉得挺好笑："怎么，学姐出酒钱？"

"出就出，我出不起吗？"

空气里有种要打起来的火药味，尤语宁抬眼看对面的韶光，用眼神求救。

韶光无奈地笑了笑，给自己也倒了一杯酒："那我也敬学姐一杯吧，学姐喝果汁就行。"

柴菲："嗯？你别捣乱！"

她就是单纯看不得自己的好朋友在喜欢的人面前受委屈，要替好友出出气。就算闻珩本来就是这样的人，就算她家宁宝喜欢他也是宁宝自己的事，但是作为好朋友，她就是看不得自己的好朋友卑微，当然会觉得闻珩的问题更大！

不等柴菲说话，韶光已经端着酒杯一饮而尽。

见状，柴菲只能作罢。没办法，谁喜欢的男人谁心疼，她才舍不得让韶光喝那么多酒。

"算了，爱喝不喝。"柴菲把果汁杯一放，闷头吃菜。

他们总算是没打起来。尤语宁松了口气，替柴菲夹菜："这个好吃，菲菲多吃点儿。"

柴菲这人有个很大的优点是性格好，虽然现在瞧着挺生气的，但只要没什么原则性问题让她生气，过会儿她又会好好地来笑着活跃气氛，生气生不了很长时间。

后面席间气氛很是热闹和谐，大家说说笑笑，吃吃喝喝，倒也都很尽兴。

吃到后面时，尤语宁借口去洗手间去结账，却被告知那位女士已经结过账了。

那位女士虽然没有留下姓名，尤语宁也知道是柴菲。

"谢谢。"尤语宁微笑着朝收银员点点头，转身打算回包间。

没走几步，一道又惊又喜的声音叫住她："宁宁？"

尤语宁浑身一僵，下意识地停住。来之前她没想过，会这么巧地在这里遇见程佳梦。

尤语宁抬眼看，包间就在几米开外，差一点儿就能进去了，不知为什么运气这么不好，偏偏在这几米之内被程佳梦看见。

她也许应该装作没听见，直接走回包间，但程佳梦肯定不会善罢甘休，一定会追着她一起进去。

闻珩还在里面。尤语宁保持理智和冷静想着，如果程佳梦出现在闻珩面前，那么自己这些天一直努力想要藏住的事情，就会再也藏不住。

不能让程佳梦跟她回包间，尤语宁当即做了决定，掉头往外走。

"哎！宁宁！叫你呢！"程佳梦见她不理自己转身就走，连忙追上去，"我有要事和你说！"

尤语宁走得很快，只想着越快越好，最好甩掉程佳梦。

但程佳梦显然也是拼了，竟丢下了她的男友直接追上了尤语宁，在楼梯口一把抓住她，喘着气尖声问："你跑什么呀？我又不吃人！"

尤语宁皱着眉甩了几下胳膊，但她被程佳梦抓得很紧，没能甩掉，语气瞬间变得不耐烦："放开。"

"不是，你这什么语气？我做什么了让你这么凶？"程佳梦不悦地瞪了她一眼，"我又没什么恶意，也是为了你好啊！"

此时程佳梦的男友也跟了过来，还是装出一副绅士模样，微笑着和尤语宁打招呼："好久不见啊表妹，之前见了一面，阿彦一直对你念念不忘呢。"

尤语宁看都懒得看他一眼，只觉得他真是虚伪至极。他不清楚之前那次见面的情况吗，居然还能说出这种话。

"我并不想看见你们，松手，我要回家。"尤语宁面上装出一副冷静的样子，心里却开始着急起来——她是借口上洗手间才出来的，如果太久没回去柴菲肯定要打电话找她。

"你的确是该回家了。"程佳梦说，"小姨最近身体不好，三天两头往医院跑，嘉嘉又还小，要读书，都没个人照应，你早就该回去看看了。"

"别再用这种拙劣的借口行吗？"

"什么借口？"程佳梦尖着嗓子喊，"都是真的，有必要用这个骗你吗？不信你自己回家看看小姨是不是在吃药！"

"关我什么事？"

"你怎么能这样？最近小姨找不到你，都快要疯了，她的工作也没了，嘉嘉他爸也不给钱，他俩都快要活不下去了！"

尤语宁不为所动。

任莲从前也不止一次用生病的理由骗她回家，叫她拿钱。一开始她信以为真，把自己为数不多的钱全都给出去，节衣缩食地过日子，到头来才发现任莲要她的钱只是因为尤语嘉哭着闹着要买一款昂贵的限量手办。

至今她依旧记得那段时间自己穷到每天只吃一顿饭，连最喜欢的猕猴桃也没钱买一颗，那种日子一直持续到她下一次发工资。

拿到工资的那天，她报复性地买了一堆吃的，又把外卖软件上所有的猕猴桃饮料全都买了一遍。那一晚，她像个要完成任务的机器人，不停地往嘴里塞东西，一直吃到呕吐，吃到急性肠胃炎发作去医院打吊针。

柴菲不在，她找不到一个人帮她，躺在病床上看着点滴瓶里的液体一滴滴往下滴落，迷茫到找不到自己活下去的意义。

尤语宁握紧手心，慢慢抬眼看向程佳梦，眼里是程佳梦从未见过的绝情："那你等她要死了再告诉我，我会去见她最后一面的。"

程佳梦打死也想不到这样的话会从尤语宁嘴里说出来。在程佳梦眼里，尤语宁就是一个心软至极的女生，无论怎么被任莲伤害都会妥协，原本刚刚看她沉默不语，还以为她是被自己说动了，却没想到她会说出这样的话。程佳梦震惊到像是看见了犯罪现场，张着嘴却发不出声音。

尤语宁趁着程佳梦发蒙，用力一甩，甩开了她的手，转身离去。

程佳梦反应了好一阵，在尤语宁走进电梯的那一刻大吼："你是不是疯了？"

柴菲一直没等到尤语宁回去，打电话问她情况，刚接通就听见这样的一句话。这声音柴菲认得，是程佳梦的。

"宁宝！"柴菲顿时慌了，起身直接往包间外面跑，"你在哪儿？！"

闻珩听见柴菲叫尤语宁，立即集中了全部的注意力，见状也立即跟着往外跑。

韶光还淡定一点儿，跑出去两步，又转身回来将柴菲的包拿上。

柴菲跑得快，刚好在电梯外撞到正要离开的程佳梦，立即抓着她大吼："你对宁宝做了什么？！"

"你谁啊？！放开！"程佳梦尖声吼叫着，双手去推柴菲："行舟，帮我！"

行舟正要帮他，柴菲怒瞪他一眼："闭上你的狗嘴！"

行舟一向是被女生捧着的，哪见过像柴菲这样这么彪悍的女生，一时间还真被她吓住了，但转瞬那股娇生惯养受不得委屈的脾气上来，也装不下去绅士，脸上的表情绷不住了，立即就要上手。

柴菲哪里是吃素的，还没等他动手，一脚踹过去："给老子好好待着！"行舟平日里骄奢淫逸，堕落惯了，身体早就被掏空，被柴菲这一脚踹得直接摔倒在地。

程佳梦见此情景比她自己挨了打还要激动，尖叫着张牙舞爪地就要打柴菲："啊啊啊！你这个疯女人！"

柴菲躲得快，紧紧地扯着她的领口把她往墙上一撞，恶狠狠地警告："你最好祈祷尤语宁没事，不然你这辈子都别想好过！"

闻珩跟韶光从包间追出来时还辨认了一下柴菲可能会去的方向，稍微晚了点儿才追到电梯这边，一追上来就看见柴菲一个人收拾两个人，半点儿没落下风。

她这么激动，闻珩内心隐隐不安，顾不得想太多，在柴菲按开了电梯后急匆匆地跟了进去。

韶光看了行舟和程佳梦一眼，也迅速进了电梯。

程佳梦一头鬈发凌乱，发丝黏在糊了泪水的脸上，整个人看上去狼狈至极，惹得周围的路人全都投来看戏的眼神。

"行舟！"她匆忙跑过去要扶行舟起来，"你没事吧？"

行舟看着她的眼神顿时充满了厌恶，皱着眉克制了语气："我没事。"

程佳梦听他说没事，迫不及待地问："刚刚进去的那个男人好像就是视频里的那个，你认识吗？"

她在这个时候居然还没忘了这件事，行舟更觉得她恶心，敷衍她："没看清。"

"没事没事。"程佳梦安慰他，"我可能要先给小姨打个电话。"

"嗯。"

柴菲刚刚给尤语宁打电话，听见程佳梦那句话后信号就中断了，她连尤语宁的声音都没听见。眼下她想给尤语宁再打电话过去，但在电梯里没信号打不出去，只能干着急。

闻珩和韶光问她情况，她只言片语都不肯说，因为尤语宁曾经跟她说过，这件事除了她，不想再让任何人知道。

闻珩整个人都散发出一种可怕的冰冷气场，却强忍着没再发出任何声音。

韶光默默地拍了拍他的肩，算是无声地安抚他，又问柴菲："学姐，我们能做什么吗？"

柴菲摇摇头，焦急地盯着电梯的楼层显示屏，只盼着快点儿到达一楼。

终于，电梯在一楼停下。柴菲迫不及待地拨出尤语宁的电话，左看右看，试图寻找她的身影。

尤语宁并没有要把自己藏起来不让人找到，柴菲的电话一打通她就接了："菲菲，你听我说，我没事，就在附近的莱茵咖啡厅，你一个人过来。"

柴菲得知她没事，紧绷的神经终于放松了，差点儿流下泪来："好，我知道了。"

挂了电话，柴菲深吸几口气，调整了情绪，转头看向闻珩和韶光："宁宝没事，你们先回吧。"

韶光点头："没事就好。"

闻珩却紧紧地盯着她，一言不发，显然是不信。

柴菲被他看得心虚起来，移开眼神："我还有事，先走了。"前几步路还走得稳，到后面她直接迈开腿跑了起来。

闻珩定定地站在原地，一直看着她的背影消失。韶光转头看闻珩，试探着叫他："闻珩？"

闻珩却像是没听见，长腿一迈，像夜色里疾驰的猛兽，迅速追了上去。

韶光一愣，也紧跟着他在后面跑起来。

柴菲跑得心跳加速，却又不敢停，怕让闻珩和韶光看见自己去了什么地方。

她连头也没回，自然也就没看见闻珩跟韶光一路跟着她，一直到咖啡厅外才停下。

闻珩的胸口微微起伏着，浑身散发着又燥又闷的慑人气息。他站在咖啡厅的落地窗外，看见临窗一隅安静坐着的尤语宁。

女生还是那副与世无争的淡然模样，双手捧着咖啡杯暖手，正在接受好友的关心，瞧着没有受伤，也没有哭。

韶光问他："不进去吗？"

闻珩摇摇头："不用。"她没事就好。

闻珩转身离开，像过去九年的每一次，偷偷看她一眼，悄无声息地离开，就像从没来过。

走廊上不知什么时候掉落一本巴掌大的小册子，安静地躺在地上，无人在意。

莱茵咖啡厅。

柴菲见到尤语宁好好的，心里的那块石头落了地，但仍免不了关心："你那表姐对你做了什么？"

尤语宁用下巴朝她面前的咖啡点了点："喝点儿咖啡压压惊。"

柴菲跑了这一段还真有点儿口渴，端着咖啡灌了一口："没威胁你吧？"

"没有。"尤语宁笑笑，"就说她小姨三天两头往医院跑，叫我回去看看。"

柴菲立即警觉："一定是骗人的！你千万别信！"

"嗯，她们已经不止一次用这个理由骗我了，狼来了的故事，谁还会信？"

见她这样的态度，柴菲放心不少："那就好，不然有了你上次的逃跑经历，她们肯定会更加谨慎，说不定直接押着你去跟人领证。"

回忆起不愉快的往事，尤语宁心里免不了仍有些不舒服，端着咖啡轻抿了一口，转头看向落地窗外。

两道高大背影消失在转角处，近处的走廊里躺着一个巴掌大的小册子，夜风从走廊的栏杆间吹来，小册子的封面随风扇动着。没太将这东西放在心上，尤语宁自然地收回视线，和柴菲继续聊着天儿。

大约过了半个小时，尤语宁起身和柴菲离开咖啡厅。出门后，尤语宁又看见那小册子还在先前的地方。

半个小时过去，竟没有人对它产生一丁点儿兴趣。

柴菲还在说话，尤语宁一边听着一边心不在焉地想着那个小册子。

已经走过去几步远，她实在受不了猫挠似的痒，好奇心迫使她掉头回去将那小册子捡起来。

"怎么了？"柴菲好奇地走过来，"什么东西？"

"不知道。"尤语宁翻开小册子的封面，扉页上有歪七扭八的字，写着《女神攻略》，不成功来砍我"。

"《女神攻略》？"柴菲扬声，"这啥玩意儿？字也太丑了吧！"

尤语宁继续往后翻。

小册第一页就写了三行字——

1. 找到个算卦婆婆，叫她编故事。
2. 染一头招眼的蓝发，吸引注意力。
3. 故意让她撞到自己，制造搭讪机会。

"这都什么跟什么？瞧着好傻，还《女神攻略》呢，这年头还有人做这个？"柴菲看得笑起来，"哪个傻子掉的？"

尤语宁笑不出来。虽然她很确定这小册自己是第一次见，但不知为什么，这些文字给她一种很熟悉的感觉。

"无聊的玩意儿，走吧走吧，前面找个垃圾桶丢了。"柴菲拉着她往前走，"我跟你说啊，这年头儿能赢的人一定得是靠真心，而不是这些虚头巴脑的弱智言论。"

尤语宁想着小册子上的东西，心不在焉地听柴菲讲了一路。

柴菲昨晚就没回家，尤语宁怕她家里人担心，就跟她分了手便各自打车回家。

在出租车上，尤语宁想着那小册子，心里痒痒的，忍不住又拿出来翻看。

刚刚柴菲叫她扔掉，一路上也没有垃圾桶，她便顺势留了下来。

这会儿夜深，出租车的后座昏暗，尤语宁抬手打开了后座顶灯，借着昏黄的灯光重新翻开小册子。

小册子的第二页写着——频繁制造更多偶遇，刷脸。

刷脸？尤语宁抿唇，心里的怪异感更甚，继续翻到第三页。

小册子的第三页写着——不停重复"你喜欢我"，给对方一种心理暗示。

"嗯？"尤语宁皱起了眉头。

刚刚她在咖啡厅转头看向落地窗外时，那一闪而过的两道背影忽然闪现在脑海里，即便就匆匆一眼，连两秒都不到。

如今想来，她也颇觉得熟悉，其中那一道，连背影都显得心高气傲，像是闻珩。

先前她没将那背影跟闻珩联系起来，一是因为那一眼实在太匆匆，二是因为没觉得闻珩会跟过去又悄悄离开。

如今她想起那道背影，越想越觉得是闻珩，而这小册子……该不会是他掉落的吧？

尤语宁回忆起跟闻珩初见时——那天早上下着雨，她从楼下取了柴菲点的外卖，在楼道里泼了他一身咖啡。

他顶着一头招眼的蓝发，很像她前一天遇见的算卦婆婆给的预言。

算卦……蓝发……

尤语宁重新翻回第一页。

第三条写着：故意让她撞到自己，制造搭讪机会。

她又细细回想起那天早上——

今天会下雨吗?

四 沂 著

下 册

青岛出版集团 | 青岛出版社

第八章
窥天光

那杯咖啡满满的，她一边端着咖啡，一边低头准备回柴菲的消息，所以走得很慢。那样的速度已经低于正常的步行速度，所以即便是对面有人跟自己相向而行，她应该也能反应过来而避开。又假设对面的人也在低头看手机没注意到她，从物理学的角度来看，那样的速度就算是不小心也不会产生那么强烈的碰撞。

当时闻珩先发制人，非说她撞到了他，再加上他的白色外套上的咖啡痕迹实在太明显，她觉得很抱歉，竟也没有细想。

如今她仔细一想，竟然全是不合理的地方。

尤语宁又想起那个算卦的婆婆。从前她每天上下班都走那条路，但是从来没见到过那个婆婆。可就在那天下午，她和往常一样下班，那个婆婆就忽然在她经常走的那条路上摆起了摊子。

原本她并没打算过去算卦，但因为那段时间诸事不顺，刚好出现了一个算卦摊子，她就多看了两眼。

当时摊子上并没有别人，婆婆见她在看就笑着招呼她过去："小姑娘，要不要来算一卦啊？"那人头发花白，笑容慈祥，没有顾客又主动叫她。

她一向心软，便过去了，说自己最近不顺，问婆婆有没有什么需要避讳的。

明明她问的是生活，算卦婆婆却一开口就说她的真命天子要到了，不仅说了，还很详细地点明她的真命天子是一个蓝色头发的帅哥。

当时她虽然也觉得奇怪，但因为听说是附赠的服务，也就没有多想。

如今她又细细一想，遇到算卦婆婆的第二天，她就撞到了闻珩。

事情有些过于离谱儿，过于巧合，尤语宁一时间都不太敢相信。

如果这个小册子真是闻珩掉的，如果那个婆婆真是他找的，如果蓝发真是他特意去染的，如果那天早上也是他故意要让自己撞上的——那么他做这一切是为了什么呢？

那天早上在走廊里，难道不是他们第一次见面吗？

尤语宁心神俱乱地继续往后翻着小册子。不知是不是因为有了那些离奇的重合事件，再往后看的时候，她下意识地就带入了闻珩跟自己。

这样一来，她跟闻珩认识以来的各种巧遇都像是放电影一般，一幕幕在她的脑海里闪过，而小册子上的文字就像是电影场景的文字版大纲。

不知不觉间，出租车在小区外停下。

司机师傅转过头来提醒她："到了。"

"电影"戛然而止。尤语宁转头望向窗外，小区大门就在眼前，刚刚就像是在车上做了个很奇幻的梦。

"谢谢。"

尤语宁合上小册子，结束玄幻的梦境，推开车门下车。

电梯慢慢下降。

红色的数字一点点地跳跃……

门打开了，尤语宁正要进去，里面蹿出来一个人。

她本就有些心不在焉，没看见，差点儿跟人撞上，正要道歉："抱……"

她一抬眼，闻珩的脸出现在眼前。

尤语宁下意识地将拿着小册子的手背到了身后，正想着应该说些什么，电梯门到了时间，两扇门慢慢地往中间收，视线也逐渐被隔断。

尤语宁伸手去挡，闻珩抬手按了开门键。

电梯门重新向两边打开，闻珩长腿迈出来，皱着眉问："不要命了？伸什么手？"语气绝对是凶的，却又好像透着一些关心。

尤语宁微抬头，盯着面前这张好看到无与伦比的俊脸，一句话都说不出来。

闻珩抬手在她眼前晃了晃："不用为我如此着迷吧？"

尤语宁舔了舔唇。

没印象，实在没印象，她完全不记得在那天听到"真命天子"的预言之前，什么时候还见过他。

"要出去？"尤语宁看了眼时间，"已经 11 点多了。"

"嗯。"

背在身后捏着小册子的手指收紧了些，她试探着问："出去干什么？"难道他是丢了东西要出去找？

按照往常，闻珩一定会自作多情地说："怎么，这么关心我？"但是今天，他没有。

"丢了个东西。"他说。

尤语宁的心跳漏了一拍。几乎是瞬间，她想直接把小册子举到他跟前，问问他："是不是丢了这个？"但她又觉得如果自己真的这么做了，他可能会直接否认。

想了想，尤语宁问他："丢了什么？"

闻珩似乎急着出去，看了眼时间，随口道："打火机。"

尤语宁自然没信："丢哪儿了？"

"鬼知道。"闻珩狐疑地看了她一眼，"你怎么奇奇怪怪的？"

尤语宁装傻："有吗？"

"行了，赶紧回家，我走了。"闻珩丢下这句话，急匆匆地离开。

尤语宁转身，看着他离去的背影叹了口气。

十有八九，这个小册子真是闻珩的。就是那字丑得没法儿看，不知是他的哪个朋友写的，还不成功就去砍他……那么不靠谱儿的攻略，那人也真是不怕被人砍。

尤语宁回到家里，洗完澡出来，想着那小册子还没看完，一边擦着头发一边重新翻开，接着刚刚的地方继续看。

剩的部分不多，三两下看完，尤语宁合上小册子，随手往茶几上一丢。

小册子歪了，掉在地上。尤语宁坐在沙发上俯身去捡，捏着后面的封底提起来，正要重新放好，恍惚间看见最后一页似乎写了字。

翻开来看，眼熟的字迹，龙飞凤舞的四个大字："有个屁用。"

尤语宁瞬间确定，这小册子就是闻珩掉的。他的字她下午才看见过，跟这四个字的笔锋走势一模一样，明显就是出自同一个人。

而且……"有个屁用"，她甚至都能想出闻珩说这句话时的语气。

眼下终于确定了这小册子的主人，尤语宁反而更加疑惑。

小册子的扉页上写着这是《女神攻略》，而闻珩把这些攻略都用在了她的身上……难道她是他的女神？尤语宁为自己这个想法打了个激灵。

回想起小册子里写的，"频繁制造更多偶遇，刷脸""不停重复'你喜欢我'，给对方一种心理暗示"……全都对上了。

他确实照做了，那天早上她刚撞到他，晚上下班她就在路边偶遇了他。

而之后的每个雨天他都会出现，也每一次都会先发制人地对她进行洗脑，说她喜欢他。

一切的巧合都那么顺理成章，她遇到的帅哥很多，原本并不会因为那天早上撞到了一个帅哥就将对方放在心里，偏偏他完全符合前一天她听到的对真命天子的预言——一个蓝色头发的帅哥，她没办法不对他印象深刻。

但即便这样，原本她也不会记得他的脸，偏偏他总是频繁地出现，顶着那一头招眼的蓝发，好像生怕别人看不见。

她先记得他的蓝色头发，再记得他的语气，最后不可避免地记住了他的脸。

一切的一切，好像他都早有预谋，而她一步一步踩着他铺好的路在走。

尤语宁又想起咖啡厅外转瞬消失在走廊拐角的熟悉背影，而那道背影消失后这本小册子便安静地躺在走廊上。

她有了个大胆的猜测——

闻珩刚刚跟在柴菲的后面追到了咖啡厅，但并没有让她看见，只在外面站了一会儿就悄悄离去。

这本小册子应该就是那时候掉落的，可是他为什么要追到咖啡厅去呢？

尤语宁又回想起，她跟程佳梦纠缠后离开，进电梯的瞬间她刚刚接通柴菲打来的电话，程佳梦就朝着她大吼了一句："你是不是疯了？"

柴菲显然是听见了，在电话里焦急地大喊了一声："宁宝！"

后面的话因为失去信号她没再听见，但现在一想，也许柴菲当时喊了那一声以后就冲了出来。而闻珩肯定是听见了柴菲着急的喊声，也跟着冲了出来。

有没有可能闻珩是担心她出了什么事，所以悄悄地跟在柴菲身后找到了咖啡厅，在确认她没事以后才悄悄离开？

尤语宁把从前看那些悬疑推理剧时学到的东西全部用起来，终于推出一条自认为可能又不太可能的答案——闻珩暗恋她。

一得出这个结论，尤语宁自己先吓了一跳。

他那样的天之骄子怎么可能暗恋别人？更何况她这样根本不值得的人。

尤语宁重新推，不知道哪根筋搭错了，推来推去，最后得出一条跟刚刚完全相反的结论——

传闻中闻珩有个爱而不得的学姐，也许那个学姐去了另一个他找不到的地方，而那个学姐和自己一样喜欢吃猕猴桃。有没有可能，在某种程度上她和那个学姐很相似，闻珩做这一切，是在把她当成那个学姐的替身？

很有可能……尤语宁心烦意乱地丢开小册子，起身去浴室吹干头发。

她一边吹头发一边想，刚刚在楼下遇到闻珩，他出去找东西，肯定就是找这本小册子。但是这本小册子已经被她捡走了……

尤语宁丢下吹风机，转身去茶几上拿手机给闻珩打微信电话。

闻珩接得很快："怎么了？"

"你东西找到了吗？"

闻珩沉默了两秒："没。"

"还找吗？"

"不找了。"

"那什么时候回来？"

闻珩又沉默了两秒，忽然笑了一声："怎么，担心我？"

尤语宁看了眼茶几上的小册子："我就是忽然想起之前咱们第一次见面，我不是把咖啡泼到你的衣服上了吗？那里面有个打火机，后来你没要，我还留着。你回来吧，我还给你。"

"留着我的东西那么久，睹物思人？"

"我记得你当时是蓝色头发。"尤语宁起身去翻找那个银色打火机，"为什么想着染蓝色的头发呢？那明明是前年流行的发色，不是去年流行的。"

尤语宁在卧室床头柜的抽屉找到那个银色打火机，试着打了下火，还能用，又继续追问："是什么时候染的蓝色头发？是我们遇见的前一天？"

闻珩的声音收了些："你是不是捡到了什么东西？"

"什么东西？打火机？"尤语宁拿着银色打火机回到客厅地毯上坐着，"我不是比你们先走吗？"

"哦，没事，我去打车，挂了。"像是不愿再继续聊下去，闻珩挂得很迅速。

尤语宁低头看着面前的小册子。

柴菲说这个攻略很"弱智"，但偏偏是这么"弱智"的手段，尤语宁觉得自己还是被攻下了。

闻珩这个爱情骗子。

私房菜馆的包间、去咖啡厅的路上、咖啡厅的走廊……闻珩都找过了，一无所获。

挂断尤语宁的电话坐上出租车后，闻珩怀疑那本小册子掉在了先前回家的出租车里。

从咖啡厅离开后，他跟韶光都没去取车叫代驾，直接在街边拦了车离开，也许就是在那时候掉了，他没发现。

反正他没写名字，算了。闻珩没太多想。

从电梯里出来，闻珩想起尤语宁先前说要还他打火机的话，站在楼道里犹豫了两秒，转而走向她家门口，抬手按了门铃。

尤语宁一直等着闻珩回来，几乎是在听见门铃响的瞬间，便火速把小册子藏到了茶几的抽屉里，拿着打火机起身跑去开门，还险些因为脚麻摔一跤。

门一打开，闻珩高大挺拔的身形出现在眼前，走廊灯光落在他背后，勾勒出他的轮廓，让他整个人像是笼罩了一层柔和的光晕。

不知是不是因为之前关于"闻珩暗恋她"的猜测，此时再见到闻珩，尤语宁总觉得气氛莫名其妙地有些暧昧。

"你丢的打火机，是不是跟这个一样？"尤语宁把早已准备好的打火机递过去，"我记得你后来买的那个跟这个是一样的。"

闻珩垂眸瞥了一眼，她纤细白皙的手指拿着那个银色打火机，就像是一件艺术品。

这样的一双手，如果来给他点烟……闻珩用双手拍了下外套口袋，从右边兜里摸出一盒烟，倒过来磕了一支出来："还能用吗？你试试。"

"当然，我刚刚试过。"尤语宁没多想，当着他的面双手握着打火机点燃，凑近给他看，"你瞧，火还挺旺的。"

闻珩把烟放在嘴上咬着，偏头凑近她，双手虚虚地拢在她握着打火机的双手外围，像是在挡风。

就这么借着她的手，闻珩将嘴里的那支烟点燃。

青蓝色的烟雾袅袅升起，模糊了他英俊的眉眼，空气中飘散着淡淡的尼古丁的味道。

他平常很少抽烟，一盒烟大多是应酬时才动一动，但他此时低头凑近打火机点烟的动作自然又熟练，昏黄的火光跳跃在他轮廓分明的侧脸边，显得他多了几分风流不羁的痞气。

没想到他会有这样的动作，尤语宁握着点燃的打火机，看着他出神。

手指被烫到，传来灼烧痛感，她才猛地回过神来将打火机丢开。

闻珩的双手本就隔着很近的距离环绕在她的双手外，她这么一动，反倒直接撞在他的双手上。

有什么东西要在面前掉落时，人的本能反应是去抓住它。闻珩下意识地抓住了她的手。

打火机掉落在地，发出"嗒"的一声脆响。

干燥温暖的手紧紧包裹上来的触感是如此强烈，尤语宁心跳加速。

空气寂静，人也沉默。

闻珩感受着手心里柔软又光滑的触感，透过迷蒙的青蓝色烟雾眯缝着眼瞧了尤语宁一眼。他淡定地收回手，取下咬着的烟，掏出烟盒，在上面将燃着的烟按灭："就借个火，你怎么那么大反应？"

瞧瞧，他还怪罪上别人了。

温暖的包裹骤然消失，尤语宁不自在地按了按手指："太烫了。"

"是吗？我瞧瞧，烫哪儿了？"闻珩低头抓她的手，把她的右手托在掌心里，像托着易碎的白瓷一样小心，"大拇指？"

他的动作和表情看上去都是那么自然，似乎他根本就不觉得这样的行为有多亲密，亲密到已经超出了他们之间普通朋友的距离。

其实她只有刚刚被烫到的那一瞬间很疼，这会儿已经没什么感觉了，但她就是觉得，被他抓着手关心的感觉很让人不舍。

尤语宁低着头没敢看他，心虚地撒着谎："嗯，有点儿疼。"

闻珩轻轻地用自己的大拇指指腹贴上她的，左右轻抚一下，抬眼瞧她："这样碰一碰疼吗？"

指腹上传来温暖的触感，他轻柔得像是在呵护一件稀世珍宝。而她被他这样近距离地认真看着，就像是沉迷于他眼里的万千星河中。

尤语宁的脸慢慢发烫，她抽回自己的手："不疼了。"

"确定？"

"嗯，就刚刚疼了一下。"

"行吧。"闻珩捡起地上掉落的打火机随手丢给她，"留着给你睹物思人。"

尤语宁接住他丢过来的打火机，外壳上的温度已经散去，变得冰冰凉凉的。

空气中的烟草味只剩若有似无的一点点，闻珩转身要回去："走了。"

"等一下。"根本没过脑，尤语宁叫住他。

闻珩侧过脸："怎么了？"

"你——"尤语宁有很多话想要问他，但又觉得自己不能冲动，矛盾和冲动在抗衡，喉咙开始有些发紧。

大概是她脸上纠结和紧张的情绪都很明显，欲言又止的表现也很让人多想，闻珩咽了口唾沫："难不成——"

尤语宁偷偷按了按手指，鼓起勇气问："你有喜欢的人吗？"

闻珩安静地看着她，一秒、两秒、三秒……

他试图从她脸上看出些想要的信息，却以失败告终——她向来都是他看不懂的。

尤语宁跟他对视着，她也试图从他脸上看出些什么，但看不懂，也猜不透。

不知沉默了多久，闻珩开了口，嗓音有些沙哑："有。"

"哦，我……"得到像是预料之中的答案，尤语宁反倒不知该作何反应，"随……随便问问。"

闻珩收敛起刚刚差点儿泄露些什么的表情，"啊"了一声，变成不正经的模样："该不会，终于决定要和我正式表白了？"

尤语宁垂在身侧的手指无意识地摩挲着打火机冰凉的外壳，勇气一瞬间消失："没有，就是随便问问。"

闻珩盯着她看了好一阵，眉慢慢地拧起来："那你问什么？"

听得出他似乎并不开心，甚至有些生气，尤语宁吓得更不敢再多说些什么，慌忙转身进去关门："不问了，晚安。"

关门声突兀地响起，隔绝门内、门外两个世界。

尤语宁拍了拍胸口，去饮水机接了杯水，仰头大口大口喝下。太险了，她差点儿就要问出他喜欢的人是谁了。

放下水杯，尤语宁回到卧室，躺到床上，翻了几次身，毫无睡意。为了不让自己再胡思乱想，她打开了微博。

这几天出了这样的事，她为了时时跟进事情的进展，又怕手滑暴露自己的大号，用的一直都是那个微博小号。

这会儿一进微博，尤语宁想给自己找点儿事情做，干脆往下翻，想看看有没有什么没意义的微博能够删掉。

她一路往下滑动，看到的大多是自己吐槽的内容。

等等！尤语宁被刚刚滑过去的微博吸引了注意力，重新滑回来。

2021 年 11 月 7 日，周日。

不是有雨淋："最近真的太不顺利了，有点儿想去找个人算算是不是犯了什么东西。"

看着这条微博，尤语宁好像还能想起那天——

她好不容易休了假，早起去买菜。出门时还是晴天，没有半点儿要下雨的迹象，她也因此没带伞。但不过就是买了个菜的工夫，她出来走了几步路，瞬间就下起了倾盆大雨。她好不容易躲到路边公交站台下，刚站稳就被一辆飞驰过去的车溅了一身水。

那天等了许久才打到车，回家就有些感冒，她就发了这样的一条微博。

当然这并不是重点，重点是这条微博的内容——"有点儿想去找个人算算是不是犯了什么东西"。

而她没记错的话，那天早上在工作室外面的楼道泼了闻珩一身咖啡时，墙上的挂钟正好整点报时。

2021年11月11日，星期四，上午10点整，大雨。

之所以她现在还记得，是因为那天正好是光棍节。

那个算卦的婆婆是前一天下午出现的，跟她发那条微博时前后就隔了几天。世界上真有那么巧的事吗？她刚发微博说自己想找个人算算，隔几天闻珩就找了人出现在她下班回家的路上。

尤语宁盯着这条微博有些出神。

有没有一种可能，闻珩看见了她发的这条微博，所以笃定她会去找人算卦。

尤语宁又想起，之前闻珩曾说："天亮以后，明日晴。"

这跟"撑伞"说过的话一模一样，所以闻珩他……会是"撑伞"吗？

想到这个八九不离十的答案，尤语宁彻底没了睡意。

"撑伞"第一次出现，是在她高二上学期结束后的寒假，而那时闻珩应该才高一。这么多年怎么可能呢？也许是巧合的可能性更大。

看了太久手机后，见屏幕通知栏提示电量不足百分之一，尤语宁起身去拿充电器。

"轰——"安静的夜里，一道惊雷忽然在天边炸响，隔着紧闭的卧室窗户也依旧清晰入耳。尤语宁被吓得肩膀一抖，整个人重新缩回床里，把被子往上拉，只露出一双眼睛感受光明。

大雨跟着倾盆而至，在窗户上拍得"噼啪"作响，闪电将窗外的夜空照得亮如白昼。雷、闪电、大雨接连出现，恐惧让尤语宁彻底没了胡思乱想的心思，她抱着手机在被子里窝成一团。

闻珩因为尤语宁没头没脑的话心绪不宁地在客厅呆坐半晌，烦躁地脱了衣服去洗澡。

惊雷在空中炸响的瞬间，淋浴喷头下浑身湿透的男人如同感知到危险的猛兽一般猛地睁开眼。

第二道惊雷紧跟而至，闻珩转头，往窗外看了一眼，胡乱地抹了一把脸上的热水，加快了洗澡的速度。

又一道惊雷响过，浴室的灯应声熄灭。

断电了，整个浴室陷入黑暗，只余下窗外闪电的光亮照进来，一闪一闪。光线明灭之间，闻珩胡乱扯下一旁的浴巾，将自己随便裹了裹，摸着黑儿往外跑。

慌乱的脚步声中伴随着撞到家具的闷响，脚步声却一刻没停，直到门口，他骨骼分明的修长手指还带着水迹，握上门把手转动后却又停止。

闻珩松开手，仰头闭了闭眼，还带着水珠的后背直接贴上了冰凉的墙面。

黑暗里，肌理分明的胸膛不断起伏着，水珠顺着肌肉慢慢往下滑落，没进腰间围着的浴巾里。

外面还很安静，他且等一等。

惊雷响过，台灯应声熄灭。

尤语宁瞬间反应过来此时已停电。

顾不得恐惧，她克制着心悸摸索着手机的开机键，屏幕却已毫无反应——电量过低，手机自动关机了。

整个房间像是恐怖电影里的画面，窗外天空的闪电一闪一闪的，房间里一瞬亮一瞬暗。

尤语宁深吸一口气，凭借着记忆和时不时亮起的闪电投进来的光线在床头柜上找到刚刚放下的打火机。

一声轻响，黑暗的房间里亮起一小簇跳跃的昏黄火苗。这簇火苗像是黑夜里的一盏灯，让尤语宁的内心得到短暂的安抚。

她就这么捏着打火机往外走，烫了就缓几秒再打火，凭借着这微弱的火光一直走到客厅。房门底下的缝隙里透进来一丝微光——那是楼道的应急灯亮了。

尤语宁觉得自己应该去找手电筒的，她常备着一只手电筒，以备不时之需。但她在满室黑暗里被那从门缝里透进来的微光吸引，渴望光明，恐惧黑暗，她情不自禁地握着打火机朝着门口的方向走。

也许应该将房门打开，等楼道的灯光照进来一些，再去找手电筒好一些。

尤语宁这样想着，已经慢慢挪到了门口，握上门把手，转动，将门打开。

"咔嗒——"好像不止一道开门的声音响起。

尤语宁错愕地抬头。隔着并不宽的楼道，在并不足够明亮的应急灯光里，她想了一夜的人正立在对面门口，像是突然出现的。

猝不及防地，她看见他的眸子。

被打火机烫了一路的指腹似乎还隐约发烫，尤语宁把打火机握在掌心里，轻轻摩挲着。

她没想过会在开门的时候遇见闻珩。但确实在看见他的一瞬间，她自己也分不清，那突如其来的安全感是因为看见他，还是因为楼道的灯光。

"你……"尤语宁张了张嘴，突然想起年前在 SW 酒吧里朱奇说闻珩怕雨怕打雷，"你是害怕打雷吗？"

她的问题换来一阵沉默。

尤语宁自我安慰，也许他是不好意思承认。

"打雷了，还停了电，我有点儿害怕。"尤语宁开口解释着自己半夜开门的举动，顿了顿，又问他，"你害怕吗？"

闻珩的视线落到她的双手上，他不答反问："你的手机呢？"

"没电关机了。"

"你怎么出来的？"

"这个。"尤语宁摊开右手，掌心里那个银色打火机安静地躺着，"你的打火机。"

有点儿想要多和闻珩待一会儿，尤语宁没话找话："还好有这只打火机，不然我真的不知道该怎么办。我本来想用手机打光的，但是手机关机了，我想起这个打火机，就用它照着路走出卧室，看见楼道有灯光就出来了。"

闻珩看着她，没有说话。

尤语宁没等到他的回应，有些失落。又看见这么冷的天，他竟然衣服都没穿，裹着浴巾就出来了，她不免又多问一句："是在你洗澡时停电了吗？"

这是她头一次跟闻珩说这么多话，而且是在他没有回应的情况下。尤语宁觉得自己大概有些话太多了，开口又给自己找了个理由："抱歉，我只是真的有些害怕，所以话多了一点儿。"

她说着就要进去找手电筒："如果你也害怕的话，等我找到……"

"尤语宁。"一直沉默着的闻珩终于开了口。

尤语宁温柔地看着他："嗯？"

"我家有蜡烛，来吗？"

尤语宁觉得自己应该矜持一点儿，却完全没有办法拒绝，甚至连考虑也不敢考虑，怕闻珩会反悔，几乎是立即点头答应："好。"

闻珩朝她身后抬抬下巴："把门关上。"

尤语宁转身拉上门，朝着闻珩走去。

闻珩走在前面，手自然而然地朝后伸着。

在楼道的光影中，尤语宁看见他的手，好像……在等她牵。

"你别害怕。"尤语宁握上他伸过来的手，"我有打火机。"

闻珩嘴巴动了动："嗯。"

往里走就有些暗了，尤语宁一边点燃打火机照明，一边问他："蜡烛在哪儿？"

"茶几柜里。"

尤语宁以为是普通的照明蜡烛，直到看见闻珩从茶几里拿出两个圆柱形的香薰蜡烛才发现自己想错了。她早该想到，闻珩这样的大少爷怎么可能在家里准备普通的照明蜡烛？这样用来营造氛围的香薰蜡烛才符合他的身份。

闻珩将蜡烛摆好，伸手："打火机。"

尤语宁没多想："我来点吧。"

"别烫着你，到时候叫我负责。"闻珩又恢复那副欠揍的模样，"给我。"

尤语宁没办法，只好把打火机给他。

很快闻珩就将两支蜡烛都点燃，茶几和沙发这一小块地方亮起来，尤语宁闻到空气里开始飘着淡淡的佛手柑香味。

"跟我的唇膏是一个味道。"她说。

闻珩的眼神闪了一下，他没有接她的话，起身从沙发上拿了件外套丢给她："披上。"

尤语宁这才觉得冷，乖乖地将他的外套往肩上披。

他的外套上好像也有很淡的佛手柑香味，尤语宁低头闻了闻，是让她很熟悉又很舒服的味道。她正要问问他为什么这么偏爱佛手柑的香味，一抬头，烛光跳跃中，闻珩背对着她在开放式厨房的吧台那里找东西，露出结实有型的后背。

他应该是有健身的习惯的。明明灭灭的烛火光影里，他后背的骨骼和肌肉线条组合起来好像一只振翅欲飞的蝴蝶。尤语宁坐在地毯上情不自禁地咽了咽口水，偷偷看一眼，他背对着自己，应该发现不了吧？

这美景也不过几秒，闻珩转过身，尤语宁立即收回视线，假装盯着茶几上的香薰蜡烛。她只庆幸慌乱的心跳声不会被听见，否则自己的那点儿小心思将会无所遁形。

脚步声响起，闻珩递了瓶牛奶给尤语宁，自己拿了一小瓶酒和一个空的玻璃杯放到桌上。

　　尤语宁一抬眼，首先看见他完美有型的腹肌，怕被发现，视线不敢停留太久，接过牛奶说了声"谢谢"。

　　闻珩"嗯"了一声，在她旁边的沙发上坐下。

　　将近凌晨2点，孤男寡女共处一室，香薰蜡烛的火苗跳跃着，寂静的空气里满是说不清道不明的暧昧。

　　越安静越暧昧……尤语宁觉得自己得找点儿话说。她看见闻珩刚放下的酒和玻璃杯，起了个头："你要喝酒吗？"

　　"嗯，有点儿冷。"

　　想着他身上只围着一条浴巾，现在还是冬天，确实会冷，尤语宁端了一个香薰蜡烛给他："你去找件衣服换上吧，别冻感冒了。"

　　闻珩没动，垂眸瞥了一眼她送到跟前的蜡烛，又看向她的脸。她长了一张很温柔的鹅蛋脸，昏黄的烛光在她的脸上跳跃着，她远山含雾一般的眼眸里映着火苗和他的身影。

　　视线下移，他看见她薄薄的唇。

　　一秒、两秒……他不着痕迹地移开视线，喉结滚动，却当作无事发生一般探身去拿酒。

　　"嗯。"闻珩给自己倒了一杯，仰头喝下小半杯酒，接过蜡烛起身，"你说得对，是该换件衣服。"他迈开腿，又接上一句，"免得你觊觎我的肉体。"

　　空旷的客厅转瞬只剩下尤语宁一个人，少了一支蜡烛，光线也比刚刚更暗了些。

　　停了电，室内也开不了空调，冷空气在黑暗里一点点地将人包围。尤语宁心里的恐惧又开始涌上来，她搓了搓胳膊，瞥见旁边剩下的半杯酒，脑子一抽，端起来仰头喝下去试图壮胆。

　　她的酒量是一杯会醉，半杯微醺，这会儿半杯喝下去，她只觉得有些辣，忙又打开牛奶喝了几口。

　　闻珩换了一身丝绸质地的蓝色家居服出来，回到原来的地方坐下，伸手去拿酒，才发现酒杯空了。

　　"喝酒了？"他拧着眉心看向尤语宁。

　　尤语宁没看他，含混地点头应道："我害怕，就喝了一点儿壮壮胆。"

　　闻珩心想：孤男寡女共处一室，难道不是他这个男人更可怕？她还敢喝酒，就这安全意识……

想起之前尤语宁在他家喝醉的情形，闻珩有些头痛："能不能对自己的酒量有点儿数？"

"有的，一杯才会醉。"尤语宁已经有些上头了，撑着脑袋转头看他，左手竖着一根食指，在空中弯了弯，"我只喝了半杯。"

还挺有理，闻珩都要气乐了："这酒烈，没喝出来？"

"没有。"尤语宁双眼迷离地看着他，"就是有点儿辣辣的。"

闻珩看着她不太清醒的样子，抬手在她眼前晃了晃："醉了？"

"什么东西晃来晃去？"尤语宁一把抓住他的手，歪着脑袋看他，"你长得好像一个人。"

"谁？"

"闻珩。"

尤语宁松开他的手，转过身，就坐在地毯上仰头看他。

闻珩也不开口，就这么坐着让她看。

好一阵，尤语宁脑袋一歪，"啪"的一下倒在他的膝盖上，又睡着了。她以为自己在睡梦中，蹭了蹭"枕头"，觉得不安稳，双手摸索着抱住他的一条小腿，心满意足。

他的膝头传来柔软的触感，温热踏实。闻珩低头看，她柔软的小脸贴在他腿上，隔着薄薄的布料，有软而暖的触感。她呼吸很轻，就像一只蜷在他的膝头取暖的小猫。

闻珩觉得又热又燥，心头就像是有人在用羽毛轻轻地挠，却又不肯多用半分力道，还每次都略过最痒的那一点。

他情不自禁地抬起手，缓缓靠近烛火中那一小半侧脸。修长的手指的影子被烛火的光投在昏暗中她安然入睡的侧脸上，慢慢靠近，拉长。

他们明明这样近在咫尺，却又像是横着一条深不见底的沟壑，他无法越过，也无法触碰她。

这样的时刻，让他想起 7 岁那年的冬天。

寒假里，闻润星和孟佩之都很忙，闻喜之去了西州的外婆家，闻珩被丢给了小姨孟沛沛照顾。

孟沛沛年少未婚，开了一家玩偶店，店里卖的都是些精致昂贵的玩偶。

闻珩每天都跟她去店里，从早到晚，无聊却不被允许乱跑。

那是一个多雨的冬季。很平凡的一个早晨，他在落地窗内的小软凳上坐着，无所事事地数着外面街道上路过的人群和车流。

扎着双马尾辫的小女孩儿出现了，双手贴在落地窗上，水灵灵的双眼看着橱窗里的洋娃娃，充满了渴望。她长得漂亮可爱，占据了闻珩所有的视线。

从那天起，连续一个星期，她都会到橱窗外面看一会儿那个洋娃娃。

幼时的闻珩心性顽劣，一个星期后的某天早晨，他在小女孩儿到达之前取下了那个娃娃，藏在背后。

他很想看看，那个小女孩儿见不到心爱的娃娃会不会哭。如果她会哭的话，那就真的太好了，这样他的生活就不会太无聊。

小女孩儿在几分钟后出现，照旧趴在橱窗外抬头看。

闻珩清楚地看见她嘴角的笑意消失，也清楚地看见她充满渴望的双眼瞬间变得暗淡——当然，那时候只有 7 岁的闻珩还不太懂得落寞这个词，只是很清晰地感受到她不开心。

但是她没有哭。

也是在那天早晨，那个连续出现一个多星期的小女孩儿，第一次隔着玻璃橱窗看了他一眼。

就那一眼，他觉得这个娃娃应该属于她。所以那天早上，他拿着那个娃娃出了店门，亲手送给了那个渴望已久的小女生。

小女生呆呆地看了看娃娃，又惊讶地看他。

"送给你了。"

"送给我？"

"不然呢？"

"不不不！这个很贵的！"

"不要就丢掉。"

"要！"小女生着急地用双手去接，生怕他真的丢掉。

她是那样小心翼翼，将干干净净的双手在衣服上擦了又擦，才敢轻轻地触碰一下那个娃娃，然后再次抬头跟他确认："真的给我了吗？"

那时的闻珩不太懂，不过就是个用钱就能买到的娃娃，她怎么就能那么珍惜，那么小心翼翼？

但是就在此刻，闻珩忽然懂了——渴望一样东西太久，等真的触手可及时，第一反应是不敢置信。

他会害怕触碰她，害怕是一场梦，一碰到就会醒。

他的手距离他幻想已久的侧脸不过毫米，影子微微颤抖着，指节分明的修长手指慢慢弯曲、收缩，握紧成拳。

闻珩压制着内心的渴望，慢慢收回手，脸上满是隐忍，胸口不停起伏。

他仰起头，闭上眼，性感的脖颈起伏，缓缓吐出一口气。

凌晨3点，雷停风止，只剩"哗哗"的大雨不停地冲刷着整座城市。

尤语宁迷糊地醒来，听见大雨拍打玻璃窗的声音，也看见满室光明——来电了。

她抬起头，看见闻珩歪在沙发上睡着，身上只穿着一件先前的蓝色家居服。

意识慢慢回笼，尤语宁记起自己喝了他半杯酒。

现在她喝半杯酒也能醉了？

尤语宁支起上身，有东西从肩头滑落，定睛一看，是闻珩让她披上的那件外套。

她伸手去捡，才觉得不对劲——自己居然还抱着他的腿。

尤语宁心中警铃大作。

睡梦里她可是做了些有点儿过分的事情，其中就有抱住闻珩腿的这一件，没想到一觉醒来，她还真的抱住了。

尤语宁难为情地闭了闭眼，脑海里睡梦中做过的事一点点地浮现——

她抱住他的腿，不让他走，还问他为什么要做那么多事情，问他是不是喜欢自己，不承认就又哭又闹。

其他的……她应该没有做……吧？尤语宁心虚地转头，偷偷看了闻珩一眼，见他好像还睡着，打算趁他不备偷偷溜走。

她先慢慢松开抱住他的腿的双手，撑着地毯起身……

她的脚麻，腿也麻了。尤语宁尝试了两次，缓了缓，一口气站起来，刚迈开腿要走，脚下一麻，好像找不到着力点，腿一软——她就眼睁睁地看着自己往闻珩身上倒了下去……

求生的本能让她下意识地张开双手险险地撑在了闻珩身体两侧的沙发上。

尤语宁内心想了一百八十种道歉的场景，才敢去看闻珩是否醒来。

嗯，他醒了，好看的眸子直直地盯着她，像是疑惑，又像是质问。

他应该……还没太清醒吧？尤语宁自我麻痹地下了个结论，先前设想的道歉场景全都在这一刻被否定。

电光石火之间，她做出了别的决定——装作酒还没醒。

"嗯……"尤语宁一秒入戏，表情和语气堪比影后的，"这里怎么有个这么大的玩偶？"说完，她捏捏他的脸，还要加点儿戏，"滑滑的。"

差不多了。

"好困……"尤语宁嘟囔着，一头栽进他的怀里，轻轻地蹭了蹭，"睡了"过去。

闻珩："嗯？"

他低头看，还是刚刚那样的侧脸。

不同的是，现在灯光明亮，将她细腻如上好白玉的脸照得透亮，如扇的睫毛也让人看得清清楚楚，根根分明。

最重要的是，现在这张脸，从他的膝头移到了他的胸口上。

闻珩感受着来自她身上的柔软和真实的重量，疑心自己的梦还未醒。

尤语宁焦灼地等待着闻珩的反应，却在时间一分一秒地流逝里只感受到他胸口逐渐失衡的起伏，只听见他不断响起的心跳声。

她先前摔下来时两手还撑着沙发靠背，后来为了装醉去捏他的脸，身体的重量就几乎落在了他的身上。

他们这样不设防地紧密相贴，她能清楚地感受到男性身上的体温，甚至因为他的家居服太过单薄，她好像还能感受到他结实有型的腹肌在承担着自己的重量。

她要不就再过分一点儿？反正他也没有推开自己，而且她也许以后再也不会有这样的机会。这样想着，尤语宁慢慢地收回搭在他肩头上的双手，一点点地下移，穿过他的腰间，环抱住他。

"大娃娃……"她继续装着醉，轻声说呓语，"睡觉……"

这谁还能睡得着？！

也许入戏也是一种本事，即便那姿势并不舒服，尤语宁也真的睡了过去。

醒来时已经是早上7点，她睁开眼，看见房间里的摆设，觉得陌生又带着一丝丝的熟悉感。

床头依旧亮着一盏台灯，被子盖到下巴，有很淡的佛手柑香味。

尤语宁便立即明白自己是在闻珩家里——只有他会这么疯狂又这么执着，所有东西都要有佛手柑的香味。

尤语宁掀开被子下床，关了台灯，轻手轻脚地往外走。

空气里有煎蛋的香气，好像还有烤吐司的味道，她拉开房门，香味更加浓郁。

她循着香味传来的方向走去，闻珩站在开放式的厨房里，身穿宽松蓝色家居服，身高腿长，肩宽腰细，高挑有型，像一个自律早起的超模，正将一个煎蛋盛出锅。

像是感知到了她的出现，他远远看过来一眼，又转过身去取吐司："去洗漱，东西都在洗手间。"

尤语宁只好去洗手间，看见一套新的洗漱用具，连牙膏都是挤好的。

她其实有些惊讶，但也不敢多想，洗漱干净就重新出去。

闻珩还在忙碌，她也不知道昨晚他有没有生气，毕竟自己那么"色胆包天"。

尤语宁鼓起勇气朝他走过去，看见他将吐司和煎蛋摆盘，又放了生菜叶和培根，从微波炉里拿出热牛奶。

他做的早餐是双份的，他应该是……没有生气吧？

尤语宁放心了些，鼓起勇气问他："昨晚我喝醉了，应该没有发酒疯吧？"

闻珩将一个盘子往她的方向推过去，端着他自己的那杯牛奶喝了一口，才漫不经心地看了她一眼："哦？你是指什么？"

"就是……"尤语宁想着合适的言辞，"有没有对你做一些比较过分的事情？"

闻珩放下牛奶杯，双手撑在吧台上，上身微微前倾，朝她逼近，盯着她的双眼，似笑非笑："不记得了？"

尤语宁心口一紧，撒谎："我喝醉了，什么都不记得了。"

"啊，这样。"闻珩点点头，"果然——"

"什么？"

"提上裤子，不认人了。"

尤语宁呼吸一滞：难道还有比她装醉捏他脸、抱他腰更过分的事情？

提上裤子……尤语宁低头看了眼被自己穿得好好的粉红色家居裤……

打住！她不……不至于吧？尤语宁有些崩溃，难道她一直低估了自己的本性吗？

一想到自己真有可能做出那种有辱斯文的事情，尤语宁脸上一阵发烫，口干舌燥，端了面前的热牛奶就猛灌了大半杯。

"有没有一种可能——"尤语宁抬头看他，脑袋飞转，强行辩解，"是你做的梦呢？"嗯，那一定是闻珩做的梦。

欣赏着她精彩的表情，闻珩挑了挑眉，应道："哦？也不是没这个可

314

能——"顿了顿，他补充完整，"如果你非要这么说的话。"

他的言外之意就是：你不想承认，我也可以不追究，但是这件事你就是做了，没跑儿。

尤语宁不敢再继续跟他纠结这件事，点头坐下："嗯，谢谢你的早饭。"

"哦，不客气，毕竟我也……"闻珩拿起吐司，"挺累的，得补一补。"

挺累的……得补一补……尤语宁一口咬下吐司一角，又开始不受控制地想象起来。

但她又想起自己从起床到现在身体都没有任何不适，应该没有……吧？

那……闻珩他怎么就挺累的，还需要补一补了？难道她单方面地强迫他，而他誓死不从，反抗得太累了？

尤语宁又想起昨晚自己醒来后，装醉捏他脸、抱他腰他都没有任何反应，是不是说明在这之前，自己就已经对他有了更过分的举动，所以才导致他已经心如止水？

怎么会这样？明明她以前从来都没对哪个男生产生过兴趣，怎么一到闻珩这里，就这样解放天性？

尤语宁偷偷抬眼看闻珩，没承想被他抓个正着。她为了掩饰，只好把自己的餐盘推过去："那这个鸡蛋给你吃，身体虚是要好好补一补。"

"嗯？"闻珩盯着她，好几秒，气得冷笑，"别装。"

尤语宁心口一跳："装什么？"难道他发现她昨晚装醉了？

"需要我帮你回忆？"闻珩"呵"了一声，"怎么，还意犹未尽？"

尤语宁心想：那倒也没……好像，是有点儿。

整个周末，尤语宁都在思考那本小册子，以及柴菲那天晚上提出的建议。

她暂时想不明白小册子的问题，也不敢亲自去问闻珩，但是对柴菲的提议真心地开始考虑起来。

她要赚很多钱，有钱就有底气，就有自信。从前是她清高，为了保持跟粉丝之间那种纯粹的关系，为了不被骂，宁愿舍弃让人眼红的利益。可是明明她一直为钱所困，为什么还要守着那份清高呢？

尤语宁觉得庆幸，庆幸在短视频还不像如今这样火爆的时候就开始做自己的个人视频号并积攒起了大量粉丝；庆幸自己有声音这方面的天赋，能够吸引别人喜欢和关注；庆幸在走入僵局的时候还有路可退。

如果她有钱的话，也许一切都会不一样。她会不害怕任莲问自己要钱，会有更多的余地，可以去做更多自己想做的事情。即便她的家庭还是一样糟糕，没有改变，但她会变得比现在更好。

　　也许一个人走向成熟的标志，就是终于明白钱比脸面更重要。

　　尤语宁打开自己的视频号，胸腔里有隐约的悸动。

　　她打开个人主页资料，将曾经挂上去的"不接广告"删除，颤抖着手指重新打上一行字："推广合作请加微信 Yu0523。"

　　将每个平台的视频号主页都放上推广的联系方式之后，她丢开手机，抱着沙发上的枕头不停地喘气。

　　从此以后，她的热爱就不单纯了，她不再是为了喜欢而分享，而是在喜欢和分享的间隙也穿插上生计。

　　甚至在还没有广告商找来的这时候，她就已经开始猜想到时候的评论区会是什么样的。

　　毕竟，她曾经在被骂后，说过以后绝对不会再接广告的话。而现在，她也算是要违背自己当初的诺言了。

　　她会被骂吧，会掉粉吧？他们会骂得很凶吗？她会掉多少粉呢？

　　她经营了这么多年的账号，终究要沦为赚钱谋生的工具了。但是没有办法，她真的太需要很多很多钱了。

　　如果有可能，她真的好想有一天也能触摸到月亮，至少……也要有可以对月亮说喜欢的资本和勇气。

　　周一上班后，尤语宁被老板沈一然叫到办公室谈话。

　　因为《故园》出其不意地爆火，她成为很火的配音演员，甚至有听众放话，只要是她配的剧通通买单。

　　现在的游鱼睡着了就是被各个配音工作室争抢的对象，有多少人想要来挖墙脚，不用说大家也都心知肚明。

　　作为初一声工坊的老板，沈一然自然是不希望尤语宁跳槽的，她现在是既有流量也有实力的配音演员，能够为工作室带来更多的效益。她就是个香饽饽，谁都想吃上一口。

　　但作为初一声工坊的老板，沈一然很明白尤语宁爆火的这部《故园》是怎么来的。当初策划人和他说要把早就决定好给尤语宁的那部《他夏》给甜烛时，其实他也犹豫过。

　　在他眼里，尤语宁很有前途，大火只是时间问题，差个机会。而拿到

《他夏》这个剧本的第一眼，他就觉得那就是尤语宁爆火的机会。

但乾明是初一声工坊的老员工了，在配音圈十分有名气，属于很抢手的配音演员。他要为甜烛做担保，为甜烛谋出路，甚至要亲自捧她，哪怕用自己做条件。

而甜烛刚大学毕业进入社会，心高气傲，不愿像尤语宁一开始一样从低处做起。

沈一然开着这个工作室，养着这么多人，也是要让大家吃饭而不是要做慈善的，所以对那件事也就睁一只眼闭一只眼。

只是没想到，朱承刚补给尤语宁的那个小短剧，她能做得这么出色，没有任何人能想到，她会靠这部小短剧翻身爆火。

现在她就是工作室里的财神，沈一然怕她想起之前的不公平待遇心生不满要离开，自然要哄哄她，宽她的心。

老板嘛，"画饼"是必修课。

但看尤语宁一直没有什么不好的情绪，他也没找到合适的机会，这个饼就没画出来。

这两天，他作为一个网上5G冲浪的选手，自然也看见了那几条视频。

这样好的机会，他送温暖再合适不过了。

沈一然一副关爱的态度，先是问了尤语宁最近工作怎么样，有没有哪里不满意的，可以提出来，他帮忙解决。他又委婉地说自己最近在网上看到了那些视频，希望她别太往心里去，问她需不需要出去散散心，可以给她一个很不错的带薪假期，甚至还能报销往返机票。

经历过这么多事，尤语宁自然不会因为沈一然说的这几句好话就感激涕零，觉得他是什么好人，也知道他找她说这些话的用意。但目前她没有离开南华的打算，也没有要离开初一声工坊的打算，自然也就乐得做个好人。她先是谢过了他的关心，又说自己最近还可以继续工作，希望假期能先保留，需要的时候再休。

沈一然很满意她这样的态度，又提起之前《他夏》的剧本。他还没来得及说抱歉，尤语宁抢先截断他的话："都是过去的事了，而且我很幸运能够拿到《故园》这部剧，它改变了我，让我拥有更多可能。"

这话让沈一然浑身都舒服起来，他笑着拍拍她的肩："好好干，我相信你的实力，未来你必定不只在配音圈出名。目前还有个很好的剧本正在接洽，到时候肯定是给你的，暂时对其他人保密。"

这倒是尤语宁没想到的。她自然知道自己现在受欢迎的程度，也知道自己会得到比从前更好的剧本，但从沈一然这副说暂时要保密的态度来看，这个剧本怕是很不一般。

此时她倒是真的有些开心了，真心实意地说了声"谢谢"。

另一边，程佳梦正积极地帮任莲寻找尤语宁的下落。

根据之前的视频以及那天在私房菜的碰面，程佳梦确定闻珩就是那个她们一直想要找到的男人。她托行舟帮她打听闻珩的情况，最好是能找到住址。

行舟现在对她的兴趣淡了不少，敷衍地答应，却根本没放在心上。大半个月过去了，程佳梦发现事情一点儿进展都没有，有些着急了，使尽了浑身解数去哄他，他才答应下来。

其实要找到闻珩对于行舟来说并不是一件很难的事情，虽然他现在还够不上闻珩那个层次，但稍微用点儿心，也是勉强能够混进那个圈子的。最主要的是，之前他那个程佳梦想要介绍给尤语宁当对象的朋友，比他的身份更好混一些。

行舟只不过是去旁敲侧击了一下，那朋友本来就对尤语宁念念不忘，当即上了心，很快就打听到了闻珩的基本情况。

但那朋友算是比较通透的一个人，虽然挺爱玩，也喜欢各种各样的美女，但得知跟尤语宁有关的男人是谁后，也就打消了要把尤语宁追到手的想法。

"行舟，我劝你别掺和这件事，要是那闻家大少爷真喜欢尤语宁，他可不像咱们似的对女人无所谓，小心你爹不好混。"

那朋友这样劝，行舟心里也就明白了个大概，更加明白自己跟程佳梦是不能继续下去了，索性把她叫出来想做个最后告别。

程佳梦最近一门心思都在尤语宁的身上，并没在意行舟的变化，哄得他舒服了，迫不及待地问他消息打探得怎么样。

即便要分手了，行舟也免不了出于过去的情分提醒两句，让她算了，闻珩不好惹。

程佳梦不以为意："又不是我出面，宁宁她妈去找，关我什么事？"

行舟对程佳梦的耐心也就那么点儿，提醒了就算是仁至义尽，见她还是如此不知悔改，也懒得再劝。把闻珩公司的地址和现住址都给了程佳梦以后，他说这段关系到此为止，家里给他安排了女人结婚。

这消息对程佳梦来说无疑是致命的打击。上一秒她还沉浸在终于得到闻珩地址的喜悦里，下一秒就被行舟这句话从天上打到地底。

"你说什么？"程佳梦不敢置信地拉着行舟的手质问，"你一定是开玩笑的，对不对？"

在这种圈子里认识男人，她在决定要开始的时候就应该预料到，也应该默认接受往后随时会被甩掉的结局。这样哭哭啼啼一副真把自己当回事的样子，在他看来只剩恶心。

随便程佳梦怎么闹他，他也懒得搭理。

等她哭够了，他丢下一张卡，拍拍手走人："够你潇洒一段日子了，别再来找我，彼此留点儿脸，别让我觉得你恶心。"他走了，只留下这样一句话。

程佳梦神情呆滞，哭得已经流干了眼泪，再也哭不出来。好半晌，她才回过神来，找到自己的衣服穿上，离开酒店。

任莲最近身体确实不好，去医院检查过好几次，医生说她上了年纪又太过操劳，作息饮食都不规律，各种毛病都出现了。程佳梦找到她的时候，她刚吃完药。最近她已经辞了零工，每天就靠尤启年和尤语宁给的钱过活。

"你是说，那男的是个很有钱的大少爷，家里比行舟家还有钱？"听完程佳梦说的话，任莲立即精神了——这还能不精神吗？行舟在她眼里就已经很有钱了，这男的比行舟还有钱，那要是尤语宁要嫁给他，她不得使劲问他要彩礼啊？

程佳梦此时已经整理好了自己刚被甩的情绪，把闻珩的情况介绍了一番："真的，之前我跟行舟去吃饭还看见宁宁和他在一起吃饭了，俩人感情很好呢！"

程佳梦亲昵地抱着任莲的胳膊："小姨，我看那个闻大少爷是真的喜欢宁宁，肯定是想娶她的。即便他们最后不能结婚，但现在绝对感情很不错，要我说，就趁现在去找他，他的地址我已经打听好了。"

程佳梦把地址发到了任莲的手机上，又用一番糖衣炮弹哄得任莲立马就要去找人。

"梦梦，明天你跟小姨一起去。"

"好的，小姨。"程佳梦求之不得。一开始，程佳梦只是想把尤语宁嫁出去，免得行舟看上尤语宁，甩了自己。现在，她被行舟甩了，也知道无法再挽回他，自然急着另外找寻有钱的人依靠。

得知闻珩家里条件那么好，她虽然不敢妄想他，但觉得可以通过他认识更好的人，而这第一步自然是要先混个脸熟，拉近关系。

转眼已是 3 月下旬。

这个月，除了尤语宁刚开始挂上推广微信的那几天没人找，后来的每天都有不少商家找到她，希望能跟她合作，让她帮忙推广东西。

尤语宁毕竟没有什么带货的经验，只能求助柴菲。柴菲作为一个打了不少广告的短视频博主，帮她指定推广周期，叫她不能短时间内做太多推广。按照她的粉丝量，做一次推广的报酬很是诱人，柴菲叫她一个月最多接一次推广，如果不贪心，两个月做一次也行。当然这也要跟她的更新频率挂钩，如果她一个月只更新一条视频，那这条视频就不要再打广告了，否则会被骂是为了打广告而更新。

除此之外，她也不能什么推广都接，一定要仔细筛选，确认产品的质量和口碑，如果不好的话宁愿不打广告，也不要为了钱而去打广告。

柴菲还讲了一些合作可能会掉入的陷阱以及怎么定价之类的，让她谈合作的时候叫上自己帮忙参考。

如此一个月下来，尤语宁终于做了一条零食推广。

柴菲说这是她第一次推广，很重要，推广的效果影响到后面其他广告的报价以及后面会不会有更多的合作商找上门。

尤语宁了解了这些，更加战战兢兢地等待推广效果，时不时就点开后台查看一下粉丝数量，评论区却是一眼都不敢去看的。

好在她积攒的好评够多，这次选品也很用心，十分完美，粉丝只掉了一点点。

至于评论区，是柴菲先帮她看过，确认没什么大问题以后叫她去看，她才敢看的。

也许是现在打广告的博主太多，大家似乎对短视频里穿插广告已经习以为常，所以并不像从前她第一次打广告那样反应强烈。

最过分的话也不过是："哎，没想到咱们游鱼也开始接广告了。"

但这人紧接着又在楼中楼发表评论："那能怎么办呢？只能宠着呗！"

甚至还有不少人夸她这条广告做得很有创意，丝毫都不让人觉得尴尬。

还有人吃过这个零食，在评论区表示很好吃："哇！我的宝藏博主推荐了我的宝藏零食！这个真的超好吃！一定趁这次优惠囤一箱。"

诸如此类的正面评论有很多，大家很捧场，甚至希望她以后也能多多接广告，早日实现财富自由，然后多多更新视频。

尤语宁没想到自己这次打广告会获得如此大的成功，眼眶一热，恨不能当面感谢这些可爱的粉丝。

她想，自己终究还是幸运的，即便父不疼母不爱，但有这么多毫无血缘关系的人这样爱她。好像即便不能拥有亲情，她也没有那么难过了。

次日周五，尤语宁比往常起得稍晚了些，出门时在电梯门口碰到个人。

那人从电梯里出来，她要进去，不知为什么，被他多看了两眼。

这是个自来熟的男人，一副慈祥的模样，主动同她搭话："你就是那帅哥喜欢的女生吧？"

尤语宁听他这么问，下意识停住，转头好奇地看了他两眼，确定自己不认识他，但还是接了话："什么帅哥？您是不是认错人了？"

"不会啊，这层楼住的人我都认识，就你面生，你是不是住 1505？"

尤语宁心下一惊，没想到这个陌生男人竟然知道她的门牌号。她生出几分警惕性，没答话。

"哎，你也别害怕，我住你对门，1506 的。"男人笑着解释了一下，算是宽慰她，"不过 1 月份的时候我把房子租出去了，现在我住另一栋。"

1506 现在是闻珩在住，尤语宁听他这么说，也就反应过来了——他应该是闻珩的房东。

但对于他说的什么"帅哥喜欢的女生"这样的话，她还是没太明白。

男人也不介意她这样警惕的反应，自顾自地解释："这层楼住的人我都认识，除了我对门的那位美女要去进修会出租房屋，别人的房子都是刚需，不会租出去，所以我想你应该就是住在 1505 的。

"之前你搬家的时候我们应该还见过一次，我还问你需不需要帮忙，你说不用，后来没几天，有个帅哥找到我，问我能不能把房子租给他，他可以付我两倍房租，还可以把他当时租的那套房子续租，让我免费住。

"那帅哥当时租的房子也在这个小区，却还要跟我换房子住，我觉得奇怪就多问了两句。他说他喜欢的女生搬到了这里，就在对门，所以他想搬过来。我一听，这不君子成人之美吗？还有钱赚，再者那帅哥看着也不是什么猥琐的男人，我就答应了。"

男人笑着说完，又指了指 1506 的房门："我今天就是回家来拿个东西，帅哥特意给我新改了个开门密码，你要不信，可以过来看我能不能打开门。"

大概是把该说的说完了，即便自来熟，男人也没有其他想说的话，道了别就往 1506 走。

看着他的背影，尤语宁还有些没回过神来，直到男人打开了房门密码锁叫她："美女你看，我打开了，没骗你吧？放心，大哥我不是坏人，拿了东西就走。"

尤语宁抬眼看，那道门果然轻而易举地被他打开了。

她甚至连怀疑他是小偷的理由都没有，哪有小偷主动跟她说这么多话的？

一直到工作室，尤语宁都在想刚刚那人跟她说的话。

她一直觉得自己居然搬到了闻珩对面住，觉得这是一种缘分。但是她万万没想到，这不是什么缘分，而是他故意为之。

她甚至有点儿怀疑，当初闻喜之搬到她对面，也是闻珩故意为之。

毕竟，当初门卫王叔都说，要租那套房子的是个蓝色头发的帅哥。

也对，尤语宁想起那本小册子，这世间哪有那么多巧合和缘分，不过是有心之人布了局、铺了路，而她恰巧必须经过，仅此而已。

只是尤语宁想不明白闻珩喜欢的是她，还是……像那个学姐的她。

抛开这些杂念，尤语宁投入了今天的工作。

上午 10 点左右，柴菲说今天小赚了一笔，请她喝咖啡，叫她去拿："一共有三杯，麻烦我亲爱的宁宝顺便帮我送两杯到韶光学弟那里，一杯给他，一杯就便宜闻珩了。"

尤语宁打趣："哦，我还以为是专门给我买的，没想到我就是个跑腿的。"

"哪有？爱你！"

"好啦，外卖小哥来电话了，我接一下。"

尤语宁切了电话，边接听电话边往工作室外面走："对，我下楼去拿就好，稍等。"

她刚挂断电话，一抬头，电梯那边出来两个人——任莲和程佳梦。

完全没有设想过的情况，尤语宁吓得立即往另一边的电梯方向跑，躲开了她们。

一路乘坐电梯下去拿到咖啡，尤语宁给橘子发消息，问她有没有人到工作室里找自己。

橘子："没有啊，都没有外人进来，怎么了，宁宝？"

她们也许是不知道从哪儿打听到她在这里工作，却又不知道她具体的工作地点。尤语宁这样想着，稍微放心些，回橘子说没事，如果有陌生女人找她，就说自己不在。

从先前的电梯上去，有点儿怕任莲和程佳梦还没走，尤语宁不太敢立即回去，打算先去闻珩的工作室把咖啡送了，逗留一会儿再回去。

打定主意，尤语宁从电梯出来便直奔闻珩的工作室。她轻车熟路地进了归鱼工作室的大门，找到前台，询问工作人员闻珩在不在。

她原本是打算直接将咖啡交给前台工作人员让其帮忙转交的，但现在想晚些回工作室，打算干脆亲自送到闻珩和韶光手上。

"我们老板出差去了，可能下周一才能回来，请问您找他什么事，方便留下您的信息我帮您转述吗？"

原来他不在啊。

"没事。"尤语宁把两杯咖啡放到前台柜面上，"麻烦你把这两杯咖啡交给韶光吧，就说是一个叫柴菲的美女送的。我也没其他的事，就不打扰了。"

放下咖啡后，尤语宁便打算离开。

猝不及防地，她听见前台工作人员疑惑地小声自言自语："咦，怎么今天来找老板的人都这么奇奇怪怪的？一会儿有人说是他丈母娘和表姐，一会儿有人来送咖啡。"

尤语宁脚步一顿，怀疑自己产生了幻听——丈母娘、表姐，该不会是……

也许逃避并不是解决问题的办法，或者说逃避不是最优解，尤语宁觉得自己也许应该正面处理这件事。哪怕可能短时间内她依然处理不好，依然会被任莲烦，但至少不会再像现在这样躲躲藏藏。

她去找沈一然说要休之前说好的一周假期时，他很开心："最近看你加班不少，没怎么休息，趁这几天好好休息一下，之前说好的那个很不错的剧本，等会儿让人给你，正好也看看。"

尤语宁谢过他，回到工位上收拾了一下东西，就等拿到剧本下班。闻珩下周一出差回来，她想趁着这两天把任莲这边的事情解决好。

得知她并没有离职的打算，橘子和草莓都很替她开心，拉着她说了好一会儿话。

策划人拿了新的剧本给她，比之前态度好很多，有点儿捧着她的意思。

至于甜烛，她最近刚把《他夏》重新录完，网上反响虽然不像之前那样差，但也很一般。不过她应该是找了营销，把重点落到了她很敬业这一点上。这件事算是潦草地收了场，她也休了几天假。

尤语宁从策划人手里接过剧本一看，居然是一部由在各个平台都很火的小说改编的。

跟之前《他夏》的女暗恋男相反，这本《十年冬》是一本男暗恋女的小说。男主角优秀又专一，一度被网友评为"绝不可能存在于真实世界的纸片人"之一。

小说里，女主角开始并不知道男主角喜欢自己，甚至不知道他的存在。在第十年的冬季，男主角以一种强到让人无法忽略的气势降临在她的世界，自此，她永远记得他。

即便不是经常看小说，尤语宁也早早听说过这部小说的名气。近几年，广播剧越发流行，大火的小说基本会被改编成广播剧播出。过去尤语宁也曾想过，这样有名的小说大概是不会轮到她来录制的。只是她没想到，去年还在因为剧本被抢而难过的她，如今居然轻而易举地拿到了这个剧本，真是人生如戏。

尤语宁大致翻了翻剧本，笑着接了，对策划人道了谢。

策划人似乎也并没有因为先前把她的剧本给了甜烛而对她有任何的羞愧或者不自在的表现，只是鼓励她："好好干，足够强大的时候，没有任何人可以抢走原本属于你的东西。"

甜烛不在，不然听见这话怕是要脸红。

这世界本就弱肉强食，也有许多各种各样的潜规则，遭受社会毒打这么多年，尤语宁不至于还单纯地去求一个公平。虽然难过无法避免，但她也不至于迁怒、记恨谁。更何况她还得继续混下去，保持一定程度上的表面和平也是生存的必修课。

虽然策划人算不上绝对意义上公平公正的好人，但尤语宁从他的话里也悟出一点儿东西——得到想要的东西，需要底气。

休假正式开始。

尤语宁回到家里，主动给任莲打了三个月以来的第一通电话。

任莲无疑是激动的——激动地对她进行道德上的批判、人格上的谴责。如果不是隔着电话，尤语宁毫不怀疑任莲会直接上手。

这并不是任莲第一次这样批判谴责尤语宁，只是这一次格外激动。

高三毕业，尤语宁收拾东西偷偷离开，到了地方后才给她打电话，她也是这样口不择言、情绪激动。那时候尤语宁尚且年幼，心软又脆弱，被任莲那样一说，差点儿一时心软告诉任莲自己去了什么地方，读了什么大学。

　　只是过往那些痛苦唤醒了尤语宁，让她在心软的边缘清醒，管住了嘴，才得以清清静静读完大学，顺利毕业。

　　过去种种与今时今日比起来，好像都算不得什么了。

　　尤语宁很平静地听着任莲像唱独角戏似的说完，才开口说出三个月以来跟她说的第一句话："你今天是不是去找闻珩了？"

　　"什么横啊竖的？那姓闻的是个大少爷没错吧？他跟你谈恋爱给没给你花钱？什么时候谈的？怪不得去年一次就转了一万块钱给我，是不是他给你的？"

　　不用她再回答是不是，尤语宁从她的话里已经明白——她确实知道了闻珩的存在，而且今天那个自称闻珩丈母娘的人就是她。

　　从那些视频在网上流传的那一刻起，尤语宁就设想过有这样的一天。但是当这一天真的到来时，她还是不可避免地有些崩溃。

　　现在她已经不奢求任莲的爱了，只希望任莲不要再打扰她，不要再介入她的生活。

　　"你不用妄想从他那里得到些什么，我跟他没有任何关系。至于你说的那一万块钱是我自己赚的，省下来的给了你，我后来过得也有些拮据。"

　　"你在这儿骗谁呢？！"

　　"你有什么不相信的呢？这是第一次吗？从前你骗我说你生病，需要很多很多钱。那时候我刚工作不久，养活自己都不是很容易，但还是把几乎所有的钱都给了你。而你呢？你拿着那些钱，转头就给你儿子买了昂贵的手办。

　　"那些没有钱的日子我是怎么熬过来的，你不会知道，我在医院打点滴，没有人照顾，想着死了一了百了的时候多么绝望，你也不会知道。

　　"当然，你从来不会关心我的死活，只关心我有没有钱给你，所以，你可能也不想知道。

　　"有时候我也会想，如果我只剩一口气，你是会担心我能不能继续活下去，还是会问我银行卡密码，在我身上捞最后一笔。"

　　"你在胡说八道什么？我是你妈！"任莲气急败坏地狡辩，"你是我辛辛苦苦十月怀胎生下来的，你亲爹不要你的时候，是我把你养大，给你交学费，让你能够继续读书！你孝顺我、给我钱，那都是应该的！"

　　"所以呢？我只是你的赚钱机器吗？"

这话一出，电话两端陷入短暂沉默。

好像是很漫长的一瞬，尤语宁恍惚间以为，这句话触动了任莲的心。在这几秒里，她甚至动摇了曾做下的要与任莲断绝关系的决定。

只是任莲在让她失望这件事上，从来不会让她失望。

"什么机器不机器的？你能不能不要那么自私？以前你小，不能自己活下去，难道不是我赚钱把你养大的？现在我赚不了什么钱了，你就翻脸不认人，扯什么赚钱机器？

"怪不得人家都说负心最是读书人！当初你大姨、二姨、三姨、五舅、六舅、小舅都说你一个女生不要读那么多书，早早出去打工赚钱，早点儿嫁人，难道我没让你读？你小时候上那些兴趣班不是我送你去的？刮风下雨，我哪天没去接你？

"我怎么就养出你这么个白眼儿狼？！"任莲好像是真气坏了，恨不得当面对尤语宁进行棍棒教育。

任莲说的那些都不假。任家是个大家族，到了任莲这一辈有七个孩子，条件艰苦，能够养活就不错了，至于什么好的教育，那是想都别想。

也因此，他们姐弟几个都没读过什么书，没有文化。这里面也就任莲读的书多一点儿，还是因为那会儿成绩很好才勉强多读了几年。但后来条件实在太差，她只能辍学。也是因为她多读了几年书，知道读书的好，对读书也还有些渴望，所以尤语宁小时候才有上兴趣班的机会。

尤语宁的三个姨、三个舅舅都是没什么文化的，也不爱读书，一直宣扬读书无用论。即便后来九年义务教育普及，他们也觉得女生读个初中，能认得些字就够了。

在他们眼里，女生应该早早去工厂打工，赚几年钱，好好回报一下娘家，再找个家境不错的男人，趁着年轻、有资本早早嫁人，生几个孩子，相夫教子，这样才是他们眼里完美的一生。

但那时候任莲还有些读书人的清高，不愿认同他们的这种思想，即便生的是个女儿，也一心要让她多读书，多学些东西，只是后来慢慢地也就变了。

尤语宁那时候想，也许因为自己是个女生才会这样，如果自己是个男生，是不是一切都会不一样呢？

似乎面对任莲，她总是先天就理亏。任莲给予她生命，抚养她长大成人，即便没有那么爱她，好像也占了理。生养之恩，她应该怎么还才能还尽呢？尤语宁不知道。

面对任莲的这些指责，这些曾经真实发生过、存在过的事实，那些她

无法抹去的爱，她说不出话。、

她只恨曾经拥有，却不能一直拥有。

任莲听尤语宁沉默不语，内心得到极大满足。她总是这样，只要尤语宁被她说得沉默，她就懂了——尤语宁又开始内疚了。

"宁宁。"任莲试图打感情牌，"你是我的女儿，我怎么可能不爱你呢？但是你弟弟还小，我的心思肯定要更多地分给他一些，你总不能跟个十几岁的小孩子计较吧？"

十几岁的小孩子……尤语宁刹那间想起来读初中时的某个夜晚。那晚下着大雨，她没有带伞，按照惯例，任莲是会去接她的。可是那一晚，她等到所有同学都被接走，也没有等到任莲来接自己。

后来她冒着大雨自己走回家，一路上不知道摔了几次，又怕黑，浑身都被大雨淋湿。

到家时她却发现，尤启年和任莲都在陪尤语嘉。

她问为什么没人去接她，任莲当时是怎么回答的——

"你都十几岁了，是个大人了，还不能自己回家？你弟弟还小，需要人照顾，又下着雨，我们走了，他怎么办？"

是啊，所以尤语嘉需要两个人照顾，而她一个都不需要，即便她曾经在路上遭遇变态，差点儿被拉进小巷子里；即便她真的很害怕，不敢一个人走下着雨的夜路。

那又怎么样呢？她已经是十几岁的大人了，要自己懂事，自己照顾好自己。

只是如今，尤语嘉也到了她当时的年纪，任莲却说他还是个小孩子。

尤语宁彻彻底底地明白了——只有被爱的人才有资格做孩子。

这通电话最终没起到尤语宁想要的作用，最后甚至也不是她因为失望而主动挂断。

电话那边的尤语嘉好像在翻什么东西，任莲在喊："小心那箱子砸到你！"她又急匆匆地抱怨了一句："你放那么高干什么？"

话音刚落，她便顾不上再跟尤语宁说些别的，直接挂断了电话。

尤语宁没心情去想任莲说的是什么箱子，甚至也没胃口吃饭，麻木得不知道自己应该干什么，在一众手机软件里来回滑动，不知怎的就点开了《遂心》这个好久不玩的游戏。

她太久没有上线，游戏又需要更新。

尤语宁看着更新进度发呆，直到更新完成，登录页面的动画传来欢快的音乐声，才回神进了游戏页面。她照常领了些邮件里的东西，又开始清除活动页面上的小红点，意外发现亲密关系那里有个提醒的红点。她点开看，系统提示她和 AI YOU 的亲密度已经超过一百，可以建立亲密关系。

她这才想起，上次登录好像送了 AI YOU 一个玫瑰花的亲密道具，而刚刚邮箱里好像也领了他回赠的玫瑰，而且还是一朵很特别的银白色玫瑰，似乎她领到的那个瞬间，屏幕上还弹出了"+52"的一条提示。

尤语宁只当他是礼尚往来，没有太多想，点开好友列表，发现 AI YOU 在线，下一秒，屏幕上弹出来他的游戏邀请。

尤语宁犹豫了一下。

大概是因为此时心情不好需要人陪，她接受了他的游戏邀请。

进入游戏后，她这个不怎么玩游戏的菜鸟还是选择了跟随 AI YOU。

她没有先说话，是 AI YOU 主动发来了第一条消息："好久不见，最近好吗？"

尤语宁回他："不好。"

也许，她只有面对网络上的陌生人才敢这样直白地说，自己过得一点儿也不好。

而在屏幕的另一边——

酒过三巡，桌上的合作伙伴都有了些醉意，只有闻珩还清醒着，甚至还有闲心掏出手机玩一把游戏。

居居是陪着闻珩一起出差的，她酒量不错，但闻珩也没怎么让她喝酒陪客，所以这会儿她是桌上除了闻珩唯一比较清醒的人。

见闻珩开始玩游戏，没什么兴致再聊工作上的事情，她就很识时务地替闻珩招呼几个合作伙伴下场休息："王总、张总、李总，今天真是十分愉快，能跟……"

将几位老总都安排下去休息，居居累得伸了个懒腰，往椅子上一瘫，凑近了看闻珩的手机屏幕。

"哦！原来老板在带妹子啊？"居居笑得暧昧，"让我猜猜，是个什么样的妹子呢？"

闻珩抬起左手按住她的头顶，把她的脑袋转了个方向，头也没抬："你可以下班了。"

"哦。"居居撇撇嘴，"那我就先走了，老板你自己玩够了记得回酒店房间休息啊！"

一心二用的闻珩这把游戏玩得有失水准，全因为屏幕那端的人说她过得不好。

这晚，尤语宁对着一个"陌生人"倾诉，说她是不被人爱的，说她觉得好累，压力很大。最后她说："对不起，把你当垃圾桶了。"

AI YOU 一如既往高冷又温柔："没事，会有人爱你的。"

然后，游戏结束，尤语宁收到他发来的亲密关系申请——

"玩家 AI YOU 想成为你的恋人。"

尤语宁吓得立即下线，装作什么也没看见。

刚回到酒店准备休息的居居接到来自自家老板的电话："所有行程全部提前，加快项目进度，明天回南华。"

什么？居居只想仰天长叹。还有接近两天半的行程，现在闻珩告诉她要缩短成一天？他不如杀了她。

今晚怕是睡不成了，居居只能认命地起身，用冷水洗了把脸，点了夜宵，打开电脑开始加班。

交代完工作上的事情，闻珩又拨通了另一通电话："嗯，我明日下午亲自来采。"

安排好所有的事情，他才陷进沙发里点开了微信——

没有他想要的未读信息。

她不开心，宁愿跟一个陌生人说，也不愿意和他吐露半个字。

尤语宁是在半夜辗转反侧、难以入眠的时候忽然想起为什么会觉得闻珩的字迹熟悉的。

任莲那一番话，她一整晚都在脑子里不停地回想。

她想起任莲挂电话时——尤语嘉好像在拿个什么箱子，那箱子被放得很高，好像……还是她放的。

她放的箱子，还放得很高……尤语宁一想，应该只有高三毕业后，离家之前她亲手放到房间里衣柜顶上的那个纸箱了。

那个纸箱里放了一些她想留着但又带不走的东西，也不是很重要，无非就是一些对于她来说很有纪念意义，但对别人而言像垃圾一样的东西：

比如任莲买给她的第一个文具盒，后来坏了她也没舍得扔；

比如第一双白色舞鞋，她保存得很好，没有坏，但是已经不合脚了。

纸箱里还有很多其他奇奇怪怪的小玩意儿，以及那些年她收到的情书。

好像留住那些，她就能证明自己的青春也并非不美好。

尤语宁睡不着，就想起那厚厚的一沓情书。后来上了大学，她再也没有收到过这样的东西。好像一切事情都被按了快进键，没有人会再有耐心和那样纯粹的感情，好好坐下来情真意切地给她写一封情书。

他们直白，喜欢她的话张口就来，让人疑心是玩真心话大冒险输了后的大冒险，并不是真心话。

尤语宁回想起那些情书的内容，意料之中，记得最清楚的还是那些出自同一人、笔走龙蛇、没有署名的信。

她想起那些信上的内容，仿佛还记忆犹新，也包括高三毕业之际，收到的来自那个神秘人的最后一封信。

那封信最简单，写信的人不知一开始写了什么，后来用涂改液遮住，又将新的字覆盖在上面，只有四个大字——前程似锦。

前程似锦……尤语宁在刹那间想起上个月自己去归鱼工作室等闻珩下班的那天。

居居拿着一个女生的离职申请给她看，右下角的"同意离职"下面龙飞凤舞地写着同样的四个大字——前程似锦。

恍惚间，不同的两处，同样的四个大字似乎慢慢地重合起来。

尤语宁以为是自己失眠而精神错乱了，导致她有了这样的错觉，竟会觉得闻珩就是那些不署名的信背后的写作之人。

这一整晚，她满脑子都在纠结这件事，像是一夜无眠，又好像隐约有零散破碎的梦境，梦境里都有闻珩，又像是她主观地胡乱猜测。

这样混乱的意识持续到早上起床。

周六，她休假的第一天。本应该是美好、愉悦、放松的一天，她却觉得整个人的精神都要被抽离，浑浑噩噩的，不像个完整的人。

忍受不了这样的折磨，她将那本小册子拿出来，翻到最后一页，对着闻珩写下的那句话反复观看。

明明他写的是"有个屁用"，尤语宁看着看着，总觉得他写的是"前程似锦"。

然后，她做了一个疯狂的决定——回老城区任莲的家，找到那些没有署名的情书比对字迹。

周六下午，尤语宁回了任莲的家。

以前她是有房门钥匙的，大学毕业后再回来，门锁已经换了，她自然也就不再有钥匙。

还未出嫁，她就已经要等着别人开门才能回家了。

她倒也不会因为这个太难过，只是在这样想要偷偷回来拿走一些东西的时候，就显得格外不方便。

还没走到去任莲家的那一条下坡路，她就遇到了刚从超市出来的尤语嘉。

尤语嘉买了辣条，正坐在超市门口的地上吃得不亦乐乎，不经意瞥见尤语宁，立即抓着没吃完的辣条跑过来，油乎乎的胖手一把抓住她："姐！给我买吃的！"

几乎是瞬间，尤语宁就感觉到了手上传来的油腻触感。她从包里掏出纸擦了擦被尤语嘉弄的一手油，又给他一张纸，让他擦干净手："你妈呢？"

"我妈出去了，你快给我买东西！"

明明是一个妈生的亲姐弟，他们却如此自然默契地将任莲归为尤语嘉一个人的妈，泾渭分明到让陌生人以为这俩人不过是普通亲戚关系而已。

尤语嘉没觉得有什么问题，在他眼里、心里，这个姐姐一向都存在感很弱，更是在他记事的那几年直接消失，后来也只是偶尔出现，甚至他们家年夜饭的饭桌旁，她都从来没有出现过。

于他而言，姐姐就像是一台提款机，只要见到她，他就可以问她要钱、要东西，天经地义。虽然他现在读了初一，但被溺爱着长大，心智很不成熟，和小学生没什么区别。

而尤语宁对这个所谓的亲弟弟也没什么太深的感情，只不过此刻听他说任莲不在家，又看见他脖子上挂着的房门钥匙，突然有了想法。

"嗯，给你买。"尤语宁用手指钩上他脖颈间挂着的钥匙，"这个给我。"

尤语嘉直接拽着脖子上挂着的钥匙往上一拉，脑袋一低，干脆地把钥匙扯了下来给她："给你！"

他毫不设防，说给就给，不知道是太过愚蠢，还是被口腹之欲冲昏了脑子，总之绝不可能是因为把她当姐姐才如此干脆。

尤语宁并不会在意太多，内心涌上些雀跃，揉揉他的脑袋，语气温柔："姐姐有样东西忘拿了，等我拿了出来再给你买好不好？"

"不行！"尤语嘉立即警惕起来，伸手要去抢钥匙，"你别想骗小孩儿，拿了东西肯定就不给我买了，钥匙给我！"

"别抢。"尤语宁举高拿着钥匙的那只手，免得真被他抢了去，"给你买，给你买，现在就给你买。"看来他倒也没有完全傻掉，还是会害怕被骗的。

尤语宁没敢继续因为这事跟他耽误时间，怕这么下去生出更多变故。这边她的亲戚多，万一他又喊又闹地招来人，就是大麻烦。

　　"哼，休想骗人！"

　　"真的。"尤语宁再次承诺，"走吧，想要什么？"

　　尤语嘉狐疑地看了她好几眼，将信将疑，到底还是被想吃的零食、想要的玩具诱惑着，勉强信了。但他不肯再带她去刚刚他进的那家小超市，吵着要去附近新开的大超市买，那里选择更多。平常他不舍得进去花钱，此时有个"冤大头"，他当然要赶紧拉着人过去坑她一顿。

　　那家大超市离得不算远，但也不近，一来一回加上买东西的时间，至少得花半个小时，这还算快的。

　　尤语宁不太想去那么远的地方，怕夜长梦多，再横生变故，她想要速战速决，拿了东西就走。

　　她从钱包里掏出几张粉红色钞票递过去："姐姐今天比较忙，没空去那么远的地方，给你钱，到时候你自己去买行不行？"

　　说来也巧，前几天任莲不知从哪儿收了几张假钱，在尤语嘉面前骂了那人好久，尤语嘉记得清清楚楚。他不认识什么真钱假钱，怕尤语宁忽悠他，双手背在身后不收："我才不信，你肯定是拿假钱忽悠我呢！"

　　他并不很蠢，要不是任莲这些年纵坏了他，他也不会像现在这样。

　　尤语宁没办法，只能带他进了路边的便利店，让收银员验证钞票的真假——当然全都是真的。

　　"这下信了？"

　　"行吧。"尤语嘉接过钱，没再嚷嚷别的，"你等会儿拿了东西把钥匙还我。"不然钥匙掉了，他又得被他妈念一顿，烦都烦死了。

　　"嗯。"尤语宁带着他离开便利店，"我还有个条件。"

　　"你怎么那么麻烦？"尤语嘉明显不耐烦，但毕竟拿人手短，"女人就是事多，说吧。"

　　"你得给我放风。"

　　"放什么风？"

　　"就是帮我盯着你妈，她要是回来，你得赶紧告诉我。"

　　尤语嘉瞬间又警惕起来："你该不会是要去我们家偷钱吧？"

　　"偷钱？"尤语宁笑了笑，"你用的钱都是你妈问我要的，我去偷什么钱？"

　　好像也是，尤语嘉想了想，家里确实也没什么好偷的，尤其是这个姐姐还比他们有钱。他点头答应："行，不过要加钱。"

"嗯，没问题。"尤语宁一边跟尤语嘉说着话一边带他往家里走，没敢在路上耽搁时间，"到时候我上楼去拿东西，你就在楼下守着，如果你妈回来，就大喊一声'妈妈'，然后拖着她，让她陪你玩。"

"要拖多久？"

"能拖多久就拖多久。"

"久了是不是还要加钱？"

"加。"

"那你到时候怎么给我钱？"

"我会把钱压在你的课本下面。"

"不会骗我吧？"

"怎么可能？"尤语宁一本正经地忽悠他，"我都是二十几岁的大人了，说话肯定算话的，就跟你妈一样，她答应过你的事是不是全都做到了？"

尤语嘉一想，还真是，又一想，这个不太熟的姐姐虽然见的次数不多，但确实每次都会给他买东西，而且她看起来很有钱，刚刚还那么大方地给他好几百块钱。

尤语嘉放心了，拍胸脯保证："那我也会说话算话的！"

其实白天容易被发现，她晚上再行动更不容易引起人注意。但现在任莲不在家，晚上却是一定会在的，相比起来，现在才是好机会。

再者，尤语宁真的太怕夜长梦多了，眼下机会就在眼前，所以她恨不得马上就把纸箱拿到手离开。

因为和这一片住的人都沾亲带故，一路上尤语宁都注意着周围的人群，在心里盘算着万一遇到熟人被问起来应该怎么回答。

好在比她想象中要顺利，没有任何人发现她来。

到了楼下，按照事先约定好的，尤语嘉在楼下望风，尤语宁上楼去找东西。

附近这几栋楼住着任家所有的亲戚，因此她要格外小心。

放轻动作打开门锁，尤语宁迅速进去，反手关上门。

这个家她已经太久没回来了，但也许是任莲太忙，没怎么折腾家里，布局和之前没有太大差别，陌生又熟悉的感觉。

临近傍晚时分，老楼房采光不好，房子里很暗，尤语宁没敢开灯，像小偷儿一样打着手机的手电筒，轻手轻脚地往自己原先的房间走去。

这间卧室原本是她住的，高三毕业后她就没有再住过一晚。任莲倒也没有把它变成杂物间，而是当成客房，三个姨、三个舅家来了客人，住不下的时候就住到这里。因此，这里看上去还算整洁，不怎么凌乱。

尤语宁将手机举高，抬头看，那个纸箱已经不在衣柜上了。

她想起昨晚那通电话，最后任莲似乎去帮尤语嘉拿那个箱子了。难道任莲发现里面都是些没用的东西，拿去丢掉或者卖掉了？

尤语宁心里隐隐不安，举着手机四处寻找。

她在房间里找遍了，没有看见那个纸箱的踪影，也没有看见一点儿纸箱里面东西的影子。

尤语宁看了眼时间，已经过去十几分钟，也不知道任莲什么时候会回来。她不敢耽搁，举着手机又去别的地方找。

总共就三个房间，她找遍了都没找到纸箱，最后又来到客厅，把每个角落都仔细找了一遍。怕任莲把纸箱里的东西拿出来单独放着，她甚至连尤语嘉放书的地方都翻了一遍，还是没有。

尤语宁有些绝望。已经过去大半个小时了，再耽误下去，她有可能会碰上任莲。

尤语宁不敢冒险，打算这次先放弃，下次再找机会。她正准备离开，余光一瞥，看见开着的厨房门。就是那个瞬间，明明什么都没看见，但她就是有一种突如其来的直觉——东西被收在了那里。

尤语宁果断朝厨房走去，将每个厨柜门都打开查看，连锅里都没放过，终于在堆积杂物的角落里找到了她想要的东西。

任莲本身算是一个很持家的人，不用的废纸板、空水瓶等一切能够卖钱的东西，她都会收起来，等数量够多的时候一起卖掉。

而现在，这里已经快要堆不下了，尤语宁的纸箱被随意地丢在那里，里面破掉的娃娃露出一只胳膊。尤语宁毫不怀疑，如果今天她没有来带走这个纸箱，明天任莲就会把它们全部拿去卖掉。

巨大的惊喜冲击着大脑，尤语宁甚至控制不住要立刻查看纸箱里的东西有没有少。但就在此时，她隐约听见楼下尤语嘉在大声喊"妈妈"。

任莲回来了！顾不得检查东西，尤语宁简单收了一下就抱着纸箱离开，走到门口才想起说好的钱还没给尤语嘉放到书下，立即掏出钱包拿了好几张现金放过去，用书压着。

钥匙放在书上面，这样尤语嘉看见便会懂是什么意思。

虽然她跟这个亲弟弟关系并不好，一切的不幸似乎也都是从他出生那一刻开始的，但是她没有欺骗小孩子的习惯，也不想让他小小年纪就受到她这个关系不好的姐姐的欺骗。

无论如何，她也不想让他觉得为了达到目的可以不守信。她不是那种言而无信的人。

尤语宁出了门，将房门关上，因为任莲现在在楼下堵着不方便下去，只好先抱着纸箱躲到楼上，等任莲回家后再悄悄溜走。

此刻，楼下尤语嘉缠着任莲陪他玩了好一会儿，任莲想回去上厕所，实在待不下去了。

尤语嘉一直没看见尤语宁下来，就在后面追着任莲，边跑边喊，试图以此提醒尤语宁躲起来。

俩人就这么闹着追着回到家，任莲直奔洗手间，尤语嘉则忙着寻找尤语宁。

他没看见人，倒是在自己的书桌上看见了自己的钥匙，拿起钥匙下的书一看，果然压着好多钱，小胖脸顿时笑得成了个团子。

但是他明明没有看见人离开啊……尤语嘉把钱偷偷揣进外套口袋里，往洗手间的方向看了一眼，任莲还没出来。

他想了想，偷偷跑到门口去看。

尤语宁刚刚听见尤语嘉一路吵吵闹闹地喊着任莲上楼来，看见他俩进去，没敢立即下来，怕任莲发现什么异样冲出来撞见她。

此时她探头偷看，正好看见尤语嘉从门缝里探出来的头，吓了一跳。

尤语嘉也发现了她，赶紧抬起自己的小胖胳膊示意她赶快离开："在厕所。"他这副偷偷摸摸的样子竟然显出几分莫名其妙的可爱。

尤语宁也不知怎么，竟然觉得他这样很值得信任，立即抱着东西往楼下跑。

任莲从洗手间出来，看见尤语嘉趴在门边，不解地喊他一声："嘉嘉，看什么呢？"

尤语嘉心虚，吓得一抖，慌忙转身背着手将门关上："没什么，有只猫跑过去了。"

"奇奇怪怪的，你不是一直不喜欢猫吗？"任莲擦干手，见他的脸色不对，不免担心，"你今天是不是不舒服？"

"没有！"尤语嘉小小年纪，也没多大胆，能这么坚持全靠兜里那一沓钱，"我饿了，要吃可乐鸡翅！"

"好好好，你先去看书，我马上去给你做。"

尤语宁抱着纸箱一路跑得飞快，这里面装着她的青春，装着她想要知道的秘密。

从再见到这纸箱的那一刻起，她就开始心跳加速，心脏变得异常鲜活，老旧的水泥楼梯地板被她踩得"咚咚"响，这响声仿佛跟心跳混在一起，让人分不清。

终于，她跑出单元门，凉风拂面，楼下似乎有人，她什么都不敢看，只想快点儿离开。她的呼吸里有了干涩的血腥味，就像八百米体测过后那种要窒息的感觉。

就在这样逃命一般的时刻，上坡的路上迎面来了两个人。

"真是造孽，这宁宁怎么就找不到人了？"

"总会找到的。"

两道声音由远及近地传来，尤语宁的心口猛地一跳，她差点儿就手一松把纸箱掉在地上——是程佳梦和她妈。

尤语宁很快强迫自己冷静下来，脚下步伐减慢，尽量不引人注意地转身，打算从另一条路离开。

恰在此时，程佳梦一抬眼认出了她，扬声大喊："宁宁！"

尤语宁立即毫不犹豫地跑起来。

"你跑什么啊！"程佳梦拔腿就追，"给我站住！"

程佳梦越是这样喊，尤语宁跑得越快。

她已经跑了太久，怀里又抱着个纸箱，很容易就会被程佳梦追上，只能拼了命似的狂奔。

程佳梦哪里跑过这么快，也没那耐性，几乎都快要放弃，却一眼瞥见从对面过来的小舅，立即大喊："小舅！快拦住她！"

被叫作小舅的中年男子听见喊声，看见尤语宁正朝着自己的方向跑过来，立即试图将人喊住："宁宁？"

尤语宁恍若未闻，只知道跑，见他似乎要挡路，立即想要从旁边的小路逃离。但她真的太累了，体力不足，男人很快冲上来将她拉住："你在跑什么？看到小舅都不喊，谁教你这么没礼貌的？"

"你放开！"尤语宁疯狂挣扎着，努力想甩开他的手臂，却根本甩不动，"松开！"

"你还敢吼这么大声！我可是你的长辈！"男人明显不悦起来，抓着她胳膊的手收得更紧，丝毫不管这样已经将她的胳膊抓疼了，"我今天就要教育教育你！"

此时程佳梦也气喘吁吁地赶了过来，单手叉腰，驼着背问尤语宁："你到底在跑什么？怀里抱的是什么东西？怎么见我就跑？该不会是偷的吧？小姨在家吗？"真是难为程佳梦，累成这样，喘着气还要问这么多问题。

尤语宁根本不搭理她，只顾着挣扎，可惜男女力量差距悬殊，根本挣不开。

绝望的情绪蔓延上来，尤语宁深深呼吸，等待自己的体力恢复，脑子飞速运转想着对策。

被叫作小舅的男人此时听了程佳梦的话，下意识地看向尤语宁怀里抱着的纸箱，也多了几分好奇："抱了什么？"他一边说着一边伸手去抢。

尤语宁侧身躲过他伸手来抢的动作，厉声喝道："走开。"因为护纸箱心切，她还抬脚踩了他一脚。

她这样对待长辈——哪怕是不怎么样的长辈——在过去二十几年的人生中从未有过。她是这样温柔善良的人，对谁都温柔，说话声都不会很大，更别提动手。

这一动作瞬间激怒了男人，他几乎要对她动手。

抬起来的巴掌即将落下，还是程佳梦拦住了："算了小舅，宁宁也是着急了。"她又转头劝尤语宁："怎么问你那么多话什么都不说啊，该不会真是偷出来的东西吧？"

男人被晚辈这么不尊敬地踩了一脚，怨气横生，耐心全无，拽着尤语宁就要去见任莲："去找她妈问问不就知道了？正好让她妈好好教教，见到自己的舅舅不喊也就算了，还敢动手动脚！"

听他这么说，尤语宁瞬间什么都顾不上了，对着他又踢又闹："我要报警！"

男人本就生气，见她这样更是怒不可遏，照着她白嫩的脸就是一巴掌，"啪"的一声，一点儿力气都没收。

尤语宁从未受过这种虐待，瞬间被打得脑袋"嗡"了一声，晕晕乎乎的，差点儿跌倒。程佳梦慌忙将她扶住。男人还要动手，被程佳梦尖声制止："别打了，小舅，赶紧带她去见小姨吧！"

男人这才罢休，一手抢过尤语宁手里的纸箱，一手拽住她，拖犯人似的拖着她往回走。

等那股晕乎劲儿过去，纸箱已经不在尤语宁的手里。她忍着脸上传来的灼烧感和疼痛感向周围的人求救。可是此时根本没有多少人在外面，仅有的一些也都是认识他们，知道他们是亲戚关系的街坊邻居。她向他们求救，他们只当这是家事，顶多看两眼，好心地劝小舅别动手，根本不会有人解救她。

她喊到嗓音嘶哑，挣扎得手腕发红疼痛，却依旧只能绝望地被带回任莲家。

男人将房门敲得"咚咚"作响，尤语嘉跑过来开门，见到尤语宁的一瞬间，立即吓得躲回了房间里，连人也没喊。

"你也不叫人？"男人更气了，扬声大喊任莲："两个孩子见到我都不叫人，赶紧教教，这以后还了得？"

任莲擦着手从厨房里出来，嘴上应着："怎么了？怎么了？"她出来一看，尤语宁别着脸不肯看她，弟弟一脸怒气，顿时蒙了。

男人将事情大概说了一遍，把纸箱递过去："也不知道里面装了什么，见到我喊都不喊，我叫她，她还跑，拉住她还对我又踢又踹！"

任莲一看纸箱，更蒙了——这不是她昨天丢在废品堆里，打算拿去卖掉的东西吗，怎么会在这里？她再一看，尤语嘉居然不在客厅，立即去叫人。

尤语嘉趴在床上，蒙着被子，头也不抬，瓮声瓮气地嚷嚷："不关我的事，我没说，我什么也没说！"

这么一来，任莲顿时明白了七八分，一股怒气立马直冲头顶，捏着尤语宁的耳朵教训："好啊你！你一个二十几岁的人了，居然还敢教唆你弟弟帮你做这种偷鸡摸狗的事是吧？你的心怎么这么坏啊？！"

事到如今，尤语宁也知道自己今天跑不掉了，也不躲避，对于任莲的话也闭口不答，完全就是一副谁也不搭理的样子。

见她这样，任莲更加来气，对着她的脸又是一巴掌下去，恰好打在刚刚她小舅打过的地方。

双重疼痛，脸上烧得不像是自己的皮肤，尤语宁强忍着，愣是没吭一声，两只手腕都被拽住，也没法伸手去挡。她就像是一头任人宰割的羔羊，只能绝望地承受这一切，不会有任何人来帮她。

任莲还要继续动手，仍旧是程佳梦劝住了她："别打了小姨，刚刚小舅已经打过了，再打等会儿宁宁怎么受得了？还是先看看纸箱里面都装了些什么吧，宁宁这么大费周章地冒险回来拿，肯定很重要。"

"才打一下就受不了，我还怎么教？"任莲这样嚷着，到底还是收了手，重新查看纸箱里装的东西。

"没什么值钱的啊！"她又仔仔细细翻了一遍，"昨晚就看过了，都是一些不值钱的玩意儿。"

程佳梦蹲下去跟她一起找："我看看。"

尤语宁眼睁睁地看着她们翻自己的东西，很想叫她们住手，但为了不让她们知道这些东西的重要性，只能强忍着没叫出口。

"看起来应该都是宁宁以前读书时的东西。"程佳梦翻着那沓情书看了看，"还有好多情书呢！"

那些情书除了闻珩写的，还有其他人写的，尤语宁都收在了一起。最重要的是，闻珩写的所有情书都没有落款。程佳梦和任莲都不认得闻珩的字迹，自然也没认出来那是他写的情书。

"确实也没什么特别的。"程佳梦把那叠情书放回纸箱，抬头问尤语宁，"你特意跑回来一趟偷偷拿走这些是为什么啊？"

尤语宁终于开口说话："只是为了彻底断绝跟你们的关系，拿走我青春期的东西，仅此而已。"

任莲不信："就这么简单？"

"不信你们现在就拿去烧了，眼不见为净。"尤语宁说完，别过脸看也不看纸箱，好像真不想看见这些东西。

任莲顿时觉得没意思，起身踢了纸箱一脚："就为了这些破玩意儿，你就教唆你弟弟帮你偷东西？你可真行！"

尤语宁没再理她。

这么多年，尤语宁早已习惯，此刻完全就是一副油盐不进的样子。

任莲和程佳梦简单地将尤语宁跟闻珩的事跟小舅说了说，把她关进了她原先住的那个房间里。

"好好反省！"任莲不满地吼着，将程佳梦跟弟弟送了出去。又把那个纸箱翻了好几遍，她总觉得没那么简单，可是又看不出个所以然，干脆搬了张凳子坐在尤语宁的房间门口一边看一边质问。

"从前给你的生活费你就拿去买这些稀奇古怪的玩意儿了，是吧？

"老娘是亏你吃还是亏你穿了？你都有闲钱去买这些东西，证明老娘也待你不薄，现在让你拿点儿钱跟要你命似的，你的良心被狗吃了？

"还有这些情书，你一天天都在学校干些什么？给你钱是让你去读书的，你去谈恋爱是吧？还是不同的人写的……这儿还有没写名字的，写了这么多，他是个没种的吗，连名字都不敢写？"

任莲坐在门外不停地骂骂咧咧，尤语宁置若罔闻——眼下，她只能装作完全不在意，才能保住那些东西。到最后，她装作听烦了，也大声吼回去："你拿去烧了，别在这儿问来问去！"

她知道任莲舍不得，这些东西好歹也能卖点儿钱。果然，任莲大骂："败家玩意儿，这不能卖钱？"

尤语宁拍门："我要去洗手间！"

"不准去！"

"那你的床别想要了，变成马桶好了！"

"你敢！"任莲骂骂咧咧地走开，很快又回来，开了门锁，"生了你真是倒了八辈子霉！"

门被打开一条缝，透出一点儿亮光，尤语宁趁机把门用力一拉，将堵在门口的任莲狠狠一推，拔腿就跑。

任莲被她推得趔趄了一下，差点儿跌倒，反应过来时只看见尤语宁跑到门口的背影。

"你敢跑！"任莲慌忙冲上去，叫上一旁看傻了的尤语嘉，"嘉嘉！快去把你姐拦住，给你钱！"

尤语宁已经打开门冲出去，急匆匆往楼下跑，纸箱也顾不上拿。刚跑下一层楼梯，她又碰上去而复返的小舅，被抓了回去。

任莲气喘吁吁地将尤语宁重新关进房间里，尤语宁趁她不注意，把门口的纸箱一起踢了进去。

小舅是过来找任莲拿点儿钱的，说是现金不够了，需要周转一下。任莲给了他钱。他看了眼关着尤语宁的地方，欲言又止，最后还是什么也没说，转身离开。

尤语宁也不知道为什么会这样，明明已经跑了出去，为什么就那么凑巧又撞见小舅？

总归现在已经破罐破摔，纸箱也被重新拿回，她也懒得去因此而难过些什么。

她跑出去算幸运，跑不出去似乎也是意料之中。就像大学时她在寝室跟室友一起看的那部关于拐卖的电影，女主角一次次逃跑，却还是会被抓回去。似乎她也是如此，只是这些抓她的人都是她的至亲。她觉得自己命不好，这么多年不想屈服，但始终逃不出这个怪异畸形的圈子。

任莲再次送走弟弟，拿着尤语宁的手机过来让她报锁屏密码。

尤语宁不理她，她在外面冷嘲热讽："我也是为了你好，打电话问那闻家大少爷想不想跟你在一起，想就要孝敬我，毕竟是我把你养这么大的。"

尤语宁依旧不理她，她倒也没再继续逼问，拿着手机走开："等你饿够了就知道开口了。"

门外恢复寂静，尤语宁把纸箱抱起来放在书桌上，开了灯。

大大的纸箱里塞满了各种各样的东西，最上面的是个已经破掉的又脏又旧的洋娃娃。

纸箱被任莲翻过，乱糟糟的。尤语宁把其他东西都放到一边，在最下面找到了厚厚的一沓情书。

这样接近真相，她感觉自己的心都快要从胸口直接跳出来了，原本紊乱的呼吸变得更加急促，修长白皙的手指颤抖着，将厚厚一沓情书的大信封慢慢拆开。

这些情书都是她按照时间收纳的，所以，她直接翻到了最后一页。

熟悉的浮雕蔷薇花笺，仿佛这些年过去，还依稀能够闻到当初那股淡淡的花香。

熟悉的、黑色的、笔走龙蛇的、早晨才见过的、一模一样的、一眼就能认得出出自同一人之手的四个大字——前程似锦。

前程似锦……好一个前程似锦！

尤语宁微张着的薄唇轻轻颤抖起来，温柔灵动的双眸里渐渐起了一层雾气。

"啪嗒"一声轻响，尘封多年的浮雕蔷薇花笺上落了一滴晶莹剔透的泪。

时间的大门在这一瞬间被打开，尘封的记忆携风带雨般出现。

尤语宁一页页往前翻。

"前程似锦。

"端午安康，我妈粽子包多了，这是红豆馅儿的。

"六一快乐，今年赠你月球台灯，下周高考，记得登月啊妹妹。

"三模考得挺不错啊，比上次厉害，我说得没错吧？

"别哭，不就一次二模考试，下次三模铁定比这次好。这瓶猕猴桃汁，拿去开心一下。

"'女生节'快乐，会更喜欢向日葵吗？

"开学快乐，初春可去踏青。

"元旦快乐，今年的迎新晚会节目甚是无趣，大概是因为没有你。

"节日快乐，今年的苹果礼盒里有猕猴桃。

"冬至快乐，食堂今日晚餐新上泡饼和羊肉汤，记得去吃。

"一模还行，奖励你一箱猕猴桃。

"光棍节……恰好我家亲戚最近研发了一批猕猴桃口味的棒棒糖，让你试试。

"中秋节快乐，猕猴桃味的月饼……好吃吗？你试试。

"开学快乐，高三的小妹妹。

"儿童节快乐，小兔子台灯是充电的，别'饿'着它。

"端午节安康，不守信的小朋友。

"'女生节'快乐，高二的小朋友，洛神玫瑰会喜欢吗？

"开学快乐，寒假旅行去了恒源古城，觅得花灯一盏，内有安神香薰，置于枕边可安眠，赠你。

"寒假快乐，期末考加油。四叶草手链是随手买的，祝你好运。

"你的歌声真的很好听，但我的钢琴弹得比他好。以后，我想每天都给你弹钢琴，你唱歌给我听，可以吗？"

可以吗……时间一下被拉到最初，她收到第一封来自他的、没有署名的信。

也许有一份无人知晓的感情，是从那时候开始的。

昂贵的信笺质量上乘，泪水都洇不开墨水，就像清晨庄园里的蔷薇花瓣上起了露珠，只片刻，这一片浮于信笺上的蔷薇花尽数带上了"露水"。

尤语宁扯了书桌上的纸胡乱擦干眼泪，在纸箱里翻找。

还好——可折叠的香薰花灯、可爱的兔子台灯、清冷的月球台灯通通因为陈旧不值钱而逃过了任莲的魔爪。它们安然地躺在纸箱里，躺在时间的洪流中，被送至多年后的她的面前。

尤语宁不知道他为什么在短短的一年半的时间里送了自己三盏灯，但因为有了这三盏灯，怕黑的她在那一段时间里格外安心。

她从来不知道写信的人是谁，也从来没见人来送过。

每天早晨她到教室都很早，但那些信和礼物总是到得比她还要早。

唯一的一次，她撞见一个可能是送信的人，在冬末春初的清晨。

那夜失眠，她早早醒了，再睡不着，披星戴月地去了学校。

整个学校，所有的教室都关着灯，黑暗又寂静。

她一路走，楼梯间的感应灯就随着她上楼的脚步声一盏盏亮起，唯独教室所在的那一截楼道，在她到达之前就已经亮了感应灯。

她以为那天早上班里有人比她更早到，并没多想，走至教室门口，楼道边的窗户里翻出来一个人。

她只记得那是冬末春初的清晨，天气寒凉，楼道一边的黑色夜空繁星闪烁，天花板上的感应灯光线朦胧。

少年长得高大挺拔，一身蓝白色校服，宽松的外套敞开，露出里面同色系的夏季校服，带着几分痞气。他在嘴上叼着一袋牛奶，从窗台上跳下来，将窗户随意一拉。"砰"的一声，窗户重新关上，这似乎让他颇为得意，他歪着脑袋挑眉，眼眸含笑。

拍拍手上的灰尘，他转身看见两米开外的她，俊俏的脸明显一愣。

"你……"尤语宁还记得自己当时以为见到了小偷，"偷什么了？"

"嗯？"男生眉头一拧，取下嘴里咬着的牛奶袋，"没偷。"

"那你……"

"哦。"男生一脸懒怠不羁的表情，"帮人送个东西。"

"什么东西？"

"花和信。"

她走过去看，自己的课桌上放着一束粉白渐变的鲜花，下面压着一封写在蔷薇花笺上的信。

那是 2013 年 3 月 7 日，周四，也是在那一天，她认识了一种叫作"洛神玫瑰"的鲜花。

那天她问："能告诉我是谁让你帮忙送的吗？"

"哦？"男生挑着眉，哼笑一声，"不行，人家可给了不少钱。"

他说完，跟她擦肩而过，清澈的少年音在身后响起，回响在空荡的楼道和早晨未明的星空里："拜拜，'女生节'快——乐——"

"快乐"两个字，拉了很长很长的尾音。

她转身去看，少年一路走，感应灯一路亮。他渐行渐远，感应灯一盏盏灭。

黑暗的长长的楼道恢复空旷寂静，不见他的踪影，就像是她做一场离奇的梦。

后来呢？她不敢把鲜花带回家，转交给了柴菲，让柴菲带回家插到花瓶里。

如今再回想起，那张被她遗忘的脸，她依旧记不起半分，只是忽然觉得，好像换成闻珩的脸也未尝不可。

尤语宁将信重新收起来，蓦然间想起最后一封信上的涂改液。

那被遮住的到底是什么？将最后一封信重新单独抽出来，尤语宁按照不经意间发现的方法，举起那封信，置于明亮的灯光下，抬头。

黑色的钢笔字龙飞凤舞，尘封多年依稀可辨——"我喜欢你"。

东黎市。

闻珩将行程一缩再缩，回到南华时已是周日凌晨2点。他从电梯里出来，左手行李箱，右手白玫瑰地立在尤语宁房门外。

三秒后，他转身回了对门自己的住处。

他出差去的东黎市盛产白玫瑰，每一朵都长得很好，很受各地人的喜欢。

闻珩特意约了时间，亲自去别人的玫瑰庄园采的。

白天下了点儿小雨，白玫瑰花瓣上有点点水珠，就像是未干的晨露。

庄园主亲自跟着他，替他拿着篮子，为他讲述白玫瑰的故事："相传，在玫瑰伊甸园里，所有玫瑰都有自己的含义，只有白玫瑰没有。当它向爱神索要自己的含义时，爱神说，你要自己去寻找自己的含义。"

闻珩听得三分认真，七分却在分神。分神的时候，他在想——这白玫瑰确实挺好看，她的眼光不错。

去年他过生日，他问她，女生一般喜欢什么花？

她说："白玫瑰喽！"

昨晚她说不开心，他也不知道女孩子收到喜欢的花会不会开心一些。

他太过分神，用剪刀剪下一枝白玫瑰，却被玫瑰枝上的刺扎了手。

"啧。"闻珩抬着手指看了一眼，冷白皮就这点不好，冒了点儿血珠跟受了重伤似的。他也没当回事，把剪下来的白玫瑰小心翼翼地放到庄园主提着的篮子里，继续认真挑选。

每一朵玫瑰都好看，但他总得万里挑一，才觉得勉强与她相配。

后来偌大的白玫瑰庄园，他千挑万选，只有十一朵入他的眼。

庄园主跟他在里面走到天黑，脚印遍布庄园的每一处，累得跟狗似的，还要笑着说两句好听的吉祥话："闻少真是用心，十一朵白玫瑰的寓意是最爱，一生一世只爱你一人。"

庄园主亲自替闻珩打包好那十一朵白玫瑰，遵循闻珩的意愿，没去除枝叶和刺，还保留着最原始的样子。

次日一早，闻珩去敲对面的房门，将白玫瑰藏在身后，也藏住了年少的心动。

没人开门，应该说——没人。

闻珩看了眼手机。

周日早晨 8 点，她就算加班也没这么早，兴许是跟柴菲在一起？

他打开跟尤语宁的微信对话框，上次两人互动还是半个月前，她把消息错发到了他这里，跟他说了声"抱歉"，再往前，消息记录近乎没有。

呵……闻珩放弃了给尤语宁打电话问问她在哪里的想法。

昨夜睡得晚，睡眠本就不足，他把白玫瑰重新放回去，回房间补觉。

他这一觉睡到下午，居居一个电话打过来，惊醒了他。

"说。"闻珩闭着眼揉鼻梁，神情疲惫。

居居听出他的语气冷淡不悦，顿时变得小心翼翼："老板，这两天太忙了，忘记跟您说，周五下午，前台工作人员打电话说有两个自称是您丈母娘和表姐的人去工作室找您。"

闻珩不耐烦："什么乱七八糟的？"

"前台工作人员说，那个自称是您丈母娘的女人嚷着看见您和她女儿跳舞了，现在她找不到她女儿，所以来找您，问您把她女儿拐到哪里藏起来了。"

巨大的困意转变成头痛，太阳穴一跳一跳地疼，闻珩强忍着怒意才没发太大火："这种神经病还要我教怎么处理是吗？这都要报告给我？"

"不是不是！"居居吓得立即否认，"只不过……只不过是据说她女儿叫什么宁宁。

"老板，之前我在网上看到一条……哦不，两条您的视频，其中有一条就是您和对面工作室那位美女一起跳舞的视频，有没有一种可能……那位美女，我听人喊她，名字里好像也带着宁呢。"

居居说完，换来闻珩的沉默，她觉得更害怕，忙又找补："我就是随便说说，老板你千万别往心里去，我先挂了！"像逃命似的，居居一口气说完就直接挂了电话。

闻珩彻底没了睡意。

尤语宁她妈？

尤语宁一夜无眠，在窗边看了一整晚的月亮。

手机被任莲没收，她没办法联系任何人。

早晨天刚亮，尤语宁就听见任莲出门的声音。她起身探出窗偷看，没多会儿就见任莲出现在楼下，不知干什么去了。

大约十分钟，任莲提着一袋包子、油条和豆浆回来，上楼喊尤语嘉起床吃饭。尤语嘉发着起床气，不想起床，她就好脾气地又哄又劝，说今天买了他喜欢的那家的肉包和油条，还有他爱喝的甜豆浆。

被任莲这么一哄，尤语嘉不情不愿地起床了。

半个小时过去，俩人吃完饭，任莲好像又要出门，提醒尤语嘉："不准搭理你姐，听见没？房门钥匙和她的手机我都带走了，叫她别想着逃走。"

尤语嘉不耐烦地嚷着："知道了！知道了！"

"好好好，妈不说了。"

尤语宁走到窗户边看，见任莲提着个袋子，上面好像有"南华市五院"的字样，看着好像是要去医院。她走过去拍门，叫尤语嘉过来："尤语嘉，过来，问你个事。"

尤语嘉正边看《奥特曼》边吃薯片、喝可乐，不敢搭理她："你别喊了，我没你那个房门的钥匙，开不了门。"

她只能哄他："过来，我问你点儿事，不然告诉你妈昨天我给你钱了。"

尤语嘉瞬间被吓到了，飞快地跑过来，声音里透着紧张："别！你要问什么就问吧。"

尤语宁问出自己疑惑的事："你妈最近是不是去过医院？"

"不知道，她没跟我说。"

"那你看见她吃药了吗？"

"好像吃了吧，我没注意。"

尤语宁确定了，看来程佳梦说的话倒也不完全是假的，任莲确实身体不好。母女情分至此，尤语宁只觉得麻木，并不会心疼。她已仁至义尽，也不再有任何不切实际的想法和愿望。她只有一个顾虑——如果任莲有什么不好的情况，会不会直接把尤语嘉塞给她，让她来养？

这么一想，尤语宁只觉得瞬间泰山压顶。想了想，她又问："你多久没见你爸了？"

"我见他干什么？他又不给我钱，我都快忘记他长什么样了，上次见还是前年春节。"

"那如果有一天你妈养不了你了，你怎么办？"

这问题把尤语嘉问住了。他从来没有想过这样的问题，不管是从前还是现在，他一向都是想要什么就开口说，任莲都会答应也会做到。所以，他的安全感从来都是很足的，他完全没有想过也没有担心过，有一天任莲会做不到他想要让她做到的事情。

尤语嘉是小孩子心性，哪里想得明白这个，只能说："到时候再说呗。"

他倒是屁事不管，尤语宁却不能不想。她是绝对不会答应养尤语嘉这个跟自己没感情的弟弟的。但如果任莲硬要把尤语嘉塞给她，尤启年也不管，那她该怎么办？

虽然这些年她没怎么再跟尤启年联系过，但也或多或少知道点儿情况。

尤启年当年出轨跟任莲离婚，没多久就跟出轨对象结了婚。那出轨对象比他小几岁，前几年给他生了个女儿，这两年又给他生了个儿子，他的人生可以算得上儿女双全，十分美满，事业也很有成就，还是公司高管。

所以，刚刚尤语嘉说自己上一次见尤启年还是前年春节，倒也很正常。

那时候，应该是尤启年现在的妻子十月怀胎的时候。那一胎是个儿子，又是他春风得意时期的孩子，自然成了他的掌中宝。而对尤语嘉这个前妻生的、已经被养坏了的儿子，尤启年自然也就没了感情，不来看尤语嘉也很正常，甚至去年尤语宁还要帮忙去催尤语嘉的抚养费。

尤语宁有些头痛。她毫不怀疑，若真的有一天任莲养不了尤语嘉，尤启年也不会管他，怕是所有人都会把这个烂摊子推给她。

任莲中午特意托了程佳梦给尤语嘉带午饭，至于尤语宁这个被关在房间里的女儿则完全被忽略。

尤语宁有些饿，但也还好，只是有些想喝水。

任莲是下午回来的，看上去神色不太好，给尤语嘉做了晚饭，自己没怎么吃。

她倒也假模假式地过来问尤语宁要不要吃东西，听尤语宁不吃就立即语气不善地骂了一句："不吃拉倒！"

"我要去洗手间！"

昨晚她就是用这个借口试图逃跑，任莲好不容易才把她抓回来，此刻不可能再答应她："憋着！"

尤语宁气得跑到窗户边，决定今天就算是掉下去摔死也要翻窗逃走！

一条腿已经跨上去，她却瞥见来路的斜坡上有一道熟悉的身影——闻珩。

那时夕阳已落下，天是黑的，只余旧路两旁昏黄的灯光照亮他高大挺拔的身影。

仲春末尾，他穿了件宽松的白衬衫，解开第一颗扣子，将袖口挽至臂弯，像清风朗月，却偏走进这污浊的人世间。

看见他的第一眼，尤语宁就知道他是为何而来。

他一定是知道了些什么，比方说那些她苦苦想要掩藏的真相，和她那不敢让他看见的、支离破碎的人生。

尤语宁飞快地收回跨上窗台的腿，跑去门边把门拍得震天响："开门！再不开门我跳楼了！开门！"

任莲被她的突然暴躁的声音吵得烦躁，扯着嗓子吼，叫她闭嘴。

尤语宁懒得跟她废话，转头四处寻找，什么能摔就提起来往地上狠狠地砸。

一时间，卧室里跟有劫匪持刀抢劫似的混乱。任莲在外面破口大骂，叫她停下，她却浑然不听。

砸完了东西，她抄起房间里的凳子就去砸门。她一辈子也没这么疯过，恨不得将那门砸个大洞。

她一天没吃饭、喝水，口干舌燥，腹内空空，也不知道哪里突然生出力气，做了这辈子最疯狂的事。

木板门陈旧，被她用木凳子砸得"哐哐"直响。

终于，任莲受不了了，一边大骂一边跑过来打开了门。

尤语宁在门打开的一瞬间就猛地要冲出去，却被任莲直接拦腰抱住："你还想跑？！"

"你给我放开！"

"嘉嘉快过来帮忙！"

"放开！"尤语宁只感觉像是有什么东西要喷涌而出，让她抛去所有矜持，不管不顾地挣扎。

任莲去抓她的胳膊，她抬起脚狠狠地踩下去，踩得任莲痛呼一声，松开了禁锢着她的手。

终于得到解脱，尤语宁什么都不要了，逃命一般拔腿就跑。

手机、钱包、纸箱……所有的她都不要了，她只想马上离开这里，永远都不要再回来！

"你以为你跑得掉吗？我明天就去他公司找他！"任莲失去理智一般，声嘶力竭地冲着尤语宁的背影吼。

尤语宁狠狠地刹住，手还握着门把手，正要打开门。

"管他什么大少爷，就算他今天是皇帝，他想跟你在一起，也必须给老娘钱！"任莲见尤语宁停下，更加得意，也不急着去追她，变本加厉地说着一些丧尽天良的话，以此来威胁、控制尤语宁，"你以为男人有几个好东西？他现在喜欢你，当然要趁现在问他要钱，等他腻了，一脚就把你踢开，到时候什么也捞不着。

"就算他不会把你踢开，你以为他家里人会看得起你？嫁过去也会让你当牛做马，还不如趁现在把钱拿到手，握在自己手里才是最安全的！"

一瞬间，好像所有的勇气都消失了，尤语宁感觉自己快要站不住了，浑身的力气凭空消失，连门都打不开。

明明……明明她只要转动这个门把手就可以立即离开这个人间炼狱。但忽然之间，像是手筋都被挑断一般，她转不动它分毫。

原来人会像今天这样，在一天中无数次感受到绝望。

她可以离开，只要勇敢一点儿。

可是……任莲关着她，无非就是想等着有一天靠她跟闻珩联系上，从而向他索取钱财。那是填不满的窟窿，任莲永远不会满足，会无休止地向他索取，还有尤语嘉这个拖油瓶和一堆吸血鬼亲戚……她不想给他带去那么糟糕的体验，也不想让他知道自己有这么糟糕的人生。

似乎所有喜欢她的人都是因为觉得她看起来温婉、安静。

如果她的生活真的一地鸡毛，如果……真的余生都会这样，她也不敢想那些喜欢还能剩下多少。

她不想消磨他对自己的喜欢，也不想给他带去任何麻烦。

让他恨自己也行。

转瞬间，尤语宁下定决心，蹲下去，提起脚边的垃圾袋，转动门把手。

"咔嗒"一声，门应声而开。

任莲警惕地又加了一把火："只要你今天敢走了不回来，我就去报警，告他拐卖人口，闹得他没办法做人！"

尤语宁头也不回："丢垃圾。"她的言外之意——她还会回来。

任莲半信半疑，落后几步跟上她，停在楼梯转角，扒拉着扶手低头往下看。她原本怕尤语宁跑了不回来，现在却不那么怕了。

尤语宁知道任莲跟了上来，并未施舍半分眼神给她，一步一步，慢慢地往楼下走。

她坚信闻珩不是任莲说的那种始乱终弃的人，所以如果任莲真的去要挟他什么，即便他再放荡不羁，也会因为喜欢她而做出妥协。

那么，让闻珩不要再喜欢她是唯一的解决办法。

这么多年……闻珩悄悄喜欢她这么多年，她都没有回应过他，然而今夜，她要伤害这个对她用情至深的男人。

尤语宁掐紧自己的手心，指甲都快要陷进肉里。痛觉让她保持清醒，让她保持狠心，让她忍住不舍和眼泪。

五层楼的楼梯蜿蜒曲折，尤语宁不知道自己会在哪一层遇见闻珩。但她希望这条路长一些，遇见他晚一些，多留片刻他还喜欢自己的时光。

老旧的居民楼，楼梯狭窄，昏黄的感应灯随着她的脚步而一层一层应声亮起，又在她身后一盏盏熄灭。

就像是高二那年，冬末春初，她失眠醒来的早晨，唯一一次遇见送信的闻珩。

她下到三楼。一楼至二楼的楼梯间感应灯先她一步亮起，她听见了沉稳的脚步声。走过楼梯转角，她看见闻珩。

他往上，抬头，看见她，停下。

她往下，低头，看见他，停下。

楼梯间墙壁的墙皮掉落了，有年头儿的感应灯发着微弱的、昏黄的光，吸引了几只飞蛾。

隔着锈迹斑驳的铁质旧栏杆，光影碎成一明一暗的两半。

尤语宁在暗，看见光明之中他身穿宽松的白色衬衫，眉眼英俊，红唇黑发，肩宽腰窄，身高腿长，仿佛意气风发的少年，一如九年前的那个早晨。

只是今夜，她想跟他私奔。

她抬起右脚——

平台上的窗户开了一半，仲春末尾，夜里的风开始有了些初夏的气息。也在这个瞬间，她想起五楼扒着楼梯栏杆往下看的任莲，一瞬间清醒。

就像是和他萍水相逢的路人，她故作镇定地放下刚刚抬起的那只脚，踩上下一步台阶，一步一步地走到那片光明里。

他们这样面对面，近在咫尺。

她站在比他高一级的台阶上，不用再像平时一般仰望他，只需平视。

第一次……多年来，尤语宁第一次读懂，他看向她时深情的眼神。

楼梯狭窄，他挡住所有的去路。

"抱歉，"她说，"借过。"

闻珩定定地看着她，眼里有一整个宇宙的星光。良久，他说："不借。"

"这位先生。"尤语宁忍住想哭的冲动，"或许我们之间有一些误会。"

"说来听听。"

"我并非对你有意，也从未对你有过一丁点儿妄想。换句话说，我真是讨厌极了每一次和你偶遇。"

说完这一句，尤语宁再难面对他，匆匆地越过他，身体短暂相贴，就此别过。柔软的白色针织外套下摆拂过锈迹斑驳的铁栏杆，木质纽扣碰得

"丁零当啷"地响，鞋底触及水泥地面，她仓皇逃窜，用"咚咚"的响声掩盖慌乱的心跳。

闻珩没回头，背后手指一按，玫瑰花瓣下尖刺扎了手，指腹冒出粒血珠，尖锐的痛感不及心口的半分。

他千挑万选，在偌大的玫瑰庄园里采了十一朵勉强配她的白玫瑰，又在临出门时一朵一朵比对，选了最新鲜、最漂亮的那一朵。

也是这一朵，没被送出去，还扎了他的手。

抱歉，借过——这九年，她与他说过最多的话。

运动会时，他故意挡住她去检录的小道。她说："抱歉，借过。"

为了光明正大地看她，他借口去他们班找人，挡住整个教室门。她说："抱歉，借过。"

图书馆里，他特意站在她常去借阅的书架之间。她说："抱歉，借过。"

考试周的早晨，他堵在食堂门口，假装在看室友，只为对她说句"考试加油"。她说："抱歉，借过。"

学校小卖部的门口，他安静地抽一支烟，只为多看她一眼。她说："抱歉，借过。"

…………

太多他故意为之的偶遇，假装不经意，只因压不住疯长的想念。但是每一次，她只从他身边借过，留下一句"抱歉"。

"抱歉什么呢？"闻珩自嘲地笑笑，喃喃低语。

不过是我痴心不舍、念念不忘，追逐你九年，到头来换一句你的抱歉和讨厌。

从未受过任何挫折的骄傲少年，在这一刻弯下了挺拔的脊背。他抬手，将沾了血的白玫瑰插在铁栏杆锈迹斑斑的孔洞里，就像悲情电影落幕，满是灰尘和蛛网的破败楼梯间里，他转身，重新挺直脊背，昏黄的灯光拉长他挺拔的身影。

他渐行渐远，渐无声。

尤语宁特意走得很慢，是害怕再次遇见闻珩，怕自己会忍不住跟他私奔，但终究还是遇上了。

这一次，他没再给她半分眼神。

老城区的城建不好，一切都是破旧的，路灯的灯光也暗。

他们擦肩而过，像所有萍水相逢的陌路人，谁也没回头。

她知道自己不能回头，也不敢回头。

走到刚刚遇见闻珩的楼梯处，美到令人心颤的白玫瑰随风微微摇曳，像在央求别人将它带回家。

尤语宁走近，拔出它，看见刺上的血迹，再也忍不住，蹲下身无声地哭起来。

她记得，去年他在生日时曾问她："女生一般喜欢什么花？"

她误以为是要送给他喜欢的那个学姐，心烦意乱地说是玫瑰。

他偏要追问："哪种玫瑰？"

那时她刚看过周星驰和袁咏仪演的那部电影《国产凌凌漆》，跟袁咏仪饰演的阿琴一样随口敷衍："白玫瑰。"

那部电影里，后来周星驰饰演的凌凌漆记住了阿琴随口敷衍的喜好，在逃命的路上不顾危险地折返，只为了摘下一朵她喜欢的白玫瑰。

他本可以安全离开，却因为摘那白玫瑰而受了伤。白色玫瑰染上鲜血，变得艳丽，爱也变得浓烈。唯一让他真正受伤的子弹是阿琴打的，他穿着防弹衣，那么多发子弹，唯独阿琴打出的那一发，打在了他并没有防弹衣保护的大腿上。

所爱之人，伤人最深。

英明神武、机智过人的凌凌漆，要浪漫，不要命。

尤语宁抱着那枝带刺的白玫瑰，哭得肝肠寸断。若早知他那句喜欢什么花问的是自己，她一定不说是白玫瑰。

她当时不觉，如今才知，她说出那句话，就注定他送来白玫瑰时会和电影里一样是悲剧。

但是上天并没有赐人早知世事的能力，所以世事难料，所以人们不停错过。

只可惜她知道得太晚——

若不是闻珩心有不甘，若不是他生了执念，若不是他一再放下骄傲只求与她两情相悦，在这路遥马急的人间，不会有人兜兜转转九年只为了与她日日相见。

第九章
救赎夜

任莲趴在客厅的窗台上看，见到尤语宁确实丢完垃圾就回来了，终于放了心。

门开着，尤语宁进门后关上，面无表情、旁若无人地往原本关着她的那个房间走。

"刚刚在楼梯间干吗？"任莲叫住她，"碰上谁了？"

"问路的。"

"大晚上的，谁会来这里问路？"任莲皱着眉，半信半疑，"到底在干吗？"

尤语宁没再搭理她，转弯去了厕所，出来后进了房间，直接把门甩上。

"发脾气给谁看呢？！"任莲冲着关上的房门吼道。

尤语嘉捂着耳朵，嘴角还叼着一根油乎乎的辣条，含混不清地嚷嚷："小声点儿！"

"好好好，不闹了。"

闻珩早就知道任莲家楼下不好停车，把车停在路口。从那道坡上去，闻珩直接将车开去了陈绥的 SW 酒吧。

韶光和柴菲今天在博物馆外面偶遇，随后一起来了这里，比闻珩早到十分钟。

陈绥不在，他们俩自己找了个卡座坐下，柴菲正满脸严肃地打电话："宁宝该不会出什么事了吧，打了这么久都没人接，怎么这会儿打过去还关机了？"

闻珩还没走近，隐隐约约听见她的话，一瞬间恍惚，脚步不由自主地停了。

"她这两天有说在忙什么吗？"韶光问。

"没有。"柴菲摇摇头，重新拨打了一遍电话，泄气地挂断，"还是关机！难道她被她妈抓走了？！"

韶光惊讶："什么？"

柴菲这才反应过来自己一时间说漏嘴了，含混地嘟囔了几声，最后长长地叹气："唉，我憋着真的难受，反正已经说漏嘴了，干脆跟你说了好了。但你要答应我，不准告诉闻珩。"

闻珩刚抬脚准备过去就听见自己的名字，一种奇怪的直觉让他停下脚步，站在原地偷听。

韶光不解："跟闻珩有关？"

"哎呀！你先答应我，不然我不说了！"柴菲知道韶光的品性，即便他跟闻珩关系匪浅，但只要答应替她保守秘密，就绝对不会告诉闻珩。

韶光也很给面子，笑着答应："好，我答应你。"

柴菲就像憋坏了，终于找到可以宣泄的口子，立即倒豆子一般"噼里啪啦"地开始倾诉："要从她那个丧尽天良的妈说起……"

最后，韶光做出总结："所以你是说——宁宁学姐也喜欢闻珩？"

"也？"柴菲瞪大眼，"闻珩也喜欢我们家宁宝？他喜欢的那个学姐难道是我们家宁宝？！"

韶光抬了抬眼皮："我怎么也……？"他也说漏嘴了。

"不是吧！"柴菲猛地一拍大腿，"那我们家宁宝不是白白误会难过了？她还因为害怕她妈找上闻珩，所以一直躲着他！"

她害怕她妈找上他，所以一直躲着他……这句话回荡在闻珩的脑子里。站在暗处的他将柴菲说的话一字不漏地听了个清清楚楚，被这句话惊得脑子发蒙，因为太过震惊，以至于不知自己该有什么反应。

所以，他们刚刚在楼梯间遇见，她说那些话只是为了跟他撇清关系、划清界限，绝非真心——她讨厌他绝非真心。

闻珩猛地转身，穿过酒吧嘈杂拥挤的人群，一头扎进夜色里。他上车，掉转车头，重新驶上去找尤语宁的路。

354

正是夜生活开始的时间，整座城市灯红酒绿，如织的车流里，他甚至讨厌每一个红灯。

热闹的夜间，城市交通瘫痪，一辆辆颜色型号各异的车紧密地排列着，水泄不通。司机们纷纷抱怨着道路如此堵塞，却又不能挪动半寸。

只有机身相对较小的摩托车轰隆隆响着，灵活地穿梭在车流狭窄的空隙里。

陈绥今日约了闻喜之去打棒球，此时打完，原本是要去自己的酒吧小坐一会儿，但闻喜之说出了汗不舒服，要回去洗澡。

他们前两日刚吵过架，他只能由着她，骑着拉风的摩托车送她回家。

远远地看见堵塞的车流中熟悉的车牌号，陈绥放慢速度，问闻喜之："那是不是闻珩的车？"

闻喜之探头看："是。"

"啧，被堵成孙子了。"陈绥隐在头盔里的脸上浮起笑意，他慢悠悠滑动着摩托车过去，戴着手套拍了拍副驾驶座的车窗玻璃。

闻珩本就被堵车搞得心烦意乱，整个人就跟炮仗似的，点个火就能直接炸了。偏偏还有人来敲车窗，满腔怒火找到了发泄的对象，他降下车窗就要对那人一顿怒骂，却见那人把头盔的挡风罩抬上去，露出一双含笑的眼眸。

陈绥探头嘲笑他："嘿！小舅子，好巧啊！"

闻珩的脏话飘到嘴边，出口只剩下一句："你大爷！"他扯了扯安全带，气势汹汹地推开车门下车，绕过车头，直奔陈绥的摩托车。

陈绥被他这架势吓了一跳："你要来打人啊？"

闻珩喊了声"姐"，朝两人道："车和头盔借我，你俩开我的车走。"

闻喜之见他一脸着急的样子，不免关心："出什么事了？"

"去救你弟妹。"闻珩不想拖延时间，边说边将陈绥拽下车，强盗似的把他的头盔抢过来给自己戴上。

陈绥边骂边配合他。闻喜之也不是啰唆的人，虽然还有很多疑问，但看情况紧急也就先自己憋着，很干脆地把头盔、护具全都解下来交给闻珩。她坐在后面，棒球棍一直是她拿着的，此刻也一同交给闻珩："给，这个带上，说不定有用。地址在哪儿？你先去，我们随后就来。"

闻珩报了个地址给她，长腿一跨，带着家伙就冲进了拥挤的车流里。

闻喜之拍了拍陈绥，催他："快走！"

陈绥飞快地绕过车头去开车，顺便打了个电话，让人骑辆摩托车过来，到前面的路口等着。

闻珩不知道尤语宁现在的处境，但联想起她妈自称是他的丈母娘，都找到了他的工作室，也能大概明白她妈绝对不是个善茬儿。

摩托车的轰鸣声响彻城市的夜空，在长长的拥挤的车流里像极速游动的鱼，穿过重重阻碍，顺利抵达目的地。

闻珩停好车，取下头盔，将白衬衫的袖口随意一挽，提着棒球棍就往五楼走去。

已经是夜里 9 点，家家户户亮着灯，楼下有些人在乘凉。有人看见他这样气势汹汹地拿着棍棒的模样，顿时叫起来："那人是来干吗的？"

"哦哟！不得了，看起来有点儿眼生，很不好惹的样子，不是来打人的吧？"

闻珩一路直奔五楼，抵达任莲家门外，提起棒球棍捶了捶门。

里面任莲的声音响起："谁啊？来了来了！门弄坏了你赔啊？"

旧木门被拉开，尖酸刻薄的任莲露出脸。

"你谁啊？"任莲皱着眉，一副气急败坏的样子。

她虽然先前在程佳梦的手机上见过一次闻珩的视频，后来又看过一次，但已经过去一个月，她又有轻微脸盲症，早忘了闻珩长什么样子。眼下这个她一直想要找的财神爷就站在她面前，她却完全不认识，甚至想大骂着把人赶走。

闻珩的视线只落到她的脸上一秒，又飞速投到整间客厅里。

果然，他没有见到尤语宁。

闻珩沉着脸，提着棒球棍隔开任莲，一言不发地径直往里闯。

"嘿！你干吗？！"任莲大惊，又气又慌地要去拦他。

闻珩冷冷地扫她一眼，如入无人之境，直直地往卧室的方向走去。

任莲再野蛮，到底是个四十几岁的女人，又怎么能跟闻珩这样身形高大的年轻男人正面抗衡？她当即喊在一旁看呆了的尤语嘉："快去找你舅舅和姨妈！"

尤语嘉立即反应过来，拔腿就往外跑。

任莲左右看了看，抄起扫把试图再次阻拦闻珩："你站住！你是什么人？来我家干什么？！"

她一副蛮横无理的模样，却又不敢太靠近他，只敢隔着些距离做做样子。

闻珩根本就没把她放在眼里，走到第一间卧室门口，一脚踹开紧闭的房门，里面黑黢黢一片。

他按开灯，却发现里面空空如也。

尤语宁在闻珩敲门的时候就听见了动静，包括任莲的大吼大叫，但她并不知道那就是闻珩，也并不关心任莲是否会遇到危险。

但她还是贴到了门板上听外面的动静，想看看自己能不能趁这个混乱的机会拿上东西逃出去。

任莲看见闻珩直接踹开了尤语嘉房间的门，顿时像是亲眼看着尤语嘉被他踹了一脚似的，心疼得都要疯了，抄起扫把就冲上去要打他："你这个杀千刀的浑蛋！我打死你！"

闻珩轻轻一闪，躲开了她。

任莲还不依不饶，红着眼又挥着扫把冲上来。

闻珩自然不会轻易跟一个女人动手，依然没还击，只是不断地躲闪着，用棒球棍去挡。

尤语宁在房间里面听到外面的动静，好奇之下，偷偷打开了一条门缝——任莲刚刚回来，一直在忙着跟尤语嘉聊天儿，一时半会儿没顾得上锁她的门，这倒方便了她。

打开门的一瞬间，她只看见一道高大的背影，还没来得及看清人脸，那背影就往旁边一闪，任莲高高举着扫把，猛地朝她的方向扑过来。

人的本能让她下意识躲开，任莲没来得及收住力道，整个人连同扫把直接扑到门上。

"砰"的一声巨响，破旧的木门被力道带着跟墙面猛烈相撞。任莲一个趔趄，整个人直接摔到了地上。

尤语宁吓得往后退了小半步。

任莲是手掌和膝盖着地的，痛感让她一边痛呼着一边挣扎着想起身，但大概是摔得不轻，在地上挣扎了两下都没能成功地爬起来，嘴里"哎哟哎哟"地叫着，痛得说不出一句话。

见此情景，尤语宁发现自己竟没有丝毫同情，脑海里冒出的第一个想法是——快跑！反应过来，她立即转身想要拿着书桌上的纸箱逃跑，根本没空去管外面的到底是谁。

但就在这一瞬间，她的余光里，高大的身影几乎快要占满整个门框。

她有种奇异的、熟悉的直觉。

她回头看去——闻珩身穿白衣黑裤，一手提着棒球棍，就这么随意地往那里一站，浑身散发出的气场让人不寒而栗。

他站在光里，目光沉沉，看着她的时候，比任何一次都疯狂。

然后他开口，声音像是克制着，隐忍中带着点儿难以言喻的低哑——

"尤语宁。"

尤语宁的呼吸猛地一滞。

她以为闻珩再也不会理她，却在这一瞬间，她笃定，无论她做什么都再也推不开闻珩了。

闻珩看见她，浑身的戾气依旧没有散去，微仰下巴，还是那副骄傲的模样："过来。"

尤语宁来不及做出任何反应，任莲已经从地上爬了起来："好啊你！原来是你找的贱男人过来救你了！"

尤语宁背对着任莲，没看见任莲举起扫把要朝她砸下来。

闻珩眼眸一动，手疾眼快地一把拉过尤语宁，任莲的那一扫把砸到了墙上。

尤语宁整个人直接被拽进闻珩怀里，碰撞真实有力，却不疼，只叫人觉得心狠狠地跳动了一下。她抬起头，才发现是任莲拿着扫把要打自己。

任莲见尤语宁被闻珩安全地护在怀里，更加生气，挥着扫把又要打过来。

闻珩提起棒球棍一挡，直接把她手里的扫把打了出去，扫把飞落到一旁的地上。

"神经病。"闻珩皱着眉，淡淡地下了个结论，他带着尤语宁就要直接转身离开。

任莲哪里肯让他带走尤语宁——她要怎么问闻大少爷要钱？

她一直嚷着要问闻大少爷要钱，却不知道眼前的这个就是她一直想要找的闻大少爷。她也顾不得去捡扫把，冲上去撒泼似的想要抱住闻珩的大腿，不让他走。

即便背后没长眼，但闻珩反应极快，提起棒球棍直接抵住她冲过来的身体，微拧着眉心，满是嫌弃："离我远点儿。"

任莲算是看出来了，这个男人好像不会对她动手。她还是有点儿脑子在的，不再采取正面硬碰硬的举动，而是看向被闻珩护在怀里的尤语宁，言语之间满是威胁的意味："你走啊！你走出去一步试试！"

尤语宁被她这句威胁意味十足的话吓得犹豫了一瞬，却又立即感觉到闻珩抓着她手腕的手指收紧了。

"尤语宁。"闻珩侧头看她，眼神坚定，"我在这儿，只要你想，你就能走。"

说完，他转头轻蔑地看着任莲："至于其他的，我可从没说过，我是个好商量的好人。"

他霸道又坚定，似乎除了尤语宁之外，其余有关她的一切，只要对她不好的都别想好过。他绝不是那种轻易任人拿捏的软柿子、好心肠的人。

尤语宁心跳混乱，心脏像是安了加速器，快要坏掉了。

在这样循规蹈矩的人生中，她鲜少有这样疯狂又叛逆的时刻。那一丁点儿反骨都在此时生了出来，她好像什么都不再害怕，闻珩是她唯一的救赎，她只想紧紧抓住他。

"带我走。"她说，另一只手抓住他的胳膊，"我不要再留下。"她刚刚听见任莲叫尤语嘉去喊人了，她那几个舅舅和姨姨就住在这附近的不同楼栋，算算时间，他们应该快要来了。

"现在就走！"

这样的反应让闻珩很满意，但他向来不是怕什么事的人，也从来没有慌着逃命的想法，做什么事都胸有成竹——哪怕是此刻。

他见尤语宁孑然一身，便知她的东西肯定被任莲收了起来，大拇指在她的手腕内侧轻轻摩挲，语气淡定温柔："是不是还有东西没拿？去拿。"

尤语宁心里着急，劝他说自己不要了，不是什么重要的东西。

"去拿。"闻珩松开她的手，在她头顶用力揉了揉，"怕什么？我在这儿。"

尤语宁怕再说下去会更耽误时间，立即跑去任莲的卧室里拿手机和钱包，手机是次要的，主要是钱包里有她的很多证件。

最后，她又回到关她的那个房间，把纸箱也抱了出来："拿完了，我们快走吧！"

任莲要去拦住她，闻珩提起棒球棍狠狠地往一旁的墙上一砸："你拦一下试试。"他此时的模样远没有刚刚进门时看上去冰冷，仿佛多了些人气儿，却更恐怖了，让人丝毫不敢怀疑，他的下一棍是不是会落到自己的身上。

想着尤语嘉应该也快带着她的几个姐姐和弟弟来了，闻珩和尤语宁也跑不掉，任莲干脆听从闻珩的话，没敢再上前拦尤语宁一下。

闻珩瞥了一眼像要吃人的任莲，嗤笑一声，收回棒球棍，从尤语宁怀里拿过纸箱，跟尤语宁一同下楼。

"你再敢走，我就告你拐卖人口！"任莲冲着他的背影大喊。

闻珩的脚步没有丝毫停顿，他语气张狂："报警电话110，别打错。"

闻珩和尤语宁刚出单元楼大门口，尤语嘉就带着一群人急匆匆地赶来了，将刚走出大门的俩人团团围住。

他们这样大的动静，让附近几栋楼的邻居都将头探出窗外看戏。

"宁宁！"其中一个40岁出头的男子一脸严肃地喊尤语宁，"这男的是谁？"

任莲一直跟在闻珩跟尤语宁身后，此时见到娘家人都来了，顿时底气十足，气焰十分嚣张。

"五弟！"任莲跑到说话的男子身边，一副仗势欺人的架势，"不能让他们走！"

说话的男子叫任成武，在任家这一脉里排行第五。但因为他是姐弟几个里面的第一个儿子，按照他们重男轻女的习俗，从小都是享受大哥的待遇，什么事都习惯做主带头。

任成武不了解具体情况，刚刚尤语嘉过去找他，说是有个长得很高大的陌生男人冲到家里，叫他们过来帮忙，他就给几个姐姐、姐夫还有弟弟、弟妹都打了电话。

大家都在这里住，只是楼栋不同，很快就聚齐了，跟尤语嘉一起过来就看见一个陌生男人带他的外甥女要走。

任成武第一反应就是这两人要私奔。女孩子家干出这种丢人的事情，以后还怎么嫁人？说出去丢他们任家的脸！

所以，他们万万不能让这个男的带走她。人以群分，其余众人也都跟他一个想法，十分团结。

那个昨天才打过尤语宁的小舅也冲出来嚷嚷："昨天才打过你，现在还敢不听话？"

"打她？"闻珩转头看向尤语宁，才发现她左边的脸颊似乎有些异样。

昨天那两巴掌很重，今天她的脸消了肿，但还是看得出来一些痕迹。

闻珩深深吸气、呼气，像是极力在忍耐些什么。尤语宁免不了生出一丝恐惧，一把抓住闻珩的胳膊，抬头看他。

"尤语宁。"闻珩把手里的纸箱塞给她，"闭嘴。"

什么我不想听的狗屁话，你都不准讲。

他扫视一圈围住他们的众人，丝毫不显得害怕，反倒有些淡定："如果我偏要带她走呢？"

闻珩顿了顿，利刃似的眼神直直地落在打过尤语宁的小舅身上，冷笑道："你这个混账老东西是想连我一起打吗？"

直至此刻，尤语宁才好像真的看见闻珩藏起来的那一面——他的确并非善类。

小舅气得脸上的肉都在抖："你这个混账东西，尊老爱幼都不会？你这是拐卖人口！"

闻珩都气乐了，冲楼上看戏的邻居喊："喂，谁帮忙报个警？我可要拐卖人口了。"

任成武被他这反应激怒，指着他的鼻子大骂："你这个有人生没人教的混账！"

闻珩猛地把棒球棍往一旁单元楼的旧铁门上狠狠一砸，砸得铁门摇摇晃晃，荡出回音。他提起棒球棍指着任成武："你算个什么东西？轮得到你教训我？"

尤语宁被他砸铁门的那一下吓得不轻，又听他这样怒骂任成武，更是怕他激怒这群人，难以脱身。她空出一只手，轻轻地扯了扯闻珩的衬衫下摆，想要叫他别这么冲动，反被闻珩捏了捏手，像是安慰。

任成武平时在家里就是老大的待遇，很有威严，什么大事几个姐弟都要听他的意见，冷不防被一个年轻人这样指着鼻子骂，就有种被侮辱的感觉。他气得冲上前来想要亲自教训闻珩，还特意从六弟手里拿了一根木棍："我今天非要教教你什么叫尊老爱幼！"

"你再往前一步试试。"闻珩又往铁门上砸了一下，"我倒要看看你这把老骨头受得起几棍。"他原本就一身桀骜不驯的气质，在此时这样的情况下，浑身的恶劣因子都开始活跃起来，看上去完全就是一副浑不吝的模样，让人丝毫不怀疑，他根本就是一个没有道德感的人，绝不会因为对方年纪大就敬对方两分而不敢动手。

任成武长到这么大，还是头一次被这么个比自己小 20 多岁的年轻人唬到。但作为一家之主，面子让他不能退缩。他只得环视众人，恼羞成怒地吼："你们就只会看吗？还不赶紧给我把他抓起来！"

他的话音刚落，众人都打算上前去抓闻珩。

最先上前的是个年轻男人，看着 30 岁左右的样子。他是任莲的大姐生的儿子，跟程佳梦年龄相差不多，他们从小一起长大，关系很好。因此，他在程佳梦那里听了许多耳风，也妄图从所谓的闻珩大少爷手里得到些什么，不愿意放尤语宁走。

说来也很可笑，这一群人都或多或少知道有个大少爷喜欢尤语宁，却不知道那个大少爷就在他们面前。

大表哥仗着自己长着一身肥肉，做了出头鸟。

他冲上去试图以绝对的体重优势压倒闻珩，但是还没靠近，闻珩就直接提着棒球棍照着他肥肉横生的大腿狠狠地来了一棍。

大表哥立即抱住被砸到的那条大腿"嗷呜嗷呜"地叫起来，像是要死了一样。

见状，其余众人就跟被砸到脚似的全部跳起来，丝毫没有以多欺少的羞耻感，一同涌上前，试图对闻珩进行围殴。

闻珩把尤语宁往身后一拉："躲好。"然后他转过头，看着黑压压涌上来的人群，没有丁点儿惧意，沉着冷静地用棒球棍进行自我防卫。

他从小就练习散打，又常年有健身的习惯，无论是技巧还是力量都是足够的，但双拳难敌四腿，毕竟是一个人面对这么多人，他难免逐渐落了下风。

尤语宁试图护着他，却连挤都挤不进去。

"闻珩！"她的声音带了哭腔，她手忙脚乱地翻出手机想要报警，却发现没电开不了机。

一楼的楼梯间角落堆了一堆碎砖瓦块，慌乱之中看见，她也顾不了什么道德礼仪，只知道自己要帮助闻珩。

没有任何犹豫，尤语宁捡起那些碎砖烂瓦，不停地往那些所谓的亲戚身上砸去。一块接着一块，她往人堆里不停地砸，用尽所有力气砸到他们的背上，让他们受痛分心。

恰在此时，程佳梦赶了过来。刚刚尤语嘉去找人的时候，她刚进浴室洗澡，这会儿急匆匆洗完澡，头都没洗，连忙赶来。一到现场，她最先听见的就是尤语宁带着哭腔的那一声"闻珩"，顿时感觉大事不妙。

"停下！停下！"程佳梦扯着嗓子喊，"这是闻大少爷！"

程佳梦的那道声音刚刚落下，一道"轰隆隆"的摩托车响声震耳欲聋，惹得附近几栋楼看戏的人全都朝着声音来源看过去。

闻喜之远远就看见夜色里一群人围在一起，混乱得很，心里顿时一沉，揪着陈绥腰间的衣服的手瞬间收紧。

陈绥自然也看见了，眼神一变，那摩托车飞一般冲过去停下。

闻喜之都不等车停稳就跳了下去，一把扯掉头盔，气势汹汹地朝人群里奔，狠狠地把手里的头盔往围在外圈的男人身上一砸。她看上去长得漂漂亮亮的，很温柔，实际上却是散打高手，力气也不小，那一砸直接砸得那人尖声叫起来，痛得蹲了下去。

刚刚围殴闻珩的众人因为程佳梦的那声喊叫和这突如其来的变故一同停了下来，纷纷朝闻喜之跟陈绥看。

他们停下手，闻珩终于得以喘息，慢慢站直了身。他本就长得高大，净身高有一米八八，穿鞋一米九以上，这么一站直，就在人群中露出头来。即便夜色迷离，灯光昏暗，也叫人清楚地瞧见了他脸上触目惊心的伤痕。

闻喜之何曾见过他这样惨，顿时眼睛就红了，比那些伤落在自己身上还叫她难受。

"小十……"闻喜之喉头一哽，只能叫出他的小名，更多一个的字都说不出来。

刚刚被她砸到的男人缓过劲来，抓着滚落在脚边的头盔起身就要朝她砸回去。

要论浑不吝，没人比得过陈绥。他本就是个道德感极弱的人，见此情景张口就是一句脏话。话音刚落，他直接冲上前就是一脚，那人被踹得飞了出去，远远地摔在地上。

见状，其余的人才像是刚反应过来一般，朝他围过来。

陈绥打架向来是浑得不要命的，再加上这群人刚刚已经耗费了力气，并不能在他身上占多大便宜。

有人见打不过他，干脆转身来打闻喜之。

这时就要庆幸今日因为要去打棒球而穿了方便运动的衣服，闻喜之侧身一躲，飞踢一脚，踹开扑上来的男人，又转身对着另一个扑上来的男人使出左勾拳。

她曾经学过散打，教练就夸过她姿势干净利落，极其漂亮，跟她柔弱温柔的外表完全不符，即便是现在正儿八经地实战，她的动作也是行云流水，极具观赏性。

闻喜之一个手肘后推，在男人的腰间重重地一击，再扛起男人一个过肩摔，一点儿余地都没留，甚至超常发挥。

闻珩在后面看着，用大拇指一抹嘴角的血，浑身乏力，用棒球棍支地才算站稳。

尤语宁被眼前猝不及防发生的一幕震惊了几秒，迅速丢了纸箱跑上前扶住闻珩："还好吗？手机在哪儿？我报警！"

闻珩垂眸瞥她一眼，见她满脸担忧，笑了："担心我？"

这一笑，嘴角的伤口扯着疼，他"嘶"了一声。

尤语宁没想到他在这时候还不正经，也不跟他废话，直接伸手往他裤兜里掏。

"别乱摸。"闻珩眉心一皱，按住她的手，"在另一边。"

尤语宁迅速掏了他的手机出来报警，还拍了几张照片做证据。做完这些，她才扶着闻珩去楼梯那边坐下。

闻珩却叫她："等等。"

尤语宁不解，只见闻珩眼神锐利似寒冰，直直地看向那边打斗的闻喜之。

刚刚任家的人并没有把闻喜之放在眼里，只当她是个只会叫嚷的女生。

但随着闻喜之逐渐展现自己的散打实力，他们便又分了一批人过来对付她——一群男的，打一个二十几岁的女孩子。

"姐。"闻珩扬声喊，将手里的棒球棍丢过去，"接着。"

闻喜之眼神一凛，一个弯腰躲过攻击，抬手稳稳接住棒球棍，照着围上来的男人腿上就是狠狠一棍。

"混账东西。"她沉声骂道，提起棒球棍又砸到另一个人身上，"你们也配？"

警察还没赶到，现场一片激烈的打斗声，十分混乱。

尤语宁刚把闻珩扶到一旁楼梯台阶上坐下，抬眼一看，她那肥硕的大表哥正一瘸一拐地拿着一块石头要冲上去打闻喜之。

闻喜之一个女生，再厉害，已经一对多，哪里顾得上背后跑来的胖子？

尤语宁的心一瞬吓得快要跳出来，她只觉得那石头真要砸到闻喜之身上，怕是不得了。她也顾不得那是自己的表哥，四下一看，门边有块挡门石，立即抱起来冲上去朝着大表哥砸过去，手都是抖的。

她的力气不够大，准头也不够，那石头砸到了大表哥的脚上，疼得大表哥立即丢了手里的石头，"吱哇"乱叫起来。

程佳梦顿时疯了一般冲尤语宁大骂："你疯了？那是表哥！你为了外人竟然做出这种事！你还是人吗？！"

尤语宁从没做过这种事，但此时做了，心里反倒十分激动畅快，好像有什么东西立即就要喷涌而出，连胆子也大了许多，对着程佳梦吼回去："闭嘴！"

程佳梦从来没被她凶过，一时间被她这副模样唬住，竟真闭了嘴。任莲却不会被她这副模样吓到，气红了眼，整个人都在发抖，冲过来就想给她一巴掌。

尤语宁也不知道哪里来的力气，明明一天没吃饭，却反应极快地一把抓住了任莲的手，那一巴掌没有落下来。她看着任莲，眼里没有一点儿感情，语气冰冷又狠绝："从此以后，我就当你死了，我们之间缘尽于此。"

任莲根本没被她这样的话吓到，反倒气急败坏地吼："你个没良心的白眼儿狼！你休想摆脱我！我是你妈，就算我死了，你也得给我送终！"

"你现在就死的话，我倒是可以立马给你送终。"说完，尤语宁甩开她的手，转身去查看闻珩的伤势。

回到闻珩身边的每一步，她都觉得自己像是在蜕变。如果不是她一忍再忍，如果不是她瞻前顾后，如果不是她总会心软，事情不会变成现在这样——闻珩替她挨打受伤，连他的姐姐和朋友也要被围殴。

若是她还要心软，那才是真的残忍。

闻珩清楚闻喜之和陈绥的打斗实力，并没有太过担心他们的情况，更多的是在关注尤语宁。

他没想过尤语宁会抱着石头冲上去，也没想过她会对任莲说出这样的话，这样的她颠覆他的认知。但当尤语宁转身朝他走来，在他面前蹲下，查看他的伤势时满眼都是担忧，强忍着泪花，声音又轻又柔地问他："一定很疼对不对？"他又觉得，她哪里变厉害了呢，还是个柔弱的、需要人心疼的小妹妹。

"尤语宁，"闻珩微垂着眼眸看她，"你怎么占我便宜？"

尤语宁落在他脸上查看伤口的手一顿。

好几秒后，她低声问："占不得吗？"

闻珩闻言，眼里慢慢浮上笑意："终于藏不住，承认对我无法自拔？"

尤语宁也不知道，明明形势这么严峻，他还受了这么重的伤，怎么还有心思说这些。

任家人虽然多，但毕竟不是练家子，又打斗了两场，实在占不了什么上风，闻喜之和陈绥两人愣是缠得他们不敢停下。

打斗进入尾声，一片鸣笛声响起，陈绥和闻喜之同时默契地闪身一躲，退出去，局面顿时变成任家众人追着他们打。

警察一来，远远就看见这个局面，迅速停下，呵斥着将众人围起来："警察！"

几个人一起去公安局做了笔录和口供，将事情的来龙去脉一讲，人证物证俱在，又是这么明显的以多欺少，任家人被拘留了好几个。

任莲又哭又叫，警察呵道："安静！"

她不听，冲上去就要抓着尤语宁打。闻珩把尤语宁往身后一拉，闻喜之跟陈绥都挡在前面，警察们也及时拦住了任莲。

离开公安局，几个人去了趟医院，检查了伤势。闻珩伤得最重，除了一眼就能看见的脸上受了不少伤，身上几处也受了不同程度的伤。

闻喜之让他做了个全身的检查，要拿着检查报告去找任家人。

"他们都有钱吗？"闻喜之问尤语宁。

尤语宁摇头："都是普通家庭。"而且他们很会撒泼打滚儿，怕是不会赔偿。

闻喜之秀气的眉一挑，跟闻珩平时的傲气一模一样："那正好，打蛇打七寸，不赔就告。"她又想起那些人的身份，试探尤语宁："你……"

尤语宁立即摇头："我没有意见。"

"搞掉他们的工作呢？"

"都听之之的。"

"那就好。"

闻喜之只受了些轻伤，转头就去打电话找人，要叫人查清楚任家这些人的工作，总之就是不能让任家人好过。

闻珩被闻喜之强迫留在医院观察一晚。闻喜之拉着陈绥去找人处理任家的事情，很理所应当地嘱咐尤语宁："就拜托你了，宁宁。"

尤语宁看看闻珩，又看看她，点头答应："好。"

转瞬间，单人病房里就只剩下尤语宁跟闻珩。

夜晚安静，尤语宁也没有照顾病人的经验，更何况这人是闻珩。

"我去打点儿热水。"她丢下这句话，转身出去，到外面买了新的盆和毛巾等洗漱用品，去接了热水。

她回到病房时，闻珩在玩手机，见她进来，放下手机打算起身。

他刚有了起身的动作，心思一转，表情无缝切换："嘶……"

他装出很痛却又不想让人看出来，偏要强忍着的样子，吓得尤语宁立即把盆放下过去按住他："你别动，哪里疼？"

闻珩一副凝重的表情："没事。"

"还是先别动了。"尤语宁把病床调高让他靠着，"我给你拧热毛巾擦擦吧。"

她转身把热水盆端过来，蹲着拧好，起身看着闻珩却犯了难："你的脸……都上药了，不能擦。"她低头看他的手，"给你擦擦手？"

闻珩很轻地"嗯"了一声。

尤语宁弯腰抓他的手。

原本白皙无瑕的手，除了刚刚被伤得起了瘀青，还被不同大小的尖锐物品刺伤、划伤的痕迹。

"这些——"尤语宁指着那些伤痕，抬头看他，"是怎么弄的？"

闻珩不以为意："鬼知道。"昨日去玫瑰庄园，他仔细地一朵朵挑选，伸手进了像荆棘一般的玫瑰花丛中，那些细密的刺扎了他满手。

他本就皮肤冷白，受点儿伤就看得很明显。

尤语宁一边轻轻地替他擦干净手，一边想起他插在栏杆孔洞里的那朵染了血的带刺玫瑰："是……玫瑰的刺扎的吗？"

闻珩挑眉，露出高傲的表情："怎么可能？"

尤语宁不问了，安静地重新拧了热毛巾，将他的袖口挽上去，温柔地替他擦手臂。

闻珩就偏着脑袋看她。

几天不见，她看着好像比从前更瘦了些，显得那张脸更加小。她坐在他的病床边，病房里昏暗的光线落在她身上，泛出柔和的光晕。

她的手又小又软，偏偏还怕弄疼他，就连替他擦手臂都是小心翼翼的。滑腻的指腹落在他的肌肤上，有种让人形容不出来的奇妙感觉。

闻珩压下心里那点儿痒，觉得喉咙有些干。

"喂！"他喊，"尤语宁，你是不是心疼我？"

尤语宁的手一顿，她收手去拧毛巾，没有回他。

这次拧毛巾拧得格外久，她洗了一遍又一遍，然后说："水凉了，我去换一盆热的。"

看着她离去的背影，闻珩眉头一挑，嘴角慢慢翘起。

尤语宁重新接了盆热水，磨蹭了一会儿，觉得闻珩应该已经忘了刚刚的问题，这才端着热水回去。

闻珩确实没再问刚刚那个问题，见她进来，暗示她："脖子不舒服。"

尤语宁还以为他脖子也疼，匆匆放下水盆就要转身去找医生："我去叫人。"

闻珩手疾眼快地拉住她的手腕："就是觉得脏，不舒服。"

尤语宁放下心："那我给你擦擦。"

"嗯。"闻珩松开她的手腕，"辛苦你了。"

"应该的。"尤语宁重新拧了毛巾，弯腰凑近替他擦脖子。

"往前一点儿。"她说，一手拿着热毛巾，一手扶着他的颈后，"不用太大幅度。"

闻珩抬眼看着她近在咫尺的脸，感受着她说话时呼出的轻柔气息落在颈侧，呼吸都跟着变了。他顺从地往前倾，感受着热毛巾落在后颈的每一寸肌肤上——热的，转瞬却又像是有阵风吹过，很凉。

闻珩闭着眼，心里骂：真给自己找罪受。

尤语宁却没有他那么多想法，完全就把他当成一个病人在照顾。用热毛巾擦完后脖颈，她又让他重新靠回去，扶着他的下巴往上抬："头抬高点儿。"

闻珩抬头，喉结上下滚了一下。尤语宁不小心看见，顿时有点儿不敢下手，犹豫着指了指他的喉结："这个……我不敢碰。"

"嗯？"闻珩心猿意马的，就听见她这么说，又气又乐，"我让你碰了？"

尤语宁沉默。她刚刚也没想太多，就是感觉男人的喉结挺脆弱的样子，他又是这样仰着头的姿势，很有一种任她宰割的意思。

她的意思是替他擦脖颈难免会用力，压到他这儿，怕他会疼。

她又想想，反正是隔着柔软的热毛巾，应该也没什么。

"那我轻点儿吧。"她说。

勉强算是帮闻珩擦完能擦的地方，尤语宁转身出去洗漱了一番，又回来问："饿不饿？想吃点儿什么？我去买。"

闻珩虽然也没吃晚饭，但也没有饿的感觉。这样失而复得后，他只想跟她多待会儿："不饿。"

尤语宁难为情地咬了咬下唇："我饿了。"她又说，"今天一天都没吃饭。"

闻珩皱眉："你妈没给你饭吃？"

尤语宁沉默了一会儿，问他："你能叫她任莲吗？"

闻珩看着她，没有出声。

尤语宁又说："我已经没有妈妈了，也没有爸爸，以后你就当我是个孤儿吧！"她把这话说得清楚明白，彻底跟任莲划清界限，是怕闻珩以后因为她而对任莲心软，从此被拿捏。

说完，她也不等闻珩再说什么，拿上钱包出去买饭。

闻珩形容不出来此刻自己是什么感觉，过去因为尤语宁难过失落的每一刻，好像都抵不上此刻这样叫人难受。好像他受得了她不记得自己，受得了她的不喜欢，受得了天涯陌路，只要她能过得好、有人爱。他唯独受不了她这样明明难过至极，却偏要淡定地接受不被爱的事实。

闻珩惦记着自己那剩下的十朵白玫瑰，第二天一早就不肯再待在医院。

昨晚尤语宁陪护在他的病床边，一早醒来就听见他在跟韶光打电话，叫对方开车来接他们。她没想过要干预他的决定，不用他喊就默默地去收拾东西。

韶光来得很快，一起来的还有柴菲，昨晚的事他们刚刚才听说。

柴菲一进门就拉着尤语宁上下检查，一副要哭了的样子，见她没事才放心，又抓着她问这问那，边问边骂："任莲这个丧尽天良的东西！就算是你妈我也骂定了！"

"她不是我妈。"尤语宁说，"我跟她断绝关系了。"

柴菲震惊，又很惊喜："真的？"

"嗯。"

另一边，闻珩嫌弃地皱眉，不要韶光扶："你太高了，没有挂拐的感觉。"

柴菲反应极快，立即推着尤语宁过去："宁宝身高正好！"

尤语宁："来吧……"

一行四人回到闻珩租住的地方，韶光把怀里抱着的纸箱放下，柴菲刚刚就好奇，现在终于忍不住问："这里面装的是什么？"

她跟韶光都很尊重别人的个人隐私，并没有私自打开看过。

尤语宁刚把闻珩扶到沙发上坐下，听见这话，立即转身道："没什么，就是一些读书时的东西。"

柴菲见她反应挺大，一时间也就打消了要看看纸箱里的东西的想法。

时间快到中午，柴菲提议买些菜回来做饭："闻大少爷伤成这样，出去也挺不方便，外卖吃了也不好。韶光，我们出去买点儿菜回来自己做？"

韶光点头："好。"他又对闻珩说："有什么想吃的菜，发我微信上或者打电话。"

俩人转身离开，尤语宁拉开窗帘，外面是大晴天，阳光照进来，整间客厅亮堂堂的。

两天都没洗澡，她觉得很难受，过去抱起自己的纸箱，叮嘱闻珩："我先回去洗澡，顺便给手机充电，你有事就给我打电话。"

"哦。"闻珩靠在沙发上，"去呗。"

他像是不高兴。尤语宁抿唇，也不知道他为什么不高兴，干脆先抱着东西走了。

等舒舒服服洗完澡换了身干净的衣服，尤语宁再过来，才看见开放式厨房的吧台上插着漂亮的白玫瑰。她走过去数了数——是十朵。

她又一看，白玫瑰连枝叶都没怎么修剪，不像是外面花店卖的那种。

"这些……"尤语宁转身问沙发上坐着玩手机的闻珩，"是你自己去采的？"

闻珩随意地看了一眼："嗯。"

"所以你手上的伤……"

"忘了。"

"啊？"

"又不疼。"他说，"我哪儿记得？"他的表情和语气，像是完全不在乎也不记得这件事，就像是随手采了玫瑰，又随手带回来插在了这里——一如他爱慕她这么多年，却半点儿不显。

尤语宁眼眶一热，别开眼。他怎么可能会不疼？她低头，看着花瓶里被仔细养护的白玫瑰，眼泪一滴一滴落下。

柴菲和韶光回来得很快，提着大包小包的菜进了厨房，很快就做了一顿丰盛的午餐。

吃饱喝足，柴菲缠着尤语宁仔细给她讲这两天发生的事。尤语宁略去自己去找任莲的主要原因，大致跟她讲了讲。

"任家这群狼心狗肺的东西！"柴菲大骂，"就该抓进去再也不准出来！"

事实上，因为只是简单的民事纠纷，任家的人很快就出来了。但等着他们的，是更残酷的现实。

闻喜之看着毫无攻击性，但实际上真要做什么事干脆又果决，尤其是触及她的底线。

短短几天，任家所有人就都丢了工作。除了几个还在上学的正常上学，其余的人全都成了无业游民。

程佳梦又急又气："我都说了不要打了，那是闻大少爷！你们怎么还敢去打后面来帮忙的人？！"她现在也没了工作，更加没有机会去接触闻珩那个阶层的人，急得直跳脚。

这些事，几天后尤语宁才从闻珩那里听说。听完后，她也没什么特别的反应，只是抬头问闻珩："明天想吃什么？"

这几天她原本就在休假，每天都照顾闻珩的饮食起居，闻珩已经恢复得很不错了。

吃过晚饭，他一直抱着电脑在处理工作，不时有电话打进来，很是忙碌。

尤语宁将厨房收拾好，热了杯牛奶放在他手边，说要回去洗澡。

"嗯。"闻珩看着电脑屏幕，双手不停地在键盘上敲击，头也没抬，"早点儿休息。"

尤语宁觉得他有些冷淡。

事实上，这几天他都挺冷淡的。

明明他喜欢自己那么久，却这么冷淡。尤语宁很担心，他现在这样是不是因为看见了自己不堪的家庭。他是不是觉得，她的家庭里所有人都那样不堪，她有可能也会变成那样的人？所以喜欢也跟着消失了。

第二天，尤语宁特意没去给闻珩做早饭，想看看他会不会打电话找自己。

她一直等到中午，闻珩都没动静。她特别没出息地想，也许他还没睡醒，于是过去找他。

她一开门，闻珩正在厨房里准备午饭，看起来好像已经不需要她了。

"你已经可以自己做饭了吗？"尤语宁有些失落，"那我就先回……"

"过来。"闻珩叫她，"帮忙剥头蒜。"

"好。"尤语宁开心极了，走过去拿了一头大蒜开始剥。

她自己做饭很少放大蒜，任莲做饭却喜欢放很多大蒜。还记得以前有一次，任莲叫她剥蒜，她就按照自己做饭的量只剥了一点儿，被任莲逮着骂："剥那么一点儿够干什么的？一天到晚不做饭，叫你剥个蒜还偷懒！"

　　又有一次，任莲也叫她剥蒜。那次她吸取了之前的教训，特意多剥了一些，本以为任莲会没话说，却没想到又被任莲破口大骂："剥这么多蒜干什么？大蒜不要钱吗？一分钱不赚，不知道赚钱辛苦！"

　　想起之前不好的回忆，也不知道闻珩做饭习惯放多少大蒜，尤语宁一边剥一边问他："要多一点儿还是少一点儿？"

　　"多点儿少点儿都行。"闻珩正将锅里焯水的肥牛捞起来，好笑地看着她，"剥个蒜，又不犯法。"

　　"嗯。"尤语宁低垂着眼，白皙的手指撕开大蒜的外皮，"怕你骂我。"

　　"我骂你干——"闻珩反应过来，试探性地放轻了声音，"你妈……不是，任莲以前会因为这个骂你？"

　　"嗯。"

　　闻珩放下漏勺，洗干净手后擦了擦，过来跟她一起剥蒜。

　　"这么大人了，能不能凶一点儿？"闻珩说，"别总是这样被人欺负。"

　　"我不会……"

　　"这有什么不会？"闻珩扬声，"比如我叫你帮忙剥个大蒜，你可以直接拒绝。"

　　尤语宁想了想："但是我不想拒绝。"

　　闻珩一愣，放下手里的蒜，弯腰趴在吧台上抬头瞧她："为什么？"

　　尤语宁不敢看他："又不是什么很麻烦的事。"

　　"哦？"闻珩挑眉，"行吧，那换个例子。就比如你现在帮我剥蒜，大可不必问我要多少，如果我嫌弃你剥太多或者太少，你可以直接把碗都摔了，叫我滚。"

　　怎么还有这么教人的？尤语宁摇头："这样不对。"

　　"怎么不对？"

　　"我想征求你的意见。"

　　闻珩笑着，眼睛弯了弯："怎么，怕我不高兴？"

　　"嗯。"尤语宁脸颊发烫，"我想让你高兴。"

　　"为什么？"

　　"哪儿有那么多为什么？"尤语宁低着头，声音渐渐放低，"你不要打破砂锅问到底。"

"我偏要呢？"

尤语宁把装蒜的碗往他面前一推："我不剥了。"

"乖学生。"闻珩笑着直起身，用力地在她的头上揉了两下，"这不是学得挺好的？"

尤语宁觉得脸更烫了。

吃完饭，尤语宁主动去洗碗，闻珩让她放在那儿："怎么，这几天展示你很贤良淑德还没展示够？我不会洗吗？"

尤语宁觉得他这话怪怪的，又像好话又像坏话。

闻珩做了饭又洗碗，尤语宁也不好意思自己坐在那里玩，就干脆坐在吧台边的高脚凳上陪他。

应该找点儿话来说，尤语宁想着，主动起了个话头："之之怎么打架那么厉害啊？"

"从小就学，一般男生都不是她的对手，天天就被她那张脸欺骗。人家给她送情书，她温柔地拒绝，反倒被那人缠上。你猜后来怎么着？"

"怎么了？"

"她把人家的门牙打掉了，人家带着家长找到学校，怎么说老师都不信。她倒牛，自己承认了，还被老师误会是不是受到了威胁。"

尤语宁弯唇笑："之之确实看着不像会打架的。"她又问，"打过你吗？"

闻珩转头瞥她一眼："话这么多？"

尤语宁想起以前自己也想去学散打，被任莲阻止了："我差点儿也学了。"

"是吗？"

"嗯。"尤语宁趴在吧台上看他，"很小那会儿，尤语嘉——就是我弟——还没出生的时候，任莲其实对我还挺好的，带我学很多东西，钱不多也带我去上兴趣班。"不然她也不会一直那么狠下心跟任莲断绝关系，到底还是因为亲身经历过美好，才总抱有一丝期待。

她主动提起自己家里的事，闻珩听得多了几分认真："后来怎么变了？"

尤语宁认真地回想起来："应该是因为我是女生吧，他们生了尤语嘉以后就开始慢慢改变了。

"他比我小 12 岁，所以他出生的时候，所有人都对我说，他是我的弟弟，叫我要好好照顾他。

"我其实不喜欢他，因为他出生后任莲就越来越忽视我，家里的所有人好像都看不见我的存在。但我没办法怪罪他，毕竟他也是个什么都不懂的奶娃娃，大家多顾着点儿他也是应该的。

"初三结束后的那个漫长的暑假，我有了很多空闲时间，他们把尤语嘉丢给我照顾。那时候尤语嘉3岁多，能走能跑能跳，更能哭。

"我低估了他被娇惯成什么样子，他会扯我的头发、衣服，会因为我不给他买糖就骂我、打我、朝我吐口水。但他那天已经吃了很多糖，我怕他吃太多不好才没给他买。

"每天任莲回家，他就会跟任莲告状，说我虐待他，任莲就会批评我，还会拍我两下，跟他说已经打了姐姐了。

"我不知道他们的爱为什么会那么畸形，但总以为他们还是爱我的，只是为了哄尤语嘉才那样对我。

"直到那天下午，他剪烂了陪了我七年的洋娃娃，还丢进厕所里。

"那天下午我没忍住打了他，我觉得父母不管，我作为他姐姐总该管管，不能让他继续那样下去。他哭得很惨，一直哭到任莲回家。

"那是我第一次看见任莲用那种恨不得杀了我的眼神看着我，几乎没犹豫，她用尽全力给了我一巴掌。

"她叫我滚出去，把我赶到楼下，关上单元门，让我在外面站了一夜。外面有流浪狗，还有流浪汉，我很害怕，拍单元门，哭着说'我错了'，希望她能放我进去，她却头也不回。

"高二寒假，他跟尤彦年离婚，为了尤语嘉的抚养权吵得不可开交，但是没有人……没有人要我。"

尤语宁抬头看着闻珩，明明难过至极，却没流一滴眼泪，很冷静地重复："没有人要我，你知道吗？没有人。"

闻珩听出她冷静表面下的崩溃绝望，却没拆穿。他擦干净手，在她对面坐下："那是他们愚蠢。"

尤语宁看着他问："如果换作你是我呢？"

"我？"闻珩挑眉，"被关在外面那天晚上我就不会再回那个家。"

"不会难过吗？"

"有爱才有难过，我的爱没那么廉价。"

尤语宁想起他给自己写的那些情书："那你会爱上一个不爱自己的人吗？"

"呵。"闻珩慢条斯理地放下袖口，"开什么玩笑？"

"玩笑？"

"没有人，"闻珩说，"没有人会不爱我。"

尤语宁无语至极。

任莲到底是个不要脸的人，为了她家尤语嘉整个人都豁出去了。她带着人闹到闻珩工作室的写字楼下，被一楼的关卡拦住，就坐在大厅地上哭，边哭边骂。

第二天她又去，还扯了条横幅，写上关于闻珩的不堪入目的话，想让他没办法在这里混下去。

尤语宁休假结束，回去上班才发现这件事。她本想报警，刚掏出手机准备打电话，就见到不知从哪儿跑来一队安保人员，强制性把人赶走了。

尤语宁回到工作室，橘子凑过来："宁宝，你这几天不在都不知道，楼下有个女的可疯了，一个劲儿咬着对面工作室老板不放，说人家把她的女儿拐跑了，还欺负她的兄弟姐妹，把他们的工作都搞没了。那老板就是之前我跟你说的那个帅哥，应该不是那种人吧？"

尤语宁敷衍了几句，给闻珩发微信道歉。

闻珩回得很快："她谁啊？用得着你替她道歉？"

尤语宁："那你打算怎么办？"

闻珩："你想让我怎么办？"

尤语宁："她谁啊？关我什么事？"

闻珩："漂亮。真是老师的好学生。"

尤语宁问自己：这算是某种程度上的学坏吗？

放下手机，尤语宁开始解决工作上的事情。休假之前沈一然给了她《十年冬》的剧本，她这几天抽空看了看，也不知道这个项目的具体启动时间，怕自己落下进度，根本没把心思分给其他无聊的事。

转眼已是 4 月中旬。

自从那次在公司楼下看到任莲被安保人员赶走后，尤语宁就再也没有看见过她，不禁有些好奇闻珩做了什么。

最近《十年冬》项目筹备完成，即将开始正式录制。

尤语宁作为主役之一很是忙碌，一连加班一周后，总算下了个早班。

她想起之前想问闻珩的事情，干脆去闻珩工作室等他下班，顺便搭下顺风车。

她刚走进工作室，就碰上居居。见她来了，居居笑得很灿烂："美女，进来坐。找我们老板是吗？我去帮你传达。"

"不用。"尤语宁阻止她，"我就在这里坐着等他一会儿。"

"好，那我先去忙啦！"

居居转身离开，去了另一个人的工位旁，不知道叽叽喳喳地在说什么。

闻珩出来时，尤语宁正在看休息区书架上放的手册，是对归鱼工作室的介绍。

她正看到一则关于游戏工作室名字来源的采访，还来不及看答案，闻珩叫她："尤语宁。"

尤语宁抬头，看见他穿着身宽松的白色衬衫，很是清爽。她合上手册，想了想，刚刚那个问题还没得到答案，举着小册晃了晃："这个我可以带走吗？"

闻珩瞥了一眼，无所谓的样子："随意。"

尤语宁拿着小册子起身："走吧。"

闻珩觉得挺好笑："你干吗来了？"

"等你啊！"尤语宁很自然地回答，"难道不明显吗？"

"哦，是挺明显。"闻珩顿了顿，又说，"也不是特别明显。"

尤语宁歪头不解："什么意思呀？"

"追我？"闻珩挑眉，"看起来不是很明显。"

尤语宁心说：收手吧，外面都是你的脸。

两人一起下楼，到地下停车场，坏掉的灯早已经被修好了，这里一片亮堂。

尤语宁问他："你的车停在哪儿？"

"前面。"闻珩朝着一个方向抬了抬下巴，"那边没灯。"

"你怎么不找个有灯的地方？"

"有区别吗？"

"我怕黑啊！"

闻珩觉得好笑："你也没说要来蹭车。"

尤语宁也觉得自己这话挺不讲道理，干脆就没再出声。

那一片果然没灯，越往前走越黑，尤语宁觉得害怕，往闻珩身侧靠了靠。行走间，她的手背跟他的手背不经意碰上，又各自躲开，再次碰上，又继续躲开。

她觉得这气氛挺暧昧。

在她心里，现在她知道闻珩喜欢她，闻珩却不知道自己知道他喜欢她，更不知道她也喜欢他。

而在闻珩心里，他知道尤语宁喜欢他，尤语宁却不知道他知道她喜欢他，更不知道他也喜欢她。

两人各自守着"秘密"，谁也没先开口说一句喜欢。

手背再一次碰上的时候，尤语宁也不知道哪里生出的胆子，一把抓住了闻珩的手："我有点儿害怕。"她说，"占你个便宜，行不行？"

"哦。"闻珩一副很了不起的模样，"你也知道是占我便宜？"

"也不算是吧……"尤语宁想了想，把他的手举起来，十指相扣，"这样才算。"

黑暗的停车场里，闻珩停下，转身低头看她。

尤语宁被看得有些不好意思，打算抽回手："开个玩——"

闻珩的手一下子收紧，不让她的手从指缝中溜走。他若无其事地拉着她继续往停车的地方走，声音懒懒的："始乱终弃可不是什么好品德。"

尤语宁无语：自己怎么就始乱终弃了？

好半天，方向感不强的尤语宁感觉已经绕着停车场走了一圈，才终于找到闻珩停车的地方。

上了车，尤语宁终于想起来自己今天等他下班是要干什么。

"闻珩，问你件事。"尤语宁把安全带拉过来扣上，"你用了什么办法让任莲再也没来找你的？"他该不会是给了任莲很多钱吧？

"没做什么，就让安保人员赶了两次。"闻珩边说着边把车倒出来，"鬼知道她为什么不来了。"

这样吗？尤语宁眉心一拧，忽然想起来之前看到任莲提着医院的袋子出去，程佳梦说她经常跑医院，也不知道到底是什么病。

难道任莲最近一直在跑医院？

这么想了一会儿，尤语宁也懒得再想，她对任莲已经半分感情都不剩，想任莲就是给自己找不痛快。

回过神，尤语宁才发现闻珩一直在看她。

"怎么了？"她摸摸自己的脸，"我脸上有东西吗？"

还是，他就只是单纯想看看？

闻珩伸手，抬起来，从她的肩头慢慢往前。

尤语宁瞬间心跳加速——该不会，他是要摸她的脸吧？！

真是摸她的脸的话，她该怎么反应比较好呢？

脑海中乱七八糟的想法还没厘清，闻珩伸过来的那只手落到她的眼睛上，盖住以后把她往后推："挡着我看后视镜了。"

讨厌。

南华一中在5月有百年校庆的文艺会演，学校领导和学生负责人积极地联系从南华一中毕业的优秀学长学姐们，邀他们回去共同见证。

4月末，尤语宁收到秦易安的邀请，他希望她5月6日那天能够腾出些时间一同前往。他人际关系向来很好，人脉资源极其丰富，隔了这么多届，还能被新一届负责活动的学生会干部找上，托他找一些事业有成的校友为校庆撑场面。

"这么多年同学聚会你都没来，应该也挺久没回学校了，要不一起回去看看？"

尤语宁没有立即同意或是拒绝，说自己要考虑一下，看能不能调出时间来。

"也行，确定下来的话和我说一声。"

"好的。"

和秦易安通完电话，尤语宁想了想，给闻珩发微信问："下个月南华一中校庆你去吗？"

她觉得，像闻珩这样的风云人物应该是会被邀请的。如果他去的话，她倒是可以跟他一起，如果他不去，她也没多大兴趣。

过了大约五分钟，闻珩忙里偷闲回了条消息过来："想去？"

尤语宁是有点儿想的，就是觉得挺久没回去看过，故地重游应该会有不一样的心情。

最主要的是，如果去的话，她想和闻珩回到她曾经的教室外面，重现一番撞到送信少年的那个早晨的场景，看能不能记起一些与他有关的事情。

她回："如果你去的话，我就还挺想的。"

这话有些直白且暧昧，尤语宁发出去才觉得不妥，刚要点撤回，闻珩的微信电话直接打了过来，占据整个屏幕。

尤语宁吓了一跳，手忙脚乱地差点儿把手机丢出去。勉强拿稳了才接听，她小声地问他："你干吗呀？上班呢。"

"哦，不行？"闻珩把文件翻得"哗哗"响，"你态度好点儿。"

尤语宁不明白："什么态度？"

"难道现在不是你想拜托我去那什么校庆？"

"我……有吗？"

"你话里那暗示意味还不够明显？"闻珩自顾自地说，"行，看在你追求我这么久的分儿上，就勉强陪你去一趟。"

尤语宁："嗯？"

"虽然你追人的方式又笨又蠢，连一句喜欢都不会说，"闻珩继续补充，"但你还挺有毅力的。"

尤语宁心说：当年天下三分，分的都是他的脸吧？

下班前，尤语宁又收到了一份同样的邀请，不同的是受到邀请的身份。

南华一中这次毕竟是百年校庆，早早就开始准备了，规模挺大，颇有种要惊艳众人的感觉。

校庆的节目单经过几轮筛选和修改，有学生提议："最近感觉各大高校的配音节目都还挺火的，效果也不错，我觉得我们可以借鉴一下。"

"这要怎么借鉴？现在只剩两个星期，中间还有个五一假期，筹备这节目也来不及了。要我说，还是按照之前的节目单来就好，不需要再额外添加一些不确定因素太多的节目，求稳比较好。"

"我们自己筹备的话肯定是来不及了，但我们可以找专业的人来啊！前段时间大火的广播剧《故园》出品方初一声工坊就在南华，我们可以邀请他们工作室出一个节目。我看了一下，预算是够的。"

"那要请到主役游鱼睡着了和枫林才有效果，确定请得来？"

"放心，我肯定是有把握才提出来这个想法的，枫林是我哥哥的大学同学，我叫我哥去帮我们请。"

"那倒可以一试，在预算之内尽量让节目更有趣。"

枫林找到尤语宁时，尤语宁正准备收拾东西下班。听完他说的话，她只觉得头大："可是我……"

"没记错的话，你之前好像就是南华一中毕业的。"枫林笑笑，"回母校做个神秘嘉宾，是不是也挺不错？"

这算是道德绑架吗？尤语宁跟枫林因为合作的关系接触多起来，也知道他不是在道德绑架，更何况，他一开始说是受了大学室友的邀请，想来应该也不好拒绝。

至于他过来找她，大概是真觉得她想回母校看看。

尤语宁不知道该怎么拒绝，只好答应下来。毕竟她已经确定要跟闻珩一起回去，万一现在拒绝了，到时候又在学校跟枫林碰上会很尴尬。

只是现在事情变得更复杂了一些，让她这段时间本就忙得乱糟糟的脑子更加乱糟糟。她还没和闻珩坦白自己就是游鱼睡了，到时候跟枫林在校庆上表演节目，岂不是直接当面"掉马"？这个问题一连困扰了尤语宁三天。

她想告诉闻珩，但是不敢。

事实上，她总觉得自己还不够资格。任莲那边，她口头上断绝了母女关系，但这不具有法律效力。倘若后面任莲强迫她履行子女应尽的赡养义务，把她告上法庭，她只会败诉，然后继续被任莲吸血。

任莲就是一个不定时的炸弹，是一个没有尽头的深渊。

尤语宁这么苦闷地想着，在写字楼下被人拦住。她回过神来，才看见是程佳梦。

"小姨住院一个月了，你不去看看？"程佳梦看上去憔悴了很多，也没了以前的打扮，不知道是不是因为被辞了，都没有从前那么趾高气扬了。

尤语宁第一反应是程佳梦又在骗她。但转瞬，她想起那天看见任莲提着医院的袋子出去，又联想到任莲已经很久没再出现闹事……这不是任莲的做事风格，程佳梦说的大概都是真的。

尤语宁的内心很平静，情绪都没有丁点儿起伏。

"不去了。"尤语宁说，"如果她死了，你可以通知我，我会去送束花，也算母女一场，了断缘分。"

程佳梦定定地看着她，良久，确定她是很认真地在说这句话，嘲讽地笑了："我没想到你是这种人。"

"那你现在看到了。"尤语宁无所谓地说，"我就是这种人。"

"你是真的变了。"

"人都是会变的。"

短暂地沉默后，尤语宁笑了笑："没别的事我就先走了。"

程佳梦没有拦她，只是冲着她的背影大喊："南华市五院，住院部肿瘤科 1506，小姨是真的要死了！"

尤语宁脚步一顿。

程佳梦继续喊："你要还有点儿良心，就去看看！"

尤语宁没有回头，几秒后抬起脚继续往前走。

工作日的傍晚，下班、放学的高峰期。

大街上车水马龙，行人如织，空气里有了夏天的味道，行人不停地从她的身边经过。街边商业楼的第二层写着"享自由吉他培训学校"，一楼的餐馆里刚出锅一笼水煎包，沿街树下停着一辆小三轮车，黄澄澄的果子堆了满车，扩音喇叭在喊："枇杷十五一斤，十五一斤！个儿大又甜！快来看，快来买！"

穿职业装的中年女子拉着小公主一样的小女孩儿从尤语宁身前走过。

"妈妈，你今天下班好早呀！"

"今天爸爸出差，妈妈特意请假来送你的，开不开心？"

"开心！昨天老师夸我吉他有进步，所以我今天会更努力学的！"

"宝贝真乖，妈妈等下再来接你，要乖乖听老师话好吗？"

"好！"

尤语宁转头，看见一大一小两道背影，一切好像变得模糊起来。

恍惚间，她回到了小时候。

"宁宁乖，妈妈就在楼下等你，学完吉他给你买水煎包和枇杷好不好？"

"枇杷好贵呀！妈妈，我只要两个水煎包，一个给妈妈。"

"不贵，妈妈知道宁宁最喜欢猕猴桃，但是也喜欢吃新鲜的枇杷，对不对？"

"不对不对，宁宁不喜欢猕猴桃，也不喜欢枇杷，宁宁只要两个水煎包，一个给妈妈。"

"好，宁宁不喜欢，是妈妈喜欢。宁宁乖乖学完吉他，妈妈就奖励自己买枇杷吃，好不好？"

"好！"

…………

不过十几年光景，那却已经像是上辈子的事情了。

尤语宁不知道自己是怎么走到南华市五院的，反应过来时，已经提着一袋枇杷和水煎包站在医院大门口。

不该来的……尤语宁转身离开。

走了三五步路后，她又掉头回来。

381

"劳烦问一下，住院部怎么走？"

"直走右拐就可以看见了。"

"谢谢您。"

尤语宁很顺利地找到了任莲所在的病房，远远地躲在窗外看。

任莲穿着蓝白色病号服躺在病床上，周边无人伺候，晚景凄凉。

只不过一个月未见，任莲变得好小，盖着被子甚至看不见身体的弧度。她是那样安静，跟这十几年的任何时候都不同，像是睡着了，又像是已经没了气息。

尤语宁觉得自己应该流两滴眼泪，但好像属于任莲那一部分的眼泪早已经流干。

她走进去，近距离看清任莲闭着眼憔悴苍白的脸，形容枯槁。病房其他的人或有护工照顾，或有子孙陪伴，与孤独的、安静躺着的任莲形成鲜明的对比。

有人见她立在任莲的病床边看了许久，好奇地问她："你是来给她交住院费的？"

尤语宁回过神，轻轻摇头，放低声音："不是。"她把枇杷和水煎包放在任莲枕边，转身离开。

病房的窗户吹进一阵风，水煎包和枇杷袋子被吹得"呼啦"作响。

任莲缓慢地睁开眼，看见枕边多了两样东西，眼神逐渐涣散。她艰难地伸手去摸，水煎包已经凉了。

旁边病床的人对她讲："刚刚有个好漂亮的年轻女娃来看过你，放下东西就走了。"

任莲也以为自己早就不爱尤语宁了，但是在这样的死亡之际，她转过头，闭上眼，眼角还是滑落了一滴混浊的眼泪。

尤语宁在小区门口遇见闻珩。

他近来很忙，时常加班，回来得总是要比她更晚一些。

车慢慢地在她的身边停下，闻珩降下车窗喊她："按这么多声喇叭都没听见？"

尤语宁回头，还有些魂不守舍。闻珩一眼看出她的状态不太对："怎么了？"

尤语宁慢慢回过神，摇摇头："没事。"

后面有车开过来，喇叭响个不停，催闻珩往前走，闻珩也没着急，叫尤语宁上车："载你一段。"

尤语宁没想上去："都要到了。"

"上来。"不容抗拒的语气。

后面的车喇叭又响了两声。尤语宁无奈，只能拉开后座车门钻进去。

闻珩没把车开到地下车库，而是停在了地面的停车位上。一路上他倒也没有追问尤语宁什么情况，只是时不时地看她一眼。

出了电梯，尤语宁直直地往家里走，连声"拜拜"都不说。

"等会儿。"闻珩伸手钩住她的领子，把她拽回来，"魂儿哪去了？"

尤语宁抬头看他，不想说话。但是在他眼里看见自己这副魂不守舍的样子，她觉得很委屈。

"闻珩！"她喊，"我能……抱你一下吗？"

闻珩垂眼看她，试图看出点儿什么。

尤语宁却不等他回答，双手环上他的腰，整个人贴在他怀里，将他拦腰抱住。

闻珩一僵，好半晌才哑声道："这又是什么情……算了。"他说，缓慢地抬起手，落在她的后背和头顶上，"想抱就抱，反正——"

我已经等了好久。

也许是受了任莲的影响，五一假期开始的那天晚上，尤语宁终于打算去找闻珩坦白。

她想，在这个尘世中，人总是要努力去抓住点儿什么的，而她想抓住闻珩。

门外响起脚步声，对面的门打开了。

尤语宁觉得自己应该立刻过去，一鼓作气地说出所有秘密。但人总是有害怕和拖延的毛病，她给自己找借口：他刚回来，肯定有些累，让他休息一下好了。

又过了半个小时，尤语宁鼓起勇气起身出门，来到闻珩房门外。她犹豫了几秒，抬手敲门。

她知道密码，但没敢贸然开门进去。

有脚步声越来越近，房门被拉开。

闻珩刚洗完澡，拿着毛巾在擦头发。现在天逐渐热起来，他只随意地围了条浴巾在腰间，露出结实有型的上身，水滴正顺着肌肉往下流，没进腰间白色的浴巾里。

尤语宁没想到他是这种造型，愣了一下，连自己过来干什么都忘了。

闻珩伸手在她眼前晃晃："干吗？"

"哦……"尤语宁不自然地将视线从他性感的腰腹肌肉上挪开，口干舌燥地舔了舔唇，"我……"

咦，她是来干吗的？尤语宁尴尬地拂了拂耳边的头发，想起来了："找你有点儿事。"

闻珩把门拉得更开，侧身让她进去："进来。"

尤语宁从他身侧进去，听见他关上了门。

4月底的南华尚且算不上很热，客厅的窗户开着，没有开冷气，倒也挺凉爽。

尤语宁却觉得闷热。她自顾自地在沙发上坐下，心里是慌的。

闻珩接了杯水放到茶几上："温的。"

尤语宁说了声"谢谢"，端起水杯，仰头"咕咚咕咚"地喝下一整杯。

闻珩去换了身宽松的居家T恤和长裤过来，见她面前的玻璃水杯已经空了，好奇地看了她一眼，倒也没说什么，重新接了一杯放过去。

尤语宁当着他的面，端起水杯仰头又是"咕咚咕咚"喝了一杯下去。

闻珩挺好奇："你家没水了？"

尤语宁有些蒙："啊？"

闻珩用下巴朝她面前已经又空掉的水杯点了点："跑我这儿来喝水的？"

尤语宁看了一眼水杯，这才反应过来自己的表现确实有点儿不太对。

不知道是不是被两杯水填满了胃，她倒是突然间多了点儿勇气，一本正经地看向他："有件事要跟你坦白。"

闻珩坐在地毯上，握着罐冰啤酒慢条斯理地喝着，闻言也没太放在心上，"嗯"了一声："说呗。"

尤语宁呼出一口气，下定决心："其实我就是游鱼睡着了。"

闻珩喝啤酒的动作一顿，他转瞬恢复如常，反应很淡："哦。"

尤语宁有些诧异："你没点儿反应吗？"

闻珩挑眉看她："你想要什么反应？"

"就是……惊讶、愤怒，或者……"

"愤怒？"

"毕竟我隐藏了自己的身份，还欺骗了你。"尤语宁像个认错的好学生一样诉说着自己的几大错误，"之前跨年夜，我还假装我自己给你打电话，叫你陪我去看烟花。"

"哦，是挺过分的。"闻珩哼笑一声，"但也挺理解。"

尤语宁不懂："理解？"

"你爱我爱得无法自拔，做出这种事也是情有可原。"闻珩抿了抿唇上的酒液，一副很是大度的样子，"我呢，大人有大量，是不会跟你计较的。"

尤语宁心里有股怪异的感觉，像是松了一口气的同时又有什么东西在吊着她。

她想起他听见自己这样说却丝毫不惊讶的样子，以及他爱慕自己那么久，还找了算卦婆婆在她下班回家的路上，说不定他——

尤语宁瞬间反应过来："你……是不是早就知道了？"

"什么？"

"我就是游鱼睡着了。"

闻珩沉默了好一会儿，说："忘了。"

尤语宁有点儿郁闷。

"闻珩。"她轻声喊他，"你是不是还有很多秘密？"

闻珩反问："有人没秘密吗？"

"其实……"尤语宁玩着自己的手指，低着头没敢看他，"我想问的是关于我的秘密。"

"问。"他简单直白地丢出这么一个字，反倒搞得尤语宁不知所措。

但她又想，横竖都是一刀，机不可失，失不再来，他们总不能一直暧昧下去的。

尤语宁握着拳抬头看他，视线又落到他手里的啤酒罐上："能给我也喝一罐吗？"

闻珩朝厨房抬抬下巴："自己去拿。"

得到他的允许，尤语宁起身去冰箱里拿啤酒。闻珩喊："多拿两罐。"

抱着几罐冰啤酒重新回到茶几边，尤语宁没再往沙发上坐，而是跟闻珩并排坐在了地毯上。

闻珩将手机丢给她："看看吃什么。"

尤语宁一直想着这件事，坐立难安，晚饭都没吃，倒真是饿了。随意点了几样东西，她拉开啤酒罐上的拉环，仰头喝了小半罐。

她酒量不好，但啤酒可以喝一罐半，所以没克制。

酒液下肚，她感觉热热的，觉得像是有什么东西在胸腔里撞来撞去的。

然后，她异常直白地开口："你是不是喜欢我？"

闻珩正在拉开一罐新的啤酒，听见这话一愣，旋即慢动作一般转过头看她，用试探的语气："这就醉了？"

"没有。"尤语宁不满地皱了皱鼻子，"你不要逃避话题。"

闻珩暗笑：还挺狂野。

"你是不是喜欢我？"

好问题。

闻珩的手指轻轻一抠，啤酒罐拉环应声而开。

"尤语宁，"他笑，"不要每次都借酒壮胆，在我这儿你都醉了两回了。"

尤语宁垂眼，犹豫两秒，把剩下的半罐啤酒推到他面前："不喝了。"

"如果你说喜欢我呢。"闻珩捏着啤酒罐在手里，并没喝，只偏头看着她笑，笑得晃眼，"我倒是也可以给你个回应。"

尤语宁只看了他一秒，收回视线，低头，手指扣手指。

好久，她才想起自己鼓起勇气过来的目的。

"可是，我觉得我不好。"

"然后呢？"

"也……配不上你。"

"讲重点。"

"就是……我想……"尤语宁低头呼出两口气，手指瞬间扣紧，转头看他，胸口剧烈起伏着，"我……"

"嗯？"闻珩捏着啤酒罐的手指慢慢收紧，白皙的手背泛起好看的青筋，"你？"

尤语宁别开眼："我喜……喜欢你。"

"啪——"啤酒罐瞬间被捏瘪，淡黄色的液体喷涌而出，顺着白皙的手指流下。

空气里有小麦的味道。

尤语宁颤抖地将双手握得更紧，面色涨红，唇色却泛白："我……我不会说什么漂亮的话，但……"

"但是，漂亮的你正在和我说话。"

尤语宁瞬间转过头去，眼眶一热，莹润的杏眸渐渐变得潮湿，泛起一阵雾气。

"闻珩……"

"做我女朋友？"

"啊？"

尤语宁眨了眨眼，眼里的湿意因为这句话而消失。

"不是问我是不是喜欢你？"

闻珩抬起没沾到啤酒的左手，缓缓落到她的后脖颈上，用力一揽，将人揽到自己面前。

他们四目相对。

"你听好——

"我，闻珩，喜欢你。"

尤语宁看着他的双眼——依旧是那双清澈而深情的眼，双眼皮的褶皱很浅，睫毛却很长，黑色的瞳孔像藏着巨大的吸引力，深情、锐利，只看着她。

这样的一双眼，在她未知晓的背后，看了她快十年。

她想，她渴望永远住在这样的一双眼里。

"尤语宁。"闻珩的视线落到她渐渐恢复血色的薄唇上，眼神渐黯，"做吗？"

这句有歧义的话让尤语宁瞬间回神，她往后一收，身体绷直，无数红豆在心里蹦个不停。

"会……会不会，太……太快了？"

"嗯？"闻珩拧眉，"太快？"

"不快吗？"尤语宁心虚地小声道，"还……还没接吻就……就上……上……"

后面那个字，她实在说不出口。

闻珩："嗯？"

过了两秒。

"呵。"闻珩抽了纸，低头缓慢地擦着手上的啤酒液，"原来你想得这么多。"

"啊？"难道不是你提的吗？

"自己想想我前面说了什么。"

前面？尤语宁回想——原来是做他女朋友的"做"。

脸上起了火似的烫，尤语宁用双手捧着脸压了压，试图让自己的脸降降温。

"我……"尤语宁转头看他，心跳乱得很，"可以吗？"

闻珩依旧低着头擦手，掀了掀眼皮，很轻地说："嗯。"

他说"嗯"。尤语宁唇角压不住地上翘："那……"

"我知道你很高兴。"闻珩把手指擦得泛红，还没停下，"终于得到我了，是应该高兴。"

尤语宁点点头："嗯！"

"恨不得扑上来？"

"啊？"

"倒也不用再克制。"

闻珩停下擦手的动作，抬眼瞧她："现在，可以合法行使你女朋友的权利。"

尤语宁呆呆地瞧着他。

他的表情看着还很淡定，两只耳朵却像是快要熟透了一样红。

他还在装，还以为她不知道他已经喜欢她这么多年了。

"那我……就……用一下？"尤语宁弯唇一笑，两眼晶莹闪亮，趁其不备，张开双臂狠狠扑了上去。

闻珩被撞了个满怀，上身被撞得微微后仰，又堪堪稳住。他盘腿坐得笔直，两只胳膊垂在身侧，像是被罚坐。

尤语宁用两只胳膊环住他修长的脖颈，与他交颈相贴，柔软的发丝拂过他硬朗的侧脸，像是风里有羽毛在脸颊挠痒。

主动缠人的美貌女人，要让清心寡欲的他不能再静心。

他将垂在身侧的两条胳膊慢慢抬起，像做梦似的，犹豫着轻轻地环住怀里的人，隔着夏季的薄衣，有清晰真实的触感——热的，也软，不是梦。

他将胳膊一寸一寸地收紧，像是要把人嵌进身体里。

"尤语宁。"闻珩低头，将下巴搁在尤语宁的肩头上，嗓音有些哑，"你是不是很高兴？"

"嗯。"

"跟我在一起，你是不是很高兴？"

"是。"尤语宁笑得身体发抖，"我好厉害啊，追到了自己喜欢的人。"

"是挺牛。"

"我真了不起啊！"

"是了不起。"

"闻珩。"尤语宁落了一滴泪在他的背上，"我好幸运。"

你喜欢我，我觉得——我好幸运。

"那倒是。"闻珩一如既往地感到骄傲，"毕竟我呢，可是拒绝了很多人。"

"你抱我抱得好紧。"

"哦。"闻珩松开胳膊，"还不是怕你哭？"

"谁会哭啊？！"尤语宁眨眨眼，坐回去，"你不要乱讲。"

"尤语宁会哭。"

闻珩重新开了一罐啤酒，慢条斯理地喝了一口，瞄过去的眼里带着还未退的眷恋。

尤语宁按按眼睛："我才没有。"

"行。"闻珩意外地好说话，"没有。"他的语气里听上去带着些无奈和妥协，又有自然而然的宠溺，这种感觉跟以往的任何时候都不一样。

尤语宁悄悄去钩他的手指。

闻珩只当作没看见，让她钩了左手小手指在手里晃。

尤语宁偷偷看他，见他没什么反应，用食指轻轻挠了一下他的手背。

闻珩斜过来一眼："别闹。"

"哦。"尤语宁很委屈地要收回自己的手。

指尖刚分离，又被人一把抓回去，反握住。

"想牵手就直说。"闻珩捏捏她的手指，"别整那些偷偷摸摸的。"

过了一会儿，外卖小哥敲门，尤语宁抽出自己的手就跑去开门。

闻珩垂眼看着自己空空如也的手，眉心微不可察地一拧。

"外卖吃多了不好。"尤语宁取了外卖回来往茶几上一放，一样样往外拿，"以后咱们自己做或者出去吃吧。"

咱们……闻珩的眉心舒展开："都行。"

吃完饭，尤语宁很主动地收拾垃圾，被闻珩叫住："放那儿。"

"也不是很麻烦。"尤语宁把几个袋子装到一起，收成一个，"刚好我家的垃圾也还没丢，等会儿我拿下去一起丢。"

闻珩坐在地毯上，懒懒地往后靠着沙发，看着她笑："怎么，直接快进到过日子了？"

尤语宁没懂他什么意思："什么？"

"会不会谈恋爱？"

"不会。"尤语宁提着垃圾袋立在原地，有些尴尬地收紧了手指，"我没

389

谈过。"

"把你自己当公主，会吗？"

"公主？"

"公主是不需要干活儿的。"

"不太好吧？"尤语宁觉得，两个人在一起总是要有人来做这些事的。可是，闻珩是娇生惯养的大少爷，让他来做这些事好像不太合适。

总归这些也不是什么麻烦事，她顺手就做了，也不觉得有什么不好的。

她下班回来洗了澡，换了宽松的大T恤和过膝盖的短裤，趿着一双居家拖鞋，这会儿提着垃圾往那儿那么一站，倒还真有点儿居家过日子的感觉。

闻珩看着看着，心就软了，伸出手去，当真像个娇生惯养的少爷："过来拉我。"

尤语宁把垃圾袋换到左手，想着自己的手刚刚收过垃圾，扯了张纸擦了擦，才去拉闻珩起来。

"擦什么擦？手又不脏。"闻珩被她拉起来，弯腰，另一只手自然而然地从她手里把垃圾袋提过来，"走吧。"

尤语宁愣了一下，才反应过来他应该是要跟自己一起下楼去丢垃圾。

"其实也不用一起下楼，我很快就……"

"别逞强。"闻珩截断她的话，"好不容易得到我，我不陪你下去，你等会儿躲楼下偷偷哭。"

末了，他还要补一句："女生就是敏感。"

她倒也没有这么敏感……

尤语宁怀疑他是在说他自己——是怕她去丢个垃圾回来就不爱他了吗？

时间不算晚，南华进入夏季，初夏的风里有一点点微热的气息。

小区楼下有很多老人在乘凉散步，小孩子们跑来跑去地笑闹，也有加班刚回家的年轻男女骑着单车从身边经过，带起一阵凉风。

很简单也很平凡的人间烟火气，对于尤语宁而言却一直都是可望而不可即的。

人在感觉不到爱的时候，也很难感受到美好。

现在，她感觉到爱了。

丢完垃圾，她晃晃闻珩的手，说想散散步。闻珩眉梢微挑："想跟我多待会儿？"

"对呀！"

"行，勉为其难满足你。"

俩人走出小区，沿着街边的人行道慢慢走着。

尤语宁想起他写的那些没敢落款的信，有一封说她二模考试考差了在哭。

"其实那天我没哭。"她说，"是被风迷了眼睛。"

她突然没头没脑的一句话，让闻珩转头看她一眼："什么？"

"二模考试后，其实我没哭。"尤语宁重复了一遍，"那天在天台，是被风迷了眼睛。"

她明显感觉到自己说完这句话，闻珩牵着她的手一僵，他们停了下来。夏日有风的夜里，他站在高悬的皎月之下，双眸定定地看着她，好像听见了什么难以置信的事情："你在说什么？"

"应该是那天吧——我在天台上吹风，想着未来应该何去何从，确实也有些难过。那天风很大，吹得我眼睛里凉凉的，我揉了一下，有眼泪冒出来，但我真的没哭。那天有个男生也在天台，他递了纸给我，还给了我一颗糖，猕猴桃味的。

"闻珩。"尤语宁仰头看他，"是你吗？"

闻珩别过眼去，喉结滚动，声音又低又哑："听不懂。"

"每一年我都会收到一个苹果礼盒，里面除了苹果之外，总会有一颗猕猴桃——去年你放在我外套帽子里的也是这样的，所以从前的那些也都是你送的，对吗？"

"凑巧罢了。"他不承认。

尤语宁懂他的骄傲和矜持，也曾想过要不一辈子都当作不知道那些事，就当他们在去年那个 11 月份的早晨初见。

但是，她想要让他知道，这些年来，除了他的脸，他们之间的事她全都记得。

他从来不是一个人孤独地浪费这么多年。

"闻珩。"尤语宁的声音轻轻的，"我好像一直记得一个人。

"他给我写了好多信，却总不肯落款。他知道我怕黑，所以一直送我台灯。知道我怕打雷下雨，就半夜一个人坐在对面宿舍楼的阳台上陪我，会从猴子堆里把我救出来，会在除夕夜我答不上记者问题的时候替我接过话筒。

"他在端午节给我带他妈妈包的粽子，中秋节送我猕猴桃味儿的月饼，'女生节'送我鲜花，我一模考得好，奖励我一箱猕猴桃，平安夜送我猕猴桃和苹果，就连光棍节也要送我棒棒糖。

"他好像总是在我身边，却从没让我知道他的名字。

"他是一个很好、很好的人，我想我应该记得他，但我忘了。"

闻珩的眉心微不可察地动了动，好一会儿，他说："忘了……也挺好。"

"可是我想记得。"

"没什么重要的，不必记得。"

"你就是这个人，对不对？"

"重要吗？"闻珩低头看着她，眼里有什么东西一闪而过，"你是觉得这个人像我？"

"你就是这个人，不是吗？"

良久的沉默后，闻珩冷冷的声音响起："你知道了什么？"

"很多……"她说，"那些事我都记得。"

两人又是一阵沉默。

"然后呢？"闻珩松开她的手，面若霜雪，"你是觉我喜欢你这么多年，却没得到半分回应，很可怜，所以你喜欢我是因为同情，还是感动？"

他没问她怎么知道，也不再否认，表情和语气却那么像拒人于千里之外，寒冰一样冷。他像是刺猬，用尖尖的刺把自己伪装起来，让别人都不要靠近。

尤语宁看着他原本深情的双眼一点点露出受伤的情绪，心口像是被什么东西狠狠揪了一下，心里酸酸胀胀地疼，那种刚得到却又要立即失去的感觉让她的喉咙一阵阵地发干。

她后悔了——闻珩是那么骄傲的人，自己怎么可以当着他的面这样直白地说出他对自己这么多年的爱慕和喜欢？

他一定觉得很难堪，也肯定想着再也不要喜欢她了。

尤语宁甚至觉得下一秒他就会说分手。

她只是这么一想就眼眶一热。她低下头，眼泪兜在眼眶里，不敢掉下来。

她怎么会这么糟糕，连个恋爱都不会谈？这一刻，她恨自己太久没有被爱过，所以好像也变得不知道怎么好好爱一个人。

她明明是想要他开心一些的——像自己一样开心，可是为什么偏偏弄巧成拙？

"对不起。"她想要解释，却不知从何说起，"我没有……"

"尤语宁，"闻珩自嘲地扯了扯嘴角，"你是不是也觉得，我这么一个人疯了一般追在你后面跑了这么多年，却没被你记住一次，真的很可怜？"

"我没有……"

"可是——"闻珩顿了顿，喉结隐隐动了动，眼里情绪难掩，"我就是，只觉得你好。"

第十章
永不灭

那是 2022 年 4 月的最后一个夜晚，9 点半。

尤语宁想，她在余生的每一天都会记得这个夜晚——初夏季节的夜风微热，皎月高悬，汽车鸣笛，路灯昏暗，树影摇曳……这些通通都不被她感知。

她的眼里、心里都满满当当地被眼前这个人占据。

他骄傲不羁的眉眼、乌黑纯粹的发、明朗锋利的侧脸轮廓，高挺的鼻峰切割光影，英俊的脸分成明暗两半，悲伤和骄傲各占一半。

她清楚地看见他在昏暗的夜色里红了眼眶，也清楚地听见他说的每一个字——

"可是——我就是，只觉得你好。"

然后他吸了好长的一口气，像是努力在克制什么情绪，很慢很慢地将这口气转化成绵长的鼻息呼出，胸口有很明显却压抑着的起伏。

再看向她时，他的眼里好似无波澜，也无欲无求。

"尤语宁，就到这儿了，我不会再打扰你，你也不必画地为牢。"

他垂在身侧的修长手指慢慢收紧，手背上浮起纵横交错的青筋。

难以想象，像他这样生来耀眼的天之骄子，骄傲到极致，却也会为了一个人不自信地折腰。

尤语宁看清楚了他每一个瞬间的表情，也捕捉到了他瞬息万变的眼神。

她是擅长阅读理解的优秀文科生，却读不懂他简单的三言两语——

"就到这儿了……你也不必画地为牢。"

为什么他们互相喜欢却要到此为止？喜欢一个人怎么能叫画地为牢？若喜欢他真是画地为牢，她想一辈子做他爱的囚徒。

她很想解释些什么，一开口却先掉了一滴眼泪。

她想起就在晚饭前，他们刚刚告白，刚刚在一起，他抱她抱得好紧——

"这不是怕你哭？"

"谁会哭啊。"

"尤语宁会哭。"

原来她是真的会哭。

解释的话已不知从何说起，她抬起头，泪眼婆娑地看他，像一个受了委屈的小孩儿："闻珩，你抱抱我。"你抱抱我，我就不哭了。

几乎是瞬间，闻珩别过眼去。修长的脖颈上喉结一滚，他压着所有不忍也不舍的情绪，轻启薄唇："该回家了……"

尤语宁却不管，主动扑到他的怀里，两条细细的胳膊将他的腰紧紧环住。他这样肩宽腰窄的完美模特身材，她很轻易地就能环住。她一点点地收紧双臂，正如不久前他抱着她那样。

她将整张小脸都埋进他怀里，隔着夏季薄薄的T恤，感受着他身上的体温，空气变得稀薄，呼吸之间全是熟悉的佛手柑香味。

眼泪洇湿那一小块布料，她的呼吸带着热热的潮湿感，胸腔在靠近他心脏的地方起伏。

闻珩低头，清晰地感受着十年所求之人紧紧地贴在自己的怀里。

自古多少英雄一生丰功伟绩无数，却还是逃不过钱、权和美人，并不求两情相悦，只管他们喜欢。

也罢，闻珩闭了闭眼，缓慢地抬起右手，悬在尤语宁的头顶上方，很漫长的三秒后，落下去，手心渐渐升了温——来自她的发间。

从不被记得的十年，他哪里有过这样的待遇？

既如此，即便她只是感动或可怜，也是她心甘情愿，那就……永远留在他身边吧。

闻珩抬起另一只手，轻轻松松地环住她，完全拥抱的姿势。

他低头、弯腰，因他们明显的体形差，他像是将人圈住，打上了独属于他的标记，画地为牢。

"尤语宁，不是说不会哭？"

尤语宁的眼泪却流得更快："我从前没有谈过恋爱，也没有喜欢过别人，所以我不太明白，应该怎样去好好爱一个人。

"我想要你快乐，比我更快乐，但我好像做错事了。"

同情和可怜是给弱者的，而闻珩永远、永远都是占据上风的强者。即便是感情，她也想让他在她这里永远占据上风。但她是笨蛋，不知道怎么爱人。

感受到胸口衣服湿意更甚，闻珩收紧搂着她的手。什么自尊心，什么可怜不可怜，尽数被他抛诸脑后。

这一辈子为她折腰，他心甘情愿。

"我确实不快乐，眼泪、鼻涕都蹭到我的衣服上了，这么大人还哭鼻子，羞不羞？"

"我只是——"听见他的话，尤语宁尽量克制住眼泪，让自己保持理智和冷静，"我不想……跟你只到这儿。"

"嗯。"

"我会很努力地赚钱，成为一个很优秀的人，我会尽量……配得上你。"她吸着鼻子，喉头哽塞，艰难地咽了咽，"我想……永远留在你身边。"

很漫长的几秒钟后。闻珩很轻地回应："嗯。"

"那……你还会继续喜欢我吗？"

"嗯。"

"你不要一直'嗯'。"尤语宁吸了吸鼻子，"你能不能……说句话？我……我没有安全感。"

"肉麻死了。"

"不是这一句……"

"我这衣服两万八千块钱，被你哭毁了。"

"也不是这一句。"

"想听什么？"

"我喜欢你。"

"嗯，我也是。"

尤语宁很少哭得那么厉害，停下时，二人分开，她的眼眶红了一整圈，眼睛亮晶晶的，就像是雨后枝头上的梨花，清新又脆弱，风一吹就要破碎似的。

闻珩用食指轻轻地碰了碰："疼不疼？"

"不……"尤语宁下意识要说不疼，好像坚强已经成为习惯，话到嘴边，又临时改了口，"很疼。"

"我看看。"闻珩弯腰低头，抬着她的下巴，仔仔细细地盯着她的眼睛。

尤语宁看着他深情的眼眸。失而复得总叫人格外心软，她连呼吸都压低压慢，生怕把他吓走。

"红了一圈。"闻珩仔细观摩半晌，下了这么个结论。他凑得近，说话间呼出的热气轻轻落在尤语宁泛疼的眼眶以及泪水未干的长长睫毛上，转瞬又变成很轻很轻的微凉触感。

尤语宁抿唇，咽了口唾沫，浑身的感觉好像都聚在那一处。

她很想问他，能不能轻轻地亲她一下。但她到底勇气不足，开口却变成："能吹一吹吗？吹吹就不疼了。"

"嗯？"闻珩眼睛一弯，"行。"

尤语宁垂在身侧的手悄无声息地握紧，看见他薄唇轻启，有要吹气的模样。

尤语宁的心跳得很快。

"呼——"很轻的吹气声响起。凉凉的气息迎面拂眼，人体的自我保护机制促使尤语宁下意识地闭上眼。

就在这个瞬间，她薄薄的眼皮上贴上来一片温热的东西，有很柔软的触感——

闻珩吻了她的眼。

脑海里跳出这个信息的时候，尤语宁很清晰、很真切地感受到左边的心口狠狠跳动了一下。四肢百骸的所有快乐因子全都在这一瞬间传递到大脑，让人像是浑身都过了一道电似的酥麻。

她睁开眼，见闻珩脑袋后退，却抬手盖住她的双眼——

"还挺软。"

尤语宁在他的掌心里睁眼、闭眼，什么都看不见。

"你挡着我的眼睛了。"她说，"我都看不见你。"

闻珩收回手。

她重见光明，却因为闭眼太久，看一切都带着些花花绿绿的、模糊的光圈。她眨了好几下眼，才终于将他看清。

看着她这样，闻珩转身抬胳膊，将她的脖子一揽，把整个人歪着揽到他的怀里，带着往回走："你这媚眼抛得不怎么专业，像眼里进了沙子。"

尤语宁被他拽得歪来倒去的，不得已抓住他从自己肩上垂下的手："你怎么就不能说点儿好听的话？"

"不太会说，你教我？"

"你不觉得这样钩着我的脖子，咱俩很像好兄弟吗？"

"我的好兄弟没这么矮的。"

怎么谈了恋爱她也听不见他说几句好听的话？尤语宁怀疑自己好像有什么受虐倾向。

保持着这个怪异的姿势回到家，尤语宁感觉自己的脖子快断了。她打开门，一边往里走一边有些哀怨地控诉："你这样好像挟持一个人质。"

闻珩满不在意："那你可得听话点儿，不然我会撕票。"他居然还顺杆往上爬。

"你自己坐会儿吧。"尤语宁揉着脖子要去倒水，"你要喝什么？"

"过来。"闻珩坐在沙发上，将尤语宁的手腕一拉，把整个人带到自己怀里坐着，很自然地抬手捏上她的脖颈。

"这儿疼？"他的手指微凉，用适中的力度轻轻地揉捏她的脖颈，她只觉得酸涩感好像逐渐减轻。

尤语宁坐在他的腿上，一动也没敢动，像好学生一样保持着一开始的姿势。

怎么好像……他们突然之间变得好亲密？空气里充斥着暧昧的气氛，她总觉得好像会发生点儿什么，有种害怕又期待的感觉。

但闻珩好像没这个意思，心无旁骛地替她捏完脖颈，拍拍她的后背："起来点儿。"

"哦。"尤语宁迅速起开，见他往厨房里走，好奇地跟过去，"饿了吗？"

"煮个鸡蛋。"闻珩打开冰箱，"给你敷下眼睛。"

他长得很高，站在冰箱面前还要弯着腰，宽松柔软的T恤面料随着他的动作勾勒出他宽阔的肩和后背，很好的弧线，延伸到细细的腰。

尤语宁单手扶着厨房的门框站着，静静地看着他从冰箱里拿出一颗鸡蛋，关上冰箱门，清洗鸡蛋，丢进小锅里，开火，一切动作十分流畅，像是熟悉至极。

但他整个人浑身散发出的气质又完全不像居家男生，好像他即便是穿着这样居家的衣服，做着这样居家的事，也丝毫不减他身上那种自带的桀骜。

他很少进厨房，却只愿为一人洗手做羹汤，囿于厨房的昼夜，这种感觉让人觉得很荣幸。

在等待鸡蛋煮好的过程中，闻珩百无聊赖地检查起她的厨柜来："我看看你天天都在家备了些什么吃的。"

"都是些干货，各种粗粮和一些香料，以及——"话说到一半，尤语宁突然想起被自己藏到厨柜里的料酒和酱油，猛地冲过去。

闻珩刚要打开那扇柜门，尤语宁突然出现，举高双手，挡住那扇柜门不让他开："没什么好看的，就是一些不怎么用到的厨具。"

她的行为太过反常，反应太过激烈，一瞬间勾起了闻珩的兴趣。

"哦，那我看看也没什么。"他说着，唇角微勾，抬手要去打开柜门。

"不。"尤语宁跳起来，挡着他，把他的手拍开，"不要看。"

"老实点儿。"闻珩一抬胳膊，将她往自己怀里一按，不让她乱动，顺利地打开了那扇柜门。柜子里安安静静地躺着一瓶料酒跟一瓶酱油，都是用过的，瞧着还没用多少，都剩了大半瓶。除此之外，别的什么都没有。

"用过的料酒和酱油放在这儿干吗？"闻珩不明所以地拿下那瓶酱油，在手中查看，"生产日期 2022 年 2 月，还挺新。"

尤语宁难为情地闭了闭眼，鸵鸟似的埋在他怀里，不搭理他。

闻珩把那瓶酱油放到料理台上，又拿下那瓶料酒看："都是今年 2 月份产的。"

他把那瓶料酒也放到料理台上，一抬眼，这才发现料理台上的调味品架子上还放着一瓶眼熟的酱油和一瓶眼熟的料酒——他们家一直吃这个牌子的酱油和料酒。

闻珩眉心一动，转瞬想起，2 月底的时候，尤语宁说酱油和料酒都用完了，叫他帮忙去买一份。所以，那调味品架子上放的酱油和料酒是他买的。

闻珩的视线重新落回刚从厨柜里拿出来的料酒和酱油上。好一会儿，不知想到了什么，他"呵"的一声笑了："尤语宁，原来你那会儿就对我有所图。还挺有心机，知道把酱油、料酒藏起来，就为了加我的微信。怪不得当时死活不肯扫我的收款码，非得叫我加你的微信。"

…………

尤语宁捂脸：求求你，别说了，我还想做人。

"你怎么这么能呢？"闻珩低头，声音低沉，带着愉悦勾人的笑意，胸腔里有闷闷的震动，"好厉害啊，尤语宁。"

"不许再说了。"尤语宁隔着衣服捏了他一下，"就当咱们扯平。"

"想得倒挺美。"闻珩关了火，把煮好的鸡蛋捞出来，过了一遍凉水，

"还做了什么？"

"没了……"

"我不信。"

闻珩把鸡蛋在料理台上一滚一压，轻易地单手剥了壳："头抬起来。"

尤语宁抓着他腰间的衣服抬头，灯光晃眼，她只好闭着眼。

闻珩拿着剥了壳的鸡蛋在她的眼周轻轻滚动，开口时呼出的热气落在她的脸上："老实交代。"

尤语宁这辈子当惯了好学生，刚开始还能撒谎说没了，这会儿却说了实话："还有一次，在你家里喝醉，其实我半夜醒来的时候已经清醒了。"

"嗯。"

"但我装醉，还……还……"

"嗯？"

"抱你腰了……"

眼周滚动的鸡蛋停了一下，尤语宁悄咪咪地睁开一只眼偷看，却看见一双含笑双眸，被抓个正着。

唉，亏心事做不得……尤语宁重新闭上眼睛，有一种破罐破摔的态度："反正……抱都抱了。"要杀要剐，随你好了。

眼周的鸡蛋重新滚动起来，闻珩的声音听起来比刚刚更愉悦："小流氓。"

尤语宁耳朵一热，没反驳。

五天的假期，尤语宁有四天都在跟枫林对剧本。

现在高校之间比较流行的配音项目是模仿秀，从近几年比较火的剧中挑选一些经典片段进行模仿，与原剧角色的配音越像，节目效果就越好。这对尤语宁来说并不是什么难事，她在这方面一直很有天赋和实力。

这次挑选的片段是她跟枫林、橘子、草莓一起选的，又给南华一中负责对接的学弟学妹看过，大家一致认为能够取得很好的节目效果。

他们之所以还要对剧本，是因为虽然选用的是爆剧的片段，但台词改过。

现在互联网的发展速度太快，有些东西就像风一样一阵接一阵流行，段子时换时新，大家为了更加融入互联网社交，通常都会在日常网上冲浪的时候加入流行的段子。

所以，台词是他们根据如今流行的一些段子改编的，剧情倒是没变太多。

如此一来，工作量就比只模仿原剧配音要多一些。

闻珩对此很是不满，扬言早知如此当初都不会答应她去这个破校庆。

尤语宁也很内疚。他们刚在一起，五天的小长假，她却一直都在忙工作，只有忙完了才能抽空陪他。

最后这天假期，她看着工作也做得差不多了，跟枫林说休息一天。枫林应该也挺想休息，很爽快地答应了下来。

尤语宁没有提前告诉闻珩，想给他一个惊喜，吃过早饭去敲门，却没人应。

她打电话给他，等了好一会儿他才接了，说是有事要忙。

"那什么时候回来？"

"怎么了？"

"没……就是，随便问问。"

"晚上吧。"闻珩说，"忙完一起吃晚饭。"

"哦，好。"尤语宁挂完电话，失落的情绪涌上来。

上午反正没事，尤语宁拍了一条短视频，在各平台同步更新。

下午柴菲打来电话，约她出去玩。这五天，柴菲约了她两次，她都说要忙工作，这是第三次。

"地址给我吧。"

"就在陈绥的酒吧，之前他不是帮了咱们吗？咱们也来给他捧捧场。"

在自己人的场子按理来说应该毫无顾忌，但之前视频的事情留下的阴影还在，尤语宁犹豫了两秒。

柴菲可能也是刚想起："啊，我差点儿忘了，要不你还是别来了吧宁宝，下次我们私下谢他。"

"没事。"尤语宁想，自己总不可能一辈子不外出，"等我。"

别人拿一些子虚乌有的事情骂她，她其实并不在意，她在意的是任莲看见会找上门。

如今她并不怕任莲，自然也就无所谓别人怎么说她。更何况那件事也过去了那么久，热度早就没了，应该没人那么无聊，就算有人看见她也不一定认得出来。

这么想着，尤语宁在坐上去 SW 酒吧的车时就淡定了很多。

不知是不是特意为了感谢之前陈绥帮忙，柴菲这次叫了挺多朋友，包了好些卡座。

尤语宁到的时候她正在打电话，对方应该是韶光，她的语气明显比平时温柔。

"好的，那你先忙，我们也才刚到，不着急，等你。"

尤语宁在她旁边坐下，她刚好挂了电话。

有些日子没见，柴菲一见面就给她来了个大大的拥抱："我想死你了宁宝！"

尤语宁任由她抱，关心起她和韶光的感情进度。

"别提了，我总觉得，他对我就是对学姐的感情。"

"怎么讲？"

"就是感觉他对我跟对别人也没什么差别呀！都一样温柔绅士，根本看不出是不是喜欢我。"柴菲撇撇嘴，很是郁闷的样子。

"要不……"尤语宁想了想，"我帮你问问闻珩，看看韶光有没有喜欢的人？"她其实很想说些安慰的话，或者分析一下这段感情，但无奈实在对感情不擅长。

"哎，算了，问别人干吗？还不如我自己问呢！"

"那要不你直接问他？"

"这样好吗？"柴菲有些犹豫，"万一他真对我没那个意思，那我很尴尬啊！"

"这样……"尤语宁凑近她耳边悄声说，"到时候我们找个机会玩真心话大冒险的游戏，趁机问他，怎么样？"

柴菲很赞同，疯狂点头："你帮我问！"

"好。"

下午，SW 酒吧里的人还不多，大多是柴菲带来的。

还不到最热闹的时候，酒吧里的音乐都显得很温柔，是一首慢摇，跟在清吧里似的。

韶光来得不算很晚，跟尤语宁隔了一个小时。他穿着件白衬衫，看上去像是才办完正事就着急地赶了过来，步伐又大又快，倒也很稳。

"抱歉，有点儿事要忙，久等了。"

尤语宁下意识地朝他身后看，没看见闻珩。她早上给闻珩打电话那会儿，他也说他有事要忙，她还以为是工作。刚刚来酒吧的时候，柴菲说韶光也在忙，她以为他们在一起。

如今看来，他们忙的不是同一件事，也没在一起。

韶光注意到尤语宁往他身后看的动作，笑着解释了句："闻珩今天没跟我在一起。"

尤语宁有种心事被看穿的尴尬，收回视线，故作镇定："我就是……随便看看。"

韶光笑笑，没再说什么，坐到了柴菲的另一边。

柴菲递水给他："外面是不是很热？"

"有一点儿。"韶光接了水喝了一口，单手扯了领带，松了颗扣子，把袖口挽上去，"学姐等很久了吗？"

"也没有呀！刚刚不是说了吗？我们也才到。"

"没喝酒吧？"

"没有。"

…………

尤语宁默默地坐在一边听俩人旁若无人地聊天儿，自动减少了自己的存在感。

过了一会儿，她喝多了水，起身去洗手间。出来后，她看见洗手间附近有一条走廊，风从那里吹来，微凉。

回去也是当电灯泡，尤语宁想了想，干脆到走廊那头去吹风。不凑巧，她刚走到走廊就看见街对面的闻珩，旁边是个不认识的漂亮女孩子。

不知道俩人说了什么，他伸手去捏人家的耳朵。女生躲了一下，仰着小脑袋一脸不服气的样子。他好像拿人家也没什么办法，用手掌在她的头上往前按了一下，把她按得弯下了腰。

女生有来有回地踢了他一脚，他倒闪得快，没让人踢着。

俩人渐行渐远，但隐约看得出亲密无间。

原来这就是他要忙的事。尤语宁形容不出来自己现在的感觉，就觉得闷得慌，又好像不只是憋闷。风又热又燥，她感觉自己好像浑身都在冒汗。

转身重新进入酒吧里，冷气十足，她又觉得冷。满脑子幻灯片一样自动播放着刚刚看见的画面，她像是在心里泡了一坛子酸黄瓜。

另一边。

闻珩把人撵到公交车站，让她赶紧滚："蚊一只，别再让我看见你没出息的样子。"

闻宜知冲他皱鼻子："你才没出息，你还不是追我嫂子追那么久？"

"女生能跟男的比？什么男的没有，你非得喜欢他？"

"我就喜欢他！"

"要不是你嫂子忙，我今天都懒得搭理你，赶紧滚，以后别找我给你收拾烂摊子，去找那男的！"

"不找就不找！"

"行，你自个儿待着吧。"闻珩懒得再管她，转身朝 SW 酒吧走。

闻宜知在公交车站坐了一会儿，想起自己的钱包、手机都被偷了，根本没办法坐车，只能起身灰溜溜地去找闻珩。

闻珩到了 SW 酒吧都没消气，问前台工作人员陈绥人在哪里，要找他喝酒。

前台工作人员说："老板约会去了，韶光先生在那边的卡座。"

他带着气去找韶光，远远地就看见了尤语宁。她不知道在想什么，一个人坐在那里，低着头，也没看手机。

闻珩走过去，隔着沙发弯腰在她的头上揉了一下："怎么跑酒吧来了？"

尤语宁反应慢一秒地抬头看他，又朝他身后看——没有其他女生。

"看什么呢？"闻珩随着她的动作回头看了看，"找谁？"

尤语宁看向他的眼，好几秒后问："你怎么在这儿？"

"来找陈绥喝酒，他没在。"

"你今天都干什么去了？"

"查岗呢？"

"能查吗？"

"倒也不是不能。"闻珩挑眉，"不过今天做的事不能说。"

尤语宁心底一沉："那就不查了。"

"怎么瞧着不太高兴？"闻珩伸手钩着她的下巴往上抬，"柴菲呢，把你抛弃了？"

"她和韶光去买东西了。"尤语宁别开眼不看他，抓着他的手拿开，"你慢慢喝吧，我想先回家。"她没带什么东西来，就拿了个小挎包，一直挎在肩上，这会儿起身什么都不用收拾，直接就能走。

闻珩瞧出她有点儿不对劲，等她从身边经过的时候一把拽住她的手腕："怎么了？"

与此同时，闻宜知追了上来，就隔着一米远，细白小手一摊开，理直气壮："你还没给我钱。"

尤语宁一抬眼，面前站了个水灵灵的漂亮女孩儿，第一眼看上去，就是那种被全家人捧在手心里的乖乖女，天真单纯，从来没有受过任何伤害，所以也对这个世界保持同样的热忱和善良——跟闻珩真是同一类人。

尤语宁那点儿总是只有在闻珩面前才会冒出来的自卑感又不可避免地冒了出来。

她觉得心里酸，只能别开眼看向别处。

"我欠你的？"闻珩在闻宜知伸出来的手心打了一下，"别捣乱。"

"你不给我钱我怎么坐车？"闻宜知揉着被他打过的手心，可怜又哀怨，"怎么有你这种人？"

"我这种人？"闻珩气笑了，"我给你收拾的烂摊子还少？闯了祸你难道不是只敢找我？"

"我也……没闯什么祸吧，东西被偷又不怪我。"

"难不成怪我？"

"反正……不能全怪我。"

"我先回家了。"尤语宁听不下去他们有来有回的谈话，心里像老鸭汤里的酸萝卜那样酸，"你们慢慢聊。"

"给我回来。"闻珩拽着她的手腕没松，一用力，把人拽得往他怀里倒，"话没说清楚，跑什么跑？"

尤语宁垂着眼没说话。

闻宜知这才注意到他俩的手是拉着的，眼睛一转，好像明白了什么："哦……原来你就是那个——"她顿了顿，"我哥追了好多年的未来嫂子？"

尤语宁："嗯？"嫂……子？他还有个妹妹？

闻宜知观察她的反应，确认自己猜对了："这么漂亮，怪不得我哥连青大、京大都不去，跑去西州大学。你是西州大学的吧？"

尤语宁："嗯……"等等，什么情况？

对闻珩那点儿老底了解最多的也就是闻宜知，她年纪小，不会觉得他从前做那些事幼稚，甚至还挺崇拜他："哇！哥，你好酷啊！为了爱情！"

但这会儿他听得烦，从钱夹里掏了现金拍到她的手上："赶紧滚回家，别在这儿捣乱。"

闻宜知好不容易见到传闻中可以让她哥放弃一切的女主角，倾诉欲极强，还想多说两句，见到闻珩吓人的眼神立即止住，拿着钱跑路："嫂子，我叫闻宜知，改天找你喝不醒梦的新品！"

不醒梦开在初一声工坊所在的写字楼附近，一年四季都卖尤语宁最爱的猕猴桃汁。

去年冬天，闻珩让她给闻喜之带西柚果茶时，作为跑腿费给她的那一杯猕猴桃汁就出自不醒梦。后来她照着地图找过去，发现那是家新店，刚开业不久，在临街的二楼，店内装潢是很清新的猕猴桃绿。

那时是冬季，猕猴桃不宜做成热饮，附近的饮品店都下架了冬天很少有人买的猕猴桃汁，不醒梦却反其道而行之，菜单上有好几种不同做法的猕猴桃饮品和点心。

后来她有空都会去坐坐，每样猕猴桃口味的东西都合她的心意。

不醒梦店内的装饰木牌上有句标语，她至今记忆犹新——

见你唯恐一场大梦，总想梦不醒。

闻宜知拿着钱跑得飞快。

SW酒吧里的音乐换了一首，居然是橘子海乐队的《夏日漱石》——当初尤语宁第一次来酒吧打架子鼓的那首。

那天，她确定自己的心意，确定她喜欢闻珩这件事。

如今过去五个月，她惊讶地发现，自己竟然已经喜欢了他这么久。

闻珩拉着她的手，自己往沙发靠背上随意一坐，把她拉到自己的一条腿上，和自己面对面坐着，视线保持在同一条线上："讲讲，在不高兴什么？"

尤语宁回过神，这个姿势总觉得别扭，又不敢乱动。她的手指被他握在手里轻轻地捏着，像是什么好玩的玩具。

她不肯承认："没不开心。"

"不是很忙吗，怎么我一不在就跑酒吧里来了？"闻珩左右看了看，"柴菲把你带来就丢在这儿不管了？"

"应该快要回来了。"

"尤语宁，"闻珩抬手，用大拇指的指腹在她的眼睛下面慢慢刮了两下，"有话要跟我讲。"

"也没……"尤语宁抿抿唇，想起自己刚刚误会了他，不是很敢跟他对视，"今天休息，我本来是要陪你的。"

"啊。"闻珩笑了笑，眼睛亮亮的，"那怎么不跟我讲？"

"你说你有事要忙。"

"什么事能有你重要？"

"可是你说晚上忙完一起吃晚饭，我就以为你很忙很忙，要到晚上才能忙完，我不想耽误你的事。"

闻珩瞧着她，下午酒吧里的灯光很温柔，浅金色的，落在她的脸上，让她看起来像安静乖巧的漂亮仙女。他这样对什么都挺没耐心的人，总是愿意在她身上付出所有的时间，为数不多的那么一点儿耐心都只想给她。

"尤语宁，"他就像安慰一个懂事却受委屈的乖孩子一样，温柔地摸摸她的头，"之前是不是跟你说过，你可以把自己当一个公主？公主不用讲理，也不用懂事，快乐就行。"

尤语宁想，自己宁愿他凶一点儿，或者跟以前一样不正经、不着调，也不要他这么温柔。可能她是很缺爱的人，一点点温柔都会让她觉得很感动，而闻珩这么一反常态地温柔对她，她就觉得眼眶酸酸的，很想哭。

"可是，我不是公主。"她只是一个普普通通的、没有魔法的灰姑娘。

"是我的公主。"

尤语宁别开眼，快速眨了眨："不是……"

"能不能听点儿话？"闻珩把她的脑袋往自己的肩上一按，"我说是就是，懂不懂？"

"不懂！"

"还挺倔。"闻珩挑眉，"那算我求你的？"

"哪儿有你这样求人的？"尤语宁吸了吸鼻子，"一点儿求人的态度都没有。"

"那我求求你了，我的好学姐？能不能行，嗯？吱个声。"

"吱——"

闻珩被逗乐了："学姐好听话，比尤语宁乖多了。"

柴菲和韶光不知道去买什么了，很久都没回来。

把人哄好了，闻珩拉着尤语宁走："别管他俩了，陪我不比陪他们重要？"

尤语宁一边被他拖着走，一边给柴菲打了个电话说自己要先走，出门打车。

没几分钟，他们到了个很高档的小区外面。

不知道来这里干什么，尤语宁心里有些忐忑。她没有见过他的父母，也不知道他的父母对自己什么看法和态度，有点儿怕他一声招呼都不打，直接带她过去见面。

"闻珩……"尤语宁被他拉着，却不肯继续往前走，"这里是什么地方？"

"不是问我今天做了什么？"

"你不是说不能说吗？"

"原本呢，是想给你个惊喜的。"闻珩拉着她继续往里走，"但有些小女生太敏感了，怕她乱想。不带她过来看看，怕她睡不着觉。说不定还在背后骂我呢……"

"哪有？……"

"哦。"闻珩一副恍然大悟的表情，"原来这个敏感的小女生是你啊？"

他怎么这么坏？

"那到底是来干吗的啊？"

"到了不就知道了？"

"应该……不是见家长吧。"尤语宁的声音渐渐小了下去，"我还没准备好。"

"那可能得等等了，他俩在环球旅行，不知道什么时候回来。"

那还好。

到了地方尤语宁才知道，原来闻珩带她去的是他在明江边上买的大平层，一梯一户，全景落地窗，可以看见好大一片江景。她站在三十层，楼下的人变得好小好小。

原来，他今天上午是在这边盯着别人安装家电。

闻珩给她介绍客厅、厨房、书房还有影音室，又带她到卧室去看。

有人打电话来问他事，他说要去外面客厅找东西，让她自己随意。

尤语宁好奇地走到卧室窗边，总觉得这房间隔音很好，闻珩出去以后，她都听不见他讲话的声音。

她推开窗户，一阵清晰的喧嚣声响在耳边。她看了眼窗户，重新关上，那喧嚣声被隔绝得彻彻底底。尤语宁不信，重复开关几次，发现都是一样的效果。

她又去其他房间试了试，发现所有的窗户和门都一样，只要关上，就能隔绝外面的很多声音。

她重新回到客厅，闻珩刚打完电话，正在电脑上弄什么东西，见她出来，坐在地毯上朝她招招手："过来。"

"这房子的隔音效果真好。"尤语宁走过去跟他挨着坐下，有些感叹，

"关上门窗，什么都听不见。"

"这样下雨时打雷的声音会小点儿。"闻珩一边滑动着鼠标一边随口应道，"不会吓着你。"

尤语宁一愣，有些难以置信："是……特意为我准备的吗？"

"不然呢？"闻珩一边处理着工作一边说出这些话，甚至视线都没从电脑屏幕上移开一点儿。好像他就是很随意地做了这些事，这些是他应该做的，并不需要她感动。

尤语宁从未想过有一天会遇到这样的一个人，不会嫌弃她这么大人还害怕打雷下雨，会细心妥帖地照顾到她每一个在别人看来是缺点的小细节。

她觉得自己好像开始幸运起来了……不，不是——应该是从被他喜欢的那一刻起，她的人生就好像已经开始幸运起来了。

她有多幸运呢？

她高三毕业时，在去西州大学的火车上，临下车前，有独行的女生被偷了钱包，列车员满车厢广播帮忙找却一无所获。而她心大地睡了一觉起来，安然无恙，甚至还有旁边男生的肩膀做枕头。

她没钱住好的酒店，选择了什么都没有的青旅单间。她入住不到十分钟，前台工作人员找过来说房间漏电，出于安全考虑，免费为她更换了一间有空调和独立卫浴的大床房，并送了一张早餐券作为补偿。好像，从那以后，她为数不多几次住酒店的经历里，次次住不含早餐的房间都会因为各种奇奇怪怪的理由被免费赠送一张早餐券。

她再也没有被动淋过雨，偶尔几次意外丢了伞要等雨停，总有人很适时地出现，说多了一把伞。

在大街上刺耳的车喇叭声响起时，有人将她一把拉开，让她避免被车撞到。

她也还记得，高二下学期期末那段时间，校外不知怎么冒出来一个跟踪狂，专门骚扰独行的女生。她向任莲求助无果，每天上学都带着一瓶辣椒水，在晚上回家的路上紧紧握在手心里，神经一直紧紧绷着，不敢松懈半分，却又意外发现每天晚上放学后都有个男生穿着跟她一样的校服、走一样的路。少年长得很高，身形很好，普普通通的校服穿在他身上就像是量身定制的，勾勒出他宽阔的肩和挺拔的脊背。

他们好像是顺路的，少年比她住得还要远一点儿，总是只走在她前面几米远。

他单肩松松地背着个瘪瘪的黑色书包，两只手插在校服裤子的口袋里，明明有一双很长的腿，走路却不快，慢悠悠的。

但是又很奇怪，即便他们一起等了红绿灯，也并不会并肩而行。他会大步走到几米远的前面，而后才又保持之前的频率和步幅。

每次她已经到家了，他却还要往前走。她停在楼下看，少年没停过，一直往前走，不知道具体住在哪里。

一直到期末考试结束，他们都没说过一句话，她也没有遇见什么恶心猥琐的人，那瓶辣椒水一直放在包里，没有用上。

高三开学，她终于如愿以偿地住校，不用再面对任莲和尤语嘉，也不用再担心外面世界的危险，也没有再遇见那道总是隔着几米远的背影。

不只……幸运的事不只这些。

她找兼职总是意外地容易，包吃包住薪酬高，老板、同事都很照顾她，工作也不累。

她买东西，把手机落在别人店里，都不用自己回去找，还没发现手机忘拿时别人就已经将手机送到手上。

她大三时买的二手电脑开不了机拿去修，隔几天去取，别人说不小心把她的电脑烧得彻底没法儿用了，赔了她一台新的。她不肯要，说要补差价给对方，对方却摆摆手说是自己组装了玩的，本来就不值钱。

…………

太多了，她平时不会轻易想起，如今想来，却每一件都记忆清晰。

她好像虽然不被亲人爱，却收到了这世界大部分的善意。就像是有一个保护神时时刻刻注意着她的动静，在她需要或者不需要帮助的时候，都会温柔地爱护她。

这种幸运，好像是她高二下学期，闻珩认识她以后开始的。所以，一定是闻珩给她带来了幸运。

但她以第一人称的视角不能窥见，也无从知晓——

不是闻珩给她带来了幸运，而是闻珩给她制造了幸运。所有她能明显感知的爱和幸运，都是他给的。

第二天就是南华一中的百年校庆，一整天的校庆活动从早上的升旗仪式开始。

尤语宁跟枫林约好了时间，下午提前彩排，早上并不用到现场。

校庆的前一天晚上，尤语宁问闻珩什么时候去，闻珩说他受到了特邀，早上要去发表个讲话，还要走一些面子上的过场。

"没什么意思。"他说，"无聊得很，不如在家睡觉。"

尤语宁觉得这话要是换别人来说，肯定会被骂"凡尔赛"。但这话从闻珩的口中说出来，就有一种他确实是这么认为的感觉。

她想起以前读中学时闻珩是那样的风云人物，肯定也上过不少次台，比如作为新生代表上台讲话之类的。只是那个时候，她的世界里并没有闻珩。

尤语宁想去看看，24岁的闻珩上台讲话是什么样子，能看得出十几岁时的影子吗？她说要和他一起去学校："我去随便逛逛，很久没回去了。"

闻珩一边挑着校庆要穿的衣服一边问她："确定不是去躲在台下偷偷看我？"

尤语宁帮他挑着领带，随手丢了一条过去砸他："是，我就是去偷看你。"

"那你可要记得大喊'闻珩我爱你'。"

尤语宁哭笑不得："我又不是'中二'少女。"

"是，不'中二'，挺少女。"

"别贫了。"尤语宁拿着一条领带过去在他领口处比画，"感觉这条看着挺英气的。"她穿着夏季无袖睡裙，脚上踩了双居家拖鞋，洗完澡，妆也卸了，看上去清纯温柔，毫无攻击性。她这么拿着领带往他跟前一站，身高刚到他的肩，认真地帮他比画领带时，就像个新婚第一天帮要上班的丈夫搭配服饰的妻子。

闻珩垂眼看她，从这个角度看，她长长的睫毛像小扇子一样，在眼睑下方投下一小块很浅的影子。

小巧莹润的薄唇一张一合，说的是什么都叫人无心去听，他只能感受到吐气如兰，全落在他锁骨和脖颈上。

"学姐，"闻珩喉结一滚，声音低低哑哑的，"有个事。"

"嗯？"尤语宁诧异地抬眼看他，"怎么了？"

举着领带的手有些酸，她很自然地往他的肩上一搭，试图借个力。她的手一年四季都很凉，就像一瞬间搁了块冰过的果冻上去，又凉又软。闻珩好不容易才忍住战栗，肩颈处的皮肤却泛起小小的点。

"接个吻？"他盯着她的唇，像盯着淡粉色的果冻，口干舌燥，"行吗，学姐？"

尤语宁慌了，收回自己的手，却又半路被人抓住，耳朵和脸都急剧升温，泛起潮红。

她有想过不止一次，他们第一次接吻会是什么样的情形。

但万万没想到，是这种她从未设想过的情况。

为什么接吻……他还要问她行不行啊？她应该说"行"还是"不行"？

她又出神地想——每次他一叫学姐，后面接上的话就很……

他是不是……有什么不为人知的癖好？

闻珩看着她的反应，好一阵，松开她的手。

"算了。"他说，"下次吧。"

尤语宁原本一颗心上上下下，这会儿听他这么一说，上不来下不去，好像有些失落。

"哦……"她抿了抿唇，怕暴露自己的这种想法，转身要走，"我去重新挑一条更合适……"

她刚转身，脚才抬起来，却被人拽着手腕狠狠一拉，一阵天旋地转。她的腰上横了条胳膊，后背贴上凉凉的衣柜，后脑勺儿上垫了一只柔软的手。

眼前光影一闪，温热柔软的唇贴了上来。

尤语宁蒙蒙地眨了眨眼睛。

闻珩歪着头吻她，额前乌黑碎发的发梢在她的脸上点了点，轻轻的、柔柔的，带着若有似无的痒意。

他闭着眼，很认真，很投入，也很温柔。

她后知后觉地反应过来，接吻是要闭眼的。

她闭上眼，其他感觉变得越发明显，就像是在心尖上撒了一把跳跳糖，是"噼里啪啦"炸开的、乱跳的甜。

他很温柔地触碰、舔舐，像他吃每颗果冻的第一口，而后便不满足于只是这样，含着她的下唇吮了一下，好像还不够，又轻轻咬了她一口。

尤语宁有一点点疼，又不只是疼，好像还伴随着某种她从未经历过也形容不清的刺激，一种痛并快乐的感觉。

多巴胺往上冲，她觉得脑子晕乎乎的，没办法思考，被抽了力气似的双腿发软，不得不伸出胳膊环住他，免得自己滑到地上去。

闻珩却用实际行动告诉她——还不够。

不知什么时候，她的牙关被他撬开，一条柔软却有力的舌伸进她嘴里。

她被他引导着，也学着他的动作回应他。这样的反应像是在刺激他，他亲吻的力度更大。

要窒息的感觉让她欲罢不能，抱着他的胳膊越收越紧，不能自已。

不知过去多久，他主动结束了这个吻，把她往怀里一压，下巴搁在她的肩头上，胸口剧烈起伏着，贴着她的。

氧气重新进入身体，尤语宁听见他克制的喘气声。

他的心跳得好快，像刚刚跑完八百米。

尤语宁慢慢平复着自己的呼吸，在他怀里不敢乱动。

好一阵，感觉双方的呼吸都慢慢趋于平稳，尤语宁想要跟他商量一下让他松开自己："闻珩……"

一张口，她才发现自己的声音居然又软又嗲，惹人遐想。

她把脸埋进他的怀里，放弃说话。

他们第一次就……就吻成这样。

"尤语宁。"闻珩也开了口，带着情欲的哑，"嘴好软，是甜的。"

安静了两秒，闻珩闷闷地笑了下。

"刚刚不是说，'算了，下次吧'。"尤语宁模仿他说话，声音依旧是软绵绵的，"怎么那么快就反悔了？"

"刚刚就是下次。"

真聪明。

次日南华一中百年校庆，一早有升旗仪式活动，闻珩也要到场。

尤语宁早起跟他一起，坐在副驾驶座上补觉。

车里开了冷气，音乐声很小，尤语宁睡得不沉，半睡半醒间，又闻到那股熟悉的佛手柑香味。

其实她好早之前就想问为什么是这个香味，只是每次话到嘴边，又忘记因为什么岔开了。这次她想起来，怕自己又忘记，连觉也不睡，转头去问闻珩："为什么你的车里还有衣服上都是佛手柑香味？"

闻珩握着方向盘从后视镜里看她一眼，又收回视线看向前方的车流。

过了一会儿，他笑笑："听过普鲁斯特效应吗？"

尤语宁如实回答："没有。"

"普鲁斯特效应指的是人只要闻到曾经闻过的味道，就会记起当时的记忆。"

尤语宁不懂："什么意思？"

"就是只要我闻到这个味道，就会想起第一次闻到这个味道的场景。"

"那你频繁想要记起的场景是什么？"

"忘了。"

"骗人。"尤语宁不信，又想了想，问他，"是跟我有关吗？"

"也许。"

尤语宁想起什么，从自己的包里翻出用了十几年的那款唇膏："跟我一直用的这款唇膏是同一种香味。"

闻珩不动声色地在后视镜里瞥了一眼，她手里拿着一管玉色的唇膏，圆柱体，周身没有花纹图案，只有一串品牌的英文名，很简单的款式，也很熟悉。这个牌子的这款唇膏，这么多年都没有换过包装。

闻珩不着痕迹地收回视线，没应声。

尤语宁自顾自地说起来："你还记得去年11月我们第一次见面吗？你把外套塞在我怀里，我低头闻见熟悉的香味。那时候我就很好奇，为什么有男生用这种香。"

"嗯，然后呢？"

"后来，我又在你的车里闻到一样的香味，所以——"尤语宁转头看他，弯唇笑，"普鲁斯特效应也发生在我身上，每次我涂唇膏的时候，我总想起你。"

闻珩翘了翘唇角，握着方向盘转了个弯，和从前一样不正经："每次涂唇膏的时候都想起我，想什么？想跟我接吻？"

脸之大，一车装不下。

一直到参加完升旗仪式，尤语宁才想起来，那个问题好像依旧白问。她根本没有得到真正的答案——闻珩频繁想要回忆起的，到底是什么？

南华一中是南华历史最久也是师资力量最强的中学，所有南华的学生都渴望入读，想要它成为自己的母校。

看得出这场校庆确实精心筹划过，电视台的记者都架着设备到了现场，除此之外还有南华本地的其他媒体。听说晚会还请了艺人，也是从南华一中毕业的。

上午是一些比较正式的活动，各种领导讲话，回望过去，展望未来。

从前这样的活动，尤语宁就在下面看书、背单词。如今又坐在同样的地方，一切都变了，她坐在下面拿着手机拍个不停。

拍完，她跟柴菲分享，柴菲笑死了："这校长小老头儿怎么还是那么精神？看着比以前还可爱点儿。"

她们聊了几句，周围忽然一阵骚动。尤语宁抬头朝台上望去。

闻珩不知什么时候上了台，原本话筒有些矮，他调到最高，依旧要微低着头才勉强能用上。他穿着昨晚他们一起挑的白衬衫和黑色休闲裤，系着她挑选的暗色领带，扣子扣得整整齐齐，看上去比平时倒是多了几分严肃正经。只是那张脸无论到哪儿都一如既往地亮眼，吸引所有人的眼球。

周围的女生纷纷在讨论："哇，好帅！我们学校居然有如此英俊潇洒的弟弟！"

"什么弟弟，人家是作为优秀校友代表上台发言的！"

"有没有觉得他看上去有一种'禁欲系'的感觉？让人想把他的领带扯了，衬衫也撕坏！"

尤语宁心想：这会不会有点儿太敢想了？

她又听有人说："哎哎哎，快看校内论坛，已经有他的热帖了，还不止一个！"

"等等，我看看——"

"闻珩？居然是闻珩！我就说怎么看着有点儿眼熟！居然是他！"

"想当初他真是嚣张得要命，不要保送，京大、青大上门请都请不动，非要去什么西大。也不是说西大不好吧，毕竟是'双一流'院校，但跟京大、青大没得比吧？"

…………

尤语宁拿着手机想要拍两张闻珩的照片——真是难得见他这样一本正经的样子，想让他自己也看看。

周边的人吵吵嚷嚷的，她只勉强听清他在说一些官方的套话。但他的声音好听，听起来不会让人有想打瞌睡的感觉。

听见周围人讨论他当年读大学时疯子一般的选择不被所有人理解，尤语宁心里也有些痒。

之前她倒是也听过那么几次，却也没有起那种要去看看的心思，如今是真被周围人勾得有些心痒痒。

她刚要放下手机去下载从未用过的校内论坛，忽地听清台上闻珩在说——

"感谢南华一中，让我遇见此生最爱的人。"

尤语宁握着手机的手一顿，屏幕自动锁屏。

关于他的事情无从查看，他爱她的话却清晰入耳。

现场有起哄的、尖叫的声音，像洪水和暴雨一样猛烈嘈杂。

尤语宁却从那些嘈杂声里清晰听见他的结束语——

"说起来有些矫情，但我永远爱你。"

在这样的场合，他刚刚还在一本正经地讲话，现在却以热烈地告白作尾声，一如既往地离经叛道、不拘礼法、随心所欲，只做他想做，说他想说，像太阳一样热烈耀眼，也被人渴望。

人都是有叛逆的那根筋的，只是在这世界的规矩礼法之内，为了少些跌跌撞撞，大多也就学会收敛锋芒，变得圆滑。

但闻珩不一样。他还是那样，所有的刺都自由生长，让人向往。

所以，台下响起雷鸣般的掌声，他们敬他的爱情，敬他的勇气，也敬他的自由。

尤语宁握着手机，手心渐渐发热，冒出细细的汗。她看着闻珩从台上下来，穿越鲜花和人海，在频频闪烁的摄像机闪光灯里朝着她的方向走来，心跳得很快。

闻珩用右手拿着手机，左手食指伸进领带的结里，低头打字的片刻，将领带往下一扯。他偏头带笑地敷衍提问的记者，领带扯在了手里，右手微信消息也同时发了出去。

尤语宁的手心一麻。她低头看，见手机屏幕亮起，是闻珩发来消息："不是要去转转？门口等我，记者过来走不掉。"

尤语宁回他一个"好"，起身出去。

不知闻珩应付了些什么，出来时只有他一个人。领带已经被他扯了下来拿在手里，白衬衫最上面的一颗纽扣也被解开了，刚刚那点儿好不容易显出来的正经严肃荡然无存。

"放你包里。"他随手把上好的领带团了团丢给她，"戴着热。"

尤语宁重新将领带理整齐、叠好，从包里翻出一个小袋子装进去，再好好地放进包里。

"不是说还要走些过场吗？"

"懒得走。"闻珩胳膊一伸，要去揽她的脖子，想起什么，换了个地方，揽住人的腰往教学楼那边走，"他们哪有你好看？"

好像他现在会经常说好听的话了，但每次听，尤语宁总下意识地脸热。

尤语宁不知道闻珩怎么会猜到她想来曾经的教学楼。

南华一中百年校庆，全校放假，一排教室空空荡荡，只有零星的几个人。

他们往曾经的教室那层楼走，在第一间教室还差点儿撞上一对男女生，吓得人家装作陌生人一般各自低头看书。

尤语宁憋着笑，再低头看自己跟闻珩牵着的手，不由自主地握紧了一些。

闻珩捏了捏她的手指，语气一如既往，懒懒的："握那么紧是不是有点儿夸张了？"他又自我肯定，"也是，男朋友这么优秀，不拉紧点儿还真挺危险。"

话都被他说完了，尤语宁松开他的手，把他往前推："你去我之前的那间教室，从窗户里跳下来试试。"

闻珩："嗯？"

尤语宁装傻："怎么了？"

"尤语宁，不知道我今天是以什么身份回来的？"

"优秀毕业生代表呀！"

"那你叫我去做这种翻墙爬窗的事？"

"以前……"尤语宁在他的后背轻轻地挠，"应该也做过不少吧？"

想了想，他现在毕竟这么大人了，不是十几岁，做这种事确实挺为难的，尤语宁很善解人意地先跑过去确认了一下，笑着冲他招手："里面没人，门开着，快来！"

闻珩："嗯？"

那天，优秀毕业生代表到底为爱翻了窗。

尤语宁站在九年前那个冬末春初的早晨站着的地方，看见白衣少年身手敏捷、干净利落地翻了窗。

熟悉的动作——他单手抵着窗户往旁边一推，"啪"地关上，拍拍手上的灰，转身。

他们四目相对。

九年的时间在这一刻疯狂倒流，她记忆中从不记得脸的校服少年和如今穿白衬衫的青年渐渐重叠。

他们明明……明明就是同一个人。

她问出和九年前那个早晨同样的问题——

"你……偷什么了？"

记忆中的少年说"没偷"，而今白衣翩翩的闻珩眉头一挑，眼角眉梢带笑："你的心。"

他挽着衬衫袖口慢慢走来，在要和她擦肩的瞬间停下，声音低沉，落在她的耳边——

"学姐，记得了？"

尤语宁眼眶一热，抬手抓住他的胳膊："小偷儿……骗子……口是心非的……"

"尤语宁，"闻珩哂笑，截住她的话头，手掌落在她的头顶上，揉了揉，"叫你声'学姐'，你就开始训人了吗？"

"你本来就是这样的。"

"走了。"闻珩微微一弯腰，轻而易举地就单手将她拦腰提起来往前走，"少骂我两句，给你男朋友点儿面子。"

猝不及防地双脚离地，尤语宁轻呼了一声，下意识地抱紧他的胳膊："你放我下来。"

"不是很牛吗？骂我小偷儿、骗子的，这会儿叫什么？"

"你快放我下来！"

"求我。"

"求你。"

"没点儿求人的态度。"

尤语宁没见过这么记仇的男人："我求求你了，好学弟。"

"这称呼不怎么好听呢。"

"那叫什么？"

"用我教？"

他真难搞。

"那……好……好哥……哥？"

"结巴什么？"

尤语宁妥协了，低着头认命地乖乖叫他："哥哥，我求求你了。"

闻珩脚步一顿。好几秒后，他松开手，把她放到地上。

终于重新回到地面，尤语宁甚至有种不会站的感觉。她扶着闻珩保持平衡，以为自己得到了解脱，却听他沉着声喊："学姐。"

学姐？又来了……尤语宁现在对这个称呼有 PTSD（创伤后应激障碍），一听他这么喊，总感觉他下一秒就要"作妖"。

果然——他垂着眼看她，喉结隐隐滚动，眼里的欲望都慢慢加深："哥哥想吻你。"

话音刚落，他没给她反应的时间，一阵眩晕后，她被抵在走廊的栏杆上。

走廊的栏杆并不高，尤语宁被迫后仰，后背抵上栏杆，脑袋却没有支撑，有一种在不停往后、坠落的感觉。这种失重的感觉让她不得不紧紧搂住闻珩的脖颈，感受着他的体温，手心里有细汗。

他的吻是如此猛烈、热情，夺走她的呼吸，挤走她的氧气。她有一种要窒息的感觉。

直到回来拿东西的教导主任远远看见他们，也没看清楚，还当是学生早恋，食指一伸，指着他们就大喊："哪个班的？赶紧停下！"

教导主任五十来岁，中等发福的身材，大概是经常干这种事情，业务很熟练，跑得飞快。

闻珩意犹未尽地停下，呼吸还有些急促，眉心微拧，不悦得很明显。

见人跑到跟前，他下意识按着尤语宁的后脑勺儿把她埋到自己怀里，藏住她整张脸，慢条斯理地转过头去，扯了个没什么温度的笑："冯主任。"

冯主任此时走近才认出是闻珩，见他唇色殷红，怀里严严实实地藏着个姑娘，也觉得挺尴尬，为了缓和气氛，自顾自地笑了几声，说了声抱歉："是你啊，闻珩，我还以为是学生早恋，看错了。继续，你们继续。"

说完，冯主任也不等人回话，背着双手晃晃悠悠地离开，走远些就直接小跑起来。

尤语宁也没想到，自己读书时跟早恋不沾边，这都二十几岁了，倒是被抓了回"早恋"。

她想着想着，埋在闻珩怀里笑出了声。

热气透进白色衬衫，落在皮肤上有些痒，闻珩眼神变了变，把她从怀里拽出来："笑什么？"

尤语宁一抬眼，看见他唇上沾着自己的口红，一边拿纸帮他擦一边回道："就是觉得，我把早恋被抓的情节补给你，你的青春会不会圆满一些？"

闻珩把她耳边散落的发别到她的耳后，声音低低的："嗯，圆满。"

中午他们是在学校食堂吃的饭。

自从毕业，尤语宁已经有好些年没吃过食堂的饭菜。

今天校庆，食堂精心准备了许多平时没有的菜式招待来宾，色香味俱全，而且免费。

尤语宁端着餐盘一路选过去，每样都来了一点儿。例汤有荤的和素的，各有两种，素的是青菜煎蛋汤和豆芽汤，荤的是丸子汤和羊肉汤。

尤语宁要了一份羊肉的。

她其实不是特别喜欢吃羊肉的人，也不太会做羊肉，除了聚餐时桌上有羊肉可能会动一筷子，平常基本不吃。

这会儿闻着南华一中食堂羊肉汤的味道，她想起高三上学期的冬至，闻珩给她写的那封没有署名的信，说食堂那天下午会新上泡饼和羊肉汤。

放学后，她去食堂吃饭，果然发现有个新开的窗口排起长队，一问才知道是卖泡饼和羊肉汤的。她特意去看价格，意外发现比自己想象中的便宜，就去买了一份。

那是她第一次吃泡饼和羊肉汤，这么多年过去了，她还记得当时喝的第一口汤的味道。

"那年冬至，你说下午食堂有泡饼和羊肉汤。"尤语宁喝了一口羊肉汤，抿唇回味，"跟这个味道一模一样，闻起来也是。"

闻珩觉得挺好笑："什么都能想起我，对我真无法自拔了？"

"嗯。"尤语宁顺着他的话说，"装不下别人了。"

下午尤语宁跟枫林去大礼堂彩排，闻珩就坐在台下空空荡荡的观众席里看。

节目有六分钟，并不短，但她很认真。她明明是已经这样有名气的配音演员，面对比自己小了这么多届的学弟学妹时也没有一丁点儿架子。别人拿着台本跟她比画协商，她也很温柔地笑，时不时地点头表示肯定，也加一些自己的意见。

彩排一共走了两遍，结束时她穿着一身白裙站在台上四下张望，寻找他的身影，终于看见时唇角一弯，眼睛亮亮的，朝他挥挥手。

她想要快一点儿走到他身边，又顾及面前的一群学弟学妹，只能尽量走得淡定些，快要靠近时他才终于绷不住小跑起来。

她的裙摆翻飞间带起一阵很轻的风，风里有很淡的香，是独属于夏天的味道——热恋的夏天。

晚上的节目很顺利。

因为是配音这样的节目，并不需要特意化表演妆，甚至服装也不用太隆重，尤语宁还是穿着之前的那身白裙，倒是在化妆间里被学妹们拉着重新补了一遍妆。

舞台上的大银幕里播放着早已剪辑好的视频片段，关了灯，尤语宁跟枫林还有橘子、草莓站在暗处，根据大银幕上播放的剧情配出早已改编过的台词。

各种角色之间反差很大，甚至年龄跨度也很大，但是每一个角色她都配得活灵活现，像是本色出演。

台下的观众纷纷发出叫好声，时不时鼓鼓掌，气氛一直又热烈又和谐。

有人拿出手机拍了视频发出去，带了"南华一中百年校庆"和她的"游鱼睡着了"的话题，很快就有了热度，点赞和评论都飞涨。

"我就说我们家鱼鱼宝贝一定是个绝世美女，果不其然！看起来好软好好揉！"

"羡慕南华一中的同学！我也好想和鱼鱼做校友！没想到我们鱼鱼人美声甜，业务能力强还是学霸，南华一中的哎！"

"太美了，美颜暴击！"

"咦，怎么有点儿眼熟？像是之前火过的那一对里的女生。"

与此同时，有人偷拍了台下认真当观众的闻珩，也发到了同一个短视频平台，同样带了"南华一中百年校庆"的话题，文案是："天哪天哪天哪！我们学校居然还有这么帅的学长！特意去了解了一下学长的事迹，真的想说一句牛！"

视频里，大礼堂的灯光昏暗，闻珩跷着腿坐在前排 VIP 席位的红丝绒座椅上，姿势很随意，白衬衫和黑色休闲裤勾勒出完美修长的身形，袖口被挽上去一小截，露出清晰的腕骨，搁在膝盖上的手修长白皙，像动漫里画出来的。

这个角度的视频只拍到他的侧脸，眉骨英挺，眼窝很深，鼻梁挺直，脸颊线条流畅又清晰，没有一丝多余的赘肉。他明明长相偏硬朗，甚至有些带刺的锐利感和好像永远不会为谁停留的浪子气质，却温柔地看着台上的人，眉眼嘴角都浮着淡淡的笑意，整个人看上去有种意外和谐的美感。

评论区的人疯狂索要他的个人信息，有人甚至直接叫"老公"。

今天同在校庆的知情人士爆料："各位别想了，人家今天作为优秀校友代表上台讲话，结尾的时候深情表白了女友。他女友也是我们的校友，他们读中学时就认识了。游鱼睡着了认识吗？就台上那个穿白裙子的，他的。"

尤语宁结束表演后下台，坐在闻珩旁边。

闻珩递过来一瓶已经拧了瓶盖的纯净水，凑近她低笑："原来配音的时候还要做表情和动作啊？"

刚才的台词不少，尤语宁正有些口渴，接过水喝了，小声回答："不然面无表情怎么投入感情呀？"

闻珩声音压得更低："那……配那种戏份的时候呢？"

"哪种……戏份？"

"这种。"闻珩将双手合起来，轻轻拍了两下，"懂吗？"

尤语宁眨眨眼，真没想到他的思维能够瞬间发散到那个地方去："就……嗯……"

"嗯？"

晚会临近结束，学生会的干部们给受邀回来的优秀校友一人发了一套校服，邀请他们一同参加最后的大合影留念。

男士们准备了 175、180、185 三个码，女士们则准备了 165、170、175 三个码。

通常而言，校服这样的服装都是往大一码做，这三种基础码适合大部分人。偏偏闻珩是那个意外——他有一米八八的净身高，185 码的校服能穿，但可能不是那么合身。

新一届的学生会主席一早了解过他的基本资料，订校服的时候特意为他定制了合适的码数，跟其他所有人的都不一样。

尤语宁羡慕，也觉得可惜："如果你当初接受保送或者青大、京大任意一个学校的邀请，现在应该会更上一层楼吧！"

闻珩无所谓的表情："学校从来不是我的首要选择。"

"什么才是？"

"怎么？"闻珩偏头，抬手轻按她的脑门儿，"知道还问，就想听我说好听的？"

尤语宁揉揉额头，低声："可以吗？"

闻珩换了只腿跷着，唇角微弯，斜斜地靠在红丝绒的座椅扶手上，一副世家公子范儿，轻启薄唇，吐出好绝情的三个字："不可以。"

总算等到所有节目都结束，主持人按照流程请优秀毕业生们和校领导上台合影留念。

尤语宁跟闻珩各自去换校服。

他们重新回到前台，原本昏暗的大礼堂每一盏灯都被点亮，层层叠叠的光影里，台上台下熙熙攘攘，都穿着一样的校服。

简单至极的蓝白色却看得人眼花缭乱。尤语宁在人群里寻找闻珩的身影，穿过重重的人群，看见一道熟悉的背影。

她愣在原地，眼里那道背影跟记忆里高二下学期末那段时间回家路上总看见的背影渐渐重叠——一样的蓝白色校服，背上印着南华一中的名字，一样的高大挺拔，一样的肩宽腰细腿长，一样的双手插着校服裤兜，一样的……隔着几米远。

他站在空调口吹着冷气，凉风吹得他宽松的校服鼓起来，一如那些夜晚，夜风吹起那个少年的校服上衣时留在她眼里的背影。

喉头一涩，尤语宁克制着自己的情绪，隔着和从前一样的几米远，扬声喊出那个名字——

"闻珩。"

那人应声转头。

她整个青春期里的背影有了清晰的脸。

他看见她，动作有片刻停顿。就像是看见她穿校服的那一瞬间，他也以为回到了从前，恍如隔世。

只是这一次，他没再只给她留个背影，而是看着她笑，一步一步坚定从容地朝她走来，在和她擦肩的瞬间停下。

他还维持着那个双手插在校服裤子口袋里的姿势，微微弯腰，低头凑近她的耳边，压低的声音隐隐有笑意——

"学姐，很好看嘛！"

尤语宁仰头看，他的眼里有一整条银河的星光，里面只有她的倒影。

主持人在台上喊大家过去合照，她身体一轻，被闻珩轻而易举地抱上了舞台。而他用手掌撑地，轻松一跃，也翻身上台。

台下的相机镜头密密麻麻，尤语宁站在前排，被他从后面搭着双肩，留下了他们的第一张校服合影，在学校的大礼堂舞台的，穿着校服的，有校领导的，光明正大的亲密合照。

就像是，十年前他们本该如此，这是一种来自命运对于相爱之人的馈赠和嘉奖。

在回程的车上，尤语宁接到秦易安的电话，问她今天的校庆活动怎么样。就在前一天，他曾告知尤语宁临时有事要出差，今日校庆就不到场了。

"挺好的，从早上一直到现在才结束，很热闹，也很有意义。学校还是和从前一样没有改变，校领导也依旧可爱。"尤语宁心情好，挺开心地跟他分享。

闻珩在一旁默不作声地开着车，不时从车内后视镜里瞥她一眼。

秦易安问她晚会的节目怎么样，好玩不好玩。

"挺有意思的，现在的学弟学妹很优秀，如果你回来看，也会觉得那时候的我们远远做不到像他们现在这样好。"

"那还挺可惜的，没到现场看一看。"

"今天校庆有直播啊，从早上升旗仪式开始前就在直播，直播了一整天，我看有很多媒体，你搜一搜，应该还能看见回放。"

"看了。"

"什么？"

"看了直播。"

尤语宁有些不懂："你看了直播吗？"那他……还打电话来问，是什么意思？

"看见闻珩在台上作为优秀毕业生代表讲话，他很优秀，也很耀眼。"

手机开着免提，听见自己的名字被提及，闻珩下意识地又从后视镜里看了一眼。尤语宁抬头，跟他在后视镜里对上目光，又低下头，不知怎么接秦易安的话。

秦易安似乎也没有要等她接话的意思，笑了笑，又自顾自地接着往下说："其实我挺羡慕他的，不用顾忌别人的想法，永远随心所欲，却又永远那么耀眼，让所有人都为他着迷。

"不得不承认，他活成了大多数男生都想成为的样子。

"其实高考成绩出来后，我托人几经辗转，打听到你想要报考的学校。我犹豫了很久，终究是没有闻珩那样不顾一切的勇气追随你而去。"

尤语宁听得心里一慌，甚至有点儿想把免提关掉。她没想到秦易安会说出这样的话，根本不敢去看闻珩的反应。

"志愿系统关闭的前一刻，我把西州大学移出了我的未来规划……或许从没让你发觉，我偷偷地喜欢过你。"秦易安又笑了笑，"闻珩是不是在旁边听见了？"

尤语宁转头去看，闻珩一本正经地装作没听见。

她想说"没有"，张了张嘴，最后还是决定保持沉默。

"或许你会觉得奇怪，我为什么会突然说喜欢你。其实也不是突然，我倾慕你的才华，也倾心你的容颜，了解你的过去，对你有保护欲。

"曾经我也想做一个骑士默默守护你，但我理智清醒得近乎绝情，在感情和未来之间我选择了未来。

"所以，错过你，我并未心有不甘。

"说出来就好像卸下了一个包袱，心里这一块儿也腾出来了。这些话，就当是老友之间随便聊聊，不必太往心里去，也请原谅我唐突。

"其实我没出差，就在学校附近的咖啡店里看完了今天的直播。挺好的，他的告白热烈又大胆，他比谁都更勇敢，你会幸福的。

"以后，祝你和闻珩幸福，结婚的话，请发一份请柬。"

这通电话由秦易安主动挂断，车里一时间变得很安静。

好一会儿，尤语宁主动提议："要不听首歌吧？"

闻珩从鼻腔里哼出一声冷笑："听呗，拦着你了？"

他到底在傲什么？是别人打电话说喜欢她，又不是她打电话说喜欢别人，这她能控制得住吗？

一路沉默，尤语宁听着歌渐渐睡了过去。

不知过去多久，她被人捏捏脸，那声音拖腔带调的："还不醒？等我抱呢？"

她睁开眼，看见闻珩近在咫尺的脸，脸色比先前缓和不少，没有那么不好，应该是醋劲儿过去了。

"到了吗？"尤语宁用手背揉揉眼睛，揪着他的衬衫往他身上倒，"不想走路，你背我。"

"二十几岁的人了，这么娇气。"闻珩把她身前的安全带解了，攥着她的手腕转身，弯腰，"上来。"

尤语宁趴到他的背上，搭着他的肩，刚要去搂他的脖颈，手心里被塞了串钥匙。

闻珩把她背好，起身，兜着她的腿，反脚踢上车门："锁车。"

"哦。"

尤语宁按了车钥匙上的锁车键，听见"嘟嘟"两声，知道车锁好了。

已经夜深了，小区里很安静，路上的行人寥寥无几。月色很好，路上照出一双人影。

即便是背着她，他也依旧身姿挺拔，就像是丁点儿都不费力气。

尤语宁贴着闻珩宽而挺拔的肩背，隔着薄薄的白衬衫感知着他温暖的身体。

"闻珩，你之前说，你有微博小号，是叫'撑伞'吗？"

"忘了。"

"能不能不要总是说忘了。"尤语宁不开心，"你明明记得。"

"大概吧。"

尤语宁拿他没办法："那就是承认的意思。"

"重要吗？"

"当然。"尤语宁很认真，"你的爱不应该不被知道。"

"行，就当是吧。"他还是这么嘴硬。

他们进了电梯，墙面上贴着很多宣传画和各种广告。尤语宁想起之前在他工作室里拿的那一本宣传手册，记者问他为什么给工作室取名"归鱼"。那个答案她还没来得及看，手册后来被丢在那儿，她也就渐渐忘了。

"归鱼是什么意思？"

"是……等我回来的意思吗？"

闻珩神色自若，懒懒地掀了掀眼皮："那倒不是。"

"那是什么意思呀？"

"等你回到我身边，"闻珩看着电梯墙上他们的倒影，顿了顿，"我就归你。"

尤语宁搂着他脖子的胳膊慢慢收紧，心里一阵触动。

闻珩兜着她腿的手捏了捏她："谋杀呢？"

"没有……"尤语宁小声地应，胳膊慢慢松开一点儿，"我就是觉得让你等了好久。"

"确实。"电梯门开了，闻珩背着她出去，"但也不算亏，也就十年，换你一辈子。"

她的什么都得是他的。

"那……AI YOU 呢？也是你吗？"

"不然呢？谁一天闲得没事干带你个菜鸟跑地图？"

明明之前都是他主动邀请她的，还那么体贴温柔地说没事，跟着他就好了。

"闻珩。"尤语宁捏捏他耳朵，"以后网上见吧！"

闻珩把她放进沙发里，转身头顶冒了个问号："嗯？"

"网上的你好温柔，说话又好听，从来不会——"

"呵。"闻珩一声冷笑，面无表情，"那你跟他过去，跟我过什么？"

尤语宁："嗯？"这是自己的醋他也吃吗？

半个月后的 5 月 23 日是尤语宁的生日。

每一年的生日对于尤语宁而言都没什么特别的，就只是普通生命中平凡的一天。今年的生日她依旧没有放在心上，只当成一个平平无奇的周一，该干什么干什么，甚至也不愿意想这是自己 24 岁的生日。

本命年啊……她总有一些无法避免的迷信的念头，觉得会不太顺利，会发生一些不好的事情。

然而午休刚过，她正要仔细研究剧本台词，工作室里的灯光一瞬间全灭，同事们合唱的《生日快乐歌》由远及近，从背后响起。

她转头去看，橘子、草莓还有枫林三个人推着一个大推车，上面摆着双层的大蛋糕，蛋糕顶层是一条小鱼和她的生肖——小老虎。

其他的同事像是商量好的一般纷纷起身，一边拍手唱着歌一边朝她围过来。

老板沈一然也出现，祝她生日快乐。

员工入职时都会将生日登记在册，以便公司发放生日福利。今年她的生日，沈一然特意让财务去定了双层大蛋糕，让大家共同替她庆祝。

尤语宁有些局促地扶着电脑桌起身，看着大家的笑脸又尴尬又感动。

"宁宝，快许个愿，吹蜡烛！"橘子双手合十，恨不得自己替她许愿。

草莓也应和："就是就是！快许愿！"

枫林开玩笑："许个愿希望我们的《十年冬》一切顺利！"

沈一然拍了他一下："走开走开，许的愿望说出来就不灵了，别在这儿瞎捣乱。"

其他同事也笑着催促她快许愿、分蛋糕，把氛围弄得很是热闹。

尤语宁在大家的期待中闭眼，双手合十许下愿望。

蜡烛被吹灭，有人开了灯，边跑边喊："分蛋糕啦！"

尤语宁弯唇，对大家说了"谢谢"，接过橘子递来的蛋糕刀，切了蛋糕。小鱼和小老虎是装饰品，不能吃，被她拿下来放好，蛋糕都分给了大家。

大家公费休息、吃蛋糕，工作室里其乐融融。

尤语宁才意外发现，甜烛不在，问了橘子才知道原来甜烛是去进修了。

尤语宁去洗手间把小鱼和小老虎都清洗干净，回到工位上时发现收到了一条好友申请，点开来看是甜烛通过工作室的群聊加她，说有事。

不知道甜烛找自己有什么事，尤语宁好奇地通过好友验证。

甜烛立刻发来一条信息："在群里看到大家说今天是你的生日，祝你生日快乐。"

她客客气气的，尤语宁也以礼相待，回她一句："谢谢，进修加油。"

甜烛又发来一条："之前的事我很抱歉，刚毕业，自以为是地抢了你的角色，以为自己能够比你做得更好。来到这里学习，我才发现你是真的很厉害。"

尤语宁其实对角色被抢那件事已经不介意了，毕竟她因此得到了更多。如今她生活幸福，甜烛又真心实意地跟她道歉，她也就大大方方地接受了："没关系，都过去了，以后一起加油，等你回来惊艳众人。"

甜烛今天似乎格外有倾诉欲："哈哈哈，其实一直没说，之所以抢了你的角色，也不只是为了证明自己可以比你做得好。之前我玩游戏的时候，遇到一个大神，他操作很厉害，人也很高冷，我开全队麦夸他。你也知道我'御姐音'还是很厉害的，一般男人都不太顶得住，但是你知道他怎么做的吗？"

虽然不知道甜烛为什么要跟自己讲这些，尤语宁还是很配合地问："怎么做的呀？"

甜烛："他直接把听筒都关了。我很不服气，就质问他，我声音不好听吗？他没有立即回我，打完一波精彩的操作后才慢悠悠打了几个字，你猜猜他打的那几个字是什么？"

尤语宁好奇："是什么？"

甜烛："很难听！我都气死了，第一次有男人说我声音难听！而且还是很难听！我就问他我这样的声音都难听，什么样的声音才能算好听？他说，他家游鱼的。"

甜烛："他家游鱼！你知道吧？！我当时一听就问，是那个叫游鱼睡着了的配音演员吗？他说'嗯'。我就慕名去听了一下你的配音，都是些'甜妹音'，没什么难度，所以后来就是你见到的那样了。"

尤语宁："不至于吧？就一个偶然遇见的游戏队友而已。"

甜烛："很至于！头一次有男人这样伤害我！而且他还顶着'AI YOU'这个名字，一看就是你的'死忠粉'！"

尤语宁："嗯？"这么……巧吗？还真是"一粉顶十黑"。

下班后，闻珩已经等在外面，带尤语宁去订好的餐厅共进晚餐，柴菲和韶光也在。

十分开心的一顿晚餐结束，大家又去KTV唱了会儿歌。

在回家的车上，尤语宁想起跟甜烛的对话，转头去问闻珩："你认不认识一个叫甜烛的配音演员？"

闻珩眉心微拧，像是认真思考的样子。好一阵后，他问："那个抢了你角色却配得很垃圾然后被骂的甜烛？"

"是……"好家伙，这么长的前缀，看来他恨人家恨得不浅。

"哦。"闻珩毫不在意的语气，"不太认识。"

"之前她打游戏，遇到一个大神，开麦去夸人家，但是被人家说她声音难听，还说我的声音好听，所以她后来进了初一声工坊。"尤语宁说完，看着他笑，"听着耳熟吗？"

"我还能什么都耳熟？跟我有关系吗？"闻珩单手握着方向盘，一手欠欠地过来捏她的脸，"况且那什么大神说的难道不是实话？"

"可是甜烛说，那个大神叫 AI YOU 啊……"

闻珩："还挺巧。"

"是挺巧。"尤语宁点点头，"一粉顶十黑。"

回到家里已经有些晚，尤语宁坐在地毯上不想动，叫闻珩先去洗澡。

前不久她退了之前租的房子，搬到了闻珩租的这套里面，跟他各占一个卧室。

闻珩倒也没什么拖延症，拿了衣服就去浴室。

尤语宁简单看了看自己更新的视频下面的评论区，退出来后收到柴菲发来的微信——是几张他们今天拍的合照，尤语宁一一保存下来，跟柴菲闲聊了几句，不知怎么的，话题扯到了男模身上。

柴菲："你快看这张，身材真的太好了！"

尤语宁看了一眼，确实标准，是网上流行起来的那种腹肌很漂亮的照片。但之前她不小心看见过闻珩的，觉得好像比这还好看点儿，倒也跟柴菲无话不谈："闻珩脱了衣服也这样。"

柴菲："嗯？这是可以说的吗？"

尤语宁："应该可以吧，他一般不看我的手机，也不会看我们的消息记录。"

柴菲："漂亮！"

柴菲："那你们有没有……"

尤语宁："你是说……那个吗？"

柴菲："当然是那个啊！不然还能是哪个？"

尤语宁："那倒没有。"

柴菲震惊："不会吧？！现在谈恋爱不都是很快的吗？你俩都在一起快一个月了居然都没有？他有那种想法吗？"

尤语宁回想了一下："不知道，好像没有？"

她刚发出去，闻珩洗完澡出来，叫她去洗。

尤语宁心虚，不敢再拖拉，起身去洗澡。

闻珩都是随手丢手机的，不怕她看，所以她过来住之后也养成了随手丢手机的习惯，并没想太多。

闻珩擦着头发在地毯上坐下，看见尤语宁的手机亮了一下。

他没有偷看别人手机的习惯，一开始也没管，但那头的人不知道是谁，消息一条接一条地发，手机不停地振动。

闻珩也怕人家有急事，随手拿过来看了一眼。

屏幕锁着，但微信消息还是看得见——

"不是吧！他难道连想法都没有？"

"天哪天哪天哪！他看着明明很厉害，难道实际上不行？"

"不过我也是有听说，长得太高的男生确实会不太行，好像营养都用去长身高了，其他方面就会发育不良。

"该不会闻珩就是这样吧？

"要不你趁他洗澡的时候偷看一下？不行就赶紧跑吧！"

又隔了好一会儿，柴菲又发来一条："怎么不说话啦，宁宝？"

…………

闻珩的太阳穴突突地跳，他误以为自己进入了什么扫黄现场，合着现在的女生私下都聊这些？

用残存的理智克制了自己现在去踹浴室门的冲动，闻珩捞过自己的手机，把柴菲发来的这些消息拍了张照，点开微信，找到韶光，发送："管好你的人，天天都教人家些什么乱七八糟的？"

洗完澡出来时，尤语宁并没有发觉有什么不对。

看见闻珩坐在地毯上玩手机，以为是怕她一个人害怕在等她，她心里一暖，过去把吹风机塞到他的手里，让他帮忙吹头发。

"我好累。"她说，"不想动手。"

闻珩的一条腿随意盘着，另一条腿半支着，左手搭在膝盖上，右手拿着手机悬在腰腹的位置。

尤语宁这么把吹风机往他的手里一塞，吹风机就直直地下坠，又顺势滚落到地毯上。他连姿势都没变，只是抬眼盯着她，没说话，眼神让尤语宁心虚起来："怎么了？"

闻珩定定地看着她，依旧一言不发。

"不想帮我吹吗？"尤语宁也不知道发生了什么，就觉得他看起来好像心情很不好，根本不想搭理她的样子。

她是很会退让的人，看他心情不好，就不打算再让他帮自己吹头发，一手扶着他支起来的腿，一手绕过去要把吹风机拿回来。

"那还是我自己吹……"

话还没说完，闻珩忽然拽住她的手。

尤语宁不太明白他的意思，等了一会儿，听他不说话，就主动问他："你是心情不好吗？"

闻珩用了点儿力，继续往下拽。

他才洗完澡，大概是顾及她在，没像从前一个人住似的围一条浴巾就完事，而是穿着宽松柔软的夏季睡衣和睡裤。

好几秒，尤语宁忽然明白过来，无法避免地耳红脸热，也没敢乱动。

她想起洗澡之前柴菲说的那些话，心也跳得乱七八糟。

她虽然没有谈过恋爱，也没有其他的亲密经历，从小到大也很听话乖巧，但对于这种事，并没觉得一定要等到什么程度才可以，就是觉得感情到位、水到渠成也就行了。

所以，犹豫了一会儿，她又主动问："是需要帮忙吗？还是……一起？"

闻珩用下巴朝茶几上点了点，说了她出来后的第一句话："不看看手机？"

手机？尤语宁不明所以，一只手还被他拽着，只得用另一只手去拿过手机。

还没解锁，她一眼就看见锁屏界面上，柴菲大胆又疯狂的言论……

尤语宁眼皮一跳，把手机丢出去，抬头看他："你听我狡辩。"

"嗯？"

"不是，听我解释。"

"哦。"

尤语宁也没想到自己会有这样被抓包的一天，头皮都在发麻。"我没说你那个……"她嗫嚅着解释，"就是……"

闻珩冷笑，挑眉："哪个？"

"就是……"尤语宁垂眼，视线落在自己那只手挡住的地方，"那个啊！"

431

"啊——"闻珩好像终于明白她说的是什么，拽着她的那只手加了点儿力道，"原来是这个？"

尤语宁心说：别装纯情大尾巴狼了好吗？

闻珩支着的那条腿迅速一收，原本趴在他那条腿上借力的尤语宁防备不及，往下一摔，掉到他身上。

"哑——"尤语宁揉揉鼻子，一抬头，看见一颗睡衣扣子——是最后一颗，在睡衣下摆上。她愣了两秒，垂眼，再抬头时对上闻珩逐渐黯下去的双眼。

闻珩抬手，在她的头顶轻轻地揉了两下，逗小猫一样。

绝对压制的状态，那只指节分明的手从她的头顶慢慢地滑落到额头，大拇指指腹在额头上轻轻刮了刮，又落到侧脸，把她湿湿的头发别到耳后。

他就这么低着头看着她，手指往下，轻轻挠挠她的下巴，开口时声音里有克制不住爱和欲的低沉："学姐，想做什么为什么不跟我讲？这样在外面造我的谣，是不是有点儿过分了？"

尤语宁恨只恨没把手机带走，那些话怎么就……让他看见了？

"那个……"尤语宁咽了口唾沫，发现自己开口时嗓子居然有点儿哑，"事情不是你想的那样。"

"哦，可我眼见为实呢。"

"有的时候也不一定看见的就是真的。"

"是吗？"闻珩挑眉，"那亲手碰到的是真的吗？"

"是……吧？"

"行。"闻珩松开她的手，"自己来吧。"

尤语宁一头雾水："什么？"

闻珩一副任人摆布的样子："'玷污'我。"

尤语宁："嗯？"她收回手坐直，掌心发烫，心跳得飞快，有些犹豫，"不太好吧？"

"怎么，还要我伺候你？"

"倒也不是那个意思。"尤语宁抿了抿唇，"就是，我觉得我们得做点儿准备，总不能就……就……"

话没说完，闻珩不知从哪儿摸出来个盒子丢到她的怀里："这个？"

尤语宁接住盒子一看："嗯？"

闻珩又丢了个盒子过来："还是这个？"

尤语宁又拿着盒子看。

闻珩又丢了个盒子过来："这个？"

尤语宁都懒得看了。

"都不是？"闻珩变魔术似的拿出一个小纸箱，提过来翻转往下倒，一堆花花绿绿的盒子"噼里啪啦"地落到地毯上，"这些？"

尤语宁彻底看呆了："你什么时候买的？"

"刚刚。"

他有点儿夸张了，真的。她强迫自己先冷静下来，低头把那些花花绿绿的盒子捡到纸箱里装好。

"别捡了。"闻珩慢条斯理地起身，随手捞了一把盒子在手里，弯腰将尤语宁拦腰抱起来往卧室里走，"第一次就委屈学姐开几个盲盒吧。"

"我的头发还没干，我要吹头发！"

"迟早会湿。"

"我要去洗手间！"

"下次倒是可以在那里试试。"

后背重重地落到弹性极好的床垫上，又高高地反弹起来，尤语宁脑子发蒙，正要爬起来，却被人按下去。

"看来学姐挺不喜欢自己来的。"闻珩在她的唇上啄了一口，用指腹擦擦她的唇角，笑得邪魅，"那我就勉为其难，伺候一下学姐好了。"

他当真虔诚地吻她，从额头、眼角、鼻尖、脸颊、嘴唇，一直往下。

夏季的睡裙聊胜于无。

尤语宁将手背盖在眼睛上，藏在下面的睫毛不停地颤抖。头发还是湿的，她又觉得好热，也分不清是不是出了汗让头发变得更湿。

她咬着唇，却从齿缝里发出弱而轻的声音，眼睛是酸的，想哭的感觉。

次日醒来已经是早上 8 点，尤语宁觉得还犯困，翻了个身打算继续睡。过了几秒，尤语宁意识好像逐渐清醒。她低头看，身上套了件白色的 T恤——闻珩的。

她翻过身，闻珩看上去已经醒了有一会儿了，靠坐在床头看一本书。见她醒了，他用手背贴贴她的脸："早。"

头一次睡醒后旁边有男人，这种体验还挺新奇的，尤语宁回味了两秒钟，也回了声"早"。

"有没有哪里不舒服的？"闻珩把书翻了一页，"有的话要跟我讲。"

"有一点儿。"尤语宁觉得算是正常的，听说大家都会这样，"跟你讲了有什么用吗？"

"给你上点儿药。"

"那没事，还挺好的。"上药的话，她想想还挺尴尬的。

等闻珩把书放回床头柜，尤语宁才发现他看的居然是一本菜谱，很好奇："你看菜谱干吗？"

闻珩一本正经："研究红豆的正确吃法。"

尤语宁："嗯？"什么奇奇怪怪的？

闻珩掀开被子下床，说要去洗澡。尤语宁没多想，脱口而出："昨晚后来不是洗过吗？"

"嗯？"闻珩转身，神色自若，"冷水澡。"

过了两秒钟，尤语宁才明白他为什么要去洗冷水澡。

等闻珩离开，尤语宁慢腾腾地从床上坐起来，缓了缓，发现好像没想象中那么难受，到穿衣镜前去照了照，锁骨和脖颈这些露出来的地方痕迹不是特别明显，也有可能是散了很多，只有一点点红。

但现在是夏天，也不能用什么东西遮挡，她还是请了个假。

她又看了眼自己身上穿的这身衣服，应该是闻珩随手套的，除了这件长度可以当裙子穿的 T 恤之外什么也没有，两条细白的长腿在空荡荡的 T 恤下摆里显得更直更细，连她自己也多看了两眼。

尤语宁有点儿不太自在，贴身穿着男朋友的衣物总觉得别扭……也有可能是没穿打底衫的缘故。

闻珩很快洗了澡出来，头发湿漉漉的，脸上有未擦干的水珠，还是和先前一样，只穿着一条短款的宽松睡裤。

看见她的时候，他明显愣了一下，擦头发的动作顿住，视线上上下下地将她从头扫到脚，停留在腿部，又慢慢往上移……

他们昨晚那样亲密无间，这会儿正面相对，还被他用这样的眼神打量，尤语宁看他一眼都心跳加速，赶紧别开眼说要去洗漱。

从他身边经过，她被抓住手腕。

"尤语宁，亲一下。"

尤语宁下意识要躲："还没洗漱。"

闻珩将她抵在门上，吻下去："我洗了。"

他似乎很喜欢接吻，才确认关系那两天还很矜持，现在仿佛一看见她就想亲。尤语宁任由他亲了一会儿，有点儿头晕目眩地陷在他的怀里，声音听着累极了："累死了，你抱我去洗漱。"

"行。"闻珩很轻松地将她打横抱起来，步伐轻快地往洗手间去。

从这个角度，尤语宁看见他利落的下颌线，带着些须后水的清爽味道，恍惚间又跟夜里起伏而模糊的、挂着汗的下颌线重叠在一起。一些记忆浮现在脑海里，尤语宁越想脸越热，到最后觉得难为情，侧着脸埋进他怀里。

吃完早饭，尤语宁才想起还没回昨晚柴菲发的那些微信消息。

想起这事她还头疼，如果不是那些奇奇怪怪的消息，她今天这会儿应该在工作室上班。她打开微信，将柴菲昨晚发来的消息从头看了一遍，打心底里佩服柴菲能如此自然地说出那些话。

想了想，她回消息给柴菲："昨晚洗澡去了，没看见。"

柴菲："你倒是没看见，闻珩看见了！"

尤语宁好奇："你怎么知道的？"

柴菲："呜呜呜，你还问我怎么知道的，你不如去问闻珩做了什么，我真是恨死他了！"

尤语宁转头看了一眼，闻珩在厨房洗碗。

她安慰了柴菲两句，又帮闻珩道歉，最后还是没忍住自己的好奇心："到底怎么啦？"

柴菲："闻珩他……他把我给你发的消息拍下来发给韶光了！"

尤语宁很震惊："嗯？不能吧？"

柴菲："千真万确！怎么会有闻珩这种人？你快跟他分手，他肯定不行，不用再看了！告状的男人！气死我了，呜呜呜……"

尤语宁："那个……他其实……很……厉害的。"尤语宁想起昨晚的事还有些脸红，也没柴菲那么放得开，一句话勉勉强强才打完整。

柴菲："嗯？"

柴菲："你？他？啊啊啊！我要气死了！！！"

尤语宁难得见柴菲这么崩溃，也不知道韶光到底做了什么，只能不停地安慰她。

闻珩洗完碗出来，见她抱着手机打字打得飞快，在一旁坐下，扯了张纸擦手上的水："今天又说我什么？"

尤语宁忙里偷闲地看了他一眼，什么话都没说，继续低头和柴菲用微信聊天儿。

"问你话呢。"闻珩屈着手指在桌上敲了敲，"昨晚答应我的都不记得了？"

尤语宁昨晚跟他求饶，答应了一些不平等条约，没想到他还真记上了。

"你干吗把菲菲发的消息拍给韶光啊？"尤语宁心疼好友，"她崩溃了。"

"不让韶光治治她，你俩在一起不得翻天了？"

"哪有那么夸张？我们也就私下一聊。"

"呵。拉倒吧，一天到晚跟她瞎混。"

"你别这样说，菲菲听见了会打你的。"

"我会怕她？"

"那如果我帮她呢？"

"那你真行。"

"算了，我去找她吧。"

"柴菲？"

"嗯。"尤语宁起身去换衣服，"不知道韶光做了什么，她看着很崩溃，我去了解一下。"

换完衣服出来，见闻珩还坐在那儿，尤语宁想了想又劝他："菲菲很喜欢韶光的，你别破坏她在韶光心里的形象啊。"

"坏不了。"闻珩冷笑，"韶光就喜欢她那款的。"

"嗯？"尤语宁有些蒙，"那菲菲为什么会崩溃啊？"

"鬼知道。"

"我还是去看看吧。"

闻珩随即起身，跟在她后面要出门。

尤语宁好奇："你去哪儿？"

闻珩面无表情："送你。"

到了地方他们才知道，原来韶光什么都还没来得及说，是柴菲的自我想象。

韶光只是打了个电话给她："闻珩说，你给宁宁学姐发了一些比较……嗯……大胆的话。"

柴菲一听，瞬间明白他在说什么，连回话也不敢，"啪"的一下就把电话给挂了。她不停地想象，韶光那样清风霁月一般的温柔绅士，肯定会讨厌极了她这样说话露骨、口无遮拦的女生。

"我完了。"柴菲抱着尤语宁哭诉，"我的爱情还没开始就要没了。"

"没事没事，可能是误会了？"尤语宁拍着她的后背安抚，"韶光后面不是都还没来得及说其他话吗？"

"他肯定会觉得我是那种很不好的女生，但我不是，我就是喜欢跟朋友出去玩，都是同学同事，没有跟别人乱玩。"

"我知道的，别难过，我们可以先问问他。"

"不要，我已经没脸见他了。"

他们说话间，有人敲门，尤语宁过去打开门，才发现韶光来了。

"宁宁学姐。"韶光点头跟她打了个招呼，又朝里看，"菲菲学姐呢？"

"在里面，快进来吧。"尤语宁把他请进门，见闻珩还在外面站着，觉得好笑："真不进来啊？"

"韶光都给她带来了，还进去干吗？"闻珩伸手把她拽出来，"你也别在里面当电灯泡了，出不了什么事。"

尤语宁还是不放心："可是……"

"闭嘴。"

当天晚上尤语宁收到柴菲的好消息——她跟韶光在一起了。

尤语宁有点儿好奇："后来是怎么解决的？"

"就……他说，不要再乱发那些话了，如果想聊这样的话题，可以跟他聊。"

"嗯？"尤语宁惊讶，"跟他聊？他这么说的？"

"嗯。"柴菲在电话里笑得很羞涩，怀春的样子，"他说，闻珩叫他管管我，问我愿意让他管吗。"

"你怎么说？"

"我说我这人有很多缺点，劣根性很强，服从管教，但是不一定改得过来。"

"然后呢？"

"他说我率真的样子很可爱，以后也可以继续做自己，但是不要在闻珩面前乱说话，因为闻珩脾气很不好。"

尤语宁哭笑不得："后来怎么在一起的？"

"后来我就跟他谈了。"

"谈什么？"

"长得高的人是不是真的都不太行。"

"再后来呢？"

"他问我他一米八五算不算高，我说算。"柴菲发出害羞的声音，"然后他就说，那我原本那句话是谬论。"

"就在一起了？"

"我说我不信啊，除非他和我在一起，等我什么时候验证了才信，他就答应跟我在一起了。"

"听着有点儿玄幻。"

"哎呀！不管啦！姐姐有男朋友了！"

因为《十年冬》是从校园到都市的暗恋文，受众大多是学生，上线时间定在7月中旬的暑假档。这是尤语宁近几年配过的知名度、期待值最高的一部剧，所以她的压力也很大，好在身边的人都一直相信她、鼓励她，给她带来不少信心和安慰。

《十年冬》正式上线那天，话题一直被顶在首页，不停冒出来新的帖子，大家都表示很期待。

尤语宁紧张得无心做事，守着第一集听完，迫不及待去看网上的评价，看见网友都在夸赞时，那颗一直悬着的心才总算落了地。

《十年冬》不出意料地大爆，比之前的《故园》火了不止一点儿，尤语宁一跃成为配音圈里最耀眼的新生代配音演员。

9月初，网络传言某知名视频平台出了一档名叫《你听》的比赛形式的声优选角综艺，邀请一些圈子里有知名度的声优参加，最后胜出的人可以优先获得圈内更多更好的优秀资源。

9月中旬，尤语宁收到节目组的邀请函。晚上回到家里，她找到闻珩商量，希望能从他那里获得一些建议。

"想去吗？"

"想。"

"那就去。"

"如果一开始就被淘汰了怎么办？"尤语宁有些担心，"我怕会影响我现在的事业。你也知道，我走到现在其实不容易的。"

"没有人可以保证自己会一直获得成功，了不起的是他一直在往前走。"闻珩揉揉她的脑袋，"自信点儿。"

"可是……"

"没有可是。"闻珩亲亲她的脸,"你不相信你男朋友的眼光?我看上的人会差吗?"

"但是……我是说如果,如果我第一轮就被淘汰的话,你会不会也没有那么喜欢我了?就是……觉得原来我是这样平平无奇的一个人。"

"我只会觉得那些人真没眼光,这评委不如让我来当。"

尤语宁被他逗笑:"那我真去了啊?"

"去。话说回来,我是不是也得学学小说里的霸总给你砸点儿钱,让你顺顺利利地'走花路'?"

尤语宁笑得不能停:"还是算了吧,亏本生意。"

10月初,节目正式开始录制。

尤语宁每一期去录节目闻珩都车接车送,有空还会当当观众。

一圈朋友笑他"恋爱脑",他毫不在乎地哼笑:"不比'单身狗'强多了?"

众人沉默,无言以对。

得益于闻珩的鼓励,尤语宁多了很多自信,超常发挥,过五关斩六将,历时一个半月,成功斩获第一名。结束的那一天,她欢欢喜喜地给闻珩打电话报喜,闻珩说一早就猜到这个结局,庆功宴都准备好了。

他在应付一个难缠的客户,一时半会儿走不开,托了韶光去接。

韶光拿着车钥匙要走,问他:"宁宁学姐在哪儿呢?"

闻珩一听这个称呼,很不乐意:"什么宁宁学姐?我女朋友你叫那么亲密干什么?"

"嗯?"韶光一头问号,"从前不也这么叫的?"

"现在不行,换一个。"

"那叫学姐?"

"学姐是我的。"

韶光头一次觉得他麻烦:"那叫什么?"

"随便。"

"我比她大,叫她名字行不行,尤语宁?"

"这也是我的。"

"小尤?宁宁?"

闻珩皱眉:"你是不是挑事呢?这么亲密,除了我,别人叫合适吗?"

韶光这样的好脾气都快被磨没了:"不叫了,自己接吧!"

"等等。"闻珩把他拉回来，"你就叫她……闻太太。"

韶光无语。

"弟妹也行。"

按照闻珩给的地址开车过去，远远看见尤语宁，韶光把车开到她跟前，降下车窗喊她："弟妹，闻珩叫我来接你。"

尤语宁一愣："弟妹？"

她拉开车门坐进去，韶光很主动地解释："闻珩让我这么叫的。"

尤语宁："还是叫名字或者学姐吧。"弟妹听着总感觉怪怪的。

"啊，那不行。"韶光一本正经地驳回，"他说要么叫弟妹，要么叫闻太太，别的都不行，不然要跟我翻脸。"韶光又问，"你选哪个？弟妹还是闻太太？"

尤语宁沉默好一会儿，艰难地做出选择："那还是叫……弟妹吧。"

第十一章
理想国

12 月上旬，尤语宁接到程佳梦的电话——任莲去世了。

初听到这个消息的一瞬间，尤语宁有些恍惚："别骗我了。"

程佳梦冷笑："是真的，你要回来看看就回来，不看也没人管你，我通知你一声也算是仁至义尽了。"

挂断电话，尤语宁坐在工位上发了会儿呆。

尤语宁已经不太记得清上一次见任莲是什么时候，但好像清晰地记得她的脸和声音。尤语宁不知道这算不算难过，只是觉得世界好像短暂安静了几秒，而后喧嚣声入耳，内心有一瞬间是空的。

接到电话是下午，还有两个小时下班，她请了假。

她觉得应该打电话和闻珩说一说，但完全没有说话的欲望。

那个她曾经最爱也最恨的女人，给了她生命却又抛弃她的女人，死了。

她对任莲的感情复杂到自己也分不清，好像世界上的恨大多因爱而生，一个人太爱另一个人，到最后总难免生恨。

她去了花店精挑细选，买了一束白色的花。

时隔半年，尤语宁再次踏入这个从小长大的地方。

她的几个姨姨和舅舅都在忙前忙后地操办，单元楼下摆着一排花圈，任莲的照片放在中间，照片上还是任莲年轻时候的模样，很漂亮。

尤语宁没有上楼，走到那一排花圈前，看着任莲的照片，好一阵才放下手里的那一束白花。她转身，并没离开，躲在不会被人注意的地方。

等了很久，尤语宁终于看见尤语嘉。尤语嘉比上次瘦了很多，哭得很伤心。

尤语宁安安静静地躲着，直到听见舅舅和姨姨们讨论尤语嘉的去处。

有人建议把尤语嘉送到她那里去。托之前南华一中百年校庆的福，现在这些亲戚知道她在做什么工作，也一致认为她吃穿不愁，很有钱，认为她总归是心软的，尤语嘉又是她的亲弟弟，现在只剩他们俩相依为命，她不会不管。

有人提议把尤语嘉送到尤启年那里，说尤启年现在也很有钱，尤语嘉毕竟是他的儿子，还没成年，他不管也要管，更何况尤语嘉是个儿子。

小舅说，不管是丢到她这里还是尤启年那里，他们都不会真心对待尤语嘉，尤语嘉的日子不会好过。他提议把任莲的房子卖了，把钱平分给几家，大家轮流抚养尤语嘉。

平常团结一致的亲戚因为各持己见而争论不休，到最后也没个定论。

只有程佳梦最清醒："把嘉嘉送到他爸那里吧，房子给他留着。找宁宁根本不行，闻家的人真招惹得起吗？没一个吃素的。"

听到这里，尤语宁转身离开。

已是深冬，晚上6点钟的光景，天色昏暗，夜幕将近，风是凉的，空气里有加小米辣的关东煮的味道。

尤语宁没有从每次走的那条坡道上回去，而是沿着前面鲜少走的那条路走。

她很想知道，高二下学期期末，闻珩每天晚上护送她到家以后，要从这条路走到哪里才能踏上回家的路，这条路上又有什么样的风景。

老城区的房子低矮，道路破旧，店面都显得陈旧，此时纷纷亮起灯，还在延续白天的生意。

尤语宁走上一条不算宽阔的老街，两旁高大的梧桐树已枝枯叶败，一派萧索荒凉的景象。高大的路灯亮起，光照得枯枝败叶像逢了春，泛着一小片的绿。

尤语宁停下，抬头看那片绿色的梧桐叶，看了好半天，才发现只是因为路灯的灯光照着，所以它们才呈现出一片绿色，真神奇。

万物枯寂的冬夜，因为一盏灯，枯叶仍犹在春。

手机铃声突兀地响起，来电显示是闻珩。

尤语宁接听，闻珩低沉的声音从另一端传来，清晰动人地落在耳边："不回家干吗呢？等你吃饭，给个地址我去接。"

初冬的风好凛冽，刮得脸上冷冰冰地疼，让人想哭。

她转身朝前走，将手机捂在耳朵边，边走边回头看那棵梧桐树。

街角的商店在放那首《爱人错过》，歌词第一句是"我肯定，在几百年前就说过爱你，只是你忘了"。

尤语宁低头看路，弯唇笑："闻珩，你信吗？我在冬天看见了春天。"

她拿下耳朵边的手机，拍下那棵梧桐树。

很多时候她都在想开始喜欢闻珩的理由，而就在刚刚，她找到了——

万物枯寂，是冬，而你在我身边，似明灯点亮我，我是冬日里绿意盎然的春。

故事开始的那个寂寥冬夜，我遇见命中注定的春天。

12月底，南华一中迎来一年一次的元旦迎新晚会。

因为今夏《十年冬》大爆，以及《你听》第一季总冠军的名头，尤语宁收到新一届的学生会干部们的邀请，盼她重返母校，共襄盛举。

负责跟她接洽的是新一任学生会文艺部副部长，跟她曾经的职位一样，是一个拥有甜美声音的女孩子，叫许昧。

许昧言辞之间情真意切："学姐，今年距您上一次举办元旦迎新晚会十周年啊，多有纪念意义！"

尤语宁恍然间一算，竟真的已经匆匆十年。她应下邀请，说希望能准备一架钢琴，她想单人弹唱一首歌。

学妹开心答应，问她要唱什么歌，先列一下节目单。

"Oceanside。"

"好的。"学妹一边记下歌名一边和她闲聊，"挺老的一首歌，十几年了吧？不过还挺好听的。"

"能多给我一张前排观众席的票吗？和我挨着。"

"没问题呀，是要带男朋友吧？我知道，是闻珩学长！"

尤语宁笑："是。"

元旦迎新晚会那天，尤语宁跟闻珩提前出门。

闻珩倒着车，边看后视镜转动方向盘边笑："'吃软饭'的感觉还挺爽。"

尤语宁觉得好笑："什么呀！"

"沾你的光，还有机会回母校参加迎新晚会。"闻珩挑眉，"还挺荣幸，时隔十年，又能看你表演。"

尤语宁转头问他："闻珩，你是因为那首歌喜欢上我的吗？"

"忘了。"他不想说就总说忘了。

尤语宁不再问他，转头看向副驾驶座的窗外。才下午 5 点，天空一片昏暗，外面街道的树被吹得东倒西歪，落叶打着旋儿地往天上飞。

尤语宁扒在玻璃上，有些走神儿，声音低低的："今天会下雨吗？"

"怎么？怕下雨？"

"没有。"尤语宁摇头，弯唇笑了笑，"我现在很喜欢下雨天。"

"那倒是，一到下雨天就能见着我，可不盼着下雨吗？"

"闭嘴吧。"

十年后的现在，南华一中的元旦迎新晚会比十年前更盛大，迎宾的学生一路从校门口排到大礼堂。

到了礼堂外，尤语宁才发现秦易安也在，跟一个女孩子站得很近，不知道在说些什么。女生一抬头看见他们，连忙笑着招手，跳起来喊："学姐！这儿！"

尤语宁挽着闻珩的胳膊走过去，才知道原来这个女生就是跟她联系的那个——新一任的学生会文艺部副部长，许昧。

秦易安主动笑着跟他们打了招呼，又伸出手要跟闻珩握一握。

这次闻珩倒是很给面子，非常认真地跟他握了手，嘴角带笑，语气还是那副懒散的样子："学长好。"

秦易安笑得更甚，叫他们先进去坐。

"你不进去吗？"尤语宁问。

秦易安指了指一旁的许昧："她的部长临时有事，我在这儿帮忙顶一会儿，你们先进去。"

许昧长得很乖，又是十六七岁正青春的年纪，笑起来露出两颗小虎牙，是活力满满的妹妹。她把两张早就准备好的票给尤语宁："学长、学姐，照顾不周，多担待！"

尤语宁跟闻珩进去按照票找了位子坐下，晚会还没开始，大礼堂里放着音乐烘托气氛。负责组织这场晚会的学生会干部们跑来跑去地忙，有种青春洋溢的感觉。

他们没坐太久，晚会开始。先是开场秀调动气氛，随后是主持人上场讲一些官方的套话之后邀请校领导上台讲话，接着便是节目表演，每个节目都很让人惊喜，看得出很用心。

尤语宁那首钢琴曲被排在很后面，许昧当时跟她商量过顺序，问她介不介意。

她都无所谓，本来也是来玩的。

距离尤语宁上场还剩下一个节目时，许昧特意发了消息过来，问她现在要不要准备去更换服装。

尤语宁是自己带了一套和十年前表演时穿的那条差不多的白裙子来的，给许昧回了消息后就熟门熟路地去了更衣室。

主持人上台，对上一个节目做了总结和夸赞之后，开始了对下一个节目进行报幕——

"接下来这个节目我想大家一定都会非常期待和喜欢——暑假大热的广播剧《十年冬》女主角的配音演员、《你听》第一季总冠军，游鱼睡着了老师，从南华一中毕业的尤语宁学姐，将为我们带来一首单人曲目 oceanside，让我们掌声有请！"

台下爆发热烈的掌声和尖叫声，闻珩跷着腿懒散地坐着，一双深情的眼眸温柔含笑，只静静地看向台上。

复古玫瑰红的幕布渐渐向两边拉开，暗暗的舞台上隐约可以窥见钢琴的剪影。

聚光灯亮起，灯光落在钢琴上，也照亮钢琴前坐着的人。一如十年前，尤语宁穿着一条无袖纯白长裙，露出两条细白的胳膊。不同的是，这一次台上只有她一个人。

柔顺的长发披肩，她端正地坐着，肩背挺得笔直，温柔的眉眼让人觉得岁月静好。

大礼堂内欢迎她的掌声渐次停歇，一片静谧之中，细细长长的手指按下钢琴的黑白琴键，舒缓悠扬的旋律从四面八方响起，渐渐将人环绕，带人一同进入岁月静好的世界里。温柔甜美的女声随即从音响里传来，咬字清晰、发音标准地唱一首在这个浮躁的年代里少有的不浮躁的歌。

舞台四周光线昏暗，只留着一盏聚光灯温柔地将她和钢琴笼罩起来。她的周身就像是有一层光环，让人想要触碰却又不敢触碰。

闻珩将十指随意交叉着，搁在叠放的腿上，满心满眼依旧是当初在台下渴望的那个人。

也就只有在这样的一刻，他暂时将浑身的锋芒收了起来，看起来温柔得不像话。

台下座无虚席的观众席里，有人拿着手机安静地拍下这样一段视频——台上仙女一般的白裙女生在弹唱一首温柔的英文老歌，台下昏暗的一处，惊才绝艳的男人散去叛逆，为她眉眼温柔。

她记得他写的第一封信，有着少年意气的他不甘台上的她居于人侧。所以，十年后的今天，她孤身一人上台，只要他看见她一个人。

仿佛旧梦一场，时间的洪流在这一刻匆忙却又温柔地倒回2012年12月的冬天——

一年一次的元旦迎新晚会在即，每个班都递上了自己的节目名单，闻珩的名字赫然在册，备注里写着街舞的曲子。那是一支群舞，他站在中心位。

彼时他还年少，血气方刚，初进入南华一中，晚会的前一天还被迫打了一场架，额头、眼尾和嘴角都留着一片瘀青。

帅气、桀骜不仅丝毫不减，还增了几分破碎的美感。

次日，晚会节目候场，人来人往的嘈杂后台让人觉得烦，少年闻珩躲在虚掩着的前厅门边，听见一道安抚人心的温柔女声。他将门偷偷打开更大的缝隙，懒懒地斜倚在门边，朝台上一抬眼，看见一张让人惊艳的脸。

后台忙得热火朝天，工作人员到处抓人，把他抓回去上妆，说这张带瘀青的脸显得你太过叛逆嚣张，校长在台下看了要气得犯心脏病。

被人架着两条胳膊后退，他却还是记住了那样的一张脸。

"学姐，台上唱歌那美女认识吗？哪个班的？读高几？"

"她啊？我们文艺部的副部长，高二的尤语宁。"

他被拉到通用化妆间的座椅上。其他人都肯乖乖让人上妆，他却不肯让人碰他那张脸："换个温柔的来，疼。"

学姐要不是看他长得好看都不想管他，好说歹说了半天，后台会化妆的几个让他选，他都说人家看起来不够温柔。

前台，尤语宁唱完那首歌，匆忙回到后台帮忙。

宣传部部长蒋小燕被闻珩搞得头大，见到尤语宁回来，像见到救命恩人一样冲上去："天哪！我的宁！江湖救急！快来快来，有个好难搞的学弟。会化妆吧？我求求你给他化个妆吧！"

尤语宁衣服都没来得及换就被抓壮丁似的拖到了化妆间，问了好几句才勉强搞清楚状况。

少年背对着她歪歪斜斜地坐在化妆椅上，后背贴靠背，双腿交叠着，脚搭在化妆台上，整个人一眼看上去，就像个玩世不恭的纨绔子弟。

蒋小燕冲他喊："学弟，这个够温柔吗？"

"纨绔子弟"一抬眼，大大的化妆镜里，少女一袭白裙，在台下依旧光芒耀眼，安静地站在他身后两米远处。

他放下搁在化妆台上的脚，轻轻一蹬地，化妆椅转了个向。

那是尤语宁初见闻珩的第一眼。

他一脸伤，看上去很不好惹的样子，却对她偏头露出个笑："学姐好。"

蒋小燕一看情况，双手合十，感激涕零："天哪！我的宁，你就是我的救命恩人，这位学弟就拜托你了！"说完，她将人往前一推，跑去忙别的了。

尤语宁猝不及防地被她一推，跌跌撞撞地往前摔，被很不好惹的纨绔学弟手疾眼快地拉住，贴在手腕上的掌心滚烫。

"学姐，小心点儿啊！"

她站稳，说"谢谢"，对上他灿若星河的双眸，总觉得他的眼神炙热，移开视线去帮他找东西化妆。

很难搞的学弟突然变得很好搞，先前说别的学姐都不够温柔，眼下却对她说："学姐，其实你可以用力一点儿，没那么疼。"他仰着一张瘦削英俊的脸，盯着人的眼神炙热又直白，丝毫不加掩饰。

彼时的尤语宁还未情窦初开，不懂他眼里的热烈，只当这位学弟喜怒无常，很认真也很小心地帮他化妆，遮挡脸上的伤。

视线落到他微微干裂的唇上，她犹豫两秒，转身去翻自己的外套口袋。

冬日空气干燥，嘴唇容易干，她原本的唇膏快要见底，新买了一支一模一样的——玉色的一管，圆柱体，周身没有图案，只写了一圈品牌的英文名，还未拆封，包装的纸板上印着一块蜂巢的图案。

温柔学姐当着纨绔学弟的面亲手拆开那支唇膏，将包装纸板随意地往台上一搁，拧开唇膏盖子轻轻一旋，露出里面莹润的玉色膏体。

她低头俯身，凑近他，左手轻轻地扶着他的下巴，右手握着那支新拆开的唇膏温柔地涂抹到他干裂的薄唇上："别乱动，当心弄到脸上。"

很淡、很好闻的柑橘类清香慢慢散开，顽劣不堪的学弟乖巧地听话不乱动，抬眼瞧着她专心地替自己涂抹唇膏。扶着他下巴的手指柔软又冰凉，让多浮躁的心都能静下来。

他瞧着她小巧精致的薄唇，隐约可见没涂口红，但泛着很细腻的光泽，呼吸间有跟他唇上一样的柑橘类清香。

"好了。"温柔的学姐把唇膏旋转回去，盖上盖子，想了想，把唇膏送给他，"送你了，新的，只有你用过。"

"和你用的一样？"

"对，我刚买的，男生也能用，你的嘴有点儿干，每天涂一涂，不然会起皮，冬天空气干。"

温柔的学姐事务繁忙，把唇膏塞到他的手里就转身去忙别的事情了。

他抬眼朝化妆镜里瞧，原本脸上的几块瘀青都被遮得严严实实，干裂的唇也被刚涂抹的唇膏滋润得细腻——受伤的这张脸被她弄得很好看。

化妆台上刚刚拆开的包装还在，他拿到手里一看，上面写着佛手柑。

普鲁斯特效应表示，只要你闻到曾经闻过的味道，就会开启当时的记忆。

所以，后来兜兜转转不被记得的那些年，他只用这一种香。每一天，熟悉的佛手柑香味都会提醒他想起初见时她温柔美好的每个瞬间。

一首 oceanside 唱完，台下安静一瞬，旋即响起热烈的掌声。

尤语宁轻提柔软的裙摆起身致谢。

她转身下台，绕到后台换衣服，路过中控室，记者部的学弟学妹在里面盯着前面舞台的灯光和音响，有人在翻看以前的视频。

从门边经过的一瞬间，尤语宁听见里面有个学妹在喊："哇！看我翻到了什么好东西！"

"什么呀？我看看。"

"十年前迎新晚会的视频记录，还有后台的……看，闻珩学长！"

尤语宁下意识地停在门口，转头朝里看，两个学妹聚在一起聊天儿、看视频，学弟们对这些不感兴趣，忙着调音响。

前厅的下一个节目开始，音响里动感的节奏环绕大礼堂，仔细听，是那首《爱人错过》的前奏。音乐声有些大，尤语宁听不清里面在说什么，犹豫两秒，抬脚进去。

两个学妹以为是老师来了，吓了一跳，正要关掉电脑页面，转头一看是尤语宁，动作顿住，满脸惊讶："尤语宁学姐？"

尤语宁笑了笑，问她们："我能看看吗？"

"当然可以！"两个女生各自往旁边退开一点儿，给她让出位子，"正好看见你了，还有闻珩学长。原来你们那时候就恋爱了吗？"

电脑荧幕里是十年前同一时间的元旦迎新晚会。彼时像素不及今日，从学生会记者部所负责记录的晚会现场珍贵视频里特意挑选出来的片段虽有些模糊，容颜却依旧清晰可辨。

她在台上唱歌，镜头从观众席最后一排渐渐向前推进，后台通往前厅的虚掩侧门里，桀骜的少年懒懒地倚着门，下颌微扬，只看向台上的她。

再往后，视频里的画面变成了忙碌的后台化妆间。少年坐在化妆椅上，仰着头看她的眼神炙热，时隔多年，比现在半分不减。

她替他化妆，拆了自己全新的佛手柑味润唇膏，被他连同包装一起妥帖收放。

那是……少年时的闻珩。尤语宁捏着裙摆的手渐渐收紧，眼眶泛热，晶莹的泪悬着像将落未落的钻。

原来，他频繁要记起的是他们初见的场景。

尤语宁一眨眼，眼泪滚落，说了声"谢谢"，急匆匆转身离开。

她回到更衣室，来不及换衣服，把羽绒服随便往身上一套，把其他东西都收到纸提袋里，小跑着去找闻珩。

尤语宁的节目结束，闻珩懒得待下去，发微信给她说想先走，叫她换完衣服直接出来，去吃个夜宵。他出了大礼堂，才发现外面不知什么时候下起了大雨。有人问他要不要伞，他转眼去看，才发现居然是秦易安。

秦易安手里拿着把伞递过来："你车里肯定备着，先去拿。"

闻珩垂眼道了声谢，接过雨伞小跑着过去拿了把伞回来，把秦易安的还给他。

"你怎么在这儿？"

秦易安看看他手里的伞，又仰头看天，笑了笑："里面闷，准备走了。"秦易安说完，撑伞走进雨幕中，当真离开了。

尤语宁从环形的后台小跑出来，将侧门掩上，接到闻珩的电话——

"在哪儿呢？"

她握着手机贴在耳边，心跳得很快，呼吸急促，说不出话，一步一步朝大礼堂门口走。

"不说话？"

走至门口，尤语宁挂断电话，双手拉开厚重的大门，听见淅淅沥沥的雨声。闻珩拿着把伞立在屋檐下，正要重新拨打一遍她的电话。

那伞眼熟至极，天青色的伞面上勾着细碎的花——她以前送出去过一把一模一样的。

尤语宁走出大门，松开手，大门自动合上。

应该是听见动静，闻珩回过头来。

也在这个瞬间，尤语宁记起十年前的那个夜晚——

大雨淋湿地面，屋檐下被困的男生转头，昏暗的灯光下侧脸英俊，嗓音动听："学姐，我没带伞。"

而今，和十年前一样的冬夜，一样的雨天，他转头，少年的气质多了几分成熟稳重，模样却似乎没有变。

"瞧你男朋友这未雨绸缪的能力。"他得意地晃了晃手里那把很旧的小花伞，朝她走来，"没我可不得淋雨？"

尤语宁就站在原地看着他朝自己走来，没有动，直到他火炉一样滚烫的手抓住她冰凉的手指捏了捏，惩罚似的胡乱在她的头顶上揉一通，假装生气："让你换好衣服出来，怎么傻兮兮地穿个裙子就跑出来了，不冷？"他又把伞撑开塞到她手里，在她身前蹲下去，"上来，背你过去，车还挺远。"

时隔十年，这把旧伞重新回到她的手中。尤语宁抬头看，当年折断的伞骨已经被修好，看不出痕迹，整把伞看上去除了有些旧，没有一点儿坏的地方——已经被他修好了。

就像她破碎的心，也被他修好了。

她低头，看见他宽而挺拔的背，好像能够永远撑起她的天。

她趴上去，双腿被他兜住，身体腾空，一米六六的她忽然也有了一米八八的视角。

大雨"啪啪啪"地砸落在伞面上，清晰地响在他们的头顶。

尤语宁把伞握紧，低头看，湿漉漉的地面映出合二为一的影子。仿佛又回到那一年，他们挤在一把坏掉的雨伞下，一起从大礼堂的门口走回家。

"闻珩，"尤语宁开口叫他，声音哽咽，"我那一年，送你的这把伞是坏的。"

"我修好了。"

"嗯。"尤语宁抿唇，眼泪落下，"谢谢你，也修好了我。"

"打个赌吧。"闻珩忽然说，"赌你今天一步路都不用走就能到家。"

"我会赢吗？"

"当然。"

"为什么？"

"你在对面，我自愿让出所有筹码。"

"那这些筹码就当我日后给你的嫁妆。"

据说，看到南迦巴瓦峰真容的人会得偿所愿。

2012 年冬，闻珩在南迦巴瓦神山下许愿，望所慕之人他日定要驻足于自己身边，岁岁年年。

2022 年冬，南迦巴瓦峰应了他年年来许的愿。

爱是一场豪赌性质的冒险。

所以，我押上所有筹码，极尽勇敢。

我爱你，至死方休。

2021 年 10 月底，南华进入绵长的雨季。

闻珩忙了整整一周。

他从西州机场出发时还是大晴天，穿单件休闲衬衫都觉得微热。下了飞机，他从南华机场出来，被凄风冷雨弄了个措手不及。

天气预报明明说大雨晚上才来，这才下午 3 点，是想淹死谁？

"嘿！这儿！这儿呢！"一个穿着一件草绿色连帽卫衣，身高一米八三的男生一边招手一边跳着跑过来，就像一只蹦跶的青蛙。

闻珩转头去看，朱奇满脸兴奋，好像闻珩就是那即将被除掉的农田害虫。

即将被扑倒的一瞬间，闻珩把行李箱往前一推，挡住朱奇，自己往后一闪，躲开了他。

朱奇稳稳当当地接住行李箱，兴奋半点儿不减，抓着行李箱围着闻珩转了一圈，上下打量："啧，我的乖乖，你还是和从前一样高大威猛又帅气！"

闻珩拧眉："别恶心人了，瞅你穿的这是什么玩意儿，绿帽套装？"

"啥绿帽套装？"朱奇很不服气地昂首挺胸，扯了扯胸口那块印着小跳蛙的衣服布料，"情侣装，懂不懂？"

闻珩一声冷笑："哦，挺别致。"

朱奇拖着行李箱带闻珩往他停车的地方走，得意扬扬："你当然是不会懂的，'单身狗'又怎么会懂小情侣之间的情趣呢？"

"闭嘴吧，傻狗。"

"瞧瞧，恼羞成怒了，哈哈哈。"

他们出了机场辅路，朱奇的手机进来一条微信消息，他偏头去看，大喊一声："哇！"

副驾驶座上闭目养神的闻珩被吵得不得不皱眉睁眼："你要死啊？！"

朱奇浑不在意，跟他说刚看到的消息："定下来了，就今晚7点，金阳饭店聚，等会儿给你送回家我得去找我宝一趟，你自己开车去啊。"

闻珩重新闭上眼，懒懒地从鼻腔里哼出个音："嗯。"

到家是4点，闻珩洗了澡，换了衣服。家里除了用人谁都不在，他这大少爷跟捡来的一样，大老远回家爹不管娘也不问。

吃了饭，睡到6点，闻珩去车库挑了辆顺手的车，一路开去金阳饭店。

他到了包间，里面的人已经围着圆桌坐了一圈，不知在聊什么。一推开门，吵得像菜市场。

听见开门的动静，他们全都朝闻珩看过来，安静了很短暂的一瞬，又立即爆发了洪水般的热情。朱奇跑得最快，跟几个人起身将他拉到一早给他留着的座位上，把他按着坐下。

"大状元可好久不见了啊！今天得灌你酒！不醉不准走！"

"嘿！人家现在是大老板，什么场面没见过，还会怕你灌这点儿酒？"

"瞧你说的，以前人闻珩喝酒也牛啊！谁喝得过？你喝得过吗？"

"那我肯定不行，闻珩人家可是大少爷，从小酒桌文化耳濡目染，你牛你上去试试？"

"行了。"闻珩单手举了举酒杯表示敬过大家，仰头一口喝下，再将杯子在空中倒扣，"各位还没忘了我，就是朋友。"

他虽然脾气很不好，但一向爽快，这么主动敬一杯酒，场子一瞬间热闹起来，大家互相笑着闹着要把对方灌醉。

一圈下来，闻珩喝得不少，但面色没变，眼里清明，不见丝毫醉意。

大家闹得也差不多了，开始叙旧情，闲聊起来。有人想起闻珩从前做的那些离经叛道的事，难免百思不得其解，趁着这个机会问个答案："闻珩，你明明是高考状元，怎么最后去了西州大学啊？"

闻珩端着酒杯懒懒靠在椅背上坐着，听见这句话抬眼挑了下眉梢，并没答话。

朱奇坐他旁边，一听那可按捺不住了，替他回答："当然是为了高一迎新晚会上送他小花伞的学姐啊！"

众人好奇："什么学姐啊？"

"就是，什么学姐能勾得我们闻大校草放弃国内排名前二的大学，去西州大学啊？"

"可不是？以前多少美女给他写情书，他连看都不看一眼，把人家小女生羞得都哭了，校花送情书都没用！"

"所以你拒绝校花是因为喜欢姐姐？姐弟恋，时髦啊！"

说这话的人就坐在闻珩旁边，话音刚落，闻珩抬脚踹他的凳子："什么姐弟恋？人家比我还小几个月。"

"比你还小啊？"那被踹了凳子的人丝毫没有怒意，反而还笑嘻嘻地凑近闻珩，"你那会儿不就是咱班最小的吗？我记得高一刚开学统计资料的时候，你才 14 岁。"

闻珩"嗯"了一声，垂着眼把玩手里的空酒杯。好一会儿，他不知想到什么，唇角微翘："人家聪明，不行？"

"咦——"一片嫌弃的声音。

大家又闹了一会儿，闻珩抬眼一瞥，外面的雨越下越大，从没关紧的窗户缝隙传进来"噼里啪啦"的声音。

闻珩眉心一拧，边起身边端了杯酒喝下去："不玩了，改天再聚。"

话音刚落，他把椅子往后一推，不等人挽留就要走人。

旁边几个人反应过来起身留他，朱奇知道闻珩那脾气，怕一会儿翻脸了不好看，忙起身手往下压了压，示意其余几个人坐下："人家闻珩今天从西州回来也累了，你们又灌他那么多酒，这会儿还不让人回去休息啊？"

他边说边追上已经出门的闻珩，贴心地从外套兜里摸出一本巴掌大的小册子塞到闻珩的手里，神神秘秘的："《女神攻略》，不成功来砍我。"

闻珩："嗯？"他低头一瞥，随意翻开看了两页就丢回去，"什么玩意儿，字写得跟驱鬼的符似的。"

朱奇手疾眼快地接住小册子，固执地重新塞到他的手里："瞅你追多少年了还没追到，拿去给哥试，不成功来砍我！"他像是怕闻珩又丢回来，说完人已经跑没影了。

闻珩叫了代驾，坐车里等人来的时候闲得无聊把那小册子翻开来看，一翻开嫌弃地闭了闭眼，又被里面鬼画符般的字丑得睁不开眼。

忍了又忍，他继续往下看。

《女神攻略》第一页：

1. 找到个算卦婆婆，叫她编故事。
2. 染一头招眼的蓝发，吸引注意力。

3. 故意让她撞到自己，制造搭讪机会。

　　什么玩意儿？闻珩一把丢开小册子。
　　车窗玻璃被敲出响声，闻珩抬眼一看，是代驾。
　　闻珩降下车窗，年轻男子撑着伞弯腰询问："先生，请问是您叫的代驾吗？能不能开下后备厢？我把我的单车放进去。"
　　代驾把车放好进了驾驶座，正要启动，看见脚边有个小册子，弯腰捡起递给闻珩："先生，您的东西掉了。"
　　闻珩垂眼一瞥——丢不掉的东西。
　　一路上，无聊的闻珩看完了那本糊弄鬼似的小册子。
　　第二天，他出门染了个蓝发。
　　造型师一边观赏自己的杰作一边摸着下巴思索，好一阵子，提出个建议："要么再打个耳洞？感觉会更有个性。"
　　闻珩抬眼从镜子里瞧他。
　　造型师挠挠额头："那什么……我就是觉得那样会更酷一点儿。"
　　好一阵子，闻珩低头玩手机："哦，打呗。"
　　造型师如释重负，心满意足地让人上工具。
　　打了右边耳垂，造型师看着黑色的耳钉跟闻珩这张不羁放纵的俊脸，真是越看越配。他不忍心再打另一边，总觉得那样他的个性会减弱一半。
　　"要不就打这一边吧？"他征求闻珩的意见，"看起来很酷。"
　　闻珩抬眼看向面前擦得干干净净的大镜子——皮肤冷白，蓝色头发，单边的黑色耳钉，配上他这张俊朗的脸——是挺酷。
　　他回家被老头子看见这一头蓝发，不得被打死？

　　算卦的婆婆住在一条很旧的巷子里，闻珩几经周折找到她已经是下午3点。
　　"什么？"她一脸吃惊地摆摆手，"不行，怎么能做骗人的事？"
　　"哦。"闻珩拍了个红包在桌上，面无表情，"这怎么是骗人呢，对吗？"
　　婆婆偷偷地瞥了那个红包……好几眼，有点儿心动。
　　"得看缘分。"她抿唇，努力克制自己不去看那个红包，"没缘分也不能硬凑。"
　　"啊！"闻珩抬了抬眼皮，恍然大悟，"也不知道一眼万年的话，一万缘够不够呢？"

"一……一万缘的话，那真是天作之合、佳偶天成。"

"那就……"闻珩垂眼，将红包推过去，唇角微翘，"辛苦您了。"

出了巷子，闻珩看了眼时间——3点半。还行，他能找套房子。

他直奔目的地——橙阳嘉苑隔壁的小区，选中一套两室一厅的房子，签合同、付钱。行李他是让朱奇去帮忙拿的，出门之前就已经收拾好了，不多，就一个行李箱和一个行李袋，朱奇一个人就全都扛上楼。

"咦？"朱奇拉着行李箱立在门口，将闻珩上下打量一番，一下笑了，"啧，看来这学姐魅力挺大，咱们的闻大少爷也为爱做傻事了。"

闻珩从他手里抢过行李箱，叫他赶紧滚。

来不及整理东西，时间已到5点，闻珩匆忙拿上手机出门，打了车去鸿升写字楼附近。

下午5点50分，闻珩到了尤语宁下班常路过的那条街。

他知道，晴天时，她下班习惯先走一段路，过一个红绿灯，上天桥。

她会在天桥上停留三到五分钟，倚着天桥栏杆看桥下车来车往，看无边夕阳，如果天气好，她会拍下晚霞。

而后，她会从天桥的另一端下去，有时往左，去前面的地铁口坐四号线，有时往右，去乘坐118路公交车。

雨天时，她则会选择出了写字楼在路边打车。

6点10分，那道身影立在对面的路标指示牌下等红绿灯。

距离他上一次见她已经一个月有余，她从夏季裙装换成了秋季的，穿着宽松的浅蓝紫色短款毛衣，修身的黑色半裙到脚踝上方十厘米处。

她还是一样瘦，露出的一截细长骨感的脚踝，没进白色的平底鞋里。

和以往的习惯一样，即便是天晴，她也会带一把伞。

不知道在和谁聊天儿抑或是干什么，她低着头在手机上打字。

绿灯亮起，周围人群往前，她便也暂时收起手机跟着人群一起过斑马线。

闻珩转身，微往前低头，将连帽外套的帽子扣上，挡住蓝色头发和脑袋，在距她前面几米远的距离，和她走同一个方向。

算卦婆婆已经等在天桥入口处的路灯杆下，支着小板凳和小桌子，摆好了摊子，一旁竖着个小黑板，上面写——

"祖传算卦秘方，兴国又安邦。八卦五行，姻缘际遇，不准不要钱。"

闻珩从旁边穿过，走上天桥入口处的台阶，斜倚栏杆，低头看手机。

在他的余光里，尤语宁距离摊子越来越近，而后，好像远远停了下来。

闻珩收紧握着手机的手指，努力克制，没转头去看。

过了几十秒，他听算卦婆婆主动喊："小姑娘，要不要来算一卦呀？"

没有立即听见她的回答，但闻珩就是知道她一定会去。

很凑巧，上周日用她小号发了条微博，说最近诸事不顺，想去算卦。

他找的婆婆年近 65 岁，一头花白的头发，面容慈爱。尤语宁是个善良又心软的人，根本不懂得拒绝，更何况，对方是个看上去挺慈爱的老人。

果然，她走到算卦的摊子前，伸出自己的手，声音里有温和的笑意："您看看，明年就是本命年了，我有没有什么需要避讳的？"

那一刻，闻珩确信，他们的故事将在此刻开始。毕竟，她是这样按照他的套路、设想在走。

而那时，他的美梦尽头，是她终于永远记住他的脸，日日夜夜流连在他身侧。

"谢谢您啊！"温柔的女声落下，尤语宁起身往天桥这边走来。

在他的余光里，那道身影越来越近，他似乎能清晰地听见她很轻的脚步声，每一下都落在他的心口上。

手机屏幕锁了又开，开了又锁。

闻珩低头，隔着两三级台阶，秋日晚风吹得她的黑色裙摆闯进他的视线。像红豆滚落在地一般，他的心跳得又乱又快。

他收了手机，在她经过之前转身上天桥，像高一期末那段时间，晚自习结束后送她回家，总是默默走在她前面。

他赌今日她坐地铁四号线。

下天桥，他选择往左——地铁四号线的方向——却每一步都不确定，每一步都想悔棋。

在她面前，他似乎总是难以做个君子。但他到底是生来带些运气，身后响起熟悉而轻的脚步声。

她做了和他同样的选择——地铁四号线。

滚落在地跳动的红豆渐渐停歇，人却极兴奋，想大声喊——这是我的。

和往常他跨越千山万水只为回来看她一眼送她回家时一样，他们一前一后上了同一趟地铁，进了同一节车厢，握住同一根扶手杆——近在咫尺。

人群变得拥挤时，她会被挤到他身边。肢体不小心接触时，她会小声说"抱歉"。

她抱什么歉，抱珩行不行？

出了地铁，闻珩依旧走在她前面，去附近的超市——她会习惯下班后在这里买第二天的早饭。

挺凑巧，这次她先结账，走在前面，他才发现她被一个长相丑陋的男子尾随，男子手里还拿着手机偷拍她。而她毫无察觉。

闻珩立在超市门口偏头点了支烟，长腿一迈，快速而悄无声息地跟上去，右手捂嘴，左手锁喉，右腿顶后膝。

一套动作干脆利落又迅猛，几乎没弄出什么声响就将人制服在地。

等尤语宁走远，听不见动静，他才将那个人的嘴松开，膝盖却还死死抵在那人的腹部，让那人动弹不得。

男人挣扎半晌，此时终于能够开口说话，嗓音粗哑地破口大骂，内容不堪入耳。

"呵。"闻珩挑眉，冷笑一声，嘴里咬着的烟燃得正旺，猩红的一点在秋日晚风里忽闪，青烟袅袅。他歪头，微眯着眼，伸手拍拍男人的脸。

明明嘴角带着微笑的弧度，眼里却迸射出寒冰一样的视线，看上去就像是索人性命的杀手。

男人被他这副模样吓得挣扎得更厉害，骂声却透露出恐惧。

闻珩抬手，取下燃了一半的烟，滚烫的烟头悬在男人的眼前，仿佛他只要动一下就会挨上去。

男人一动也不敢动，目露恐惧，拼命求饶："我错了，我错了，再也不敢了！"

闻珩冷笑："怕吗？"

"怕怕怕！"

闻珩按着他的手指把他的手机解了锁，快速翻阅里面的东西，看得越多，脸色就越沉——那人居然不止跟了她这一天。

闻珩深呼吸：杀人是犯法的。

他全都删除，手机格式化，恢复出厂设置，当着男人的面把手机一拳砸烂。

"看见了吗？下次再让我看见你，这一拳——"他指指男人的太阳穴，"砸你这儿。

"哦，别担心，打不死。医药费呢，我付得起，你尽管在医院住一辈子。"

归鱼工作室大部分员工已在几日前抵达南华，只等闻珩搬东西去公司的指令。

次日一早，按照昨晚工作室群里的通知，大家早早起床，跟着搬家公司的车往早已租下来的工作室搬东西。

闻珩一早就到了工作室，兴致缺缺地坐在门口的小沙发上，不时朝外头看一眼。

周志诚搬了个纸箱凑过来，顺着他的视线往外看，很好奇："坐这儿看半天了，到底看什么呢，珩哥？"

他从去年大四下学期就来归鱼工作室实习，今年6月毕业后正式留在了工作室，是跟闻珩同一个学校的学弟，关系很是亲近。

闻珩抬手把他的脑袋往前推："别挡路，干活儿。"

话音刚落，闻珩看见尤语宁出了工作室，立即起身出门。

"哎，干吗去，珩哥？！"

周志诚把纸箱放下追了上去，差点儿撞到忽然停下的闻珩。

堪堪停稳，闻珩"嘶"地吸气，转过身捂住他的嘴："你叫什么？闭嘴。"

"嗯……"周志诚疯狂眨眼，表示自己明白，等闻珩松手，委屈地小声问，"怎么了呀？"

闻珩不搭理他，就在楼道里来回转。

周志诚更加蒙，一头雾水地跟着闻珩转悠。就这么转了不知道几个来回，周志诚感觉自己脑袋都快晕了，就见自家老板忽然掏出手机低头摆弄，直直地往电梯方向走。

周志诚不明所以，以为他有事要下楼，于是跟着一起过去，远远地看见一个清纯漂亮的美女正低着头玩手机，她一手端着杯咖啡在喝，从跟他们相反的方向正朝这边走来，而且好巧不巧地跟他家老板走的是一条线。

"珩哥，过来点儿，要撞上人了。"周志诚下意识地扯着闻珩的袖口，试图把他拉到自己这边来，免得跟人家姑娘撞上。

闻珩不为所动，甚至调整了角度，直直地跟那姑娘撞上了。

周志诚："嗯？"他眼睁睁地看着他家珩哥这是……故意要跟人家撞上……的吧？然后他目睹了什么叫碰瓷。

闻珩锁了手机屏幕，一抬眼，看见这张朝思暮想的脸。

这些年来头一次，她这样认真地近距离打量他。

四目相对的一瞬间，他的心里翻涌起一场除他之外无人知晓的海啸，夹杂着这些年来的狂风骤雨，不断地冲刷着他的意志力。

或许他应该问："好久不见，还记得我吗？"但是他不能问知道否定答案的问题。

那就让她记自己记得深刻些——

"看够了？

"呵，现在搭讪的方式这么夸张了吗？

"不能矜持点儿？"

然后，他如愿地在她的脸上看见不同于以往任何时候那般客气疏离、淡漠平静、不放在心上的表情。

相反，她第一次对他有了不满的情绪，这很好。

如果厌我、恨我能让你记我记得深刻些，那你可千万得厌我、恨我多一些，久一点儿。

最后，你要永远记得我。

我是闻珩。

2022年5月28日一早，朱奇邀请闻珩晚上去参加自己的单身之夜派对。

闻珩一边修bug（程序错误）一边问："能带家属吗？"

朱奇暴跳如雷："单身之夜！我问你单身之夜懂不懂？带什么家属？啊？"

"哦。"闻珩面无表情地敲下一个键，"那我不去了。"

"嗯？

"你是不是故意的？！你还是不是我兄弟！你还记不记得你能追到学姐全靠我的《女神攻略》？

"你简直是忘恩负义！我俩就是东郭先生与狼！你就是那只白眼儿狼！

"我马上就打电话！我要向学姐揭穿你！

"啊。可是——"闻珩顿了顿，语气很无辜："单身之夜……我又不是单身。"

朱奇警告："你不要跟我在这里钻牛角尖！"

闻珩弯唇："行，再问一次，能带家属吗？"

朱奇"嗷嗷"地叫了半天，垂头丧气地妥协："带，你带，都给我带！"

"好，一定准时到。"

挂断电话，闻珩看了一眼时间——上午11点30分。得，他今天就加班到这儿。

提了东西出门，他给尤语宁发微信："去吃饭？"

尤语宁没回。

路过初一声工坊门口，闻珩探头往里看了看。前台妹子的帅哥启动"雷达"，迅速发现他，很主动地笑着跟他说："找游鱼老师吗？她在录音棚。"

哦，原来尤语宁在录音棚。闻珩说了声"谢谢"，转身去楼道那边的公共休息区坐着等。

尤语宁结束上午的配音已经是 12 点半了，出来才看见一个小时前闻珩发的微信消息。

她直接打了电话过去，提着包往外走，婉拒了橘子和草莓一起吃午饭的邀请。

电话是瞬间被接听的，尤语宁很抱歉地跟他解释自己刚刚在录音棚，没有带手机，所以才没有回消息。

"我知道。"闻珩笑了笑，"忙完了？"

"嗯，差不多了，今天到这儿就可以下班了。你呢？"

"你抬头看。"

尤语宁已经走到楼道里，抬头一看，闻珩靠坐在那边的沙发靠背上，一条长腿支着，另一条腿微微弯着，斜贴沙发，很像漫画上的姿势。

她发现他好像总是喜欢坐在沙发靠背上，不知道是不是因为腿太长，前面座位太矮腿会不舒服。

他也许并不是坐着，只是随便靠一靠。

尤语宁挂断电话，快走两步过去，一见他就笑："你一直在这儿等我呀？"

"嗯。"闻珩抬手把她耳边的头发别到后面，上身后仰，从沙发上拿了杯猕猴桃汁给她，"常温的。"是不醒梦的猕猴桃汁。

尤语宁想起五一假期结束的前一天，在陈绥的 SW 酒吧里碰到闻珩的妹妹，那个小女生离开前说改天约她去不醒梦喝东西。

去年冬天，别家都下架了冬季不适宜做成热饮的猕猴桃汁，只有不醒梦还在卖，她去过几次。

现在再次拿到熟悉的猕猴桃汁，尤语宁有种很强烈的直觉："不醒梦是你开的？"

"也不是不可能。"闻珩起身，在她的头顶上揉了揉，"想吃点儿什么？晚上有个聚会。"

"什么叫不是不可能？"尤语宁插上吸管喝了一口，"是就是，不是就不是，你怎么总是不直接回答别人的问题？"

"哦。"闻珩挑眉，"可能是太聪明的人都比较喜欢绕弯子。"他这不是拐着弯说她笨吗？！

尤语宁咬了一口吸管，咬得扁扁的，像是把吸管当成了他，很小声地抱怨："一点儿都不温柔。"

也不知闻珩是不是听见了，忽然冒出一句："是。"

尤语宁有点儿心虚："是什么？"

"是我开的。"

原来他没听见她最后那句抱怨啊！尤语宁舔了舔唇，一边跟他进电梯一边很开心地问："是特意为我开的吗？"

"不是。"

"啊？"

"不是给你开的还能是谁？"闻珩垂眼瞥她，目光直直地落在她沾了猕猴桃汁而变得莹润的唇上，"这种明知答案的问题——"

他顿了顿，抬头看监控摄像头。

今日是周六，写字楼里只剩少许加班的人，又是这个点，电梯里只有他们俩。

密闭的空间总让人想做点儿什么。闻珩低头看向尤语宁，喉结动了动："我想——"

话没说完，他一抬手，将手掌盖上去，挡住整个摄像头。

"吻你。"尾音落下的同时，他用另一只手的手掌垫着她的后脑勺儿，整个人压下去，将她抵在墙上，接了一个吻。

尤语宁刚喝了一口猕猴桃汁，还没来得及咽下去，在他的唇贴上来的一瞬间，着急忙慌地咽了一半，被他撬开了嘴。剩下的一半猕猴桃汁连同呼吸一起被他卷走，这个吻让人没办法思考任何问题。

她的后背贴在冰凉的电梯墙壁上，身前却贴着他滚烫的胸膛，她像夹在冰与火之间，进退不得。

电梯在不断下坠，缺氧和失重的感觉让她不得不紧紧抓住他的衣服。

直到电梯停稳，闻珩才意犹未尽地结束这个猕猴桃味儿的吻，在她的唇角温柔地亲亲，大拇指指腹按上她的眼角，笑得有点儿不正经："怎么眼泪都亲出来了？"

尤语宁不搭理他。她也控制不住，被这样热烈地吻过，好像就会不由自主地眼角泛泪。

闻珩用指腹刮了刮，把她那点儿眼泪抹掉，放下挡监控的那只手，重新按了电梯开门键，揉揉她的后脑勺儿："就抢了你半口猕猴桃汁，不至于哭吧。"

"谁哭——"尤语宁一顿，好像才想起什么似的，转头看他，"你……不是猕猴桃过敏吗？"

闻珩不以为意："怎么了？"

"那你刚刚……"

闻珩抿了抿唇，眉心微动："应该没事。"

尤语宁心想：但愿吧。

她没猜错的话，这可是纯正无添加的猕猴桃汁。

尤语宁中午在外面吃的饭，下午不用加班，吃完饭就回家准备午休。

洗漱完躺在一张床上，她总担心闻珩会对刚刚那点儿猕猴桃汁过敏，时不时就问他："有反应了吗？"

闻珩一开始还很正经地回答："没有。"

后来她多问了几次，凑得又近，闻珩心里想的就不是那么回事了。

最后一次，她又凑上去，要看他的唇周是不是起了红疹，没看见，就捏他的下巴叫他张嘴："我看看有反应了没。"

闻珩一把抓住她的手腕，眼里藏了火："你指哪儿？"

尤语宁不明所以："嘴里啊，我百度了一下，猕猴桃过敏的话，差不多两个小时后，口腔可能会糜烂，嘴周会发红瘙痒。"

"是有点儿痒。"

"啊？"尤语宁惊慌，"开始了吗？舌头还是……"

"不是。"

"那是嘴周痒？"

"不。"

"那……"

"是这儿。"闻珩抓住了她的手。

尤语宁反应过来他在说什么，脸上一热，躲开他的眼神。

夏季的睡裙三两下就没了影，她听见他打开床头柜抽屉的声音，他的每一个动作都干脆利落。

她的心跳突然变得好快，意识却不甚清明。在这场没有硝烟的战争中，她节节败退，而他步步紧逼，攻城略地。

细白的长胳膊长腿被折来叠去，她像在海上漂泊无依，不得已抓紧身边可以抓紧的一切。她是不留长指甲的，他的背上却依旧留下了很多道红色的抓痕。

不知过了多久，尤语宁转头看向窗外——太阳都快下山了，这人怎么还这么有精力？

最后，闻珩趴在她的颈侧，压抑地喘息。

三秒后，他很轻地笑了一声："我真有反应，嘴麻。"

尤语宁心说：无耻。

朱奇的单身之夜派对是晚上 8 点才开始，在汇安酒店。

尤语宁被折腾得只想睡觉，闻珩不仅不累，还挺有精神地抱她去洗澡。出来后，他把她放在床上让她睡："睡吧，7 点叫你，要穿哪条裙子？我给你找好。"

尤语宁闭着眼拒绝："不去。"

"这条白色的，还是那条香槟色的？或者这条蓝色的？"

"不去。"

"白色吧，你穿白色好看。

"鞋子呢？

"化妆吗？

"搭哪条项链？

"手链要吗？"

尤语宁用仅剩的力气抱起他的枕头砸过去，说话时声音却是又软又哑："出去！"

闻珩稳稳当当地接住枕头，走到床边把枕头重新放好，低头亲亲她的脸，凑近她耳边小声说："不吵你了，睡吧。"

尤语宁一秒入睡，醒来时刚好 7 点。她睁眼一看，闻珩不在房间里，床边的小沙发上已经摆好了他搭配的衣服跟配饰，连鞋子都贴心地放在沙发边上。

她过去一看，他竟搭配得很好，是她平常习惯的搭配。

换衣服的时候，她还有点儿恍惚——好像他比她还要了解她自己。

闻珩在客厅的沙发上坐着等，茶几上放着杯猕猴桃奶昔。

见尤语宁已经收拾好了出来，他就收了手机起身，把茶几上的那杯猕猴桃汁给她："应该饿了，喝点儿。"

尤语宁确实有点儿饿，就着他的手喝了半杯，意识才完全清醒。

"走吧。"她说，"再不走会迟到。"

"嗯，等会儿。"闻珩去洗了杯子出来，手里拿了盒洗过的草莓，"在路上吃着玩。"

他们迟到了五分钟。

尤语宁中午问过闻珩，明日是朱奇的订婚宴，并不是婚礼，所以他今晚才有时间在这儿搞什么单身派对。

她又觉得好笑，这单身派对她跟闻珩一起来是不是有点儿过分了？

但到了地方一看，有女朋友的都带上了，没有的也带了女伴，她还见着了柴菲，是跟韶光一起来的。

柴菲穿着黑色小短裙。她是那种比较性感的风格，这么一穿，把该勾勒的曲线都勾勒得很完美，靠在韶光怀里坐着，在跟别人玩牌。

见尤语宁来了，她将手里的牌丢给韶光，让他帮忙玩，自己跑过来找尤语宁。

"宁宝！你总算来了！"柴菲亲热地拉住她的手，把她直接从闻珩身边抢了过来，还给了闻珩一个挑衅的眼神，"跟姐姐玩去！"

闻珩对她挑衅的眼神无动于衷，跟在后面过去，正要坐在尤语宁旁边，柴菲把韶光拉起来，让他俩走开。

"这里都是女生，你们两个男生在这里不好吧？"柴菲一副没有私仇要报的无辜表情，"给女生一点儿私人空间。你觉得呢，闻珩学弟？"

闻珩冷笑："行。"

柴菲看他愤怒却不能发脾气就觉得很爽，心满意足地不搭理他跟韶光，转头拉着尤语宁跟其他女生一起玩牌。

韶光一眼看穿柴菲心里的想法，无非就是还在气闻珩当时把她发的那些大胆的微信消息拍了照发给了他。

他带着闻珩去另一边男人们待的地方，在同一个厅，他们玩的花样更多一些，吹牛、喝酒、唱歌、打牌，甚至开始回忆青春。两人一过去，那边的人就纷纷热情地起身打招呼，一阵笑闹过后，朱奇忽然想起什么："闻珩，我那小册子呢？"

其余人都有些蒙："什么小册子？"

《女神攻略》啊，我自己写的，挺好用，冯柯不是最近在追个姑娘吗？借他用用。"

"这么神奇啊？快快快，里面都写了什么，讲来听听！"

"就是就是！给咱长长见识啊！"

"咦，为什么在闻珩那里？他这样的，女生都追求他的，还用得着去追求人家？"

朱奇怕扯远了，截住话头："去去去，你们又没个追求对象，那么好奇有个屁用，给人冯柯要的，你没看他那双小眼睛一直在往那边那群姑娘身上看呢？"他又转过头，小心翼翼地看闻珩，"你不会……用完就丢了吧？"

闻珩沉默两秒："嗯，丢了。"他一直没找着，也不知道到底是被哪个倒霉催的捡着了。

"你——"朱奇指着他，欲言又止。

虽然朱奇没明说，但那表情和眼神分明就是在指责他：你这个用完就丢的负心汉！

闻珩嫌弃地拍开他的手指："给你写一份不就完了，嚷嚷个什么劲？"

朱奇一秒震惊："你背下来了？"

这是一件绝对丢脸的事情，闻珩不可能承认，转移话题："你媳妇呢？"

"我媳妇——"朱奇浑身都在防备，"你要干吗？"

闻珩把韶光的脖子一揽，将脑袋揽到自己面前，勾唇，笑得很意味不明："他暗恋你媳妇。"

"什么？！"朱奇跳脚大喊，"韶光！你居然！你居然！你……你……"

他喊得好大声，吵得一旁玩牌的尤语宁跟柴菲都听见了。

尤其是柴菲，听见韶光的名字就转过头来看，下一秒，听见个爆炸性消息——

"你怎么可以暗恋我媳妇啊韶光？！咱俩可是好兄弟！"

柴菲把牌一丢，急匆匆地跑来看情况。尤语宁也跟着过来，眼神询问闻珩发生了什么。

闻珩拍拍韶光的肩，凑近耳语："对不住了兄弟，谁让她抢我女朋友呢？"闻珩选择为女友插兄弟两刀。

"事情……"韶光皱眉，"事情不是……"

"好了我不要听！"柴菲大喊。

韶光头疼："闻珩瞎扯的。"

柴菲愤怒地指向闻珩："你给我解释清楚！"

闻珩挑眉，一副无所谓的态度："关我什么事？"

"你！"

柴菲气得要冲上来，尤语宁一把拉住她，给闻珩递了个眼神："解释一下。"

"哦。"闻珩还是那副吊儿郎当的模样，"我瞎扯的。"

看着一群人还盯着自己，他也毫不心虚："怎么我说什么你们都信，我是你们的神？"

朱奇最是了解他，一听他这样说就知道真是开玩笑，立即开始活跃气氛："哎呀，就是个误会，他开个玩笑，别当真。闻珩这张嘴你们还不清楚？他嘴里向来没什么好话，听他瞎吹那不是有病吗？"

其余人也一同笑起来打哈哈，纷纷附和："就是就是，别听他的，听他说话能把人给气死。"

柴菲信是信了，毕竟信得过韶光，但还是气，转身就要拉着尤语宁走："宁宝我们走，不要他们了！"

"哎——"尤语宁被她拉着走得飞快，回头去看，就见韶光已经追了上来。

他走得很快，几乎是跑了起来，很快就追上来抓住了柴菲的另一只手。

尤语宁跟他交换了眼神，从柴菲的手里挣脱出来，回头去找闻珩。

闻珩也跟了过来，尤语宁过去抓住他的手一言不发地拉着就走，一直到走廊尽头才停下，有点儿生气："你干吗那样？菲菲喜欢韶光很久了，暗恋得很不容易，你能别破坏他们的感情吗？"

她是头一回这样对闻珩生气，以至于闻珩沉默了一会儿。

走廊尽头的灯光很暗，她看不太清他的表情，却清楚地听见他的声音："我很容易吗？

"我只是……想跟你待在一起。"

第十二章
初恋歌

夜里，8点半。

尤语宁有些后悔。她向来不是会发脾气的人，无论是生气还是难过，通常只会忍着，让自己假装不在意。

这些年来，所有东西都来得太不容易，她很懂得珍惜所拥有的一切，怕不受控的情绪起伏会让自己失去不想失去的东西。

可就在刚刚，她竟这样不计后果地将不满的情绪直接对着闻珩发泄了出来。

而那一刻，她没有想过会失去他。

也许是闻珩爱她比她爱他要多得多，所以她潜意识里觉得自己在他面前有放肆的资本。但这并不对，他爱她，并不应该成为她伤害他的利器。

这么些年，尤语宁很会懂得自我反省，也在很短暂的时间里调整好自己的情绪，去拉闻珩的手，语气内疚又温柔："对不起，我只是……"

"我不想听这个。"闻珩打断她，在昏暗夜色里眸色沉沉地看着她的脸。

好几秒后，他说："不要说对不起。"

"可是，我就是——"尤语宁有些无措，"我就是觉得很对不起。"

她看不清他的表情和眼神，只听得见他的声音，隐忍而克制。

内疚和自责将她包围，心里乱糟糟的。

"或许你并不了解我，我比你看到的、知道的、听到的更恶劣。"闻珩缓慢地呼气，咽了口唾沫，眼睛瞥向一边，"所以，你恨我、厌我，甚至是骂我，都是我该受的。我会因为你的话难过，但这并不是你的错，永远都别和我说对不起。"

尤语宁也不知道是不是因为这里光线很暗，彼此看不见对方的表情，所以闻珩才这样说出他从来不会说出口的话。

他很骄傲，喜欢她都不肯轻易说出口，更不想让她觉得他喜欢了她那么久却没得到回应是一件多么可怜的事情，也从来没有跟她说过，他会难过。

他总是那样一副自信过头、高高在上的姿态，让人觉得他好像不会被任何人、任何事打击到。

但他并不是刀枪不入，也不是铜墙铁壁，相反，在她这里，他几乎脆弱到可以轻易被她一句冰冷的话击溃。

他就像是无懈可击的神，而她手握他唯一的命门。

爱他恨他，护他毁他，他都交由她定。

尤语宁缓缓呼吸一气，张开双臂拥抱他，贴在他的左边胸口，倾听他有力的心跳声。

"我不说对不起。

"闻珩，我想说我爱你。

"我不该凶你的，你别难过，好吗？"

闻珩的手臂垂在身侧，贴着她环过来的胳膊，胸前感受着她柔软身体带来的体温。

他垂眼，看见她的头顶和侧脸。

走廊尽头的窗户开了一半，夏季微凉的夜风吹来，人在一瞬间变得很心软。

他又岂止在这一刻心软，明明从来就……对她没办法不妥协。

人生在世二十几载，从来都是世人将就他，他绝不会，也从没有为了除她之外的人退让半分。

或许他不是什么绝对意义上的好人，但在爱她这件事上，他用尽耐心，极尽勇气，绝对真诚。

"尤语宁。"闻珩抬起双手环住她的腰，戾气散去，眉眼低垂，为她一个人温柔，"是我的问题，我会跟她道歉的。"如果那样你会觉得开心的话。

道歉——这样的字眼从闻珩的嘴里说出来，尤语宁也不知道自己为什么心口一涩，觉得很想哭。

也许是因为，像他这样总是站在光里，站在高处的人，生来就是被上天眷顾的幸运儿，是不需要跟任何人道歉的。这样的一个人，愿意为了她去跟人道歉。

尤语宁把他抱得更紧，脸埋在他的怀里，隔着白衬衫嗅他身上淡淡的佛手柑香味。

"不全是你的问题，我会跟菲菲好好说的。

"我这一生，目前为止的人生中，菲菲跟你是我最重要的人，无论是你们当中的谁不开心，我都会很难过。

"在遇到你之前，菲菲是我活下去的希望和勇气，她就是温暖的光，拉着我一点点走出黑暗的世界。

"她那么好的人，本可以选择去过自己光辉灿烂的人生，但她不放心我一个人，远赴西州读了我旁边的大学。

"所以，我想要她开心，这样的心情和我想要你开心的心情是一样的。

"我从前总觉得自己不幸，如今想来却发现自己太幸运，有一个很爱很爱我的男朋友，还有一个很好很好的朋友，弥补了我所有缺失的爱。

"我不想你们任何一个人受委屈，也不想你们不高兴，如果可以的话，这个不高兴的人是我，我都没关系。"

"在说什么鬼话？"闻珩扣着她的腰，手掌在她的头顶上乱揉一通，"你觉得你不开心的话，我能高兴？"

"闻珩。"尤语宁吻在他的衬衫上，"你真的是一个很好很好的人。"

"哦，那倒不是。"

他这样讲话……应该是被哄好了吧？

另一边，韶光把柴菲带到了走廊另一端的尽头。

柴菲背着身不理他。他好脾气地去拉她的手，被甩开也没生气，还笑了笑，又去拉她："干吗呢？怎么跟小孩儿闹别扭似的？"

柴菲被他拉稳了，没再甩开，但依旧别扭地别过脸不看他。

"我真没暗恋别人。"韶光一向是温柔有耐心的，转到她对面，低头去抬她的下巴，"瞧瞧，给我女朋友气得，改天得打他一顿。"

柴菲抬眼瞪他："你怎么会有这种朋友？！"

"他很好的。"韶光见她终于肯搭理自己，笑意明显了些，"你只是不了解他，其实他是个内心很柔软的人。"

469

"我才不信！他就是一个纯纯的神经病，一天到晚就见不得别人好，心眼儿比绿豆还小！如果不是我相信你，咱俩刚刚已经分手了！"柴菲想想就气，抬脚踹了一下墙，踢疼了，缩回来委屈地叫了一声，又不肯哭，疼得眼睛红了一圈。

韶光弯腰蹲下去帮她查看，揉了揉，就这么蹲着问她："是不是傻啊，拿自己出气干什么？"

看到长得这么高大的一个人这样蹲在面前帮自己揉脚，柴菲气不起来，心软得跟什么似的，委屈地嘟囔："都怪你，交的是什么朋友。"

韶光觉得好笑，那明明是她好朋友的男朋友，她舍不得怪自己的好朋友，只能来怪他——行吧。

"我改天帮你打他一顿。"

柴菲"哼"了一声，转过脸去："算了。"

她这样瞧着就是不那么生气了，韶光捏捏她的脚踝，站起来，被她拉过手去。柴菲从包里扯了张湿纸巾给他擦手。

"要讲卫生。"

韶光垂眼看着她替自己擦手，很安静地没有动弹。等她擦完，他抬眼笑："不就摸了下脚，能怎么？"

"脏。"

"没觉得。"韶光循循善诱，"以后闻珩在的时候，你尽量别把他跟宁宁学姐分开。你骂他、气他都行，他并不会真的跟你计较什么，但涉及宁宁学姐的话——

"那是他的禁区，谁都不行。"

柴菲一听到闻珩的名字就觉得烦："哪有那么夸张？他当他自己是皇帝呢，还独占一个人？明明宁宝跟我先认识，怎么跟他谈了恋爱我还不能找我的宁宝玩了？"

"不是这个意思。"韶光想了想，很认真地同她解释，"或许你是真的不了解，闻珩那样锋芒毕露、浑身带刺的人，这些年来收起了他所有骄傲，一直追着宁宁学姐跑。

"十年是什么概念呢？他目前为止，几乎二分之一的人生都在追逐一个人。

"如今好不容易得偿所愿，他肯定护得紧，别人多看一眼在他眼里都是觊觎，这要搁在古代，他怕是能连人眼珠子都挖了。"

柴菲皱眉："他这人这么残暴？"那她的宁宝岂不是很危险？！

韶光笑着拍拍她的脑袋："吓你的，没那么夸张，但暗恋成真很不容易，更何况是他这样的天之骄子暗恋一个人十年呢？

"这样的一路满是鲜花和掌声，有很多优秀的人追求他，比宁宁学姐漂亮的有很多，比她温柔的也有很多，比她声音好听的也有很多。总之，他受到的诱惑你无法想象。

"但是，我从来没看他对除了宁宁学姐之外的任何一个女生有过一丁点儿心动的感觉，甚至连走得近的都没有，因为那些都不是他想要的。

"更何况他放弃保送，放弃青大和京大，去了一个普通的'双一流'院校，就只是为了离他喜欢的人近一点儿。

"我曾经也不知道他喜欢的女生是谁，问过很多次，他不肯告诉我。我只知道，他似乎可以为了他喜欢的那个女生放弃一切。他拒绝告诉我他喜欢的女生是谁时，和我说的话我还记忆犹新。"

"什么话？"

"他说——如果她最后成为我的，我一定娶她，昭告天下，呼亲朋好友见证，我这一生只爱她这一个人。如果她最后不是我的，那我何必要让人知道我喜欢过她，给她打上没必要的标记，她就应该一个人好好地幸福，没必要知道我的存在。"

柴菲听完，表情松动，张了张嘴想说些什么，好一阵子才低声说："原来……他这么喜欢宁宝。如果真是这样的话，我就放心了，宁宝有一个这么爱她的人可以陪伴她、保护她，不会再被人欺负，也不会再无依无靠。

"只是……这个浑蛋别那么傲就好了，他跟宁宝说话都不知道温柔点儿，也就宁宝那样好的脾气受得了他，换我，一开始就能打他一顿让他滚。"

柴菲愤愤不平，逗得韶光笑起来。他搂着她的腰，转身回宴会厅："可能是他的基因选择了宁宁学姐，而宁宁学姐的基因也选择了他。所以他们本该是天生一对。"

"哦……"柴菲虽然还有点儿别扭，却也有点儿赞同，"倒也是吧，宁宝那样弱的性格，要换个脾气好点儿的，以后说不定得两个人一起受外人的欺负。"

四人组同时抵达宴会厅门口。

大门虚掩着，透出点点光亮，在地板上投下一道光线。

几个人面对面，眼对眼，一时间都没人说话。

尤语宁悄悄扯了扯闻珩的衬衫，闻珩虽然依旧觉得难为情，倒的确是按照承诺的那样主动开了口："抱歉，刚刚的话，都是我瞎扯的，以后不会了。"

柴菲诧异，他这个大少爷居然会主动跟她道歉，看向尤语宁，从她的眼里明白了过来，又想起刚刚韶光说的那些话，也道了歉："我也做得不好，你看开点儿，咱俩就当扯平了，以后好好相处，别让他俩为难。"

闻珩看了眼韶光，挑眉："行。"

尤语宁跟韶光同时松了口气，推开宴会厅的大门进去。

朱奇他们没受到什么影响，依旧玩得很开心，见他们四个回来，看上去已经解决了问题的样子，忙开心地抬手招呼他们过去："快来快来！吃的喝的已经上了，吃完喝完咱们来唱歌！"

几人一同走过去，跟大家吃吃喝喝、说说笑笑，酒足饭饱之后，转到宴会厅娱乐区那边去唱歌玩游戏。

尤语宁作为知名配音演员，又是出了名的多才多艺，被大家要求进行开场秀，第一个唱歌。

她在这方面不是个扭捏的人，大大方方地笑了笑，拿起麦克风问他们想听什么。

大家纷纷举手发言，要听的歌五花八门，最后实在没有达成一致，朱奇推推闻珩："咱把这个选择权留给闻珩吧，闻珩，你想听宁宁学姐唱什么？"

尤语宁坐在高脚凳上，一手拿着麦克风，随意搁在腿边，笑意盈盈地看向闻珩，温柔地问："想听什么呀？"

闻珩坐在沙发中间，被笑闹的人群簇拥着，却只看向单独坐在右上角落高脚凳上的她，眼里好像藏了一万年的深情，回以笑意盈盈的眸，启唇："唱一首任贤齐的《我是一只鱼》，会吗？"

尤语宁难得露出骄傲的小表情，笑得眼睛弯弯："那必须得会。"

她从点歌器里找到这首歌的伴奏，点击播放。悠扬缓慢的旋律响起，她也跟着在身前挥舞麦克风，人群噤声，只等着看她表演。

这是一首很适合夏天听的浪漫老歌，前奏是一串水里冒泡泡的声音循环，曲调极尽温柔，让人仅剩的那点儿浮躁也瞬间散去。

尤语宁找准调子进去，刚解决完热恋期的矛盾，她忍不住开心，用了很甜的嗓音来演唱，只是听着声音都会让人感受到她此刻愉悦的心情。

"可不可以不想你，我需要振作一下。

七八九月的天气，像我和你需要下一场雨。

需要你，我是一只鱼。

水里的空气，是你小心眼和坏脾气。

没有你，像离开水的鱼，快要活不下去……"

她其实是很有表演天赋的人，无论是唱歌还是演奏乐器抑或跳舞都能发挥得很好，不太会怯场。只是这样温柔地唱着歌，她浑身就散发出迷人的魅力，好像周身都笼罩上了一层淡淡的光晕，美好得不像话，让所有人的视线都不得不落在她的身上。

闻珩的唇角一直有浅浅的弧度，他看向她时满目柔情。

他很想让所有人都知道，她是他的，无论是尤语宁还是游鱼睡着了，都只能是他的。

一首歌唱完，尤语宁的目光落在闻珩身上，唇角微笑的弧度藏不住浓烈的爱意。

大家很给面子地鼓了掌，又催促着闻珩接她的麦克风给大家唱一首歌。

闻珩意外地好说话，起身去接了麦克风，自己做主选了首粤语歌。

他唱了一首《初恋》。

从前那会儿，他也是会在各大晚会表演上出节目的人，跳舞、吹拉弹唱，没有一样不会，按照周围朋友们的话来说，他就是德智体美劳全面发展的当代优秀青年，就是很可惜——这么优秀的一个人偏偏长了张嘴。

看不惯他的人恨得牙痒痒，却怎么也比不过他。他就是上天宠爱的幸运儿，这一生都该时时耀眼，永远无拘无束，成为芸芸众生里独一无二的光。

这位上天的宠儿在浪漫的调子里开口唱，用低沉悦耳的温柔嗓音一字一句地唱，更像是在说情话。

"分分钟都盼望跟他见面，默默地伫候亦从来没怨。

分分钟都渴望与他相见，在路上碰着亦乐上几天。

…………

爱恋没经验，今天初发现。

遥遥共她见一面，那份快乐太新鲜……"

尤语宁坐在柴菲旁边，像刚刚他看着她时一样满目柔情地看着他。

他温柔地回视她，眉梢、眼角、嘴边都是压不下去的笑意。

平常说话总是不着调的他，此时唱起这首歌来却极尽温柔。嗓音本就低沉悦耳，又是这样特意放得很轻，就像情人在耳边含笑低语，情话说个不停。

尤语宁看着他含笑的双眼，有点儿醉意上头的错觉。她不知道有多幸运，这样浑身都散发迷人魅力的他，这么多年只爱了她这么一个人。

她甚至会想，如果换作是自己，有他这样优越的条件，面对这些年从四面八方而来的倾慕时，是否能够像他一样永远坚守并没得到回应的本心，永远只爱最初就爱上的那个人。

从这种角度上来讲，闻珩确实是无懈可击的神。

而她，很幸运地成为他唯一的命门。

单身之夜派对结束前，南华下起了雨。

这绝对是一个多雨的城市，以前尤语宁几乎是伞不离身，现在跟闻珩出门却总忘记带伞。

从洗手间出来，她悄悄问他，外面下起了雨，能不能先走，怕待会儿雨下大了。

洗手间那里的窗户没关紧，留了条缝，她刚刚听见好大的雨声，"噼里啪啦"地响。宴会厅里歌声很大，根本听不见。

闻珩点头，跟朱奇说了声，带着她离开。

韶光和柴菲见状，也顺势起身一起走。

如此一来，大家都渐渐散了。

韶光的车停在外面，电梯到了一楼就先离开了，闻珩的车停在地下停车场，要下负一楼。

停车场里听不太清外面的雨声，空旷又寂静，尤语宁跟在闻珩身边，很快就找到了刚刚停车的地方。

闻珩喝了酒不能开车，坐在副驾驶座上，尤语宁主动当了代驾。

系安全带的时候，她想起自己刚刚下意识担心没带伞会淋雨，这会儿才想起来车是停在地下停车场的，根本淋不着雨，不免觉得闻珩很有先见之明："还好你把车停在了这儿，不然我们出去找车，肯定会淋雨。"

闻珩侧身把安全带"咔嗒"一声扣上，顺势摸了一下她的脸，笑得有几分懒："我看天气预报了。"

"啊？"尤语宁微讶，"什么时候？"

"等你醒那会儿。"

尤语宁启动引擎，觉得怪神奇的："你还有这习惯？是觉得无聊顺便看的吗？"

"每天都看，不止一遍。"闻珩抬手松了两颗衬衫扣子，露出漂亮的锁骨和颈部，放松地往椅背上一靠，"免得淋雨。"

他说完，露出几分倦意，闭上眼，声音又低又轻："我睡会儿，雨天路滑，开车慢一点儿。"

尤语宁从后视镜里看了一眼，他确实已经开始睡觉，也就没再出声，默默地将车倒出来，安稳地驶出地下停车场。

车里没开音乐，关着车窗也听不见雨声，安静的空间里有很淡的佛手柑香味。

尤语宁记着闻珩的话，保持最低限速以上，将车开得很慢。

不知是不是太过安静，她脑子里一直循环着闻珩的话。

"每天都看，不止一遍。

"免得淋雨。"

他不是怕淋雨的人，所以应该是替她看的。而且她总觉得他这话没说完，"不止一遍"的后半句应该是"也不止一年"。

她想起去年11月初见他的那天，一样下着很大的雨，而那以后的每一个雨天他都会出现。所以他应该是每天都会看天气预报，只等着下雨的时候出现在她身边。

可为什么是下雨天呢？他知道她不喜欢雨天吗？

哦，他应该是知道的。毕竟，她那个私人微博号什么秘密都往外说，他用撑伞那个账号关注了她这么多年，肯定什么都知道了。

所以他从那时候开始守护她，而她的幸运也从那时候开始了。

尤语宁边开车边开始回忆自己具体都在那微博号里发了些什么。

安全抵达小区的地下停车场，闻珩还在睡，尤语宁解开安全带，碰碰他的胳膊："闻珩，到了。"

车里没开灯，只有一点点停车场里昏黄的灯光透过车窗玻璃落进来，将闻珩睡着的俊脸分成明暗的两半。

即便是已经跟他有过亲密的接触，朝夕相见，尤语宁也免不了还是一眼就为他的容颜心动。

睡着后的他不像平时那样嚣张，闭着的眼也退去了凌厉感，看上去很柔和。

他微微歪着头朝着她的方向，额前碎发滑落，让线条明朗的脸部轮廓多了些柔和，高挺的鼻梁在脸侧投下一小块儿阴影，很安静的、不设防的状态。

尤语宁忽然不舍得叫醒他，凑近了偷看他这张过分好看的脸。她突然觉得很遗憾，他这么好看，她怎么这么些年一次都没记住？

她抬起手，纤长的手指的投影落在闻珩的脸上，想要描摹他的眉形轮廓。

指尖刚触及一点儿，那双眼眸忽地在她指下睁开，像鹰眼一样锐利。

或许他一瞬间看清了是她，眼里的锐利转化成柔情，又闭上，喉间发出很轻的一声笑："干吗呢，妹妹？"

尤语宁没想到他会突然醒来，被当场抓包总觉得有一丝尴尬，笑了笑，要收回手。闻珩一把抓住她纤细的手腕，掌心滚烫，以绝对的掌控力量将她拽着往他怀里带了一点儿。

尤语宁没防备，被他拽着半靠在他的怀里仰头看他，很近的距离，四目相对，呼吸可闻。

"你好厉害啊，尤语宁。"闻珩抬起另一只手在她的耳朵上轻轻摩挲，又滑到耳垂慢慢揉，捏着她耳钉后面的胶塞玩。

不等她问"什么厉害"，他又自顾自补充完后面一句："居然自己一个人就把车开回来了。"

尤语宁觉得很好笑："以前我一个人也开回来了啊！"这也值得他夸一句"好厉害"吗？

闻珩哼笑："不一样，从前我都帮你盯着车，这回真睡着了。"

尤语宁微愣：他从前在车上都是装睡的？

这么一想，她倒是想起来了。

有一回她替他开车，明明他靠在副驾驶座上看上去像是睡了，却又很及时地在她即将跟别人擦车的时候醒来，言简意赅地喊一声："看车。"

她一看后视镜，才发现后面有人飙车，如果不是他当时提醒，怕是真要跟人撞上。

尤语宁很好奇："你是不是上天派来保护我的呀？时时刻刻关注我，你不累吗？"

"哦，是挺累。"闻珩挑眉，"没什么办法，看不得你受苦。"他淡定的表情和语气，让人觉得好像只是在说今天吃了一碗面这样的小事。

但即便是已经知道他为自己做了那么多让人感动的事情，此刻听他这样说，尤语宁也依旧觉得，她真的拥有幸运。

她很想煽情，又怕他觉得矫情。因为他好像基本上不怎么直白地表达爱意，连说一句喜欢都很难开口。

想了想，她问："为什么你一直叫我的名字，不觉得不亲密吗？玩得好一些的朋友都叫我宁宝、宁宁，粉丝们都叫我鱼鱼宝贝、游鱼宝贝，还有……"

"你想听我叫什么？"闻珩截断她的话，大拇指的指腹在她眼下柔软的肌肤上缓慢地摩挲，像在摸一块上好的羊脂玉，"叫宁宝？宁宁？宝贝？女朋友？还是——"闻珩低头，凑近她耳边低语，"老婆。"

热气钻进耳道里，尤语宁耳根一痒，浑身酥麻，娇嗔地瞪他，手轻轻抵着他推了一下："你乱叫什么？"

"脸皮真薄，叫声老婆脸就红了，以后结婚岂不是天天脸红？"闻珩笑着，低头压着她的后脑勺儿，亲了一口她的唇角，"乖乖。"

乖乖……天哪！

他低沉悦耳的嗓音含笑，藏着宠溺。

瞬间就像有一道电流从天灵盖蹿了过去，尤语宁在他的怀里瑟缩了一下。

"还……还是就叫名字吧。"尤语宁压着狂乱的心跳，让自己尽量淡定点儿，"我名字挺好听的。"

"我也觉得呢，乖乖。"他真是顽劣，就知道寻人开心。

尤语宁静了静，大胆提问："哪里乖？"

"都挺乖的。"

"比如呢？"

"比如……"闻珩压低嗓音，像用上好的磁带流畅却缓慢地播放音乐，"娇滴滴地喊闻珩……"

"不要说了。"

"不是要问吗？不听了？"闻珩胸腔震动，控制不住地笑，"我没说完呢，还有……"

"真的可以了。"尤语宁把脸埋进他的怀里，"求你闭嘴。"

闻珩见她整个人缩在他的怀里，好像真羞得不行，在她的头顶揉了一把，松开她的手把她的脸捧起来，认真地凑近看她的眼。

"叫你名字呢，是因为这天底下叫'宁宁'的那么多，可是我只想要一个叫尤语宁的宁宁。如果可以的话，我想在这名字前加上你的身份证号码，或者——加上'我的'。"

"行了，回家睡觉。"闻珩说完，手一伸，打开车门下去。

尤语宁还愣着，保持着先前的姿势没动。她怎么也没想到，他一直连名带姓地叫她是这个原因。

"尤语宁，还不下车？"闻珩扒拉着车门俯身凑近，"等着我背你呢？"

尤语宁抬眼看，他好看的脸在眼前放大。

他明明是这样不羁的人，竟会有这样细致执着的内心。

"闻珩，你能不能……"尤语宁抿唇，想了想，作罢，"算了。"

"怎么？"

"我想听你说喜欢我。"

闻珩眉心微动，似乎在思考什么。好几秒后，他一下笑了："哦，原来想听这个？行。宝贝，我好喜欢你啊！"带笑的调子，一点儿都不正经。

尤语宁也听笑了，不再执着于这个问题，转身下车。她绕过车头去跟他牵手，一起上楼，很大度地表示："没关系，我知道你很爱我就好了。"

回到家里已经很晚了，尤语宁让闻珩先去洗澡，自己在外面收拾东西。

闻珩租的这套房子里没多少他自己的东西，大多是房东的，他倒也很少用，都不怎么乱，看着挺整洁。

尤语宁简单收拾了一下，把闻珩的衣服收回来，拿去房间的衣柜里挂好，又看见他那边的床头柜有些乱，就顺便过去替他整理。都是些他随手放的东西——一本菜谱、一盒抽纸、酒精湿巾，还有一些七七八八的小东西。

尤语宁替他整理好，拉开最下面的抽屉，看见一部旧手机，其实看着没怎么被损坏，但是款式很旧，像很多年前的款式。

她好奇地拿起来看，手机居然没坏，还有电，一按解锁键屏幕就亮了。

虽然挺好奇闻珩这个科技高手为什么会留着这个旧手机，但她没有偷看别人隐私的习惯，就随手放了回去。

可是人的好奇心总是不容小觑，等闻珩洗完澡出来，尤语宁还是主动问了他："刚刚我在你床头柜的抽屉里看见一部旧手机，好像还能用，里面有什么秘密吗？平常也没见你用过，但它居然是有电的。"

闻珩擦头发的手一顿，他抬眼看过来："你打开看了？"

"没有。"

"没什么秘密。"闻珩垂眼，继续擦头发，"就一些无聊的东西而已。"

尤语宁不是很信："那干吗留着啊？而且看样子，你好像还会经常给它充电。"

"比较念旧。"

本来还没这么好奇，闻珩这么模棱两可地回答，倒真是将尤语宁的好奇心全都勾出来了。

"我可以看吗？"她问。

闻珩："不可以。"

"那我可以偷看吗？"

听见这话，闻珩又气又乐："你什么意思？"

尤语宁看着他，很认真地陈述自己的想法："我想看。"她顿了顿，加深程度，"很想。"

"那你想。"

"我有点儿饿了。"尤语宁岔开话题，"你能不能去帮我买份夜宵？"

"叫外卖不就行了？"

"那家不送外卖，我就想吃那家的。"

"你找事呢？我刚洗完澡，还得换衣服。"

"原来你对我的爱，甚至都不够让你现在换身衣服的。"

闻珩觉得很好玩："讲点儿道理。"

尤语宁发挥自己出色的配音功底，语气里的难过失落那么明显："没事，也不是很想吃，早点儿睡吧，我去洗澡。"说完，她故意低着头从他身边经过。

"等会儿。"果不其然，擦肩而过时，她被他拽住手腕。

闻珩把毛巾塞到她的手里："顺手放一下。"

尤语宁刚要开心："哦。"

她继续走，闻珩的声音在身后响起："要吃什么？"

尤语宁脚下一停，唇角微翘，转身看他："三鲜汤粉。"

"行。"闻珩抬眉，转身要进房间，"我去换身衣服。"

"我去帮你拿。"尤语宁抢在他前面进去，拿了一套蓝色的家居服出来，"就穿这个吧，免得一会儿回来睡觉还得换。"

闻珩看着她："你不太正常。"

"有吗？"

"这么殷勤，想什么坏事呢？"

"我就是觉得，都让你替我跑这一趟买夜宵了，我肯定得对你体贴点儿。"

尤语宁说完，主动拿着 T 恤踮脚往他的身上套："你头稍微低点儿。"

闻珩低头，微微弯腰，胳膊顺势一搂，将她的腰揽到怀里紧紧贴着，眼睑低垂，审视着她。

"让我想想。"闻珩任由她给自己套上 T 恤，眼睛却一直盯着她的表情变化，"肯定有事。"

"没有。"尤语宁的眼神躲躲闪闪，她低头将他的 T 恤整理好，将裤子塞在他的手里，"这个自己穿。"

"不帮我了？"闻珩把裤子重新塞给她，"能不能有点儿崇高的品德？半途而废什么意思？"

尤语宁难为情地看着他腰间围着的浴巾："你……里面穿了吗？"

闻珩很直白地说："没有。"

尤语宁心说：他怎么一点儿都不矜持？

"为什么不穿啊？"

"这不是等你帮忙吗？"

"你都多大人了？"

"你这么大人，我不也帮你洗澡了？"

算了，比不知羞，她怎么比得过他？

尤语宁转身进去拿了条他的内裤出来，破釜沉舟般提着，头也不抬，盯着地面不看他，尽量让自己的语气像机器人一样毫无感情："抬脚。"

闻珩听话地抬起右腿，却还围着浴巾，白色的布料晃进尤语宁的余光里。

"你把这个取了啊，"尤语宁指指他的浴巾，"难道要穿在里面？"

"你不帮我？"

"你是皇帝吗？"

"我是你男朋友。"

男朋友好大的脸。

时间不早了，尤语宁也怕浪费时间，他出去会太晚，干脆不和他争论，闭着眼去帮他取浴巾。她看不见，只能凭感觉和记忆摸索，又听见闻珩说："往下点儿。"

尤语宁心口突突猛跳，却淡定地强撑着，手腕贴上来一只滚烫的手，她的手腕被拽紧，动弹不得。

闻珩看着她双眼紧闭，眼睫毛却不自觉地轻颤，惊慌暴露于无形，忍不住唇角微翘，喉结滚了滚，压低的嗓音有点儿哑："往哪儿摸呢？"

尤语宁无语：这人真的讨厌。

尤语宁睁开眼，把他的内裤砸到他的身上："自己穿。"

话音刚落，她愤愤地从他身旁要走，又对他刚刚的行为记恨在心，趁他不备，一把扯下他的浴巾，正要说他两句，才发现他这个大骗子里面居然完好地穿着一条家居短裤！

真是上了他的当，尤语宁把他的浴巾也砸回去："睡沙发。"

"啧。"闻珩一手接内裤，一手接浴巾，"逗你一下，怎么还急眼了？"

他居然还好意思说话。尤语宁瞪他一眼，转身推着他出去："出去买夜宵，不然你睡楼道。"

闻珩似乎很享受被她这样推着往外走，上身后仰，借她的力，眉眼间泛着淡淡笑意，调子很不正经："小猫跳脚。"

尤语宁把他推到门外面，"啪"的一下关了门，凑到门板上听他的脚步声。

确认他离开，她跑回房间去找他那个旧手机。

不知道手机密码，她用自己的生日试了试，发现不对，又用他自己的试依旧打不开。

转瞬间，她想起他的微信号——WY1523。

他这部旧款手机的锁屏密码好像是有字母的。尤语宁点击输入WY1523，成功解锁。

打开别人的旧手机，就像偷看别人的日记本一样过分，是一件完全侵犯别人隐私的事情。

尤语宁没想过自己真的可以打开它，真看到屏幕解锁成功的那一刻，心里一紧，有种做小偷儿的心虚感。

要不……她还是放回去好了。尤语宁呼出一口气，重新锁好屏，将手机放回去，却坐在地上没起身。她是真的很好奇，也是真的很想看，但又怕闻珩是真的不想让她看到。而她并不想让闻珩不高兴。

时间一分一秒地过去，尤语宁坐在原地盯着没关上的抽屉，那部手机安安静静地躺在那里，明明无声，却又像是在诱惑她打开。

她自我安慰，就算做错了事情，闻珩也是可以原谅她的。

就这一回吧！如此，她下定决心，重新拿起手机顺利解锁，看见左上角是有运营商信号的，应该是插着电话卡。

尤语宁决定先从短信看起。

她一打开，收信箱里只躺着来自两个手机号的短信，但很奇怪，备注是一样的，都叫"学弟"，而两条短信最新的回复都是："好啊！"

尤语宁好奇地点开最上面的那条，看见页面的一瞬间，满脑子就是："嗯？"

这都是……什么跟什么？

这个页面上可以一眼看见的是——

2021年9月1日。

学弟："南华下雨了，学姐带伞了吗？"

"我"的回复："带了。"

学弟："学姐，梦见你了，有点儿想你。"

尤语宁抬眼看上方的电话号码，意外发现很熟悉，是闻珩现在用的。

但这部手机也是闻珩的，是角色扮演？

尤语宁不太明白，闻珩是在自己跟自己发短信聊天儿？这个"学姐"是别人，还是他假扮的她？

压不住这股好奇心，她继续往上滑。

2021年1月1日。

学弟："学姐，又一次看见南迦巴瓦峰，我许了同样的愿，你说，它听得见吗？"

"我"的回复："一定听得见。"

2020年9月1日。

学弟："学姐，又是一年开学季，想你，可以打电话给你吗？"

"我"的回复："可以啊！"

学弟："好听吗？"

"我"的回复："好听。"

看到这条短信，尤语宁下意识地退出来去找通话记录——2020年9月1日，来自"学弟"的呼入，时长五分钟。居然还真有通话，也不知道他都讲了些什么。

正要退出去继续看看别的东西，她意外发现通话记录旁边有个播放键，好像是通话录音。

尤语宁好奇地点开。

安静密闭的房间里，响起来自陈旧手机的、带着轻微杂音的钢琴的声音，她仔细听，是那首 *oceanside*。

尤语宁静静地听完一整首他的钢琴独奏，在录音还剩下三十秒时，听见他轻声问："学姐，我跟他，谁弹得更好听？"

然而剩下的十二秒，没有人回答，直至电话被挂断。

尤语宁呆呆地握住手机，低着头，回想起他给她写的第一封信——

"你的歌声很好听，但我的钢琴弹得比他好。以后，我想每天都给你弹钢琴，你唱歌给我听，可以吗？"

那已经是 2012 年冬天的事了，而 2020 年秋天的他竟还在介怀……也许不只是 2020 年的秋天，可能在每一个想起她的时刻，他都始终记得爱上她的第一眼，她站在别人身边。

尤语宁不知道这是不是他一整个青春里都会耿耿于怀的遗憾，但她想，自己或许应该弥补他。

房门在响，尤语宁快速锁了手机放回去，拿了衣服溜进浴室。

几个小时前她才被闻珩帮着洗了澡，这个澡她洗得很快，出来时乌发微湿，稍显凌乱地垂落在额前。

闻珩在沙发上坐着，叉着双腿，两条小臂一左一右地搁在两条腿上，微弯腰，上身前倾，低头在玩手机。

从她这个角度看过去，只能看见他轮廓清晰且立体的侧脸，眼睫低垂，看不太清具体神色。因为低着头，后颈那里有一小块儿骨头微微突着，在冷白的肌肤上就像一小座雪山，清冷却又极性感。

尤语宁看着，想起偷看到的那些短信，有些出神。

闻珩像是察觉到她出来了，抬头看过去，冲她招手："不帮你洗澡就这么磨蹭是吧？你的三鲜汤粉都快变成三鲜拌粉了，早知道我直接买拌粉多省事。"

尤语宁走过去，见他从茶几下翻了吹风机出来，很知趣地坐在他双腿间的地毯上，让他帮忙吹头发。

"嗡嗡嗡"的吹风机运作声音响起，头上传来他修长手指翻动湿发的温柔触感，让人想抛下所有烦心事，进入梦乡。尤语宁闭上眼，当真要睡过去，脑袋一偏，落到他的手心里，清醒了几分，听他问："干吗，拿我当你的造型师呢？"

尤语宁有点儿想笑，刚翘起唇角，却被他轻轻拍了拍脑袋："行了，汤粉还吃不吃？"

尤语宁将视线落到那汤粉上。

她其实本来就不饿，只是想找个理由把他支出去，这汤粉买来这么久，肯定凉了，也不好吃。但她还是点点头："吃。"

汤粉已经变得温热，入口即化，熟悉的浓郁的三鲜汤底——从前都是她一个人去店里吃的，如今竟也可以坐在家里等着吃。

尤语宁一口一口地慢慢吃着，汤粉明明很软，很容易咀嚼、吞咽，但她感觉如鲠在喉，眼眶逐渐变热变酸。晶莹的眼泪顺着脸颊滑过嘴角，咸咸的，一滴一滴不停地掉在打包盒里，没进粉和汤里，消失不见。

外面明明还在下雨，她却为了偷看他的手机故意叫他亲自去帮自己买一份此时并不是特别需要的三鲜汤粉。

他那么聪明，又怎么可能猜不到她支走他的意图，只不过看破不说破，愿意让着她罢了。

他可能觉得她猜不到他的解锁密码，所以并没有太防备她。

尤语宁越想越克制不住眼泪，慢慢地啜泣出声，肩膀小幅度地抽动着。闻珩才发觉不对劲，起身坐到地毯上靠近她，捏着她的下巴，转过她的脸。

她哭得好惨，满脸都是泪，还咬着下唇忍着，咬破了一点儿皮，有丝丝血迹渗出来。

闻珩抽了张纸替她擦眼泪和唇上的血，声音不自觉放得很轻："怎么了这是？吃个汤粉给我女朋友都吃哭了。"他又把那汤粉盒子推开，哄小孩儿似的，"肯定老板今天发挥失常，做得很难吃，咱不吃了。"

尤语宁的眼泪停不了，他刚擦干净又流下来，就像刚冒出的泉。

闻珩丢开纸，双手捧着她的脸，大拇指的指腹温柔地在她的眼下柔软的肌肤上轻轻地摩挲："既然停不下来，在你这儿洗个手。"

尤语宁哭得好好的，被他这句话逗得一下笑出声，又觉得很丢脸，整个人埋到他的怀里，刚哭过的嗓音含混："你讨不讨厌啊？"

"啊，我好讨厌啊！"闻珩顺着她的话说，"怎么我女朋友哭成这样我才发现呢？"

尤语宁抱着他，呜咽好一阵子，终于停下时，很不好意思地问："你会不会觉得我这么大人还哭，很烦啊？"

"怎么就这么大人了？"闻珩不以为然，帮她理好弄乱的头发，"洗澡都要我帮忙的小朋友，哭一哭很过分？"

尤语宁嘴一抿，吸吸鼻子："可是，我是你学姐。"

"学姐怎么了？"闻珩低头凑近，垂着眼很认真地观察她的嘴唇上被咬破的皮，"学姐不一样被我拿下了？"

尤语宁哭不出来了。

那份汤粉最终归了垃圾桶——闻珩丢的。尤语宁看着他干脆利落的动作，愧疚地别开眼。

晚上睡觉，她被闻珩搂在怀里，肩头上搁着他的下巴，侧脸贴着他的侧脸，背拥的姿势。她的腰被他紧紧搂着，感受着他的体温，听见他逐渐归于平稳的呼吸，她知道他已经入睡，自己却半分睡意也没有。

尤语宁睁着眼，看着床头每夜都会亮着的小鱼台灯，神游天外。

即便她现在跟他一起睡觉并不会太怕黑，他却还是会为她打开一盏台灯，哪怕会影响他的睡眠。

她又想起他那部旧手机里的短信。

他大胆的、炙热的、不加掩饰的话——

"学姐，梦见你了，有点儿想你。"

尤语宁闭上眼，想象不到，他在夜深人静的时候，拿着两部手机一人分饰两角是什么样子。

他明明是那么骄傲、那么优秀的一个人，几乎只要一个眼神就不会缺喜欢他的人。但他宁愿这样疯狂到近乎卑微地自问自答、进行角色扮演，也不肯多看一眼别人。

他对爱情绝对忠诚，即便，那时他的爱情还从未得到过她半句回应。

腰间的手收紧了一些，尤语宁睁开眼，感觉到他在她的颈间轻蹭。

而后，安静的夜里，耳边响起他的呓语——

"学姐……又见到你了……"

话音刚落，他搂在腰间的手收得更紧。

尤语宁终于明白——她是他一整个思春期，日思夜想的人。

直到半夜 3 点，尤语宁才彻底睡着。偏偏天公不作美，半夜 4 点，窗外响起阵阵惊雷，即便关紧了窗户，那雷声也震天响，将人从睡梦中叫醒。

比尤语宁更早醒来的是闻珩，只差两秒，尤语宁吓得抖了一下，睁开眼时已经被身后的人搂得更紧。

"睡不着可以跟我说会儿话。"闻珩闭着眼，手掌在她身上轻轻拍打着，像哄小孩儿睡觉，声音却是没睡醒的哑和迷糊，更像是凭着本能在睡梦中做这件事。

尤语宁缓了几秒，意识慢慢清醒，反应过来自己现在已经不是一个人睡觉。

小鱼台灯还亮着，发出微黄的光。

有点儿热，尤语宁重新闭上眼，转过身，将头靠进闻珩的怀里，轻声喊他："空调温度调低一点儿吧。"

闻珩反手一伸，从自己那边的枕头下摸出个空调遥控器，按了两下，将空调温度调低两度。

尤语宁推推他："过去点儿，这么大的床，你把我挤得都快要掉地上去了。"

闻珩不为所动，偌大的床偏要跟她挤在一起，俩人只占了三分之一，其余的三分之二都空着。

"你掉一个我看看？"

尤语宁跟他没办法沟通，转过身背对着他，不再说话。偏偏他还要缠上来，把她挤得更靠边，用双手双脚困住她，像抱着一个大抱枕。

"闻珩。"尤语宁用手肘向后捅，示意他松开点儿，"热死了。"

"那我把空调再调低点儿？"

"你离我远点儿就行。"

"哦，那不行。"

"你讲点儿道理，你觉得这样睡会舒服吗？"尤语宁试图晓之以理，动之以情，"如果换成是我这样双手双脚地抱着你睡觉，你会觉得舒服吗？"

"会啊！"闻珩当真松开她，转过身去，示意她抱，"来。"

她没动。

过了几秒，闻珩转头看她："不来？"

尤语宁沉默着犹豫几秒，为自己的话后悔。最后，为了让自己的话更有说服力，她破釜沉舟般学着他刚刚的动作从他后面抱上去。

但她忽略了一个问题——他们有很明显的体形差，他抱她可能像抱人形抱枕，而她抱他就像是一只考拉在抱树。

尤语宁硬着头皮问："是不是一点儿都不舒服？"

闻珩弯着唇角，语气带笑："挺舒服的，像只猫缠在我背上。"

她失策了……这姿势实在难受，尤语宁松开他，妥协："还是你来抱我吧。"

闻珩转过身，搂着她的腰，直接将她整个人提起来从自己身上翻过去，挪到了另一边的空位上："不挤你了，早点儿睡觉。"

尤语宁也听不出来他是不是不高兴，想说点儿什么，想来想去只能想到几天后的端午节："端午节你要回家吗？"

"我这不是在家？"

"不是，我是说回你家。"

"你在这儿，我家不就在这儿？"

"哦。"尤语宁知道他没不高兴，主动凑进他的怀里，"那你要回叔叔阿姨家吗？"

"他们都不在家，我回去干吗？"

"那我们到时候要不买点儿糯米回来，自己包粽子吧。"

"行。"

南华这边的粽子甜咸都有，因此超市里两种口味的粽子都卖。

最简单的是原味粽子，做好后蘸白糖吃，也有红豆馅儿的，这种原本就是甜的，不用再另外蘸白糖。

咸味儿的粽子就是咸蛋黄粽、咸肉粽之类的，闻珩比较喜欢这种。

尤语宁还记得 2014 年的端午节，高一、高二年级都已经放了假，只剩下临近高考的他们还在学校上课。

那天一大早她到了教室，课桌里已经放了粽子，是热的，一同被放在课桌里的还有那封没有署名的信。

他在信里写，那是他妈妈做的红豆粽。只是那时候她还不知道那是闻珩写的信，她吃的红豆粽是闻珩的妈妈包的。

其实她平常过端午节并没有吃粽子的习惯，只是那天的红豆粽实在太有家的味道，让人觉得很满足，所以后来的每个端午节，她都会特意去买粽子吃。

但很可惜，她再也没有吃到过那么好吃的红豆粽。

闻珩虽然是个娇生惯养的大少爷，厨艺却很不错，就连包粽子的手法都很熟练。

他捏着勺子，往粽叶里装泡得饱满的雪白糯米，冷白色的纤长手指骨节分明，上面沾了点点水迹，清冷又性感。

尤语宁总觉得他每次做饭看上去都不太像是做饭，反而更像是做工艺品，很像是模特在摆拍，每个动作都很漂亮，不像寻常人做饭那样在厨房里搞得手忙脚乱。

他们包了三种口味的：红豆、原味、咸蛋黄加咸肉。做好后他们给隔壁小区的闻喜之也送去了一些，碰上了陈绥，光着上身，露出结实有型的腹肌，下面穿着条灰色运动裤。

开门的一瞬间，尤语宁被闻珩蒙上了眼。

闻珩皱眉低骂："你衣服都不穿？"

"哦。"陈绥看了眼被蒙上眼的尤语宁，慢半拍地挠了下头，转身进去穿衣服，"之之，你弟和弟妹来了。"

尤语宁心想：怎么就弟妹了？

闻喜之来得很快，将门完全拉开，请他们进去。

闻珩把带来的粽子给她，朝屋里瞥了一眼，说不进去，就是来送个东西。

他倒是很干脆，把东西递过去，拉着尤语宁转身就走。

想想还是觉得不能忍，他拧着眉心，转身叫住闻喜之："叫那流氓收敛点儿，不穿衣服什么意思，就不怕影响市容？"

闻喜之"啊"了一声："没关系吧？"

闻珩："嗯？"

闻喜之抿唇："他又不在外面这样。"

闻珩顿了两秒，冷笑道："行，那就把门锁好。"

闻喜之点头："好的。"

闻珩这次头也没回。

尤语宁被他拽着跌跌撞撞地走着，还要回头跟闻喜之挥手告别："拜拜，之之。那个粽子有三种口味，红豆——"

走得太远了，后面的话她没说完。

一直到楼下，闻珩还是走得很快，浑身的气场冷冰冰的，有种生人勿近的感觉。

尤语宁抬头看他，好奇："你到底在气什么啊？"

闻珩顿时停住脚，她差点儿撞到他的身上，稳了稳才扶着他站好，抬头看他的表情，要吃人一样。

"那狗东西——"闻珩忍了又忍，没在她面前太愤怒，"衣服也不穿，不知廉耻！"

倒也没有那么夸张吧……尤语宁想了想，很实事求是地接话："可是，你在家有时候也不穿上衣啊！"

"那能一样？咱俩都——"闻珩的话戛然而止。

尤语宁看他的表情千变万化，有点儿精彩。好一阵，他烦躁地眨了眨眼："算了，又不是我能管的事。"

尤语宁点点头："对，之之现在是陈绥的女朋友了，归他管。"

闻珩不赞同地斜眼看她："凭什么她是他女朋友就得归他管？"

"因为我现在归你管了呀！"

神色因她这句话缓和了些，闻珩在她头顶揉了一把，哼笑："天天'之之''之之'的，你占谁的便宜？不会叫姐姐？"

尤语宁抬手理了理头发，跟着笑起来："我觉得很别扭，明明我是学姐啊，叫学妹'姐姐'……不太习惯。"

"哦，那我不也是你学弟？"

尤语宁点头："是啊，可是我都是叫你的名字啊！"

闻珩牵着她往回走，笑着说："是吗？"

"难道不是？不一直都是叫'闻珩'吗？"

"啊——"闻珩拖长调子，带笑的嗓音放得很轻，微微偏头凑近她耳边，"一直都是叫名字？"

"是……是吧。"

"嗯？确定？"

尤语宁不确定。那些意乱情迷的时刻，她也不知道自己喊的那些到底是真的喊了还是在梦里喊的，太梦幻了，她记不清，分不清。

见她不答话，闻珩恶作剧般地捏捏她的手指："看来是不太记得了？没事，我替你回忆一下。"

"不……不用了吧？"

"一开始清醒的时候呢，叫闻珩；撒娇的时候，叫哥哥；后来呢——"闻珩顿了顿，凑近她耳边，压低嗓音，"记起来了没？"

尤语宁耳朵红得能滴血，声如蚊蚋："记……记起来了。"

"是吗？"闻珩挑眉，喉间逸出声轻笑，哄着她，"叫的什么，重复一遍？"

不要了吧……

闻珩倒也不逼她，直起身，一副正人君子的坦荡模样。

"看来你说记得，是在骗我。没事，"闻珩抬起手腕看了眼时间，"吃完饭到时间做个午间运动，我帮你复习一下。"

尤语宁心说：能不能来个人把这流氓的脑子剖开，他到底是怎么好意思骂人家陈绥是流氓的？

没走几步，闻珩又停下，有些犹疑："你刚刚看见没？"

"什么？"

"就那狗东西陈绥，他没穿衣服，看见没？"

尤语宁认真地想了下，点头："看见了。"

闻珩："嗯？"

"他的身材看起来还挺好的。"

闻珩的眼神逐渐危险："嗯？"

尤语宁也不知是故意的还是真的没发觉，认真地回想着，继续点评："虽然没太看清，但还挺性感的。"

闻珩压着怒意闭眼，深吸一口气，缓缓从鼻腔里呼出。

"尤语宁。"他一字一顿地喊着，语气很不好，像在做最后的警告，"你最好给我重新说。"

尤语宁转头看他，被他阴沉的脸色吓了一跳，后知后觉地反应过来那些话是只能和柴菲说的，跟他万万不可。

感受着他身上传来的寒意，尤语宁咽了口唾沫，小心翼翼地开口："不太好吧。"她重新说一遍，他不得气死？

"呵。"闻珩冷笑，瞥她一眼，"牛。觉得他好？"

"没啊！"

"跟他过去呗！"

"不了吧。"

后来的一路，闻珩没再说半句话。

尤语宁安安静静地跟在他身边回了家，见他一言不发地坐在沙发上，也没有要搭理她的意思，不免有点儿心慌。

"其实我……"尤语宁坐到他旁边，试图讲道理，"我对他没意思的，就只是站在一个路人的角度客观点评，就像你们男生对漂亮的女生一样，不也是会讨论好不好看的吗？"

闻珩垂眸看手机，听见这话觉得有点儿好笑："在你眼里我就是这样的？"

"但是这不是很正常的事吗？"

"所以是我不正常？"

"啊？"

"我从来就没有像你说的那样，目光落在别的女人身上过，更没有对她们长得好不好看做出任何评价。

"或许我应该说得更简单一点儿——

"除了你以外，我对任何女生都不感兴趣，更不可能像你刚刚那样，做

490

出身材好不好、性不性感的评价，明白吗？"

墙上的挂钟"嘀嗒嘀嗒"地响，时间一分一秒地过去。

尤语宁被闻珩按在沙发上，入目的是他离得极近的好看的脸，往下，是他修长的脖颈。

这样的角度和姿势，他的脖颈似乎都在被压抑着起伏，喉结上下滚动，像是某种情绪压不住，即将迸发。

她其实很熟悉这样的画面和状态——在他们每一次亲密时，他都会有这样的表现，像猛兽伺机而动。他是鲜活而猛烈的，热情如火，能将人融化。

尤语宁看着他性感的喉结，思绪飞得有点儿远——她很好奇，如果碰一下会怎样？亲一下呢？

这么想着，尤语宁盯着闻珩的喉结咽了下口水，视线没挪开半分，喃喃低语："我能……"她说着，又咽了口唾沫，"亲下它吗？"

话音刚落，她抓着他的衣服，揽着他的后脖颈往下压，抬头往上凑，真亲了上去。

很奇妙的感觉——闻珩似乎还没反应过来，半点儿防备都没有。所以她亲上去的那一刻，大概是因为喉结真的脆弱又敏感，闻珩的本能使他下意识地躲了一下。

那玩意儿居然是会跑的。尤语宁出神地想着，并没太注意到闻珩此刻的神色。

他沉着的双眸，藏了野火似的足够炙热。

闻珩撑在沙发上的手鼓起青筋，像是立即就要爆发出惊人的力量。手指慢慢弯曲，抓着沙发布垫的动作慢慢用了力，收紧，又缓缓松开，再慢慢抓紧。看上去，像是在压抑着什么。

片刻，他的呼吸声变得很沉，像狼在夜里的喘息声。

闻珩的胸口一起一伏，神色极其隐忍。

"尤语宁。"闻珩忍了又忍，忍不住，一字一顿，压低了声音，警告一般，"到底在哪儿学的这个？"

尤语宁如梦初醒，抬眼看见他濒临爆发的神色，后怕在这一刻完全涌上来。但她到底是个做惯了好学生的人，在这时候还知道如实相告："电影里……"

"呵。"闻珩冷笑了一声，似乎还觉得这不足以表达他的情绪，顿了一秒，他又冷笑一声，"呵。"

尤语宁心说：你别这样。

"你可真是……"闻珩捏着纱裙裙摆往上，"老前辈了。指导我一下？"

尤语宁："还没吃饭。"

"等会儿再吃。"闻珩低头，吻落在她唇边，手指在背后顶住铁扣，轻而易举地解开，"好学姐，看看无师自通的我是不是也很不错。"

已经是夏天，空气潮湿闷热，而他掌心滚烫。

尤语宁想躲，却无处可躲，象征性地挣了一下，反倒像是扭动着找了个让他更舒服的角度。她白皙的额头渐渐浮上细汗，凌乱的发丝贴在皮肤上，头往后仰，细细的脖颈弧度极美，喉间发出很浅很轻的哼声，听不出是痛苦还是愉悦。

偏偏闻珩这个人一向不是什么善茬儿，不会轻易作罢。

她感觉到他低头凑近，热气喷洒在耳朵里，声音低沉，像是加了混响："学姐喜欢看那种东西的话，是不是也会喜欢这样？嗯？"

尤语宁不知道，只觉得很想哭，不是因为难过，又不太懂具体是因为什么，但是泪腺已经快绷不住要流泪了。

就过了几分钟，她真哭了，用双手抓着他的手腕，边哭边说"不要了"。

闻珩温柔地吻她，却也仅限于这个吻是温柔的。

…………

也不知道过了多久，尤语宁在床上醒来的时候闻珩已经帮她洗过澡了。

尤语宁转头看窗外，昏暗的天空跟先前还清醒着的时候完全不一样，好像已经快晚上了，可能又会下雨。

尤语宁想从床上爬起来，掀开被子，撑着床，却没丁点儿力气，胳膊都是软的。

意识慢慢回笼，她想起失去意识前听到的最后一句话——

"学姐，没够。"

尤语宁闭了闭眼，重新躺回去，看见手机在床头柜上，摸过来解锁，给闻珩打电话。

电话响了两声被接通，闻珩听起来神清气爽："醒了？"

"嗯。"尤语宁一张口，才发现自己的声音又低又哑，本想骂他两句，却提不起力气。

为了节省所剩不多的力气，她只能言简意赅地吐出一个字："饿。"

电话那边有"咻咻"的冒气声，听起来他像是在厨房。

而后脚步声响起，越来越近，直至门被推开——闻珩穿着家居服走了进来。

他应该也洗过澡了，换了纯棉的宽松白T恤，下面穿着条浅灰色的宽松短裤，衬得他整个人看上去干净清爽。

明明是两个人一起做的事，事后状态却天差地别。

尤语宁觉得很不平衡，用尽全力，抓起他的枕头砸过去，但力气实在不够，枕头堪堪落到床边，滚落在地。

闻珩走近，捡起枕头拍干净，重新放好，俯身要亲她。

尤语宁一偏头，他只亲到她的侧脸。

"啧。"闻珩捏捏她的脸，低笑，"学姐，这么大的人了还闹小孩子脾气。"

尤语宁一听他叫"学姐"就警铃大作，拍开他的手："不准再叫我学姐。"

闻珩挑眉："怎么不让叫？"

"反正就是不能。"

"我想叫。"

"忍着。"

闻珩不跟她争，将她打横抱起往外走："熬了粥，汤还在煲，先喝点儿粥？绿豆粥。"

尤语宁惦记自己包的粽子："粽子没煮？"

"煮了。糯米不好消化，你得先吃点儿容易消化的填下肚子，不然会难受。"

尤语宁"哦"了一声，没再说话。

到了厨房的吧台边，闻珩把尤语宁放在高脚凳上，让她扶稳："别掉下去。"

尤语宁实在没什么力气，干脆直接趴在吧台上。

闻珩进了厨房，用陶瓷小碗盛了绿豆粥过来，放到她面前，搁了个陶瓷小勺。

"早就熬好晾着了，现在喝温度正好，不会烫，喝点儿稀的吧，等会儿给你弄点儿干的，泡菜要吗？"

尤语宁抱着小碗闷头喝，也没用勺子。确实如他所言，粥不烫，入口正好，绿豆的清香很好地融进粥里，像在喝淡淡的米汤。

很舒服，她一口气就喝掉一碗。

尤语宁感觉自己瞬间活了过来，把碗推回去，抬头看他："再来一碗。"

闻珩看得呆了一两秒，唇角一弯，笑起来："我怎么这么过分，给我女朋友饿成这样？"他转身又盛了小半碗粥出来，"还有汤，这个就少喝点儿。"

尤语宁这次没再捧着碗喝，捏着陶瓷小勺小口小口地往嘴里舀，低着头，垂着眼，乖乖巧巧的，很安静。

闻珩俯身，将手肘撑在吧台上，凑近看她小口喝粥。

尤语宁被他看得很不自在，抬眸瞪他一眼："看什么？"

"看你呗。"闻珩很开心地笑，"不给看？"

"不给。"

"啊——"闻珩抿唇，不正经的调子拖得很长，"都看完了。"

晚上吃完饭，他们一起窝在沙发里看电影，是那部有些年头的《情书》。

尤语宁难免想起闻珩给她写的那些没有署名的信，其中有两封是端午节时的，高二一封，高三一封。

高二端午节的那一封，他写道："端午节安康，不守信的小朋友。"

当时她其实就不太明白，为什么是不守信？

她失约过吗？这会儿她认真地回想，那年端午节前是否有做过什么失约于人的事情。

十来分钟后，她想起来了——她跟一个学弟约好第二天晚上还到学校大礼堂练舞，但她第二天没有去。难不成闻珩就是那个学弟？

他该不会是从来没被人放过鸽子，以至于被她放过鸽子后怀恨在心，所以才对她如此念念不忘，到后来年深月久，他自己也分不清是爱是恨，因恨生爱？

第二天闻珩有事，尤语宁在家闲得无聊，换了衣服出门走了走，这一走就不知不觉地走到了"不醒梦"。

"不醒梦"日日营业，此刻店里人也不少，猕猴桃绿的装潢很有夏天的清爽感觉。她一进门，冷气扑面而来，散去外面的燥热，让人的心也在一瞬间静下来。

尤语宁照例点了一杯猕猴桃汁，坐在窗边的座位上等。

从这个角度往下看，另一家饮品店在楼下做促销活动，部分特定饮品第二杯半价。

店员做好猕猴桃汁送过来，见她在看楼下的饮品促销，兴起跟她搭话："我们店里从来没有做过这种第二杯半价的活动。"

尤语宁转过头看她，笑了下："是因为生意好，用不着做这个促销吗？"

"不是。"店员摇头，"我们老板不让做。"

尤语宁微愣，问她："你们老板是不是姓闻，听闻的闻？"

店员惊讶："你认识？"

尤语宁笑笑："嗯。"

她又问："他为什么不让做第二杯半价的活动啊？"

"他说第二杯半价没人分享的话，都会进垃圾桶。他不愿意让我们的东西进垃圾桶。"

"啊，完了，我又在摸鱼，被店长发现要扣钱啦！"店员笑得露出两个酒窝，飞快离开，"慢用啊，美女！"

尤语宁低头喝了口猕猴桃汁，不太明白那个店员刚刚说的话：闻珩为什么会有这种第二杯半价没人分享会进垃圾桶的感悟？他遇到过？

喝完猕猴桃汁下楼，尤语宁走到第二杯半价的饮品店里，打包了两杯第二杯半价的果茶。

回到家里，闻珩刚洗完澡出来，见她提着两杯喝的，伸手过来接："给我买的？"

尤语宁把果茶给他，试探着回应："第二杯半价，挺划算的，就买了。"

闻珩的表情有片刻僵硬，转瞬恢复如常："行。"

尤语宁捕捉到他一闪而过的表情变化，假装随意地问："你从前买过第二杯半价的东西吗？"

闻珩把吸管插上，递过来一杯，"嗯"了一声："买过一回。"

"跟谁分享的？"

"没谁。"

"以前喜欢的女生？"

闻珩喝了一口果茶："垃圾桶。"

"干吗丢垃圾桶啊？多浪费。"

闻珩冷笑："这就要问你了。"

"我？"尤语宁不懂，"关我什么事？"

"约好一起练舞，我等你到 12 点，连根头发丝都没见着。"闻珩捏她的后脖颈，"我第一次买第二杯半价的东西，最后'喂'了垃圾桶。"

尤语宁任由他捏着，没说话，满脑子都在想当时的画面——

夏日傍晚，桀骜的少年提着第二杯半价的两杯果茶等在学校大礼堂门外，从夕阳西下，等到夜深人静的凌晨。

他没等到信守承诺的人，除了那夜的月光、草坪里的虫鸣、孤独的路灯，他什么也没等到。

也许那是他这样顺遂的人生里第一次受挫、第一次被人放鸽子，而这样的不美好是她给的。

这么想着，她不明白他为什么还能喜欢自己这么久。但她觉得，自己应该要加倍爱他。

或许那部旧手机里还藏着更多更多她不知道的，关于他们的秘密。她很想弥补他，弥补他所有的遗憾。

"闻珩。"尤语宁靠在他肩上，"你说，我以前是不是救过你的命啊？"

闻珩："嗯？"

"不然，你为什么会这么爱我？我上辈子一定是行善积德了，这辈子才换来你这么爱我。看来我这辈子也要做尽好事才行，不然下辈子也太可怜了。"

"呵。"闻珩冷笑，"怎么，跟我过够了，都开始幻想下辈子换个男朋友了是吗？"

明明她只是很感慨，怎么他的脑回路总是那么奇怪？

"可是说不定这辈子我好事做尽，下辈子就还会遇到你呀！你不觉得有这个可能吗？"

"我不对不确定的事有所期待。"

"可是，你喜欢我的时候，我和你的以后也是不确定的。"

"你是例外。"她是谋士机关算尽也会失手的例外。

6 月中，尤语宁终于得到了一个很好的偷看闻珩那部旧手机的机会——闻珩需要出差一周，亲自去谈个项目。

原本是韶光去，但前两天他跟柴菲闹了点儿矛盾，要留下来哄女朋友，闻珩这个做兄弟的只能替他去。

这事来得突然，尤语宁下班才知道，回家后替他收拾这一周需要穿的衣服和搭配的饰品，又叮嘱他一个人出行需要注意什么。

闻珩许久没出过差，上一回出差是自己收拾东西，这回有人替他收拾，还絮絮叨叨的，他觉得挺有意思，也没上去帮忙，就在一边看。

　　尤语宁帮他把每天要穿的、戴的都用单独的防尘袋装好，睡衣是分开的，洗漱用品也收在行李箱的角落里，卧室、客厅来回跑了好几趟，一双眼雷达似的满屋子搜寻还有什么忘了带。

　　"还有什么呢？"尤语宁蹲在行李箱旁边低头翻看，小声地自言自语。

　　闻珩倚在卧室门边，悠闲地抄着双手，看着她认真思考的样子，懒懒地接上话："还有你。"

　　尤语宁抬头看他："什么？"

　　"跟我一起出差？"闻珩发出邀请，看上去还挺认真，"免得你担心我照顾不好自己。"

　　"说什么呢？"尤语宁把行李箱扣过来，拉好拉链，唇角弯弯，"我还要工作好吧。"

　　"行吧。"闻珩也就随口一说，"你给自己准备了什么？"

　　尤语宁不解："我需要准备什么？我在家啊，又不去哪儿。"

　　闻珩抿唇，眉心微拧，不知道在想什么。

　　好几秒，他问："你一个人在家，不需要准备点儿菜什么的？"

　　"有什么好准备的？我每天下班顺便就买了呀，又不是很麻烦。"

　　闻珩见她收好了行李箱，勾勾手，示意她过来："跟你说件事。"

　　"怎么了？"尤语宁走近他，自然而然地牵手，"什么事？"

　　"先去趟超市，给你买点儿东西。"闻珩拉着她转身往外走，"回来再跟你讲。"

　　"神神秘秘的。"

　　闻珩开了车，去了家附近的大型超市。

　　尤语宁跟着他往楼上走，劝他少买点儿东西："也就一周，我一个人用不了太多。"

　　闻珩瞥她一眼："什么叫也就一周？你还觉得这时间有点儿短？恨不得我十天半月不回家？"

　　尤语宁："不是那个意思。"

　　她想了想，也懒得劝他，反正他自在随心惯了，约束他会让他不舒服。

　　"那就随便买吧，反正闻大少爷有钱。"

　　"嗯。"闻珩挑眉，"知道就行。"

闻珩果真买了很多，吃的、喝的、用的都买了，全部塞到后备厢里，看得尤语宁眼皮直跳——也不知道有钱人都这么随意浪费钱的话，是怎么能够一直保持有钱的。

回到家后，尤语宁把买来的东西一样样整理好，该放柜子的放柜子，该放冰箱的放冰箱，等把一切收拾妥当，已经是晚上8点。

她想起来好像还没吃晚饭，正要问闻珩想吃什么，听见开门声响起，转眼去看，他提着两袋外卖进来。

"今晚就不做饭了。"闻珩把袋子里的东西拿出来在茶几上摆好，招她过去，"早点儿吃完洗澡，我有话要和你说。"

刚刚出门前他就说有话要跟她讲，这会儿又提起，尤语宁好奇心完全被勾了起来，洗了手过去在地毯上坐下，接过他递来的筷子，顺势问："什么话？"

"吃完再讲。"闻珩给她夹了一块儿牛腩，"多吃点儿。"

他搞得这么神秘，尤语宁心里很忐忑。

吃饭的短短二十分钟时间里，她已经做了无数设想——

他该不会移情别恋了，要和她坦白；

还是他做了什么对不起她的事情；

难道他爸妈要回来了，他想要带她回家见家长？

…………

尤语宁想不到他这么神秘的原因，一顿饭吃得心神不宁。

好不容易熬到吃完饭，她积极地起身收拾垃圾，迫不及待地坐回去问："到底要说什么呀？"

闻珩起身要去洗澡："洗完澡再说。"吊胃口的能力真是一流。

尤语宁不想在外面胡思乱想地等，在他进浴室的一瞬间跟在他后面挤了进去。

闻珩回头看她，觉得有点儿好笑："干吗，耍流氓啊？"

"我看着你洗。"尤语宁一本正经地盯着他，说完后移开视线，"你快点儿。"

闻珩从架子上扯了条毛巾丢过去："那不如你帮我？"

那毛巾砸过来，盖在她的头上，又滑落下来，有很淡的沐浴露的香味。

尤语宁抓住毛巾，没让它掉落在地上。

她抬眼一看，闻珩竟然已经脱了衣服，露出很好看的上身肌肉，正在低头脱裤子，手已经抓住了裤腰。

尤语宁这时才后知后觉地反应过来自己竟然因为好奇心而冲进了浴室，要看他洗澡。

好奇害死猫。

"那个……"尤语宁低头不敢看他，把毛巾放到一边的架子上，转身要出去，"我出去等你。"

她刚握上门把手，手腕被人一拽，转瞬之间，一股强大的力量将她身体转了个向，把她抵在了墙上。

她的后背贴上冰凉的墙面，微疼，手被他扣着压在墙上。

高大的身躯压下来，挡住浴室里的大半灯光，她被笼罩在他的身影里。

尤语宁在他撑起的这方小小天地里抬眼，看见他的眼里藏了炙热的火。

这眼神太过熟悉，甚至叫人害怕，却又本能地期待。

他的身体是烫的，胸口微微地起伏着，每一处肌肉线条都透露着性感。

他们离得这么近，她几乎是贴在他怀里，思想渐渐跑偏，脸上泛起潮红，呼吸跟着急促起来，别开脸不看他。

"来了还想跑？"闻珩抬起空着的左手，大拇指指腹在她的唇角上按了按，用了点儿力，"可能吗？"

"没跑……"尤语宁如实相告，"我就是打算出去等你。"

"想来就来，想走就走？"闻珩说完，低头凑近她，用近乎气音的声音说，"帮你洗那么多回，你不能帮我？"

她那时候都没意识了，他帮一下也没什么啊！但他这会儿这么精神，甚至有点儿亢奋，这叫人怎么好意思帮？

见她不答话，闻珩也没逼着她一定要说什么，只是将她的腰一搂，连抱带提地将她揽到莲蓬头下。

"礼尚往来。"

闻珩打开开关，热水瞬间喷洒下来，将两人的衣服、头发全都淋湿，也模糊了他们的视线。

他在水幕里笑了，声音在"哗啦啦"的水声中听不太真切，却又让人能分辨出他在说什么——

"我也帮你。"

话音刚落，他一手扯掉了尤语宁已经被热水淋湿的裙子。

尤语宁起先还没反应过来，被热水淋了一身，下意识要躲，又被他抓着躲不开。

热水从头顶落下来，流过眼睛，她只好闭上眼，免得水流进去。

她还没缓好，一股蛮力突如其来，她只感觉裙子被什么东西拽着，直接碎掉了。她睁开眼又眨了眨，低头一看——裙子真烂了，不是错觉。

他是什么人啊，这么夸张？

她还来不及有什么反应，闻珩把膝盖从腿间抵上来，彻底将她禁锢住。

"学姐。"他低下头凑近，唇角勾着笑，"想动一下吗？"

又来，她都说了不准他叫"学姐"了，他一叫"学姐"就没好事。

其实对这种事尤语宁没抗拒过，尤其是对方是闻珩。她很喜欢，也很享受，除了每次累得要死要活，都还挺满意的。

也许是因为他明天就要离开，让人觉得不舍，她更渴望跟他亲密无间地交流。

尤语宁没应声，却在他的膝盖上动了一下。

闻珩没想到她会主动，眼神一黯，捏着她的下巴吻了下来。

这不是一个温柔的吻。很奇怪，他爱一个人爱到至深，亲吻的时候就很想咬破她的唇。

尤语宁感受着唇角泛起的疼痛，闭上眼，用双手搂住他的脖颈，投入地回应他。

闻珩是有些暴力因子的。他要让她感觉到他的爱至深，刻骨入髓。

尤语宁晕晕乎乎的，却还记着他说的话，趁着自己还有几分清醒，抓着他的胳膊，一句话说得断断续续："你……你要……要跟我……说……说什么？"

闻珩将她搂得更紧："想知道我原本要说什么？"

"嗯……"

"那我告诉你——"闻珩用薄唇抵着她的耳朵，说话的声音低低的，热气又轻又痒地钻进耳道里。尤语宁想躲，但被他抵着侧脸动弹不得，只能任由耳朵里泛痒。这感觉捉摸不住，像在空中找不到着陆点，叫人心慌意乱。她只能死死地掐着他的胳膊，以此来缓解自身的难受。闻珩对她这样下死手的动作似乎没有半点儿介怀，反而受了某些刺激，更觉得亢奋。

"原本呢，我打算洗完澡再问你，我一走这么久，你要不要——"

尤语宁轻轻地哼了一声："嗯……"

"吃点儿硬菜。"

"什……什么硬菜？"

"啊——"闻珩低笑，"已经吃上了。"

翌日周四，闻珩是下午的飞机，出发前还去工作室转了一圈。

尤语宁得空，在他走之前悄悄溜出来，跟他躲在鲜有人走的楼道里缠绵了一会儿。

"自己一个人在家，注意安全。

"有什么事可以打电话给我姐，她住得近，来得快，能最快帮到你。

"最后，别一周不见就把你男朋友忘到后脑勺儿去了。"闻珩叮嘱完，低头亲了亲尤语宁的唇角，在她的头顶上胡乱揉了一下，转身就走，"别哭啊尤语宁，不然揍你。"

气氛本来挺伤感的，她的眼睛确实有点儿酸，但被他这么一说，谁还哭得出来？

闻珩头也没回地进了电梯，转过身，抬手按下层数键。

他穿着一身白色衬衫和黑色西裤，十分正式的打扮，看上去少了些平时的随性，多了几分成熟正经，但还是玉树临风，动人心弦。

此刻电梯里只有他，两扇银色的电梯门缓缓合上，视线范围逐渐变得狭窄，一点点缩小，她连他的身影也不再能看完整。

直至电梯门完全合上，她再也看不见他的一根头发丝。

这是他们在一起后头一回分开这么久。尤语宁一低头，眼角湿了一小片，想起闻珩最后说的话，又觉得很好笑，忽然笑出声来。她开始觉得自己有点儿脆弱了。也不知从什么时候开始，她感觉自己会想撒娇，会因为一点儿小事就觉得委屈想要人哄，会因为几句话就变得很开心。尤语宁不知道这样是好是坏，却明白自己大概是因为真的感觉到被爱。

被爱让人想卸下伪装和防备，丢掉成熟和矜持，做一个蛮不讲理、随性而为、脆弱至极的小孩儿。但还好，她无论是蛮不讲理还是脆弱至极都只对他，其余时候，她会比以前更勇敢、更温柔、更强大。

是他给了她底气和力量。

下班后，没有收到闻珩的来电和消息，尤语宁看了一眼时间，不晚点的话，大概一个小时后他的飞机就能落地。

回到家其实没什么胃口，但怕闻珩打电话来检查她有没有吃饭，尤语宁还是进了厨房，去冰箱里找吃的。

早上出门那会儿，闻珩说他上午有事，所以中午才去的工作室，跟她一起吃了午饭。尤语宁只当他要去处理工作上的事情，并没太在意，这会儿一打开冰箱门，每一样昨晚购买的食材的缝隙里插满了新鲜的白玫瑰。

浅蓝色的便利贴贴在冰箱第一层格子上，龙飞凤舞的黑色字迹，只写了简单的一句话："好好吃饭，等我回来。"

尤语宁用一只手扶着冰箱门，看着冰箱里闻珩买的食材和白玫瑰有些出神。

所以他早上说上午有事是给她买花吗？即使不在她身边，他也照顾她一日三餐，也给她浪漫的鲜花。

直到冰箱里的冷气让露在外面的胳膊降了温，尤语宁才回过神转过身，空荡荡的厨房和客厅不见平时一转身就能看见的身影。

在此刻，离别后的难过情绪涌上她的心头，却又比任何一个时刻都更浓烈，叫人心里揪着一般难受。

尤语宁顺着冰箱慢慢蹲到地上，想念铺天盖地地席卷而来。

很想打电话给他，却知道他没打来电话就是还没下飞机，这通电话打不过去。

但是真的，她承认她从来没有这样想念过一个人。明知道自己此时应该好好做饭，这样，等他打来电话时就可以笑着跟他讲，自己有好好吃饭哦，不要担心。可就是一点儿做饭的心情都没有，只想听见他的声音。不想管他会不会担心，不想管他会不会批评自己。甚至，就是想要他担心，想要他批评。

尤语宁觉得自己变得不正常了，把手机拿在手里，锁屏解锁很多次，只想等他的电话，什么都不想做。

不知道这样过了多久，安静的厨房里响起来天籁一般的悦耳铃声。尤语宁回过神来，立即接听，并开了免提。

"哎？"闻珩带笑的声音从手机里传来，让死寂的空间有了生气，"这是拿着手机等我电话呢，接这么快？"

尤语宁喉头哽着，说不出话来，只能低低地"嗯"了一声。

"干吗呢，到家了？晚上吃什么？我下飞机了啊，正往外走。"闻珩应该是刚下飞机就打来电话，能听得出他在走路，周围的声音嘈杂，不断变化，还有广播在提醒乘客各种事宜。

尤语宁感受着他那边的热闹，听着他动听的嗓音，感觉到他话里的笑意，一点点地活了过来："我看到白玫瑰了，很漂亮。"

"我亲自选的能不漂亮？漂亮也不能当饭吃，看看得了，那些菜自己做了吃啊，等我回家里发现东西没少，就等着挨揍吧你。"

尤语宁一下笑出来："今天你都说两回要揍我了，哪儿有你这样当男朋友的？"

"揍你怎么了？叫我那么多回'爸爸'，还不能揍你了？"

这个人真是一点儿都不正经，让人怎么继续难过？

闻珩那边很忙，带了助理过去，下飞机就有对面的人来接，边走边谈事。尤语宁没想耽误他，简单说了几句后让他晚上忙完到酒店安顿好了再聊。

闻珩"嗯"了一声："赶紧吃饭，一会儿我检查。"

"知道了。"尤语宁顿了顿，很小声地补充，"想你。"她说完，"啪"的一下挂了电话。

另一边，闻珩拿着手机忽然停了下来。

对面来接的人关心地问："怎么了，闻先生？"

"啊，没事。"闻珩低头看了一眼被挂断的电话，笑起来，"我'女儿'想我了。"

来接机的俩人都一同跟着笑起来："闻先生这么年轻就有女儿啦？年纪轻轻的，事业有成、家庭幸福，真让人羡慕！"

闻珩的嘴角压不下去，他点头："比较幸运。"

一旁跟来的周志诚："嗯？"闻珩什么时候结的婚？他怎么还有个女儿？他不是才谈恋爱没多久吗？

晚上 11 点，尤语宁终于等到了闻珩的电话。

在这之前，她特意给自己做了顿丰盛的晚餐，找好角度拍了照片用微信发给他，表示自己在好好吃饭。

闻珩大概是在忙，过了一会儿回消息给她："乖。"除此之外什么也没有。

尤语宁将这个"乖"翻来覆去看了好多遍，在沙发上滚来滚去，一遍遍地回忆着他为数不多说她乖的时刻，然后脸红地发现都是在床上。

闻珩打来的是视频通话，他刚洗过澡，头发湿漉漉地滴着水，他拿着毛巾在擦，只围了条浴巾，身上的水都没擦干，顺着肌肉缓缓下落，直至腰部白色浴巾里消失，性感撩人。

尤语宁的思想不可抑制地跑偏，她不自然地将目光移到他的脸上，不去看他的身体，假装淡定："你怎么不穿衣服？"

闻珩不知羞："这不是给你发点儿福利？下飞机给你打电话那会儿是不是想我了？"闻珩坐在酒店落地窗边的藤椅上，把擦头发的毛巾放下，凑近手机屏幕看她，"想我哪儿了？你说说，我给你看。"

…………

一连过了好几日，尤语宁自己也记不清是闻珩出差的第几天，他说他晚上有个应酬，叫她不用再等他的电话，早点儿吃饭，早点儿睡。

这几天晚上，闻珩都会给她打视频电话，从她下班回到家吃完饭开始，一直到她睡着。

今天好不容易不用再跟他视频通话，尤语宁回到家吃完饭后就翻出了他的旧手机打算偷看。密码还是之前那个，闻珩没有改过，她轻而易举地解锁了。

还是像上次一样，她先看没看完的短信，一页页翻上去，都是他想念她时自导自演的内容。

但是，她从里面发现了一些特别的事情——好像每一年的冬季，他都会去看南迦巴瓦峰，许下同一个愿望。

每次许愿之后，他都会发短信问："学姐，你说它听得见吗？"

而"我"都会回："一定听得见。"

尤语宁从头翻到尾，发现这个愿望是从 2012 年冬天开始许的，一直到去年冬天，没有一年断过。

她有一种很强烈的直觉——这个愿望跟自己有关。他每年许的愿是想跟她在一起吗？

尤语宁退出短信界面，仔细看了看这部旧手机的软件。微信是没有登录账号的，其他社交软件也都一样。

想了想，她干脆点进他的相册。

意料之外地，里面居然有很多照片以及视频，更让人觉得意外的是，这些照片和视频都跟她有关。

尤语宁逐个点开看——

她大学毕业去初一声工坊工作，那时候还在西州，照片里是个晴天，阳光很好，他拍得也很好，让她在阳光下的头发丝都好像笼上了一层金光；

大学毕业典礼，她作为优秀毕业生上台领奖，照片的拍摄角度来自右下角的学生会记者团；

大四她实习，那时是冬天，西州的冬天会下雪，她戴着毛绒帽子和手套，在夜市买糖葫芦；

大三她参加十佳歌手比赛，进了决赛，她跟学长的乐队一起表演，他小心眼儿地只拍了她；

…………

太多她青春里重要或者不重要的时刻，他都记得比她更仔细、更清楚。

尤语宁继续往下滑，视线停留在一张合照上——居然是她高三毕业后，在她从南华到西州的火车上拍的。

照片里，她靠着他的肩睡得很沉，长发垂落，挡住侧脸。而他像是怕把她弄醒，低头轻轻地贴着她的头顶，并不敢真的靠上。

两个人的合照，她睡得毫无察觉，他小心翼翼地留下他们的合影。

那是少年时的闻珩，相比现在更意气风发。然而在这张照片里，他异常温柔，眉眼间带着的攻击性全都退去，眼眸含笑，似月华流水。

尤语宁低头看着，手指缓缓地落在手机屏幕上，轻轻地隔着屏幕抚摸闻珩年少时的脸，鼻尖酸楚弥漫，叫人觉得眼睛也渐渐模糊。

她还以为当年在火车上只是自己运气好，所以避免了丢失财物，不承想，原来是他这样光明正大地靠近她，小心翼翼地护了她一路。

而她当面不识，背后不知。

她继续往下，能看见她高中毕业合照时，他偷偷地举着手机，将穿着校服的他自己也拍进了穿着校服的他们的合影里。

她还以为南华一中百年校庆那天晚上，他们穿着校服在大礼堂的舞台上留下的合影是他们的第一张合照，不承想，早在她高中毕业时，他们就已经拥有了一张校服合影。

尤语宁调整着自己的情绪，深呼吸几次，忍着眼睛和鼻尖涌上来的酸楚，强行没有掉下眼泪。

她很怕闻珩忙完突然打电话过来，万一他发现她在哭，一定会特别担心。

她又点开视频，无一例外与她相关——

假期她在咖啡厅兼职，昏暗的夜晚，西州少有地下暴雨，导致店里一时间多了很多被雨留住的顾客，她忙碌地穿梭其间，镜头却一直能够精准地捕捉到她的身影，隐约能够看出镜头被雨水模糊，留下虚影，却依旧执着地只寻找她。

再往前，她发现了第一年在西州过除夕时去安信广场看烟花那晚的视频。

他长得高，镜头的角度从上至下框住他和她。

他说："新年快乐。"

原来，那时他不是在跟朋友打视频电话，只是单纯地想引她回头，对她说一声"新年快乐"。

从相册退出来，尤语宁打开了他手机里的备忘录。

备忘录里有不同的日期，他写了差不多的内容。

2017年5月8日。

今日酒店的早饭，她选了煮鸡蛋、青菜粥、小泡菜、豆沙包，其余的没有看一眼，应该是不太喜欢。

2015年7月9日。

今日酒店的早饭，她在炒粉和汤粉之间犹豫了半分钟，最后选择了三鲜汤粉，看起来应该不太喜欢在早上吃太干的东西。

2015年1月1日。

今日酒店的早饭，她吃了三明治，拿了一杯热牛奶，像是没什么胃口。

2014年7月25日。

看起来她挺喜欢这个咖啡厅的兼职，就是得跟外婆说一声，以后别招男生兼职，我看着很不爽。

2014年6月12日。

今日酒店的早饭，她不知道是不是饿了，好像什么都吃得挺香的，感觉很好养活。

…………

尤语宁一则一则地打开备忘录，过往那些人生中逐渐顺遂的记忆全都浮现在眼前。她以为自己只是单纯地幸运，到头来，这幸运全是他人为制造的。

不是那么凑巧，她在火车上独自一人睡了一觉还能平安无事，是他默默守护，她才安然无恙。

不是那么凑巧，每次不含早餐的酒店都会因为各种奇怪的意外要补偿给她早餐券，而是他提前打点好，所以她住的每家酒店才会提供早餐。

不是那么凑巧，她找到的第一份兼职就轻松愉快，一做几年，是他找了他的外婆，给了她那个可以保障生活的工作。

…………

也许还有更多他不曾记录下来的事情，而她通通享受了他的守护，却单纯地以为是上天对自己不幸的弥补。

尤语宁形容不上来自己现在是什么感觉，好像很感动，也有点儿不知所措。

她很想、很想见他，立刻、马上。

这种迫切的想法刺激着她的大脑神经，让内心一刻也无法安宁，心脏和脉搏的跳动都开始加快，叫人做出一些完全不受控的事情。

尤语宁不能等，立即起身收拾东西，查看机票和车票，准备请假。

时间太晚了，已经没有最近的航班，只买到了凌晨 3 点的火车票，预计到达那边时是明天晚上 6 点。

她在家里坐不住，在微信上跟老板沈一然请假，倒也被爽快答应，没了后顾之忧。

她一刻也不能等，拿着行李就出门打车去车站，走至半道，南华又开始下雨，车窗玻璃上很快蒙了一层水珠，模糊了灯红酒绿的城市。

尤语宁打开手机查看闻珩那边的天气，发现竟然也是雨天，她有些懊恼没有带伞，看来到时候得去买一把。

她到车站时，雨下得更大。她买的车票发车时间距离现在还早，不能提前这么久进站候车，只能先在附近找个快餐店坐着。

好像她上一次这么冲动地离开南华还是高三毕业后。那一路她都被闻珩护着，这一路却只有自己。

闻珩的电话在晚上 11 点左右打来，应该是还在忙，没打视频电话，打的是语音电话，跟她说南华雨下得很大，不要出去乱跑，饿了想吃夜宵要么自己做，要么点外卖送到楼下自己去拿，千万别让人送到门口，不安全。

尤语宁一一应了，他一边翻动着文件一边说最后的几句话："早点儿睡觉，明天如果还下雨，出门打个车，不然我让韶光去接你？"

"他是菲菲的男朋友，这样不太好。"尤语宁哭笑不得，"我哪儿有那么娇气？到时候我自己打车就行。"

"也行，自己注意安全，别坐副驾驶座上，坐在后面，尽量打出租车，别打私家车。"

"嗯，你还在忙吗？"

"是，也就这两天，忙完就没什么事了，也许还能提前回。"

"那你先忙，我要睡觉了。"

"今天睡得还挺早，不熬夜玩手机了？"

"有点儿困。"尤语宁假装打了个哈欠，"对了，把你住的地址发给我。"

"干吗，查岗啊？"

"对啊，看看你有没有背着我找别的女生，说不定我突然就出现了。"

闻珩低低地笑："行啊，一会儿发给你，最好突然一下出现，陪我睡觉，没你我睡得都不香。"

尤语宁弯唇笑道："哦，那你今晚可以做做梦。"

"你不在我身边，我都会做梦。"他突然之间这么说话，让她挺不习惯的。

尤语宁脸一热，简单敷衍了几句挂断电话。

很多年没有坐过火车，尤语宁上车才发现里面环境比从前好了不少，但还是不敢掉以轻心，一晚上也没怎么睡，睁眼到天明。

她还算顺遂地平安到达庆市，除了十几个小时的硬座让人腰酸背痛、手脚水肿之外也没别的事情。从火车站出来，她原本还打算买把伞，却发现雨停了。

尤语宁先找了个钟点房洗了澡，换了条干净的裙子，吹干头发，重新化了个妆，遮住黑眼圈，让自己看上去没那么狼狈。

她根据闻珩昨晚发给她的酒店地址打车找过去，在前台登记，开了一间便宜的房。

刚刚她发了消息问他什么时候忙完回酒店，他说9点左右。

尤语宁看了眼时间，还有十几分钟到9点。

昨晚他发了门牌号过来，让她随时亲自上门来查岗。这会儿她看着这条微信消息有点儿想笑，也不知道闻珩等下真的看见她会是什么反应。

20点56分，尤语宁的手机响了起来。

"回酒店了。"

听见闻珩的声音在电话里响起的那一刻，尤语宁起身出门。

"吃过饭了吗？"尤语宁轻声问，"我还没吃，能不能给我点个外卖？"

"这么晚还没吃饭？"闻珩的声调微微扬起来，"你想挨揍？"

"那你揍我啊！"

"有恃无恐是吗，觉得我这会儿打不着你，很嚣张？"闻珩冷笑，"我打个飞的回来揍你信不信？"

尤语宁一边往楼上走一边偷笑："那怎么办呢？想打我又打不着。"

闻珩气笑了："尤语宁，你今天怎么回事，这么嚣张，吃了熊心豹子胆了？"

"我上哪儿吃去啊？连晚饭都没吃，说让你帮我点个外卖，你也不帮我点，饿死我算了。"

"行行行，要吃什么？"

尤语宁立在闻珩房间门口，心跳得快起来。

明明只分开了几天，但她一想到他现在跟自己就只隔着这扇门，马上就能见到他，内心还是无法抑制地激动。

"我想……"尤语宁抿唇，手指轻轻搭上门把手，声音放得很低，"你开门。"

电话那边安静了一瞬，很轻的脚步声从手机的另一端传来，接着是酒店房门锁转动的声音。

安静的走廊里，开门的声音很轻，却又格外惹人注意。

房门被从里面拉开。

尤语宁紧紧地盯着门口，一抬眼，看见一张很想念的脸。

闻珩的一只手还拉着门，另一只手拿着手机，保持着接听电话的姿势。看见她，他愣了很短暂的一瞬，而后像是没看见她似的对着电话讲："开了，什么也没。"

他瞎了吗？

尤语宁正要对着电话里的他不满地抱怨，眼前一黑，一股强劲的力量袭来，拽得她猝不及防地跌进一个怀抱。

"正愁揍不到你，你倒是自己送上门来了，胆子不小啊你，尤语宁。"闻珩"啪"地甩上门，就在门口将她抵在墙上，低头吻下去。

尤语宁切实地感受着来自他身体的温度，感受着他真切的拥抱，闻到他身上熟悉的味道，整颗心才有了安定的感觉。

闻珩的吻急切又热烈，他咬破了她的唇角，又温柔地吸吮着，像是安抚。

结束这个热烈的吻，他将尤语宁抱起来，放在玄关的柜子上坐着，站在她的腿间，与她额头相抵，温柔亲昵地蹭了蹭。

"怎么会突然跑来？想我了是不是？"

尤语宁"嗯"了一声："我就是想见你。"

她其实也很少这样直白地表达想念和喜欢，跟闻珩一样，都是更喜欢用行动表达。听她这么一说，闻珩心软得很，大拇指的指腹很自然地在她光滑的脸部肌肤上摩挲，声音也跟着放得很轻、很温柔："怎么也没说一声就来了？人生地不熟的，出什么事怎么办？"

"可是你在这里啊，我不怕的。"

"什么时候来的？坐的什么？飞机？火车？几点到的？真没吃饭？"闻珩一连串地发问，将她的双腿放在腰间，就这么抱着她到沙发那边去。

"我让酒店送点儿吃的上来。"

尤语宁就想黏着他，听他说话就觉得很满足，到了沙发上也不愿意放开他，用双手双脚缠着。

闻珩拍拍她："给你叫吃的，松开点儿。"

尤语宁坐在他腿上，双手揽着他的脖颈，下巴搁在他的肩头上，撒娇一般呢喃："你打电话就好了。"

她倒是难得这么主动撒娇缠人，闻珩也挺乐，艰难地摸出手机打电话叫酒店厨房送吃的上来。

等他挂断电话，尤语宁就开始吻他，从额头到眼睛，再到鼻尖和嘴巴，一路往下。

庆市地处江南地带，平时也总爱下雨，但跟南华不同，庆市的雨带了几分绵软温柔，难停歇却不急促，适合观赏。

闻珩回酒店之前跟商业合作伙伴在听雨阁吃饭。

听雨阁开在临河沿街的地方，是个古色古香的宅院，很雅致，潺潺的河水沿河畔回廊不曾断绝。

老板是个风雅的人，也惯会营造气氛，弄了个水车在青瓦房顶，即便在不下雨的时候也有水流沿着瓦顶的沟壑落下。水流"滴答"地落在屋檐下特制的竹瓦沟渠中，就像雨打芭蕉。

闻珩从前是喜欢听雨的，也喜欢下雨的时候把手伸到雨里，让雨淋湿手指，修长的手指骨节分明，冷白皮总透着些清冷感，又带着几分诱惑。

尤其是手指被雨淋湿，点点水珠悬在指尖缓慢滴落时，总让人觉得他不是赏雨的人，应当是翻手为云，覆手为雨，搅弄风云的掌控者，呼风唤雨全凭他乐意。

原本尤语宁到庆市时雨是停了的，夜很静，此刻却又感觉雨好像重新落下。明明在关着窗的酒店里，她却听见了下雨的声音。

6月中下旬的夏季潮湿炎热，让人的脸颊都滚烫起来。

尤语宁埋头在闻珩颈间，清澈的杏眸湿润得像兜了一汪水似的，叫人看出几分我见犹怜来。

她的眸光有些涣散，她搂紧他的脖颈还不够，细细的手指无措地扒着他的白衬衫，抓出乱乱的痕迹。

突兀的电话铃声响起，手机在沙发上发出"嗡嗡嗡"的振动响声，急切又叫人觉得心烦意乱。

"电话……"尤语宁一开口，才发现自己的声音又娇又嗲，带了难忍的哭腔，"接……"

"你接。"闻珩在她的颈侧亲了一下，"乖点儿，我手没空。"

尤语宁怀疑他是故意的。

她不要接。

她不接，闻珩也不接，那手机就一直响，边响边不停振动，吵得人心很乱，更难耐了。

闻珩这人总是带着点儿恶劣因子，也比她能忍，见她不接，轻轻地咬她耳朵，像是好心提醒，声音低沉缓慢又磨人："不接的话，他们会打三次，三次都不接的话呢——"他恶作剧般低笑，"他们是有房卡的，会直接进来呢。"

尤语宁真的很想咬死他，但那手机已经开始响第三次。

想着他说的话，她真的吓到了，只能攀着他的肩头探身去够他的手机。

第三次手机铃声即将响过，尤语宁滑到了接听键。

标准的客服女声从手机里传出来："您好，闻先生，晚饭已经准备好了，就在门外，请问您方便开下门吗？"

尤语宁握不稳手机，也不敢说太多话，只尽量正常地发出声音，言简意赅："放门口。"

电话那端的人愣了一瞬，但良好的职业素养使得她很快回过神来，微笑着应道："好的，那就给您放在门口了，请尽快取用。"

说完，她低声嘱咐旁边的人："就放这儿。"

尤语宁头一次连"谢谢"都没顾得上说，迅速挂断电话。手机像烫手山芋一样被她丢开，偏偏闻珩还贴在她颈侧轻笑："你怎么不讲礼貌？'谢谢'都不说。"

"你……你快点儿……"尤语宁咬牙忍着，额头浸出汗，"饿了。"

酒店准备了不少吃的，每样都用精致的碗碟装着，放在推车里。

闻珩洗了手，出去把车推进来，尤语宁见他原本整洁干净的衣服和裤子有些脏，别开眼不再看，叫他去换。

"哦，你弄的，还嫌弃？"闻珩把吃的都拿出来放好，自己低头一看，也觉得挺乱，在她头上胡乱揉了一把，去洗澡。

"你先吃，也可以吃快点儿来浴室找我——

"我们可以继续。"

尤语宁一天都没怎么吃饭，这会儿也饿了，不答他的话，低头只顾着吃东西，大概是因为按照闻珩的标准来做的，味道很不错，吃着也合她的胃口。

吃到一半，她没那么饿了，就开始想别的事情：怎么一见面她就想跟他亲密接触？明明她只是想来看看他的，真是不知羞。

闻珩洗澡不算久，出来时尤语宁刚好吃得差不多，正在收拾剩余的东西。

"吃好了？"

"嗯，还挺香的。"

闻珩换了身浅蓝色的夏季睡衣，看起来很清爽，衬得他整个人有种贵气。

他此刻正在擦头发，忽然想起什么，问她："你东西呢？"

尤语宁把吃剩的收到垃圾桶里，声音也有点儿懒懒的："在楼下房间里。"

闻珩见她那样就知道她吃饱喝足犯困了，铁定是这一路没睡好，伸手问她要房卡："房卡给我，我去把你的东西拿上来。"

尤语宁转身在沙发上找了一下，找到那张房卡给他，眉眼低低地垂着，没什么精神。

"怎么累成这样？"闻珩蹲下来，用大拇指的指腹在她额头上摩挲两下，"一夜没睡？"

"嗯。"尤语宁很享受他这样亲昵又不带任何情欲的抚摩，闭着眼，脑袋直直地往他手里栽，"你不在，我一个人不敢在车上睡觉。"

闻珩凑近了看，她原本化妆遮住的眼圈下面那儿一片乌黑，因为刚刚流汗而看起来明显些，心很软，凑上去亲亲她的眼角。

"怎么这么傻啊尤语宁，就不能等今天的航班吗？白遭罪。"

"我就是很想你，想立刻见到你，我一个人坐着难受，待着很难熬，看不见你，也没人陪我睡觉，我想跟你说话却只能隔着手机，还要等你忙完才行。

"我不想这样，所以我请了假来找你，就想让你抱抱我。"

尤语宁鲜少这么示弱，也几乎不会这样直白地表达喜欢和想念。闻珩听着很不是滋味，蹲在地上把她抱进怀里，下巴在她的头顶上轻蹭，手掌心慢慢地抚摩着她的后脑勺儿，声音极尽温柔："是不是受什么委屈了？"

"没有。"

尤语宁闻着他身上的沐浴露清香，很踏实，很有安全感，她很想睡觉，却又怕睡醒见不到他。

"你可以帮我洗澡吗？我好困，不想动了。"

"那我得先下去把你的东西拿上来，或者你穿我的，明天再去拿？"

尤语宁"嗯"了一声："那我穿你的吧。"

"行。"闻珩把她抱起来往浴室走，"洗头发吗？"

"不用，我刚刚下车后已经洗过了。"

"好，你睡吧。"

"嗯……闻珩。"

"我在。"

"我爱你。"

"我也是。"

闻珩已经帮她洗过很多次澡，大多数时候都是她累得完全没力气，整个人跟昏睡过去似的随他摆弄。这一次他却显得格外纯情，帮她洗好就抱着放回床上，开着空调，给她盖上被子，坐在床边看她睡觉。

她是这样没有安全感，睡着觉也要抱住他的一只手，像怕他跑了。

闻珩从没想过有一天自己会被一个人这样依赖，而这个人是他心心念念这么多年的那一个。

这种感觉很奇妙。

她明明是需要自己劳心劳力地去照顾的一个人，却又会让人觉得如此满足，内心十分安宁愉悦，他恨不得一刻就是永久，想要陪一个人天长地久。

在遇见她之前，他是一个完全随心所欲、受尽偏爱的人，甚至算得上乖张，不是那种会去照顾人的人。

但喜欢她以后，好像一切都无师自通，他学会让步，学会去照顾一个人，学会对一个人温柔有耐心。

闻珩轻轻地在她旁边躺下，连人带被子一起抱进怀里，与她相拥而眠。

睡得太早，翌日一早尤语宁就自然醒来了，一睁眼看见闻珩安静的睡颜，还有种梦未醒的错觉。

睡着后的他散去平时的所有戾气，看起来很温柔，让人很想靠近。

她的腰间还搁着他的胳膊，很有重量的踏实感。

尤语宁凑近他，在他的鼻尖上亲亲，依偎进他的怀里蹭了蹭，找到个舒服的姿势，打算继续睡。

闻珩却醒了，低头埋进她的怀里。

又过了一阵子，床头柜上的手机响起来。

第十三章
油纸伞

说来有些奇妙，闻珩下午去见李总，尤语宁单独出门闲逛，很巧地逛到了听雨阁。

她还是头一回来江南，烟雨蒙蒙，别有一番趣味。

伞是出门后买的，很有江南特色的油纸伞，上面印着两条小金鱼，在荷叶下躲雨。

她撑着这把伞走在江南烟雨里，夏日散去燥热，空气里透着与其他季节不同的凉爽，竟不让人觉得烦。

尤语宁走进听雨阁时是下午 3 点，人还不多，大多是些来玩的游客，在里面四处找角度摆姿势拍照。

留店的是个很漂亮温婉的年轻女生，笑着问她要点什么。

尤语宁走过去看，一排木质的小菜单牌子，很有意思。

午饭是跟闻珩在酒店吃的，吃得有些早，这会儿确实有些饿，她就点了一份清粥、两样小菜。

在临河靠窗边的木桌旁坐下，没等多久，那女生亲自端着托盘把东西送过来。

"喜欢栀子花吗？"女生把东西一样样端出来轻轻放到桌上，最后拿出托盘角落的栀子花，"送你。"

尤语宁抬眼看，栀子花开得很好，通体雪白，留着两片绿叶点缀，有淡淡清香散开。

她笑着伸手去接："谢谢。"

"不客气。"女生温柔地笑笑，端着托盘要走，没两步，又停下回身，犹疑两秒，"那个……请问你是游鱼吗？"

尤语宁微愣，随即点头："我是。"

"真是你啊！"女生笑着在她对面坐下，"来这边玩吗？"

"嗯，算是。"尤语宁不知道她要说什么，很有礼貌地没有动筷，"我男朋友在这边出差。"

"哦！真是他啊！"女生眉飞色舞的样子，看上去很生动，"昨天他也来这里吃饭了，跟几个大叔，我之前在网上看到你们的视频，你们真的好配！"

尤语宁没想到事情是这么个走向，弯了弯唇角："谢谢。"

"是真的呀，郎才女貌，就是很般配。而且他看起来其实不是那种温柔的长相，气质也有些冷酷，但是每次看你的时候眉眼都很温柔。而且，你喜欢白玫瑰对不对？"

尤语宁有点儿惊诧："怎么这么问？"

"最近栀子花开得很好，每个来店里的客人我们都会送。昨天我给他送的时候，他看了一眼，像是在想什么，随即挑眉笑了，说——

"'看着挺漂亮，可惜不是白玫瑰。'

"所以，他当时笑是因为想到你了吧，你喜欢白玫瑰？"

是这样吗？尤语宁回想起自己第一次跟闻珩说女生喜欢白玫瑰的情形。

她想，如果她不说的话，他大概永远都不会知道当初她那句喜欢白玫瑰只是随口敷衍的，却没想到他记得如此深刻。不过没关系，从今往后，她最爱的花就是白玫瑰。

尤语宁点头承认："对，我最爱白玫瑰。"

"果然！他当时那么说的时候我就猜到了！"女生笑得眼睛弯起来，"太幸福了，他好爱你啊！"

说完，女生注意到她一直没动筷子，有些不好意思地起身："不好意思啊，打扰你用饭了。你慢慢吃，我去招呼客人。"

清炒笋丝入口，淡淡的清香味盈满口腔，与夏季烟雨蒙蒙的江南格外匹配。

旁边小河流水"叮咚"响，雨水从青瓦屋顶的沟壑落下，发出很适合睡觉的白噪声。

尤语宁闻着淡淡栀子花香味，将清粥小菜吃得七七八八。

闻珩忙里偷闲地发消息给她："在干吗呢？"

尤语宁拍了张小河照片发过去："在听雨阁吃饭。"

闻珩："挺巧，我昨天晚上也在那儿。"

尤语宁笑："我知道啊！"

闻珩："你知道？"

尤语宁开他玩笑："昨天你拒绝人家美女送的花，人家记忆深刻呢。"

闻珩："我一大男人要花干吗。"

尤语宁："开玩笑的，她说她认出我们来了，刚刚跟我说昨天你也在这儿。"

闻珩："行吧，你别到处乱跑，到时候走丢了我不知道上哪儿找。我这儿还得忙，估计7点半能结束，到时候找你去。"

尤语宁回他说"好"。

又在听雨阁坐了一会儿，大概下午4点半，尤语宁从听雨阁出来，沿街逛进一家戏园听了一场曲，结束时正好7点。

庆市靠东，又下着雨，天黑得早，此刻已经夜幕降临，沿街全都亮了灯。

雨下大了些，尤语宁从戏园出来，抬头看了一眼天色，又看了一眼时间，纠结是就在这里等闻珩，还是出去直接找他。

恰在此时，闻珩打来电话："提前结束了。在哪儿呢？我去找你。"

尤语宁把地址发给他，就在附近几家卖纪念品的小店玩。

她其实有点儿好奇，闻珩明明开着一家游戏工作室，为什么出差谈合作是到这么个江南小镇来。

他要不说，她还以为他来搞什么旅游业或者其他文化产业呢。

闻珩在一家卖手鼓的小店里找到了尤语宁。

找到她之前，他从石桥上下来，在河边树下碰见个要收摊的阿婆，正将最后一串茉莉花收好，准备离开。

说不上多喜欢，但他一看就挺想要。他叫住阿婆，将那一串茉莉花买了下来。

他撑着伞一路走，沿街两边的商店都亮着灯，光影投在被雨淋湿的地面上，显出些模糊的黄斑。

空气潮湿，夜晚来临，有些冷。

闻珩小心地将那串茉莉花拿在手中，避着来往的人群。与行人错身而过的瞬间，他一抬眼，看见灯影憧憧的手鼓店里，尤语宁坐在木凳上，两只纤纤细手有节奏地在敲击手鼓。

她一向乐感很好，也会不少乐器，所以无论是原本就会，还是只是在短时间内学会手鼓，他都不觉得惊奇。

毕竟从第一次见面起，他就一直在为她着迷，好像命中注定，她有让他无法抗拒的吸引力，只看一眼，就让他认定此生非她不可。

闻珩停下，撑伞站在雨中，静静地看着手鼓店里正在演奏手鼓的尤语宁。

也许是她的美貌，也许是她淡然、与世无争的气质，抑或是她手鼓真的玩得很好。总之，渐渐地，越来越多的人停下来，将她围起来，看她演奏，向她投去赞赏的目光。

她表演时一向是不会怯场的，只会投入其中，因此人群的围观并不会让她停下表演或是发生失误。

江南烟雨朦胧的夜色里，她身穿白裙，耳边簪了一朵雪白的栀子花，投入地敲击手鼓，眉眼带笑的温柔模样美好得就像一部令人沉醉的旧电影。

这一刻，闻珩弯起唇角，觉得好庆幸——庆幸这十年，他不曾放弃。

在这样美好的一刻，她是属于他的。

这种美好的感觉寻常人很难体会得到，他可以安静地等她演奏完一曲，然后大大方方地穿过围着她的拥挤人群，将那串茉莉花戴在她的手腕上——

赠卿茉莉，愿卿莫离。

他不用回头，就能感受到一定有许多双眼睛羡慕地看着他。

尤语宁从投入的状态中抽身，感觉到周围人群的围观，才有了些不好意思的感觉。但闻珩握着她的手，又让她有无限勇气，不会觉得太尴尬。

"你还买了茉莉吗？"尤语宁低头，手指轻轻碰了碰那串茉莉花，能闻到很淡的清香味，"我很喜欢。"

"碰巧遇到，倒也没有特意去找。"闻珩笑着把她耳畔的头发别到后面，拉着她起身离开，"想吃什么？"

尤语宁拿起自己今天才买的油纸伞，没有撑开，贴着闻珩的胳膊，跟他共同撑一把伞。

两人一同走进烟雨蒙蒙的夜色里，雨滴落在伞面上，发出很轻的"噼里啪啦"声，混在手鼓店响起的乐器声里，稍显温柔。

"今天下午我在听雨阁吃了清粥小菜，还不错，但是这会儿我有点儿想吃浓油赤酱的红烧肉，再来个白灼虾、腌笃鲜、清炒丝瓜，怎么样？"

尤语宁说完，侧抬头去看闻珩，闻珩很有默契地侧低头跟她对视，很温柔地笑："哦，当然好，听着你好像有点儿饿了，看来今天走了不少路。"

"差不多，就一直在路上打转，去听雨阁吃了饭，听雨，去戏园听曲，逛纪念品店，然后到了手鼓店，感觉还挺好玩的，比架子鼓简单很多。"

"还挺充实，没我过得也挺好？"

"你在说什么啊？"尤语宁歪头靠在他的胳膊上蹭了蹭，"没你谁带我去吃饭，谁陪我漫步在雨中呢？"

"没我，你可以一个人撑伞，不用淋雨。"

"但是如果有你的话，我淋雨也觉得很乐意。"

"尤语宁。"

"嗯？"

"你是不是还挺喜欢我的？"

"嗯？还……挺喜欢？"

"是不是？"

"不是。"

"嗯？"

"我觉得，我这辈子大概都不会像喜欢你一样，去喜欢除你之外的任何人。"

"那以后我们的小孩儿呢？"

"哦——那肯定还是你更重要。"

"真的假的？"

"如果没有你的话，我好像没有勇气去爱任何人或事，你就是我的底气。"

闻珩觉得很好笑："你完了，被我迷惑了。"

尤语宁被逗笑："你能不能正经点儿？！"

"行行行。"闻珩轻咳两声，顿住笑，"我就是觉得挺好奇，我从前那副德行，你到底是怎么喜欢上我的？我想来想去，好像也只剩下我长得好看这一个讨人喜欢的点。"

尤语宁当真认真地思考起来："确实有这个因素。饱暖思淫欲，你懂吧？我以前为了生计，没什么心思看帅哥。遇到你的时候，我已经有了稳定的工作和收入，自然就有心思看帅哥了啊！"

"所以你对我一见钟情？"

"那倒没有。"尤语宁如实回道，"当时就觉得，哎，你这人怎么这么自大？"

"后来呢？"

"后来……后来跟你偶遇多了，加上算卦的婆婆说的话对我确实有些潜意识的影响，况且你对我总是一副防备的样子，我跟你相处也不用担心你对我别有所图。"

"嗯。"

"再后来，我就觉得你这人还挺好的，虽然总是嘴欠、自负，但每次我需要帮忙的时候你总会在。咱们初见，就是去年 11 月 11 日，那天下着好大的雨，我以前特别讨厌雨天，偏偏那时候还有两个混混儿要缠着我，刚好你在，救了我，还开车送我回家。"

"哦，你就不怕我比他们更可怕？"

"管不了那么多了，好歹你长得好看，真要对我做点儿什么我就认了吧，总比落到他们手里好。"

闻珩笑得停不下来："还真是被我的容貌所惑。"

"那倒也没有，就是觉得你看起来稍微靠谱儿点儿。"尤语宁捏了他的胳膊一下，"不许笑，我还没说完呢。"

闻珩"嗯"了两声："你说。"

"再后来，我发现你总会在每个雨天出现，而且都会开车送我回家。我的东西掉到地上，砸到你的脚，虽然你脾气很不好，但也没有真的跟我生气，反而帮我拿。"

"这么点儿小恩小惠就给你感动坏了？"

"也不全是啊！你还会提醒我不要乱喝陌生人送的东西，密封的也不行。我就慢慢感觉到，你其实不像是你表现出来的那样，应该是个很好的人。"

"嗯……最主要的还是我长得好看，如果我长得丑，你是不是从一开始就不会上我的车？"

"应该是。"

"啧，肤浅的女人。"

说到这里，尤语宁也很好奇："你为什么一开始要那副样子啊？"

闻珩收了笑，见有人过来，将尤语宁的胳膊往自己这边扯了扯，避免撞上。

"如果我不那样，你会记得我吗？"

尤语宁认真想了想，好像不会。

"你会抗拒每一个温柔靠近你的男性，因为你害怕遇见一个像你父亲那样的人，从而开始一段错误的感情。

"这些年来，喜欢你的男生应该不少，向你表达爱意的也不少，优秀的男生也不少，但你都礼貌地拒绝、远离，没有对你表达爱意的，你都处成了普通朋友。

"我不想成为他们中的任何一个。我要你记得我，记得深刻，哪怕是厌我恨我，但你一定得一辈子记得我。"

尤语宁垂眼，心一揪一揪的："你有点儿霸道了。"

"嗯，是我的就只能是我的，圈也得圈到我的地盘上。"

我也从来不怕手段卑劣会得到报应，因为你是万劫不复的唯一意义。

这个江南小镇一直在下雨。

尤语宁来这里两天，雨都没有停过。

闻珩连着两天上午都没出去，一直到吃了午饭才出门去谈事。

尤语宁晚上好奇地问他："怎么到这里来谈事？他们都是本地人？"

"不是。"闻珩解着衬衫的袖扣，动作慢条斯理，看上去神清气爽，"几位老总的太太都是一个圈子的，约好要来这边玩，碰巧了。"

尤语宁不禁感叹："这么恩爱？"

闻珩抬眼瞧她，笑得意味深长："你还真信？"

"难道不是吗？"

"嗯……是。"闻珩挑眉，"就是觉得我怎么说什么你都信？"

"只要你说，我就信。"

这话听着叫人心软。闻珩停下手上的动作，抬手招她："过来。"

尤语宁从沙发上起身，走到他身边，见他只解开了一边衬衫的袖扣，很知趣地问："是要叫我帮你解扣子吗？"

闻珩伸手："尤语宁真聪明。就是不怎么主动，还得让人叫。"

大少爷就是娇气。

尤语宁低头替他解了另一边的袖扣，将袖口挽上去。她又抬头要替他松领带，忽然心思一转，手指钩住他的领带，绕了一圈，将他拽得低下头来。

双唇距离不过毫米，呼吸纠缠，眼神碰撞。

闻珩从鼻间发出声笑："耍流氓啊？"

"要要也是你要。"尤语宁启唇，说话间摩擦过他柔软的唇瓣，"你穿制服诱惑我。"

闻珩哭笑不得："哪儿来的制服？"

"白衬衫也算，都是正装。"尤语宁胡搅蛮缠，"你是不是想勾引我？"

"讲点儿道理。"闻珩垂眼，视线落到她拽住自己领带的手上，"到底谁勾引谁？"

"你勾引我。"尤语宁戳戳他的细腰，"你穿这衬衫，露出这细腰，就是勾引我。"

闻珩的喉结滚了滚："那我要不穿呢？"

"那你就是赤裸裸地勾引我。"

闻珩盯着她一张一合的薄唇，眼神渐渐黯下去："那你被勾引到了没？"

尤语宁却在这时把手一松，轻轻推得他离自己远了一点儿，声音很淡："没。"

话音刚落，他抱起她，往浴室里走。

"先帮你洗个澡好不好，学姐？"

不好！尤语宁双腿乱蹬，试图从他身上挣脱下来。

没几秒，闻珩的眼神、脸色全变，他死死按着她不让动，声音更哑儿分，能听得出有些难耐："老实点儿，再动收拾你。"

尤语宁停下，不抱什么希望地问："不动你就不收拾我了？"

"会温柔点儿收拾。"

闻珩，做个人吧！

浴室里。

淋浴器被打开，水温有些高，尤语宁说烫。

闻珩把水温调低："现在呢？"

"还是烫。"

他再调低："现在呢？"

"烫。"

闻珩放下调温度的手，觉得很好笑："都快变成凉水了，还烫？你是不是故意找碴儿呢，尤语宁？"

尤语宁不反驳，就只是重复："烫。"

"行行行，我是黑心老板，我想烫死你。"闻珩又气又笑，认命地继续调水温，"现在还烫不烫？凉水是会感冒的，别给我在这儿装啊！"

尤语宁又说水太凉了，叫他把温度调高。

闻珩很气，但没有办法。

尤语宁醒来已经是半夜，正在闻珩的怀里，低头一看，愣了一瞬——

昨晚她后来应该是被他报复了吧？

她再一看他，身上全都是抓痕，活像被哪个泼妇打了一顿。就这样，他还是睡得挺香。

也不知是不是她喊得太久、太大声，她的嗓子又干又哑。尤语宁咽了口唾沫，想起身去喝水，刚一动，被人抱得更紧。

闻珩反手一伸，从床头柜子上拿了瓶水过来，拧开，用没睡醒的含混的声音说："喝。"

尤语宁诧异，抬眼看他，他还闭着眼，像是根本没醒。

他怎么就知道她要喝水？

"闻珩？"她轻声叫他，嗓音有些哑，"你醒了吗？"

"嗯。"这一声像是从喉间发出来的，他的眼睛却睁开了，露出漆黑的瞳仁，"渴吗？"

"嗯。"尤语宁抿唇，唇也干，"有点儿。"

闻珩半坐起身，扶着她，将瓶口凑到她的嘴边，声音低低的，很温柔："喝点儿。"

尤语宁就着他的手喝了好几口，像鱼回到水里一般活过来："好了。"

闻珩又问："还喝吗？"

她摇头："不喝了。"

"行。"闻珩仰头，将剩下的水喝了，揽着她重新躺下，"睡吧。"

他们从庆市回到南华那天是周六下午，从一个雨天回到另一个雨天。

韶光跟柴菲去了周围城市旅行，是朱奇带着未婚妻来接的机。

这是尤语宁第一次见到朱奇的未婚妻，挺漂亮的女生，说话的声音像沾了蜜。

巧的是，那女生也是个"脸盲"。

朱奇拽着闻珩走在后面，说要给她们女生留空间，认识认识，以后好约着出来玩。

他笑得挺不好意思："那什么，弟妹，我媳妇有点儿不记脸，你多体谅，一起多玩玩她就记得了。"

尤语宁微微讶异："这么巧啊？"

朱奇有点儿蒙："啊？你也是啊？"

"嗯。"尤语宁也挺不好意思的，"我是有点儿'脸盲'。"

"啧，那不巧了吗？你俩多合适啊，好好处啊！"朱奇笑得不行，"还得说缘分真是个奇妙的东西。对不对，闻珩？"

闻珩一直盯着前面尤语宁的动静，谨防有车乱开她来不及躲，答得很敷衍："嗯。"

"哟……"朱奇一副嫌弃的表情，"不是哥说你啊，至于吗，啊？就离着这么几步远，你至于盯那么紧吗？是能丢啊还是会跑啊？"

"哦。"闻珩很冷淡，眼神都没给他一个，"我乐意。"

朱奇都服了。

尤语宁跟朱奇的未婚妻手挽手地走在前面，一起往停车的地方去。

聊了几句，尤语宁知道她叫冯薇，比自己低一届，在南华二中读的书。

"你也记不住脸，你男朋友是怎么追的你啊？"冯薇好奇地小声问尤语宁，"该不会……从朱奇那里拿了《女神攻略》？"

尤语宁杏眼睁圆：《女神攻略》是他的啊？"

"还真是？"冯薇一下笑了，"他俩真不愧是一起混的，连这种幼稚的东西都会共享。"

尤语宁抿唇："所以，《女神攻略》是朱奇写的吗？"朱奇的字有点儿太丑了吧。

"对啊，一开始我还不知道，后来被我发现了他还死不承认呢。"冯薇娇嗔地说着，语气满是甜蜜，不见半点儿怒气，"他用那种小手段来骗我喜欢他，本来我是应该生气的，但我完全气不起来。

"你想啊，他那么个还算优秀的男生，虽然比不上你男朋友条件好吧，可也是不会缺女生喜欢的，却费尽心思研究让我怎么记得他、喜欢他，就让我觉得其实还挺真诚的。

"当然啊，最后我也确实记住他了，虽然一开始我觉得这是哪儿来的自大狂，恨不得捶死他，但慢慢地，我发现他这人其实很好。"

冯薇说着，悄悄回头看了一眼闻珩，转过头来时还觉得不可置信："但你家这个我就有点儿不太理解了。"

尤语宁好奇："怎么说？"

"就是……他看起来不像是会花尽心思去追女孩子的人，有点儿像不太长情的、很花心的那种'渣男'。"冯薇将声音压得很低，生怕闻珩听见了，"没想到他居然会信朱奇写的那么幼稚的东西，看来他真的很喜欢你。"

尤语宁心头一暖，弯唇笑："对，他很喜欢我。"她说这话时很自然，也很笃定，这都是闻珩给的底气。

停车的地方很快就到了，朱奇在前面开车，说已经订好了吃饭的地方，直接带他们过去。

闻珩坐在副驾驶座上，一双眼却一直盯着后视镜看后排的尤语宁。朱奇都被闻珩搞得有些烦——他媳妇也坐在后面呢，闻珩能不能别一直盯着后面看？

车门锁死了，难道尤语宁还能凭空消失吗，闻珩盯这么紧是不是有病？

但他也只敢在心里默默吐槽，不敢说出来，开口时讲了些别的话，试图转移闻珩的注意力。奈何闻珩不上他的当，听他的话也是听前半句不听后半句，敷衍都不会超过三个字。

朱奇放弃了——爱咋咋吧，热恋期的臭情侣。

四人去的是家南华特色私房菜，菜品全是本地的招牌。

席间朱奇一直在活跃气氛，讲从前讲现在，还谈未来，除了闻珩，其他人都挺给他面子，场面倒也很和谐热闹。

朱奇都习惯了闻珩这副臭脾气，也懒得跟他计较，一个人逗得两个女生笑个不停。

闻珩看尤语宁被别的男人逗得那么开心，眉头微皱，替她夹菜："多吃点儿。"

尤语宁看着自己碗里堆得越来越多的食物，只能默默埋头吃菜。

饭后，时间也不算很晚，朱奇本来还想要不一起去玩会儿，还是冯薇细心一点儿，说他俩旅途劳顿，肯定累了，让他俩早点儿回家休息。

朱奇想想也是，开车将他俩送回去。

照例是闻珩先去洗澡，尤语宁在外面收拾他们的行李。将东西放到该放的地方时，她无意间又翻到了当初捡到的那本小册子。

她打开来看，朱奇的字歪歪扭扭真的好丑，也不知道闻珩是怎么忍下来的。

闻珩不仅认真看了，还照着做了，想想也挺不可思议。

就像冯薇说的，闻珩看着不像是这种人。他那样骄傲的人，对这种东西是嗤之以鼻的才对。想来是对她的爱太过浓烈，也太过绝望，走投无路之下，他只能一试。

　　尤语宁看得出了神，直到闻珩洗完澡出来，立在房间门口，擦着头发问她："看什么呢？"

　　突如其来的声音吓得她手一抖，让她差点儿把小册子甩出去。

　　好险才稳住，她将小册子飞快藏好，转身看他："你洗完了？"

　　"嗯。"闻珩好奇地打量着她的表情，一步一步靠近，"藏什么呢？"

　　"没啊。"尤语宁撒着谎，语气很轻，透露出心虚，"要不你先去吹下头发吧。"

　　"我看看。"闻珩走至她面前，弯腰压着她的胳膊，从她手里拽出那本小册子，"这是——"

　　闻珩看见小册子的一瞬间，面色不停变化，最后强行忍住才没崩，把小册子还给她："什么乱七八糟的玩意儿，你哪儿来的？"

　　尤语宁："嗯？"这不是他的吗？他现在这是……"甩锅"？

　　"我捡的。"尤语宁如实答道，"感觉挺有意思，就带回家了。"

　　"哦。"闻珩别开眼不看她，继续有一搭没一搭地擦着头发，心思却全在她身上，收紧捏着毛巾的手指，透露出几分紧张，"什么时候捡到的？"

　　"挺久了。"

　　"嗯，别看这种乱七八糟的东西，赶紧去洗澡。"

　　尤语宁观察着他的表情变化，试图看出些什么，但什么也看不出。

　　也不知道他心里怎么想的，她没敢直接问，起身拿着衣服去洗澡，把空间和时间都留给他。

　　脚步声渐渐远去，闻珩低头，视线重新落到那本丢失了两个多月的小册子上。

　　好半晌，他哼出声自嘲的笑声——还以为是哪个倒霉催的捡去了，没想到竟是她。

　　她应该……不知道是他丢的吧？

　　闻珩伸手，食指和中指轻轻夹着那本小册子拿过来，随意翻了翻。

　　翻到最后一页，他顿住。

　　他在这页写了句话——"有个屁用"。

　　而据他所知，尤语宁是认得他的笔迹的。

　　闻珩垂眼，盯着那句话看了好久，回想起刚刚尤语宁那副看起来好像完全不知道这是他丢的东西的表情，琢磨出几分表演的意味来，也回想起，之前他们互相告白在一起的那个晚上，她对着他说出那些她知道他一直喜欢她的话时，他为了可怜的自尊而做出的回应。

在这一瞬间，闻珩的心变得很软——她一定是怕他觉得丢人，想维护他的自尊，才假装不知道这本小册子是他丢的。

尤语宁洗澡出来，闻珩的头发已经干得差不多了，他正坐在沙发上摆弄花瓶。

饭后朱奇送他们回来，路过一家花店，他晃眼一瞥，见那里面的白玫瑰很新鲜，愣是让朱奇掉头开回去，买了一捧回来。

此刻，他正将那些白玫瑰修枝剪叶，一一插进花瓶里。

尤语宁看见他手里的白玫瑰，猛然间想起，他之前去出差，给她买的白玫瑰放在冰箱里，这么几天过去，也不知道怎么样了。

她跑过去打开冰箱看，好在它们并没有腐烂，只略微有点儿枯萎，但还是很漂亮。

将冰箱门关上，尤语宁走到闻珩身边蹲下，让他帮忙吹头发。

闻珩放下手里的白玫瑰，一边探身去拿放在茶几底下的吹风机，一边笑："行呗，我现在混成造型师了，改天我要是失业，还能去开家发廊，也不至于饿死。"

尤语宁被他逗笑："那还是不行，你也就吹吹头发，就是个洗头小弟。"

"啧。"闻珩没好气地拍拍她的头发，"你现在是越来越嚣张了是吧？"

尤语宁笑得眉眼弯弯："都是你惯的，你说我以前好欺负，叫我学坏点儿，这不是正在学吗？"

"你这学的是什么？就可着我一个人欺负。"

"那我要换个人欺负，你能乐意吗？"

闻珩报复性地捏捏她的后脖颈："你就坏吧，也就我一天能往死里惯着你。"

客厅里响起吹风机"嗡嗡嗡"的声音，一时间两人都没再说话。

尤语宁舒服地闭上眼，有些昏昏欲睡，好一阵子，像是快要睡着了，忽然听人喊："尤语宁。"

也分不清是不是在做梦，她眼都没睁，迷迷糊糊地应了一声："嗯？"那人却没声了。

过了好几秒，他又喊："尤语宁。"

尤语宁一点儿都没不耐烦，还是很好脾气地应他："嗯。"

又是一阵安静，这次尤语宁却没了睡意，睁开眼睛，有些好奇："怎么了呀？"

"有个事。"

闻珩关了手里的吹风机，室内瞬间变得极其安静，落针可闻。

但他说了这前半句，又没了下文。

尤语宁扶着他的膝盖，转身回望他："你怎么了？"

"没……"闻珩抿唇，眼神落向别处，不跟她对视。

转瞬，他又转回来，低头看着她，眼神和表情很认真，难以启齿，欲言又止。

尤语宁这次没再说话，只看着他，等他开口。

她也没等太久，闻珩抬手，摸摸她秀气的眉毛，声音低低的："如果，我在你身上使了些并不光明正大的手段……"

他说着，眉头一拧："其实你捡到的那本小册子，是我丢的。"不等尤语宁说些什么，他又很轻地笑了一下，"你一早就知道了，是不是？"

尤语宁仔细观察着他的表情，确认他并没有像之前告白那天晚上一样受伤之后，点点头："嗯，但我只觉得很感动，没有其他不好的想法。"

闻珩揉着她的眼尾笑起来："你是不是傻？被人这么算计着，不仅不生气，还能感动？"

"那得看是谁。"尤语宁用手指摩挲着他的膝盖，很温柔的力度，"如果换作是别人这么对我的话，我一定头皮发麻，趁早报警，但这人是你。"

"是我，所以呢？"

"这人是你的话，我甘之如饴。"

"你是真傻。"闻珩的声音轻柔，手指滑到她的唇角上，按着她柔软的肌肤，眼神温柔缱绻，"就算是我，你也应该觉得可怕才对。"

尤语宁不懂："为什么呢？"

"因为任何人都不应该伤害你，哪怕是借着爱的名义。"

"可是你没有伤害我，你很爱我。"

"嗯，但我确实用了不那么好的手段，来让你记得我。"

"这并不重要。"尤语宁坚定地看着他，"我相信你不会伤害我，所以你可以随便算计我，算计我对你的爱。"

闻珩定定地看着她，好几秒，忽然笑了："那我现在就在算计你呢。"

"啊？"

"跟你卖惨,让你心软,然后——你能亲亲我吗?"让我感觉到,被爱确实可以无理取闹。

2022 年 8 月底,闻润星和孟佩之结束了环球旅行,回到南华。

这天晚上,尤语宁跟闻珩一起在厨房准备晚饭,忽然听他提起:"准备好了吗?"

他这话来得突然,没头没脑,尤语宁一时间没反应过来:"什么?"

"我爸妈回来了,准备好了我就带你回家见见人。"

尤语宁手一滑,刀刃划过指尖,有些疼,冒了血。她下意识地轻轻"啊"了一声。

她丢开刀,低头捏着手指看,思绪却跑得老远——紧张、不安、担心……他爸妈能同意他们在一起吗?

闻珩飞快地丢下手里的青菜,长腿一迈,到她身边抓着她的手看。

"吓成这样?"他低声问,抓着她的手在水龙头下冲了冲,又拖着她到客厅去翻医药箱,"早知道我晚点儿再问。"

尤语宁坐在沙发上,安静地看他低头替自己清理伤口——擦掉水迹,止血,喷碘酒消毒,贴创可贴。

明明只是一个小伤口,一会儿就能愈合,她从前都不会放在心上。可这在他这里,好像是件很严重的事,值得他这样上心。

尤语宁不敢想,如果他父母不同意他们在一起,自己该怎么办。

她相信闻珩一定会坚定地选择她,哪怕是与父母起争执。但她并不想看见他那样。

许久不曾冒出头的自卑感在这一瞬间似墨入水,渗透进每一个细胞里。

情绪不可避免地难过低落,不想让闻珩担心,她还得强忍着露出笑脸,夸夸他:"你真好。"

闻珩蹲在她面前,视线与坐着的她齐平,抬手揉揉她的脑袋:"在这儿坐着,我去弄剩下的。"

"嗯,你小心点儿。"

闻珩哼笑:"以为我是你呢?"

尤语宁转头去看,闻珩在厨房里有条不紊地忙碌着,一举一动都潇洒又帅气,虽然忙碌,却不见慌乱。

他这个人,总是做什么都让人觉得游刃有余。

或许她于他而言,不过是个拖后腿的负累。

这顿饭吃得还算愉快，闻珩没再提要叫她去见他父母的事，尤语宁也尽量讲些别的有趣的事情。

饭后闻珩去洗碗，出来后径直去了卧室。没多会儿，他拿着一个文件袋出来。

尤语宁好奇："工作还没处理完吗？"

"不是。"闻珩在她面前的地毯上坐下，打开文件袋，"是给你的。"

他说着，将里面的东西一一拿出来——是一些银行卡，还有房产证以及归鱼工作室的股权转让协议。

尤语宁吓了一跳："你干吗？"

"这些基本上是属于我个人的，还有些家里给的没在这儿，到时候会一起给你。"闻珩把东西一一打开给她看，让她见证自己的真心。

"我知道你刚刚在害怕什么，也知道我说什么都没用，所以，这些是我从一开始就要给你的，趁着这个机会让你知道。"

尤语宁的心口突突地跳——他这是要求婚吗？

"你应该知道，我其实还挺有钱的，不管是家里给的，还是我自己赚的，养十个你都没问题。

"但我没给你买过什么特别昂贵的东西，奢侈品更是没有过，就连节假日也没有一串串地转账，你也从来不会生气。

"我倒不是不上心，只是觉得你大概并不需要我用这些来证明我的真心。

"现在呢，我的所有都给你，包括我自己。卡里钱不少，以后也会越来越多，都是可以动的，往后节假日什么的，你自己转着玩，乐意转多少就转多少，反正全都给你了。

"你也不用太紧张，现在没跟你求婚呢，就是给你点儿安全感。往后一无所有的是我，所以到时候跟你求婚，如果真的有人不自信，那个人也只能是我。"

闻珩说着，忽然笑起来："喂，到时候别嫌弃我一无所有，把我撵走，不然——天涯海角都给你抓回来。"他说着，比画了个系绳子的动作。

尤语宁攥着他刚刚塞过来的卡，心口揪得很紧，又酸又涩，手指一寸寸地收紧，险些捏断那张卡。

"闻珩。"她抬眼看着对面这个人，明明是充满攻击性的不羁长相和气质，却对她温柔至此，"我不要这些。我只要你爱我，你爱我就好了。"

"你这姑娘是不是脑子不好使？"闻珩用手指戳戳她的脑门儿，"男人多容易变心，只有钱是真的，你把这些都给我攥紧了，可千万别被我这样长得又帅又聪明的人骗了。我这样的人呢，一个眼神都不用就能骗得小姑娘上头，啧，挺烦。"

本来挺感动的，听见他这么说，尤语宁没忍住笑起来："你干吗啊？！"

他老是这样破坏气氛。

"这不是什么也没干？"闻珩挑眉，"能不能收好？收好就准备准备跟我去见父母，总是要见的，也不能无名无分地跟我一辈子。"

"谁要跟你一辈子？"尤语宁把东西推回去，"玩腻了就把你踹开。"

"再说一遍？"闻珩伸手抓住要跑的她，将她拽到自己怀里，让她坐在盘着的腿上，捏捏她的下巴，"什么腻了？"

尤语宁低头要咬他的手："玩腻了。"

闻珩凑过来亲她，她要躲，他就追着亲。两人一追一躲，不知怎么就倒在了地毯上。

室内安静到只剩下接吻的声音和压抑的轻微喘息声。

"男朋友唱首歌哄哄你怎么样？"闻珩拍拍她光滑的后背，"要听什么？"

"我不要听。"

他们分明抱在一起，却又像是在两个世界。

闻珩也不管她怎么拒绝，转头看见浴室窗外开始下起雨的夜空，低头自己做了决定："给你唱首《雨爱》？"

"我不要听。"

"听了这事就算过了，行吗？"

"我不要听。"

"窗外的雨滴，一滴滴累积。屋内的湿气，像储存爱你的记忆……"

尤语宁崩溃："我说了不要听啊！"

闻珩被她这样弄得笑了场，唱不下去，拍着她边笑边哄："好，不唱了，不听，不听。"

尤语宁镇静下来，被他搂在怀里，视线所及之处是他们并排放着的洗浴用品。

他们用的并不是同一种牌子，包装颜色也不一样，红蓝灰白，高低大小，放在一起却又格外和谐。

雨似乎下大了，下雨的声音从他们头顶上方没关紧的窗户钻进来。

一时间，谁也没说话。

"闻珩。"尤语宁揪着他的衬衫下摆，缠绕在手指间，"周六去你家，可以吗？"

"嗯。"

接下来的两天时间里，尤语宁下了班就约柴菲出来，跟自己一起去挑选礼物。

没有长辈教过她第一次去男朋友家应该做什么准备，但她知道自己是需要精心准备些礼物的。

无论别人父母对她满不满意，礼数都要周到。

柴菲也没经历过这种事，托韶光去打听闻润星和孟佩之喜欢什么。至于闻喜之的礼物，就好挑选一点儿。

挑选礼物这事尤语宁问过闻珩，他只说什么都行，有心意就好。她想来想去，觉得自己还是需要上心一点儿，不至于上赶着，但也不能失了礼数。倒也还算顺利，她在周五晚上选好了三份礼物。

闻珩叫她不必担心，找了他姐闻喜之回家，替她撑个场子。

尤语宁听后紧张感散去大半，有点儿想笑："说什么黑话？搞得我像是要去打群架。"

"可不是？"闻珩挑眉，捏捏她的后颈，"万一你瞧不上我家，我肯定得跟你走，到时候我爸妈气得对我混合双打，可不就是群殴我吗？"

"哪有那么夸张？"

"哦，不夸张，明天带你去看我们家老头儿当时打我打断的那根棍子。"

尤语宁不敢置信："打断？"

"嗯。"

这一夜尤语宁睡得并不安稳。她去了很多次洗手间，在里面偷偷搜索别人都是怎么跟长辈相处的，甚至还找了些家庭伦理剧的剪辑视频看。

那种正常的家庭相处模式已经太久远了，她不太记得清了，但每个家庭的相处模式都不同，她找不到如自己这般情况特殊的。

遍寻无果，她决定展示最真实的自己。

毕竟，闻珩他爸妈能够将家业做得这么大、这么好，还能生养出闻珩他们姐弟这么聪慧的人，想来应该自身就很优秀，看什么事都通透。

这么一想，好像紧张也没什么必要了，尤语宁回到床上好好睡了一觉。

次日一早，闻珩做了早饭，尤语宁收拾东西。

他们忙到上午 10 点，闻珩开车回家，快到时遇见了闻喜之和陈绥。

陈绥是还没正式上门见过家长的人，这会儿靠在关着的车门上在跟闻喜之闲扯，问她什么时候能带他回家。

闻喜之轻描淡写地回道："你没长腿吗？"

陈绥反手在车门上拍了一下："不就昨晚过分了点儿吗，至于气到现在？"

"哦。"闻喜之面无表情，"你是谁啊？怎么在这儿？"

"你男朋友，你 baby（宝贝）。"

闻喜之点头："你是挺卑鄙的。"

闻珩慢慢地把车滑过去，尤语宁降下车窗时，就只听见闻喜之那句"卑鄙"，探头出去打招呼："之之——"

话音未落，闻珩抬手揉她的头："叫姐。"

尤语宁笑了笑，改口："姐姐。"她又看向陈绥，顿了一下，不太确定地喊："姐……夫？"

陈绥被她这声"姐夫"喊乐了，懒懒地倚着车门笑着应："弟妹。"

闻喜之见到她，原本没有表情的脸上多了几分笑意，温声回应："宁宁。"话音刚落，她抬脚朝这边走，让闻珩开车门锁。

尤语宁看了看陈绥，好奇他都到门口了，要不要一起去。

闻喜之看出她的疑惑，上车关门，坐到后排，顺便解释："他不去，走吧。"

闻珩重新将车发动。尤语宁看向后视镜，陈绥倚在车门上低头点烟，夹着烟的那只手举起来随意地挥了挥，打开车门钻进去，掉头离开。

尤语宁从前跟陈绥没什么交集，但这人以前在南华一中还挺有名的，而且高一、高二都跟她同一届，就在一层楼，无意之中，她也听了他不少八卦传闻，虽然对不上脸，这名字却有些印象。

还挺神奇的，她有一天能亲眼看见这个传闻中浑不吝的学生谈恋爱吃瘪。

闻润星和孟佩之还没回家时就听说闻珩谈了恋爱，回家第一天就问他什么时候带人回家看看。

前两天闻珩终于打来电话说这周六带尤语宁回家，闻润星和孟佩之早早就开始准备。

不必闻珩细讲，他们已经将尤语宁了解了个七七八八。

真要谈，他们算不上百分之一百满意——毕竟家庭条件摆在那儿，谁都想要个门当户对的一百分儿媳妇，没人是傻子，什么都不在乎。

但还好，他们这么些年大风大浪见过千百回，又不是什么封建余孽。门当户对那种东西真没有也就没有了，只要俩人彼此相爱，好好过日子就行。

况且，他们看过了人——挺优秀，长得好，工作能力不错，性格也不错，温柔善良，不是那种兴风作浪的人——还是挺满意的。

这还得归功于闻宜知——一个爱幻想、充满浪漫主义色彩的言情小说作者。

闻润星跟孟佩之还没回来，闻宜知就打电话跟俩人"添油加醋"地讲了闻珩和尤语宁的爱情故事，胡编乱造的细枝末节比真的还多。

经过她一番夸张的描述，闻珩和尤语宁的爱情故事真是充满了悲情和浪漫主义色彩，丝毫不亚于孟姜女哭倒长城、白素贞水漫金山、梁祝化蝶……

那是一个傍晚，孟佩之跟闻润星在异国他乡的海岸吹风，闻宜知这通比戏文还精彩的讲述爱情故事的电话打过去，孟佩之听得晕头转向，转头搭上闻润星的手，有些不确定地问："这么说，要是咱俩不同意他们在一起，是不是就跟从前我看的那些电视剧里面讨人厌的反派一样了？"

闻润星哪里看过那些，也不确定："是……吧？"

那通电话成功地瓦解了闻润星和孟佩之的心理防线。闻宜知转头就去讹了闻珩一大笔钱："不给我就再去讲故事，这次可就要讲相反的了。"

闻珩又气又笑："谁让你打电话了？我自己不会讲？"

"你就说给不给吧。"

"给。"

"哼，坠入爱河的笨蛋男人。"

闻珩带着尤语宁进门时，闻润星和孟佩之已经坐着等了一会儿。

他们其实不是第一次见尤语宁，回来之前就见过照片，还在网络上看过她的视频。这会儿他们见到人乖巧地站在自己面前，用甜甜的嗓音柔柔地喊"叔叔阿姨好"，心里还是挺开心的。

"快来坐，叫宁宁是吧？"孟佩之笑着招她过去，"真漂亮。"

尤语宁保持着得体的笑容，走过去在孟佩之身边坐下。

孟佩之握住她的双手，扬着慈爱的笑脸，对她温声细语："早就听说闻珩找了个很优秀的女朋友，我跟你叔叔都不信，觉得他那么个臭脾气，怎么可能有人看上……"

闻珩插嘴："您这说的什么话，追我的人排队都能排到法国。"

"是是是，就你会给自己脸上贴金，人家姑娘多看你一眼，你就觉得人家想追你，怎么不觉得人家是没见着过这么个奇怪的人所以多看两眼呢？"

闻珩"啐"了一声，转头喊闻喜之："姐，你看看，咱俩可是双胞胎，咱妈骂我是不是也就骂你了？"

闻喜之坐在一旁的单人沙发上啃桃子，听见这话"啊"了一声："难道你没照过镜子？"

闻珩："嗯？"

闻喜之："咱俩长得不像啊！"

他这么天下第一等的人，怎么在家就这副谁都能踩一脚的倒霉样？

午饭是闻家厨房从早上天还不亮就开始准备的家宴。尤语宁坐在闻珩旁边，对面是闻喜之，倒也还算自在，虽然闻润星和孟佩之都劝她吃菜，但并不太夸张，只是适时提醒哪道菜有什么特点，说她可以尝尝。

尤语宁心里很轻松。她一开始担心他们对自己没有好脸色，也怕他们过分热情，在饭桌上疯狂地给她夹菜，吓得她早上早饭都没吃几口，怕到时候在饭桌上吃不下。

没想到他爸妈是这么好的人，热情却又不过分，不冷淡却又保持让人舒服的社交距离。他们也让她真的见识到，原来世界上有这样和睦美好的家庭，有这样让人羡慕的父母。

他们爱屋及乌，对人真诚善良，甚至没有特意提到她的家庭，而是聊她喜欢又擅长且有成绩的工作，会夸她优秀，给她自信，告诉她以后受了委屈可以找他们讲，他们会替她出头。

原来这就是被长辈爱的感觉吗？这么多年，她重新感觉到了。

午休后起床，孟佩之已经叫用人准备好了冷饮和冰镇水果，见尤语宁下楼，笑着招呼尤语宁过去吃，又指指窗外院子里的草坪："晚上我们在那儿烧烤，之之挺喜欢的，跟我说你们年轻人都喜欢这个。"

尤语宁转头看，闻珩跟闻喜之已经带着用人在那里开始忙，唇角一弯："谢谢阿姨，我很喜欢。"

孟佩之笑着摸摸她的头："这会儿没什么太阳，不晒了，出去找他们玩吧。"

"嗯！"

尤语宁转身要走，孟佩之叫住她："这儿有水果和冷饮，睡一觉起来肯定口渴了，外面还是有点儿热的。他俩已经吃了喝了，不用管。"

说着，她已经塞了一杯猕猴桃汁到尤语宁的手里："听说你喜欢猕猴桃？"

尤语宁微愣，转瞬眼眶泛热。她感激闻珩的家里人能将自己的这点儿小喜好都照顾到，明明他们家全都对猕猴桃过敏，家里平常都不会出现这种水果，却特意为了她准备。

这样细致妥帖地照顾她，让她觉得自己原来是值得被爱的。

尤语宁将猕猴桃汁拿好，轻声说"谢谢"。

孟佩之笑："谢什么呀？一家人不说谢，去玩吧。"

尤语宁到院子里的草坪时，闻珩跟闻喜之已将烧烤架弄好了，在搭投影幕布。

"要看电影吗？"尤语宁问。

闻珩回头看她，勾了勾手叫她过去："来。"

尤语宁没多想，拿着喝了几口的猕猴桃汁过去。她刚走近，闻珩低头，抓着她的手喝了一口她的猕猴桃汁。

尤语宁想阻止没来得及，有点儿担心："这是猕猴桃汁，你会过敏的！"

闻珩不以为意地挑眉："一点点又不会。"然后他凑到她耳边，小声说，"接吻接多了，好像不那么过敏了。"

尤语宁总感觉他说话的声音很大，转头去看闻喜之，怕她听见。还好，闻喜之好像当他俩是透明的，专心致志地搭着投影幕布，一个眼神都没飘过来。

心里松了松，尤语宁抬头瞪闻珩，他还笑得一副浪荡样，趁她不备在她的头上揉了一把，转身继续去弄投影幕布。

尤语宁摸摸自己的头，发现他跟他妈妈都挺喜欢摸她的头的，柴菲好像也会。她很疑惑：我看起来很像那种让人想摸头的小动物吗？

夜幕降临时，闻家别墅院子里的草坪上就飘散开烧烤的香味。

用人们甚至给周边的花草树木都缠上了五颜六色、形状各异的彩灯，一闪一闪地发着光，很有过节的气氛。

电影是《绿皮书》，之前尤语宁自己看过，最近的那一回是去年11月，当时她还读了里面那封博士帮托尼润色的情书。

想到这个，尤语宁就不免想起当时闻珩在她的评论区装不认识她的样子——

"还真读了情书，挺乖。"

尤语宁想着就觉得好笑，也不知道闻珩当时有没有担心过，他那样追她会让她越走越远。

还是说，他一开始就十分确信，她这样软的性格不可能会生他的气？

她转头去看，原本是想看看闻珩看见这部电影有没有什么反应，却不小心看见闻喜之形单影只地坐在那里低头玩手机。

他们各自成双成对，只有她是一个人，也许是在跟陈绥发消息。

电影结束，时间还早，烧烤也吃到尾声，孟佩之叫人用推车推来水果和冷饮，又让人去音乐器材室搬了几样乐器出来。

尤语宁有些错愕，发现他们竟然要在草坪上开个小型音乐会。

闻喜之打架子鼓，闻润星吹萨克斯，孟佩之拉大提琴，闻珩担任主唱，给尤语宁安排了钢琴前的座位。

尤语宁无比庆幸自己会很多才艺，也不会在这方面怯场，很开心地加入他们的表演。

闻珩懒懒地靠坐在钢琴旁，看着她温柔地笑，低沉的嗓音，开口这样动人："麻烦给我的爱人来一杯 mojito（莫吉托鸡尾酒），我喜欢阅读她微醺时的眼眸。"

是那首 *mojito*，很欢快的调子。

五个人，奇妙的组合，配合异常地默契，似乎天生就该是一家人。

草坪上空，欢快的音乐声响起，星月交相辉映，各自发光，共同美丽。

后来的很多个时刻，尤语宁回想起这个夜晚，依旧觉得很不可思议："我感觉好顺利，之前担心的那些事一件都没发生，就好像大家一直在期待我，我像是众望所归的存在，太顺遂、太美好，有点儿做梦的感觉。"

闻珩听了只是笑——这世界上哪里有真正完美顺遂的事情，即便是天注定，也需要几分事在人为。

但是，只要你选择坚定地走向我，我会让这世界上所有的阻碍都为你让路。

原本尤语宁跟闻珩商量好，见完家长晚上要回自己租的地方住，奈何不凑巧，南华的雨说下就下，在极短的时间里下出了瓢泼的气势。

闻润星护着孟佩之往别墅里走，孟佩之回头叫尤语宁："宁宁，快点儿进屋，这雨下大了！"

闻珩揽着尤语宁往房子里小跑着，尤语宁回头喊闻喜之："姐姐，你也快点儿！"

闻喜之摆摆手示意他们先进去，自己有条不紊地安排用人把乐器搬进去。

好在他们离得不远，虽然这雨下得急，但只淋湿了他们的头发和衣服，没将人淋成落汤鸡。

孟佩之叫闻珩带尤语宁去洗澡、换衣服："新的睡衣和洗漱用品都已经放在浴室里了，买的新衣服也洗干净了，挂在客房的衣柜里，不知道合不合心意，先将就一下，改天亲自带宁宁去买。"

大家都淋湿了，孟佩之说完也没再逗留，跟闻润星上楼回房间洗澡、换衣服。

闻珩拉着尤语宁去客房，这也是一间带洗手间的房间，里面已经放好了孟佩之给尤语宁准备的东西。

在他带尤语宁回家之前，孟佩之就跟他说过，不管他们俩在外面是不是已经同居，第一次来家里都要分开睡，这是对人家女孩子的尊重，叫他不要在家乱来。

闻珩应了，把尤语宁塞进房间，检查了一下里面的东西，跟她大概说了一下，转身出去。

他下楼才看见闻喜之还在客厅里，头发、衣服全都是湿的，站在那里没有动。

不知道她在想什么，用人们忙碌地穿来走去，显得她很孤单可怜。

"姐？"闻珩小跑几步下楼到她面前，不太理解，"想什么呢，站在这儿不动？淋成这样不赶紧去洗澡，不怕感冒？"

"啊？"闻喜之像是才被他这一声拉回神志，扯着嘴角笑了笑，"没什么，现在就去。"

错身的瞬间，闻珩拽住她的手腕，眉心微拧："你怎么了？陈绥欺负你了？"

"什么呀？"闻喜之又笑了笑，"跟他有什么关系？"

"不是陈绥……"闻珩眉心拧得更厉害，"那是——"

"姐。"闻珩凑近闻喜之耳边，压低声音，"你该不会是觉得尤语宁来家里，抢了你的宠爱吧？"

闻喜之愣了两秒，睫毛扇动，笑着在他的身上拍了一下："滚。"

"哦。"闻珩抿唇，"姐，这事我也不知道怎么说，就是……"

闻喜之："什么？"

"其实你想什么都可以说出来，没必要太懂事，知道吧？"

"哦？"

"就是……你心里想什么，从来不跟人讲，这么些年，你就没有觉得委屈、不开心的时候吗？"

闻喜之微笑的弧度越来越接近于无。

"这些年我过得挺好的啊。"她说，"没觉得委屈，也没有不开心。"

"你就比我大十分钟，有没有必要摆姐姐的谱儿啊？不爽就欺负我，明白没？我永远都不会跟你生气。"

闻喜之垂眼，沉默好几秒，转头看他，笑起来："在说什么屁话？赶紧放开，感冒了不怕陈绥替我找你算账？"

闻珩顿了顿，松开她，想了想，也跟着笑起来："那你叫他来打我好了，他打得过吗？"

"打不过吗？你确定？"

"嗯。"闻珩挑眉，"我有我姐，他有什么？"

闻喜之是真的笑了："别在这儿拍马屁了，留着点儿力气去夸宁宁吧。洗澡去了，别烦我。"

因为这场突如其来的雨，尤语宁跟闻珩自然得留下过夜。

时间不算早，孟佩之洗完澡换了衣服后过来关心了尤语宁几句，说有什么事都可以直接找闻珩。她也没待太久，看着时间差不多就叮嘱尤语宁早点儿休息，转身离开。

孟佩之前脚刚走，闻珩后面就摸进了房间。尤语宁吓了一跳："你干吗？"她又小心翼翼地跑去门边查看，怕孟佩之去而复返。

"别看了，我妈都上楼去了，不会再来。"闻珩把她扯回来，将门关上，"就算看见也没事好吧？"

尤语宁见楼道里确实没有人影，那颗刚悬起来的心才落了下去。

她一抬眼，看见闻珩，又好气又好笑："你不至于吧，在家里偷偷摸摸的，小偷儿吗？"

闻珩用双手搂着她的腰，往自己身上压，语气听着有几分委屈："早上出门前叫你亲我你不亲，这都快12点了，今天都没亲我。"

"喂。"尤语宁被他搞得一个激灵，"你没必要这么撒娇吧？"

"谁撒娇了？这不是事实？"

那倒也是。

闻珩低头凑近她："专门过来亲你的。"话音刚落，他吻上她的唇。

他吻得够温柔，像没有牙齿的小孩儿吃果冻，喜欢得紧却又不能咬一口，只能温柔地吮吸，缠缠绵绵的。

尤语宁揪着他洗完澡刚换上的睡衣，被他吻得晕头转向，有点儿缺氧。

好在他还有几分理智，除了嘴和手，也没别的地方不规矩。甚至到最后，这个吻也是他主动结束的。

闻珩趴在她的肩头上，声音很低："不亲了，再亲受不了。"

"哦……"尤语宁被他吻得没了力气，说话也软绵绵的，"好。"

"这破雨。"闻珩想想还是很烦，"要没下雨早回家了，还用得着忍？"

怕他越想越烦躁，尤语宁干脆转移话题："之前你说带我回来看叔叔打你打断的那根棍子，在哪儿啊？"

"书房。"

"我能看看吗？"

闻珩想了两秒："算了，没什么好看的。"

尤语宁也没固执地要看，只是很好奇："多粗的棍子啊？你犯什么错了？"

"也就擀面杖那么粗而已，没什么大不了。"

"那为什么打你？你成绩好，又没早恋，难道是因为不听话跟人打架？"

闻珩不想说："别问了，都是过去的事。"

"可我还是想知道，跟我说说嘛！"

"说了有什么好处？"

"你是小孩儿啊，还带讨价还价的？"

"行。"闻珩趴在她的肩头闭眼，"那就不说了。"

尤语宁哭笑不得："说说说，你要什么好处？"

"下次试试浴缸？"

"不听了，出去。"尤语宁早知道他私下里不太正经，但没想到他这会儿也这么不正经，推着他要赶人。

闻珩闷闷地笑，搂紧她不走："逗你的，怎么都这么久了还是不经逗？都被我吃干抹净了，害羞个什么劲？"

他真是越说越不知羞，尤语宁感觉脸上一阵一阵地发烫，叫他闭嘴。

"其实也没什么。"闻珩收住笑，"不过就是放弃了对于他们来说更好的选择而已。但是——"他顿了顿，"我不后悔，因为我做了于我而言最正确的选择。"

听见他这番话，尤语宁一愣。

几乎是瞬间，她就猜到了他说的是什么——是放弃竞赛获得的保送资格。他明明是高考状元，却放弃青大、京大，选择了一所普普通通的"双一流"院校。

而他做出这样的选择是因为她。

她想过，他做了这样离经叛道的选择不会被任何人理解，甚至会跟家里人发生激烈的争吵，只是从没想过他会因此被他爸打到打断一根擀面杖粗的棍子。

那些不被所有人理解和支持的逆向行走的时光里，他曾有过半分后悔吗？

即便不问她也知道——他一定没有。

他是一个做了选择和决定就会坚定往前，不会回头的人，否则他们不会有结果——这十年，但凡他有丁点儿不坚定，他们都不会在一起。

第二天临走前，尤语宁见到了那根被打断的棍子。

闻润星叫她去书房，有话要单独跟她讲。

他其实也没讲什么，无非就是跟晚辈之间正常交流。有意思的是，闻润星这么一个严肃的长辈，竟然给了她一个很有意思的东西。

"任何时候，你都可以拒绝闻珩的任何要求。"闻润星说着，从书桌下面拿了个长长的盒子出来打开，里面放着两截擀面杖粗的棍子，"这个给你。"

尤语宁看见那断棍的第一眼，就已经反应过来那是什么了，心脏飞快地抽动了一下，一寸寸收紧，压得人心里难受。

她没想到棍子真有那么粗，而且看上去真是硬生生折断的，难以想象闻珩当时被打成了什么样子。

"当初他读高中，放弃保送资格的时候，我没觉得有什么不妥。我的儿子，我还是比较了解的，他向来不是个特别安分的人，很喜欢挑战不可能的事，所以我一直以为他是不屑被保送。

"只是后来他高考结束，成为理科状元，采访的记者能踏破门槛，各所名校的招生办老师能打爆我们家的电话，而他却不声不响地选择了西州大学，我是怎么也理解不了。

"我问过他为什么，他就只是说喜欢。我问他喜欢什么，那学校有他喜欢的女生吗？他却闭口不言，一个字也不肯说。

"那时候我很气，觉得他这么优秀的一个人，未来可期，前程锦绣，不应该那么浪费人生中美好又短暂的光阴。

"他可以失败，可以跌落谷底，可以突然变得很笨，什么都不会，可以遭遇挫折，但我没办法接受他自甘堕落。

"即便他还年轻，即便他可以活到80岁、100岁，可是每个人的十几、二十岁都只有一次，只有短暂的几年，没了就是没了，不会再有，也不能再回头。

"我想打醒他，但是没用。我打断了这么粗的棍子，打到他昏迷住院，他也不肯说一声错了。

"我是他的父亲，他不肯低头，只有我妥协。

"我同意他去读西州大学，却断了他的生活费，也不准任何人接济他。我以为他会坚持不下去，以为他即便不怕痛，但到底是个人，人都是会怕被饿死的。

"但我没想到他不仅没饿死，反倒还赚起了钱。"

说到这儿，闻润星忽然笑了，把装着断棍的盒子推到尤语宁手边："过去的这些年，我一直好奇到底是什么让他这么坚持，直到你跟他在一起。

"但我得提醒你，男人这种天生多薄情的动物，得到手后容易不珍惜，受到诱惑移情别恋也不是什么难以置信的事情。

"所以，这个给你。倘若他也会有那样的一天，在他误入歧途之前，拿出来给他看。"

尤语宁从书房出来，孟佩之也拿出个盒子，说是见面礼，打开一看，里面是一只成色很好的玉镯。

虽然尤语宁不懂玉，但看到的第一眼就感觉很贵。她认真地收下，小心保管。

回去的路上，闻珩一边开车一边问："我爸叫你去书房跟你讲了什么？"他又想起她从书房出来时抱着的那个长盒，"我怎么觉得你抱的那个盒子有点儿眼熟？"

尤语宁笑："你可以猜猜里面是什么。"

闻珩从后视镜里瞥了一眼她的笑容，也跟着笑起来："什么东西让你笑得那么开心？"

"一个很重要的东西。"

"到底是什么东西？"

"嗯……"尤语宁转头看他，"你对我爱的见证。"

闻珩挑眉，似在思考，几秒后，试探着问："是那根打我打到断的棍子？"

尤语宁点头："嗯。"

闻珩觉得好笑："我爸给你这个干什么？"

"他说，如果有一天你会移情别恋，在你误入歧途之前，把这个拿给你看。我想他是想让你明白，你曾经为了我甚至可以付出生命，叫你不要因为一时鬼迷心窍辜负我，要永远记得来时路，不忘初心。"

"哦。"闻珩不以为意，"瞎操心，我哪儿有那心思？"

"以后的事，谁说得准呢？"

后来回到住的地方，尤语宁特意找人做了个玻璃展览柜，专门装这根断掉的木棍，摆在很显眼的位置，让闻珩随时都能看到。

闻珩觉得这玩意儿越看越奇怪，跟她说了好几次收起来，她不听。

最后没办法，他扯了块红色绒布盖了起来。

尤语宁闷闷不乐好几天，一直问他是不是已经开始腻了，想移情别恋。

闻珩又气又乐，把那红色绒布扯掉，一副妥协的样子："行行行，我看，我天天看，我给它供起来，一天三次地警醒我自己，行吧？"

尤语宁："你心不甘情不愿的，算了，别为难自己。"

"啧。"闻珩无奈叉腰，"你作吧，你存心就想气死我，我看你就是想换个男朋友。"

他们为这事一直闹了好久，直到尤语宁受邀去参加《你听》这档声优综艺才结束。

闻珩那段时间车接车送，简直就是好男友，朋友聚会都不去，说要陪女朋友，遭到好一顿鄙视。

时间打马而过，转眼到了12月底。

参加完南华一中的元旦迎新晚会后回来的路上，闻珩信守诺言，凡是需要步行的地方全都背着尤语宁走，没让她的脚沾一下地。

一直到进了家门，到了沙发边上他才放下她。

尤语宁揽着他的脖颈，不让他起身，跟他在这凄凄雨夜接一个绵长的吻。

闻着他身上熟悉的淡淡佛手柑香味，她不断地回想起他们初见的那个夜晚。

她从没忘记过——关于他的那些记忆都被封存在她的脑海里，而现在，这些记忆由他来慢慢开启。

这个吻逐渐失去一开始的平和感，开始失控。

尤语宁主动去脱他的衣服，带着喘息的声音轻轻落在他的耳畔，她说了句只有他们彼此之间能听见的话，在一瞬间勾得闻珩像是打猎杀红了眼，连动作都变得不那么温柔。

这个夜晚属于他们能到达的每一个角落。

没几天就是元旦。

尤语宁想起闻珩那部旧手机上关于南迦巴瓦峰的短信，每一年好像都差不多是这个时候发送的。

今年，她提前买好票，订好酒店，在他之前，向他发出邀请："可以一起去看南迦巴瓦峰吗？"

闻珩乍一听见这个问题，不是不惊讶的："为什么突然要去那儿？"

"之前听人说，看见南迦巴瓦峰真容的人会得偿所愿，我就想去看看，你不想去吗？"

闻珩顿了几秒，点头："那就去。"

他没说自己如今已得偿所愿了。只要她想去的地方，他都会陪着她。

路上还算顺利，他们除了有一点点高原反应，没有别的不适。

运气很好，天气不错。尤语宁依偎在闻珩的肩头上，得以窥见南迦巴瓦峰的真容。

她闭上眼，在心中许愿——

"愿身侧之人，永远顺遂平安。"

那部旧手机被她偷偷带出来，放在背包里，此时屏幕亮起，收到一条新的短信。

学弟："学姐，它听见了。"

紧接着，又进来一条短信："我很开心，十年后的今天，你在我的身边。"

2022 年在相爱中结束，闻珩和尤语宁迎来属于他们的 2023 年。

这一年的除夕夜是 2023 年 1 月 21 日，在闻珩的生日之前。

闻珩的家人邀请尤语宁一起去家里吃年夜饭，一起守岁，第二天大年初一，可以随意去想去的地方。

闻珩征求她的意见："不想去可以不去，不用为难。"

她为什么会不想去呢？

尤语宁欣然前往。

这是她这些年来，过的第一个热闹无比的除夕夜。

尤语宁一进门，闻润星和孟佩之以及闻喜之跟陈绥都给她发了大红包，跟她说新年快乐。

就连闻珩也偷偷藏了个红包，此时拿出来一并给她："还好早有准备，不然要被比下去了。"

尤语宁真的觉得很快乐，就像家里最受宠的小孩儿，得到了所有人的关爱。

吃过年夜饭，他们一起到院子里放鞭炮和烟花，然后倒计时，一同迎接新的一天到来。

四个人凑了一桌麻将，剩下闻珩跟陈绥两个人在旁边端茶倒水。

尤语宁不太会玩，只懂基本规则，毫无技术可言，上场就连输三把。她摆摆手，很不好意思地说不玩了，要下场换人，却被闻珩按回去："坐着，我来教。"

陈绥就笑他："你玩不起啊闻珩，这还兴作弊的？"

闻珩不以为意地摸了张牌，哼笑："怎么就是作弊了？我是偷看谁牌了还是出老千了？"

陈绥无言以对，却也不甘心屈服，坐在闻喜之旁边帮她看牌。

闻珩向来做什么都是高手，只需要很简单地学习就能有很强大的效果，打牌也是。他明明也是不打牌的人，但是正儿八经地打起牌来却还能看人放水。

打到凌晨 3 点，尤语宁一家赢，却又没赢得太过分。她细细盘算下来，好巧不巧，竟然赢了六百六十六块钱，大年初一的好彩头真叫人高兴。

尤语宁兴奋地跟他分享这个发现，却见他一脸淡定的表情，愣了一下，反应过来："你算着的啊？"

闻珩挑眉："不然呢？"

"哇！"尤语宁真的有点儿崇拜他了，"打了这么久，一百多张牌，我每把连看牌都看不过来，你是怎么能够在放水的同时还赢钱，并且还恰好赢了六百六十六块钱的？"

她一脸天真又单纯的崇拜偶像的表情，眼里像有星光闪烁，叫人觉得心里很舒坦。闻珩弯弯唇角，用手背贴上她的脸："你男朋友厉害呗！"

尤语宁点头："是真的厉害。"

闻珩摸摸她的头："尤语宁，新的一年一定会顺顺利利。"

大年初二这天是闻珩的生日。

中午，尤语宁和闻珩在闻家一起吃了饭，孟佩之放他们出去玩，说聚过了就行，时间留给他们年轻人。

尤语宁准备了一份很特别的礼物，或者应该说是一份字面意义上很大的礼物——她买了一架钢琴送给闻珩。

她踮着脚，用双手蒙住他的眼，带着他走到趁他不在偷偷让人送上门的钢琴前面，让他猜他的生日礼物是什么。

"这我哪能猜得到？你是头一回给我送生日礼物，我也没经验。"

尤语宁温馨提示："一种乐器。"

闻珩随口瞎猜："钢琴？"

尤语宁松开蒙住他眼睛的双手，有些惊讶："你怎么一下就猜到了？"

闻珩眯缝着眼适应光线，渐渐看清——眼前确实摆着一架崭新的钢琴，看起来成色和质地都极好，应该是用心挑过，并且价格不菲。

他在琴凳上坐下，试了试音，音色也很不错。

他抬手一拉尤语宁的手腕，把人拉到自己的腿上坐着，拥着她，和她额头相抵，轻声问："怎么想着给我送钢琴？"

"因为你给我写的第一封信里，说以后想弹钢琴给我，让我唱歌给你听。

"十年过去，我想我应该实现你这个愿望。

"以后，在一起的每一天，我都可以唱歌给你听。"

闻珩闭眼，轻轻蹭她的额头，声音很低："尤语宁，你怎么这么好啊？"

"因为你值得啊！"

闻珩从喉间发出笑声："我真的会爱死你。"

尤语宁跟着笑："那你爱死我好了。"

后来，这个夜晚被赋予浪漫。

如同十年前闻珩所期盼的那样——他弹着钢琴，尤语宁依偎在他身侧温柔地唱着歌。还是那一首治愈她、救赎她，也让他念念不忘的 oceanside。

Together stars will fall.（繁星一起坠落。）

因为你，我的世界繁星乱坠。

闻珩以为这就是今晚最美好的时刻，却不是。

尤语宁搬出一个收纳箱，里面装着她之前拯救回来的东西，其中包括那本《女神攻略》小册子。

"其实，你掉的那晚我就已经捡到了。一直不敢说，是怕你觉得丢脸，心里会不开心。

"但我想要和你永远在一起，所以，我觉得我们之间不应该有秘密。

"除了这本小册子，还有你的那部旧手机。解锁密码是你的微信号——WY1523，你和我的姓氏，你和我的生日。我解开了锁，看完了你的所有秘密。"

尤语宁跟他把一切都坦白，眼睛一眨不眨地观察着他的反应，怕他会生气。

但还好，他只是沉默，看不出来在生气，可能是有点儿蒙，还没反应过来。

尤语宁握住他的手，温柔地注视他："你就当我们交换了秘密，可以吗？从今往后，你我之间再也没有任何秘密，我们对彼此绝对坦诚，毫无保留。"

闻珩的视线落在收纳箱里那个破烂的玩偶身上，看上去思绪跑得有点儿远。

好一阵子后，他拿起那个玩偶，在手里仔细观看。它虽然已经破烂不堪，被人缝缝补补，却好像还能被认得出原本的模样。

"尤语宁。"闻珩艰难地吞咽了一下，声音低哑，抬眼看她，"这个玩偶——"

尤语宁没想到他会注意这个玩偶，有些不解："怎么了？这是小时候别人送我的。"

"谁送的？"

尤语宁认真回想着，同他这样描述："有一天，我路过昂贵的玩偶橱窗，一眼就看中了它。但我没有足够的钱将它买下，只能每天都偷偷去看它一眼。

"之后的一个早晨，我发现它不见了。我很难过，失落的时候，对上一个小男孩儿的目光。

"后来我打算离开，他跑了出来，伸出背在身后的手，'变'出了这个玩偶，送给了我。"

一室寂静无声。

良久，闻珩的声音响起，夹杂着被命运捉弄的无奈笑意："尤语宁，有没有一种可能——那个小男孩儿是我？"

"嗯？"她从未设想过的可能。

尤语宁眨眨眼，低头看那个已经面目全非她也没舍得扔掉的玩偶。好半晌，她笑起来："不是吧，这么巧吗？"

这样说起来，他们认识不止十年了。早在更久之前，他就送了她定情信物。

而他不经意送出的礼物，却一直被她精心收藏，从未舍弃。

闻珩把玩偶放回收纳箱，在里面翻看其他的东西，就像打开了时光宝盒，那些他送她的东西、写给她的信，她都好好保管着。

即便那个时候她并不知道他是谁，也未曾对他动心，甚至都不记得他。

她是这样温柔美好，从不舍得践踏别人的真心，所以，她值得被爱。

闻珩用一整个青春在赌，赌自己爱上了一个很好的人。

他赌对了。

人与人之间，相遇需要一点儿运气。她努力积极地生活着，在不被爱的漫长岁月里也在好好地长大，坚强勇敢，所以才会出现在那场晚会上，走进他的视线——这是他的运气。

闻珩抬起头，看着尤语宁，眼神温柔又深情："尤语宁，我真的觉得我有点儿幸运。"他看上去是如此满足，好像得到她的爱就得到了全世界。

尤语宁回想起曾经的某个夜晚自己问闻珩，当时被他爸打到昏迷住院时，心里在想什么。

他玩着她的头发，想了几秒，这样回答："生了又死，死了又生，可我清醒的第一秒，还是想要继续爱你。"

第十四章
鸳鸯卷

基于过去一年事业上的圆满成功，新的一年开始，尤语宁的工作排得很满。

如今，她的主要业务除了广播剧，还增加了电视剧、电影和动漫的配音业务，有时也会有游戏角色的配音业务邀请她。

初一声工坊也因为她多了很多更好的工作机会。老板沈一然将她当个宝贝似的捧着，特意招了个助理给她，帮她解决除了配音以外的工作杂事。

用橘子和草莓的话来说——现在她就是一个人养活一个工作室，老板可不得对她好点儿？

2023 年 2 月中旬，尤语宁有个出差的任务，要到京市参与一款游戏角色的配音工作。

闻珩送她去机场，分别前一再叮嘱："别迷路。"

尤语宁想了想："有导航啊！而且我是去工作，又不会乱跑。"

"我是指这个？"

"那不然呢？"

"怕我没在身边，你的审美水准下降，看谁都觉得帅，到时候舍不得回来。"

尤语宁没忍住笑："你可以给我打视频电话，用你帅气的容颜诱惑我，这样我就瞧不上别的男人了。"

"想得美，你又不给钱。"

机场广播在催，空姐的声音甜美动听，催人安检。

尤语宁抬手环住闻珩的腰抱了抱他，挥挥手："我先进去啦！"

"别迷路。"

"知道啦！"

闻珩立在原地目送尤语宁过安检，等到完全看不见人影，才转身离开。

还是那个盛产白玫瑰的东黎市，闻珩来到去年来过的白玫瑰庄园。

庄园主人亲自接待他，问他这次是不是还是像上次一样挑选白玫瑰，需不需要些帮手。

闻珩一边在白玫瑰庄园里转悠一边摆手："你先等我看看。"

庄园主人陪着他看，有点儿看不明白他的意思。

闻珩抿唇，终于做好决定："看起来都还不错，全要了。"

"全……全要了？"庄园主人差点儿咬到舌头，"这里面可是有……"

"全要了。"

庄园主人在找来工人采摘玫瑰之前，询问闻珩这玫瑰的用途，以及需要送往什么地方，需要什么包装。

闻珩早已准备好，将这白玫瑰的用途以及需要送往什么地方和需要什么包装都仔细跟庄园主人讲。

他说他要用白玫瑰来求婚，未来太太最爱白玫瑰，所以他希望她走过的地方都会有漂亮的白玫瑰。于是一部分白玫瑰被送往南华火车站，每一个乘坐 K1523 次列车的乘客都会免费获赠一枝白玫瑰。K1523 次列车，是当年尤语宁高考结束去西州时坐的火车。

其余的白玫瑰要跟其他颜色的玫瑰一起做成玫瑰花海，地点在闻珩小叔叔的山庄里。闻宜知听说这个消息激动得不得了，兴高采烈地吵着要帮忙。

闻珩嫌她烦，又怕她去泄露消息不能制造惊喜，叫闻喜之带她走。

"小蚊子，过来。"闻喜之招手把人叫走，"我带你去做花海好吧？"

把人打发走，闻珩给韶光打电话，让他带上柴菲出来，说有事要跟他们商量。

知道是要帮闻珩求婚，柴菲难得对他温柔了几分，积极地出谋划策，并表示一定帮他保守秘密。

除了远在京市的尤语宁毫不知情，在南华的众人已经提前开始忙活。

尤语宁不知道闻珩在忙什么，说她可能要推迟两天回南华。

闻珩问她回来的具体时间是哪天。

尤语宁看了眼日历："可能得 20 号左右。"

2 月 20 日有点儿晚了，闻珩计划的求婚时间是 2 月 19 日。那天是二十四节气中的雨水，他喜欢这天。

尤语宁见他不说话，笑着问："你是不是想我了啊？"

"是，想你。"

"那我争取提前回去。"

她倒也没有敷衍闻珩，说要提前就真的跟人家商量进度计划，把时间压缩，提前做完了工作。

回来的前一天是 2 月 18 日，尤语宁跟闻珩打电话，说自己坐第二天下午的飞机，叫他去接一下。

闻珩应了，挂断电话后就打电话给其他人，让他们再确认一下场地和流程，争取别出什么错。

这一夜好像格外漫长，闻珩翻来覆去没睡着，失眠一整夜。

外面又在下雨，"滴滴答答"地响，夹杂着风声。农历正月的天，凄风冷雨，空气潮湿泛凉，这凉气好像能进入人骨子里。

他在双人床上翻身，胳膊下意识地往旁边搂，却扑了个空。他垂眼看着空空如也的手，没忍住，扯着嘴角笑了一下。

也不知什么时候，他习惯了她睡在身旁，一翻身就可以将人抱进怀里。

早晨五六点，天空一片漆黑，整个小区灯都没有亮儿盏，安静至极。

闻珩起床去洗漱，换了衣服后立在阳台上吹冷风，风刮在脸上有点儿疼，像冰贴过来一样，但还好雨停了。

他抬起头望向昏暗的天空，有零散的几点星，月色朦胧。

他上一次这样在凌晨五六点起床看天，还是因为尤语宁——那是 2019 年的冬末春初，在西州。

他前一天找好了新的工作室场地，就在初一声工坊对面，已经开始幻想每一天上下班都会见到她，却在第二天得知初一声工坊要搬迁到南华。

这就像一个他无力抗拒的，一点儿都不好笑的玩笑，仿佛上天在告诉他：不要追了，还不明显吗？你们之间没有这种缘分。

现实叫他放手，但他不。

他也曾冲动地想舍弃工作室交的几年房租和押金带着大家回到南华，

去她的身边重新开始。

他做好了违约的决定，去找韶光。韶光并没有骂他，只是问："你确定吗？工作室里的人大部分是西州的，大学这几年做到现在正是上升期，你确定要在这时候做这种会拆散归鱼工作室的决定？"

倘若归鱼工作室是闻珩一个人开的，他一定会毫不犹豫地说"确定"。说他"恋爱脑"也好，在他的世界里，就是没有任何人和事比尤语宁重要。

但归鱼工作室毕竟不是他一个人的，在被闻润星断了生活费的那几年，他拒绝孟佩之和外婆一家偷偷塞来的钱，硬生生地扛着，是韶光在帮他。他不可能，也绝不会做出那种背信弃义的事情。

那天晚上，他和韶光打电话到很晚，放弃冲动之下做出的决定，决心留在西州将归鱼工作室发展到换地方也不会有任何影响的程度。

只是那一整个夜晚，他都没能合眼。他开车回到写字楼，初一声工坊原本的工作室已经空空如也，玻璃大门上了锁，隔绝一切。

一直到凌晨四五点，他在阳台上看天，看见了一轮朦胧的月亮。

那时他在想——至少，他们还活在同一轮月亮下。

就凭着这点儿虚无的、勉强的自我安慰，闻珩硬生生熬到了可以将归鱼工作室搬回南华的这一天。

那是很美好的一天，他和他的月光重逢了。

不能打败他的，终将使他变得更强大。

什么没有缘分，这样的废话他绝不相信，他偏要逆天改命。

天渐渐亮了，闻珩拿上车钥匙出门。

尤语宁到达南华时已经是下午 3 点。她刚下飞机，闻珩的电话就打了过来。

"哇！这么巧。"尤语宁拖着行李箱避让行人，笑得很开心，"我刚下飞机拿行李，才开机你就打过来了。"

"有没有一种可能，我一直在打？"

尤语宁心里很软，声音跟着带了撒娇般软绵绵的语气："你干吗呀？我在飞机上又不会出什么事。"

"我无聊，行不行？"

"哦，口是心非。"

"我看见你了，往左边点儿——算了，你就站在那儿，我过去。"

尤语宁放下手机站在原地，一抬头，看见茫茫人群中的闻珩朝她走过来。

她很难形容那一刻的感觉，就好像周围的行人都成了虚幻的背景，他长得那样高大，像茫茫海面上的灯塔，不用人费尽心思寻找，一抬头就能看见。

"吃没吃饭？饿不饿？"不知什么时候，闻珩已经走到她面前，弯腰接过她手里的行李箱，很自然地牵起她的手，拉着她穿过拥挤的人群，"别走丢了。"

尤语宁积极回握紧他的手，十指紧扣。

她离开之前，他说："别迷路。"

她回来之后，他说："别走丢了。"

当然，她绝对不会，因为他是她的灯塔。

闻珩开车先去了饭店，带尤语宁吃了饭。

而后，他说："带你去个地方。"

"哪儿呀？"

"你会很喜欢。"因为有你最爱的白玫瑰。

尤语宁没再问。事实上，即便是去刀山火海，只要带她去的这个人是闻珩，她都不会犹豫，不会回头。

二人到达闻家山庄时已经是下午5点。

在郊区的度假山庄，有别墅酒店，有温泉，有花园，有很多很多可以用来制造浪漫的东西。

车驶进山庄大门时，尤语宁有些好奇："我们是来度假的吗？"

"可以是。"

这季节天黑得很早，此刻光线昏暗朦胧，空气里像飘着雾，有种一脚踏进仙境的感觉。

尤语宁从车上下来，环视周遭山雾朦胧的景色，第一句话是："该不会要下雨吧？"

闻珩从另一边下来，听见她这句话也看了眼天。

"不会。"他说。

电话铃声响起，他摸出手机滑动接听，往前走了两步，嘴里应着："嗯，好，知道了，马上来。"

挂断电话，闻珩转身叫尤语宁："有个客户在那边，我过去一下，你往前面走，上了这个台阶右转，在那边等我。"

尤语宁以为他确实有工作，不想打扰他，很懂事地点头："好，你先去忙。"

等闻珩离开，她顺着他刚刚说的方向走过去，上了很宽阔的台阶，右转，一抬眼看见好大的一片玫瑰花海。

尤语宁愣了两秒，回头四顾，没看见山庄的工作人员。

她径直走进那片玫瑰花海中的小道里，还以为这是山庄造的景，掏出手机想要拍照，等闻珩来了分享给他看。

她刚掏出手机，四面八方的射灯忽地从高处将整片玫瑰花海照亮，甚至连花瓣上的露珠都晶莹剔透，折射着明亮的光线。

尤语宁蒙了一瞬，呆呆地握着手机四下寻人，有些害怕，也不知道这是什么情况。

她犹豫着，想给闻珩打电话，又怕打扰他工作。

这一瞬间，空旷的山谷里响起立体环绕声——是那首求婚时常用的 *marry you*（《和你结婚》）。

尤语宁握紧手机，心跳在鼓点声里隐隐加快。

突如其来的某种直觉让她抬起头，她看见前方的投影幕布在此时亮起，播放着今日剪好的视频——

南华火车站进站口，每一个乘坐 K1523 次列车的乘客都得到了一枝漂亮的白玫瑰。

今日的列车上，人人拥有她最爱的鲜花。他们举起鲜花，对镜头说："嫁给他！"

久远的记忆翻涌而来——K1523，是她决定开始新生活，逃离南华，前往西州时乘坐的那一列火车。

尤语宁愣在原地，不敢回头，不敢相信——她好像，要被求婚了。

不用她回头，闻珩从前方玫瑰花海的另一条小径里穿越而来。

他特意去换了一套很正式的西装，谦谦君子，英俊挺拔，坚定不移地望着她，走向她。

也在这一刻，刚刚还空旷无人的山谷，一瞬间涌出许多人——闻珩的家人和朋友，她的朋友和同事……所有对她有善意的人，都在这一刻从四面八方涌进玫瑰花海里，就像是从天而降，毫无预兆。

他们围着她，笑着跳起舞。

突然之间，她变成了天地的宠儿。

摄像机和工作人员已全部就位，空中突然下起彩色的玫瑰花瓣雨，礼炮"砰砰"直响，不断绽放出五颜六色的礼花，音乐不停，空气里浮散着浓烈玫瑰花香。

那个她此生最爱的男人，迈着坚定的步伐走到她面前，没有很夸张的情话，眼里却翻涌起散不开的浓浓爱意。

一束聚光灯打来。

闻珩站在这束光里，掏出他早已定制好的钻戒，单膝跪下，看着她，只问了一句话："以后，可以叫你闻太太吗？"

周遭的人群激烈地起哄，大声喊着："嫁给他！嫁给他！嫁给他！"

他请来所有亲朋好友见证——这一生，即便重来千百次，他也只要她这一个人。

尤语宁忍着眼眶里的酸涩泪意，认真地、坚定地点头："可以。"

人群欢呼的尖叫声在此刻冲破云霄。

那只修长的、白皙的中指，在此时套上了一枚闪亮的戒指。

他们认识在一个雨天，多年后的今天，二十四节气中的雨水，他们许下终身相守的诺言。

雨水节气的含义是降雨开始，所以，我会出现在你身边，每一天。

我们永远热恋。

他们领证那天是 2023 年 5 月 23 日，尤语宁的生日。

之所以定在这一天全是尤语宁的意思。因为这一天她就 25 岁了，彻底过了本命年。

其实说起来，过去的这一年——她 24 岁的本命年——没发生什么不好的事情，硬要说，大概是她永远失去了任莲，但真算起来不算太坏。

除此之外，过去的这一个本命年，她的生活一切顺遂。

只是她回忆起 12 岁——她的第一个本命年——总是不太好的。

那时候尤语嘉到来，她美好的世界开始一点点崩塌，原本属于她的爱彻底消失。从那以后，家对于她而言不再是温暖的港湾。

所以，她迷信地害怕在 24 岁结束之前领证，她跟闻珩之间的感情会有变故。

这么想可能有点儿多虑，但她确实不太敢冒险，想要他们之间没有意外。

闻珩一开始跟她说要早点儿领证，好几次她都支支吾吾地推拒，不肯答应。

见她这样犹犹豫豫的，闻珩还挺担心她后悔了："不想嫁给我？"

"没有。"尤语宁每次都这样回答。

但他问为什么，她每次都不肯说出真实的原因。

这样几次以后，闻珩也不再提领证的事情，好像他们之间压根儿没有这件事，也没打算要领证结婚。

看起来他好像没有什么不开心，毕竟他还是一样对她挺好，但总归有点儿介怀。

尤语宁挺怕时间久了，反悔的那个人不是自己而是他。

想了又想，她找了个机会把实话告诉他。闻珩听完，沉默了好一阵子，没有笑她迷信，只是摸摸她的头："行，那就听你的。"

他不是一个迷信的人，只是在跟她有关的事情上总甘心犯些蠢。他跟她一样不想有任何意外，即便可能性很小。

时间过得很慢。

从 5 月的第一天开始，闻珩整个人看上去就很躁动。

他买了一本日历，每天一早醒来的第一件事一定是撕掉最上面的那一页，这还不够，他还得把纸撕成细小的碎片，再狠狠丢进垃圾桶，动作极其粗鲁，好像那日历犯了什么滔天大罪，将其撕碎都不够。

尤语宁每天都得为那日历默哀几秒：跟着他，真是苦了你了。

日历越来越薄，终于只剩下薄薄的不到十页。

这天早上，闻珩撕掉了 5 月 22 日的，回头问她："我能把下面这一页也撕掉吗？"下面那一页是 5 月 23 日的。

尤语宁习以为常，极其淡定："如果你想的话。"

闻珩抿唇："算了。"说完，他伸手，轻轻地将 5 月 23 日那一页日历抚平。

看了好几秒，他弯唇笑起来："最后一天了，尤语宁。"

尤语宁也跟着笑："嗯，最后一天。"

"明天开始，就要做我的闻太太了，什么心情？"

"就……还挺期待的。"

"那倒是，毕竟我确实挺值得你期待。"

"这倒没有。"尤语宁故意反驳，"我就是觉得，闻太太应该还挺有钱的吧？"

闻珩危险地眯起眼睛："说什么？再说一遍？"

"闻太太应该还挺有钱的？"

"上一句。"

"我就是觉得？"

"前面。"

"这倒没有？"

闻珩返身回床边，将人直接从夏日薄被里扯出来，上下其手："不期待我是吧？"

尤语宁被他弄得痒，手脚并用地躲，蜷成奇奇怪怪的造型，笑得眼泪都流出来："期待！期待！期待！"

"好好说，期待什么？"

"期待成为闻太太，期待你。"

闻珩心满意足，放了人："勉强原谅你，下次说话给我注意点儿，不然还收拾你。"

尤语宁疯狂点头："错了错了，下次不敢。"

这天尤语宁还有工作，下午打卡下班，一出工作室大门就见到闻珩在外面等。他跟门神似的，眼神直勾勾的，吓她一跳。

"你干吗啊？"尤语宁走到他面前，"没说要来等我一起下班啊，不是说今天要出去谈项目？"

闻珩抬手将她的脖子一揽，拽着她往前走："接你还得打报告？你很傲啊，尤语宁。"

尤语宁抓着他的手挪开一点点，以免自己被他这动作勒死。

"我哪儿有？这不是惊喜吗？"

"惊喜？"闻珩冷笑，"我可看不出来除了惊哪儿还有喜。是不是想跑路？怎么事到临头真后悔了？"

"哪有？"

"我看你挺有的，要不是我来得早给你人抓住了，晚儿分钟你就得成'落跑新娘'。"

尤语宁惊讶于他的奇怪想法，哭笑不得："哪儿有？你在想什么？谁要跑啊？就算要跑也是跑向你。"

"你最好是。"

接下来的这十几个小时，尤语宁没再能离开闻珩身边一步。明明是两相情愿的，被他这么一弄，倒多了点儿强制的意思。

尤语宁怕他心理出现什么问题，一直温声细语地哄着他，安抚他，甚至问："要不我们现在就去民政局外面等着？"

她把证件拿出来往茶几上一放，很豪气："我都准备好了。"

本来她只是这么说说，和闻珩表表自己的决心，让他能够安心，却没想到这人立即将她的证件拿走，起身去拿他自己的："行，现在就走。"

尤语宁："嗯？"她没想到他会疯狂到当真。

闻珩的行动力很强，说走就走，他拿上自己的证件，把它跟尤语宁的一起装在一个大大的文件袋里，拽着她的手腕就走。

尤语宁反应过来："我没换衣服呢！也没带化妆品！"

闻珩一顿，回头看她。尤语宁看见他那个样子就心软，摆摆手随他去："不换了，走吧。"

"嗯。"闻珩继续拉着她往楼下走。

他一路上出奇地沉默，不发一语，直到在地下停车场上车。

"民政局附近有酒店，你订个好点儿的房间，再给我姐打电话，让她选好衣服和化妆师。"闻珩说着把手机递给她，"还有什么其他需要的，都跟她讲。"

尤语宁拒绝："我不好意思。"她怕闻喜之当他俩是疯子，大半夜就跑去民政局外面蹲着，又不是什么需要排队领证的特殊日子。

闻珩发动引擎，看着后视镜打方向盘倒车，语气沉稳淡定："你先订酒店，然后打电话，我来讲。"

看来是逃不过了，尤语宁认命地硬着头皮订了民政局附近的酒店，然后在通讯录里找闻喜之的电话号码。

她一打开通讯录，排在第一位的备注显示为"augenstern"，而与之对应的电话号码是她的。

augenstern——眼中的星辰，是德语中最心爱的人的意思。

出于对闻珩的绝对信任，尤语宁很少看他的手机，更不会无缘无故地看他的手机通讯录，也因此，这是她第一次看见他给自己的备注。

原本她不太了解这个单词，是偶然之间翻阅一本德文原版的书籍时看见的。只是那时候她也没想过，有一天自己会成为别人的"augenstern"。

闻珩已经将车顺利倒出来，开出地下停车场，上了宽阔的街道，见她盯着自己的手机屏幕发呆，不免好奇："看什么呢？"

"看看你有多爱我。"尤语宁滑动通讯录列表找闻喜之的电话备注，"想要千万次确定被你爱着。"

"可以不止千万次。"

"嗯？"

"我的意思是——你随时都可以向我确定。"

尤语宁那一点点怕闻喜之觉得他俩这样大半夜跑出来蹲民政局是疯子的想法在这一瞬间完全消失。

她想，她应该理解一个人绝望而又执着的十年，理解那种有朝一日愿望终于得以实现的激动、欣喜、担忧、不安……

那是一种紧绷的弦松开前的担心的情绪，他总怕这根弦等不及松开，所以紧紧盯着，怕它在最后一刻来临前突然断掉。

就像科学家夜以继日用精准算法制造出来的火箭升空，明明实力足够，安全性足够，成功率足够，但不到最后一刻总会让人担忧。

所以，尤语宁亲自打出这通电话，亲自跟闻喜之沟通他们需要的东西。

闻喜之免不了惊讶："现在？"

"对。"

"你等等，我先帮你安排。陈绥在洗澡，等他出来办，他办得快。"

尤语宁跟她道了谢，挂断电话，一抬眼，发现闻珩从后视镜里盯着她。

"怎么了？"尤语宁笑了笑，把他的手机放到中控台上，"盯着我干吗？我都讲完了呀！"

"不是不好意思吗？"

"忽然间觉得也挺好意思的。"

"嗯？"

"我的意思是——我也迫不及待想要成为你的妻子。"

"哦。"闻珩装出一副淡定的样子，唇角的弧度压了又压，压不下去，干脆笑起来，"我就说——你确实挺期待我的。"

闻喜之的电话在几分钟后打了回来，是陈绥在那边说话，怕闻喜之没传递好，亲自问清楚情况，挂了电话后就去安排。

他办事很有效率，闻珩的车开到民政局附近那家尤语宁订了房间的酒店时，他安排的人也同时到了。

衣服有好几套，化妆师也有好几个，擅长不同的风格，让他们自己挑选。

尤语宁悄悄地跟闻珩感叹："姐夫好厉害啊！"

闻珩斜眼瞧她："跟你未来的先生说这个合适吗？"

"哦。"尤语宁笑，"那不说了。"

"不过，确实还行吧。"闻珩挑眉，"虽然比我要差点儿。"

选完衣服和要化的妆原本应该睡觉，但俩人都没睡意，手牵着手下楼去民政局外面溜达。

南华难得连晴好几天，夜空像那种掺了金片的墨蓝色火漆。将火漆熔化后倒在信封口，就可以盖上印了。

星星点点，月光闪闪，预示着明天是个晴天。

深夜的民政局一片黑暗，门前的广场上人烟稀少，偶尔有车从旁边的街道上飞快地驶过。夜色寂静浪漫又温柔至极。

尤语宁和闻珩牵着手绕着广场一圈圈地转，不时抬头看天、看星、看月。

从前，她看过一部电影，好像叫《地球最后的夜晚》，其实她没太看懂，也忘得差不多了。此刻，她在婚前的最后一个夜晚，回想起来零散的几点记忆，只有关于爱情的。

爱情，真是个美好又奇妙的东西，让人爱，让人恨，让人嗔，让人痴，让人愿意为了它去生去死，去疯狂一辈子。

夜里的风渐渐凉了。

闻珩停下脚步，转身将尤语宁拥入怀里：

"我从来没有这样希望天赶快亮起来过。

"如果我是掌管爱情的神就好了——那样我就可以将你跟我牢牢捆在一起，这辈子都别分开。

"我也不至于总是这样很没出息地担心，你会突然后悔答应嫁给我。"

尤语宁回抱住他："那我赐予你掌管我的爱情的能力，从今往后，我的一切都交给你掌管。"

良久，闻珩低头，埋进她的颈间，低低地笑了。

"尤语宁，你真的完蛋了。爱我爱到无法自拔，连自由也不要了吗？"

尤语宁也笑："从前我很渴望自由，所以我选择逃走。但是在你身边，即便被你困住，我也觉得很自由。为什么呢？我也这样问自己。

"好像有一个很不错的正确答案——

"你就是我的全世界，所以在你身边，我拥有绝对的自由。"

民政局 9 点开门。

闻珩和尤语宁一早准备好，做了今天第一对登记的新人。

红底的双人照，在工作人员的手下盖上了钢印。

这一刻，尘埃落定，爱情开花结果。

尤语宁也不知道，为什么看见他们的合照盖上钢印的那一刻，眼眶会变得很热。

很久之前，她从没想过有一天会很渴望跟一个人结婚。

红色小本被工作人员微笑着双手奉上："新婚快乐，百年好合。"

尤语宁伸手去拿，却被闻珩抢了先。

她转头去看。旁边这个爱了她很久的英俊男人眉眼低垂，温柔地看着手上属于他们愿意永结同心的证明，好像有什么晶莹剔透的东西在他的眼眶里很快地闪了一下。

"谢谢。"他说，声音里透着克制过的哽咽，将闻喜之特意让人准备的喜糖递到工作人员的桌子上，"一定会。"

话音刚落，他牵着尤语宁起身往民政局外走。

好晴朗的一天，民政局的大门外，阳光强烈耀眼，世界一片光明。

尤语宁下意识转头看闻珩——阳光所及之处，这个一生顺遂的天之骄子沉默着红了眼眶。

婚礼定在 2024 年 1 月 23 日，闻珩的生日。

腊八节刚过，婚礼前夕，闻珩和尤语宁一同休了婚假，每天都在忙着筹备婚礼。

因为情况特殊，尤语宁是没有娘家的。柴菲提议，要不然让她爸妈认个干女儿，让尤语宁从她家出嫁。

尤语宁怕给他们家添麻烦，又怕自己没有娘家出嫁会不吉利，就去询问闻珩的意思。闻珩让她自己做决定："没什么吉不吉利的，我要娶的是你这个人，别的都无所谓。"

柴菲却没给尤语宁太多思考的时间，直接跟父母商量好了，把尤语宁带回家认了个亲，两家人还出来一起吃了顿饭。

柴菲的父母就是那种普普通通的市民，赚得不多不少，够一家人吃饱穿暖，有时候去旅游或者娱乐，还能存下一部分钱。

她家里很和谐，家人之间相处都很愉快。她有个弟弟，但他们年纪相差不大，更像是朋友，父母也没有重男轻女的想法。最重要的是，她父母心地善良，为人和善，与人相处没有人说不好的。也因此，闻珩和他家里人都很开心。

柴菲的父母并不是那种市侩的人，也不会因为别人家有钱就去巴结或者讨好。但俗话说得好，与人为善总比与人交恶好得多，更何况对方的家庭条件确实好。虽然他们不至于贪图别人什么，但是也算多条路能走，毕竟关系网很重要。

婚礼的前一天，闻珩江边的大平层婚房里热闹非凡，大家正在布置婚房；柴菲家也忙开了，准备着各种结婚需要的东西。

而此时的主角，新郎跟新娘还逗留在闻家别墅的草坪上吃烧烤。

因为太多事情要做，孟佩之把别墅里的用人都调到了闻珩的婚房去帮忙，只留下了保安守门。此刻，偌大的别墅安静至极，院子里的草坪上飘着烧烤的香气。

寒冬腊月，北风凛冽，尤语宁却吃得额头冒出一层细细的汗。

"也许该吃火锅的。"她说，"总感觉风把烤串都吹得有点儿凉了。"

闻珩拉了拉她的胳膊，自己往旁边挪了点儿位置，挡住风口，问她："现在呢？"

"没风了。"

吃完烤串，将东西收了收，尤语宁要准备回柴菲那边待嫁，闻珩也要一起过去，第二天跟随接亲队伍一起回来。

先前闻珩开过来的那辆车不知道忙乱中被谁开走了，这会儿他只能去车库取车。尤语宁跟他一起去，在车库里发现一辆摩托车，套着防尘套堆在角落里，看上去很久没有骑过。她想起他家里爸妈都不像是会骑摩托车的人，就有点儿好奇："这是你的还是姐姐的？"

闻珩瞥了眼，随口答道："我的。"

"怎么都没见你骑过？"

"本来也很少骑。"

"为什么不……"尤语宁话说到一半，忽然想起两年前在酒吧，不知为什么，大家讨论到了雨天。

那时不知是谁说闻珩也害怕雨天，闻喜之就问他所以那么喜欢摩托车最后却买了车，是因为忽然讨厌雨天了吗？

他当然不是真的讨厌雨天，是因为她才跟着讨厌雨天。原本他是很喜欢雨天的。

而她讨厌雨天……那好像已经是很久远的事了，现在的她已经喜欢上了每一个雨天。

尤语宁指着那辆蒙尘多年的摩托车，笑着问闻珩："我们骑这辆摩托车回去，可以吗？"

闻珩原本已经挑选好一辆宾利，听见她说这话，不免好奇地转头看她。

好几秒，他忽然笑了："你不怕冷啊？"

尤语宁笑得很甜："我不怕吹风啊！而且你挡在前面，不是吗？"

闻珩想了想，点头："行。"

他去车库的小房间找钥匙，终于从一堆钥匙里面找到了那把几乎没怎么用过的摩托车钥匙。他拿在手上抛了抛，仿佛又回到年少时耍酷的盛夏，偏头冲她喊："妹妹，走着。"

尤语宁笑得不行，很配合地点头："好的，哥哥。"

闻珩从一旁的柜子里找出护具，低头给尤语宁戴上头盔，隔着头盔拍拍她的头顶："上车后要抱紧我，别掉下去。"

尤语宁点点头："知道。"

"知道就行。"

闻珩又弯腰给她的胳膊和膝盖戴上护具，以免出什么意外。

蒙尘多年的摩托车防护套被扯开，沾染旧时光的细小灰尘在空气中浮散，这一幕像打开了时光宝盒。

摩托车还崭新如故，虽然一直被搁置，但闻家车库一直有专人打理，会定期检修，确认随时都可以上路。

闻珩检查了一下，确认没问题后就戴上黑色头盔，长腿一跨，骑上酷酷的黑色摩托车，姿势潇洒帅气又利落，像意气风发热血沸腾的少年郎。

他单手握着车把，另一只戴着黑色手套的手拍了拍身后的位子："上来，baby。"

尤语宁一边扶着他坐上车后座一边笑："你这样看起来真的好像去'撩妹'的男大学生。"

"有什么问题？你不是妹？"

"是是是！帅哥，青淮巷，五十块钱走不走？"

"我不是黑车司机。"

"一百块钱呢？"

"夫妻俩说这么客气的话。"

尤语宁笑得发抖，双手从他腰间环过去，刚要收紧，闻珩拖着调子提醒："这个得加钱。"

"加加加，翻倍！"话音刚落，尤语宁直接从后面搂紧他的腰，贴上他

563

的后背，"帅哥，开快点儿，赶时间嫁人呢。"

"行，坐稳抱紧啊美女。"

"轰——"震耳的响声划破夜空，一辆黑色摩托车在夜色里犹如疾驰的猎豹，迅猛地从闻家别墅里冲出来。

留守的保安正在打瞌睡，一下子就被吓醒了，慌忙查看监控，发现是虚惊一场，是自家大少爷在讨太太开心。

那没事了……

保安打开平板电脑，一边看剧一边盯监控。

头盔外面有呼啸的寒风疾驰而过，尤语宁从后面把闻珩抱得紧紧的，贴着他的后背，让他感受着自己为他加速的心跳。

城市五颜六色的绚烂街景不断闪烁变换，不停倒退，一切都像是匆匆一瞥的虚幻景象，只有面前的这个人是真实的。

等到在路口停下等红绿灯，尤语宁继续问出刚刚那个问题："为什么以前不骑摩托车呢？"他只是单纯地因为忽然讨厌雨天了吗？

红灯的倒计时此时正好跳到"10"。在这10秒里，尤语宁听见他的答案："总怕在雨天猝不及防地遇见你，而摩托车不能给我机会请你上车躲雨。"

最后一个字音落下的瞬间，绿灯亮起，摩托车重新启动，一路通行。

风还是一样呼啸。

尤语宁沉默地贴着闻珩的后背，忽然怪这世界没有时光倒流的机器。如果有，她一定不要让他有这么多遗憾。

哪个少年不爱摩托车呢？更何况是他这样耀眼的、桀骜不驯的、落拓不羁的天之骄子。在热血沸腾的青春里，他应该也很渴望自由地穿梭在风里吧。

天空忽然开始下起雨，凉凉的雨滴不断落下，混在冬日寒风里，像冰刀一样锋利，刮得人露在外面的那点儿肌肤从冰冷到麻木。

闻珩靠路边停了车，把尤语宁两只手从自己的外套下摆塞进去，隔着外套拍了拍："不冷啊？怎么傻傻的也不会自己找个地方暖暖手？"

他的衣服里像塞了个暖炉，滚烫灼热，将被冻到麻木的手一点点地温暖起来，就像在冰天雪地里救活一个即将冻死的流浪者。

尤语宁在头盔里他看不见的地方流了泪，很轻很轻地叫他："闻珩。"

"我在。"

"我愿意陪你淋雨的。"

闻珩听出她声音里压抑着的哽咽，却没揭穿她，只说："我不舍得。"顿了顿，闻珩抬头看天空落下的雨幕，忽地笑了，"不过，今晚这场雨，咱们得一起淋了。"

话音刚落，他叫尤语宁抱紧自己，摩托车"轰"的一声重新冲出去。

街道被雨幕包围，路面被淋湿，冬日枯败的落叶被雨水席卷着流向下水道的井盖。飞速转动的车轮卷起雨水，在空中跳着舞。

旁边的人行道上有人快速跑着，混乱的声音在喊："下雨了，快点儿走！"

尤语宁却在想：就让这场雨冲走所有遗憾，从今往后的每个雨天，她都想要陪在他身边。

到达青淮巷，闻珩找了地方停车，把尤语宁送到柴菲家楼下就打算转身离开，去附近给他和接亲的伴郎以及婚车司机们订好的酒店。

尤语宁叮嘱他换衣服、洗热水澡，被他拍着脑袋笑："知道了，闻太太。"

尤语宁被喊得笑出声，挥挥手说"再见"，转身上楼。

一进门，柴菲看见她这一身湿透的样子吓了一跳："你干吗去了？"她瞅着怎么那么像被抛弃了？

尤语宁笑得有点儿傻："飙车。"

柴菲皱着眉摸摸她的额头："没发烧，你这已婚少妇，怎么还没开始孕呢就傻了？"

柴菲的妈妈一听这话，一把拉开她，嫌弃地喊："一边儿去，会不会说话？"

柴妈妈又亲热地拉着尤语宁的手嘘寒问暖，确认她只是跟闻珩骑车回来淋了雨，忙叫她去洗个热水澡，换身衣服，早点儿睡觉，明天还要一早起来化妆、换衣服，白天还有很多烦琐的流程，很累人。

尤语宁乖乖点头："知道了，干妈。"

"哎哟！瞧瞧，还得是乖女儿才受宠呢！"柴菲故意阴阳怪气，"对我可没这么温柔的时候。"

"你这孩子。"柴妈妈作势要打她。

她吓得往尤语宁背后一躲，夸张地喊："妹妹救我！"逗得柴妈妈又气又笑。

因为尤语宁是认的干女儿，因此柴家作为娘家，明天只有很亲的几家亲戚会出席婚礼，其余稍微远一点儿的就不太方便叫了，有点儿亲戚撑场子就行。

此时出嫁的房间已经布置好，柴菲的爸爸跟弟弟都忙着去跟明天要参加婚礼的亲戚说注意事项，以免到时候出什么岔子给尤语宁丢脸。

与此同时，另一边，闻珩的家里人也仔仔细细地将婚房打理好，只等新娘过门。

孟佩之也是头一回有儿媳妇，为此特意去请教了些有经验的贵妇太太，把要注意到的细节全部都处理好，该请的福婆婆、金童玉女、过门红包等，没有一处遗漏。这两年相处下来，孟佩之越了解尤语宁，也就越心疼她，总想着对她更好点儿，弥补她缺失的母爱。

闻喜之也在婚房里帮忙，忙前忙后地打点，争取不出一点儿问题。看时间晚了，她叫孟佩之先去休息，说剩下的交给她处理。

"之之，"孟佩之抓着她的手，有所动容，"真不用这么懂事，做个小女孩儿吧。"

闻喜之愣了一瞬，而后笑起来："明天我就26岁了，妈妈。"

孟佩之也笑："那也还是小孩子呢！"

翌日一早，天还未亮，尤语宁已经早早起床，迷迷糊糊地坐着，任由造型师给她化妆、做造型。

柴菲今天是伴娘，自然也要早早地开始打扮的。

而另一边的闻珩等人也早早地起床，换衣服、化妆。

今天的伴郎、伴娘只有柴菲和韶光这对璧人——一个是温暖尤语宁、带她往前走的光，一个是在闻珩被家里断生活费救他于水火、多年不离不弃的手足。

除了亲情和爱情，得到不可或缺的友情也是一种运气、一种福气。

闻珩带着伴郎和气氛组司机们到达柴菲家时，被柴菲请来的橘子和草莓以及自家的几个妹妹已经都提前到了，正准备堵门，为难这些想要带走新娘的男人。

题目和游戏是一早准备好的，怕尤语宁心疼闻珩而泄密，柴菲都没拿给她看过，此时拿出来，将闻珩等一群人拦在楼下好一顿为难。

陈绥向来是没耐心慢慢磨的，从一旁朱奇背着的巨大的包里掏出一大摞红包，仗着长得好，天女散花一般撒出去。

柴菲和橘子、草莓还好，稳得住，那几个小妹妹却稳不住了，立即蹲下去捡红包。

人群打开一个缺口，陈绥抓着闻珩稳稳地往前一推："还不上啊，小舅子？姐夫给你善后。"

闻珩忙带着手捧花往楼上冲。

柴菲见状肯定不干，急忙上前要抓住他，橘子和草莓也赶紧上去帮忙。

那几个小妹妹捡完红包才反应过来今天的任务是什么，立即也跟上去抓住闻珩。

一瞬间，闻珩被一群女孩子围住，扯着胳膊不让他走，偏偏大喜的日子，他还不能反抗，只能忍着。

韶光在下面笑得不行，拍拍手叫她们别把闻珩的衣服扯坏了，又叫柴菲："好了菲菲，快点儿开始下一道题，别误了吉时。"

柴菲闹归闹，做事很有度，不会乱来耽误正事，此时清了清嗓子勉强同意："行吧，看在新郎官的红包诚意挺足的分儿上，这第一关就算你们过了，下一关堵门，不准来野蛮的啊！"

说完，柴菲带着一群女孩子上楼将门关上，等闻珩他们上楼来敲门，又开始出新一轮的题。

她是存心找了些稀奇古怪的题来为难人的，一般的题都为难不了这群高智商的男人，太简单就让他们过了实在没意思，也会叫他们觉得娶个媳妇好像很容易似的。但她这题就偏到西伯利亚去了，饶是这群高智商的男人也一时难以回答上来，只能疯狂塞红包。

几个妹妹真是开心得不得了，"哥哥、哥哥"地叫个不停，差点儿就"叛变"，搞得柴菲又气又笑，说她们一个个见钱眼开。

他们这么塞着红包，朱奇背来的那个巨大的背包空了一大半，总算是进了新娘待嫁的房间。

尤语宁穿着秀禾服，梳妆完毕，安安静静地盘腿坐在床上。见到门开，她转过头来，在一群人中，精准地对上闻珩的眼神。

这个从年少时就开始爱慕她的男人，今日着一身正装，终于要来娶她回家。

她弯起唇角，温柔开口："你来啦？"

闻珩看着她，眼神热烈，喉结滚动："嗯，来娶你。"

这句话惹得一群男人"哇哇"地起哄，逗得她羞红了脸。

到此时，接新娘的流程也总算是进入最后一道——新郎要找出新娘被藏起来的婚鞋，亲自替她穿上。

男生团帮忙去找婚鞋，差点儿把柴菲家翻个底朝天，最后是闻珩找到的——

他长得高，抬眼看见红色的婚鞋被藏在天花板的装饰缝隙里。

他拿下来亲自替尤语宁穿上，像以往每次帮她穿鞋时那样习惯性地拍了拍她，起身吻在她的唇角。

男人们都在尖叫起哄，柴菲也在尖叫："停下！还没到亲的时候呢！妆要花了！"

这吻像蜻蜓点水般，一触即离。闻珩弯腰将尤语宁打横抱起，转身，在众人的围观中抱着她下楼。

陈绥和韶光跟上，从男生团的其他人手里接过礼炮，在后面放得"砰砰"直响，满室绚烂的彩色丝带散落。

几个小妹妹欢欢喜喜地也跟上去，喊着："结婚啦！结婚啦！喝喜酒！"

柴菲别过脸去，按了按泛热的眼角，止住要流下的泪。她缓了缓，收拾起不舍情绪，带着笑转过来，一手一个揽着橘子和草莓，把尤语宁的朋友当自己的朋友一样照顾着："走吧，我们也快点儿下去，免得这群粗心大意的男人成功带走了新娘就得意忘形，待会儿把咱们几个给忘了，还得打车过去。"

不会有人忘了她们——韶光立在车门边，见她们下来，绅士有礼地做了个请的姿势，笑得温柔炫目："几位美丽的女士，请。"

婚车队在大路上会合，全是豪车的组合，一路开过去极其吸引人眼球。

南华 CBD 的大楼屏幕纷纷亮起，上面写着——

"祝闻珩先生和尤语宁小姐：新婚快乐，百年好合，永结同心。"

婚车队顺顺利利、风风光光地到达闻珩在江边购置的大平层楼下。

孟佩之早已带着众多亲朋好友在楼下候着，等车队一到，礼炮、鞭炮齐响，大红色的氢气球在这一瞬间被按了开关，齐齐升空。

红地毯从闻珩的住宅一路铺下来，直到小区外面。跟拍的摄像师们纷纷架着设备随着移动，不错过每一个镜头。

闻珩从一边的车门下来，亲自替尤语宁打开另一边的车门，弯腰将她从车里打横抱出来。

小孩子们手里提着花篮，一路跟随着闻珩的脚步撒花瓣。好友团也不甘示弱，拿着礼炮一路放得"砰砰"响。

满天带金片的礼花跟随玫瑰花瓣飞舞着落下，扑了新郎新娘满身。

尤语宁在闻珩的怀里，一睁眼就能看见他精致的下颌线。

今天是阴天，既没出太阳也没下雨，刮着很轻的风。

天空阴暗，她的心里却很晴朗。她看着这个以后将要携手一生的男人，心里被塞得很满，鼓鼓胀胀地酸。

也许是感受到了她的视线，闻珩蓦地低下头来，二人眼神相撞，他弯了眼睛和唇角，笑得极其温柔。

尤语宁不太形容得出这一刻的感觉，总之很难忘，好像一瞬间，他们就成了全天下最幸福的两个人。

他们一路从红毯走到婚房，福婆婆已经铺好了婚床——全新的大红色床单、被套，传统意义上的喜庆圆满。

闻珩将尤语宁放上床坐着，福婆婆说了一串很长的吉利话，轻轻抚摸尤语宁的头顶和脸颊，传递福气给她。

简单的流程走完，一行人起身赶去酒店举办婚礼。

婚礼定在汇安酒店，偌大的大厅里全都是见证人。

花海般的婚礼现场，让人像是一脚踏进美好的梦里。尤语宁不知道世界上有多少种玫瑰。但在一生一次的婚礼上，她好像见到了世界上所有种类的玫瑰。

她其实有个过得挺幸福的亲生父亲，但在两年前已经彻底断绝了关系。那是一个她不知道该怎么向别人介绍的人，索性以后当陌生人。

如今的婚礼，是柴菲的父亲充当送新娘到新郎手中的人这个角色。尤语宁能感觉到他其实也有点儿紧张，但为了替她撑场子还是将脊背挺得笔直，昂首挺胸地带着她走上台，好像试图以此来证明她有一个可以撑腰的父亲。

闻珩站在舞台上红毯的另一端，静静地看着大厅的双扇大门被人缓缓推开，聚光灯、闪光灯纷纷照向门口进来的人。

现场响起那首 a thousand years（《一千年》），声音温柔轻缓，女声低低吟唱。

尤语宁穿着定制的洁白婚纱进场，从红毯的另一端缓缓走来。长长的婚纱拖尾慢慢在红毯上移动，金童玉女提着小花篮不停地在后面抛花瓣，所有人都朝她看过来。

毫无疑问，她绝对是美丽的新娘，让现场人人羡慕、祝福。

闻珩握着手捧花的手指一寸寸收紧，眼神从尤语宁进门的那一刻开始就落在她身上没有移开过半分。

他很想向所有人疯狂炫耀——他爱了很多很多年的人，终于在他26岁生日的这一天，成为他美丽的新娘。

这世界上有很多得偿所愿的时刻，但最美好的时刻，永远是她朝他坚定走来的每一刻。

正如同此时歌里唱的那一句："I have died everyday waiting for you."

我用尽生命中的每一天，只为等你出现。

而你也真的出现了，并且朝我奔赴。

这就是相爱的意义。

在璀璨夺目的灯光下，在所有亲朋好友的目光中，尤语宁的手被柴菲的父亲握着交给闻珩，搭上了闻珩的手。

至此，他们开始了携手一生的旅程。

花海里的亲朋好友开心地笑着，鼓着掌发出祝福的尖叫声，满大厅的电子屏幕都在循环播放他们拍婚纱照的视频。

在所有人的祝福下，在司仪的"请新郎新娘交换戒指"的喊声中，他们为彼此戴上了圈定终身的戒指。

"新郎现在可以亲吻你的新娘。"

司仪话音刚落，闻珩掀开白色头纱，搂着尤语宁的腰吻了下去。

全场掌声和尖叫声如潮。

司仪说要敬父母茶，拿改口红包。

尤语宁端着茶盏，时隔这么些年，再次喊出这世界上本该亲密却于她而言极度陌生的称呼。也是从这一刻起，她重新拥有了一个完整的家庭。

她有爱人，有把她当亲女儿一样疼爱的父亲、母亲，有照顾她的姐姐、姐夫，有关心她的好友，有善良实在的干爸、干妈，以后还会有属于她和闻珩的孩子。人生会越来越圆满，会越来越幸福。

好像，从前遭受的一切苦难只是一个考验，她坚强地活过来，就会有一扇通往幸福的大门在她面前打开。

敬完父母茶，闻珩有一个唱歌的节目，伴奏是尤语宁。

是那首 *I do*（《我愿意》）。

尤语宁端正坐在舞台上的钢琴前，穿着圣洁的白色婚纱，抬起双臂，修长的手指落下，浪漫的音符开始跳动，响彻婚礼现场的每一个角落。

闻珩靠在钢琴旁边，微笑着低头看她，深情一如往昔，低沉悦耳的男声慢慢响起——

"My whole world change, from the moment I met you.（遇见你的那一刻，我的整个世界开始倾覆。）

"And it would never be the same, felt like I knew that I'd always loved you, from the moment I heard your name.（从我听见你名字的那一刻起，往后再也不会拥有这般心动的感觉，就好像冥冥之中已注定我将爱你至深。）"

…………

然后，尤语宁挽着闻珩的手，一起向来宾敬酒。

所有浪漫的、美好的祝福，她一一亲耳听。

结束婚礼，下午还要宴请亲朋进行别的娱乐，直到晚间宴会结束，至亲好友们一同到婚房里闹洞房。

倒也跟从前的闹洞房不同，就是个简单的仪式，图个热闹喜庆，无非就是用根绳子吊着苹果，悬在空中，让新人们一同去咬。他们始终咬不到，每次都会在即将咬上的那一刻，苹果被人抽走，俩人因此吻上，惹得一群看热闹的人笑个不停。

直到深夜，所有亲朋好友散去，这一天的最后时光才算是完全属于新婚的两个人。

尤语宁累得一动也不想动，没什么形象地瘫在沙发上，连口渴都懒得去喝水。闻珩也挺累，但他身体素质好，这会儿人还是精神的。

见尤语宁瘫在沙发上，身上还穿着晚宴时换上的礼服，眼睛闭着，看上去像是要睡了，他走过去蹲下捏捏她的脸："闻太太，要睡了？"

尤语宁有气无力地"嗯"了一声。她昨晚没睡够，一大早就起来忙活，现在一个多余的字都说不出来。

"去洗个澡，换了衣服好睡点儿。"

"嗯……"她的声音已经接近于气音，像是在睡梦中发出来的。

闻珩蹲在沙发边上，就这么静静地看了她一会儿。

她睡着后看上去像个还没长大的小姑娘，那种十八九岁不谙世事的年纪，对什么都没防备，一副天真单纯的模样，小脸又白又软，妆花了一点点，看上去带着点儿憔悴。

她确实累坏了。

闻珩抬手贴贴她的脸，双手穿过她的腋下，将她像抱小孩儿似的抱起来："老公给你洗澡好不好？"

尤语宁趴在他的肩头上，双手松松地搭在他的身上，迷迷糊糊地"嗯"了一声。

礼服被脱下放在脏衣篓里，闻珩往浴缸放热水，拖过一旁的真皮软凳坐下，把尤语宁抱着放在腿上。

等水放到三分之二，他滴上几滴放松舒缓身体的精油，把人放进去，双手给她捏着胳膊和肩放松："力道还合适吗？尊贵的闻太太？"

尤语宁还是有气无力地"嗯"了一声，自始至终连眼皮都没抬一下。

闻珩挺想笑，手上的动作却没停。等泡完澡，闻珩给她捏得哪儿哪儿都舒服了，她一下从睡梦里清醒，十分精神，像刚做梦醒来："婚礼结束了？"

"没呢。"闻珩拿着毛巾慢条斯理地擦手，"你逃婚了。"

"啊？"尤语宁大惊，"不会吧，我——"她又慢慢反应过来他是在逗她，软绵绵的手抬起来，还沾着水，"啪"的一下拍在他的胳膊上，语气娇嗔，"你干吗逗我？！"

"啧。"闻珩垂眼看了看自己胳膊上的白衬衫衣袖，上面沾了她手上的水，"都说女生结了婚会变泼辣，我还不信，瞧瞧，新婚第一天就开始打老公了。"

尤语宁被这个称呼逗得脸红耳热，别开眼狡辩："谁打你了？就拍了一下。"

闻珩捏着她的下巴抬起来："你今天还没叫我老公。"

"谁要叫这个称呼啊？"尤语宁的声音在闻珩的眼神里逐渐弱下去，"肉麻兮兮的。"

"你都没叫过。"

"叫名字不挺好的吗？"

"不一样。"他很坚持，一定要听到尤语宁叫出来这个称呼才罢休。

尤语宁没办法，只能磕磕巴巴地叫他："老……老……老公……公。"

"老公公？"闻珩捏着她的下巴的手指收紧了，带着些禁锢的力量，"你存心气我呢？"

她看他才是存心找碴儿的。

反正都结婚了，也不是特别难以启齿，她只是还不习惯而已。尤语宁这么给自己做着心理建设，终于鼓足勇气地喊他："老公。"

"你这语气像出轨了来找我坦白的。"

"那你想怎样？"

"深情点儿。"

"不会。"

"撒娇也行。"

作为一个出色的配音演员，尤语宁很会找进入情绪的那个点。她回想起跟闻珩之间的那些点点滴滴，内心一瞬变得很柔软。

"老公。"这个称呼自然而然地蹦了出来，深情又婉转，"谢谢你爱我。"

闻珩垂着眼皮，大拇指指腹在她的脸上轻轻刮着，唇角弯了一下："也谢谢你。"

尤语宁不解："谢我什么呀？"

"谢谢你，这么些年把自己照顾得很好。"

他说这话，就好像一个大人在对自己的孩子说："宝宝你好勇敢啊，居然会自己走路穿衣服、吃饭饭了！"

这些明明是很小很小的事，也是一个人成长必须经历的东西。可是，他会对她说"谢谢"，就好像她一直照顾的不是她自己，而是在照顾属于他的那个她。

如果她毁掉自己，陷入万劫不复的境地的那个人会是他。

尤语宁觉得眼眶热热的，却笑着抬起双手捧住他的脸，凑上去问："亲一个？"

闻珩垂眼，看见她因为这个动作而露出浴缸的身体——白得晃眼……也不只白得晃眼，哪儿都晃眼。

一瞬间，他口干舌燥，热血上涌，烦躁地扯了扯领带，别开眼："只能亲一下。"

尤语宁不解："为什么啊？"

"你昨晚没睡好，今晚好好补个觉，明天得回趟我爸妈家。"闻珩将她细嫩白皙的肩上的湿发撩开，尽量不做多余的事，"要做点儿别的，我可不一定能放你去睡觉。"他的言外之意就是"我在忍，你最好给我老实点儿"。

尤语宁狡黠地笑了笑，点点头表示明白，转瞬却一把揪住他的领带，用力往自己的方向拽，整个人往后仰借力，拽得他不得不转过头来。

闻珩没什么防备，冷不防被她拽着领带勒了脖子，只能顺着她的方向低头。

尤语宁一手钩住他的后脖颈往下压，柔软的双唇贴上去，含着他的下唇轻轻咬了一口。闻珩被她拽得整个人跌进浴缸，激起一片"哗哗"的水声。放了浴球的水变成很浅的玫瑰色，从浴缸边缘溢出来，顺着浴室地板流动，流进角落的地漏里。

"洞房花烛夜。"尤语宁咬着闻珩的耳朵，因为刚刚用力拖拽，声音有点儿喘，"你真不做点儿什么吗？"

"尤——语——宁。"闻珩强忍着，一字一顿地叫她，像是做最后的提醒，"别找事。"

"怎么就找事了？"

"明天还得去爸妈家。"

"下午去也不是不行吧？"

浴室里安静了几秒。

转瞬，像是鱼从水底跃出水面，又猛地扎下去，激起一圈圈荡漾的水花，响起"哗哗哗"的水声。

闻珩压着人在浴缸边缘接了一个热烈绵长的吻，抓着她的手放在自己湿透的衬衫领口处，沙哑低沉的嗓音带着点诱哄："解开。"

尤语宁承受着他像狂风过境一般的吻，所有氧气都被他卷走，有濒临窒息的错觉，却又会在下一刻被他渡了氧气进来，交换着呼吸。

她的舌尖逐渐有发麻的感觉，却依旧被他不依不饶地纠缠，他像是恨不得一点点余地都不给她留。

尤语宁被他亲得头晕目眩，浑身乏力发软，扯着他衬衫扣子的手也没劲地垂下来，不想再管。

闻珩被她点了火，就像发了疯的野兽，耐心早就没了，随手扯了衬衫丢开……

他们仿佛在海边，海浪一层一层地从海面扑打上岸，时不时冲刷着岸边的石头。

海浪的声音在寂静的夜里格外清晰，像风又不是风，像水又不是水。人漂浮在上面，像梦又不是梦，起起伏伏的，头发都被海水湿透，无法靠岸，无法停泊。

尤语宁趴在浴缸的边缘，声音止不住地抖："我……我要睡……睡觉。"

闻珩俯身，从身后吻着她的耳朵，似恶魔低语："闻太太，给过你机会了。

"还有，新婚快乐，我的爱人。"

临近年关，婚礼的第二天下午，闻珩跟尤语宁回闻家别墅时，一家人正在商量要买些什么年货。

这次婚礼，闻珩的外公外婆也从西州那边赶了过来。

两位老人虽然年近70岁，但保养得很好，看着像不到60岁，很年轻。可能因为经历过太多大风大浪，他们一身慈祥和善的气质，教人只看着也觉得很愿意亲近。

之前尤语宁在西州读大学时，在闻珩外婆的咖啡店做兼职，一做就做到大学快毕业。

她英文好，有时候来了外宾，她也能用英语口语流畅地交流。有的时候没那么忙，店里客人不多，店员可以休息，她会唱两首歌或者弹弹钢琴，客人们都很喜欢。

那会儿外婆就挺喜欢尤语宁的，觉得小姑娘人长得很乖，又勤快聪明，也没什么歪心思。只是从尤语宁回了南华到这次婚礼之前，她们没再见过，一直到昨天婚礼才重新见面。

当年闻珩拜托外婆收留尤语宁做兼职时，没说这是自己喜欢的女孩儿，就只说是朋友托他帮忙照顾她，让外婆不要去多问她什么，以免给她带去没必要的困扰。

咖啡店有店长管着，外婆很少去店里，但每次去的时候都看见尤语宁在认真工作。外婆是个很慈祥的老太太，也不多嘴，只会随口问她几句"工作还好吗"之类的话，并没太越界。

闻珩并不常光明正大地去店里看尤语宁，也没被外婆抓到过，所以外婆一直都挺相信他说的什么照顾尤语宁是受朋友所托的鬼话。

这会儿见外孙把人都照顾成自己的媳妇了，外婆才恍然大悟，原来自己那些年受骗了："好小子，你连外婆都忽悠！"外婆又气又笑，"说什么受朋友所托要照顾人家小姑娘，你那什么朋友啊？知道你把人小姑娘都照顾成你媳妇了吗？"

"真是！"外婆一把握住尤语宁的手，一副过来人的姿态，"乖外孙媳妇，你看看，这就是男人，谎话张口就来，就连外婆都被他蒙在鼓里这么多年呢！"

一屋人被逗得笑个不停，外婆还特别正经地劝尤语宁："你以后可得多长个心眼儿，这臭小子一天到晚八百个心眼子就没歇过，一般人哪儿玩得过他？以后你可别被他骗了还蒙在鼓里毫不知情！"

尤语宁早知道自己在西州咖啡厅的兼职是闻珩找外婆帮她解决的，这会儿却还是尽量装出才知情的样子，语气里藏着一丝惊讶："原来当初的兼职是外婆收留我的呀？怪不得，我做得好开心，原来有外婆照顾我！"

这话把外婆哄得开心，笑得皱纹都变清晰了："我也没做什么，就是叮嘱了店长几句，还全靠你自己做得好，是个乖孩子，店长每次跟我汇报工作都夸你呢！"

闻珩适时凑到外婆身边，抱住她的胳膊，亲昵地凑上去："外婆，哪有您这样说自己外孙的？以后我俩要是感情不好了，她天天怀疑我，我可得把这些算您头上，到时候天涯海角我都得把您接过来帮我哄媳妇。"

"去去去。"外婆假装嫌弃地拍拍他的手，让他松开，"哪儿有你这样的外孙？多大人了，走开。之之，过来。"

"啧……"闻珩摇着头起身给闻喜之腾地方，"果然，女人从小到大都是一个阵营，从来只会联合起来排斥我们这些无辜又可怜的男人。"

闻喜之走到外婆身边坐下，外婆又问了她跟陈绥的一些事，她回答一切都很好。

陈绥今天有事，没过来，在俩人正说话的时候打了个视频电话，一口一个"外公外婆"，把两位老人家喊得挺开心的。

闻喜之小学五年级就转学去了西州陪伴外公外婆，算是从小在那边长大的，跟陈绥提起两位老人的次数也比较多。陈绥知道两位老人对她的重要性，爱屋及乌，对两位老人很尊敬。

几人一番和谐热闹地说笑之后，厨房的冯姨过来说可以开饭了，大家便移步去餐厅。

外婆拉着尤语宁的手往客厅走，尤语宁立即双手亲昵地虚虚扶着她。

尤语宁从小没享受过来自隔辈的长辈疼爱，很喜欢这种隔辈亲的感觉。

外婆慈祥仁爱，身上有淡淡的檀香味，让人觉得跟她相处是一件很舒服的事情。

可能尤语宁长得很乖巧，是那种受长辈喜欢的类型，外婆很喜欢跟她说话，就这么短短一段路，还低头和她说了几句闻珩从前的事，好像因为受了闻珩的骗，这会儿恨不得要立即"出卖"闻珩来获得心理平衡，是个十分可爱的老太太。

晚饭后孟佩之问大家这个新年想要些什么，报出名单，她好叫人去买。

这是一个难得大团圆的新年，除了闻珩的小姨和舅舅参加完婚礼就忙着离开，其余人都还在。家里添了人，孟佩之很开心，大伙儿也跟着开心，热热闹闹地讨论着要买的年货。

到了晚上10点，冯姨准备了夜宵端来，众人吃完就各自回房洗漱准备休息。

尤语宁一开始没好意思，回到房间才摸摸小肚子，叹口气："我吃得好撑，大家都叫我多吃点儿，我都不好意思拒绝。"

如今他们结了婚，回到闻家别墅后就同住在闻珩原本一直住着的那个房间，重新装修过，连里面的各种家具都换了新的。

闻珩扶着她去房间那边的沙发上坐下，轻轻替她揉着小肚子，很想笑："你都结婚的人了，脸皮还那么薄？吃不下就说吃不下，谁还能给你灌下去？"

尤语宁瞪他一眼："你还好意思笑！你都不帮我，你明知道我的饭量没多大。"

"以为你饿了，昨晚一觉睡到下午，不是都没吃什么东西？"

"反正是你的问题，就算我一觉睡到下午，那我晚饭吃得也很多啊，你怎么就没注意？结了婚觉得我已经到手跑不掉，就对我不那么上心了是吗？"

闻珩抿唇："我这不是感觉你在外婆旁边坐着吃得挺开心的，以为你是心情好才多吃了两口。"

"为什么你还要狡辩？你是觉得我说不过你吗？"尤语宁拍开他的手，不要他揉肚子了，"手拿开，谎话精。"

闻珩将她上下打量了好几眼，眉心微微拧着，看上去像是在思考什么。

好半晌，他试探着问："你的'大姨妈'是不是没来？"

尤语宁没好气："问这干吗？"

"怎么发觉你忽然脾气变大了，是不是怀了？"闻珩说着又凑上去，想要贴她的肚子，"上次来是什么时候？该不会真有了吧？"

尤语宁："你等我想想。"

闻珩："听人说怀孕脾气就会变大，看你这样挺像的。"

"我哪有脾气大？"尤语宁嘀咕着，仰头算着时间，"上次好像是26号来的，今天24号，这个月还没来，挺正常啊。"

尤语宁说着，低头看自己的肚子，闻珩不知什么时候趴在她的腿上，侧耳贴着她的小腹，好像真想听出什么动静来。

"你干吗？"尤语宁捏捏他的耳朵，"就算怀了这时候也听不出来啊，怎么傻傻的。况且我又没怀，可能只是例假来之前的情绪波动，这会儿觉得躁，估计过会儿我就想哭了。"

闻珩彻底见识了女人的情绪来得有多快。

尤语宁那话说完没多会儿，不知她突然想到什么，情绪忽然之间就变得低落起来，要哭不哭的样子。

"喂，真要哭了？"闻珩弯着食指用指背贴贴她眼下那片柔软的地方，"想什么呢？刚刚不还挺能闹腾的吗？"

尤语宁埋到他怀里，呜咽地小声哭起来，任由他怎么问也不说。闻珩揽着她，轻轻地拍着背哄着，也没一直追问她为什么哭，等她自己主动开口。

尤语宁哭了一会儿，忽然问他："我要真怀了该怎么办啊？"

闻珩听见这么个问题还愣了一下，转瞬又觉得很好笑："你干吗，咱俩都合法夫妻了，怀孕不生下来还想打掉吗？"

"可是，"尤语宁吸吸鼻子，"我还没有准备好做一个母亲，我怕我做不好，怕我的孩子以后像我一样从小就过得不幸福。"

"想什么呢？这么一大家人都盼着他的到来，到时候他一出生只会是'团宠'，那会儿你的地位还得往上蹿，我得往下降。"

"万一……"尤语宁揪着闻珩的衣服，犹豫着要不要问出口，"万一我生了一儿一女，咱们的女儿会受到不公平的对待吗？"她还是有心理阴影。虽然知道闻家的人都不是那样的人，可也许是要来例假的缘故，她变得敏感又悲观，什么事都往坏的方面想。

"不会。"闻珩语气坚定，像是在给她吃定心丸，"我不敢保证别人，但我一定能保证，我的女儿，我会把她宠成小公主，会给她所有我能给的最好的东西。"

"那儿子呢？"

"都是咱俩的孩子，还能区别对待？"

闻珩想了想，眉心拧起来："不过……"

尤语宁提着一口气："不过什么？"

"他最好别像我。"

"为什么？"

"我怕我会忍不住。"

"嗯？"

"打死他。"

在闻家别墅过了个夜，第二天闻珩跟尤语宁要启程去度蜜月。

他们临走前，孟佩之拿着两个红木小盒子过来，亲手交到尤语宁手上："这平安锁也做了有段时间了，先拿给你。不知道是孙子还是孙女，也有可能一胎都齐了，总之什么样的我都会很喜欢，你俩的孩子肯定长得漂亮可爱。这平安锁打的样式都是一样的，孙子孙女都能用，你保管好，等我改天遇到好看的再买一对。"

尤语宁下意识地去看闻珩，怀疑他今天是不是因为昨晚她情绪失控偷偷找孟佩之说了什么。看起来，孟佩之像在给她吃定心丸，告诉她生儿生女都一样是宝贝。

闻珩一副坦坦荡荡的样子，叫她收下："拿着，说不定什么时候就有了。"

尤语宁被他这话羞得脸红，将平安锁收下，说了"谢谢"，又跟孟佩之、外婆和闻喜之拥抱了一下，跟大家挥手告别。

婚假跟年假是一起休的，所以他们的蜜月时间不算太长，这次出去只待十天就得回来。

外公外婆过完年还要回西州，他们也要提前两天回来陪陪老人家。原本尤语宁问闻珩，说要不取消蜜月或者以后有机会再去，还是在家陪陪老人比较重要。

闻珩坚持说要去："你觉得他们是更想看咱们甜甜蜜蜜地在外面玩呢，还是一天到晚在他们面前转悠？远香近臭，懂不懂？"

尤语宁想想也挺有道理，就没再多说什么。

尤语宁从前想着，等哪天有钱有闲，一定要去一趟瑞士和意大利。这样的想法一直持续到现在结了婚都没能实现，他们总是有各种各样的事要忙，计划全都搁浅了。

所以，这次蜜月之行闻珩让她挑地方，他们就去了瑞士的苏黎世，又从苏黎世出发去阿尔卑斯山，再转道去意大利的佛罗伦萨，听着百花大教堂的钟声许愿。

再次回到南华时，他们带回来一个好消息——尤语宁是真的怀孕了。

蜜月途中，她每天算着日子等例假，时间过了也没等到。

闻珩要去买试纸验，她一开始拦住他，说自己的例假一向不是特别准，有时提前几天有时推迟几天，就算这几天不来也是正常的，再等等。

这一等就等到了回南华，但例假还是没来，闻珩去买了试纸给她验——两道杠，看得两个人即便早有心理准备也还是愣了一下。

"这是……怀了？"闻珩多么聪明的一个人，在那一刻，他的表情看起来有点儿傻，"是吧？"

尤语宁抿唇，点头："应该是。"

"哦。"

短暂地安静了几秒，闻珩忽然一把将她抱起来转了几个圈："尤语宁，你真厉害！"

尤语宁惊慌地拍他的肩让他放自己下来："小心点儿！你先放我下来！"

闻珩小心翼翼地将她放下来，顿了顿又夸自己："我真厉害，一次就中。"

他在房间里来回踱步，"是真的吧？你和我的孩子！"

"准确地说——"尤语宁顿了一下，"这里面应该还不是个人。"

"你骂谁呢？"闻珩轻轻地扶着尤语宁到沙发上坐下，"好好坐着，我来打电话向大家宣布这个好消息。"

尤语宁看他这样就想笑："没这么夸张吧？这最多也就一个月，兴许都没一个月，要不等医生检查完确定再说？"

"那不行，我得'父凭子贵'一段时间，现在就打电话。"

像中了彩票的头等大奖，闻珩一刻也不能等，立即打电话给闻家别墅，骄傲地宣布他即将成为一个父亲。

"真的假的？！"那边的几个人全都跟着激动起来，"没看错吧？"

"这能有假？"

"等等，马上过来。"

没多会儿，一家人都过来接尤语宁，在车库里挑了辆坐起来最稳、最舒服的车，像伺候太后似的把她扶到车上。

一路上孟佩之跟外婆都坐在旁边跟她讲怀孕初期的注意事项，尤语宁挺不好意思的，但又盛情难却。

她摸摸小腹，有种恍如隔世的不真实感。

曾经，她对母亲又爱又恨，爱母亲给了自己美好的童年，恨母亲后来不再爱自己。可是在这个世界上，爱好像是不能强求的。

如今，她自己竟然也要开始扮演母亲这个角色了，这种感觉让人期待又害怕。

这个新年因为有个即将降临的新生命而增添了更多期待，日子像流水一般，在阳光下慢慢地流淌。

孟佩之怕闻珩照顾不好尤语宁，叫他请月嫂："我挺想接你们回来亲自照顾的，又怕你们小两口儿在家里待着不习惯，找个月嫂我能放心些，实在不行，我让冯姨过去做饭给你们吃？"

"哪儿有那么夸张？别担心，我会找个好月嫂的，也随时回来。不回去是因为孕妇脾气大，在你们面前她不好意思对我发脾气，怕她天天憋在心里憋坏了。"

孟佩之笑："那就行，怀孕很难受的，你多让着点儿她，别什么事都跟她计较，尽量忙完工作就多陪陪她。"

"行，我知道的，放心。"

某天尤语宁去医院产检，得知是双胞胎。

闻珩电话打回家，孟佩之高兴地大喊："老天保佑！要是龙凤胎！一儿一女凑成个'好'字！"

尤语宁在旁边听着闻珩手机里传来的声音，被孟佩之的话逗得忍不住弯着唇角笑起来。确实要求老天保佑，她的女儿一定会比她幸福。

闻珩请了两个有照顾孕妇经验的月嫂，又担心人家照顾得不好，在家里的角落都安了摄像头，天天没事就把摄像头转来转去地看。

之前尤语宁还在上班，没感觉，这会儿休了假在家待产，才彻底感觉到这人的疯狂程度。

"别吃凉的。"尤语宁刚要去翻冰箱，就听摄像头里传出来闻珩的声音，只好作罢。

她在沙发上靠着打个盹儿，就要被他从摄像头里叫醒去床上休息："待会儿从沙发上摔下来怎么办？"

她想活动活动筋骨，刚拿起扫把打算扫地，摄像头就喊："立即放下。"

尤语宁没好气地把扫把往地上一扔："你有完没完？"

"没完。"

尤语宁转身就进卧室收拾东西说要离家出走，这日子不过了。闻珩马上开车回来，在小区楼下拦住她，好言好语地哄上楼："祖宗，错了还不行吗？您大人有大量，原谅我这一回？"

尤语宁到底是个没什么脾气的人，即便这会儿怀孕情绪波动大，有时候躁了点儿，闻珩哄两句她也就不闹了。

怀孕到了最后那段时间，尤语宁一直睡不太好。她怀着双胞胎，肚子比普通孕妇大，光是站一会儿都觉得累，躺着也怕压到肚子，不敢乱动。

闻珩休了假，天天在家里寸步不离地守着她。

每天半夜，尤语宁睡不着的时候他就跟着醒来，替她揉揉腰、捏捏腿，问她要不要去洗手间。

他也是头一次照顾孕妇，没有经验，什么都是现学的。但他学得很认真，比读书那会儿所有认真的时刻加起来都认真。

有时候半夜看着尤语宁连翻身都不敢，他就心疼，摸摸她的肚子说这胎生了以后再也不要让她生小孩儿。

其实在得知尤语宁怀孕之前，他一直没有想过什么时候要孩子，就觉得这事这么辛苦，还是得看她自己想不想、愿不愿意。如果她不想要，他也不会逼着她要。

虽然他们家有些家产，但他也从来没有一定要有个后代来继承家业的想法。自始至终，他就只想要跟尤语宁幸福快乐地生活在一起，而这些跟他们有没有孩子没有关系。

这俩孩子来得意外，对全家人来说都是个惊喜，他自然也挺开心，但这开心必须建立在尤语宁也开心的基础上。

很少有男人会不想做一个父亲，尤其是当他有一个很爱的爱人时。

可是，闻珩仔细想了想，如果这种快乐要建立在尤语宁的痛苦之上，那他宁愿舍弃这份快乐。即便是他们共同的孩子，也绝对不会比她的快乐更重要。

那是他用了一整个青春期追回来的人，他希望她可以永远开心。

临近预产期的那几天，尤语宁忽然好了。她不再难受，精神饱满，食欲大开，每天都很快乐。那些痛苦好像转移到了闻珩身上，他开始整夜失眠，没有胃口，精神不佳，郁郁寡欢。

他每一天都在担心——双胞胎，她能受得住吗？万一有什么意外……

只是想到这个万一，闻珩就总是后悔。

他并没有那么想要孩子——除非尤语宁很想要。

一想到她可能会发生的意外，他脑海里所有关于未来的设想好像就在一瞬间变得虚无缥缈。

这时他才发现，即便如今已经与她结成夫妻，他却还是会担心他们不能一起走到最后——那是作为即便生来就得天独厚的幸运儿，面对与心爱之人有关的未来时也难以避免生出的无力感。

他去替尤语宁上香祈福，求诸天神佛佑她平安。面对所有的不确定，他只要她平安顺遂这一个可能。

2024年10月20日，尤语宁的预产期就是这一天。

提前几天，孟佩之就很不放心地让尤语宁住进了妇产中心，从早到晚让人精心伺候着。

尤语宁正式迎来新生命是在傍晚。

彼时闻家一大家人都焦急地候在外面，柴菲也带着柴家人一起在外面等着。

时间好像被无限拉长，每一分、每一秒都格外漫长，将人的担忧的情绪通通放大无数倍。

孟佩之失控地徘徊，不时抬头看一眼产房门口，见门依然关着，又低头继续踱步。

都说女人生产是在鬼门关前走一趟，在跟阎王爷抢人，更何况尤语宁怀的还是双胞胎。或许别人很难感同身受，孟佩之却是亲身体验过的。二十多年前，她在产房里疼得死去活来，若不是想着到了最后一步为了孩子也要坚持下去，真觉得不如死了算了。她的心突突地跳，恨不得跳出来，她却不敢对大家说，怕引起他们的恐慌。

反观闻珩，他只是安安静静地坐在那里，看上去好像十分淡定，但她仔细看就分辨得出他此时是什么样的心情。他从小就不是什么循规蹈矩的人，一直张狂热烈，绝对不可能端端正正地坐着，总像是没骨头似的慵懒随意。而此时，他挺直脊背，端端正正地坐在椅子上，没有靠任何东西，一双眼直直地盯着产房门口，好像被施了魔法，可以透过这扇门窥见里面的情景。

孟佩之远远看着，总觉得他身上绷了一根紧紧的弦，随时会断掉，只盼着里面的人一定要平平安安才好。

也不知过去多久，好像很漫长，窗外的夕阳渐渐落了，天空变成墨蓝色。

那扇被很多双眼睛盯着的产房门终于被从里面推开，穿着蓝色无菌服的护士抱着一个婴儿出来，响亮的哭声瞬间钻进在外面候着的每一个人的耳朵里。

"恭喜恭喜，大人、孩子都平平安安。一对兄妹，相差十分钟。"

她正说着，另一个护士抱着妹妹出来："妹妹在这里！"

长辈们都齐齐松了口气，露出和蔼的笑容，涌上前围着刚降临的新生命看。

闻珩起身，直直地越过被人围观的婴儿去产房门口等尤语宁，仿佛他不是孩子的父亲，只是一个过路人。

他脸上的表情在他刚刚听见护士说大人、小孩儿都平安的时候稍有缓和，却也仍旧紧绷着，他不敢真正放心。

被护士推出来时，尤语宁的一头秀发已经完全被汗打湿，脸上有用尽全力后的疲倦和潮红，平时清亮灵动的眸子此刻困倦地闭着，直到闻珩哽咽着喊了她一声："尤语宁。"

那合着的双眸慢慢睁开，看见他时，尤语宁努力地笑了笑，声音听起来没什么力气："你当爸爸了。"

"嗯。"闻珩红着眼，直直地跟在手推床旁边走，"辛苦你了，谢谢。"

尤语宁微微弯弯唇角，没再说话。

灯光都被拉长的医院走廊，柴菲、闻喜之和孟佩之三人停下要跟上去的脚步，没去打扰他们。

尤语宁平安就好。

在医院住了几天，闻珩几乎寸步不离地守着照顾尤语宁，把儿子、女儿抛到脑后，有空才去看一眼。

尤语宁回到闻家别墅那天，孟佩之早早就安排好了热闹的庆祝会，请了比较亲近的亲友来分享喜事。

晚间饭后闲聊，长辈们都在讨论要给两个孩子取什么名字。

一屋子文化人围着这两个小辈，都积极地展现着自己的才华，试图获得取名权。

闻珩没下去，在楼上房间里陪着尤语宁，问她想给孩子们取什么名字。

其实从怀孕开始，两人就期待着新生命的降临，自然也对他们的名字有所研究，平常没少讨论过这个话题，但都没有定论。

此时旧事重提，尤语宁觉得自己也许是一孕傻三年，一时间竟想不起从前他们都取了什么名字。

"我忘了，要不你来取吧。"

"行。"闻珩坐在床边替她揉手，语气温和，"妹妹就叫闻依宁。"就是他永远都依着她的意思。

"哥哥呢？"

"爱叫什么叫什么。"

尤语宁觉得他这样不好："哥哥也是孩子，只比妹妹大十分钟，闻珩，我觉得你应该一视同仁，不要重男轻女，也不要重女轻男。"

闻珩为难地皱皱眉头，似乎觉得有些难以启齿："倒也不是重女轻男，我就是——"

"怎么了？"

"他们出生那天，我先去看了你，到晚上才想起还没去看他们。过去看的时候，妹妹看着我，好可爱，但是哥哥——我感觉他要是能站起来，那眼神好像要揍我。"

"哪有那么夸张？你想多了。"

"你还不信？"闻珩挺委屈，瞥了一眼旁边的婴儿床，见两个小家伙都在睡觉，压低了声音，"等他醒来你仔细看，每回我去看他，他都没个好脾气。"

尤语宁怀疑他就是心理原因。

当初还不知道她怀孕的时候，他就说以后要是生个儿子可能会像他，能气死人。这会儿她真生了个儿子，他可能就朝着那个方向去想了。

没过太久，闻依宁醒了，哼哼唧唧地哭，闻珩起身去抱她，动作轻柔，声音软得很："宁宁不哭不哭，爸爸来了。"

尤语宁有点儿怀疑，他给女儿取这名字是为了占自己的便宜。

"你也看看儿子，他不爱哭，也不知道醒没醒。"

"管他——"闻珩顿了一下，哼笑了一声，"啧，醒了啊！"

"你想叫什么名字？"闻珩抱着闻依宁轻轻地晃，低头看别人家小孩儿似的看他儿子，"你自己想好了告诉我。"

尤语宁抚额，很想问——这一孕傻三年是夫妻一起傻的吗？

"闻珩——"尤语宁的语气透露出几许无奈，"你能不能叫人上来抱抱他？你跟他说话他听得懂吗？还叫人自己取名字，哪儿有你这样当父亲的？"

"哦。"闻珩抱着闻依宁晃去喊孟佩之上来，"你孙子醒了。"

孟佩之忙不迭地跑上去，弯腰去抱孩子："乖孙孙，奶奶抱。"

见乖孙孙冲她笑，她开心得合不拢嘴："哎呀！他对我笑啊！"她又抱着转头去看闻依宁："乖孙女，给奶奶笑一个？"

闻依宁当然听不懂，却真的笑了笑。

孟佩之更开心了："我真是太幸福了，宁宁怎么这么厉害，一生就生出两个这么乖的宝贝？"

闻珩才不信邪，凑近逗他儿子："给你爹笑一个。"他不仅没把儿子逗笑，还给逗哭了。他从没听儿子哭得这么响亮过，好像受了天大的委屈，哭得他的脑仁儿都疼。

这还不算完，妹妹也忽然跟着哭起来，两道哭声此起彼伏，响彻整个房间。

孟佩之又急又气，抬脚就去踹闻珩："谁让你吓哭他们的？"

闻珩委屈：我吓了吗？

尤语宁听见儿子、女儿都哭了，急得要从床上起来，闻珩见了，忙抱着闻依宁过去："好好躺着，起来干吗？"

"你把孩子给我。"尤语宁顾不得跟他多说什么，直接伸手从他怀里抱孩子，"哭得多伤心啊！"

闻珩把闻依宁小心翼翼地交到尤语宁的怀里，转头看见孟佩之那恨不得灭了他的眼神，太阳穴猛地一跳："不是，妈，你这么看着我干吗？我也没干啥吧？"

"给我滚出去，看见你就烦。"

他怎么就烦了？闻珩转头去看尤语宁，尤语宁抱着闻依宁在哄，根本都没心思搭理他。一瞬间，他感觉自己好像个被所有人都嫌弃的罪人。

"行行行，我出去，出去。"闻珩妥协地退出房间，不停地反省自己刚刚到底都做了什么罪大恶极的事情。

好像，他也不过说了句"给你爹笑一个"，就这么一句话，很过分吗？他不是那小家伙的爹？小家伙哭得跟他干了什么抛妻弃子的事似的。

闻珩边想着边往楼下走，很想问问朱奇，他儿子小时候是不是也这么烦人。

自己儿子见别人就笑，见他就苦大仇深是什么毛病？上辈子他俩是情敌？儿子几岁开始能打？

托大家庭文化人多的福，哥哥有了许多还不错的名字，最后采用了闻润星取的名字"闻祺"，寓意平安吉祥，希望他能快快乐乐地长大。

闻祺倒也不负众望，继承了家族完美的基因，越长越好看，聪明才智也逐渐显露出来，很讨大家的欢心——除了闻珩。

闻珩也不知道是不是所有父子都不能和谐相处，总得吵吵闹闹。闻祺打从出生起对谁都是乖巧的模样，别人一逗就笑，特别可爱，很招人喜欢，偏偏对闻珩总是苦大仇深似的，没有好脸色。

闻祺小时候倒也还好，顶多不笑，到后来慢慢开始能走路、会说话，就好像更不爱搭理闻珩了。

闻依宁天天"爸爸""爸爸"地叫个不停，小甜心一个，闻祺要么不叫，要么就只是惜字如金地叫声"爸"。闻珩甚至怀疑他叫的不是"爸"，只是个同音字——虽然他好像还不认字。

这也还不算很烦人的。等闻祺开始学习认字，接触更多新的知识，对着闻珩就更加惜字如金。见到闻珩时，闻祺好像只是见到个认识但不熟的人。

晚上睡觉，闻珩抱着尤语宁很郁闷地问："别是当初在医院抱错了？"

"不会吧？他跟——一长得很像啊，一看就是双胞胎。"

——一就是闻依宁，尤语宁说怕听了"宁宁"不知道在叫谁，干脆叫——一好了。

实际上，她只是为了不让闻珩占她便宜，每次听他说"宁宁来，爸爸抱"，她都感觉他是存心的。

"那肯定是上辈子我把他老婆给抢了。得亏我是他爹，他多少还得懂点儿天道人伦，不然——"

"不然什么？"

"他得走上违法犯罪的路。"

闻祺跟闻珩像，又不太像——他没闻珩那么喜欢说话。通常来讲，他的话很少，但就是这么一个不爱说话的小孩儿，上学第一天弄哭了班里的七八个小女孩儿。

尤语宁被老师叫去学校，着急地问情况，才得知原来是小女孩儿看他长得好看，要跟他一起坐，一起玩，他不乐意。

他不乐意也就罢了，没什么，跟人家小女孩儿说不可以就好了。他不，小巧柔软的嘴一张，说出的话好冷："离我远点儿。"

尤语宁在学校好一顿道歉，在接兄妹俩回家的路上问闻祺："你干吗那样说啊？祺祺，对待女生要温柔点儿，知道吗？"

"她又不是我妹妹。"

尤语宁没想到自己能被这么噎一下。

"但是女生就是要温柔对待呀！人家是喜欢你，所以才想跟你坐在一起，想跟你一起玩，你就算不愿意，说'不可以'就好啦，不要那么冷冰冰的嘛！"

"好的，妈妈。"

闻依宁抱着尤语宁拿给她的小盒牛奶小口喝着，一会儿看看妈妈，一会儿看看哥哥，等俩人说完话才举起手："妈妈，哥哥是为了给我留座位才不让其他人靠近的。"

尤语宁摸摸她的头，温柔地笑起来："妈妈知道啦，哥哥最爱——了对不对？"

"对！"

闻珩上班时就听说了这件事，下班回到家，第一件事就是找闻祺谈话："你很傲啊，小小年纪就会耍酷了，是不是？"

闻祺抿抿小嘴巴，一本正经："我没有。"

"呵。"闻珩冷笑，"你这不是傲是什么？"

"我只是说出我的想法而已。"

"等等——"闻珩皱眉凑近他，十分疑惑，"你今年几岁？"

"4岁。"

"4岁你这么说话？"

闻祺不说话了。闻珩跟他大眼瞪小眼，瞪了半天，没能再让他开口说一个字。

"行，你牛。"闻珩气得直冷笑，"你最好别惹我，我可不是什么慈父。"

这话是个警告，但闻祺从一开始就没怕过。

隔三岔五，学校老师总要打电话给闻珩和尤语宁：

"闻祺同学撕了别人的作业本。

"闻祺同学把别人打哭了。

"闻祺同学今天凶别的小朋友，把人凶哭了。"

…………

这些都算轻的。

等到了小学，闻祺的个子蹿了一截，他又有着异于同龄人的冷酷，还完美继承了闻珩的那股子叛逆劲，时不时就得因为打架被叫家长。

闻珩头疼，拿了戒尺要教训他，被孟佩之双手双脚地拦住："你干什么？！那是我的乖孙，你敢打一下试试！"

"妈，他都在学校打同学了，这还不该教训？你爱他也要有个度。"

"好好跟他说就行了，再说了，你又没问清楚原因就要打人，万一祺祺是有原因的呢？"

"有原因？他能有什么原因？他那个臭脾气，从出生到现在就没变过，您没发现？"

"那问了原因再想处理办法也不迟——"

俩人一来一回争论的时间，尤语宁已经把事情经过都问清楚了。

　　有时是因为别人主动找事，有时是因为他们欺负闻依宁，还有很少的时候，他是单纯地觉得人烦，说话冲了些，就引得别人要打他。理由千奇百怪，各不相同，但算下来确实也不完全是他的问题。

　　闻依宁每次都紧紧地抱住闻祺，护着他："不能打哥哥，哥哥是为了——才打架的。"

　　相比较闻祺，闻依宁简直就是个乖巧听话的小天使，声音软绵绵的，说话总爱笑，长得又可爱漂亮，学习也从不偷懒，最主要的是不会惹事。从上学到现在，闻依宁没有被叫过一次家长。

　　他们回回带她出去玩，大人们看到她都喜欢得不得了，总爱逗她。她也不会怯场，别人逗她就笑，笑起来好像一颗甜滋滋的棉花糖。闻珩每次看着她都觉得岁月静好，再回头一看闻祺，立马血压升高。

　　要不是自己的亲儿子，闻珩恨不得把闻祺丢出去——对自己没好脸就算了，在学校惹事居然摆不平，考试还要打电话叫家长，简直是丢人！

　　就这他还一天到晚学人打架，什么毛病？

　　时间打马而过，转眼，闻祺跟闻依宁都上了初中。他们第一天放学回家，闻祺的黑色书包里装了厚厚一沓信，五颜六色的。

　　他也不怕被说什么，就那么大刺刺地把书包丢在沙发上，去厨房的冰箱里找冷饮。

　　闻珩看到那叠情书，脑袋都大了："现在开始早恋了是吧？"

　　"没有。"闻祺单手拉开易拉罐，仰头灌了一大口冷饮，"她们喜欢我，关我什么事？"

　　"嗯？"

　　"浪费时间，没那兴趣。"闻祺言简意赅，十分冷酷，"或许你该管的是——，我看她也收了不少情书。"

　　"什么？"闻珩猛地起身，"她人呢？"

　　"到家就上楼了。"

　　闻珩什么也顾不上说，立即跑上楼去，却发现是个乌龙事件。更确切地说，这是闻祺瞎编的——他跟闻依宁不在一个班，今天没怎么碰面，担心她收到了情书上男生的当，又不好意思直接问，所以他诈了一下闻珩。

　　闻珩向来紧张闻依宁，尤其是随着她长大，担心也就越来越甚，这么被闻祺一诈，他自然爱女心切地上了当。这要换了别人，他怎么也得想想再做决定。

得知自己被闻祺要了,闻珩从闻依宁房间出来就冲到闻润星的书房翻出来以前打他的那些工具,挑了根顺手的棍子,气势汹汹地下楼找闻祺。

这次他说什么也要打闻祺一顿,谁来拦都不好使!闻祺不挨一顿打,都不知道谁才是爹。

"闻祺!给我滚出来!"闻珩提着棍子下楼,满屋子找人,活像中学那会儿去找人寻仇。家里近几年又添了几个用人,见他这副气势汹汹的模样纷纷躲了起来。

闻润星如今退休,天天没事干就出去钓鱼,尤语宁还在加班,孟佩之在厨房嘱咐用人晚上要添什么菜。闻珩这声音传到后厨,孟佩之探头往前看了一眼,问一旁跟她学厨艺的闻祺:"你爸是不是找你呢?"

"嗯。"闻祺垂着眼洗葡萄,虽然年少,气质却已十分沉稳,"应该是要打我。"

"什么?"孟佩之停下手里将饼干装盘的动作,转头看闻祺,"你干什么了?他为什么又要打你?"

"不知道,可能就是惹他生气了吧。"闻祺说着,把葡萄装好,连同刚刚切片的猕猴桃一起交给孟佩之,"这个葡萄给奶奶和妹妹,猕猴桃给妈妈。"

话音刚落,闻珩已经提着棍子冲进了厨房。

"好啊你个小浑蛋,躲在这儿呢!"闻珩"啪"的一下把手里的棍子敲在厨房的墙上,"给我滚出来!"

他这愤怒的样子,吓得厨房备菜的用人都跟着抖了一下。

孟佩之不悦地瞪他:"你干什么?干什么?!给我放下你的棍子!"

"妈,你别拦着我!这小兔崽子,我今天不打他一顿是不会罢休的!"

闻珩已经提着棍子冲了过来,孟佩之忙将闻祺拉到自己身后护着:"你打一下试试!你有本事今天就照着我身上打!"

闻珩气得一口气上不来下不去,提着棍子指指她身后的闻祺:"自己给我滚出来!"

闻祺很乖顺地对孟佩之说:"没事,奶奶,您让开点儿,别等会儿误伤了您。我年轻,没事的,反正爸也不会打死我,让他打好了,打伤打残他都养得起。"

闻珩一听这话更气了:"你搁这儿跟谁玩心机呢?!"

"你给我闭嘴!"孟佩之怒瞪闻珩,"你多大的人了,还这么说自己的亲儿子！你也不怕把孩子带坏了！"

"我把他带坏了？！"闻珩冷笑，"他用得着我带？他什么德行我还能不知道？他浑身上下就没有一个地方是好的，都算计到他爹身上来了！"

"他哪里不好？我看你才是浑身上下没有一点儿好的！人家祺祺从小就聪明懂事，你看看！"

孟佩之说着把闻祺刚洗好的水果推给闻珩看："人家一放学就知道来厨房给我和妈妈、妹妹洗水果。你再看看你！你什么时候做到了这份儿上？"

"他这就是装样子呢，看不出来？！"

"那他好歹装了。你呢？你连装都不装！"

闻珩揉着额头和太阳穴，说不过孟佩之，又不能来硬的，只能转而怒目瞪着闻祺："你出不出来？"

闻祺点头，轻轻拍着孟佩之的肩："奶奶，我出去吧。"

"你就给我在后面站着，他今天敢动你一下试试！"

闻祺无奈地看向闻珩："我没办法。"

下面动静太大，闻依宁在楼上也听见了，急忙跑下来看。见厨房剑拔弩张，她赶紧上前拉住闻珩："你干吗呢，爸爸？来来来，棍子给我，这留着拿来擀面多好，怎么能用来打人呢？"

闻珩把棍子捏得死死的，闻依宁用力都扒不开，只能撒娇："松点儿手啊爸爸，我手都弄疼了。"

话音刚落，闻珩捏着棍子的手就松了，他转而一言不发地转身离开，背影都透露着不满。

闻依宁拿着棍子在手里掂了掂，甜甜地冲闻祺笑："哥哥，这个给你拿去打架吧？"

尤语宁刚下班回到家，一进门就看见闻珩黑着张脸从厨房出来，不知道他在厨房能生什么气，有些好奇："你怎么了？"

闻珩瞥了她一眼，想说些什么的样子，不知道又想起什么，最终什么都没说，憋着气就上楼了。

尤语宁急忙跟在后面追上去："你怎么了啊？谁惹你生气了？不能跟我说说吗？"

闻珩忍了又忍，忍不下去："你的好儿子！"

"啊？祺祺怎么了？"尤语宁往楼下看了一眼，谁也没见着，又转过头跟着他继续往楼上走，"他又在学校跟人打架被请家长了吗？"

"呵，打架？"闻珩浑身都带着未散的怒气，却又无处发泄，"他也就骗骗你们这些笨蛋！"

"他到底怎么惹到你了？"

"他都算计到他爹头上来了，偏偏你们这些人被他蒙在鼓里，一天到晚护着他，迟早得出事！"

一直到进了房间，闻珩气都没消一点儿，尤语宁哄了好半天才终于搞清楚发生了什么事："你放心，我等会儿就让他来跟你道歉。"

看起来闻珩这回是真气着了，尤语宁也没敢掉以轻心，放了东西就下楼去找闻祺。

闻祺见到她就笑，端着猕猴桃递过来："妈妈，吃水果。"

尤语宁本来挺严肃的，被他这一声喊得立即心软了几分，又看他笑得乖巧，还给她洗水果、切水果，差点儿忘了自己来找他的初衷。但她到底还剩点儿理智，招手叫他跟自己走："祺祺你过来，妈妈有话问你。"

闻祺放下东西走到她跟前。他虽然刚读初一，却已经比她高出一个头，还得低头看她。尤语宁抬头看他，总觉得这感觉不太对，摆摆手走在前面，干脆不看他："跟我来。"

闻祺没说话，乖乖地跟在她身后上楼。

尤语宁温柔耐心地说："你别老惹你爸生气，他的脾气本来就不好，你天天这么气他，把他气坏了怎么办？刚刚妈妈已经了解过了，这事你们都有问题，但你乖，去跟爸爸道歉，好不好？"

"你爸爸他这些年过得也不容易，公司里事情多，他已经够操心的了，回到家就让他开心些，好吗？"

闻祺"嗯"了一声："好的，妈妈，我马上跟他道歉。"

尤语宁笑起来："还是祺祺乖，一说就听。"

说话间，俩人已经上楼到了闻珩和尤语宁的房间门口，闻祺抬手轻轻敲门，里面没有反应。他等了几秒，再次叩门："爸，是我，闻祺。"

里面还是没有反应。

尤语宁直接推开门进去，闻珩已经挂上耳机开始玩游戏。

"祺祺来了。"尤语宁伸手搭在闻珩肩上，让他取下耳机。

闻珩像没听见、没看见似的，理都不理她，依旧专注地玩着游戏。

闻祺见状轻声叫尤语宁："没事妈妈，让爸先玩，我等他就好。"

"可是——"

"没关系的，本来就是我的问题。"

"好吧。"

闻祺等了足足十分钟，闻珩才像是刚发现他们的存在似的，取下耳机，不情不愿地问一句："干吗？"

"祺祺来跟你道歉。"

"呵。"闻珩冷笑一声，看都没看闻祺一眼，"多稀奇，他还会跟我道歉？"

"爸，对不起，是我不对，下次不会了。"闻祺说道歉就道歉，一点儿都不扭捏。

"说什么呢？"闻珩胡乱地滑动着鼠标，"没听清。"

闻祺也不恼，提高声音重复一遍："对不起爸爸，是闻祺错了，下次不会再这样。"他站得笔直，长得挺拔，语气诚恳，又不卑不亢，一句道歉说得像是在做检讨。

闻珩也知道闻祺一向心高气傲，做到这份儿上已经不容易，毕竟自己是个当爹的，回想起以前自己做的那些事，也不是不能原谅。但他也是个傲气的，即便消了气原谅闻祺，也不肯说什么软话，顶多应一句："哦，下去吧。"

闻祺点头："谢谢爸。"他又说，"晚饭已经好了，一起下楼吃饭吧。"

尤语宁见状，忙拉着闻珩起来："走吧走吧，已经这么晚了，我都好饿了。"

闻祺个子蹿得很快，升学不到一周，他就已经因为长得又高又帅而闻名初中部。

闻依宁每天都要帮班里的女同学递情书给他，放学后书包总是鼓鼓的，塞满了五颜六色的信封。

闻祺每天都等她一起放学回家，看见她背着鼓鼓的书包就皱眉："又背了什么？"

闻依宁小跑着朝他靠近："情书，都是给哥哥的。"小姑娘喘着气，一双眼睛亮亮的，"哥哥要现在看吗？"

闻祺想了想，点头："好。"

闻依宁连忙摘下书包，拉开拉链把那些情书掏出来给他："还有好多，她们都太厉害了，怎么有这么多话要写。"

闻祺拿到情书，每一封都装模作样地拆开瞥一眼，拉着她去找垃圾桶。好厚一沓情书，跟垃圾似的被他全部丢进去。

闻依宁惊呼："你干吗啊哥哥？！"

"都看过了，没有留着的意义。"

"可是——"人家都写了很久啊！

闻祺拍拍手，丢下一句："我不喜欢字太丑的。"

话音刚落，他拉着闻依宁直接离开。

闻依宁走了几步，回头看看垃圾桶，心里隐隐约约觉得有点儿可惜：怎么就进了垃圾桶呢？

不过好像也不能怪哥哥，哥哥每一封都拆开看过了，只是没有喜欢的而已，又没有直接丢进垃圾桶。

可是闻依宁有点儿担心，如果以后自己写了情书送给别人，对方不喜欢她的话，也会这样直接把情书丢进垃圾桶吗？但又转念一想，她好像连情书怎么写都不知道，也没有喜欢的人，转而又开心地笑起来。

时间如流水，转眼间闻祺跟闻依宁都开始读高中了，读的是当初闻珩和尤语宁的母校南华一中，仍旧不在一个班。

如今闻祺身高已经达到一米八八，闻依宁却只有一米六六，因此闻依宁总是很不满："明明吃的东西都一样，为什么哥哥能比我高那么多？就算男生普遍都会高一点儿，也不至于这么夸张吧……"闻依宁比画了一下自己跟闻祺的身高差，有点儿丧气，"哥哥，你该不会是背着我偷偷吃了什么可以长高的东西了吧？"

"你多运动运动就会长得更高，别一天到晚就只会看小说、看漫画、追剧。"

"可是那些事情都很有意思啊！"

"中考你比我少三十分，知不知道是什么概念？"

"能有什么关系？我还是考上南华一中了啊。"

"高考呢？"

"那不是还早吗？现在不用想那么远。"

闻祺无语，直接抓她去书房学习："下次月考比我少多少分，我就多少天不理你。"

"哎——哥！哥！我脖子勒着了！你这样不温柔，以后怎么找女朋友啊？我该不会以后没嫂子吧？"

"呵，爸都能找着，我找不着？"

闻珩一进门就听见这话，正要发火，闻祺已经抓着闻依宁进了书房，没影了。

闻珩：他很差吗？

晚上睡觉前，闻珩洗完澡在照镜子，尤语宁进去时他就在那儿，洗完澡出来他还在那儿。

"你看什么呢，看这么久？"尤语宁好奇地凑过去，"你该不会有外遇了吧，忽然开始在意自己的形象了？"

"什么屁话？"闻珩一把将人拽进怀里搂着，从镜子里看看俩人靠在一起的脸，"你觉得咱俩老了没？"

尤语宁认真地看了看："没有吧，还挺年轻的。"

"是吗？"

尤语宁觉得他很不对劲："你到底咋了？"

"下班回家，闻祺那小子说——爸都能找着，我找不着？他什么意思？我很差劲？"

原来是因为这个。

"那个……"尤语宁认真地想了想，"可能是时代变了，祺祺确实是……比你更好看点儿。"

"嗯？"

"但是你也很好看！"尤语宁见他脸色不对，马上找补，"虽然年纪大了，但依然帅气！"

闻珩的脸色更差了，年龄问题头一次让他焦虑。

"没关系！"尤语宁见他的脸色越来越差，有种越说越完蛋的感觉，"我也年纪大了，咱俩正好绝配！"

闻珩看着她慌乱找补的样子就想笑，搂在她腰间的手逐渐不老实起来，低头从背后埋在她肩颈里，黏黏糊糊地说："再生一个吧。"

尤语宁飞快地拍他的手："老不正经！"

为了证明自己没老，闻珩愣是一夜没睡。直到天蒙蒙亮，尤语宁才终于解脱，闭着眼有气无力地骂他："不要脸。"

"多骂两句，还能继续。"

"臭流氓。"

闻珩欺身而上："再来？"

临近早饭时间，闻依宁起床后顺路去叫闻珩和尤语宁起床吃饭。她刚要敲门，闻祺路过，直接捂嘴，钩着脖子将她带走。

闻依宁不断挣扎着，下楼才被松开，有些不高兴："你干吗呀，哥哥？我还没叫爸爸妈妈起床吃饭呢。他们平常那么早就起床了，今天这会儿还没起床，该不会出什么事吧？"

　　"能有什么事？累了。"闻祺在她的脑门儿上轻轻用手指弹了一下，"好奇心用在学习上，昨晚让你做的题做得怎么样了？"

　　一听这个问题闻依宁就头疼，也没心思想爸爸妈妈为什么这么晚还不起床，撇嘴抱怨："太难了，哥哥你该不会故意拿竞赛题逗我吧？"

　　"挺聪明，还能猜到是竞赛题。"

　　闻依宁更闷闷不乐了——一屋子都是大"学霸"，明明她成绩也不差，偏偏和他们对比起来就很像"学渣"。凭什么啊？一点儿都不公平。

　　今天休假，兄妹俩懒得待在家，闻祺去陪闻润星钓鱼，闻依宁去陪孟佩之逛街。

　　尤语宁睡到中午才起床——不是自然醒，纯粹是被热醒的。

　　这人这么多年睡觉的习惯都没变过，只要一起睡，必定把她当大玩偶似的整个搂在怀里。

　　每天睡觉，她背后都跟搁了个火炉似的。

　　冬天还好，夏天她是真有点儿受不了，得开空调。

　　昨晚下了一整夜的雨，今天早上都没停，那会儿不热，她也就没开空调，这会儿雨停了，9月的南华还有些热，何况还有个人形火炉。

　　尤语宁扒拉开闻珩的胳膊，刚要起身去洗漱，就被他一把搂着腰又揽了回去。

　　…………

　　晚饭前，闻依宁跟孟佩之逛完街回家，在门口碰上闻祺。

　　闻祺穿着宽松白T恤和黑色－短裤，提着鱼篓和鱼竿，看上去不太像是钓鱼的。

　　闻依宁好奇地凑过去看："哥哥，你能钓多少鱼？"

　　"哇，这么多！"满满一鱼篓！闻依宁震惊于他能钓这么多鱼！

　　孟佩之和闻润星要去邻居家拿东西，让他俩先进去。

　　闻依宁点头说"好"，跟闻祺一边往里走一边分享自己今天逛街买的东西："给爷爷奶奶还有爸爸妈妈都买了礼物，也有哥哥的。"闻依宁笑得眼睛弯起来，"选了好久，你们肯定都会喜欢的。"

　　说着话进了门，她迫不及待地要给闻珩和尤语宁礼物，才发现楼下没人。

闻依宁转头问闻祺："哥哥，爸妈该不会偷偷溜出去玩没告诉我们吧？一天都没见到人了。"

闻祺瞥了一眼楼上，点头："你就当是。"

时间打马而过，闻祺和闻依宁在 2042 年 10 月 20 日这天成年。

闻润星和孟佩之退休许久，闲得无聊，请来亲朋好友要大办一场，庆祝自己的孙子孙女在这一天成为大人。

闻珩和尤语宁忙前忙后，照顾客人，得空休息时已经是晚上 10 点。

用人们忙碌地收拾着晚宴结束后的东西，不停地在偌大通明的别墅里穿梭。

尤语宁说有点儿累，但又不想睡，想要出去透透气。

"这么晚了，去哪儿？"闻珩说完，又补充，"去哪儿都行，我去拿车钥匙。"

"不用。"尤语宁拉住他的手，往花园的凉亭方向走去，"就在这里坐坐吧。"

这是南华秋天的夜晚，空气寒凉，风一阵又一阵地起，闻珩把尤语宁揽在怀里，看了看天，随口说了句："看起来像是要下雨。"

"那就下雨好了。"

后花园没什么人来，很安静，一楼的琴房传来钢琴曲的声音。

透明窗户显出闻祺和闻依宁并排而坐的身影，四手联弹。

整个别墅里都缓缓流淌着动听的钢琴曲，夜晚温馨美好，闻珩和尤语宁也并排坐在后花园凉亭的台阶上安安静静地听着。

"他们成年了。"尤语宁说，"时间还挺快。"

"嗯，一转眼，爱你三十年。"

转瞬间，大雨落下。

别墅的各个角落都常备一把伞，闻珩起身撑伞，伸手去拉尤语宁："走吗，还是再坐会儿？"

尤语宁搭上他伸过来的手，借着他的力量站起来，笑着靠近他胳膊和身体："在花园小径转转？"

"行啊！"

风吹雨淋的夜，花园里的花花草草和树木被冲刷着，"沙沙"作响，路灯昏黄，照出石板小径上被淋湿的落叶和花瓣。

琴房的钢琴曲换了一首，是那首《我是如此相信》。

雨滴落在伞面上，"啪啪"作响，凭空加了伴奏。尤语宁听着调子，半途插进去轻轻哼唱着，温柔却坚定，一字一句地穿过雨滴和钢琴的声音，传进闻珩的耳朵里："我的祷告终于有了回音，我是如此相信，在背后支撑的是你，一直与我并肩而行……"

即便斗转星移，这么多年过去，闻珩还是会为她的歌声着迷。

时间仿佛回到二十年前的那个秋日雨夜——好巧，那天是 2022 年的 10 月 20 日，二十年前的今天。

闻珩还记得，那天《你听》录制到很晚，他在场内陪到结束，下楼去开车。

尤语宁被导演留下说了几句话，下楼后不知道为什么很兴奋，说："不要开车啦，可以一起在雨中漫步吗？"

"傻乐什么呢？"

"我得到了肯定！"

车被停在原地，闻珩从车里拿了把黑色的雨伞出来，足够大，能遮住两个人。

那夜的雨也像今夜这般，混着风，很畅快也很疯狂。

尤语宁比雨更疯狂。

原本并肩而行，她开心地说要唱歌，张口就是一串甜甜的音，唱着唱着，压不住开心，开始转过身面对着他倒退，特别活泼欢快，唱到"拉长耳朵，提高警觉"时还会双手揪揪自己耳朵摇摇头，特别可爱。

雨水落下，淋湿她一头乌黑的秀发，她也浑不在意。

他伸手去拉，她反倒双手都背在身后不让他碰，一步一步地倒退，歌声在雨夜里甜得让人的嗓子都跟着发痒。

瞧着她难得那样发疯畅快，他也就随她去了。

甜甜的歌换了一首又一首，后来她唱了这首《我是如此相信》。

那把黑伞不知什么时候脱了手，被风雨吹着飞向远方。

闻珩还穿着白日里上班的那套白衬衫黑西装，正式至极的打扮，却像十六七岁的少年一样陪着心爱的女孩儿在雨里发疯。

尤语宁穿着一身纯白连衣裙在雨里跑起来，闻珩不紧不慢地在后面追着她，看着那个怕雨的女孩儿终于欢快地在夜里淋着雨。

湿发贴在她白皙的脸上，糊得她整个人只露出一双眼睛，她却笑得很动听。

雨幕在沿街的路灯灯光下被照出光的颜色，闻珩伸手，穿过这场雨抓紧她，往后一带，将她搂进怀里。他低头，抬着她的下巴在雨里接一个好纯情的吻。

原来一晃眼竟已二十年，而他爱上她，在三十年前。

那是一个于南华而言很寻常的雨天，他沉陷在那个雨夜，从此后再没人能进入他的眼。

玛雅预言说，2012 年 12 月 21 日是世界末日，地球将会陷入三天的黑暗期。

但是那一年的那一天，世界末日并没有来。传闻中的三天时间过去，学校里的人大声欢呼，互送苹果，共盼平安。

就在那个夜晚，闻珩放学后跟人打了一架，一打五。

很帅的一张脸被揍得令人触目惊心，让他看着多了几分野性。

第二天，南华一中提前举办元旦迎新晚会，他就顶着那么一张"战损脸"去上节目。

朱奇围着他转圈圈，看着他受伤的脸好一阵嘲笑："啧啧啧，这回终于帅不过哥了。"

那浑蛋嘲笑还不够，趁闻珩不注意，还在他脸上的伤口上按了一下，疼得人猝不及防地叫了一声。

不等闻珩反应过来打他，他已经溜了："我要去准备我的节目了，拜拜了您哪！"

闻珩低骂一声，被后台的吵闹声烦得去那扇连接前台的门边透气。

就在推开门的那个瞬间，他一抬眼，看见了此生挚爱。在传言中的世界末日结束的第二天。

那时年少，闻珩还并不太懂得什么是爱，只是那一个瞬间，就好像一颗心忽然被什么东西塞得满满当当，再也挤不进去别的东西。

他想靠近她，想了解她，想拥有她。

所以，旁边钢琴伴奏的那个男生，明明那么优秀却那么刺眼。

那夜，闻珩本来带了一把雨伞，等在大礼堂外时随手送了出去。

他一手插在外套口袋里，掌心握着那支玉白色的佛手柑唇膏，指腹缓缓摩挲着外壳，双眼没敢错过出来的每一个人。

深深呼吸时，他仿佛还能闻到若有似无的佛手柑唇膏的香气。

这种感觉让他想起后台时亲近的接触，想起她细腻冰凉的指尖温柔地拂过他的脸，按在他的额头，落在他的肩侧，垫在他的下颌；也让他想起舞台上那支舞，始终有淡淡的，跟她靠近时一样的香味萦绕在鼻间。

他明明在群舞的中心位，却又感觉那里不只有他。好像她陪着他一起在跳舞。

那种感觉真让人着迷，后来很多很多个日夜，他都始终难以忘记。

幸运儿总是做什么事都足够顺利。他如愿等到最后离开大礼堂的她，说出那一句在心里演练很多遍的话："学姐，我没带伞。"那把濒临散架的小花伞，她分了他一半。

人烟稀少的校园很安静，被雨淋湿的地面映出两道拉长的身影。

他们共撑一把伞，靠得好近。

那晚分开时，她说："反正也坏了，送你吧。"

坏了不是什么问题，他窝在工具间里把它连夜修好，像新的一样。

后来那把伞他时时带在身边，却从没舍得用，总怕多用一次就用旧一分。他怕自己以后会修不好。

第二天也在下雨。

中午放学，大家纷纷奔向饭店和食堂，闻珩撑伞走进一家卖信笺的店。那是一家卖各种信笺、信封和明信片的店，也可以帮忙邮寄信件和明信片。

青春期的男女，感情朦胧却躁动，小小的店里挤满了女生，闻珩一进门便吸引了所有人的目光。

青春靓丽的女孩子一瞬间变得害羞，连靠近也不敢，你推推我，我推推你，纷纷往朋友身后躲着，硬是莫名其妙地让出一条路来。

闻珩说了一声"谢谢"，在木架上挑选心仪的信笺。各种各样漂亮的信笺，满足了女孩子的少女心，对于闻珩而言却显得太过花哨。

他径直走向柜台，问守店的姐姐："请问，有没有那种印着蔷薇浮雕的花笺？"在国外旅游时他曾见过，只是当时没觉得以后会有用。

守店的姐姐从柜台后面翻出一本珍藏得很好的花笺递过来："你说的是这个？"

闻珩翻开看，带着显而易见的笑意："是。"

"之前去旅游的时候看着挺漂亮的，就顺手买了回来，没想到会有人特意来问——主要是它有点儿贵。"

"多贵都行。"

那本蔷薇浮雕花笺因为闻珩喜欢而身价倍增，卖出了超出它本身很多倍的价格。闻珩不在乎，因为不愿再等。

那天的午餐被遗忘，曾经对什么都不放在眼里、不放在心上的桀骜少年安安静静地坐在教室里的座位上，埋头写他人生中的第一封信。

而在这之前，他曾不屑地骂过朋友："什么年代了还写情书？'傻缺'。"

那时他也没想过"报应"来得那么快，他也做了这样的一个"傻缺"。

明明是写作文回回都得高分，作文竞赛回回都得一等奖，做什么试卷都鲜少打草稿的人，那天中午却为了一封信写了好几遍草稿。

废纸团很快堆成小山，最后他提笔只写下简单的几句话，是他看见她第一眼时的心理感受。他克制了又克制地在信的末尾第一次问一个人："可以吗？"

可是他明明是一个只会肯定和否定的人，只需要说想要或是不要，像这样的问题，于他而言从来都是不必要的。

所以，他甚至忘记了落款。

闻珩也没想过，情窦初开的年纪，自己怎么会喜欢了一个记不住脸的人。

在他时隔不久后与她第二次碰面时，他还没发觉这个问题。

那天也是一个雨天。

临近期末，他被好友拖着讲题，放学离开得晚了些，家里打来电话，说让司机来学校接他。

在校门口，他偶遇了同样晚回家的她。他以为，她会像自己记得她一样记得他。

毕竟，从小到大他一直都挺有这个自信——没有人会不记得优秀耀眼的他。

所以他向她发出邀请："一起上车吗？住在哪儿，我让司机送你。"

他却没想到，她一瞬间变得十分警惕，像全然不记得他，也不记得就在不久前，他们共同撑一把伞走在雨夜里，一起回家。

"不用，谢谢。"她说完，撑着伞快步走进雨里，头也没回。

闻珩后来总回想起那个瞬间。

他人生中第一次心动，她那样警惕而又干脆地拒绝了他的善意邀请。那是什么感觉呢？就像是上天在对他说："我给你的好够多了，现在，请接受属于你的劫。"

所以，他在劫难逃。

即便是风光顺遂的人生中头一次被人这样遗忘，他也只会爬起来拍拍身上的灰，然后继续爱她。

只不过那时候闻珩也没想过，这一个难逃的劫会持续那么多年。

他发现尤语宁记不住脸，其实是个意外。

那天放学，闻珩走在尤语宁身后，看见她跟好友走在一起，很苦恼地小声问："哎，新老师叫我明天去办公室找他，但我还记不住他的脸，怎么办？"

"这好办啊，你就记住他的发型、穿衣打扮、说话的声音，即便办公室其他老师你也没记住脸，但大概还是能猜出来哪个是新老师的。"

原来她是记不住脸。

闻珩特意走到她前面，回头看她好几眼，看得她眉头都皱起来："请问——"

"哦，认错人了。"闻珩转身，晃悠着离开。合着她是记不住脸，不是单独不记得他。

他身后，她的好友在问："认识吗？"

她说："不认识，没印象，也有可能见过但没记住。唉，这毛病。"

大多数英语学不好的人，间接性勤奋总是从词典的第一个单词开始背：abandon。

abandon，放弃。

背着背着，人就放弃了。

长此以往，不太记得后面有些什么单词的人，却永远记得每一次打开单词本都会背的第一个单词：abandon。

就比如闻珩旁边的朱奇。

早读课上，朱奇复读机似的重复着念："abandon，放弃，abandon，放弃，abandon，放……"

"给老子闭嘴。"闻珩烦躁地堵他嘴，"放弃什么？傻子。"

朱奇"呜呜呜"地叫着，把闻珩的手推了半天才推开，喘着气解释："背单词呢，重复念才能记住啊！"

"你就这么一个单词背了千八百回还记不住？脑子养鱼呢？"

"那我就是总忘啊，能怎么办？我背了又忘忘了又背，那是我想忘的吗？"

闻珩被他问得愣了一瞬。

"想记住还能忘吗？"他的声音忽然间变得很轻，"难道不是没想记住才会记不住吗？"

"那我就是没有英语天赋怎么办？要是可以选择，我也想过目不忘，看一眼就记得死死的！"

"哦。"闻珩看着他的单词本，"那多看几遍就能记住了吗？"

"也不一定，可能记得是这个单词，但不记得怎么写，所以得一直看、一直背，什么事不都这样？即便记不住，多看几遍总能记住的。"

多看几遍？刹那间，闻珩不知想到什么，轻声笑了："背得好啊朱奇奇，继续，abandon——永不放弃。"

朱奇瞥了一眼奇怪的他，"啧啧"摇头："没事朱奇傻子，有事朱奇奇，男人，就这德行。"

朱奇重新开始背单词："abandon，永不放弃，abandon——"

"等等！闻珩你把老子带沟里了！"

刷存在感这种事，闻珩从没想过自己有一天也会做。

像他这样耀眼的人，只需要出现就已经足够吸引全场人的目光，什么时候需要费心去让别人记得自己？

但这样的事，他竟也真的做了，而且还做得得心应手。他出现在每一个可能偶遇尤语宁的地方，总是装不经意地同她搭两句话。

有时是："学姐，请问教务处办公室上几楼？"

有时是："学姐，请问今天图书馆五楼开了吗？"

有时是："学姐，请问高二（13）班是在三楼吗？"

…………

每一次，她都会温柔地笑笑，很耐心地回答他的问题。

只是每一次都像是一个新的开始，她从来没有在下一次开始时，说出半句类似于"我们是不是见过""你看起来有点儿眼熟"的话。

甚至她也没有好奇过，怎么总是有个学弟在高二的教学楼出现，频频问她路。

他不停地出现在她的世界里，却始终像个从未出现过的过客。

早读课，朱奇的"abandon"终于换成了新的单词，朱奇已经记下了怎么读、怎么写。但是，她没有记住他。

2013 年的五四文艺会演，作为学生会的成员之一，闻珩参与了华尔兹群舞这个节目。

那天天气不错，他抢在所有人之前装作随意地问："学姐，可以做我的舞伴吗？"

尤语宁似乎是愣了一秒，随即笑着点点头："可以啊！"

闻珩永远记得，第一次一起跳舞握住她手时乱了频率的心跳，也不会忘记，他们离得好近，只要他微微低头，她温柔的眉眼就近在咫尺。

偶尔默契，他假借低头的动作垂眼偷偷看她，也会撞进她抬眼时的柔波里。

她不会像他一样躲闪，因为她光明磊落，对他别无所图，所以会大大方方地弯唇露出个温柔的笑。

没有人知道，他多想让时间就停留在那一秒。因为就那一秒，她看起来好像也喜欢他。

练舞结束散场时，闻珩主动发出邀请，希望明天还是这个时间、这个地点一起练舞。

他得到了肯定的答案，那天晚上放学后的一路上，空气里都是芬芳的味道。他从没有那样期待过第二天的到来。原本他第二天是跟韶光和朱奇他们约好了去打篮球，晚上回家就放了他们鸽子。

第二天，他人生头一次买第二杯半价的饮品，也被放了鸽子。

后来有一小段时间，闻珩的骄傲不允许他再这样卑微下去，所以他克制着自己不再去打扰、偶遇她。下课时，他也不再故意看向对面高二的教学楼去寻找那一抹身形。

少年的骄傲多尊贵，换作别的人别的事，他几乎可以一直骄傲下去，甚至到最后像轻风拂过水面，除了当时的涟漪，不再有任何痕迹。

他本可以骄傲地永远忘记她。

可是，好久不见的一个晚上，晚自习放学，天空飘着雨，他走出教学楼时，她忽然出现，撑着伞走进雨幕里。

就在那个瞬间，闻珩发现原来心动会短暂停止，却不会结束。

也是在那个瞬间，他想起初见的那个夜晚，他们一同撑伞走在雨夜里。那把伞不太大，他们躲在伞下靠得好近，走动的时候，胳膊会不小心碰撞在一起，羽绒服摩擦着，发出很细微的"沙沙"声响。

她不怎么说话，他也不说，安静地肩并肩走着。

冬夜里的斜风细雨在城市霓虹灯的照射下泛着五彩斑斓的光，被伞隔绝在外面。伞下独属于他们两个人的小世界，一片宁静祥和。

他让她走在人行道的内侧，驶过的汽车溅起的混浊雨水只落在他的身上。

她长得那么瘦瘦小小的，风雨都被他挡住，好像被保护得很好。

所以，那天晚上，他在后面看着她独自撑伞走进雨幕里，很多人一同走在路上，她被挤到人行道靠街的外侧。雨里汽车接连不断地疾驰而过，很多污浊的雨水被激起打到她的校服上。

她往里躲，伞面不小心跟别人的碰撞在一起，伞面的雨水坠落，别人尖叫着往后退，她很愧疚地低头道歉说对不起。

闻珩就觉得，她不该受到这样的待遇。

他心软了吗？怎么可能不呢？

对一个人心软，是输的开始。可是那时候，闻珩也没有想要跟谁争个输赢对错，就只是因为心软舍不得，像船夫甘愿抛弃船桨，他丢了自己的伞，小跑着躲到她面前。

雨水淋湿他的黑发，额前湿发遮住一点儿眉毛，睫毛上挂着雨水，很纯粹却又无助的模样。

"你好，同学，我的伞坏了，可以跟你一起撑伞吗？"

尤语宁的动作几乎是先她的话一步，她好像是看见他淋着雨出现在她面前的一瞬间，就已经把伞分了他一半，遮到他的头顶上。

然后她好像才听见他的话，没有任何犹豫地说："可以啊！"

那晚的空气好潮湿，夏季的雨夜里带着一点儿形容不出的闷热。

夏季校服是短袖，他们露在外面的胳膊会不小心碰在一起。少女胳膊上的肌肤凉凉的，带着一点点雨水的痕迹，碰一下却叫人心里觉得躁动。

他替她挡住所有打过来的风雨和泥水，没想叫她察觉，她却扯着他的校服衣摆往里挪了一些："进来一点儿，很多车。"

那一路上，闻珩都在想——怎么办？我好像不会遇到比她更温柔美好的人了。

他怎么舍得放弃？

那夜的雨直到到家都没停。他为她撑了一路的伞，到她家楼下时，恰好有辆出租车送客抵达，所以她犹豫了一下，没像之前一样说要送伞给他。

"你有带钱吗？"她问，"你衣服都湿了，要快点儿回家，洗个澡，换套干净的衣服才行，我可以请你打车。"

这并不是客套话，她边说着边从书包里掏出钱夹。钱不多，她却没有吝啬，掏了足够打车去很远的地方的钱要给他："如果可以的话，回家洗完澡喝一包感冒药。"

闻珩看着她转瞬变得很空的钱夹，心里下了一场很大的雨。他不明白，怎么会有人在没有钱的情况下对一个萍水相逢的人如此大方。

"我有钱。"他说，"很多钱。"

"真的吗？"

"嗯。"

闻珩把伞还给她，随手从校服兜里摸出一张钞票："别的兜里还有。"

她好像才终于信了，表情放松，抬手叫住要离开的出租车司机："师傅，等一下。"

出租车司机打着双闪，将车停在路边。尤语宁撑着伞，送闻珩到车边，直到他坐进车里，还不忘再次提醒："洗澡、换衣服、喝感冒药。"

她就像对至交好友，细心妥帖至此。

就连出租车司机都在将车开走后，从后视镜里看了一眼撑伞停在原地的她，忍不住好奇地问："小帅哥，女朋友啊？"

闻珩看着车窗边的后视镜，隔着模糊的雨幕，那道撑着雨伞立在原地目送他们离开的身影渐渐变小，直至消失不见。

"现在还不是，但有一天一定会是。"从说出那两句话开始，闻珩就已经开始对她一个人抛掉所有骄傲。

2013 年 5 月底，南华一中的校级篮球赛开始。

闻珩从小就擅长各项运动，家里优异的条件也让他得以在这些喜欢的项目上有更好的发展。篮球比赛，他自然作为班里的主力参与。

除了学习任务繁重即将高考的高三学生，高一、高二的学生都会参与这场篮球比赛。

他在球场上收获众多迷妹的欢呼尖叫，一路过五关斩六将，对上尤语宁所在的班级时，前所未有的意气风发。

很幸运，比赛开始的那天，他在球场上看见了她。

她穿着跟大家一样的蓝白色校服，却又耀眼到让他一眼就在茫茫人海中看见。

她跟她朋友，两个人搬着一箱纯净水，放到赛场边缘线外面。

那天的天气预报说晚上有雨，白天没有太阳，天一直阴沉沉的，不怎么热。但她大概是搬水走了太久太远，鬓角的碎发湿了一点点，贴在脸上，又被风吹得发梢微微飘动，可爱至极。

可能是班里下了观赛打气的硬指标，她将水送到后就跟朋友一起守着那箱水没有离开，看起来是要看比赛的。

他们的视线在空气里有过短暂相撞，但她很快自然地移开。

不出所料，她根本不记得他。闻珩笑了一下，竟很坦然，不像从前那样失落。

没关系，他想，他会成为这场比赛里最耀眼的存在，她一定会看见他。

比赛开始，闻珩轻轻松松过人进球，得分迅速，其他篮球场上围观的人少之又少，大半都围到了这个球场边。

随着他进球越来越多，现场气氛越来越热烈，周围的欢呼尖叫声也越来越大。

女生们疯狂喊着他的名字："闻珩！闻珩！闻珩加油！"

很快，上半场比赛结束。虽然对方班级实力也不错，但因为闻珩过分出色，比分拉得很开。

"牛啊闻珩！"朱奇过来跟闻珩碰拳，"怎么感觉你今天比之前还要猛，打鸡血了？"

就连韶光也一边擦汗一边断定："你不对劲。"

闻珩只是笑，转头寻找对面尤语宁的身影。

她两手都拿着纯净水在给打比赛的人分发，又从包里掏出纸，一个一个递过去，还是眉目温柔，淡定的表情。她没有因为班级成绩不好有什么情绪，也没有对他这个全场最耀眼的人多看一眼。

闻珩喝着水，顿时觉得没什么意思。他从来打球打比赛只图自己乐意开心，包括各种竞赛，也只是为了挑战自己，从来没有过这种一定要很厉害、很耀眼，让谁看见、崇拜自己的想法。他头一次生出这样幼稚的想法，那个人却一点儿都不买账。这种时候，她好像一点儿都不可爱。

下半场比赛，闻珩明显兴致不高，其他队友都感受到了。擦肩而过时，韶光低声喊："闻珩，清醒点儿。"

闻珩一清醒，看见那颗篮球在空中画着抛物线，落地点清晰地显示在尤语宁所在的方向。他彻底清醒，在所有人都没来得及反应过来之前，一个弹跳起身，像飞起来一般探出去右手。

因为用力，他胳膊的肌肉紧紧绷着，呈现出十分流畅又有力的形状。

那颗篮球在距离尤语宁头顶几厘米时被闻珩硬生生地截下，他手腕一动，用尽力气往球场内抛回去。

他的掌心传来锥心般火辣辣的疼痛，巨大的力量震得他整只手都在发麻。

巨大的惯性使得他朝着她的方向跌倒，而他这次已无力控制。

在这个瞬间，尤语宁瞳孔收缩，双眼盯着他，往后退了几步。

却又在下一刻，她下意识地往前伸出双手，整个人做了他的缓冲，双手将他接住。但这冲击力是如此巨大，她瘦弱的身体根本不足以支撑，被他带着往后倒退，踉跄着，身体软得跌坐在地。

而在落地之前，闻珩拼尽全力，双手从她身体的两侧穿过，撑在地面上。

他的掌心被橡胶地面摩擦着，好像破了皮，细细密密地疼。但还好，他身体的重量没有完全压在她身上，所以掌心传来的疼痛似乎也就算不得什么。

时间仿佛在这一刻静止，所有人都看着他们跌倒的方向，被震惊到短暂地回不过神。

随即，一众女生疯了似的尖叫起来，大声呼喊着他的名字。人们从四面八方涌来，一瞬间将他们包围。而在这个瞬间，在这如潮的热闹里，闻珩看着尤语宁惊魂未定的眼睛，满脑子只有一个问题——记住了吗？

我的名字，闻珩。

"学姐，"闻珩撑着橡胶地面起身，伸出自己的手，"你还好吗？"

尤语宁将视线落到他的掌心上——那里因为摩擦受伤破了皮，泛着红。

"你受伤了。"她没将自己的手搭上去，就这么坐在地上，从背来的包里掏出湿纸巾，抬着他的手，轻轻地吹走上面的灰，一点点擦干净，"去医务室处理一下吧。"

尤语宁撑着地面自己爬起来，柴菲挤开人群拉着她上下检查，语气焦急："没事吧宁宝？"

"没事。"

"没事就好，没事就好。"柴菲长松一口气，转头看一眼闻珩，"你这学弟——"

尤语宁拉拉她："他是为了救我。"

柴菲把话咽下去，拽着她离开，声音越走越远："差不多也快结束了，我们回去吧。"

"好。"

人群也渐渐散开，比赛还要继续，韶光和朱奇走到跟前，碰碰盯着尤语宁离开的背影发呆的闻珩："喂，摔傻了？"

闻珩收回视线，微低头，看着自己红彤彤的掌心，破了皮，但上面的灰都被擦干净了。

"没，你们换人打吧。"闻珩转身拿了手机往运动场外面走，"我去趟医务室。"

"喂，你还有东西没拿！"朱奇在后面大喊。

韶光扯了扯朱奇的球服："算了，等会儿一起拿。"

朱奇边往球场里走边嘀咕："怎么摔一下魂儿都摔没了？"

闻珩慢吞吞地在小道里走着，往医务室的方向去。

其实他不太去这种地方，从小到大磕磕碰碰的，早都习惯了，不是什么大事，很快就会好的。但他满脑子都是尤语宁临走时说的那句："去医务室处理一下吧。"

他好像被下了一个去医务室的指令，所以他要执行。

掌心传来一阵一阵的疼，他一时也分不清是摔疼了，还是因为刚刚尤语宁轻轻地替他处理伤口的疼。

她的动作温柔至极，湿纸巾湿湿凉凉的，带着点儿酒精的味道。

也许那一瞬间，他自动变成了一个委屈的小孩儿，却又要故作坚强，不肯露出半分疼痛的神色。

闻珩什么都分不清，但就是觉得以后没有她不行。

他开始打听更多她的生活，包括她的家庭，也因此知道她过得并不幸福，知道她并没有被这个世界温柔以待，并没有得到她该得到的爱。可是那个时候，闻珩觉得她值得这世界上最美好的爱。

他关注她的微博，给她写没有署名的信，送她点亮夜晚的台灯，给她节日的鲜花、礼物和祝福，给她自己得到的爱。

其实那些时候，闻珩也并没有抱着一种"我对你这么好，你一定要看见我"的想法，只是单纯地想让她能得到很多爱，想要她快乐一些。

后来的那些信，他其实犹豫过很多次要不要告诉她自己的名字。

可是那时候她只想好好学习，他怕打扰她，也怕她就此远离自己，拒他于门外。他不是为爱冲锋的勇士，只是爱里的胆小鬼。

高一下学期期末的那段时间，校外有猥琐男流窜，别的女生都有家长来接，但是尤语宁没有。闻珩知道她没有，所以做了一段时间她的"家长"。

其实他也很想跟她并肩而行，聊聊今天在学校过得好不好，聊聊有趣的或者无趣的事。可真爱她、心疼她的时候，他想要靠近，又怕靠近，只能隔着不远不近的距离护送。

他走在她的前面，走在她回家的路上，对这条路日渐熟悉，连腿都好像有了肌肉记忆。

每一次等红绿灯的那短暂数秒，他们并排靠着，相见不相识。

红灯闪烁的数字倒计时从不同的数字跳向"1"，最后变成绿灯，他迈开腿继续往前，而她会默默跟上。他不愿意走在她后面，看着她的背影却总不敢追上去，也怕被误会成尾随。

那短暂的一段时间里，他们默契十足，总是保持着不远不近的几步距离。

他会听见她拉开大铁门的声音，上楼的脚步声很轻，像是怕吵到邻居。

然后他走出那条旧巷子打车回家。家里人不会问他晚回家的理由，因为他向来随心所欲。他自由地暗恋着她，只有他一个人知道。

闻珩读高二之前，尤语宁已经提前进入高三。

学校高三年级暑假提前一个月开学，她如愿以偿地住校，虽然生活费少之又少。但还好，她从小有存钱的习惯，也没什么特别花钱的爱好，加上有助学金和奖学金，足够她学习和生活。

闻珩总去学校附近的极光台球厅打球，算着到了吃晚饭的时间，他就去学校食堂吃一顿味道不好的饭。

他知道尤语宁总去一楼的窗口，那里的饭菜最便宜，味道也是最差的，但她好像并不嫌弃，或者没办法嫌弃。

闻珩第一次吃的时候，差点儿当场吐出来。

从小他家里就有营养师搭配各种菜品做饭，不仅营养丰富，味道也极好，而且很少重样。就那种程度，他还嫌弃家里的饭菜不好，上学的时候总去不同的饭店吃饭。

食堂一楼窗口的饭菜那么难吃，十天半个月都不会换菜式，他却从尤语宁开始住校后就去吃，也每一顿都咽下去。

尤语宁很珍惜时间，不愿意去食堂跟人挤，总是在教室里多学几分钟才去食堂吃饭。那些时候食堂总是只剩一些残羹冷炙，她也从来不会露出嫌恶的表情，总是微笑着刷饭卡，跟食堂的阿姨说："就要这个。"

她端着餐盘，哪里有空座位就坐在哪里。闻珩总是离得不远不近地陪着她，偶尔也想象，她吃到的东西跟自己吃的是一样的，这么一想，饭菜的味道也就没那么坏了。

后来时间久了些，孟佩之瞧着闻珩的脸色不太对，问他是不是没有好好吃饭，怎么一副营养不良的样子。

闻珩皱着眉："食堂的菜太烂了。"

"那就不吃食堂啊，去学校外面吃。"

"我懒得跑。"

"要不我叫冯姨做好了给你送去，这样就不用跑了。"

"我就想吃食堂，吃食堂有氛围感。"

孟佩之没办法，跟闻润星商量了一下，找了学校管事的人，以高价承包了食堂。

打从那时候起，食堂的菜品开始丰富起来，色香味俱全，营养全面又丰富，却没怎么涨价。闻家的人不怎么赚钱，权当为了儿子做慈善了。

这时候闻珩就发现了尤语宁的可爱之处——

她原来也不是对吃的不感兴趣，只是因为以前食堂的饭菜不值得让人期待，所以吃热的跟吃剩的好像没有太大区别，她不愿浪费时间在这件事情上，才会每天去那么晚。

自从食堂换了孟佩之派的人去承包，名声逐渐好转，学生们更多地选择进入食堂吃饭。

尤语宁一开始还没发觉，后来发现菜品全都变了，味道也超级好，她就不愿意再去吃剩的，每天都早早地跑去，会在排队的时候背单词。背两个单词，她就踮脚抬头往窗口看一眼。

闻珩那时候在一旁她不知道的地方看着她，就觉得她这小动作一定是在想"到我的时候，我喜欢的菜应该还有吧"，或者是"今天又会出什么新品呢"。

如愿打到喜欢吃的饭菜时，她会弯着嘴角露出很浅的笑，眼里的光彩却是藏不住的，坐下吃饭时，每一口看上去都好满足。

闻珩看着也很满足——原来她藏着这么可爱的一面。

那些日子，闻珩总是很期待在食堂里看见她，而他每一次也都能如愿。

食堂的负责人会问他："大少爷，明天又想吃什么菜啊？我叫后厨安排。"

他想吃什么菜？当然是尤语宁喜欢吃的菜，以及她没吃过的新菜。

遇到特定的节假日，他会让食堂的负责人上一些特定的菜式，比如那年冬至时的羊肉汤和泡饼。只是看起来，尤语宁好像不算很喜欢，但也不算讨厌的样子。

闻珩觉得很可惜，那时候她已经高三了，他们不会一起过下一个冬至。否则，下一个冬至，他一定让食堂准备更多的冬至美食。

天南海北，一定有她喜欢的。

那一年冬天，学校内外的店里都摆出了很多各种各样包装精美的苹果。寻常卖几块钱一斤的苹果，简单包装一番身价倍增，变成几块钱、十几块钱一个。

闻珩选了很多家店，问人家有没有苹果和猕猴桃装在一起的礼盒，人家都说没有。

"现在就该吃苹果啊！"他们都这样说。

闻珩心想：可是她喜欢吃猕猴桃。

没有办法，他遍寻不着想要的，只能分开买，再自己包装成礼盒的样子，漂漂亮亮地送到尤语宁的课桌里。

大家收到的都只有苹果，但她除了苹果之外还会收到一颗个儿大又漂亮的猕猴桃——那是闻珩精挑细选的。

那种装修精致的水果店里，最昂贵的猕猴桃货架上已经是精挑细选出来的猕猴桃，闻珩还觉得不够，还要千里挑一。

他总觉得挑不到最好的，就连送出去的那一颗也只是勉强满意。他想给她的从来都是最好的，也是世间独一份的，是只属于她，也只会属于她的偏爱。

那一年的元旦迎新晚会甚是无趣，除了闻喜之的节目，剩下的闻珩都懒得看，他早早就退了场。

高三学生是不参加这种晚会的，他们还在上晚自习。所有教学楼的灯都熄灭了，只有高三的教学楼灯火通明。

闻珩一个人走在看起来漫无边际的夜色里，却目标清晰地回到了教学楼。

对面楼就是高三的班级，他走到尤语宁所在的楼层对应的地方，懒散地靠在走廊围栏上，隔着寂静昏暗的夜色，光明正大地看对面教室里认真学习的她。

那时候他在想，她那么认真地学习，是想考哪所大学？她的成绩那么好，在文科班里名列前茅，考国内很多"双一流"院校都是轻轻松松的，就连顶尖的高校也不是不可能。

其实闻珩和孟佩之是提过让闻珩去国外留学的。在遇到尤语宁以前，他觉得顺其自然就好，去不去留学都无所谓。但遇到尤语宁以后，他就只想跟她待在一所学校。闻珩一巴掌拍在走廊的围栏上，低头把自己气笑——怎么一副"恋爱脑"的蠢样？

那天晚上其实是他们认识一周年的日子——虽然是他单方面认识她。

但可惜，他没能跟她一起跳舞。明明一年前的那个晚上，他的愿望是来年的今天能跟她一起跳舞来着。

这个愿望没有实现。

闻珩自己也不记得就那么在教学楼的走廊上看了多久，总之，高三最后一节晚自习结束时，晚会也结束了。

原本安静的学校变得热闹起来，他看着尤语宁出了教室，也跟着往楼下走。

只是那天晚上没有下雨，他不能借口说要跟她撑同一把伞而离得她近一点儿。他只能在她回宿舍的必经之路上，故意制造一个偶遇的机会——

他说他有夜盲症，晚上看不清路，手机也没电，问她能不能用手机手电筒帮他照下路。

"可以啊！"

她好像觉得他很可怜，也很怜悯他，将手机电筒的光全照在他的前面。

可是她明明才是怕黑的那一个。

那天晚上难得闲聊了几句，他习惯性喊了声"学姐"，她很惊诧："你不是高三的啊？晚会不是早就结束了吗？"

"啊，对，是结束了，我在里面收拾东西所以晚了点儿。"

"这样啊。"

"嗯，对的。"

"你去几栋啊？我送你过去。"

"六栋。"

"啊？六栋是高三的啊！你不是说……"

"哦，我去找学长拿个东西。"

"那你等下回去看得见吗？"

"嗯……我让学长送我。"

"那就好。"

要不是脑子转得快，闻珩那天晚上就得像皮没捏紧的饺子，在锅里一煮，馅儿全漏了。

那年的元旦假期，闻珩照旧去看南迦巴瓦峰。他总是很幸运，得以窥见南迦巴瓦峰的真容，从而许下跟去年来时一样的愿望。

他的愿望从来都不多，他生来就是天之骄子，要什么有什么，所以也不会在许愿这种事情上特别贪心。

有个不成文的规定，许愿时最多只能许三个，再多就不灵了。遇到尤语宁以前，闻珩每次许愿时无非是希望国泰民安、家人健康、天天开心。

遇到尤语宁以后，他把第三个愿望换成了她——希望她能成为他的。

他要用天天开心去换一个她。

拥有她，他就会天天开心。

2014 年 6 月，2011 级的学生即将迎来高考，尤语宁就是其中之一。

闻珩几经辗转，托人打听她喜欢的大学，最终得知她要去的是西州大学。

西州大学是一所老牌"双一流"大学，但地处西北，地理条件不算优越，因此并不是大多数成绩优异的外地学生会首先考虑的学校——尤其是像闻珩这样优秀的人。

在这之前，他从没想过以后要去西州大学读书，即便外公外婆一家就在西州。

闻珩提前把西州的天气预报加入每日提醒，那里好像总是晴天，雨水很少，而尤语宁不喜欢雨天，所以她选择去那里，好像很容易理解。

只是，他觉得她明明可以去更好的学校的，她的模拟考成绩他都看过，国内几所排名靠前的"双一流"大学她都可以选择。

但她愿意做那样的选择，他除了替她觉得可惜，好像也没有别的什么办法。

高考结束后，成绩还没出，尤语宁已经提前出发，前往西州。

闻珩只打听到她要在那天去西州，但并不知道她要坐那天的哪一趟列车。那时候其实他们还在上课，没有放假，但他翘了课，从家里出发后就直接去了火车站。

尤语宁是上午到的火车站，柴菲在车站送她，俩人依依惜别，最后柴菲不舍地拍拍她的肩："明天早上到了要跟姐姐打电话报平安，知不知道？"

明天早上……闻珩在一旁听见时间，掏出手机查看火车时间表，明天早上只有一趟列车从南华抵达西州——

K1523 次列车。

好巧，是他们的生日组成的号。

手机上已经买不了票，闻珩毫不犹豫地去窗口买，因为时间太接近发车时间，已经没有坐票，他只买到一张站票。

他就从没有在那么拥挤、杂乱、闷热还臭的车厢里站过那么长的时间，甚至连火车都没怎么坐过。一直站到晚上 10 点左右，尤语宁去洗手间，他才有机会跟她座位旁边的大叔做了个交易——给人家超出票价好几倍的价钱，买下他这个座位。大叔本就是需要钱的人，也不怕吃苦，而闻珩给的钱足够多，这笔交易顺利达成。

闻珩如愿坐上尤语宁旁边的座位。

尤语宁从洗手间回来，虽然不记得脸，但知道旁边原本坐的是个大叔，而不是一个跟她年纪相仿的帅哥，难免多看了他两眼。

闻珩大大方方任由她看，也想着倘若她能记起他是谁，记得她见过他，那他将毫不犹豫、毫无保留地将一切都告诉她。

然而尤语宁只是看了他两眼，并没有任何别的反应，坐回座位上后，没有跟他搭一句话。

她应该是又累又困，到了半夜就一直犯困，一会儿头往前倒，一会儿往旁边倒，最后倒在他的肩头上。闻珩感受着肩上的重量，一动也不敢动，怕她会醒。

火车"轰隆隆"地响，车厢里的空气夹杂着各种味道，又闷又难闻。这本该是一个很难熬的夜晚，只是从她坐到他的身边，倒在他肩头上的那一刻起，一切都变得美好而浪漫起来。

她的发丝很细、很柔软，滑滑的，凉凉的，丝丝缕缕，在他的脖颈间若有似无地轻轻挠着，抓不着的痒。

他一整夜都没怎么睡，中途用凌厉的眼神吓跑了几个扒手，使得她免遭偷窃。

那是那些年里，他们离得最近的时候，一整夜，他低头就会看见她的头顶，看见她沉睡中的宁静容颜。那是他们最接近恋爱的时刻。

他的肩和胳膊一直被她的身体贴着，她一整夜都没怎么醒，中途只是动了几下身体寻找更舒适的睡姿。肩被枕得很酸，他却盼着夜再长一些。

明明没有睡觉，可是那夜他做了很多很多梦，天马行空地幻想着和她的以后。那时候他也没想到，原来真的会有梦想成真的一天。

次日清晨，她睡眼惺忪地醒来，望着他，就像他幻想的他们同居后醒来的清晨。

他毫无意外地发现，每一次和她靠近时对视，都是他心动难挨的瞬间。

那天他先下车，其实并没有走远，一直跟她离得不远不近，她也没有发现。

其实她还挺叫人头痛的，因为她的安全意识很差，好像对谁都没什么防备心。

也不知道是不是因为记不住脸，她好像看谁都是一副可以信赖的好人模样。也是从那天开始，他会替她打点好每一次她入住的酒店，让酒店送她一份早餐券。

他不是怕她不吃早饭——其实她将自己照顾得还行——就是想要给她很多很多她意想不到的幸运。

这些幸运是他人为的，但他不告诉她的话，她就会觉得，应该是上天看她太苦了，所以开始让她一点点慢慢幸运起来。

他想要让她对生活有更多美好的感悟和期盼，让她觉得，未来会越来越美好，让她有更多信心好好走下去，一直往前走，不必等他，他自然会追上。

他外婆名下有一家开在西州大学附近的咖啡厅，其实是不太缺人的，也很少招学生兼职。他求了外婆挺久，找了些蹩脚的理由，给了尤语宁去面试的机会，并且让她成功留下，以此保障她大学几年即便没有别的收入也可以衣食无忧。

但她比他想象中更聪明、更优秀，能拿到好几种奖学金，除了做那份咖啡厅的兼职，也尝试做个人的短视频账号。

发现她的短视频账号并非偶然，他知道她的私人微博，她总是像鱼吐泡泡似的在里面发一些好的或者不好的事情。

这真叫人觉得很可爱，因为这个人是她。是她的话，即便负能量也不叫人觉得烦，只让人觉得心疼。

高三那一年，他总觉得生活枯燥乏味，大概是因为不能再时常见到她。

从前他们在一个学校，即便相见不相识，他总归能在特意去找她时见她一面。但那一年，他们之间隔着万水千山，思念也无声，总让人怀疑，和她相识是一场捉摸不到的梦。

只有在他看见她的私人微博账号更新日常时，才让人真的相信原来她存在过。

她在西州，至少四年内不会走。就因为这一点，他的日子才好像有了盼头。

去西州大学对他而言是非常差的选择，但他从她去的那一刻就开始坚定。

他也并没有因此在学习上放弃，而是收了心认真学习，不为别的，就为了高考时拿到第一名，不只是南华一中的第一名。他要成为高考状元，会有很多媒体来采访他，他们会拍他的照片、视频，发到各种媒体上面。

他会光芒万丈，会灿烂耀眼，会让很多很多人听见他的名字，看见他的脸。

那样，即便她毕业后并不关心母校学弟学妹的高考成绩，也会从别的校友、朋友那里听见他的名字。

也许，他们还会发给她照片和视频，指给她看："他就是今年的高考状元，跟我们一个学校，是学弟，他叫闻珩。"

对，她会清清楚楚地看见他的名字——听闻的闻，白珩无颜色的珩。

她也会清清楚楚地看见，他这张出现在她面前很多很多遍却不被她记住的脸。如果幸运的话，她会在那个时候短暂地记住他一段时间。

那年高三的寒假很短，可他还是去了西州，说要陪外公外婆过年。

那短短的几天，他陪伴在她上下班的路上，也在除夕夜跟她一同看安信广场的烟花。

安信广场上空烟花灿烂，他们在那片天空下并肩，记者采访的问题他替她答："请问你觉得今年的烟火秀跟往年比起来怎么样呢？"

"年年烟火秀都很漂亮，但因为今年就在此刻，近在眼前，所以格外美好。"

因为此刻，她就在我身边，所以格外美好。

后来的高考，他如愿成为高考状元，比从前更耀眼。大街小巷，许许多多的人都在讨论他的名字，南华的各种媒体上面也都是对他的介绍。

他不知道她有没有也听说自己的传奇经历，但那个暑假他没能很快地去见她。

他爸一开始知道他放弃竞赛换来的保送资格都没那么生气，知道他拒绝国内顶级大学的邀请时，实实在在地打了他一顿，打断了擀面杖那么粗的一根棍子。

那个暑假他被迫在医院的病床上度过，开学时还被断了生活费。

大学那几年其实并不难过，虽然被断了生活费，他也拒绝了家里其他人私下里的接济，但好在有韶光一直带着，倒也慢慢过得好起来。

他早早创业，不再贪玩，慢慢地赚了很多很多钱，努力地成为一个可靠的人，成为一个即便不用靠家里，也能给另一半很好的生活的人。所幸他真的聪明、有天赋，也能吃苦，并且足够幸运，创业过程虽然磕磕绊绊，不是特别顺利，倒也算创业比较成功。

那几年其实细细讲来也没有特别黑暗，毕竟他又跟她在同一所学校，离她那么那么近，并且比高中时拥有更多自由，甚至在没有课的时候，他还能去她们汉语言文学的课上听听课，跟她坐在同一间教室里，即便不说一句话，那感觉也十分奇妙。

唯一让人难以接受的是，他大一进校正准备开始正儿八经地追人，却听说她恋爱了。

听起来还挺不可思议的，但当时的他信以为真。那女生留着短短的头发，看着英姿飒爽，每天跟她同进同出，形影不离，有说有笑，举止亲密。

该怎么他形容看见那些画面的感觉呢——还挺造化弄人的。

这个他是真的没有一点点办法。

后来，他退回原来的位置，默默地关注她、守护她，不再奢求跟她在一起。

他认真创业，认真学习，认真生活，做一个很好很好的人。他只带着一点点奢望——奢望她哪天改了想法，分了手回头看见他。

这样想的时候，闻珩还笑了自己好一阵儿：说出去谁会信，他也有那么卑微的时候。

一颗滚烫的心真诚又热烈，被这样反复折磨，好像要叫他在这段感情上受尽所有以前从未受过的苦。但他也并没有因此而变得自甘堕落，反而生活得更加用心。

也许爱一个人，到最后已经成为一种习惯。

后来的某天，他发现那只是个谣言，她其实从来就没跟任何人在一起过，那不过是为了吓退骚扰她的男生。

那天，闻珩真真切切觉得自己好像被幸运女神眷顾了。

他怎么能不开心呢？可他开心之余又觉得惋惜，他风华正茂的那几年，她终归是错过了。

他没有错过她的成长，好的坏的他都关注了，但是他的过去，她从不知晓。

他知道她毕业实习就去了初一声工坊，所以，归鱼工作室的搬迁地址，他定在了初一声工坊的对面。

只可惜上天不只会跟他开一次玩笑。等他兴致勃勃地准备搬迁，以为从此后就可以和她日日相见、开启美好生活时，初一声工坊搬到了南华。

那段时间他偶尔闲下来就会发呆，韶光总问他："发呆想什么呢？"

"想一件不可能的事。"

她之于他，好像已经成为一件不可能的事。他们一直都在错过。

他细细想来，他们之间并没有什么缘分，哪怕有，也过分浅薄。

那是他穷极一生也无法触摸到的月亮。

可闻珩不是信命的人，所以即使他感觉到在这段感情上好像一直在被上天戏弄，也依旧坚强地爬起来拍拍身上的灰继续追逐月亮。

没有缘分算什么？他可以人为制造缘分。

所以，他回到南华那天，朱奇给他的《女神攻略》看起来那么愚蠢，他看到最后竟也觉得可行。

你记不住我的脸吗？我怎么就从没想过可以染一头蓝色头发？你记不住我的脸，总能记得住头发。

你对我只当路人吗？那算卦婆婆告诉你，我就是你的真命天子，你总会多看我两眼——哪怕只当我是笑话。

我温柔地靠近你总被遗忘吗？那我做一个讨厌的人，你会不会印象更深？即便你恨我也行，毕竟，恨总比爱要浓烈，也叫人感知得更深刻些。

闻珩预想到被恨、被骂的可能性，孤注一掷，没想过回头。

只是那时候他也没想到，他们错过了那么多年，到最后，她竟会真的回头来爱他。

当她第一次叫出他的名字——

"闻珩。"

这么多年，爱她，他无悔无怨。

第十五章
今日雨

2023 年 2 月 21 日，求完婚的第三天，闻珩要出差半个月。

尤语宁送他去机场，依依惜别，问他会不会提前回来。

"得看进度，如果赶得完就会早点儿回来。"闻珩亲亲她，将她的碎发别到耳后，"该不会想我想到像之前一样来找我？"

"不是没这个可能，我刚出完差，闲得很。"

"那你跟我一起走得了，干吗还分两趟？"

"那不行。这不是得趁你不备过去，看看你有没有背着我在外面'彩旗飘飘'？我现在答应了你的求婚，没有挑战，比不得外面的妹妹们如花似玉又新鲜。"

闻珩被她逗得笑起来，捏捏她的脸："你可得了，没见过你这么乐意糟践自己的，谁能跟你比？"

"你最好是这样想。"

"我必然是。"闻珩双手握着她的肩转了个向，"行了，就现在，朝着这个方向出去，打车，回家，明白？"

"那——"她还想抱一下。

不用她说，闻珩好像就能猜到她未说出口的话，从后面拥她入怀，在她的耳畔落下一个很轻的吻："我会尽快回来，乖一点儿。"

他好像在哄一个小孩儿。

他总是这样，将她保护起来，哄着她，顺着她，就好像她是一个很脆弱的存在。

尤语宁听他的话出去，却又没完全听。

她出去后没有打车离开，而是一直等在外面，等到他的航班起飞，湛蓝的天空画出一道白色的飞行轨迹。

她打车回家。

难得是一个晴天，尤语宁回到家里，将床单、被套换下来丢进洗衣机，又启动家里的擦窗神器和洗地机工作，自己去厨房打扫卫生。

她一直忙碌到傍晚，窗明几净，室内飘着淡淡的清香。

她懒得再做饭，点了一份外卖，刚开始吃，接到闻珩的电话，说他已经到了，飞机刚落地。

"安全就好。"

"你干吗呢？有没有好好吃饭？"

尤语宁拍了一张外卖的照片过去："正在吃，打扫卫生有点儿累就叫了个外卖，不想做饭了。"

"看给我女朋友累得，怎么不请家政？"

"主要是天气好，我又没什么事，就想打扫卫生。"

"你也太勤劳了吧，宝贝。"

尤语宁咬着筷子笑得前俯后仰："你在皮什么？"

"夸你呢。"

"接你的人到了没啊？"

"到了啊！"电话那端传来几句交谈声，车门开关声响起，"刚上车。"

"那要不就先不聊了，等你忙完再……"

"什么？上车了也不舍得挂电话？"

"嗯？"

"不是吧，出差第一天就这么想我。"

尤语宁哭笑不得："你干吗呢？"

"知道了，我会好好吃饭的。嗯，没有女生，不相信啊？嘿，哥们儿，说两句话。"

那端传来两个男生打招呼的声音。

闻珩把手机拿近："听见没？都是男的，跟我差不多年纪。"不等尤语宁说话，他又对那端的人笑道："哦，我未婚妻，刚下飞机电话就打过来了，问我累不累、饿不饿，担心我外面有别人。"

"没办法，太爱我了，有点儿黏人。

"嗯，今年就打算结婚的。

"谢谢，一定百年好合。"

尤语宁听着那端闻珩跟别人演戏，笑得饭也吃不下去，等他说完，问他："演完了？"

"还行。好了，晚上忙完再给你打电话，懂点儿事啊。"

"行行行，大忙人，您忙。"

"好了，这么多人呢，亲什么？行行行，亲亲亲。"

电话挂断，尤语宁被闻珩逗得笑精神了，也不怎么饿，丢了垃圾去铺床。

把一切整理好，闻珩还没打电话过来，她百无聊赖地又找出从前他给她写的那些信翻来覆去地看。

其实她已经看过很多遍了，但不知为什么，总也看不腻。字里行间显露出少年真诚又热烈，没有半点儿油滑和成年人的"技巧"，就是有着一颗炽热滚烫的心，以及永远干净的灵魂。

尤语宁将所有信重新看完一遍，闻珩的电话打了过来。

"现在还要演戏吗？"她问。

"什么演戏，难道我说的那些不是真的？"

尤语宁笑："行吧，是。"

"干吗呢？"

"准备睡觉了。"

"行吧，瞧着时间是不太早了，早点儿睡，明天早点儿跟你打电话。"

"嗯，你也早点儿休息，晚安。"

挂断电话，尤语宁去洗了澡，回到床上却怎么也睡不着。偌大的床空空荡荡，换了新的床单、被套，只剩下洗衣液的清香，少了闻珩的味道，也少了他的怀抱。

夜里总是容易放大思念，辗转反侧许久，尤语宁无聊地点开闻珩的头像。

他的头像还是一张二维码，她之前一直以为他没有换过，所以没有再去扫。此时再次看见，她忽然好奇他中途有没有换过二维码。

将他的头像截图保存，尤语宁返回扫一扫页面，开始扫描这张二维码。

中心圆圈转动，跳出来一张跟之前截然不同的图片——她的照片。

应该是他在前不久的南华一中元旦迎新晚会上拍的。她身穿白色长裙，端端正正地坐在琴凳上，双手轻按钢琴的琴键，聚光灯冷白的光从她的头顶落下，将她笼罩其中。

在他的相机镜头里，她犹如会发光的神明少女，侧脸恬淡，周身一层淡淡的光晕，头发丝都像沾了皎洁的月光。

都说镜头是有感情的，因为他爱她，所以在他的镜头里，她格外美丽。

照片旁边有一行字母——Wen Heng's，是"闻珩的"的意思。

他像是在宣示主权——她是他的。

尤语宁伸手，轻轻触摸手机屏幕上他在他的照片旁边标注的字母，眼眶忽地有些湿。

她不知道闻珩是什么时候换上的，而他为什么又没有直接用这张照片做头像？

是因为他那时候还不确定，自己是否愿意成为他的所有吗？

尤语宁想不明白，从床上爬起来，翻出那些信，又从闻珩的书柜里翻出没用完的浮雕蔷薇花笺。

她打算给他回一封信，一封终于知道来信者，终于知道寄往何处的，迟到这么多年的信。

尤语宁坐在闻珩常坐的桌椅里，手里拿着他常用的签字笔。

她转头看向窗外的夜色。

白天还是晴空万里，此刻外面却已狂风大作，没关紧的窗户被吹得发出"嗡嗡嗡"震动的声音。

冷风钻了进来，像是随时会落下一场雨。

下雨……

下雨天，闻珩会出现。

尤语宁收回视线，提笔在浮雕蔷薇花笺上开始写——

2012级（21）班的闻珩同学：

　　展信佳。

　　我是来自高2011级（19）班的尤语宁，你的学姐。

　　此刻是十年后一个很寻常的午夜，窗外狂风大作，看起来像是要下雨。

　　我在你的书房里，坐在你的书桌面前，给你写第一封信。

　　亲爱的闻珩，就在前天晚上，2023年2月19日，雨水，你跟我求了婚。

　　现在，我成为你的未婚妻了。

亲爱的闻珩，我想告诉你——在你25岁生日这天，我送了你一架钢琴，请你以后，每天都弹钢琴给我听，好吗？

作为交换，我给你唱歌。

期末我考得很好，可能是因为你祝我幸运。

花灯很好看，十年过去，它还能用，我很喜欢，有它陪的每一个夜晚，我都睡得很好。

洛神玫瑰很漂亮，我很喜欢。

以后我不会再不守信。

小兔子台灯很可爱，现在每天都"吃"得很饱。

我永远是你的小妹妹，也永远快乐。

猕猴桃味的月饼很好吃，我全都吃掉了。

猕猴桃口味的棒棒糖也很棒，每一颗都甜滋滋的。

那箱猕猴桃我吃了很久，一颗都没有坏掉，幸福到眩晕。

泡饼和羊肉汤我都吃了，在冬至那天，很暖和。

礼盒里的苹果和猕猴桃，味道都很好。

我单独表演节目给你好吗？

我踏青了，春天很漂亮，可能是因为，是你推荐我去看的。

向日葵很喜欢，你送的我都喜欢。

那天真没因为考试哭，但猕猴桃汁很好喝。

对呀，你说的都没错，可能是因为喝了你送我的猕猴桃汁，所以我格外聪明，考得很好。

我已经登上了独属于我的那轮月亮。

红豆馅儿的粽子很好吃，十年后的端午节，我们一起重新做了它，味道和十年前的一模一样。

我已前程似锦，未来之路，光明璀璨。

亲爱的闻珩，这十年，尽管我从不知晓你的名字，从不记得你的脸，但你对我好的每一个瞬间，都如同南华的每一场雨从不缺席，我也永远铭记。

谢谢你，隔着万水千山来爱我。

亲爱的闻珩，我愿你永远如佩上玉，珍贵、独一无二，永远恣意、耀眼、顺遂平安。

亲爱的闻珩，我永远爱你，这一世，生同衾、死同穴。

亲爱的闻珩，这是一个很寻常的午夜，我也并没有文思泉涌到要用写信来抒发感情。

　　但是我想，我不得不承认——没有你，我真的不行。

　　亲爱的闻珩，希望你出差顺利，早日归来。只有你在，我才能
睡个好觉。

　　最后的最后——

　　闻先生，今天会下雨吗？

Wen Heng's

　　尤语宁写好信，找出一个崭新的信封，将信装进去。

　　信封的封口处空空荡荡，她忽然想起他的头像——那一张二维码。

　　略微思索几秒，尤语宁拿着手机坐到钢琴旁边，打开录音开始弹唱。

　　歌并不长，只有十五秒，是从一首闽南语歌曲中节选出来的几句。

　　尤语宁把音频导出来，剪辑好，上传到链接，制作了一张二维码，用
铅笔对照着画在信封的封口处。

　　最后，她在横线上写好姓名、地址、联系电话，把信仔细收好，回到
床上睡觉。

　　第二天一早，她拿着那封信去邮局，寄了出去。

　　那封信被寄到了南华一中的邮亭。

　　收发信件的老大爷已经在这里工作了十几年，学校里很多有名气的学
生他都认识。因此，看见信封上写着的"2012级（21）班闻珩收"时他还
有点儿恍惚，掏出手机，戴上老花镜看了眼日历——这是2023年没错，怎
么还有人写信寄给十年前的闻珩？

　　那小伙子，帅到十年过去都还有人对他念念不忘？

　　大爷抿着唇，眯缝着眼，对着信封上的电话号码在手机上一个数字一
个数字地按下去，等待电话接通。

　　电话只响了两声便被接通，老大爷开着免提喊："喂，是不是2012级
（21）班的闻珩？"

　　闻珩刚忙完，听见这么个问题还以为自己恍惚了："什么？"

　　"这儿有你一封信。"

　　闻珩皱眉："什么信？"

　　"写给你的，寄信人是……我看看啊，Wen Heng's，是你认识的吧？外
国人啊，怎么还整一串英文？"

闻珩顿了两秒，不知想起什么，眼神闪了一下："是我的。"

"是你的就行，过来拿吧。"

老大爷说着就要挂电话，闻珩忙喊："等等！"

"怎么了？"

"那个，大爷，能麻烦您帮忙重新寄一下吗？地址我报给您，我给您充话费当邮费。"

"啊……"老大爷想了想，"好吧，地址报过来。"

"请您寄快递，信件太慢了，也容易丢。"

"知道了。"

闻珩收到那封信是在三天后。确切来说，是尤语宁写信后的第四天。

他拆快递包装的手指都在抖，一点点地、小心翼翼地拆，好像生怕不小心将里面的信撕坏。

好半天，快递包装终于被拆开，里面露出一个小小的信封。

他拿出来看，一眼就看见眼熟的清秀字迹，迫不及待地要拆开看里面的内容时，瞧见封口处画着一个二维码，是铅笔画的。

闻珩掏出手机扫，跳出来一条音频的链接，中央有个播放键。

他点开听。

安静的酒店房间里响起一阵轻缓的钢琴声，尤语宁温柔的歌声随之响起。

是那首闽南语歌曲《你啊你啊》的几句节选——

"难道你不知道，我爱的只有你罢了，怎么转头就要离开？"

闻珩心里忽然一酸。

这首歌并不是甜歌，她却选了里面最甜的两句唱给他听。

她是想告诉他，她不会走。

联想起她寄信的名字落款——Wen Heng's，他知道，她一定是看见了他头像背后藏着的秘密，也一定读懂了他的意思。

她在给他安全感。

闻珩拆开信封，抽出里面的信笺。

熟悉至极的浮雕蔷薇花笺，是他在十年前的某个雨天花了高于花笺本身很多倍的价钱买来的。当时他一页一页，写尽对她的想念。

而如今，同样的花笺上写了来自她的回信——

给她的每一封信，十年后的今天，都有了回应。

闻珩不是特别爱流泪的人。不被记得的十年，那些总是被遗忘的瞬间，他没有想要哭；为了不错过她大学那几年而放弃了所有，被打到住院，他也没有想要哭。

可就在此刻——在他年少时写出去的信终于有了回信的这一刻，这个所有人记忆中永远都意气风发的男人，眼里流出一滴泪。

晶莹的泪落在浮雕蔷薇花笺上，如同晨露，也如同去年尤语宁终于重新打开这些信的瞬间。

少年这一生一次的热烈而又真诚的爱，这十年没有被辜负。

他为她闯的那些雨天没有被遗忘。

闻珩缓慢闭眼，深深呼吸，压下情绪，将信笺小心翼翼地叠好，装进信封，放进紧贴左边胸口的外套口袋。

他控制着颤抖的手指，找到韶光的电话号，打过去："过来，我申请换人，现在、立刻、马上，不能等。我即刻出发，后面的你自己安排。"

他当真一刻没等，甚至没有收拾什么行李，没有换衣服，买了当夜最后一趟飞往南华的航班。

飞机驶进厚重的夜色里，在万米的高空，窗外夜色寂寥宁静。

闻珩闭上眼，梦里都是胸前口袋里那封信上的内容——

"我永远爱你，这一世，生同衾、死同穴。

"我想，我不得不承认——没有你，我真的不行。

"只有你在，我才能睡个好觉。"

她在半夜想念他，思之若狂，难以入眠，却连给他打一通电话都怕打扰他，只敢诉诸纸上。

她永远温柔善良，懂事到连他都怕打搅。他怎么可能不对她心软呢？

她在信的末尾问他——今天会下雨吗？

她真的是在问天气吗？当然不是。

他知道，重逢后他总是出现在每一个雨天，所以有一段时间，她一直以为只要下雨，他就会出现。

"今天会下雨吗"的意思是——今天你会出现吗？我想见你。

所以，他想要马上出现在她面前。

飞机落地南华机场时，正好在下一场雨。

闻珩打开手机，已经是凌晨1点。他发了一条微信过去："今日雨。"

手机铃声随之响起，是尤语宁唱的那两句。在去机场的路上，他将其设为了手机来电铃声——独属于她的来电铃声。

来电被接听，尤语宁的声音透着睡意："今天会下雨吗？"

闻珩正好走至航站楼出口，外面大雨倾盆，雨声"哗哗"地响着。

他探出手机："你听，是下雨的声音。

"还有，闻太太，我一个小时后到家。"

今天会下雨吗？

当你这样问我，我即刻去见你，无论何时、何地。

（正文完）

番　外

春夏秋冬与朝暮

春

今年的春天来得格外早，雨水刚过，天气已经开始暖和起来。

这是恋爱后的第一个春天，闻珩一早就计划着要来一场二人的春游。

尤语宁把家里能洗的东西都翻出来洗了一遍，把床单、被套换了新的。

闻珩在晾衣服。家里晾不下，两人抬了架子去楼顶的露天平台上晾。

南华很难得的一个晴天，早春的暖阳不刺眼，只叫人觉得明媚，楼顶的露天平台已经早早被各家各户的衣物占满了。

两人好不容易才找到一小块空地放下晾衣架，把洗干净脱了水的床单、被套往上放。

顶楼风大，风一吹，一大片五颜六色的衣服、床单、被套在阳光下飘飘荡荡。

闻珩扒拉着衣架，晃眼一瞥，冲尤语宁笑："那会儿我就挺喜欢看你去三楼的阳台晾衣服，西州的风一吹，你就从那飘来荡去的一件件衣服里提着桶出来。"

西州的学生公寓是几栋连起来的，连廊三层楼高，一楼是宿管大厅，进来就从那儿过，二楼是公厕和自习室，三楼就是个露天大平台，横梁交错，大家爱在那儿晾衣服。

尤语宁觉得好笑："那有什么好看的？"

"也不光是好看。"闻珩挑眉，"只是爱想，明明用的是同一种洗衣液，为什么我从你身边走过，你闻见同样的香味也没抬头看看我？"

尤语宁一怔。她用的是很普通的洗衣液，大众的香型，用的人很多。所以，她从未去注意过关于这方面的事。

见她陷入沉思，闻珩在她的额头上戳了一下："随便说说，想那么多干吗？"

"我就是觉得……"

"过去的事了。"闻珩晃晃无名指上的戒指，"这不是已经答应我的求婚了？"

尤语宁笑，点点头："嗯。"

工作稍忙，尤语宁好一阵子才调到假期，也不长，就三五天，他们走太远不方便。

闻珩带她去周边城市有青山绿水的地方玩了一圈，拍照、录视频都是他一手包办。

尤语宁往常自己去旅行都是拍风景、拍别人，很少自拍。自从跟闻珩在一起，她就从摄影师变成了他唯一的女主角。

她长得好看，即便是穿很简单的白衬衫、牛仔裤，用任何随意的姿势拍出来都跟模特似的。

闻珩偏爱不经意间偷拍她，效果也总是出奇地好。他拿去跟尤语宁炫耀："瞧瞧，人家那叫惊鸿一瞥，我这叫'惊鸿一拍'。"

照片上，尤语宁挽着白衬衫的袖口，挽起牛仔裤的裤脚在河里抓鱼。

运气好，她抓到一条鱼，鱼尾摆动，甩了她一脸水，她还笑，眼睛弯弯的，睫毛上挂着一滴水，阳光照下来晶莹剔透。

尤语宁看着照片也觉得闻珩拍得好，但又很想笑："你怎么偷拍都拍得这么好？"

"注意措辞，别整得我跟猥琐男似的。"

尤语宁笑得摔倒在河里，吓得闻珩丢了相机跳下去捞她，被她拽住一起在河里滚了一圈，孩子似的在里面打水仗。

夏

从 5 月二人领了证以后，闻珩就有点儿飘。

他的朋友圈动态时常是这样的——

"打扫卫生看到个红本。"外加一张配图。

"这红色瞧着真不错。"外加一张配图。

"我有两个红本，一本是我的，另一本也是我的。"外加一张配图。

⋯⋯⋯⋯⋯

两本结婚证被他从各个角度拍了照片，每次发出去都不重样。

评论里的人一开始还在"恭喜恭喜"，后来就酸不拉几地骂他臭不要脸，一天到晚只会秀。

闻珩无动于衷，该晒还得晒。

有时见评论里的人酸得太过火了，他就发一张跟尤语宁的合照，配文通常就三个字——我夫人。

夏天才过三分之一，他差点儿被朋友圈里的一票朋友联合起来"雇凶暗杀"。

尤语宁真怕他这样下去没朋友，让他别发了，歇一歇。

"行吧。"闻珩无所谓地挑眉，手一伸，"你手机我用一下。"

尤语宁递过去，他解了锁，"咔咔"两下发了条朋友圈——

"好爱老公。"外加一张配图。

尤语宁哭笑不得，也随他去了，没删那条动态，并且十分大方地表示："你以后想发的话可以用我的手机发。"

反正，她除了领证那天发过一条动态之外就没再晒过这些，应该⋯⋯还能撑一阵子才会被"暗杀"。

到了最热的时候，尤语宁休了几天高温假，被闻珩带去避暑山庄避暑。

绵延的山景色秀丽，仿佛天然空调。山庄极大，听说以前是个别院，人还不少。

那几天，他们真是过得如山中仙人一般，早间在鸟鸣声中转醒，绿油油的树叶在古朴的木质床边随着晨风轻轻晃动。

洗漱过后有人送早饭，他们吃完饭出去散步回来，看到一堆游客凑在桌子旁打牌。

闻珩瞅着就像是会打牌的，不认识他的人也热情地争相拉着他去。

他倒也很大方，让去就去，坐下就开始打，尤语宁就坐在旁边看着。

像他这样的人做什么都厉害，打了一天多下来，换了几张牌桌，给别人赢得再也不叫他了。

虽然来这儿玩的人都不差钱，但闻珩更不差，转手就把尤语宁推出去：

"让我太太打行不行？"

尤语宁看上去就没什么攻击性，柔柔弱弱的，很好欺负的样子，朝着人一笑就像送财童子。

大家欢欢喜喜地邀请她坐下，一下午全输给了她。

"呃……"尤语宁挺不好意思，"要不，还是换人来打吧？"

"不行，哪儿有赢了就走的道理？"

大家都不放她走，她也没办法，咬着下唇看向闻珩。闻珩笑得灿烂，在她的头顶揉一下："打呗，人家乐意给你送钱，干吗不要？"

尤语宁只能又陪着大家打了一晚上。

直到10点，其余三人都换了两轮，终于不来了："算了算了，你们夫妇俩简直是发财来了。歇了歇了，明日再战。"

晚上回到房间里，俩人把赢的钱一算，收获颇丰，但出来玩的，哪有这么扫兴卷人钱的道理。他们商量了一下，第二天就把这钱拿出来办了个山野晚会，请大家一起玩。

这下大家伙都挺高兴，还自发地表演节目、做游戏，闻珩和尤语宁也没能避免表演才艺。

闻珩唱了首粤语歌，是那首《一格格》——

"缠住吻住春风吹住我吗，缠住吻住郁金香是你吗，缠住吻住诗画歌颂爱吗，拍祝福祝福恋爱定格。"

他嗓音低沉悦耳，唱起粤语歌总叫人觉得很深情动听，偏还要坐在人群中单单只看向尤语宁，深情款款。

一群玩得开心的游客就起哄，推尤语宁也上去唱，说受不了他的眼神。

尤语宁也很大方，不畏惧表演，拿着另一只麦克风跟闻珩合唱起来。

中间就一个凳子，闻珩伸手将她一拽，拽到自己腿上坐着，姿态亲昵，看得围观的一群人羡慕又嫉妒。

那是一个很开心的夏天。

秋

国庆假期，尤语宁跟闻珩开始拍婚纱照。

他们没出国，就在国内辗转四个城市，拍了四个季节。

婚纱照的主题叫"四季朝暮"，服装、街景、氛围感都贴合各自匹配的季节。

秋季是在南华拍的，梧桐大道的落叶金黄，也难得有个晴天。

南华大学里的校园小道上，小扇子一样的银杏叶落了满地，踩上去会发出很清脆的细微响声。

这组校园婚纱拍的是民国风，尤语宁穿蓝色半袖校服和黑色半裙，闻珩穿全黑色长袖长裤学生装。

有梧桐和银杏落叶，也有南华大学校园内百年老教学楼，是近现代的秋天。

学生充满蓬勃的朝气。

那段时间很累，尤语宁还把之前积攒的假期一起休了才勉强够用。

好在最后照片效果出来很不错，摄影师技术很好，也很会营造氛围，单单一张照片就让人觉得感情至深。

南华冬天几乎不下雪，因此秋冬分季并不明显，只不过是冷和更冷的区别。

在秋季即将结束时，南华迎来一个很好的周末，晴好，太阳金黄，空气温暖。

尤语宁休周六、周日两天假，闻珩带她去散心。

其实她这一年很开心，只是最近工作忙，看上去就有点儿精神欠佳。

南华有江，也靠海，闻珩带她去了海边。

这季节的海边有些冷，但好歹视线宽阔，天空敞亮，加上今日晴好，太阳晒着，倒也挺暖和。

沿着海岸线转了一阵，他们折返去了南华大学。

俩人都没在南华大学读书，但南华大学也没有禁止外校的人员进入，进出很顺利。之前来拍婚纱照，尤语宁就馋这边的小吃街，可惜那天并不得空，恰好今日来了，便要逛个尽兴。

说起来，他们中学、大学都是同校，却从未一起逛过一次学校周边的小吃街，想想未免有些遗憾。

其实闻珩是不吃路边的东西的，小时候为了闻喜之去买，后来还差点儿挨顿打。

今天不同，闻珩似乎对这些东西很有兴趣，跟尤语宁一路走过去，见着什么都想买点儿。

阳光落在小吃街的各种小摊上，时光缓慢悠长，温柔得不像话。

尤语宁要了一锅鸡蛋仔，刚出锅的，热乎乎。摊主用牛皮纸装好，递过来，露出个热情的笑："小心烫。"

她咬了一口，确实烫，一股奶香味在嘴里散开，她不敢闭上嘴，也不敢嚼，看上去有些滑稽。闻珩看笑了，捏着她的下颌，凑近了往她的嘴里吹气："给你吹吹。"

羞得人家摊主都没好意思看。

冬

那套四季主题的婚纱照还剩套冬季的没拍，一直等到初冬，才总算让摄影师寻了个满意的景。

地点选在北方的城市。

这座北方的城市在 12 月初落了今冬的第一场雪，雪下得不大，但好在婚纱照很漂亮，他们白天和夜晚一直没停歇，营造的氛围各不相同。

摄影师是拍偶像短剧出身的，很会找氛围感，拉着一群人白天、黑夜各拍了一版，除了照片，还附赠了视频。

在飘雪的街、教堂前、邮筒边、海边的天际线，摄影师不怕累似的采了景。

他说他想拍摄一种奔跑和追逐的感觉。

那天其实很冷，尤语宁穿着秋冬款的长裙和糯米白的大衣，一头长发柔顺地披散，戴着一顶白色的贝雷帽。这是她一贯的温柔穿搭，不太适合奔跑。

闻珩低头看了眼她的鞋子，又打量她的穿着，打算否决摄影师这个提议。

下一刻，尤语宁一把抓住他的手腕就开始在落雪的大街上奔跑。

摄影师反应速度极快，立即抬起机器开拍。

雪花像是很轻的绒毛，在冷风中飘落得很慢，但很密，迎面扑在脸上和衣服上，落在发间又很快融化。

那是一条街边的人行道，行人不算很多，车也不会开过来，因此她跑得畅通无阻，很肆意。

起先闻珩还被她拉着跑，落后一些，后来便拉着她一起跑起来。

尤语宁知道，这么些年，他一直在背后默默追逐自己，因此她也想换自己来追逐他。可是哪里需要她费什么力呢？闻珩根本不舍得丢下她，跑得不算快，她完全能跟上，甚至可以超过他。

到最后，最累的是摄像师。他抱着摄影机一屁股坐在湿漉漉的地上，风雪将他的头发都打湿了，他喘着气低头去看拍到的画面。非常棒，是他想要的感觉——雪夜里千金大小姐和富家贵公子私奔的感觉，这个效果对了。

"我看追逐的是我。"摄像师满意地笑着，倒也不在乎累不累了，拍拍屁股站起来，"我先回去剪视频，你俩自由了。"

尤语宁跟闻珩相视一笑，闻珩伸手帮她理头发，垂眼的神色很认真："还想拉着我跑，果然是沉迷我的容貌无法自拔，企图带我私奔。"

尤语宁点头："嗯嗯嗯，对对对。"这个人简直了。

闻珩笑出声，把她搂进怀里，在她的屁股上拍了拍："你敷衍谁呢？"

"你啊！"

"呵，敷衍我？"闻珩把她搂紧了，"晚上不想睡了？"

尤语宁挣扎了几下，没挣开，被他挠痒痒，一边笑着一边躲，却只能躲进他的怀里。

雪花在她的鼻尖化开，带着一丝丝凉意，她整个人却又热得冒汗。

"闻珩，我觉得我好幸运啊！"

"幸运的那个人，明明是我。"

教堂前，红绿交错的光影里，雪下大了。

他们紧紧相拥。

朝

自从生了闻祺和闻依宁后，尤语宁就不太能睡懒觉，总不放心孩子。

但她每次半梦半醒地睁开眼，闻珩都已经先她一步在照顾孩子。他是一个很好的人，无论是哪种身份都做得很好。

两个孩子有很多人爱，成长得很快也很健康。

孩子们稍大一点儿，两三岁的样子，闻珩把他们丢给自己的爸妈，带着尤语宁出门去过二人世界。

那是一个海岛，他们是秋天去的，不冷不热。

海岛上的生活悠闲，尤语宁喜欢那里的早上，总是很早醒来，被闻珩拉着温存一小时，然后慢吞吞地起床、洗漱、换衣服、吃早饭、出门散步。

他们不用工作，不用管孩子，没有任何人打扰，每个早晨醒来后还可以睡个回笼觉，时光慢悠悠的。

尤语宁最喜欢的是窝在闻珩的怀里，看着外面即将变亮的天色，跟他打赌今天是个晴天还是雨天。

他们待了一周，三天晴，四天雨。

尤语宁赢了四回。

暮

闻祺跟闻依宁很快开始上幼儿园，为了方便陪伴照顾他俩，闻珩跟尤语宁搬回闻家别墅，跟闻润星、孟佩之他们一起生活。

尤语宁的工作越发出色，虽然能者多劳，却也有了更多自由，不用总是像以前那样辛苦。有时下班早，她会去超市买一些菜，晚上回家后除了厨房阿姨做的菜再主动做两个加上。

闻家的餐桌上时常有新菜，都是她做的。当天能加什么新菜全都取决于她今天买了什么菜、想做什么菜，跟开盲盒似的。

闻祺不挑食，很好养，闻依宁却有点儿大小姐的娇气，许多东西不想吃。没人能逼她吃，谁都舍不得对她说两句重话，越养越娇。

尤语宁专门找了个时间跟她单独谈话："不想吃那些菜，是觉得不好吃还是吃了不舒服？"

"长得不好看。"

尤语宁没想到是这么个理由。但弄清楚问题所在，倒也好办，她让闻珩把那些菜都弄成很好看的样子，端到闻依宁面前，拿娃娃诱惑闻依宁："吃了就给你。"

办法很管用。可能是尤语宁的基因在这儿，闻依宁不怎么闹，娇气全是因为没人舍得说她，其实好好跟她讲，她都是听的。

上了幼儿园以后，她就更乖了。

闻祺不像闻依宁那么活泼，小小年纪，一副沉稳少言的样子，也不知道像了谁。

每个尤语宁加班的夜晚，闻珩都会带着闻祺跟闻依宁来接她下班。

一大两小站在公司写字楼下，两个小的见她出来就抱住她的大腿，闻珩则会仗着身高优势低头与她亲吻。

天气预报说，晚些会下雨。

但在这之前，他来了。

（全文完）

后　记

亲爱的小孩：

很开心你能看到这里，非常感谢你的喜欢。

《今天会下雨吗》这个故事诞生于 2021 年的秋冬。

那其实是我人生中很低谷的一段时间，时常觉得难以为继，一切已到尽头，再无任何路可走。

我住的城市常常下雨，尤其是在秋冬季节。

很偶然的一个夜晚，我决定写一个关于雨天，关于救赎的故事。

故事的开篇，是一个很寻常的雨天。

一场蓄谋已久的重逢、一头晃眼的蓝发、故意为之的刁难，以及，稍显幼稚的"真命天子"的预言。

是九年的暗恋，被重复遗忘的追逐，从这里开始被记得，一点点有回音。

闻珩追逐的是什么呢？

是从云端跌落到泥里，从被爱到不被爱，被忽略、被责怪、被抛弃、被压榨也没有因此而沮丧颓废、自暴自弃，没想过做个坏人的尤语宁。

她一直保持温柔善良，认真生活，积极努力地往上走，在平凡的人生里发出耀眼的光芒。

那晚的迎新晚会，舞台上的追光灯之下，是当时尤语宁能站得最高的地方。

她很努力地发着光，照进了闻珩的世界里。

那时，她还不知道，这是一场被救赎的开始。

在那段人生的低谷期，我时常渴望被救赎，也总是在想，到底什么样的人才会被救赎——也许不一定是漂亮到耀眼，但一定有一些美好的品质。

温柔、善良、坚韧、聪慧、热情、果敢、不放弃、不服输……

坚持做一个好好生活的人，剩下的，交给时间。

雨天潮湿、泥泞、寒冷、昏暗。

我这样狼狈。

可是，如果能够跟你遇见。

我爱上这样的一个雨天。

四沂

2022 年 10 月 29 日